U0873015

KUWEI
酷威文化
图书 影视

入池·2

骑鲸南去 著

RU CHI

江苏凤凰文艺出版社
JIANGSU PHOENIX LITERATURE AND ART PUBLISHING

目录

Waste recycling system

听说我是战神

Chapter 01

Waste recycling system

◇ 手影，幼稚，意外上线

1

061看看池小池还有些惺忪的睡眼，轻叹一声，对池小池说：“先不去。”

池小池愣了一下：“嗯？”

池小池现在还是本相，因为刚睡醒，两颊微红，头发散乱，头脑的反应也不似平时那样快，整个人看上去有点儿呆萌。

061费了些工夫才压住嘴角的笑意，问道：“你的休息时间就这么结束了吗？不去看看你的家人？”

池小池笑笑，不置可否。

“朋友呢？”

池小池说：“打开电视看了一圈。个个混得都比我好，不缺胳膊不缺腿儿的。”

看到池小池这样，061心里感到有点儿难过。

之前池小池的精神还不错，才两天不见，池小池的眼下又添了一些淡淡的乌青色，像是没睡好的样子。

这样的精神状态，让他去执行任务，061有点儿不放心。

下一秒，池小池眼前一花，就又坐在了筒子楼里娄影房间的床上，方才留下的体温还未消散。从他的睡衣口袋里发出了细微的震动声。

池小池伸手进口袋，发现里面不知何时多了一部手机。手机的屏幕上显示着一行字：“是我，我在。”

池小池知道手机和短信是谁的手笔了，却还忍不住逗弄他：“你是谁？”

手机立刻收到一条秒回的短信：“老师在。”下一秒，又收到一条短信，“我陪着你。睡吧！”

池小池不知道为什么，就是很想逗一逗061：“睡不着啊。”

061的短信很久没有发出。他的语音系统被关闭了，没办法再给池小池念书。

池小池发完这条短信，就把手机贴着枕头边放下，心中却奇迹般地安静了下来。

有人陪在自己身边，这种感觉着实让人安心，他竟渐渐萌生了睡意，抱着柔软的枕头，看着从窗外投进来的月影，迷迷糊糊地想着自己的心事。

大约三分钟后，一条短信发了过来：“你不要害怕。影子是我。”

池小池侧躺在床边，睁大眼睛看向墙壁。墙壁上，池小池的影子微微动了。一双形状修长漂亮的手从影子中探出，冲他晃了晃。本来应该是有点儿恐怖的场景，池小池却一点儿都不害怕。

那双手互捏住骨节，轻轻活动一番，食指与食指相互压住，做出了个简单的小狗手影。

“小狗”张开嘴巴，无声地叫了两声，又灵巧地一变，竖起了两只软乎乎的耳朵，作兔子吃草状。

池小池目不转睛地看着，心里变得踏实，开始昏昏欲睡起来。

061 的那双影手柔软、灵活，千变万化，穷尽花样，表演了一幅百兽图。

而池小池的眼睛也被不断变幻的手影渐渐晃得花了、昏沉了，他好像沉入了一个极美的梦境中，梦里他是一只雪白的仓鼠，被一只手捧着，轻轻顺着脊毛往下抚摸，逐渐瘫软成了一张软绵绵的小鼠饼。

不能对池小池的各项身体数据进行实时的监测，061 又独自表演了很久，才确认池小池已经入睡。

强行在非任务世界里动用能量，其瞬时的耗损是百倍的。

大概在一刻钟前，061 的能量便已经告罄，强撑了这么久，061 已经感到精疲力竭。他耗尽最后一丁点儿气力，用影子轻轻抚了抚池小池的额头。

061 迷迷糊糊地进入了待机状态，沉浸在无边的黑暗中，他竟然做了一个梦。

其实只有先天数据不会做梦，像 061 这样的系统都是偶尔会做梦的，但自从被格式化后，失去记忆的 061 已许久没有梦到过什么了。

在那个梦里，他好像也和现在一样，只是一段数据，甚至没有可供寄宿的身体，只能借由一段电线缓缓向前移动。他尾随在一个穿着高中校服、推着一辆自行车的少年背后。

他隐约记得，自己是要送他回家的。

之前，每隔一段时间，在执行完任务，宿主休息的时候，他都会回来看看这个人。

少年推着自行车，叼着一根未点着的烟走在回家的路上。

他一直背对着 061，061 也并不晓得少年的长相，但他的脑中却清晰地记录着他的变化。

他想，少年的样子变了一点儿。

他瘦了，也白了。

他走路时的姿势让人觉得这是一个十分英俊的少年。

061 从一根电线杆游移到另一根电线杆，游鱼似的跟着少年。

只要他回家了，自己也就安心了。

少年没有回头，一直走到了一处十字路口，夕阳的余晖洒在他的肩膀上，他低着头，似乎在想着什么心事，而在绿灯亮起的时候，少年迈步朝前走去。

此时，一辆抢着黄灯开过的轿车直对着少年的方向冲去。

061 心里猛地一空，身体先于大脑行动起来，聚集了所有的能量，化出人形，直冲到了少年身后，一把拉住他的自行车后座狠狠往后一拖！

少年猝不及防地往后一栽，轿车的轮胎几乎是紧贴着他的自行车前轮处滑过的。他茫然四顾，却瞧不见救他的人的身影。

而 061 也根本没有机会看清少年的面容。

从这个梦中醒来后，外面已经天光大亮，而他仍然感到十分疲劳，就像是刚刚真的救下了那个少年、耗尽了他的全部气力一样。

这时候，池小池也已经醒了，拿着手机，站在公共洗漱间里刷牙。

061 发了一条短信过去："早上好。"

池小池拿起手机，吐掉嘴里的泡沫，回短信道："休息好了吗？"

看来，自己没有在他醒来后的第一时间发来问候短信，已经让池小池发现了他的异常。061 说："休息好了，带我去玩点儿什么吧。"

061 也只是说说而已，没想到宅了多日的池小池竟然真的听了他的话，出了门。

池小池给 061 发短信："我很久没好好逛过街了。"

061 回："那我们就去逛街。"

池小池现在的样貌被系统做出了修改，所以他不必再躲避闪光灯和各类摄像头，可以踏踏实实地和"一部手机"一起逛街。他们去了花鸟市场，池小池对一只白毛小仓鼠表现出了强烈的兴趣，但因为他现在实在没法养，也只能无奈作罢。

靠着一部手机，池小池和 061 商量了去哪里吃午饭，去哪里打电玩，一天下来，该买的、不该买的，提了整整一兜。

最后，他回了娄影的房间，把东西安置下，打算再在这里休息一夜。

躺到床上后，已经累得不想多动弹的池小池把玩着手机，发表今天的逛街感想："六老师，今天我过得很开心。"

061 回复道："我也是。"

池小池一脸的满足："很久没有这样休假了。"

注视着"很久"那个词，061 的表情很柔和："等下次执行完任务，我陪你这样玩半个月。"

"下一次"的约定既然已做好，他们也要去做该做的事情了。

第二天，池小池睡到自然醒，把自己打理干净后，神清气爽地接受了传送。

然而……

刚从混沌中醒来，池小池简单观察了一下周边环境，便悲愤地道："六老师，我还是你的得意门生吗？"

061 事先知道这是 A 级难度的世界，却因为保密条例而不能告知池小池，心里本就有愧，因此在分析周边情势之余也不忘安慰池小池："我只有你一个学生。"

池小池："呵，男人的嘴，骗人的鬼。"

此时的池小池正躺在一个只容一人躺卧的密闭空间里，缝隙的连接处灌着铅或铁一类的物质，沉得匪夷所思。他勉强抬起膝盖，朝上顶去。他这轻轻一顶，外头便发出铁链牵绊的哗啦声。

池小池左看右看，怎么看都觉得这就是传说中的"落地成盒"。

而眼下这个身体十分虚弱，手臂酸软得抬不起来，双手伤痕遍布，他叫了两声，发现嗓音沙哑得像是吞过刚做完糖炒栗子的热沙，嗓子里又甜又腥又干涩，说不出一句完整话。

看来在自己到来前，原主已经又喊又叫，把力气耗光了。情况恶劣到这种程度，他反倒镇定了下来，并展开了正常的联想："在这个世界里我是吸血鬼吗？我被人类抓了，一会儿就要被拉去浇蒜泥了吗？"

而刚刚接收完世界线讯息的 061 陷入了沉默。

情况虽然没池小池想得那么糟，可也好不到哪里去。不等他把信息传输给池小池，便听到外面传来闷闷的对话声。

一个人问道："还有动静吗？"

另一个人答道："很久没有动静了，不过刚才动了两下。"

很快，外头传来了钥匙拨开锁舌的轻响。

"棺盖"被一把掀开时，不等从外面刺入的强光伤到池小池，061 便已经蒙上了他的眼睛，但池小池还是反应迅速地蜷缩起了身体，做出了一个久不见阳光的人乍见光芒时的正常反应。

从指隙间，池小池看到了来人的面容。

而他还来不及细看，来人便粗鲁地扯住他的衣领，把他拖出了这间棺材一样的禁闭室，一路拉扯到灯火通明的会客厅里，把他往地上一推。

待眼睛适应了光线，池小池才看清了来人的样子。

那是一个十八岁左右的长着东方面孔的少年，手里提着一根钢节马鞭，口气嚣张地问："你们还有谁要他吗？"

池小池注视着来人，微微皱眉。

在遇到每个世界的攻略对象时，好感度和悔意值便会自动形成。

而眼前少年对原主的好感度，赫然是 100。

2

看到满值的好感度，061 第一时间点开了商城页面，准备兑卡。下一个瞬间，当他发现自己这个举动有多像池小池后，061 默默地关掉了页面，当作无事发生。

此时，会客厅里还有三四个少年，他们先是被突然闯入的少年吓了一跳，等看清被他拖进来的、一身狼狈的人，更是面面相觑。

被拖进来的人身上穿着修身的深黑色西装校服，内里是暗红色的毛衣，款式时尚，却不难看出他已经受了伤。

他的指尖、掌侧全部是凝固的鲜血和擦伤，肘部乌黑一片。新鲜空气涌进肺里，他却不敢大口呼吸，只挣扎着掩住嘴，竭力调整着气流的涌动，避免呛咳到背过气去。

在众人的记忆里，这人和那少年的年纪相仿，气质却截然相反，眉眼沉静，自带一种沉默寡言的感觉，平时安安静静地跟随在少年身边，除非少年问话，否则一句话也不会多说。

一个高鼻深目的少女瞪着那个东方面孔的少年："展，你这是做什么？"

少年扬眉，冷笑道："罗茜，不是你说想要小季吗？"说罢，他问道，"你还要吗？"

池小池被他扯得晃来晃去时，仍不忘礼貌地给予问候："你大爷。"

061怀疑，哪怕设置了脏话屏蔽系统，也防不住池小池这张嘴。

这个叫罗茜的少女站了起来："展雁潮，之前我是开玩笑的……"

"是吗？小季。"展雁潮看向池小池，"听见没有，人家跟你开玩笑呢？"

"但是，"罗茜瞪着他，"我现在想要他了。"

展雁潮的脸色和声音一起冷了下来："哦？"

罗茜走到池小池面前，弯下身来，眼神中透着三分温柔与七分坚毅："小季，你愿意跟我走吗？"

池小池让小季张了张嘴，只发出几个低哑的音节。

而在心里，他向061要求："世界线，传给我。"

瞬间，无数画面侵入了池小池的意识之中。

这是一个特殊的、与池小池所经历过的最高级的世界乃至星球规则都完全不同的另一颗行星。更准确地来说，这是一个经历过生命体变异的世界。

这里虽依然存在男、女两种性别，但在此基础之上，人们更因体质不同而被分为战士、庸人、从者三类。男女的区分主要体现在外貌特征之上，而体质才是决定性的因素。

然而，这里的体质并不是先天形成的，而是后天通过摄取能量，进化达成的。

在长期的进化过程中，这个星球上的每个孩子从出生起体内都聚集较为恒定的能量。在十八岁成年之前，在这股能量的平衡下，所有人都无一例外是偏中庸的庸人属性。

但到十八岁时，不论任何阶级的人，都被强制参加一场全国性的大型机甲格斗比赛。比赛由最高级监察委员会负责，以确保其公平性，并为所有参赛者提供统一的比赛机甲。

每个人的机甲都可以吸取主人体内的能量，与主人的意识连接后，主人便能自行控制机甲进行战斗。

一场战斗下来，获胜者可从失败者体内吸纳相当多的能量，从而实现快速自我进化，胜得越多，胜得越漂亮，获取的能量越多。

而收集的能量达到一定值域以上，便能进化为可获取最多社会资源的战士，处于中间值的则是庸人，而凄惨落败、能量被剥夺到一定值域以下的，其身体功能与激素会发生异变，变成从者。

说白了，不过是在现代社会体系监督下的丛林法则罢了，胜者为王，败者为寇。

之所以这样强调军备和战斗力，是因为这个星球恰好与一颗虫族星球为邻。

虫族星球的资源枯竭，生活条件极其恶劣，有大量巨型铁甲虫栖息，为了掠夺资源，虫族自然将目光转向距离最近的几颗星球。

千百年以来，唯有池小池现在世界线所在的这颗星球还有文明保存下来，究其原因，就是这种残酷的军事训练保住了星球的命脉。

在这种推崇武力、强者为尊的社会模式下，获胜的一批年轻战士便是星球的最高阶层，作为战士，他们可以免费获取星球上的各种资源，社会地位也会随之提高，受人尊敬。

庸人负责工作，维持社会的正常运转，为战士提供资源，进行社会生产。

而不能战斗的从者对这个星球来说价值最低，所以只能奉献自身为战士提供生活所需，而需求过后会被如何对待，全看拥有从者的人的良心。

对于许多出身较低的孩子来说，这场机甲比赛是通往上层社会的一把金钥匙。

因此，与一般世界不同的是，这里的阶级固化并不严重，但并不意味着不存在阶级。

原主就是在这种社会模式下应运而生的产物——特牲。

所谓“特牲”，大多是由富裕人家私下购买而来的。

因为想要维持自家持续享有丰厚资源的现状，又不舍得自家孩子吃太多苦头，许多人家会重金雇佣出身贫民窟、与自家孩子同龄的孩子，教他们战斗技能，让他们在最终的竞赛中输给自家孩子，把能量传递给自家孩子。

说白了，就是一节移动的、一次性的电池。

原主姓季，叫季作山。

起初，他答应做“特牲”，是因为一场突如其来的瘟疫夺走了他父母和大姐的生命，而灾难过后，他还有四个弟弟妹妹要抚养。

小小的孩子连眼泪都来不及多流，他忙着为活下去而努力，没时间为故去的亲人哭泣。

季作山在终日阴雨连绵的黑市里奔波着，询问着那些形迹可疑的人：“我要做特牲。你有办法让我去做特牲吗？”

他终于将自己卖掉了，换了一座供弟弟妹妹们安身的小房子。

第一次见到展雁潮时，展雁潮大发了脾气，对送他来的管家骂道：“你们送他来干什么？我需要特牲来作弊吗？”说完，他一回身，扬鞭一甩，碰巧抽到了季作山的脸。

小小年纪的展雁潮就已经把一条小马鞭使得颇为熟练，一鞭子下去，季作山的半张脸全肿了。

但他叫也没叫一声，直挺挺地站在那里，静静地盘算着心事。如果自己被退回去，那么他就得顺路去街上找一些能御寒的旧报纸，运气好的话，说不定还能找到纸箱子。

在管家诚惶诚恐地拉着季作山准备离开时，展雁潮却说：“等一等。”

他背着手，踱到季作山跟前，看着他的脸，好奇地问：“你怎么不求我啊？”

在八岁的展雁潮心里，这个时候的季作山应该大哭大闹，抱着自己的腿，说尽好话，来求他给一个留下的机会。

季作山看着他：“有用吗？”

展雁潮来了兴趣：“如果我说有用呢？”

季作山“扑通”一声，跪在了展雁潮面前的地上。

展雁潮俯视着他，态度恶劣地拍拍他的脸：“然后呢？”

季作山毫不犹豫地弯腰，把头磕在地上。

展雁潮用鞭身敲敲季作山的肩膀：“这个人我喜欢，留下。”

季作山就这样稀里糊涂地被留下了，身份仍然是“特牲”，但做的工作可不少，包括给展雁潮做饭，陪展雁潮训练，叫展雁潮起床，给展雁潮泡茶。

展雁潮和季作山同年同月同日生，是展家第二个孩子，和季作山在家的排行一样。

展雁潮的母亲生下他后就去世了，因此展父格外疼他，养成了他任性、唯我独尊的性子，仗着自己天赋极高，动不动就爱和人比武。

而季作山比他更有天赋。

准确来说，他体内的能量天生就比常人高出一截来。在未成年时，季作山甚至差点儿在一次训练中直接自行实现从庸人到战士的进化。

但是他没有展雁潮那些缺点，人如其名，像是一座山，沉默、脾气温和，从不张扬。

大概是由于这个原因，展雁潮特别喜欢欺负季作山。他总是提出各种蛮横无理的要求，包括让季作山的机甲站着不许动被自己的机甲打。

但他对季作山又是真的“很好”，只许季作山碰他的矮脚马，只许他陪自己吃饭，并把自己不爱吃的胡萝卜丝和茄子径直放进季作山的碗里。

季作山对展雁潮的感情很复杂。

小的时候，他把他当作恩人，等长大一些了，这份恩情里掺杂了些别的。

这种感情源自一次展雁潮的胡作非为。

一天，展雁潮不在家，展雁潮的表哥来家里做客，看到了正在打扫卫生的季作山。

他看季作山生得瘦弱，却筋骨结实，便萌生了一个想法，转头对展雁潮的父亲道："大伯，我跟同学要去山上露营，需要一个搬行李做杂活的，您把这人借给我用几天怎么样？"

"特牲"的地位本就低，做点杂活也不算什么，因此展雁潮的父亲随意摆一摆手："没问题。"

季作山也认为这没什么，不过是帮忙做点杂活，去就去吧。

结果，当夜，一队警车把刚搭起来的帐篷包围了起来。

表哥被枪指住时，吓得浑身哆嗦："我，我们只是在这里露营，我们什么都没干……"

警察说："有人举报，说你们拐卖人口。"

展雁潮从最前面的一辆警车里怒气冲冲地走下来，走近在篝火边忙着烤肉的季作山，展雁潮的脸涨得通红："给我滚回去！"

表哥看到是展雁潮，联想了一下事情的前因后果，脸都绿了："展雁潮！你疯了吧！"

展雁潮猛地转身，眼里的火苗比篝火更炽，咬牙切齿地道："我的人，谁让你使唤了？"

回去的路上，展雁潮开车，痛骂了表哥和季作山一路。他骂道："季作山，你是狗啊，那么听话？"

季作山不吭声。这么多年，他一直都是这么听话，他也不知道展雁潮为什么偏偏这一次这么生气。

展雁潮一拍方向盘："说话！"

这就是非说话不可的意思了。

季作山说："我是特牲，我应该听话。"

展雁潮骂骂咧咧地换挡，一双漂亮的桃花眼瞪得圆圆的："谁说你是特牲？我准你做特牲了吗？将来你给我做战士，做最强的战士，我看他们谁还敢随便使唤你！"

季作山猛地抬头，看向倒车镜里的展雁潮。他已经没有梦想很多年了，为了维持弟弟妹妹们的生活，他不配有梦想，他是特牲，是作弊工具，但他没想到展雁潮会给他这样的承诺。

他注视着展雁潮，心里激动起来。

展雁潮好像的确把这个承诺当了真。他去上机甲学校也带着季作山，甚至给季作山准备了一套与他的战斗习惯极其契合的专属战甲，供他训练。

这是季作山以前根本不敢想象的事情。

小时候，他给自己用纸箱子做过一套机甲，被展雁潮发现后，笑话了他很久，问他就那么想当英雄吗？

季作山不想当英雄，他想成为战士，只是想靠自己的力量抚养弟弟妹妹，想和展雁潮平等，想和他站在同样的位置，陪在他的身边，还他的恩，偿他的情。

然而，在比赛前夕，季作山却受到了来自展雁潮的打击。展雁潮告诉他，马上要比赛了，你要打赢所有人，然后输给我。

季作山有些不敢置信："你不是说过……"

展雁潮却忘了当初自己说过的话，他耸一耸肩，笑道："做我的从者，不好吗？"

季作山沉默了许久。

在展雁潮开始不耐烦时，他答道："好。"

季作山想，展雁潮不过是一个没长大的孩子，所以他不了解承诺的意义，不了解自己坚持多年的期待。

等他长大了，一切就都会好了。

当时的季作山不知道，有的人，他终其一生都不会长大。

而再沉默、温和的人，也禁不起一只穿山甲顽劣的、长达多年的蛀蚀。

3

将这件事答应下来后，季作山彻夜未眠，想起了许多从前的事情。

在机甲学校里，没有人敢欺负季作山。

当然不是因为季作山强悍，而是因为展雁潮根本不许他跟其他人交手，以至于其他人都在背后笑话，展雁潮这不是养特性，是请了个上宾。

季作山是展雁潮早预订好的从者，没人敢动。难听的话和揣测虽然会有，但季作山听到耳朵里，也并不往心里去。这么些年了，他从展雁潮那里听到的难听的话已经很多了，一些不伤筋动骨的议论对他来说算不得什么。

每每听到那些小少爷的明嘲暗讽时，季作山总会不无骄傲地想，雁潮答应过我，我不会是特牲。

因为多了希望，季作山也多了许多不该有的念想。

季作山是展雁潮唯一的朋友，这点季作山可以确认。毕竟除了他，几乎没有同龄人愿意容忍他的坏脾气。而这种只属于对方的"唯一"，让霸道的展雁潮非常开心，也已经习惯了。

这种类型的人爱恨都很极端，恨起来的时候恨不得这辈子都不想见到季作山；开心起来又缠着季作山，张牙舞爪地逼季作山永远陪着自己。

季作山说：“别闹。”

展雁潮缠着他：“你说了我就不闹。”

季作山被他缠得没办法，又想了想，答道：“除非我死，否则我永远都陪着你。”

然后展雁潮便拖着他闹，把两个人的头发都揉得乱糟糟的。

季作山的每一句话都不是作假。

在他心里，他自己是靠后站的，机甲第二，弟弟妹妹和展雁潮都是他最看重的人。

他认为，如果自己能成为顶尖的战士，就能从展家脱离出来，建造两座比展家更大的花园，一座给弟弟妹妹，一座给展雁潮，免得两方打架。他没有那么多的愿望，只希望能和展雁潮平起平坐，一起在冬日逛街的时候分食一只烤红薯。

他的名字里有一个山字，所以他以为展雁潮对他的承诺也该像山一样。

想到自己过去那些不切实际的梦，季作山感觉脸上火辣辣的。但他又有什么办法呢？

他被买来就是为了给展雁潮做牺牲的，这些年，展家养活了他的弟弟妹妹，保证了他的生活，现在到了他该付出的时候，难道他能说自己不付出了吗？

机甲比赛的规则，季作山早就清楚。

输赢决定的是能量的归属，而输赢的程度决定了能量转移的多少。惨败、大胜和平手，所能获得的能量总额截然不同。有的时候，一次惨败，就会转移走自己体内绝大部分的能量。因此在比赛中，只要是一方占据了优势，就恨不得把对方压制到无力还击。而被压制到劣势的人也会竭尽所能，即使拉到平手再认输，也比惨败好太多。毕竟差之毫厘，就是天壤之别，所以每次比赛，都难免出现死伤。

所谓战士，也就是在这种拼命的搏斗中培养出来的。

因为失去了希望，所以在机甲比赛里，季作山也只是执行了展雁潮的要求，赢得平平淡淡的。

展雁潮还挺不高兴的：“你怎么不狠狠地揍他们啊？我还想叫他们大吃一惊呢！”

季作山用平淡的语气掩饰自己的认命的情绪：“如果我表现得太出挑，到时候输给你，他们会认为是我故意让你，会怀疑你本身的能力。”

其实，不需要季作山相让，展雁潮自己也是极出色的机甲操纵者。

展雁潮当然不愿意被人误解，用食指卷着头发，嘟囔道：“我也是费了苦心的啊，还不是怕你跑了。”

季作山反问道：“我跑什么？”

展雁潮说："你变成战士了，还不跑？"

季作山答道："我不会跑的。"

展雁潮揽着他的肩膀，嘻嘻笑着："信你才有鬼，战士的心都大着呢，到时候你肯定跑得影儿都没有了。做我的从者，你哪儿都去不了，一辈子都是我的从者。"

展雁潮天生缺乏对别人的"信任"，而季作山又无法让展雁潮相信他的承诺是认真的。他又不能把自己的心挖给展雁潮看。

他只能平平淡淡地一路取胜，直到对手是展雁潮。

就连展雁潮都没想到季作山会在死生之斗中这样让步，机甲本来就沉重，季作山只卖了个空隙，三根肋骨就被齐齐击断。但他却硬生生地撑了下来，未露出半分败意，一路颓势还死咬着不肯认输，偏偏他的表现和之前取胜时相差无几，任谁都会觉得季作山输得合情合理。

展雁潮打了半天才觉出不对劲来，主动停手出舱，钻进了季作山的机甲。

一摸到他凹陷下去的胸骨，展雁潮气得一个耳光甩了上去："你有病啊你！伤成这样怎么不叫停？"

季作山忍受着能量和精神渐渐溃散的感觉，心想，这么多年的恩情，这下还清了。

经过近一年的休养，季作山退化成了一个从者。他身上有了独特的味道，是淡淡的红酒香气，其间还夹杂着一点儿橘子的清香。

相反，展雁潮气得在家天天骂人。他进化后的味道是微甜的牛奶味，闻起来特别没有气势。

成为从者之后，季作山的身体跟之前相比简直可以称之为虚弱，偶尔切磋时再吃展雁潮两记鞭子，那种剧烈的疼痛感简直叫他无法忍受。

每次他忍受不住时，季作山会跟展雁潮说，很疼，你轻点。

展雁潮奇怪地问："你怎么这么矫情啊？以前你不是这样的。"

虽然在这之后他会稍稍注意一些，但这句话却让季作山感到很难过。

以前……的确不是这样的。

他们在变异半年多以后，虫群再一次大举入侵。

铺天盖地的铁甲钢虫袭来，城市变为战场，钢铁残肢和机甲破碎燃烧的碎片熔在了一起，分不清人与虫的分别。

展雁潮当然是要上前线的，但他的奇思妙想又不合时宜地来了。他对季作山说："你陪我去。"

季作山哭笑不得："我去不了的。"

他本来打算和他的弟弟妹妹一起撤到地下堡垒去，那里资源丰富，也有从者的集中休息点，可以为战斗力低下的从者提供全面的服务。

展雁潮说："我把你的弟弟妹妹送走，你陪我去。"

发现展雁潮不是在开玩笑，季作山实在是不知该怎么说他好："我陪你去做什么呢？我现在帮不上你的忙了。”

展雁潮理所当然地道：“你是我的从者啊。”

对展雁潮来说，季作山早就是生活必需品了。他上战场，难道能不带毛巾和牙刷吗？

季作山说不行，展父也不同意，展雁潮反倒被激起了性子，说季作山不去他也就不去了。

季作山无奈地道：“你不去不像话。”

展雁潮大有耍无赖之势：“不像话的事儿我做得多了。”

发现这个人压根儿不讲道理，季作山只好做了让步，同时在行李里准备了大量的药剂。

在这个星球上，成为从者就意味着成为所有人的“猎物”，他们会定时散发出诱人的气味，与此同时身体变得比以往更加虚弱，这些气味对同为从者的人来说就是香气，但对已经成为战士的人来说却像是狩猎的讯号。而季作山的上一次易感期虽然刚刚过去，但总要带些药剂以防万一。

世上所有悲剧，大抵都是在麻痹大意时发生的。

季作山所处的位置一直很安全，处于后方的休息营地，他只负责展雁潮一个人受伤后的包扎、饮食和起居，为了避免造成恶劣影响，他一直足不出户。

直到那天。

展雁潮负了点轻伤，心情本来就不好，直接把季作山连推带骂地锁进了一间保存粮食的小仓库，隔着窗户投入纸笔，让他写检查。

在都是庸人时，展雁潮就经常把季作山关进小黑屋，他甚至曾经专门为季作山准备了一口“棺材”，动不动就把他塞进去锁上一天一夜。这次的惩罚在他看来，简直不像惩罚。

但他忘了给季作山带一瓶药剂，也忘记了三个小时后自己还有率队侦察的任务。

等到身上开始散发出味道时，季作山才意识到情况不对。他趴在窗户边，无助地叫着展雁潮的名字。

没人理会他。

季作山拍打着栏杆，却无法控制香味从自己的四肢百骸内溢出。他害怕得声音都变了：“别开玩笑，雁潮！”

但是帐篷里没有展雁潮的身影，却多了几个循着味道而来的战士，在附近探头探脑。

以前的季作山哪里是这几根铁栏杆能拦住的，但现在的他费尽全部气力，也无法从茅草屋顶和铁栏杆里逃出去。

季作山做不到的，战场上的战士却能轻而易举地做到。

等到展雁潮驾驶着机甲返回，发现粮仓这边的乱象，为时已晚。他睚眦尽裂，当即用机甲碾了过去。

战前内讧伤人是大罪，更何况祸乱的源头也是展雁潮带来的，展父费尽心思才保住了展雁潮，让他不上军事法庭。

季作山从疼痛中挣扎着醒来时，正好撞上了展雁潮愤怒的脸。他指着季作山大骂："你不会反抗啊！你以前不是很能打的吗？"

季作山看着他任性地跳脚的样子，想像以前一样给他找些借口，但他累了。

展雁潮骂够了，也坐在了床边，短暂地反省了自己的过错："我不该把你锁起来……但你放心，那些人全给我收拾了。"

季作山微微发起抖来，但他的表情仍是淡淡的，他连生气的力气都没有了："嗯，我知道了。"

他不大想看到展雁潮，但他根本下不了地，因为那些战士弄伤了他的腿。

展雁潮因为犯了大错，被解除了军职，只能天天待在家里。

一次两次地安慰，三次四次地安慰，展雁潮还受得了，但成天对着一张面无表情的脸，他感到非常难过，却又不知道哪里不对劲，只能又把火撒回季作山的身上。他觉得季作山一定在心里无法释怀这件事，于是他反复表态："我都说了！我以后会保护好你，真的！你怎么就不信呢？"

季作山有点儿想笑，他一个字都不肯再对展雁潮说。

展雁潮被逼无奈，某日灵光一现，冒了个好主意出来。他把季作山的情况告诉了他的弟弟妹妹。

几个孩子又惊又怕，都吵着要来看哥哥，展雁潮兴冲冲地把几个孩子带回家，刚进卧室门，就扬声道："小季，你看看，谁来了？"

季作山放下书，往门口看了一眼。

看到那几张泪水涟涟的小脸时，季作山突然失控了。他拉起被子盖住自己的脸，连声叫道："出去！让他们出去！"

弟弟妹妹被他的失控吓呆了，一个个哭得更凶了。

展雁潮不满地道："你不认识他们了？这是你的弟弟妹妹呀。"

季作山不说话，而展雁潮推了推其中的一个，急道："快去呀，去找你哥哥。"

被他推出去的四妹颤抖着声音说："二哥，我，我先出去，你别难过。"

说完，她飞快地跑了出去，剩下的几个孩子也跟小兔子似的，眼睛红红的，逃得一个比一个快。

展雁潮觉得莫名其妙："叫他们来干吗的？跑什么啊？"

季作山掀开了被子，怒视着展雁潮。他不会指责人，哪怕这时气得浑身哆嗦，说出口的话却也只是轻飘飘的一句："展雁潮，你太过分了。"

展雁潮一脸茫然地问道："我怎么了？"

季作山张口结舌，他本来有很多话要说，但看到展雁潮这个样子，他已经失去了向他说清楚心中想法的力气。

就这样吧……还有什么可说的。

季作山不追究了，展雁潮却来了劲头，他问："季作山，你到底要什么？我都说了，那些人……"

季作山背对着他，心想，接下来他一定会说，自己不计较了。

那岂不是显得他很伟大。

在展雁潮悻悻地离开后，季作山看着天花板，惨笑出声，随后吐了一口血出来。

季作山就这样得过且过着，并开始想着，等伤好后，他要离开展家，离开展雁潮。

他向弟弟妹妹讲了自己的计划，弟弟妹妹也都全力支持他，并说要和二哥一起走，他们几个也已经长大了，可以养二哥。

他们约定了离开的日期以及再次见面的地点。

谁也没想到，在他准备离开的那天，虫族的一支部队绕行到了大后方，在城市中投下了大量的机械虫。

后方虽然也有预备机甲，但能作战的人基本都是庸人和少量战斗力不高的战士，因此赋闲在家的展雁潮也参加了城市守卫队，驾驶自己的机甲冲了出去。

混乱之中，季作山想要去找自己的弟弟妹妹，却与一只从天而降的机械虫撞了个正着。

既然碰见了，再逃也没有意义。

最后，他和机械虫一起倒在了被轰出几个缺口的堡垒废墟边，机械虫的足肢穿透了他的肺部，而他用一根钢材贯穿了机械虫的脑髓。

重伤后，他挣扎了很长一段时间。

他看到了展雁潮从机甲中走出来，急匆匆地寻找他的模样，也看到了他把自己的弟弟妹妹叫来盘问时眼睛血红的模样。

他听到四妹大喊，二哥趁乱走了，你再也找不到他了。

展雁潮一把把四妹推翻在地，冲身边几个展家的卫兵吼道："不管天涯海角，都得给我把他捉回来！"

听到这句话，季作山笑了。

在彻底丧失意识前，他拖着虫族扑入了一团烈火之中。烈火会彻底烧死虫族，也烧毁他的脸和身体，终于再也不用见到展雁潮了。

而他唯一的遗憾是，那个和弟弟妹妹们约定的地方，他再也不能去了。

看完一整条故事线，池小池陷入了沉默。

他简单地发表了观后感："小瘪犊子。"

061 对这个评价表示了认可。

池小池问:“现在是什么情况？”

而 061 给出的回答让他略微松了一口气。

现在距离两人满十八岁还有半年，他们还在机甲学校上课。

有几个新转学来的学生还不晓得展雁潮的厉害，当然也不知道展雁潮和季作山的关系。在他们眼里，季作山和展雁潮穿着一样的校服，应该也是身份不低的学生才对。

一个叫罗茜的女孩看着沉默又英俊的季作山，心里喜欢他，就拉着季作山多说了几句话。

展雁潮发现后，冷笑道:“这是我的特性，你别动。”

罗茜是最看不惯“特性”这一存在的，而季作山看起来又实在让她动心，她就随口道:“展，按照你的实力，你也不需要特性，不如让给我吧。”

结果，那个周末刚回家，季作山就被憋着火的展雁潮训斥，关进了为他准备的小“棺材”里，等他被熬得受不住了，展雁潮才得意扬扬地邀请了那天在场的所有人，让他们来见证，这个特性是属于自己的。

回到现在听到罗茜近乎于挑衅的发言，展雁潮冷笑着，低头看向季作山:“小季，挺厉害的啊。才见了几面，就把人勾搭上了。”

罗茜不客气地道:“我在跟季作山说话，你插什么嘴？”

展雁潮笑道:“好，你跟他说话。我看他不经我的允许能跟你说什么。”

罗茜鼓励地望着季作山，掌心向上平摊着，发出了诚恳的邀请:“你愿意跟我走吗？我不需要特性，你只需要做我的练习伙伴。”

展雁潮颇觉好笑:“好啊，听起来是挺诱人的条件。要是小季答应，我就放他走。”

罗茜挑眉:“你说的是真的？”

展雁潮拿鞭子一指，嚣张地道:“这里有这么多人，都是见证。”

原世界线，季作山也接受过这样的邀请。

但那时的季作山病得厉害，一直在发烧，实在很难受，脑子里只剩下一个模模糊糊的念头:留在这里，我也能做战士的。

再说，他也不敢完全信任罗茜，他怕那又是一个展雁潮预谋已久、用来刺探他真心的玩笑。

而这一回，季作山摇摇晃晃地抬起手来。

展雁潮丝毫不以为意。他相信，季作山一定会把罗茜的手推开。

然而，季作山布满伤痕的手竟然轻轻搭上了罗茜摊开的掌心。

旋即，他往前一扑，滚烫的身体落进了罗茜的怀抱中。

见状，展雁潮的笑容僵在了脸上，双颊又热又辣，像是被人狠狠扇了两记耳光。

4

罗茜快他一步，把季作山接在怀里，潇洒地一托一抱，向后让去。

作为一个出色的战士候选人，罗茜的体力也不是寻常人能比的。

情况突然发生变化，展雁潮没想到季作山有这样的想法，一时呆住，慢了一步，等他回过神来，急急忙忙地伸手去捉，却连季作山的衣服角都没够到。展雁潮暴怒："把人还给我！"

罗茜倒退一步："怎么，展，要决斗吗？"

罗茜到底是个年轻的孩子，展雁潮的眼睛都红了，她看着也感到有点儿不安。但是人已经进了自己怀里，等于选择了自己，这个时候将他还回去，那还了得？

展雁潮前进一步，声音低沉："放手。还给我。"

事已至此，罗茜干脆沉下了一颗心，把烧得滚烫的季作山紧紧抱在怀里："他选了我。你刚刚不是说过，只要小季答应，你就放他走。"说完，她转头问那些同学，"他是不是这么说的？"

其他人不敢点头，也不敢摇头。

展雁潮又急又气："他那是烧糊涂了！"

罗茜说："我把他带回去，等他烧退了，再看他愿不愿意回来。"

展雁潮想了想，觉得季作山肯定会回来，可他的人凭什么跟罗茜回家？

展雁潮固执地道："人给我。我和他的事情不用你管。"

罗茜说："难道不是你请我们来看他的吗？这已经不是你和他之间的事儿了。"

展雁潮的脸都气白了。

恰在这时，季作山低声呻吟了一声，像是烧得难受了，在罗茜怀里意识不清地动了动，脸颊潮红，嘴唇苍白。

发觉展雁潮眼神里闪出不友善的光芒，罗茜左脚微微后撤，舌尖抵住了上颚内部。展雁潮只刚刚一动，罗茜便飞快倒退而去，长吹了一声口哨。

> 口令验证通过。
> 对接成功。
> 启动B级应对预案。

一套黑色钢制的机甲从罗茜右腕上的纯钢手环里倒延而出，转瞬间便覆盖了她的半边手臂和右胸，罗茜单手护住季作山的腰身，将化作钢制的手臂横向拦挡，想将展雁潮拦下来。她身姿灵巧，最擅长躲避，如果展雁潮选择跟她周旋，那她不消半分钟就能找到夺门而出的机会。

谁承想展雁潮活脱脱是一个小疯子，不闪不避，左手握拳，徒手直击上了她的右臂！

“咣”的一声闷响，罗茜的手臂竟然被震麻了！

这种用于日常防卫的机甲，韧度和硬度都无法和战斗机甲相比。

罗茜怀里还抱着一个人，没法跟展雁潮面对面硬拼，只好使了巧劲，用被坚硬机甲层层覆盖的右腿朝展雁潮的膝关节横扫而去。

而展雁潮竟硬生生地接下了这一击，动也不动，鞭子一甩，卷住了季作山的腰，反手就要去抓季作山的领子。

“你们在做什么？”

在会客厅内气氛剑拔弩张时，管家就悄悄跑去告诉了展父。

展父到来时，展雁潮竟然已经和客人厮打起来。展父气急，硬生生地叫停了这场打斗，等问清楚发生了什么事儿，更是觉得哭笑不得。

对展父而言，妻子早逝，大儿子又天生懂事，已经自立，以至于他压根儿不知道该怎么教育二儿子，只是把他想要的都塞给他。不过为了一个特性斤斤计较，何必呢？

他咳嗽一声，先训展雁潮：“和客人打架，像话吗？”

展雁潮不屑地嗤笑一声，眼睛却盯着被放在沙发上、烧得歪歪斜斜、坐也坐不稳的季作山。

罗茜是个聪明孩子：“只是比赛而已。”

展雁潮“呸”了一声：“谁跟你比赛？你抢我的人，我抢回来而已。”

展父感到有些尴尬。

罗茜的那句话显然是在为二人的争斗找个台阶下，毕竟在这个星球上私人打斗是再正常不过的事情，没想到他家这二小子硬生生地把人家搭的台阶给拆了，直眉瞪眼地往下跳。

而等罗茜将来龙去脉一说，展父几乎要笑出声来。

在他看来，这事儿就是两个孩子在争玩具而已。

罗茜是客人，展父自然而然地道：“雁潮，你让一步吧，这么些年下来，我看你也不需要特性……”

展雁潮固执起来时谁的话都不听，对着罗茜翻了个白眼：“我不需要，也不会便宜别人！他将来是我的从者，我凭什么把他往外送？”

听到这句话，沙发上的季作山微微动了一动。

展雁潮见状十分高兴，一屁股坐在了季作山的身边，伸手去拍他的脸：“小季，你醒啦？”

季作山不作声，只是睁开了眼睛，看看他，又看看罗茜。

展雁潮看季作山清醒了，笑着扯住季作山的手臂，拿眼角瞥着罗茜，像是只得意扬扬的小公鸡：“你说，你愿意跟她走吗？啊？”

罗茜站在那里，对展雁潮倨傲的态度有些摸不着头脑。他都把季作山打成这样了，是哪儿来的信心坚信季作山还愿意留下？

下一秒，如她所料，季作山缓缓地点了点头。

展雁潮有点儿不敢相信，以为是季作山听岔了，又把自己的话重复了一遍："我问的是，你愿意跟她走？"

季作山这次出声了："嗯。"

如果说季作山那个点头的动作是往展雁潮的左脸上扇了个耳光，那么这声"嗯"就是把右半张脸的巴掌也给补上了。

非常对称。

展雁潮呆呆地看着他，下一秒就变得暴跳如雷："季作山！你——"

眼看着展雁潮的小性子又要发作，展父头痛不已："雁潮！"

展雁潮拼命压抑住想要揍季作山的冲动，嚷道："他烧糊涂了，不算数！"

罗茜想，刚刚是谁说他醒了的。

展雁潮拧着眉头，又找到了一个合情合理的理由："他是我买来的！"

罗茜说："多少钱，我买。"

展雁潮粗暴地道："你买个屁，那么多特性你自己买去，干什么非要抢我的。"

展父呵斥他："雁潮！"

展雁潮不说话了，却还是气咻咻的。

展父想了想，说："这样，罗茜，你先把小季领回去。"

展雁潮一惊，直接跳了起来："爸！"

展父看向展雁潮，心里满是不赞同。

这些年来，为了这么一个特性，雁潮惹了多少事儿，他心里最清楚。现在展雁潮的表哥一家断了和他们的往来，也是当年这小子惹出来的祸。

之前这个特性不怎么爱说话，展父还暗暗嫌弃过季作山不识好歹，现在他主动提出想要离开，展父甚至有点儿庆幸的感觉。

不如趁此机会让这两个人分开一段时间，对雁潮也好。

反正特性不过是个玩意儿，天天厮混在一起，看起来难舍难分，等到分开了，雁潮闹上两天，说不准也就不想他了。

罗茜站在原地，漂亮的淡蓝色眼睛眨了一眨，问展父："多少钱？"

展父态度温和地道："先不谈钱的事情。罗茜，现在雁潮和小季只是在闹别扭，如果小季伤好后打算回来了呢？"

这话是专门替展雁潮问的，其实展父巴不得季作山别回来。在他看来，展雁潮不用特性也能成为极优秀的战士，如果再多此一举地使用特性，那不是否定雁潮的能力吗？

罗茜审视了一下季作山身上的伤痕，不觉得这属于"闹别扭"的范畴。她不顾展父的问题，重复了一遍："多少钱？"

准战士身上天然带着一股舍我其谁的霸道，罗茜是这样，展雁潮也是这样。

身为庸人的展父无奈地笑笑，把自己的问题问了出来："如果小季不愿意留在你那里呢？"

罗茜坦坦荡荡地道："如果他不愿意，我就把他送回来。"反正她之前就是这么打算的。

眼看着展父要和罗茜谈妥了，展雁潮急得眼圈发红："我不准！"

展父一句话就把他堵了回来："雁潮，你别太任性。你把人家打成这样，还不兴小季生气？跟你远两天，对他好，对你也好！"

生气？

展雁潮眨眨眼睛，理直气壮地道："小季不会生气啊。"

罗茜没忍住，翻了个白眼。

展雁潮没理会她，言语间颇有几分骄傲："他天生的，我对他做什么他都不生气，也不会记仇。"这个世界上也只有季作山一个人能这样待他。

但罗茜不相信这世界上会有这样的人。她走到沙发前："既然这么有自信，那就把他让给我啊。"

展雁潮心里也很生气。

刚才季作山让他当众难堪了好几回，他决定让他也尝尝没有自己的滋味儿。他一甩手，气呼呼地回了房间，临走时也没忘记拎走他的钢节鞭。

罗茜就这么带走了季作山。

展雁潮一个人待在房间中，郁闷至极，又听到了电磁车启动的低沉的嗡嗡声，知道是罗茜要走了，索性一把拉开窗户，大声道："姓季的，你去死吧！"

季作山正烧得迷迷糊糊的，没空理他。

罗茜摇下后座的车窗，探手出去，伸出一个醒目无比的中指。

展雁潮一屁股坐回床上，满心都是委屈。

罗茜，你给我等着！他盖的毯子都是我买的，衣服也是！人也是！

姓季的真没有良心！

展雁潮气得满床打滚，咬着被子恨恨地想，等周一就把小季接回来，到时候要好好管管他。

"全程挺尸"的池小池看着逐渐远离的展家大宅，高兴地道："王八羔子，再见！"

061 其实也挺高兴的。

能顺利离开展家，就是季作山远离悲剧命运的第一步。

池小池说："季作山这么多年居然能忍住不打他，真是奇迹。"池小池又说，"我拿块肉，狗叫得都比他说得好听。"

061 笑起来。

现在，每当池小池开口嘚瑟的时候，061 总有种想捏捏他的冲动。

池小池试图充分地表达自己的喜悦之情："啊朋友再见，啊朋友再见，啊朋友再见吧再见吧。"

061 所有的想法尽数打消，听到他的歌声差点儿当场掉线。

池小池诚恳地发问："怎么了，六老师，我唱得不好听吗？"

061 无话可说：对不起，告辞。

这次，另一个声音温和地赞美道："好听的。"

池小池愣了片刻："六老师，你是不是拿变声器逗我？"

061 也有些蒙，说道："不是我。"

但还没等池小池再问什么，那个声音就结结巴巴地自我介绍道："你们好。我是，季作山。"

5

061 还在呆滞中，池小池倒是接受了这个事实，开始跟季作山搭讪。

没想到季作山长了张清冷孤高的脸，倒是很好说话。

池小池问他："你怎么能说话呢？"

季作山问道："不能说话吗？"

然后他就不说话了，试图假装自己从未出现过。

池小池"哈"了一声："太好了，多了一个人聊天，快出来，快出来。"

季作山又冒了泡："我不大会聊天。"

池小池毫不介意地说："我会啊。"

季作山很少跟外人说这么多话，难免有点儿紧张："那，那就聊。"

池小池："你知道你为什么会落得那么惨的下场吗？"

061 心道：小池，这么聊天会被你聊死的，你知道吗？

季作山却不气不恼。他的性子早就被展雁潮磨了出来，听到再难听的话也不生气，况且池小池问的也是实实在在发生过的事儿。他说："因为我不该太相信展雁潮。"

他早在心里把自己的过错反省了千万遍，现在说出来，虽然略有害羞，但也觉得轻松了不少。

池小池说："错。是因为你没能力把机械虫给干掉。"

季作山和 061 一起沉默了。

池小池慢条斯理地说："是展雁潮害你成现在这样的吗？"

季作山诚实地回答："不是。是空投的机械虫。"

池小池再问："你被欺负时，展雁潮为什么不在？"

季作山微微睁大眼睛"虫族入侵，他……侦察去了。"

池小池问："你的梦想是带着弟弟妹妹去过好日子。我问你，虫族存在一天，你能过好日子吗？"

季作山微微一咬牙："不能。"

池小池说："你这次想过好日子吗？"

季作山："想。"

池小池："想做战士吗？"

这话正刺中季作山的痛处："想！"

池小池："那就跟我一起干，行吗？"

季作山的语气中难掩激动："好！"

061觉得这段对话听起来怎么那么像是在诱拐无知青年呢？

池小池："我叫池小池。"

季作山乖巧地道："池先生。"

池小池："你没有什么想要问我的吗？"

季作山自从和那个主神签下契约后，便一直等在黑暗里，直到有人接管他的身体，他才得以睁开眼睛，重见天日。

他还是庸人，没有退化，虽然只是作为意识存在，但对他来说，这个事实已经太过美好。尽管还有一些事情急于处理，但他必须先对池小池表示感激之情。于是他说："唱歌，好听。"

061在心里喊：话是好话，但做人不能丧良心啊！

池小池没再开口。

他需要开始角色扮演了。

他微微皱起眉头，装作悠悠醒转来的模样，干哑的喉咙发出的声音有点儿沙哑："罗茜小姐。"

罗茜正坐在他的身旁，看他醒转，舒了一口气："感觉怎么样？"

他摇摇头，润了下嗓子，好让自己的声音更清晰些："我的弟弟妹妹……"

季作山的眼中透着水光，稍有局促，姿态却不显得过分卑微。

罗茜是个爽直的性子，季作山没有在她面前摆出哀求之态，反倒让她觉得轻松了许多。她最怕出现对方抱住自己的腿涕泗横流、感恩戴德的场景。

卖身做特牲，季家是个什么光景想也能想见，季作山只求她救弟弟妹妹，而绝口不提父母，那么他说的弟弟妹妹应该也是他仅有的亲人了。

既然帮都帮了，那就索性一帮到底。

但罗茜也不是一味地好心，她想知道眼前的人值不值得自己搭救。于是她问："你烧得厉害吗？"

季作山注视着她，眼中虽然有血丝，但是看起来很清醒。

她问："你还会回展家吗？"

季作山惜字如金，所以只是摇了摇头。

罗茜问："为什么？看展雁潮的样子，他这么对你应该也不是一次两次了吧？

你为什么偏偏这次受不了了？”

她不希望自己像展父所说的那样，成为季作山跟展雁潮赌气的工具，更不希望季作山是个甘愿被人糟践的蠢货。

如果她救的人是这样的，她也不用帮他接什么弟弟妹妹，把他治好了再送回去就是。毕竟有的人命里犯贱、五行缺揍，她不需要在这种人身上浪费同情心。

季作山微怔片刻，张开嘴，嘴角上扬，眼中却浮出一层水光。他没有让水光蔓延下去，顺势低下头，眼神里是七分的隐忍，剩下三分是无法控制地流泻而出的苍凉：“他以前答应过，不会让我做特牲，会让我做最强的战士。”

罗茜讶然。

想到刚才展雁潮在客厅里说的话，罗茜想明白了。是因为展雁潮答应让他做战士，又养活了他的弟弟妹妹，季作山才任他予取予求。

但显然，按照展雁潮叫嚷着“季作山是他的从者”这个事实来看，他根本没把自己的承诺往心里去，甚至有可能是在欺骗季作山。

罗茜单手支颐，湛蓝的圆眼睛瞄着季作山，颇有几分玩味：“志气挺高。但是最强战士这个目标……不觉得太高了吗？”

她以为季作山会像大多同龄人一样跟自己争辩，并列举自己的种种过人之处，但季作山的反应淡淡的，只抿唇轻轻勾了勾嘴角，把弟弟妹妹住的地址报给了罗茜，温和恭敬地说了声“谢谢罗茜小姐”，便又闭上了眼睛。

罗茜愣愣地注视了季作山的脸片刻，轻笑出声。

几天前，她向季作山搭讪，是看中了他长得好看。不避讳地说，季作山这身清冷的气质特别叫人想看他脸红时是什么模样。不过，现在她倒真是想看看季作山的底气到底源自哪里。

毕竟她前不久才了解到，在学校里提到本届最强战士人选，人人都说是展家二少展雁潮。

至于季作山的名字，不过列在中游位置而已，半分也不显眼。

在“季作山”闭上眼睛后，池小池重新出现。

季作山的声音里透着真切的惊喜：“谢谢你记得我的弟弟妹妹。”

池小池说：“以后有要求就说，跟我别玩拐弯抹角那套。要不是你这个身体出展家的时候还晕着，得慢慢清醒过来，我早就跟罗茜说了。”

061 在一旁安慰季作山：“小池的演技很好，你不用担心。”

季作山感到有点儿惊喜，也有点儿羞涩。他刚才在后视镜里看到了池小池的表现。没想到自己在眉眼中稍带一点儿自信后，是这副模样。他觉得新奇极了，也很喜欢自己的这个新表情，暗下决心，以后要多多向池先生学习。

“你夸我唱歌好听。”池小池得意地道，“这是我应该做的，从没有人这么夸过我。”

季作山说："的确很好听的。你唱的歌我都没有听过，能再唱一遍吗？"

061一声"别"还没出口，池小池就开口直击了他的灵魂。

等季作山跟着唱了一遍后，061才发现他为什么能这么真诚地夸奖池小池，因为他在池小池跑调的基础上起码又多跑了个百米冲刺。

池小池夸他："真聪明，一学就会。"

季作山有点儿不好意思："嗯。"

池小池说："你知道我们俩这种情况，在我来的那个世界叫什么吗？"

061想，大概是音痴吧。

池小池得意地道："知音。"

061：天啊！

季作山好奇："什么是知音？"

池小池兴致勃勃地道："俞伯牙和钟子期的故事，你听说过没有？"

作为一个旁听群众，061恨不得自己从来没听说过这个故事。

季作山重活一世，又如愿以偿地离开了展雁潮，心里感觉很轻松，索性竖着耳朵听池小池天南海北地胡扯。

池小池就像是养了一只会捧场的小海豹，不管他说什么，季作山都"啪啪"拍掌。

061看在眼里，又觉得有些不安。

罗茜家临时拨不出独立的客房，只能收拾出一间做储藏室的阁楼给季作山栖身。

阁楼很大，放得下六七张床，罗茜今天见识过展雁潮的疯劲儿，打算连夜把那几个住在城郊的孩子接来。

而在季作山上好药、安顿下来后，061为池小池念了一段《百年孤独》。

池小池扛不住重复人名的精神洗礼，不一会儿就睡着了。

念完第一章，061放下了书。

还醒着的季作山倒是求知若渴："后来呢？"

061轻声："嘘。"

池小池觉浅，今天又挨了打，尽管061为他阻隔了痛感，但是看他面色苍白，061心里也有点儿不舒服，只希望他能睡得好点。

季作山很快反应过来，不再吭声。

061将自己传送回了主神空间。

发现了季作山这个bug，061的第一反应还是要向上反映，以免发生什么错漏。但他只往"须臾之间"多走了几步，便站住了脚。

季作山会成为能说话的bug，细想起来其实并不难以理解。

他的体内能量天生比正常人高出一截，精神力更是异常强大，主神施加的禁锢并不能奈何他。

而 061 关注的是另一件事。

如果说在冬歌的世界里，自己所接收到的讯息还无法证明源自冬歌的话，那么季作山开口讲话，基本上坐实了池小池所有的推测——宿主在寄宿时，原主并未离开。

那么之前主神为什么要求所有宿主死遁离开？为什么不在相关条约里告知系统们这一情形？宿主死遁了，那身体里的原主又能去哪里？

061 感觉浑身发冷。

这时，系统 131 路过他身边，打了个招呼：“061，回来啦。”

061 回过神来，自然地答道：“嗯。”

131 是个戴眼镜的娃娃脸，偏偏总是一副忧国忧民的表情，是在系统中享誉极广的悲观主义者。他看了看 061 的脸色，说：“你怎么了？是池小池出什么事儿了吗？”

061 笑：“没有，他很好。我来给他下载几本书。”

正因为现在的池小池很好，他才不能为他惹事。

池小池心思机敏，却不对季作山的存在多加怀疑，是因为他心里清楚这里头有猫腻，一旦戳破，难免惹祸上身。

小池既然不提，自己应该也有默契才对。

但是，原主还留在身体内的证据还是要保留的。如果以后有监察机构到来，他一定要把这件事上报，问上一问。

而此时此刻的“须臾之间”里，暗红色的主神正心情愉快地缓缓蠕动着。

专属 AI 说：“061 回来了。”

主神问：“他来干什么？”

AI 答：“他去找了 023，说是要找一些文件。”

主神没再多想，问 AI 道：“有没有在 198 号世界线里监测到 061 的生命活动信号？”

198 号世界线，正是池小池在的那一条。

AI 答：“还没有。”

主神冷笑一声。

他非常期待 061 的出场。

毕竟，他只要陪伴在池小池身边，池小池的熵值就会暴涨，就比如说上个世界里的冬飞鸿。

上个世界里，061 的无心插柳可是帮了主神的大忙，也叫主神终于确认了池小池的弱点。

虽然在签署的协议里，061 坚持要掌握自己身份的选择权，主神也赋予了他这一权利，但只要 061 在 198 号世界线里有了身体，一切就都好办了。

A 级难度的世界线里，宿主随时会有生命危险，主神作为一组天生的 AI 数据，虽然不是很懂人类心理，但也阅读过大量心理学书籍，知道“吊桥效应”的存在。他相信，如果 061 一直陪伴在池小池身边，被他一次次拯救的池小池绝不可能不动摇。

没有人能脱离他的掌控，没有人能离开这个世界。

谁都不应该成为主神的意外，一切事情，只能按照他的推想，按部就班地进行下去。

季作山的身体底子很好，吃了药，不到半天就已经退烧。

罗茜办事利落，把季作山领来的当天，季作山的弟弟妹妹也被罗茜接来，和季作山同住，而罗茜家的别墅极大，哪怕有管家仆役，也总缺帮手，所以他们也各自获得了一份工作。

至于展雁潮，他现在还没把心思动到季作山的弟弟妹妹身上，他如何在家里暴跳如雷、坐立不安，暂且不提。

第二天罗茜来探望季作山时，发现他的伤已经痊愈了，身上的伤痕也消去不少，不由得惊讶起来。他的痊愈速度很快，而这正是体内先天能量强的表现，但也不至于一个晚上的工夫，身上连红痕都不留几道吧。

罗茜一边琢磨着，一边把季作山带去了训练室。

她身高一米七五左右，穿着一条深蓝色长裙，与一身雪白的皮肤极为相衬。她说：“我家里不养特牲。你既然打算离开展家，我把你接来，你就算是我的陪练，跟我一起上学。从现在开始，你就算是我的人了。”

季作山惜字如金：“嗯。”

罗茜家的训练室很大，各项设施一应俱全。但季作山更关注的是与训练室毗邻的一片更大的区域。他询问道：“那是哪里？”

罗茜用虹膜扫描解开训练室的密码锁，又把季作山拉来录入虹膜信息，坦然地答道：“实验室。”

季作山盯着扫描器，略带诧异：“嗯？”

“我的梦想是做一个科学家。”罗茜说，“但是这个星球推崇武力，只有成为战士，才能享有顶级资源。”说着，罗茜一把推开了训练室的大门，“所以，为了我一直以来的梦想，我必须成为战士。”

少女引着季作山走进训练室，走到一台约两米高的、用白布蒙着的机甲前，指着机甲对他道：“我没办法像展雁潮一样为你准备专用机，家里只有一台多余的训练机，你先用着。”

似乎是觉得这个待遇不大像是给“最强战士”的，罗茜回头笑道：“不过我家世世代代专精科技，AI 水准是一流的。昨天我已经把你的数据录入了这台机甲，从今天开始，它是你的了，别叫我失望，最强战士。”

须臾之间里。

AI 突然有了反应：“检测到 061 的生命信号了！”

主神迫不及待地问：“在哪里？是谁？”

061 选择成了谁？

AI 直接将 061 化身的影像投射到了数据屏上。

主神刚刚投去目光，便猛地一愣，接下来无名的怒火腾起，差点儿把半面数据屏幕直接炸毁。

与此同时，蒙在机甲上的白布徐徐落下。

一具泛着深蓝色金属光泽的人形机甲亮起了指示灯，在短暂的数据搭桥连接后，它的眼中映出了池小池的身影。它向池小池单膝跪倒，用机械音温柔地说道：“我的主人，你好。”

◇ 狂战，宽恕，所谓上帝

1

作为战斗训练机，这台机甲的外观很不错。

机甲的外形是标准的倒三角设计，深蓝色的头盔上的目灯是澄净的白，双肩略宽，呈线条流畅的飞翼状，鳞甲覆盖至胸腹部，而腰部则由金色斜螺纹的钢铁护甲防护，双腿比例极佳，又按照季作山的身体进行了数据微调。

不论性能，单说在美学方面，这套机甲绝对是顶尖的。

而它的智能性更毋庸置疑，单膝跪下时的姿态像极了一个真正的人类。

池小池问季作山："怎么样？"

季作山望着机甲，语速极快地道："型号是普通的家用训练机，用来日常训练足够了。不过还需要根据我的操作习惯进行内部的改装和微调。"

一提到机甲，季作山的语气都变了。

池小池转向罗茜："我能做一些改装吗？"

罗茜抱臂："你会？"

池小池没说话，只一颔首。

罗茜笑道："那请便，隔壁就是改装室。不过事先说好，我只有这一台多余的机甲，你要是玩坏了，我可就爱莫能助了。"

在把季作山留下来和他的新机甲单独相处前，罗茜走到门口，又回头问道："你跟我一起去上学吗？"

季作山答："嗯。"

罗茜问："到时候遇到展雁潮怎么办？"

季作山看向少女，说："我这边没事，只怕罗茜小姐受不了。"

罗茜也是个即使撞上南墙也非撞破南墙不可的性子，潇洒地吹了声口哨："我也无所谓。说起来，我很想试试，展雁潮到底有多强。"

训练室的门刚一关上，池小池便来到了机甲身边："你好。"

机甲抬起头来，温驯地道："您好！很高兴为主人服务。"

池小池对 061 说："嘿，是你的同行。"

061 心说：不，是你的盔甲。

这台机甲，出厂设置上就写着池小池的名字，是只属于池小池的铠甲。

季作山似乎的确很爱这台机甲，罗茜来看过他几次，他都在忙着改装新到手的机甲。

在四射的电弧光芒中，季作山依旧沉默着，目光里却透着难以言表的狂热。

她看出他对机甲的执着，没叫他吃饭，任由他一个人彻夜忙碌。

等到他把各项操作系统调试到最适合自己的状态，已经是凌晨两点，他索性爬入机甲内部，在新机甲里，安安静静地睡着了。

061 失笑。

从前都是他在宿主体内，这是头一次宿主在他的体内了。他将内部的探照灯调至最暗，空调系统也调至最适合的温度，随即，他坐下，静静感受从身体内部传来的呼吸声。

池小池用的是季作山的身体，可呼吸却是池小池的节奏，有点儿轻，似乎随时都会惊醒过来，让人忍不住屏息，把他护在最静谧的所在，唯恐把他惊醒。

061 有点儿苦恼，因为自己从未和宿主如此亲近过，但想着想着，他又忍不住想笑。

已经被命名为“布鲁”的机甲将手臂抬起，按在胸口，想着池小池就躺在里面，自己能时刻守护着他，就觉得这样真好，这个夜晚真短。

周末转眼即逝。

周一时，季作山已经将破烂的校服补好，新机甲也在一早简单拆卸后、用罗茜家的飞机运抵了学校的训练室。

这间机甲学校是私立学校，允许学生带陪练或特牲来，而展雁潮在学校里又名声远扬，因此季作山一进教室，就立即有人认出了他来。

“那不是展雁潮的特牲吗？怎么跟着罗茜了？”

前天受邀前往展家的那几个人忙着给大家讲当日的所见所闻，可谓神采飞扬，完全不见罗茜与展雁潮对峙时各自龟缩的模样。他们在描述过程中免不了添油加醋，将那日的别墅描绘成了一个修罗场，而风暴中心，就是季作山。

听完事件的前因后果，大家纷纷感叹。

“完了，展雁潮那个性格还不炸窝啊。”

“肯定的啊！罗茜这下惨了。展雁潮刚入学的时候发生的那件事你们还记得吗？”

“我听人说过，那个学长好像是叫雷昂？”

“就是雷昂。那个时候展雁潮刚入学，雷昂看中了季作山，说要把他买走，跟展雁潮杠了两句。展雁潮不仅翻了脸，还放话说见他一次打他一次。结果他说到做到，别说是在练习场上，哪怕在上厕所时看到雷昂，都要徒手把他揍跑为止。后来雷昂走路都躲着姓展的走，没读一年就转校了。”

“啧啧啧，这姓季的怕不是有什么隐藏技能？”

“就算有，也是学不来的那种技能，学不来学不来。”

那几个人冲季作山指指点点，仿佛已经料定他不敢多嘴。

罗茜本来想说点儿什么，但看季作山面色如常，她决定不管这个闲事。

这和前天的境况不同，她得看季作山自己要不要争这口气。

而下一秒，池小池便冷笑一声，说道：“一群菜鸟。”

季作山平时不显山不露水，一开口就是群体攻击，就连罗茜也诧异地托着腮看向他。

离他比较近的人听到这声嘲讽，略带不可置信的表情回过头来，问：“你说什么？”

季作山早已习惯逆来顺受，乍然间成了众人关注的中心，他对这样的情况有点儿慌乱：“池先生……”

池小池踢开椅子站起身来，同时对季作山说：“你要做最强战士，就有个战士的样子。展雁潮虽然是个王八蛋，但他也有东西值得你学。我问你，如果是展雁潮，碰到敢当面嚼他舌根的，他会怎么做？”

季作山想了想：“会把凳子掀到对方脸上。”

池小池依言抄起凳子，直接扔向了那个说季作山有“隐藏技能”的碎嘴子。

“咕咕嚀的一群菜鸟。”池小池拍拍手，不紧不慢地道，“技能学不来不要紧，回炉重造啊。”

罗茜一脸欣赏地看着自己的新陪练，心想，这才有点儿样子。

被砸了脚面的人刚想发作，目光一转，瞧见了窗外正大步流星地走向教室的展雁潮。他脸色微变，只得悻悻地坐下，但仍然恶狠狠地对季作山说：“你给我等着。”

池小池说：“等什么，等你回炉重造吗？”

季作山有点儿蒙，但看到那人郁闷的表情，又本能地觉得痛快不已，四肢百骸都通畅了不少。

池小池问季作山：“过不过分？”

季作山说：“有点儿。”

池小池不以为意，又问：“开不开心？”

季作山说：“开心。”

池小池笑：“成了。”

061 及时提醒他们道：“展雁潮来了。”

其实不用 061 提醒，池小池已经听到了骚动声。

展雁潮脸色难看地踏进教室，不去自己的最前排待着，而是径直走到教室中排，一把钳住季作山的胳膊，眼底布满血丝：“玩够了吧你？玩够了就回来。”

展雁潮的眼底乌青一片，因为他已经连续两晚没能睡好了。翻一个身，他想，小季怎么还不回来。再翻一个身，他又想，季作山就是记吃不记打，等他回来，自己非得好好教训他。

可等见到季作山，展雁潮就不想别的了，人回来就行。

没想到，季作山动也不动，轻轻松松地便挣脱了他的手。

展雁潮不解地道："你干什么？"

碰见展雁潮，季作山又变回了那个惜字如金的季作山："不是说好了吗？我归罗茜小姐。"

展雁潮不高兴地说道："跟谁说好了？"

季作山说："你说的。现在我不选择你，不回展家。"

教室里哗一声议论了开来。

展雁潮的一张脸憋得通红，有生之年他还没被人这样当众驳过面子。他气得直发抖，指着季作山的鼻子："季作山，你可别给脸不要！"

季作山淡淡地道："你给的脸，我不想要。"

"我惯着你了是吧？"展雁潮骂了一声，一脚踹上季作山的桌子，也不跟他客气了，扯住他的领子就要拉他走。

而下一秒，"啪"的一声，他的手腕被季作山一把拍中。

季作山用的劲儿巧得很，又响又脆，且只一巴掌就打中了展雁潮的麻筋，打得他的右手失去了力气，不得不松开手。

展雁潮心里涌上了火气："姓季的，你敢打我？"

展雁潮向来不是个擅长在自己身上找原因的人，立刻将目光对准了罪魁祸首罗茜，死死地瞪着她，恨不得将她扒下一层皮来。

季作山整一整衣领，重新坐回罗茜身边，轻声道："还你的。"

罗茜一愣，想到了那天自己被展雁潮打中手臂，轻轻一抿嘴，却还是没来得及彻底抿去那一缕笑意。

看着这两个人耳语轻笑的模样，展雁潮恨不得马上把罗茜拉到竞技场打一架，可他的右手被季作山一拍，又酸又胀又疼，竟是连抬起来都费力。

刚才跟季作山发生口角的人一瞧这剑拔弩张的气氛，也忍不住出头帮腔："姓季的，你这可不地道啊。展……"

展雁潮心里的怨愤猛然炸了开来，他回头声色俱厉地呵斥道："有你什么事儿？滚一边儿去！"

趁机想讨好展雁潮反被他唾骂，那人难堪不已，但又不愿在这时偃旗息鼓沦为笑柄，索性挺了挺胸膛："怎么和我没关系？我跟他还有一笔账没算呢？"

展雁潮心烦意乱，只想让这个不识相的人闭上嘴滚蛋，尽快解决自己同季作山的问题，不承想池小池竟不再理他，问那人："你跟我有什么账？"

那人冷笑道："你别装傻。等到训练课上，我要向你讨回来。"

池小池说："别讨了，你又讨不回来。与其跟我打，不如现在穿着机甲直接跳楼。"

展雁潮微微瞪大了眼睛，对人冷嘲热讽的季作山，他还是第一次见到。

恰好在这时上课铃响了，老师走进门来，看到仍在站着的展雁潮，皱了皱眉头，却没敢说什么。

展雁潮也不是白白受气的，大步走回了自己的座位，“哐”的一声拉开椅子，差点儿把后面人的桌子撞翻。一节机甲理论课，他什么都没听，画了一纸的王八，又在王八盖子上一笔笔写满了季作山的名字。

本来听到季作山的口气如此笃定，那个主动挑衅的人还有些惴惴不安，以为他有什么撒手锏，可等他看到季作山将那台新改装好的训练机甲开出来后，呆了一下，不禁捧腹大笑：“你就拿这破玩意儿来跟我打？”

私立学校的学生，在训练时一般使用自己的专用机甲，以显示身份的不同。

这个人拥有的专用机甲是重型机甲，高三米，浑身都以铜亮的云金覆盖，块头更大，还配备有简单的轻火力武器。

仅两米高的“布鲁”在这台重型机甲面前就像个孱弱的少年。

展雁潮的眼里却已经要冒出火来。

他难道宁肯用这种破烂，也不肯回展家来？

2

池小池不理会众人的嘲笑，躺入机甲舱内。

神经连接信号递出，与主系统相连，池小池眼前的视野豁亮起来，只觉自己已经与机甲本身融为一体，视角、体感都彻底同化。他抬起右手，活动了下手指，只觉每一根机骨都和他自己的关节、四肢一样，灵活自由，听凭驱使。

机甲学校里有数间格斗室，公用私用，泾渭分明。

这里是公用格斗室之一，面积约有一个标准田径赛场大小，外表由六级强化玻璃呈球形覆盖，能承受住上千吨位的铁甲的全力一击，用途是供学生战斗及观摩学习。

当然，也是好勇斗狠、精力旺盛者决斗的常用场所。

展雁潮紧盯着季作山的新机甲，脸上的神色阴晴不定。

季作山以前有自己的专用机，是展雁潮和他一起设计的。

他想涂装成蓝色，而展雁潮嫌蓝色不好看，抢过图纸，自作主张地改成了白色，并振振有词地道：“我的机甲是黑的，你的机甲就得是白色的！”

他到现在还记得季作山那个惊愕的眼神：“白色……”

展雁潮得意扬扬地揽着他的肩：“怎么样，白色委屈你季作山啦？”

季作山垂着眉眼:“没有。”

两人你一言我一语，最后演变成了“少年刷漆大战”，两个人的身上都是斑驳的涂料，最后相视一笑。

想到那个场景，再看到穿着别人机甲的季作山，展雁潮气得眼里血丝都进了出来，又生气又委屈，透着一股狠劲儿，连带着那身多余的机甲也恨上了。

被打爆了才好!

俗话说君子不立危墙之下，展雁潮这堵危墙更是众所周知的危险，现在敢站在他身边的，也只有一个罗茜了。她也不是故意想站在展雁潮身边，只是周围人做鸟兽状散开后，她才发现展雁潮已经在距离自己不过五步开外的地方站定了。

罗茜只瞄了他一眼，就别过了脸去，这里的视野最好，况且，她也没有给人让位置的习惯。

相比于自己，她对季作山更加担心。她给季作山的机甲战斗性能一般，输入的 AI 程序更是由家庭服务 AI 改进而来的。如果罗茜没记错，它上一个服务过的宿主是扫地机器人。

罗茜也是新来的转校生，不清楚各个学生的专用机甲使用情况，因此当看到那个人开出来的重型机甲时，她微微一怔，不过片刻后就释然了。她从随身的小包里摸出一罐功能饮料，慢慢地喝着。

机甲只是工具，她来看的是季作山的战斗能力。

倘若季作山不配，这套机甲毁了就毁了。

倘若季作山配得上，十套机甲她也造得起。

引擎的低低嗡鸣自背后传来，赛车式的推背感叫池小池感到后背火烧火燎地发起烫来。

即使有空调系统的调节，池小池也开始冒汗，这种紧张感来源于他这具身体的战斗本能。能够再次正式使用战斗型机甲，这具身体已经控制不住兴奋，战栗起来了，仿佛骨缝里被凉过一遭的热血浸过，如同蚁噬。

由于身体的记忆太过鲜明、强烈，季作山只能勉强压抑着声音，不让自己的声音颤抖得太过明显。他问池小池:“我，要打到什么程度。”

池小池看了一眼对面。

那台铜黄色的巨甲重兵已经迫不及待了，它握了握斗大的钢拳，挑衅道:“矮子，来啊。”

池小池问季作山:“多久没打过架了?”

季作山想了想:“很久了。”

变成从者，又在黑暗里等待了那么久，他以为自己早就腐朽了。但时至今日，面前重新站上了对手，他才发现自己没有忘却。不仅没有忘却，而且时隔多年，仍然势如烈火，烧得他每根骨头都在噼啪作响。

池小池问他："还能打吗？"

一问一答间，季作山的声音一直在发生微妙的变化，像是一块刚从上千摄氏度的熔炉里取出的铁，烧得发烫，表面尚有液体流动，看上去松软得像块奶酪。而"奶酪"遇到冷空气，慢慢凝固，褪去表面亮堂堂的光焰，恢复最本质的颜色，却已是浑然成钢。

"不用为谁隐藏，不用顾忌谁。"池小池说，"打一场为了你自己的比赛。"

对方早已等得不耐烦了，见对方的机甲在原地踏过两步就没再动弹，一副不知该如何出手的模样，还以为是对方有了迟来的自知之明，不由得轻蔑地道："想认输了？行啊，你……"

就在这时，深蓝色的机甲动了。

足下的推进器瞬间马力推至满格，从"行"字出发，到"你"字为止，机甲以不可思议的速度斜身滑至那异常高大的机甲身前！就连已经拿回身体控制权的季作山也没料到这台机甲的推进器性能会优越至此，但只消一个瞬间，他便跟上了机甲的速度。

双足在滑过地面的锐利长鸣后，右足发力，在距对方尚有三米的地方轻松跃起，如轻鹞一般翻过他的肩膀，而一双钢指在翻身纵起时闪电般探出，掐住了对方的颈部。

在对方的视野里，那风驰电掣而来的机甲还未来到身前，便一个纵跳，陡然消失。

下一瞬，颈部便传来了可怕的窒息感。那人还未来得及反应，整个机甲竟然已经被人扼住咽喉，向后抡起！

在凌空的刹那，他的脑中一片空白。

而在所有围观学生的眼中，季作山驾驶的机甲在翻身越过那人的机甲肩膀之后，径直锁住了他的咽喉，腰部发了强力，将整具机甲托离地面，而在双足稳稳落地后，他更是抱住机甲的咽喉，一个漂亮的背摔，将那台坦克似的重甲从肩上抡过，轰然掷落地面！

刚才还在叽叽喳喳的学生陷入了长时间的沉默中。

咬着吸管的罗茜猛地呆住，就连展雁潮也是一脸不可置信的表情。

"咔啦……"

霹雳之声炸响，而单膝跪地的季作山操纵的机甲抬起头来，白色的目灯刹那间转为鲜红的战斗模式。

不等那台笨重的机甲做出任何反应，季作山便扑了上来。重拳落下，金铁交加之声铿然入耳，震得身在机甲中的人耳鸣不止。

而另一台机甲中的季作山却是面无表情，引拳挥击，一记自下而上的拳头硬生生地将那人的显示屏震出了花影！

倒地的那个人也不是草包，挨了两下揍，疼痛、晕眩之余，竟然还能做出反应。他启动了机甲的背推器，试图从季作山的手下横向移出。

孰料，他移出不到三米，便再也无法移动分毫。

他被季作山擒住了脚腕！

不妙！

眼看着季作山要故技重施，将他再次摔落地面，已经身到半空的重甲再不顾忌什么，左手大拇指往下一摁。他的左手腕部盔甲“咔啦”一声翻开，一套微型脉冲枪赫然对准了季作山的机甲！

右手握住对方机甲的脚踝，季作山想也不想，伸出左手，以掌心强挡。

那人信心满满。他的这把脉冲枪是和机甲一起制造的，威力能穿透四级钢制造的机甲。他操纵的机甲是四级钢制成，而季作山操纵的机甲，他打眼一看，也不过是普通的三级钢制成。

脉冲枪每发射一次就需要三分钟的蓄能，幸亏他在刚刚从准备室里开出机甲时就已经开启了脉冲枪，准备在把季作山打得落花流水后，轰烂他机甲的脑袋。

虽然现在就派上了用场，与他的预期截然不同，但他哪里还顾得上那么多？

等着被轰烂手掌吧！

“啾……”

尖锐的脉冲光流轰鸣着冲入了季作山机甲的左手，却并未发生那人预想之中的爆炸。

怎么会？就连季作山的动作都出现了一瞬间的微滞，但很快，季作山收拢的左手掌心就重新张了开来。

一团脉冲磁流在他左手掌心里徐徐流转，像是被驯服的野兽。

那人倒吸一口冷气。该死，居然是蓄能盾？

不待他意识到情况要糟，季作山便将掌心对准了他的脑袋。

“轰”的一声，那颗笨重的头颅被脉冲光流瞬间射中！

头部受创，几项机甲功能失灵，那人正惊惧交加时，季作山已经将他再次面朝下摔落地面，一肘击残了他还在运转中的推进器，同时将他右腿机甲朝后翻折过来，发力一拧，那脆弱的关节处受创，竟叮铃当啷地蹦出了零件来！

那人隐约猜到季作山要做什么了，刚要喊叫，便被近距离袭来的一股精纯的精神力逼得不受控制地惨叫出声。

这是什么东西？

当然是季作山体内的精神力。

以前，季作山不喜欢太过招摇，从不把强大的精神力拿来轻易示人。他哪怕想要示人，也过不去展雁潮那关。

展雁潮不许季作山跟别人格斗，只许和他一个人练习格斗，而在展雁潮面前，季作山总怕动手太甚伤了他，因此每次都是点到为止。

季作山从来不是什么野心勃勃的人，他关心的东西都是实实在在的，比如弟弟妹妹，比如展雁潮。

现在，是季作山第一次试图去寻找自己的极限。

压倒性的精神力对任何生物来说都是可怕的，那是一股叫人本能屈服、生畏乃至于恐惧的力量。

不只是眼前人，就连与季作山共生的池小池都被那股强悍的精神力刺激得头疼起来。但还不等疼痛感蔓延开来，冥冥中似乎就有一双手轻轻拢住了他的耳朵，把一切不适感都隔绝在外。

池小池以为自己是适应了。

但在他看不到的地方，061 潜入了数据海中，以庞杂的数据做墙，为属于池小池的那部分精神能量搭了一重密不透风的防护堡垒。

那团精神能量从躁乱中安静下来后，左顾右盼，像是一只不安分的仓鼠。

061 失笑。他将自己的一点儿数据融入堡垒之中，用自己的精神能量轻轻地戳了戳仓鼠的脸颊。

你呀……

季作山已经占据了绝对的优势，但他并没有停手。

因为季作山还没触摸到自己的极限，眼前的这具机甲就成了他最好的试练物。精神力将他的肉体极限呈几何倍数向上推去，他像撕纸箱子似的扯开了机甲的背甲。

那个人已经要被吓疯了

“季作山，你拆……你别拆！”

机甲强度 70%。

“季作山，季作山，你别打了听见没有？”

机甲强度 55%。

“你别打了，我认输，认输！”

机甲强度 30%。

“你……你疯了！”

机甲强度 9%。

那个人被从破损不堪的机甲内强硬扯出时，整个人的精神在巨大的视觉冲击与精神力压制下，几近崩溃。

机甲强度，0。

机甲破碎一地，胳膊与腿部零件各自散落，机油流淌一地，看起来惨烈无比。

在剧烈的耳鸣声中，他隐约听到了季作山冷淡的声音：“我说了，你跟我打，不如穿着机甲直接从楼上跳下去。”

3

且不论压倒性的精神力冲击，单是眼睁睁地看着铜骨钢皮被块块拆落就已经是极为恐怖的精神刺激了，那个人浑身发软，被放在格斗室地上时径直滑跪了下去，双眼呆滞地抬头看向季作山。

在两米高的深蓝色机甲面前，他弱小得不堪一击。

池小池没再理会他，转身朝向瞠目结舌的罗茜，将手放在胸口位置，俯身轻轻行了一礼。

直起身来后，身体里的季作山忙不迭地问池小池："池先生，这个要赔吗？"从狂暴的战斗模式里走出来，季作山看着一地七零八落的机甲，有点儿傻眼。

"赔？"池小池说，"什么都赔，那等以后你出门打仗时记得在兜里多揣点钱，打坏一个虫族的壳留一笔医药费。"

季作山："啊……"

池小池问："赔不赔了？"

季作山乖乖地道："不赔了。"

池小池操纵机甲，跨过一地零碎，回到了准备室。

低微的出身和展家的生活以及最后降为从者的日子，让季作山始终有自己低人一等的错觉。今天以前，他或许还是如此；但从今天开始，没人再敢指着季作山的鼻子说，你这个特牲。

格斗室外早已经炸了营。

他们见过格斗中的机甲损坏，却没见过这种把机甲直接用手撕开来的操作。

罗茜呆愣了半晌，马上抬步往准备室走去，路过展雁潮身边时还不忘向他点头致意："用这么高规格的'特牲'，展二少真是大手笔。"

言下之意是，你配得上吗？

展雁潮的脸色微微发青，他根本不知道季作山有这么大的能耐，其实他也根本没有真正关心过。在他看来，自己已经够强悍了，用来保护季作山是足够的。小季强不强并不重要。

然而，扪心自问，哪怕使用自己的专用机，展雁潮也没办法把四级钢制造的机甲破坏到这种程度。

以前他从不愿去想一想季作山的感受，只觉得小季有趣。

而今天看到季作山的表现，展雁潮向来直来直去的头脑里影影绰绰地多了个想法。如果小季真的这么强悍的话……

下一秒，他脸色竟由阴转了晴，竟没跟罗茜多计较，先于她大步冲向了准备室。

如他所料，季作山还没离开。

展雁潮堵住了门："小季！"

然后他就呆住了。

季作山刚刚脱下训练服，阳光从窗外射入，照着他的身体。他回过身来看着展雁潮，不说话。

一瞧见这张脸，展雁潮才回过神来：“挺厉害啊，季作山，有这本事还瞒着我。”

季作山淡淡地道：“现在你知道了。”

展雁潮哪里受得了季作山用这种口气跟他说话，怒道：“你把舌头给我捋直了，阴阳怪气的，谁准你这么跟我说话了？”

季作山没再说话。

他一沉默下来，展雁潮就像是一拳捶上了棉花，一股火憋在心头，撒也撒不出来。不过这一下，他倒是想起了自己的来意。

调整好表情，他放下胳膊，来到季作山身边，一探头，笑嘻嘻地道：“还生气呢？”

季作山把校服外套披在肩上：“没必要。”

展雁潮这辈子还没放下过身段和什么人求和过，他只能回忆着以前和季作山闹别扭时季作山的语气、动作，因此模仿得不伦不类。

他坐在季作山旁边的凳子上，拉近和他的距离，但一开口说的就不是人话：“你还挺记仇，之前也不是没闹伤过。”

说完，他伸手朝季作山的后背拍了几下，“啪啪”有声：“你看，这不是已经好了？”

季作山笑了笑，仍然没回应。

展雁潮把自己的话听入耳里，也觉得有些怪异，咂摸咂摸，觉得这句话作为道歉、和好的话好像并不合适。他又站起身来，背着手在他面前踱来踱去，踱了半天，觉得火候够了，才状似无意地询问：“疼吗？”

这两个字一出口，不等季作山作答，他倒是先起了一身鸡皮疙瘩。

季作山说：“习惯了。”不等展雁潮说什么，季作山很快就接了下半句话，“不想再习惯下去了。”

展雁潮强忍住抽他脑袋的冲动，竭力把话题拉回正轨：“我知道你不是为了我打你生气，是因为我让你当从者，你才生气的。是不是？”

果然，季作山穿衣服的动作顿住了。

展雁潮自然以为自己窥到了真相：“你有这样的实力，怎么甘心当从者？你回来展家，我让你当战士，这总行了吧？”

季作山站在那里没有动。

展雁潮期待地看着他的背影，手指扭得发疼也没有察觉，心里却渐渐松快起来……果然是生气了。小孩子嘛，真没志气。

“‘让’我当战士？”季作山清冷的声音响起来，“这话听着耳熟得很。”

没能在第一时间得到“我回家”的准信儿，展雁潮也不耐烦了：“你什么意思啊，到底回不回家？”

“还是不了。”季作山把毛衣套上，“我怕您再把您说过的话忘记了。”

觍着脸求和好的展雁潮怎么受得了被人这样下面子，他感觉像是被人一拳捶在脸上，马丁靴反脚踹在了一侧的铁皮柜上，暴怒道：“季作山，你到底想怎么样？”

季作山回过身：“您已经把我转让出去了。现在我的事不用您关心。”

展雁潮气得直哆嗦：“姓季的，你再叫我一个‘您’，信不信我……”

“抽我？”季作山说，“那您考虑清楚，我说不定会抽回去。”

展雁潮的眼圈都红了。

季作山怎么敢这么对我说话？他以前不是这样的！凭什么？凭什么这次就这么狠？

展雁潮疯起来什么都不管了，哪里还记得自己的来意，猛推了季作山一把：“我养条狗都比你有良心！”

季作山的底盘很稳，动也没动，说道：“你忘了，你养过一条小金毛。领回来的第二天上午，它没能在指定的地点上厕所，你打了它一下，它下午就跑了。我是不如狗。”季作山的声音不高，却像锥子似的拿尖儿怼着展雁潮的心，“我要是狗，我该跑得比谁都快。”

展雁潮哪儿受得了这句话，一巴掌就扇了过去。但他这一巴掌甩过去，却不偏不倚地甩上了一块硬物，疼得他脸色骤变。

一直在一旁待机的机甲布鲁竟不知何时瞬移横拦在了他与季作山之间，用胳膊轻而易举地拦下了他的动作。

布鲁用机械音冷冰冰地道：“抱歉，展先生请自重。”

展雁潮痛得直冒冷汗，却死咬着牙关不肯叫出声来，屈身看着即将离开准备室的季作山，怒吼道：“脱下来！那套校服是我给你买的！”

没想到季作山当真脱得飞快，只一眨眼的工夫，外套和毛衣便都挽在了他的手臂上，丢到了展雁潮跟前。他重新走回衣柜前，拉开，里面是一套他自己给自己买的常服。

按理说，在机甲学校里必须穿校服。

但只要今天的事情传出去，在武力至上的大背景下，以后季作山哪怕在学校里裸奔，也没人敢管。

展雁潮的眼泪都要流下来了，却完全是气的。姓季的欺人太甚了！这么不识好歹，那就让他死外面去吧！

展雁潮一猫腰，把一地的衣裳抱在怀里，也没请假，径直跑回了家，把季作山用过的东西一样样翻出来，在院子里点了一把火，全给烧了。

展二少又不是第一次发这样发疯，管家早就习惯了，也没拦他，只远远地看着他一边气得发抖一边点火。以前他也烧过一次季作山的东西，不过属狗脸的展二少上午还对季作山恨之入骨，下午就把自己的衣服和床都让给了季作山。

管家想，这次应该也不会例外吧。

当把最后一堆东西投入火焰时，展雁潮总算解气了。他觉得自己对季作山够好了，姓季的没良心，能怎么办？叫他死外面去吧！

火焰的热度烤得他的脸发干紧绷，但盯着那些即将付之一炬的物件，展雁潮觉得越来越不安。

管家看着展雁潮发疯发得差不多了，刚想去把残火扑灭，再去张罗午餐，就看见展雁潮朝火里扑去，直接伸手去捞里面的一样东西。

管家吓得连忙跑过去一看，发现他抢出来的东西竟然是一个普普通通的笔记本。

真是疯了！看着他手背上的烧伤，管家的冷汗泉涌似的往出冒，他把展雁潮往别墅里推，一迭声地叫人准备烧伤药和冰块。

展雁潮却像是感觉不到疼痛似的，把笔记本翻开，发现它只是被燎坏了一个角，不禁满意地点点头。

笔记本里面是季作山关于机甲工程学的笔记，字迹密密麻麻，巨细靡遗。

展雁潮是不爱记理论课笔记的，每次都吩咐季作山帮自己去记笔记，而季作山每次都乖乖去做，他便以为是季作山听自己的话，自然是无比受用。但现在一页页翻看笔记本，他发现季作山绘制的每一幅构造图都精细无比，旁边用小字标注着每一个零件的名称，甚至笔记本的反面上还有他画下的改进图。

展雁潮抚着那精细到几近苛刻的图画，心里多了些说不出的感觉。

待展雁潮负气离去，罗茜来了。她没像展雁潮一样说那么多话，只夸了季作山两句，就赶着去做自己的训练了。季作山的优秀毕竟和她无关，她只是惊喜地发现了一个宝物，但也不指望宝物的回馈。她离开前说，如果一会儿有空，穿着机甲去她的私人格斗室，她想跟他做练习。

她离开后，061 开口道：“你刚才脱衣服脱得挺快的。”

池小池笑：“做模特的时候练出来的。”

而季作山没有说话。

一人一系统都知道，季作山现在的心情大概很复杂。

所以在简单的对话过后，谁都没有再开口。半晌后，季作山喃喃地道：“原来这么简单。”原来，只要让展雁潮看到自己的实力，他就会答应让自己做战士吗？原来这么简单的吗？他闷声笑了起来，觉得自己真是又软弱又可笑。

为什么就不知道说呢，蠢货。

一股极强烈的发泄冲动在季作山的体内涌动，池小池也感受到了那股隐藏在平静之下的汹涌波涛，适时地开口表示：“你尽情发泄。”

061 还没来得及劝说一句，季作山便抬起拳头，狠狠地朝更衣柜砸去。这挟裹着精神力的一拳下去，柜子肯定受不了，季作山的手估计也得受伤。

061 眉头一跳。

季作山那一拳确实落了下来，但却像是砸在了橡皮上，只震得指尖微微发麻，好在并不疼痛。茫然间，他抬眼一看，只见那台深蓝色的机甲护在了他的身前，那一拳落在了机甲的身上。

布鲁接过他的手，握在金属质感的掌心中，温和地说道："抱歉，我以后会记得把碰触到主人的部分变得更加柔软。"

4

展雁潮和季作山掰了。

这件事长了眼睛的人都瞧得出来，至于原因则是众说纷纭，流传最广的版本是季作山攀上了新的高枝儿，就和展雁潮绝交了。

不等季作山有所反应，展雁潮先动了肝火。他将造谣、传谣的人一串串揪出来，先是逼问出谣言的上家，再动手解决。凡是嘴上传过的、私下议论过的，无人幸免。

这种行为在一段时间里带来了更多的流言，他越是如此，大家就越发认定展雁潮是心虚、顾面子，才如此大动肝火。但是敢这样议论他的人又挨了一顿揍。

展雁潮近来火气很大，煞星似的，大家都对他敬而远之，敢跟他搭话的，也只有他那从前线回来、执行学生暑训任务的大哥展雁翎。

这几日弟弟熬得双眼血红，大半夜都睡不着觉，跑到训练室里开着机甲做模拟对战练习，展雁翎起初很纳闷，在从管家那里得知事情的前因后果后，又颇感无奈。

展家的基因很是不错，展雁翎是个极温和的人，彬彬有礼。从某种意义上讲，展家两兄弟都是很优秀的人。

他比展雁潮大十一岁，在展雁潮开始展露小霸王的苗头时，他已经成为那一届最优秀的战士。而展雁潮的坏脾气，也只有在这个大哥面前才晓得收敛一些。

从军之后，回家的机会愈少，更何况展雁翎身为年轻军官，任务繁重，单是要对抗虫族已经筋疲力尽，实在是无心力照看家里这尊大佛。

但他这回既然知道了，也应当管上一管。

身着笔挺的深蓝色军装、肩佩象征荣誉的红绣翎的展雁翎把半夜起床抽风的弟弟拎到客厅，倒了一杯红茶给他："喝了，安安神。"

展雁潮看了一眼杯子，撇一撇嘴："我还以为你会给我倒酒呢！"

展雁翎温和却不容置疑地道："别挑拣。你的条件已经很好了，这个星球上有的人连一口干净的水都喝不起。"

要是其他人敢用这种口气跟展雁潮讲话，展雁潮早就一脚踢过去了。但对哥哥，他还是尊敬的。展雁潮没再说话，接过杯子，小口抿着。

展雁翎说：“打人不好。”

展雁潮眉毛一挑，回嘴道：“他们该打！一个个都欠揍！”

“就因为他们说你的坏话？”

展雁潮嗤笑：“我还怕他们议论我？”

展雁翎没说话，等着他说出自己的理由。

展雁潮拿指节敲着面前的红木长几：“他们拿那些混账话糟践小季，不就是欺负小季不跟他们计较吗？”

展雁翎一抿嘴。果然，像父亲和管家说的那样，他发疯，是因为那个已经和展家解除了关系的特牲。

展雁翎没跟季作山相处过，只是偶尔回家探亲时看到过那个沉默又英俊的年轻人。在他的印象里，季作山话很少，见人未语先笑，只是那笑的弧度不大，反而有种清冷的感觉。

展雁翎不懂从小实力就超出同龄人一截的弟弟为什么要养特牲，直到他前段时间收到了一条经过内线发送来的视频。

那个眉目冷淡的少年在封闭的测试室里进行精神力的测试。

等他释放出精神力后，表盘状的测试仪指针从起始点狂转了百余圈，从测试仪变成了一盘快放的CD。

少年转向摄像头，歪头询问：“测试结束了吗？还是要换一个仪器？”

这条视频发送的对象是军队内师级以上的所有人，可以说展雁翎这次回来就是为了季作山。

他原本以为弟弟是发现了他的与众不同，到时候把这个特牲物尽其用，但现在看来，原来不是这么一回事儿。展雁翎说：“雁潮，你现在不大对劲儿。”

展雁潮张扬地一掀眉毛，却掩不住眼底的疲惫和失落：“怎么？”

展雁翎问他：“你是把他当特牲，还是当别的什么？”

展雁潮有点儿烦躁：“谁说他是特牲了，他是小季啊。”

展雁翎盯着他，发现他神态不似作伪，不觉怀疑地道：“你把他当朋友？可我听说，你对他的态度好像并不算好。”

展雁潮看着杯中的红茶，气愤地说道：“我对他很好！是他没良心！”

展雁翎说：“你对待所有朋友都是这样的？”

展雁潮理直气壮地说：“我没有其他朋友。”

想到这里，他竟然觉得有些委屈。从小到大，他都只有季作山一个朋友。

他发脾气，有人兜着，他就一步步变得更加恶劣，偏偏唯有季作山从不生气，就让他忍不住去试探，季作山的底线到底在哪里。

展雁潮觉得是季作山把自己惯坏了又甩手而去，越发觉得这个人可恶至极，咬牙切齿地想，好，他总算找到理由了，明天就拿这个理由去找他，让他给自己一个合理的解释。

展雁翎看着弟弟的模样，心想，这孩子真是让人头疼。

但他更关心的是季作山。

目前，借助季作山和展家的关系把他拉入西路军的想法怕是不可能了。

精神力天生强大的人百年难得一遇，展雁翎自己就是个特例，但他在看到那个机密视频后，也忍不住通体发凉。即使是现在的自己，顶多也只能让测试仪转上一圈而已。

各个军方都无法忽视季作山这个潜力无穷的战士，连半年时间都不愿多等，恨不得立即特招他入伍。

但现在的他，还不是驾驭军用机甲的最佳选择。

他们也只能按捺下难耐的心痒，提出了想看一看季作山的单兵作战能力。

而即将到来的暑训，可以说是时间最近、也最合适的时机。

在机甲比赛前，机甲学校的学生都有对虫星的模拟作战训练，参加人员可驾驶专用机，无专用机的，军方可免费提供训练机。

赛制是淘汰制，只准携带机甲进入赛区，食物、清水与生活用品一应不准携带。机甲会被锁定包括全地图扫描在内的诸多功能，而参赛者需要根据每日广播通报的内容，在日落前收集到指定的战利品，并绘制一整幅规定地点的山川地形图，最后回到规定的集合点，将战利品与地形图进行提交。

赛区设在星球被虫族入侵过的一处地点，而那里现在已经变为千里无人的封闭死亡区。在军方的卫星地图上，这一处焦土也清晰可见，它有了自己的新称谓——“伤疤”。

“伤疤”一带地形复杂，有荒芜的城市废墟、植株茂密的雨林，以及绵延百里的沙漠，存在着毒蛇猛兽、被流放的罪人以及一些被俘虏过来、又丧失研究价值的虫族。

因为有死亡的可能，所以此次比赛是自愿参加的，并不强制。

毕竟，无论他们生活的星球是否面临即将覆灭的命运，也总有一批年轻人把混过机甲比赛、保留庸人身份作为人生最高追求。

这一次比赛由军方组织，等同于军方初筛，表现突出者会被列入名册，成为军方的重点观察对象。而这次遴选与以往不同，比赛没有开始，所有人的目光就都集中在了同一个人身上。

可以说，这场比赛的焦点，唯有季作山一个人。

展雁翎看到了弟弟和季作山的问题，却并不气馁。

从军不是儿戏，展雁翎所在的部队。是对抗虫族的核心部队之一，承担正面作战任务。季作山如果足够成熟，一定会考虑优先加入西路军的。

展雁潮却不知道哥哥的心思，也没打算细想。

第二天，他从一夜的噩梦中醒来，准备去找季作山说道说道，谁承想他一进教室，便看到有三四个人围坐在季作山身边，有男有女，个个眼中都满是倾慕。

展雁潮心头冒火，叮零咣啷地坐下，引人侧目不已。

这些日子，展雁潮每次到教室，都能折腾出不小的动静，所以季作山早就习以为常，没有理会他，只是静静地补着笔记，任身旁的男女向他大献殷勤，也不理睬。

展雁潮的精神力也不差，他屏蔽了周遭所有的响动，只留下与他相隔十几米的季作山的写字声。他的钢笔是新买的，本子也是新买的，但握笔的手还是他的。

笔尖在纸上摩擦出奇特的沙沙轻响，整个世界里，就只剩下季作山“唰唰”写字的声音。

展雁潮想，以前那个声音就在自己身边，不需要动用精神力就能听得一清二楚。他手酸甩腕子的骨节响动，吸墨水的“啜啜”声以及想不通问题时的轻叹……

展雁潮不敢再想下去。他有种本能的惧怕，好像只要想了，他就真的失去了。

此时此刻，在季作山的身体里。

季作山：“唉！”

正在专心玩卡牌游戏的池小池头也不抬：“六老师，问问小季有哪里不会的，给他讲一下。”

061：“嗯。”

季作山小声说：“他们怎么还不走呀。”以前他们可从没有对自己这样热络过。

池小池拍了拍大腿，意有所指：“因为你是个热门人物，当然人人想来沾光。”

虚心好学的季作山问 061：“六老师，这是什么意思？”

061：“夸你厉害。”

季作山琢磨了一会儿，渐渐明白过来，闹了个大红脸，咬着唇不说话了，继续忍受着周围叽叽喳喳的说话声。

出乎他意料的是，是展雁潮替他解了围。

展雁潮忍无可忍地回头骂道：“你们说完了没？唠唠叨叨，没事儿可做是不是？”

这些日子展雁潮跟吃了炸药似的，谁也不想去触他的霉头，大家各自挤一挤眼，做鸟兽状散开。

罗茜瞄了展雁潮一眼，又去看季作山，发现他仍在低头抄写笔记，面不改色，不为所动。

池小池当然面不改色。

展雁潮就算在他面前跪下，他的眼皮也不会抬一下。

重要的是季作山的态度。

而在短暂的沉默后，季作山再次轻叹了一声：“唉！”

池小池在卡牌对战中又赢了一把，顺口问他：“怎么了？”

季作山说："真想做庸人。"

这当然是随口的抱怨。庸人是最平庸的，他不想让自己受欢迎，一点儿也不想。

究其原因，是"前世"的痛苦记忆让他害怕了。一直是牲畜并不可怕，可怕的是，有些东西会让经过教化的人变成牲畜。

池小池对着屏幕戳戳点点，说："我做明星的时候也想过，做普通人真好啊！"

季作山在今天拥有了崭新的奋斗目标，做一个蛤蜊味儿的战士。

5

暑假很快就要到了，罗茜问池小池饰演的季作山，要不要和她一起去参加"伤疤"暑训。

池小池问她："你也要去？"

凡是想参加"伤疤"暑训的，几乎无一例外都是自忖能力尚可，想去试练一番或者出一出风头的。按罗茜的实力，她即使不去凑这个热闹，也是准战士，不如保留实力等到半年后的比赛。

二人聊起这件事时，罗茜正穿着工装裤和黑背心修缮自己的机甲后背的推进器，蹭了一手的机油。她说："我需要一点儿实验数据。"

池小池微微抬眉。

罗茜说："那里面有活的虫族。我之前只看过解剖图，但那还不够，我需要亲手解剖一只。"

池小池很欣赏这样目标明确的女性，说："那很好。你需要保镖，我会去的。"

"我不需要。"罗茜湛蓝的眼睛轻巧地一眨，"我只是觉得，你应该会需要这个机会……嘿。"

一缕头发从罗茜耳旁落下，挡住了她的视线。

她摊着双手，从跨坐的 A 字梯上俯下身来，示意梯子下的季作山替她把发丝挽上去。

季作山还未抬手，一旁的布鲁便先他一步，细心地帮罗茜把头发别好，又附了一枚发卡，可谓准备齐全。末了，它一躬身，礼貌地道："罗茜小姐，好了。"

罗茜对季作山仍有好感，但这好感尚未到告白的程度，只比欣赏略高一线。她本就是顺势而为，能与季作山拉近些距离当然是好，被布鲁中途截胡倒也不生气。她瞥了布鲁一眼，玩笑道："坏我好事，明天就把你捐给学校。"

布鲁发出一声轻笑："罗茜小姐，您捐了，我也会偷偷跑回来。"

池小池抬头看布鲁，布鲁也恰好低头看池小池。

一人一机各自伸出左右手，合击一下。

看着这两人默契无间的模样，罗茜下意识地摸摸自己的机甲，而她的机甲瑞德则规规矩矩地转过头来问道：“罗茜小姐，有何吩咐？”

罗茜微叹。

战斗专精型 AI 和从家政服务型改进而来的 AI 果然不一样。

“长头发太麻烦了。”罗茜很快转了心思，晃晃脑袋，道，“明天我就去剃个板寸。”

第二天，她当真剃了个板寸。

一边喝着早餐奶，一边大撒把骑着脚踏车慢慢晃进学校的罗茜，身后跟着一个沉默寡言的季作山。

罗茜和季作山在谈恋爱，大家都这样传开了。

而流言里没有展雁潮，展雁潮自然也找不到理由发作，憋得唇角直起疱。

季作山跟罗茜的互动，展雁潮看着生气，每每见到他们并肩而立，他都难受得坐立不安。他都好久都没跟季作山说话了，而罗茜却能坐在季作山身边，和他一起研究机甲构造和虫族的兵种体系。那原本是自己该有的待遇！

展雁潮从小便不懂得什么是后悔，一直活得懵懵懂懂，生气了就抓人来打，高兴了就一起欢声笑语。这种一颗心悬在空中落不到实处的感觉，他还是生平第一次体会。

某天，他终于找到了机会，在洗手间里跟季作山遇到了。

展雁潮分明很高兴，却还是极力克制着，拧开水管。

两个月下来，季作山长高了一点儿，也白了一点儿，瞧见他，也只是跟瞧见了陌生人一样微微一点头。

展雁潮哪儿受得了这个，硬压下一股火，才开口道：“你跟罗茜还挺好的啊。”

季作山说：“嗯。”

展雁潮忍不住嘲讽道：“你可小心点。她说不把你当特牲养，别到比赛前又反悔。”

季作山看了展雁潮一眼，露出诧异的表情：“她又不是你。”

展雁潮被噎得差点儿吐血：“我什么时候——”话说到一半，他突然想起来了什么。

尽管回忆起那件事叫人很不愉快，但展雁潮却隐约想起来，他在盛怒之下，似乎……的确是对季作山做出过承诺的。

所以，这才是他愿意跟罗茜走的真实原因？

在他愣神的时候，季作山已经洗干净了手，转身往外走去。

展雁潮追出几步，大喊：“季作山！”

季作山回头看他。

对上那双沉静的眼睛，展雁潮却不知该说什么了。

本来已经打定主意让他爱死哪儿死哪儿去，但真的发现他离自己越来越远之后，展雁潮心里的不安却愈加强烈，不减反增。

不对，事情不该是这样的，季作山不应该是这样的。他明明是很包容、很温和的性格，自己之前也做过更出格的事情……

是的，出格。

他以前不懂什么叫出格，但这些时日，他总在回想那天发生的一切和以前的种种，这才隐隐察觉自己曾经的那些举动似乎的确有一点点的不妥。

但他的情绪很快又会转为愤怒。

小季明明把这样那样的事情都忍过来了，为什么突然就不忍了？连个缓冲的时间都不愿意留给自己？

如今，终于回忆起当年的承诺，展雁潮终于知道了原因。给过希望，又亲口再次剥夺希望，季作山是因为这个原因才离开自己的吗？

这回，展雁潮再也找不到任何借口为自己开脱了。

季作山久久等不到展雁潮的下文，索性转身离开。就在他转身的瞬间，那已经维持两个月都没有变化的悔意值破了冰，上涨了 7 点。

061 对池小池说："动了。"

池小池的态度倒是很平静："看见了。"

这些日子来，061 一直旁观着，发现池小池对展雁潮并不像对待前几位攻略对象那样，有意设计圈套，让他们钻进来，也不说兑卡的事情，相反，他对季作山本人反倒更上心，时常和他聊天，安逸得很。

061 说："这次你好像不在意做任务。"

池小池抗议道："刚才悔意值还涨了呢！"

061 想到刚才的展雁潮，说道："他只是还没长大。"等他长大，却已经晚了。

池小池笑了一声。

061："怎么？"

池小池："六老师，这句话你没跟你以前带过的宿主说过吧？"

061 想了想，被格式化以前的详细记忆没有了，后面他倒是没说过，却不止一次听宿主们说过类似的话。

想到这里，061 突然心头微微一动。

池小池说："要是你这样教过他们，就难怪那些宿主哭着喊着也要留在别人的世界了。"

现在是训练课时间，池小池也不急着找人对战，回了准备室，让布鲁待机，自己则趴到准备室门口的栏杆处，观看最近一处格斗室的战斗。

061 问："怎么说？"

池小池不正面作答，反道："你们那位主神挺有意思的。"

061的记性很好。他记得这句话池小池对009说过，而009也把这话转述给了他，此刻他在静静等着池小池的分析。

池小池说："他为什么不让宿主刷好感值，要刷更复杂的悔意值呢？他最终的目的，我不清楚。但坦白说，我第一次听到这个所谓'渣男回收系统'的名字时，就觉得有点儿好笑。这听起来是在惩罚那些负心人，是执行正义。但当一个人握有另一个人的人生剧本，提前知道即将发生的一切，六老师，他扮演的角色是什么？"

不等061作答，池小池便慢条斯理地给出了答案："是上帝。"

061颔首，认可池小池的说法。

"但特权不是白给的，上帝不是谁都能扮演的。所以那些宿主不敢脱离剧本，生怕丢掉这个特权，只能逼着自己代入原主的角色。"池小池说，"而这种心态有一个最大的敌人，那就是就算是人渣，他们的身上也总有一些可取之处。杨白华有好皮相，待人温柔，很容易讨好，只要包容心足够强，能一心孝敬他的父母，他就会对你很好；娄思凡有才华，只要不伤害到他个人的利益，他会很乐于向你展现善意；就连周开也不是全无好处，至少足够有钱，对一个没主见的斯德哥尔摩症患者来说，可能还算是歪锅配烂盖。至于展雁潮，更是一个不错的对象，是不是？家里有钱，脾气虽然不好却不是坏孩子，还有可以纠正的余地，而一旦纠正过来了，勉勉强强还能算一个好人。面对一个周开，可能宿主还避之不及，倘若是面对一个还有得救的展雁潮呢？

"作为'上帝'，最容易产生的是悲悯情怀。对于一个十恶不赦的人，当然是越早干掉越好。但对于一个尚有挽救余地的人，'上帝'能置之不理吗？他可怜巴巴地看你一眼，掉几滴眼泪，说几句忏悔的话，'上帝'当然是感同身受啊。毕竟'宽恕他们的过失，便是自己的荣耀'啊。"

061被他说得出了一身冷汗，而季作山不知道他们在说什么，却觉得这些话很有道理，就冒了个泡，点了个赞："池先生说得对。"

池小池趴在栏杆上说："所以我才说你们的主神挺有意思的，让普通人去做赚取悔意值的上帝，却不关心普通人的心情。一个世界还好，两个世界也还好，十个世界过去，花花世界都转过了，说不定还碰上了一两个改造成功的人，哪里还愿意回去做两手空空、躺了两三年的植物人？"

被池小池拿刚才自己说过的话反呛，061有点儿不好意思。

但池小池好像并没打算放过他，继续问道："六老师，你有觉得重要的人吗？"

不等061回答，池小池便想起来了："哦，对，你有的。"

一提到那个人，061便不作声了。对他来说，那个人是一道虚无缥缈的幻影，是万千无法拼凑起来的碎片，但这道幻影，叫他有了希望。

他知道有人在等着他，而这份等待，叫他尚能保持清醒，叫他知道自己不是一堆数据，而曾经是一个人。

池小池继续说："我有过对我来说很重要的人。"

“我喜欢和他一起上下楼，我喜欢他教我打游戏，自己赢五盘还不忘让我赢五盘，我喜欢他做吃的给我和狗，我喜欢他教我读书，我喜欢他在我父母吵架的时候捂住我的耳朵。”

季作山的准备室在二楼，池小池看着脚底下那点高度，漫不经心的目光中透着一点儿淡淡的悲哀。

“那种感觉，是他死了我恨不得跟他一起走，但又怕除了我之外没人再记得他，只好把他的牵绊当作我的牵绊。我替他活下去，还要活得很好。”

池小池说完这话，又觉得好笑，说：“跟你说这干吗……嗯？”

话音未落，他便猝不及防地被纳入了一个怀抱里，一只手摸了摸自己的头发，带着人类一样的温度。

池小池抬头看去，发现来者是谁，不禁觉得有趣：“布鲁？”

布鲁说：“主人的心情不好。”

池小池早已经习惯了布鲁的敏锐，作为一个进化改良而来的家政 AI，它当然比其他 AI 更能体会人类的情感。

池小池笑道：“好啦，别闹，我们训练去。”

布鲁抱着他，力道不轻不重，却有一种温柔的不容置疑：“主人，别动，我们坐一坐。”

◇ 建组，摘星，身临其境

1

061 圈住池小池的肩膀，长腿状似随意一盘一圈，就把池小池圈进了他的领地中。

池小池没有排斥反应，就自然地偎在开启了恒温系统的布鲁怀里，感觉还挺舒服的。

061 偷偷拿下巴蹭蹭他的头发，心想，原来是这样的感觉。

布鲁的小动作实在太过人性化了，人性化到让池小池忍不住悄悄地问 061："布鲁这么智能吗？"

061 谨慎地掩藏着话音中的笑意："我做了一点儿修改。"

池小池想，怪不得。

然后他就和布鲁一起围观起别人的格斗来。

季作山从中汲取格斗技巧，一人一机看热闹，分工明确。

在季作山原世界线的那次暑训，季作山没能成行，因为展雁潮嫌学校生活无聊，就趁暑假拉季作山出去爬山、野营了。

池小池对"伤疤"并不了解，因此，当看到季作山的姓名出现在"伤疤"暑训的名单上时，池小池还稍微愣了愣。

不过他很快释怀，在教室里挨个传阅的确认名单上签上自己的大名，随即把名单递给罗茜，自己则取了一盒长条饼干，一边补充课堂笔记，一边将涂有香草味涂层的脆饼干送入口中，为一会儿的机甲实战训练补充能量。

他的目光落在纸面上，每一下都咬得缓慢，却很有规律，把每根长条饼干咬成规律的十节。

061 很久以前就发现，池小池吃东西的仪态非常……虽然完全称得上赏心悦目，但看多了总有种不忍直视的感觉。

池小池这个样子已经惹了不少同学的注意。

少年一根根咬着饼干，清冷的气质与往日的季作山无甚差别，只是更加难以接近了一些。即使将展雁潮驱逐出了他的世界，只剩下他一个人，他也是怡然自得得很。

季作山有些不安:“池先生，他们还在看我。”

池小池把一根长条饼干夹在指尖，佯作烟状，头也不抬:“这点人算什么，以后会有更多人看你。跟我在一起，尽早习惯。”

想起第一个世界的池小池，再看看现在夹着长条饼干、穿着校服的池小池，061有些欣慰。尽管池小池很擅长给自己找乐子，但比较一下，他可以确信，还是现在的池小池更加快乐些。

很快，暑期到来，距离“伤疤”暑训还有六七天时间，池小池带季作山的弟弟妹妹出去爬山、游泳，这几天时间很快就过去了。

他现在也是有进项的人了。

自从知道他特别强大的精神力，罗茜对他身体的兴趣远远高于对他灵魂的兴趣，盯着他的目光无比热情，不止一次向他提出想让他配合自己进行一些实验，绝不伤害到他，只是采点血。

池小池说:“我能拒绝吗？”

罗茜说:“我的爱情和我的兴趣，你只能拒绝一样。”

池小池微叹一声:“好吧，我选择你的爱情。”

后来，罗茜用一笔不菲的工资强逼着池小池选择了后者。

在池小池的付出下，托这笔钱的福，弟弟妹妹在池小池即将奔赴暑训的前天晚上添置了新衣服，坐进了高档餐厅。

池小池特地选了包厢，又按照季作山的指示，点了许多肉食。

他问:“一点儿素的都不要？”

季作山答:“一点儿素的都不要。”

在贫民区长大的孩子，最常见的吃食就是政府派发下来的食物，小小的一份压缩食物，能拿大锅熬出来整整一锅牙膏状的食物糊糊，看似很多，实则半点荤腥不见，只能满足最基本的饱腹需求。

四妹他们没有买零嘴的钱，为了尝点甜味儿，曾把感冒药当糖豆塞进嘴里，小心地吮掉外面的一层糖衣。

过去，展雁潮为他们在贫民窟买下了一幢房子安家，却没有格外关注他们的饮食起居，而季作山也没有工钱可拿，食物和衣服都是展家提供的，季作山无权擅动，只能在每月半天的探亲假里带上一些自己省下的食物给他们。

他因为顾虑身份，不敢对展雁潮提太多要求。

好在池小池向来不是顾虑什么的人。

凡是他在意的人，都得过得好才行。

四个孩子细胳膊细腿，看着一桌子的肉，谁也不敢动，一个个拧着衣角，总觉得那个端到自己面前的盘子跟他们没关系似的。

跟季作山关系最好的四妹怯怯地问："二哥，我们能吃吗？这个我们真的能吃吗？"

池小池往她的碗里夹了一块红烧肉，又从熟得骨肉一碰即脱离开来的烧鸡身上夹下一只鸡腿，放在小弟的盘中。他说："吃。"

弟弟妹妹们早已被馋得流出了口水，索性放开胆子大嚼起来。最小的弟弟最晚动筷，吃得最欢，红烧肉都不舍得多嚼，是往下吞的，喉咙里发出小狗崽似的嗷呜声。

季作山小声对池小池道："池先生，给小四夹一只鸡翅膀好吗？"

池小池没有多问，替他把鸡翅膀夹了过去。

在父母刚刚去世的那段时间，季作山白天出门，试图推销掉自己，晚上则把搜罗到的、能和食物和保暖物品沾边的任何东西拿回来，安置四个只能在潮湿的小巷中安身的弟弟妹妹。

那时，瘟疫肆虐，季家没了大人，原先的房子被几个陌生人侵占，把他们赶了出来，他们缩在阴冷的巷角，担心病毒可能已经在身体里开始蔓延。

尚不懂事的小弟和五弟哭闹着说饿，说胃里要烧起来了，哭得季作山想斩下自己的一条胳膊，烤熟了，让他们美美地吃上一顿。然而在这种灾荒之年，粮食短缺，哪怕他真的斩下了自己的胳膊，其结果也是会被人哄抢的。

三妹抱着五弟，四妹抱着小弟，各自哄着，却都眼巴巴地看着季作山。

季作山把废报纸掖紧，让五个人靠得更近些，说："都忍一忍，等哥哥将来成了最强战士，就请你们吃肉。"

五弟止住了哭闹，抽噎着小声说："那，那，我一点儿素的都不要吃。不要吃草，不要吃槐树叶子。"

季作山眼眶发热："好，哥哥给你们摆上一桌子肉，煮一大锅米饭，米饭沾了油，亮晶晶的。还要一只鸡，一条鱼，我听说有些鱼没有长骨头，只有一根直溜溜的大刺，提着鱼尾巴，把嫩肉捋下来，浸在用蘑菇和豆腐煮过的汤汁里，很咸，很鲜。"

四妹说："那二哥，我要吃一只鸡翅膀。"

三妹嘴里也流出了口水："我要吃那条鱼。"

季作山笑着点头，又问五弟和小弟："你们都想吃什么呀？"

渐渐的，弟弟妹妹们的声音各自低了，小了，此起彼伏的小呼噜声围绕着季作山响起，有点儿甜蜜，又充满了希望。

四妹是最后睡的。在昏昏沉沉间，小家伙把微微发烧的脸蛋压在了季作山的胳膊上，小声说："二哥，我知道，你在骗小五和小六。"

季作山浑身一僵。

四妹伸手把小弟身上的报纸往上拢了拢："可我不会告诉他们的。二哥，你太辛苦了，太累了，我心疼你。"五岁的孩子说完，就迷迷糊糊地睡了过去，只留下八岁的季作山咬牙强忍泪水。

窝在小巷里，季作山不敢睡。他生怕路过哪个人看见了弟弟妹妹，起了歹念，把他们中的哪个偷去卖掉。如果是这样的话，他肯定会疯掉。

季作山靠在墙上，浑身发抖，口唇翕张，却只会说一句话："对不起，是二哥对不起你们，是二哥没本事。"

在那个夜晚，季作山发过誓，长大后，要让弟弟妹妹过上每天都吃肉的生活。

上辈子，他在成为从者后实现了这个愿望。但惨痛的教训使他明白，人不能把愿望寄托在任何人身上。

池小池把盛着两只面包蟹的深腹大盘拉到面前，拿起钳子和餐刀，打算帮弟弟妹妹把蟹肉剥出来，他拿着钳子等了一会儿。

季作山从回忆中走出来，叫："池先生？"

池小池："别池先生了，来把这个蟹剥了。"

季作山愣了一下，池小池看了他一眼，发出了无声的叹息。确认过眼神，都是不会吃蟹的人。

池小池拿钳子轻敲着蟹壳边缘："试着用精神力把壳子震碎？"

季作山挽挽袖子："好。"

061 觉得有点儿哭笑不得，轻叹一声道："是我，别怕。"

池小池刚觉得这话耳熟，就感觉手腕被一双温暖的手捉住，轻轻捏了捏，也不晓得 061 是不是故意的。061 悦耳的声音就在耳边："面包蟹其实已经是很好剥的了，只要找着窍门……"

他让池小池握住刀和钳，沿着大蟹中央的脊缝斩开，巧劲一发，蟹身立刻裂作两半，露出了大片大片的雪白蟹肉和流溢的蟹黄，成了两只名副其实的蟹肉罐头。

"不要用牙去咬。面包蟹的壳很硬，用钳子把蟹钳卸下来，撬开……"随着他慢条斯理的话音，蟹钳坚硬的壳子也随之掀下。

061 耐心地用筷子剔下一条勺子大小的晶莹蟹肉，浸在已经调和好的醋汁里，反复拖浸两下，却并没有放进任何一个人的碗里，而是理所当然地送到了池小池嘴边。他说："第一口归你。"

061 说话的语气很温和，就像一杯温润的柠檬蜂蜜水，浸得人心里微微发紧发甘，然而一旦强硬起来，也是无法拒绝的。和 061 相处日久，池小池对他的排斥反应已经降低了许多，但在被握住手的那个瞬间，熟悉的触感居然叫他想到了上个世界线的冬飞鸿。

但他马上就打消了这个念头，甚至不肯再多想分毫。他不能在这件事上有希望，唯独在这件事上不行。上次难道还被耍得不够吗？

见池小池吃下蟹肉，061 也撒开了手，重新转回身体里。

他无意识地用大拇指轻蹭着自己发烫的手心，心里觉得有点儿怪异。以前他会这样对待宿主吗？就他有限的记忆来看，对待第九、第十个宿主，他都客客气气的，别说是剥蟹、剥山竹，就连宿主遇到困难，他也只是口头指导，他甚至连“要出面帮忙”的念头都少有。

但还没有想到答案，他的嘴角就先挂上了一丝淡淡的笑意。

他握住的不是季作山的手，而是直接接触到了池小池的精神能量。精神能量的感知力比普通体感要敏锐许多，因此那一下碰触才会引起池小池的反应。

池小池不大自然地摸了摸手腕，直到上面残留着的皮肤触感消失，身体的紧绷感才稍稍减少了。他如法炮制，把另一只蟹切开，把切好的四只盛着满满当当的肉和黄的蟹分给弟弟妹妹，自己拿了两条蟹腿，慢慢地吃。

“四只小精灵”这会儿已经吃得肚子溜圆，但还是嘴馋得厉害。

小弟用勺子从蟹壳里往外舀肉，吸溜吸溜地吃得很香，三妹正在和五弟商量，要不要把吃剩下的蟹肉拿回去下面条或者炖蛋。

只有四妹偷眼看着二哥，黑亮亮的眼睛里都是喜悦。

她觉得哥哥跟以前不大一样了。过去哥哥回家来，一直说他在那个姓展的少爷家过得很好，有吃有穿，还有新机甲开，但小四总觉得哥哥并没有他表现出来的那么开心。

或许留在罗茜姐姐身边，哥哥能过得更好。

而在此时的展宅。

面对着一桌鸡、鱼兼备的好菜，展雁潮一点儿胃口都没有。展雁翎用叉子轻敲着餐具，举起红酒杯致意，展雁潮也没端杯子。

他看一看空荡荡的身侧，又看一看满满的饭碗，心中酸涩难言。如果在往日，自己如果剩了菜，季作山总会默不作声地接过去。展雁潮特别爱嘲笑他：“就这么爱吃我剩的东西？”

季作山埋头吃了两口，轻声道：“不吃浪费。”

展父向来宠溺展雁潮，绝不会指责他浪费，展雁翎看到他浪费粮食，也不过是不赞同地摇一摇头。

展雁翎没有在餐桌上管教魂不守舍的弟弟，只在饭后的甜点时间稍加了些提点：“我建议，像你这样的精神状态，最好不要去参加明天的……”

展雁潮打断了他：“我要去。”季作山会去，他怎么能不去？

看到弟弟这副模样，展雁翎想说什么，终究还是忍住了。展雁翎不是不想管弟弟，但是他跟弟弟一来年龄相差太大，二来母亲是因为生展雁潮才不幸离世，他自小对这个弟弟就很难产生好感。

展雁潮低着头想了一会儿，突然一拍巴掌，喜滋滋地笑开了。

尽管不大喜欢这个弟弟，展雁翎也得承认，弟弟笑起来很好看，赏心悦目。

不等他开口，展雁潮便起了身，快步跑向厨房，吩咐厨师：“快快快，新做几个菜，做得越精致越好，做完了打包。”

展雁翎无奈地说:“你又起什么心思了?”

展雁潮眉飞色舞地说:“我去给季作山的弟弟妹妹送好吃的!”

展雁翎没说什么。他现在可能比展雁潮更了解季作山的情况,他是绝不可能再回到展家来做特牲的。不过让自己这个弟弟碰个壁,或许也不是坏事。

开着电磁车的展雁潮来到他为季作山的弟弟妹妹购置的小屋前,却没有见到里面亮灯。

贫民窟里突然开进一辆电磁车来,着实招眼得很,许多藏在暗处的小孩儿忍不住好奇,趁他下车后,偷偷凑上来,用又脏又黑的小手好奇地抚摸车身。

展雁潮也顾不上呵斥他们,把餐盒拎在手里,整一整小领带,迈步朝房子走去。

按理说,季作山那么顾家的人,明天要去参加“伤疤”暑训,肯定是要回来见弟弟妹妹的。

展雁潮当然不会懂得什么叫“非请勿入”,这座房子是他买的,他自然有钥匙,不至于蹲在外面喂蚊子。

他掏出钥匙,开门。屋内一片漆黑,他摸了摸墙边,在蹭了一手墙灰后,终于摸到了一根电灯绳。他满怀希望地用力一拉,灯光照亮屋子的瞬间,迎接他的是空荡荡的房间。没有桌椅,没有人气,只有一方用砖砌成的床铺。

展雁潮的心也“唰”的一下空了。他在房间内转了一圈,又转了一圈,茫然地想,去哪儿了?他左右看一看,发现床铺边缘放着一个小小的信封。

展雁潮拿起来往下一倒,丁零当啷地跳出了五把小钥匙来。

他不甘心地又往下倒倒,又伸手掏了掏,发现里面除了五把钥匙,确实没有只言片语。

展雁潮更加茫然了。

他没有愤怒。

或许是这里没有东西能给他砸,或许是他呆住了。他把餐盒放在了床上,自己也没撣一撣灰,跟着坐了上去。展雁潮坐了一会儿,心想,不能把餐盒带回去,平白让大哥看笑话。

于是他把餐盒打开,把吃的都拿出来,摆了一床,一口口往嘴里塞,颇有点儿饥不择食的意思,但东西吃进嘴里,都变了味。

他捧着餐盒,眼泪就掉了下来。

“伤疤”暑训正式开始前,罗茜总算确认,按照最高级标准测算,季作山的精神力起码是2S级以上,如果稍加训练,突破3S也指日可待。

而且他体内天生的能量也远超正常值,如果他想,他随时能够转化为战士。

对此,罗茜感叹道:“你真是一座宝藏啊。”

而季作山“宝藏”的名号也的确流传出去了。

“伤疤”暑训，会将所有报名的学生打散，分散在四个集合点，先集结一天，完成报名签到工作，而在签到完成后，会各自明确每组成员出发的时间点，并要求成员按照要求，在第二天的零点到六点间分散进入作训场。

在赛前的集合点上，来自其他学校的学生对季作山指指点点。

“就是那个人，拆了一台机甲。”

“开训练机甲那个？”

“应该是。”

“你别闹了，训练机甲打专用机甲，把专用机甲打废了？”

“我也没说是真的啊，就是传言，传言而已。”

他们没能亲眼见到他手撕机甲的壮举，也不知道精神力测试的事情，因此季作山也不过是他们的一项有趣的谈资而已。

负责暑训工作的展雁翎在台前宣布规则。

和往年一样，在进入“伤疤”之后，参训人员除了机甲以外不得携带其他物品，每个集合点上的人每四人自行组成一队，集体行动，如果遇上无法解决的危险，可以发送求救信号，基地会派人前去救援。

每天都会有人被淘汰，在最后一天，完成所有任务并成功抵达基地的前十名会有奖励，第一名则可以获得一台高精度的军用级机甲。

听到奖励，池小池心头微动，却没说什么。

池小池看了看自己的布鲁，觉得怎么看怎么顺眼，稍一思忖便决定夺个第二，实在不行，夺了第一，再让他们折现。

混在人群里的展雁潮一听到宣布可以组队了，方才回了神，往季作山身边挤去。

不承想罗茜近水楼台先得月，搭住了季作山的肩膀：“咱们一组？”

季作山当然点头。

眼看情况不妙，展雁潮越发着急，有点儿粗鲁地拨开人群。谁承想在距离季作山不过五六步时，两个穿着其他学校校服的人抢先接触到了他：“这位，跟我们一组吧？”

2

这两个人是一男一女，出声的是男生。

男生看起来很乖巧，女孩很清秀，一头卷发高高地扎起，虽然难掩傲色，整体气质却很不错。

池小池将这两人从头到脚打量一番，问季作山：“怎么样？”

季作山的声音难掩兴奋："很好……你看那个女孩的手。"

池小池顺着他的指点看去："嗯，挺漂亮的。"

季作山："我用精神力探过，她手腕上戴的手环对应的是武器专精型的专用机。"

池小池："嗯。"

季作山又说："那个男生的手环对应的是敏捷专精型的专用机。他们都很专业呢！"

池小池一点儿也不懂，在心里叹道：挺好，看来小季是打算做一个彻彻底底的机械迷了。

罗茜看了他们一眼，问季作山："我没问题。你呢？"

季作山点头："别拖后腿就行。"

男生笑得露出了小酒窝："不会的。自我介绍一下，我叫汪系舟。这是我姐姐……"

女孩着意看了季作山一眼，微微点头道："汪小青。"

这就算是组队成功了。

池小池去做登记，而罗茜坐在就近的一处岩石上，单耳戴着耳机，拆了盒牛奶慢慢喝着，并没打算跟两个新队友攀谈。

路上有的是时间，不急。

汪家姐弟也不急于靠近她，而是凑在一起说话。

汪系舟很高兴："太好了，我还以为和他组队会很困难呢？"

汪小青："只是搭上线了而已。大姐可是要我们和他搞好关系。"

汪系舟说："喔。"

汪小青说："大姐说，南路军要他要定了，看你的了。"

汪系舟觉得有点儿为难："我觉得他挺不好说话的……凶，像咱爸。"

汪小青："你指望一个天才脾气好，不如指望母猪能上树。"

汪系舟撒娇："姐……"

汪小青飞快地"甩锅"："我可不管。我是来做任务的，你负责搞关系。"

汪系舟蔫了，眼睛委屈得一眨巴一眨巴。

汪小青斜了他一眼，觉得大姐叫自己这个傻弟弟来哄人实在是太管用了。

不过她还有一点儿不大满意："但他带的那个搭档，我感觉不大靠谱。"

汪系舟："啊？"

汪小青："就是他身边那个女的……"说罢，她下意识地转头看向罗茜。

不承想罗茜竟像是听到了她说话一样，正抬眼看着她，与她视线相碰时，湛蓝的双眼微微一弯。

汪小青有点儿挂不住面子，转开了脸。

罗茜也不在意，食指刮过短若寸草的发茬，指节又顶着右耳垂上银亮的蜥蜴形耳钉摩挲一番，若有所思地微笑起来。

池小池折了回来，手里拿着一张纸条。

罗茜问："几点出发？"

池小池亮出手里随机抽取的纸条："四点。"

远处的展雁潮眉头一舒。

等季作山一行人离开，前往房间休息时，他在人群间挤来挤去，不由分说抄起别人的纸条就看，发现与目标不符，就把纸条再塞回去，留下一头雾水的人暗骂"神经病吧这是"。

好容易被他逮到一个四点十五分出发的队伍，他张口便道："你们队还缺人吗？"

这四个人显然都是互相认识的，一起摇头道："我们不缺人。"

按照规则，本来就是登记好组员姓名之后，再由登记人抽取何时出发的纸条，临时换人，就意味着要踢出去一个人，实在不算地道。

展雁潮哪里肯放过这个机会，竭力推销自己："我用的是个人专用机，我很能打。"

他展二少什么时候干过这么掉份儿的事儿，话没说完，自己就先涨红了脸。

没想到四人仍然摇摇头。

展雁潮的脸几乎要烧起来，强撑着追在四人身后："我是展雁潮，你们听说过吗？"

四人看也不看他，径直离开了。

展雁潮狠狠搓了搓自己的脸颊，想掩盖一下满面绯色，却被人从后面重重拍了一下肩膀："你是展雁潮？"

展雁潮回头。

来的四个人中有两个人衣着入时，蹬着高帮长靴，手上也戴着专用机的能量手环，一看就是家境优渥的贵公子，而另外两个人生得高壮，却是恭恭顺顺、低眉顺眼的，恨不得把头埋进胸前，腕上佩戴的能量手环极其普通，是训练机的款式。

特牲和主人。

判断出这四人的身份，展雁潮问："你们几点出发？"

率先搭话的那人长了张国字脸，一抬下巴："问你呢。你就是那个展雁潮？二十三区第一机甲学校的？"

展雁潮忍了忍："嗯。"

国字脸乐了："哟，展公子找不到搭档，这可真稀罕。"

展雁潮强压住一鞭子抽上去的想法，几乎是从牙缝里迸出来了几个字："几点出发？"

国字脸扬了扬手里的字条："三点五十。"

另外一位贵公子打扮得油头粉面，尤其是那一头发胶，抹得十分厚实，头发丝纹丝不动。他挤眉弄眼地道："没想到传闻中的展二少也想借一借季作山的东风啊，跟我们想到一块儿去了。"

展雁潮的拳头捏出"咔嚓"一声闷响。他隐忍地道："我跟你们中的谁换？"

发胶男在两个特牲中挑牲口似的斟酌一番，把其中一个一下搡了出去："你，滚吧，在基地外等我，哪儿都不许去啊。"

说罢，他嬉皮笑脸地对国字脸道："这个人不中用。让展二少替了他，刚刚好。"

展雁潮微微低了头，以掩饰已经渐渐扭曲的表情。

另一个被留下的特牲忙不迭地跑去了登记处，把其中一个人名划掉，换上了展雁潮的名字。

展雁潮一个字都不想跟他的新搭档们多说，只望着季作山消失的方向，想着一会儿能跟他差不多的时间出发，心情才稍微好了些。

一觉睡到凌晨三点四十，池小池被 061 叫起来，简单洗漱后，去准备室穿上了布鲁。

在出发点与汪家姐弟会合时，身着一套迷彩色重型武装机甲的汪小青看到一台深蓝色的普通训练机走来，欲言又止。

汪系舟倒是嘴快得很："季先生，您没有专用机吗？"

池小池淡淡地道："我用不着，也不需要。"

汪家姐弟无语。

061 则想，池小池真可爱。

他们从南区出发，向北而行。

此处与一片沙漠毗邻，再往远处走才是绿洲。

进入作训区不久，一种荒凉感便慢慢涌上心头。

黎明前的"伤疤"泛着淡淡的青灰色，风沙将显示屏吹出波动的沙沙杂讯。由于与机甲共感，白日里炙烤出的土腥味直往口鼻里钻，风是凉的，却带有明显的颗粒感，进入肺腑里便化作闷火，叫人心情莫名烦躁起来。

和季作山商量过后，池小池简单下达了指令："罗茜和小青绘图，我和小绿负责周围侦察。"

穿着淡绿色螳螂型机甲的汪系舟在心里反驳：我不叫小绿。

汪小青居然也不护着弟弟，问："我们的目的地是哪里？"

离六点还有一段时间，他们今夜的睡眠不是很充足，是要一直走下去，还是先找一处地方歇脚，养好精神？

汪系舟说："当然是绿洲啦，这段距离，大概一个半小时就能走到，我们还能休息半个小时。"

话音未落，汪小青脸色微变，对一处半隆起的沙丘呵斥道："谁在那里？"

“哐当”一声，一架六孔微型榴弹机枪从她的右臂探出。她架臂瞄准，指尖将发射键微微按下一点儿，如果是虫族，胆敢冒头，下一秒就会被轰烂脑壳。

她喝道：“滚出来！”

沙丘那侧的人见势不妙，马上出来：“是我，我们是人。”

一眼辨认出四人中的那台深黑色近战格斗机甲属于谁，池小池没说话。

机甲里的国字脸笑嘻嘻地道：“相逢就是有缘。我们一起走吧，也是搭个伴儿。”

池小池看他们的机甲缝隙里都是沙子，显然是在此处蹲守了一段时间了。

罗茜哂笑一声，跟对方队伍里的展雁潮打招呼：“展，这的确是缘分啊。”

展雁潮没接罗茜的话，而是直直地盯着季作山的机甲，却发现他的注意力并不在自己身上，而是盯着己方队伍里的两个空心大少看。

汪小青很看不上这队人，也知道和他们纠缠也只能恶心着自己，索性闭口不言。

发胶男一行人见成功纠缠上了季作山他们，还没来得及窃喜，就听季作山凉凉地开口，对一旁的汪系舟说：“看，有的人用了专用机，也是废物点心。”

闻言，国字脸和发胶男的一张脸青白交加，可也不好发作，只好暗暗将这笔账记下。

等启程后，汪系舟小声对季作山耳语道：“季大哥，你也太凶了吧。”

季作山的眼睛也不眨一下：“见人说人话，见鬼说什么人话。”

而私下里，他跟 061 抱怨道：“吓我一跳。不知道人吓人吓死人啊！”

061 只是笑。

路上用的时间比汪系舟估计得少用了半个小时，一行人来到了绿洲。

池小池并不建议在湖边落脚，汪家姐弟听从了他的话，在距离湖边有一定距离的地方，脱下机甲，打算小憩一会儿，但那两位少爷一路走来已是叫苦连天，顾不得许多，脱了机甲就去湖边饮水洗澡，剩下的那名特牲则尽职尽责地跟随着他们。

罗茜眼见天色渐亮，也不打算睡觉了，索性动身去森林里看看有没有有趣的野生动植物。

池小池也走出机甲，把布鲁调到待机侦察模式，不顾不远处展雁潮若有若无地投来的视线，就地躺下。

布鲁折了一枝不知名高树上的小花，放在池小池的耳侧，自己则坐在了池小池的身边。

061 说：“睡一会儿吧。今天你睡得晚。”

池小池说：“一想到要出来，有点儿兴奋。”

小学生春游吗？061 温和地一笑，笑声低沉。061 说：“布鲁给你挡着光呢，一会儿太阳出来我叫你。”

池小池翻了个身：“睡不着。”

061："我给你念书？"

池小池想想："你给我唱歌。"

061 失笑："好吧，你想听什么？"

池小池点过歌后，却不好好睡，开始顺着旋律一个劲儿地抖腿。

061 唱到一半就有点儿忍不住了："别抖，好好睡。"

池小池孩子气又犯了："想抖。"

"又不是什么好习惯。"061 说，"别带坏小季。"

池小池问当事人："你会被带坏吗？"

季作山"咦"了一声，乖乖地答道："不会。"

池小池耸耸肩，表示自己获胜了。

061 无奈地道："你这样还怎么睡啊？"

池小池嬉皮笑脸地刚要说话，还没来得及说出口，布鲁忽然动了，而 061 也在同一时刻接收到了异常的讯息。他说："湖里有东西。"

池小池立即收起了玩笑的表情，翻身坐起来，盯着波光粼粼、如有渔火闪耀其中的湖面。

身体里的季作山发问："那是什么东西？"

061 声音愈冷："具体是什么还不知道，但是是活物。"

"数量有多少？"

"一只。"

明明只有一只，但季作山却丝毫听不出 061 语气里有轻松的感觉。

他似有所悟："多大？"

"半个湖那么大。"061 看着在湖边玩水、正把水往那个特牲身上泼的两个少爷，低声道，"它……被吵醒了。"

3

似乎是为了印证 061 的话，夜色中的水面无端漾起一丝波纹，一圈圈自湖心扩散开来，像是来自地心的震颤。

展雁潮也察觉到了一丝不对，脸色微变，将视线转离季作山，望向湖面。

在水中很难感受到有物体逼近，那两个人仍在泼水，把那个特牲往湖中央逼去。

特牲不敢反抗，一边抹去已经进入眼中的水，一边小声央求道："少爷，少爷，水太深了，我不大会游泳。"

国字脸不管不顾地撩起水，往他的头上泼。

展雁潮紧盯着那名特牲，目光复杂。

特牲为了躲避泼过来的水，往后趺去，脚下松软的泥土却忽然崩塌，他迅速被湖水没过了头顶。

特牲有点儿慌乱，张开双臂胡乱扑腾两下就要往下沉，亏得他的运气不错，在附近找了一个落脚点，才把头浮出水面，呛了水的嗓子发出嘶哑的声音哀求道：“少爷，我能上来吗？”

除了那边的闹腾声，其他地方都很安静，刚才啁啾的虫鸣声不知何时竟已经停止了。

汪小青并未睡熟，察觉到气氛不对，便翻身坐起，一巴掌拍上刚刚睡着的汪系舟的脸：“醒了。”

汪系舟虽然睡眼惺忪，却醒得极快，来不及坐起，右手已经抚上了左腕上的机甲召唤键：“姐？”

季作山站起身，喊道：“快上来，湖里有东西。”

发胶男隐约听到岸上有点儿动静，却没听清楚，便问国字脸：“他嚷嚷什么呢？”

国字脸听到了，却颇不在意，扬声对已经距离岸边有一段距离的特牲幸灾乐祸地道：“喂！湖里有东西，听见没？快跑啊你！”

特牲的五官都进了水，呛得七窍都火辣辣的，耳畔又都是水声，哪里能听到国字脸在说什么，只一个劲儿地咳嗽，揉眼睛。

发胶男为他的蠢相笑了两声。

然而，不到两秒钟，一条弓形的钢铁脊背滑出水面，从特牲背后两米处无声地掠过。

发胶男顿时脊背发麻，瞪大了眼睛：“那是什么？”

国字脸仍是笑嘻嘻的：“你也抽风了？”

发胶男抬起微微颤抖的手臂，指向特牲的背后。

然而那里已是风平浪静，只有淡淡的水纹滑过，分不清是有生物经过，还是他挣扎过后的余波。

可国字脸也已经笑不出来了。

就在特牲的右肘边的水面上，幽幽地浮出了一个泛着淡黄色微光的圆物，像是有水鬼提着人头灯笼，夜行到此。

但只要仔细看就能发现，那鬼魅似的浮上水面的，是一只跟灯笼一般大小的眼睛！

特牲浑然不觉，他的眼睛里进了一点儿东西，刺得他眼睛生疼。

而那只眼睛里的眼仁迟钝地转动着，似乎是视力不好，眼神看上去有点儿憨厚，甚至有点儿人畜无害的感觉。

汪小青微松一口气，觉得它可能不是什么食肉的动物，但她身旁的汪系舟已经微微颤抖起来了。

汪小青意识到弟弟的异状后，握住他的手，压低声音，生怕声音略高一线，就会惊到那只来意不明的巨物："怎么了？"

汪系舟颤抖着抬手，将一样东西贴上了汪小青的太阳穴。

这是微型的一次性生物纳米放大镜，只要与人体接触，便能接收脑电波，随意调整双眼焦距，使用范围仅限一公里。

汪小青只一眼看过去，头皮就仿佛炸开了。随着那只眼睛浮出水面的还有一节细小的足肢，上面生长着数以万计的细小复眼。而这些密密麻麻的复眼全部转向了特牲，泛着冷酷又喜悦的光芒。

"啊！"国字脸和发胶男回过神来后，同时惨叫一声，手脚并用地往岸边奔去。

汪小青见状，气急交加，怒道："你们离他最近，你们拉他一把啊！"

发胶男置若罔闻，抖抖索索地想要启动手腕上的机甲开关，却不慎戳到了照明开关。停在岸边的机甲双眼射出两道柔白的光线，把湖面映得通明雪亮。

汪小青几欲吐血。

而那伪装迟缓的黑瞳受到灯光的刺激，瞳孔骤然一缩，缩作了针尖大小。

最先动起来的是展雁潮。

他早已启动了机甲，此时来不及进入机甲，却已然开启了共感功能。他左手乍然翻卷，机甲的武器舱便有一道长约百米的光鞭骇然甩出，鞭尖稳稳地缠住了特牲的脖子。

此刻哪里还顾得上安全不安全，展雁潮粗暴地拖着被勒得快要翻白眼的特牲就要往岸上拉。

那潜藏在水底的怪物怎么可能坐视近在咫尺的猎物逃遁，一只长约六米的足肢水淋淋地从湖底钻出，尖端如同最亮的匕首，快若雷霆，朝特牲的腰间捅去！

在展雁潮做出动作时，汪小青喊了一声："审判！"

汪小青的机甲"审判"一把抱起汪小青，握住她的双臂，如同甩上披风一般将她甩上后背，腕上的启动手环瞬时开启舱门，她纵身跃入舱内。

这个动作太过熟练，不消片刻，她的身体已经与机甲共通。

她早已将应急模式全部开启，右臂与左臂交互一磕，发出钢铁撞击的尖锐铿响，右臂的榴弹机枪和左臂的 MP5 全部弹射而出，正向架好，自动上膛完毕。

汪小青没有犹豫，左臂瞄准了那只灯笼大小的眼睛，右臂在那条偷袭的足肢冒出水面时便已经开火，双枪中的子弹毫无保留地倾巢泄出。

有几发跳弹打到岸边，险些打中发胶男的脚。他跳脚叫道："你看着点！你看着点！"

对于这等只会叫唤的纯种废物，汪小青气得咬牙切齿，正不知如何还口时，斜对角的森林中也有一串脉冲光弧直没入水中，激起一串水浪。

她听到那边传来了罗茜的骂声："滚远点！不滚的话打死算我的！"

枪口发出烤蓝的光泽在喷吐的火舌下闪着诡谲的光芒，打破了夜色的沉寂。

五十里开外的监测营里实时收到了反馈。

“C13 区有战斗发生……是最早触发战斗的一组，不，是两组。”

夜间值班的负责参谋不以为然地说：“两组的话，应该没问题。这群小屁孩儿，碰见一条沙蜈蚣都有可能开火。”

监测人员紧盯着屏幕和热成像仪，喉头艰涩地翻滚几下：“他们碰上的……好像是山形虫？”

负责的参谋差点儿从椅子上滚下来：“什么？你是不是看错了？”

监测人员让开位置，而负责的参谋几乎立刻扑到了电脑屏幕前，紧盯着热成像仪，脸色渐渐变青。

监测人员紧张地询问：“李参谋……咱们在‘伤疤’里，有投放山形虫这种危险程度为 3A 级的生物吗？”

汪小青的射击为展雁潮争取了时间，而汪系舟也抓紧时间，钻入设计成螳螂状的敏捷型机甲中，几个跳跃便来到湖边，与展雁潮完美接应，一把将已经陷入昏迷状态的特牲接过来，三跳两跳来到林中，挑了棵高树，三下五除二地爬上去，扯过来一根树藤，将人安置在了树上。

一顿激射后，汪小青的双枪枪管已经烧得有些发软，她双臂一立一夹，抖出两个滚烫的弹匣，啪啪滚落在沾了晨露的草地上。

确定那两个草包已经狼狈地逃入机甲中，汪小青一转头，看到季作山还站在原地，甚至没进入机甲，不由气结：“你怎么……”

池小池：“嘘。”

汪小青：“你不是……”

池小池再次打断了她：“它怎么没动？”

汪小青正给微型光炮装填入弹药，闻言也是一怔。

从刚才那一阵激射开始，那个虫族就没有挪动过分毫，只是把试图刺穿猎物身体的足肢缩回了水面之下，不紧不慢，颇有章法。而它那只露出水面的眼睛也已经被罗茜的脉冲枪烧瞎了，但它仍是安安稳稳地沉在水底，看起来心平气和，仿佛身体上受到的重创并不是什么特别要紧的事情。

池小池问季作山：“这什么情况？”

季作山也皱眉道：“这是山形虫，体型极大，外壳结实，一般在战斗中被当作肉坦使用。但它的性情据说非常暴烈，现在这样……不符合生物本能。”

池小池与季作山同时沉默了一会儿。

061 似有所悟：“既然不是生物本能，那就是在执行命令了。”

绿洲、湖、潜藏在湖底的山形虫……

三人同时想到了某种可能性。

来不及多加验证，池小池问季作山：“山形虫用布鲁能打下来吗？”

季作山果断地摇摇头：“布鲁的外壳与它相比太脆弱了。它的外壳用军方的火炮也未必能轰开。”

池小池说：“那么你能打吗？”

季作山这回想了想，才道：“能。”

池小池操纵季作山的身体，跃入布鲁体内，同时道：“等结束了之后，拆掉它的壳，给罗茜研究一下。”

说话间，那只山形虫已经在缓缓下沉，似乎打算偃旗息鼓。

已经吓得手脚发软的国字脸和发胶男各自大松了一口气。

他们来参加“伤疤”暑训，不外乎是因为家里长辈的压力，他们本打算靠着特性以及和其他队伍搭伴混过这几日，没想到上天待他们不薄，碰上了和他们出发时间相近的季作山，还有个打手展雁潮自愿送上了门来。

但事到如今，他们已经不觉得这是好运了，只顾着在心里大呼倒霉。

谁料在这时，他们听到从刚才起便没参加战斗的季作山出声道：“罗茜，让它把乌龟脑袋从水里抬起来。”

罗茜倒也干脆，将已经抬高的枪口再次放下：“意思是不能让它跑了？”

国字脸吓得脸色都变了：“别找事啊！它都不理你们了！”

别说脾气火爆的展雁潮，连好脾气的汪系舟都有点儿恼了：“‘你们’是什么意思啊？这东西不是你们招惹的吗？”

发胶男也急于离开这里：“走了，走了，自己给自己找不痛快。呸，真是晦气。”

池小池笑了一声，没头没脑地来了一句：“在机甲里躲好啊。”

国字脸：“什么？”

池小池再无二话，抬起枪口，调至浮空气炮模式，当胸一炮，将穿着机甲的国字脸轰入了水里。

发胶男瞠目结舌。

池小池潇洒地收枪：“罗茜，给你找了个诱饵。”末了，他又添了一句，“小心漩涡。”

罗茜虽然不知道他最后一句话是什么意思，也知道这个时间耽误不得，她不再多话，在机甲内微微舔了舔唇，对一侧再次抬枪的汪小青发出简单利落的指令：“小茉莉，看准机会帮我。”

汪小青心道：谁是小茉莉啊？

她虽然不知道季作山他们想做什么，但还是将机械臂内的第三把脉冲枪掏出来，铿锵一声架好，同时略有不满地对池小池道：“你怎么自己不下去？”

池小池目视前方，理直气壮地说：“布鲁没有防水的功能。”

所有专用机的必有技能之一便是防水，但布鲁的确只是一台普通的改装过的训练机而已。

汪小青目视着水面，还想说点儿什么，一抬眼，却看到了叫她吃惊的一幕。

就连池小池也没想到展雁潮会和罗茜一起冲入水中。

他不声不响地挥出右臂的光鞭，一道光弧纵然迸出，发出叫人牙根发涩的电流声。

那妄图重新沉入水底的山形虫确实不太对劲，受此重创还是一声不响，只是从水底探出一节乌黑油亮的足肢，恶狠狠地朝他的面门抓去！

黑色螺旋钢纹外壳的机甲几乎与黎明前的黑暗融为了一体，展雁潮身轻如燕，单足在那足肢上踏过两记，便矮下身，另一只机甲臂上弹出钢刃，在那锐利如刀的足肢上一路滑下，钢刃与山形虫的外壳摩擦出一串火花，直至消失在了水底。

他去找寻山形虫的头部了。

汪系舟目瞪口呆地问道：“他疯了吗？”

池小池没说话，他体内的季作山也没有吭声。

这种拼命三郎的打法的确是展雁潮的风格。

事关紧急，罗茜发现展雁潮跟她一起动手，也只是愕然了片刻。

趁着山形虫与展雁潮纠斗之际，她打开了机甲的隐身和热量屏蔽模式，迅速靠热量仪定位到了国字脸的位置。

他正像是一只大型肉罐头，被一双足肢拼命撕扯着。

亏得这两人晓得自己能力不足，便事先在自己的专用机上下足了功夫，使用的钢材是全套的纳曼金属，即使是山形虫，也很难在短时间内将其撕裂。

而发现肢体力量不足后，山形虫便将那台机甲通过密集的足肢层层传递，准备放至口中。

山形虫并不是进攻型的虫族，但它们的牙齿可以说是它浑身上下最为尖锐的部分了。

山形虫就是一只大型蜱虫的模样，罗茜耐心地跟着国字脸的惨叫，一路找到了它的口器处。

山形虫抓握住机甲，迫不及待地往口中送去，像是饿极了。

机会！

罗茜悄无声息地潜至山形虫的口下，调出已经重新蓄能完毕的脉冲枪，略瞄了瞄，对准它张开的下颚处扣下了扳机！

脉冲枪的冲击力极大，山形虫猝然受了这一击，昂着脑袋向上倒去。

这一击之下，罗茜突然觉得有点儿不对了。

这山形虫刚从趴伏着的地方离开，就有一股漩涡似的吸力，把她往下拽去！这就是小季所说的“小心漩涡”？

她当机立断，从腰间弹出两条钢缆，把自己反向钉入河岸边的河泥，一直到牢牢勾扯到岩层才停止，也避开了山形虫因为吃痛而疯狂挥舞的铁爪。眼看被脉冲枪冲得朝上倒仰的山形虫又要落回原处，罗茜正着急找不到一个好的角度，便见在那怪物的下颚处出现了一个淡金色的人影。

展雁潮将后背和双脚的推进器开到最大模式，赛车式的推背感刺激得他全身发麻，他的右臂化作一柄光刀，顺着方才罗茜轰出的焦烂处捅入，发力旋转，竭力对抗着那不知名的涡流，把那山形虫一分分往上推去。

即使在水中，罗茜也能听到他撕心裂肺的怒吼。

“上去！给我上去啊！”

山形虫也察觉到事态不对，疯狂地舞动足肢，在水下形成一道道波刃，但它还是无可避免地被推动着一分分向上挪去！

汪小青早就根据水流分开的方向选定好了角度，在山形虫的触须刚刚出水的时候，她便轰然开枪，逼着山形虫将头昂得更高。

水面之上，池小池对季作山说：“交你了。”

布鲁将池小池妥帖地保护在身体里，温和地说道：“我会保护好主人。”

季作山知道这个机会难得，屏息凝神，弓下腰来，身后的推进器能量压到满格，引擎发出类似兽类的低吼。他紧盯着那渐渐浮出水面的虫首，眼前尽是那入侵城市后，与自己狭路相逢、最终同归于尽的怪物虫群们。

这一辈子，只有你死我活，没有别的选项。

在那颗挣扎甩动的头颅渐渐出现时，季作山咬紧牙关，疾冲几步，快如疾风，迅如林鹿，甚至在汪小青还没看清那个怪物全貌的时候，便借着推进器的势，自河岸边纵身而起，敏捷地落到山形虫露出水面的光滑后背上。

布鲁将双足牢牢地楔紧在那带着虫族油脂的后背之上，带着季作山一路冲到山形虫的头部。

汪系舟急了：“姐，他有什么武器能保证捅破山形虫的头吗？”

汪小青没有回答他的问题，因为她也不知道。她焦灼地甩掉了不知道第几轮用空的弹匣，自言自语地说：“搞什么？”

季作山一脚踏上它环状蠕动着的后颈，俯下身去，双手抵上了山形虫被连环枪击轰烂的触须。

与此同时，061 捂住了池小池的耳朵，熟门熟路地为他的精神搭建了一个防护能量罩。

而季作山轻声道：“死去吧！”

他双掌发力，握紧它最敏感的触须，将精神力毫无保留地灌输到了它的体内。

数丈开外的汪家姐弟瞬间瘫软在地，尚挂在山形虫脖子上荡秋千的展雁潮更是手一松直接坠落水中，倒卧在岸边的发胶男干脆抱住了头，发出一声声恐惧的惨叫！

远距离感受到他精神力的人都变得如此脆弱，被握住触须的山形虫又怎么承受得住？

它的大脑被极好地保存在坚硬的壳内，就像是硬壳核桃里的核桃仁。但是现在，这颗核桃仁发出了“啵”的一声轻响，从中爆裂了开来。

山形虫庞大的身躯剧烈地抽搐几下，落入水中，炸开一大朵炮弹爆炸似的水花。

而季作山撤身向后跳开，双腿微曲，平稳落地。

汪系舟惊魂未定之际，隐隐发现了不对。他指着水面说：“姐，你看。”

汪小青强忍着惊恐的感觉，把看怪物似的目光从季作山身上挪移开来，低头一看，发现绿洲湖水的水位竟然下降了将近一米多！

这时，罗茜自水中跃出，轻巧地落地。她右手的钢缆牵着已经在口吐白沫的国字脸，左手的钢缆牵着展雁潮。见到季作山，罗茜率先抱怨：“你动用精神力怎么不早说？我差点儿吐在机甲里！”

不过她的抱怨也只是抱怨而已，自己出过气了，爽过了，也就不计较了。她指着水位仍在疯狂下降的湖面，道：“你真该下来看看……湖中有一个洞。”

池小池从机甲里出来，问道：“多大？”

罗茜言简意赅地说：“一只成年山形虫那么大。”

事实已经很明显了。

虫族不知在何时在这里挖了一个洞，侵入了“伤疤”暑训场内。它们将洞穴的出口选在了绿洲的小湖内。

前来“伤疤”参加训练的都是缺乏战斗经验的未来军队储备成员。可以想象，如果一旦在“伤疤”中潜藏的所有虫族同时发难、一齐扑上来，人族军队这一年会损失多大一批极优秀的兵源。

而这只山形虫，就是用躯体来看守这条猎食之路的守门员。它应该已经在这里趴了很长一段时间，而且，也应该有一批虫族已经提前混入了作训场内。它们先是把山形虫潜伏地点周围的土地填上，方便它堵住洞口，以水来掩盖它们的出入口，又每天捕猎一些蛇、野羊来给它食用。

这些细节，可以从河底泥沙里掩藏的羊骨和蛇骨来判断。

然而最近，暑期接近，巡逻人员增多，这些虫族也不敢轻易前来。如果不是饿极了，山形虫恐怕会等到虫族大军来时才动。

直到小分队成员齐心协力将山形虫的尸身拖出来，把那个洞口重新堵住，处于最近处的监察人员才驾驶着直升机姗姗来迟。

勘察过后，李参谋本来想叫停此次行动，但很快，一个女性战士负责人来到现场，看到满身战斗痕迹的几个人，冷静地宣布，“伤疤”暑训继续。

李参谋略有不安：“可是，虫族……”

女战士平静地说道：“李，不要忘记，我们选拔的是战士。”她指向季作山等人，“是这样的战士。”

然而，话音还没落下，两个声嘶力竭的哭求声便打断了她的话。

池小池循声望去，果然是国字脸和发胶男，他们泪如雨下，恳求退出这次“伤疤”暑训。

女战士隐隐有些失望：“不是这样的人。”

展雁潮好不容易找来的小队分崩离析，但他终究还是没跟季作山他们一起走。

临走前，他深深地看了季作山一眼。

隔着极厚的四级玻璃时，他对季作山的精神力感受得还不是很深刻，只有近在咫尺，展雁潮才晓得，季作山体内藏有这么庞大的能量。

他究竟错过了怎样一座宝藏呢？展雁潮不敢再想，他怕再想下去，自己会崩溃。

在六点时，自总部发来的指示讯息传入了每个参与作训的成员的耳机里。

“在今夜二十四点之前，四人小组需要合作杀掉三只虫族，找到一块纳曼金属。这是今日的任务。”

没有任何拖泥带水，军方宣布，属于这群年轻孩子的小型战争开始了。

季作山他们在一开始就打过了一场硬仗，再遇见什么也不会再怕。几个人的运气不错，不到八点就找到了另外两只虫族，与那只山形虫相比根本算不得什么像样的角色。

然而，在找纳曼金属时，几人遇上了瓶颈。

无奈下，池小池说：“分头行动吧。我们今晚在 B12 区坐标（22,125）处碰面。谁到了，就放三个烟花。”

这场对抗山形虫的战斗之后，池小池已经在无形中成了队伍的核心。他做出指示后，汪家姐弟服从地点头，与罗茜和池小池一起出发。

直到下午四点，池小池他们这组仍是一无所获。

早在三点时，约定的坐标处就放出了汪家姐弟的烟花。

罗茜难掩嫌弃：“季，你的运气太差了。我们也分开吧。”

池小池：“嗯。”

于是他们两个也分头行动了。

因为精神力损失不小，季作山在身体里睡了过去。

池小池背着手沿着一处废墟溜溜达达，试图找到用纳曼金属制作的相框或是花瓶，找了许久，他又离开了城市废墟，找到了一处小湖泊，用探测仪找寻，却仍是一无所获。他索性从湖里捞了条鱼上来，打算先填饱肚子再说。

4

鱼并不难捉。这些鱼少见人来，把自己养得肥美无比，一条条呆头呆脑的，池小池捞了条个头中等的，回头对布鲁道：“刀。”

一把锋利的短刀自它胳膊上的武器储存库弹出。

池小池接过：“再要把长点的。”

布鲁依言执行，抽出一把军刀，以手握刃，递给池小池。

池小池熟练地用军刀剖开鱼腹，清理干净，刮去鱼鳞，去湖里洗过手后，又将鱼用军刀串起，架在火上。

在上个世界里，池小池把仓库里的东西买回了不少，也包括一些日常用品。

他先将鱼用白酒腌渍片刻，再将茴香子研磨细碎，与盐、辣椒调和，涂抹在架在火上炙烤的鲜鱼表面。鱼油“滋滋”的响着，池小池起身去附近的小林子中捡了十几个栗子样的坚果，向 061 确认无毒后，就洗干净丢入火中。

不多一会儿，一颗烤裂了口的熟栗子便从火中跳出，露出棕黄色的果肉。

池小池很享受这段拾柴做饭的时间，061 也是。

捡起熟了的栗子时，他总算开了口，声音也压得不高不低，怕吵醒疲惫的季作山。他说：“六老师，我好像很久没有跟你独处过了啊。”

061 笑，也学着他压了压嗓子：“好像是。”

池小池瞥了一眼：“哦，忘了，这里还有一个布鲁。”

布鲁在另一侧翻着鱼，防止鱼肉烤煳，仿佛对那些突然出现的调料很感兴趣。

池小池盯着跳动的火苗，随口问道：“六老师，我忘了，你怎么也忘了？”

061 轻咳：“我也是人啊。”

池小池问他：“你干系统这行多少年了？”

061 说不大清楚：“总有十来年了吧。”

“你什么时候出的事？”

061 说：“大概是十几岁的时候。”具体什么原因也不记得了。

池小池倒很理解：“忘了也是好事。”

鱼熟了。他撕开烤得微焦的鱼皮，白脂玉似的鱼肉腾腾冒着热气，他才上手碰了一下，手指就被热气燎了一下，烫得他“嘶嘶”吸气。

061 立即收起了所有心绪，操纵布鲁牵起他的手，把他拉到湖边，将被烫得发红的手指浸在清凉的湖水里。

池小池被这样握着手腕，突然就有点儿不适应了。

布鲁和冬飞鸿一样，都让他想到过去的某个人，话不是那么多，却总是悄无声息地把一切都替他打理好。

池小池觉得自己脑子不好用了，看一台机器都能看出花来。

他说：“鱼要煳了。”

布鲁温和地道：“不急。”

池小池不是没觉得奇怪。除了在第二个世界里没能见到和娄影相似的人，在第一个、第三个和现在的世界里，他都见到了娄影，或者说给了他娄影感觉的人。

他记得061在第一个世界说过，随着任务世界的不断深入，池小池要去到的世界线会逐渐失去与原世界线的重叠性，再想遇到活着的娄影就会越难。

那么，为什么自己在多个世界里都能感觉到那个世界里的“娄影”的存在？

想到这儿，池小池的心里隐隐约约有了个答案。

确定手上没烫起疱，他才坐回火边，一边用洗净的小刀切开鲜嫩的烤鱼肉，一边说道：“六老师，你之前带过的那两任宿主，都没能回去自己原来的世界吗？”

提到这两个人，061微微叹息一声：“嗯。”

“都是因为什么？”

061说：“九号宿主是个初中老师。他选择留在了一个原主担任大学教授的世界，因为他在执行任务的时候和他的学生相恋了。”

061又说：“十号宿主是个普通的小公务员。他选择留在一个原主做了皇帝的古代世界里。原因应该不用多说吧。”

池小池挑眉。

果然，如他所想，是这些特定世界里的人或者人事关系，让宿主产生了留恋感。那就不难解释娄哥的出现了。

池小池问他：“在所有任务结束后，你有去看望过他们吗？”

061摇头：“我们一旦解除和宿主的绑定，就无法感应到宿主的具体位置了。”

其实第十个宿主应该还不难找，只是自从和他解绑之后，061就碰上了池小池，一经绑定，就再没分开。

061很快注意到，池小池望着天空，神情平静地长吐了一口气。

每当池小池出现这个表情时，061的心就控制不住地往下沉。池小池分析原主有可能活在身体内部时、论证主神选择攻略对象的动机时，都是这副表情。061略带不安地询问：“怎么了？”

池小池的确是想到了某些叫人不安的东西。

问题一，宿主是靠死亡脱离世界的。倘若他们杀死的是原主的肉体，那等宿主完成所有任务、选择回到他们想要去的世界之后，他们能用谁的身体，用谁的身份？

问题二，倘若他们杀死的是原主的灵魂，肉体还在，那他们回去之后，初中老师要怎么担任大学老师？普通公务员又要怎么做好皇帝？

但他却说：“没什么。”

他喜欢今天晚上的气氛，只是今晚，他不想用其他的事情来干扰难得的安宁。

他仰望天际，双手撑在身后：“看，有星星。”

今晚的气氛着实不坏，暖融融的篝火和烤栗子的味道将夜色变得温馨起来，池小池一边就着剩下的白酒吃鱼，一边和061聊了很多自己在剧组里发生过的事情，而布鲁去了树林里巡逻，以免有什么动物伤害到主人。

话题聊得越来越多，池小池又喝了一点儿酒，酒酣耳热之际，索性说出了自己的心里话：“知道吗？六老师，有一次，我还以为你是冬飞鸿……以为你是娄哥。”

061 还沉浸在上一个笑话里，闻言差点儿呛着。

池小池说：“那次……是娄思凡找人要揍冬歌的那次，我和贺长生准备往回冲，你一直在阻止我，可当我们真的往回冲时，小叔就赶过来了，你说怎么会这么巧？在加拿大吃奶油塔的时候，他也很快找到了我，好像随时都知道我在哪里似的。冬歌原世界线的时候，完全没有关于小叔的记忆，结果我们来了，小叔就出现了。”

061 听得直往外冒冷汗。

池小池被酒意浸得微微泛水的双眼眨了一眨：“冬飞鸿是你吗？六老师？”

061 还没想清楚该怎么回答，就听到自己的声音斩钉截铁地答道：“不是。”他微怔片刻，旋即便明白过来，是保密系统的屏蔽功能。

这是他和主神签下的契约中的一条，他不能透露自己的身份。但他没想到主神竟然把“冬飞鸿”这一身份也算在了保密范围内。

池小池顿了顿：“不是吗？”他轻声嘀咕道，“如果是该多好啊。”

061 知道这个时候自己应该岔开话题，但他却忍不住追问了下去：“那你为什么会觉得冬飞鸿是娄影？”

池小池的酒喝得有点儿多，靠在附近的一棵树上，喃喃道：“直觉。”

061 哭笑不得。这算什么理由啊。

他问：“那你当时发现了不对，怎么不说？”在他印象中，池小池不是把什么事儿都压在心底的人。

“我以前……就在被吊灯砸到的两年半前，被人骗过一次。”池小池比了个“嘘”的手势，“被骗得可惨了。”

061 知道他这是喝多了，声音也转为柔和的哄孩子口吻：“你这么聪明，谁还能骗你啊？”

“是个王八蛋。”池小池说道。

061 问：“他骗你的钱了？”

池小池拉长了音调：“这事儿我跟谁都没给说，我嫌丢人。”

061 好声好气地问道：“你说的还让我挺有兴趣的。他骗你什么了？”

池小池把头抵在树上，小声道：“有个人在网上装我的粉丝，刚开始天天给我发私信，后来跟我说他是娄影，约我出来见面。我在约定的地方等了好久啊，等到凌晨三点，等到那家餐厅都打烊了，他也没来。”

061 有点儿心疼：“这话你都相信啊。”

“受骗一次就够了。”池小池小声道，“我不会再骗自己了。”

池小池喝的是从仓库里兑换来的好酒，酒意来得快，散得也快，在布鲁用软布给他蘸了干净的湖水擦脸时，他就渐渐清醒了过来。他问：“几点了？”

布鲁答："晚上十点了。"

池小池的语气并没有多么沮丧，伸了个懒腰，舒舒服服地被布鲁扶起来："没想到第一天就要出局了。"

每天二十四点之前，他们都要将军方要求的物品搜罗到，交给最近的一处监察点，这样才能从监察人员手里取得新的发信器，好接受第二天的新任务。

如果没有收集齐物品或者没能及时把物品交到监察点，那就意味着出局。现在已经二十二点了，距离最近的一处监察点有大约十五公里的路程，除非他能在一小时内找到一块纳曼金属，否则就不可能完成今天的任务了。

知道自己基本已经确定了出局的结果，池小池倒十分心平气和："老天爷不眷顾，没办法。"

他和布鲁一起并肩走出了树林。到了空旷处，星空越发显得浩瀚，宛如瀑布。

走在美景之下，池小池简直移不开眼睛。

061 问他："你这么喜欢星星吗？"

池小池许久没看过这样璀璨的银河了，深吸了一口气，道："嗯。"

061 说："想要，我给你摘一颗下来。"

池小池乐了："六老师，你别闹。"

061 说："学生的要求，老师会尽力满足。"

听出 061 语气中的郑重其事，池小池心里忽然觉得很温暖。

061 温和道："抱歉，从刚才休息时就一直在解析，费了点时间。"

池小池："什么意思？"

"我们系统的能力，是在保证守恒和等价的前提下，对物体进行平行挪移和物质形态的改换。就像在第一个世界里，我能将杯子和茶水解析成数据……"说着，061 也望向天空，"根据资料显示，距离这里最近的一颗流星富含纳曼金属。大概十五分钟后，它的一块含有纳曼金属的星尘就会落在距离这里大概三公里开外的沙漠上。"

这是娄影做不到的事情，但他能。

这样想着，061 声音里含了笑意："这是我送给你的星星，谢谢你今晚的陪伴。"

5

二十三点整时，池小池按照军方要求的规格，上交了半立方米去掉了宇宙辐射物质的纳曼金属，并准备赶往与罗茜等人约定好的坐标地点会面。

那颗坠落的流星里包含着的大部分纳曼金属被池小池拿走，并交给了 061，让他将固态的金属转化成冷液，储存在机甲内的一处空舱。

有了这六瓶液体，布鲁的新身体算是有着落了。

池小池的心情不错，却也挡不住酒意和睡意的双重侵袭，设定了目标坐标后，便对 061 说："我睡了啊。"

061 "哗啦啦" 翻开一本书："我上次给你读到……"

池小池确实是累极了，伸手扒拉两下，像是要去捂谁的嘴："我要睡了，别吵。"

061 愣了许久，直到均匀的呼吸声在贴近心脏的地方响起，布鲁才同步抬起手，抚摸胸口，出神地感受身体里发出的细微响动。

他怎么总是有那么多心事呢？

想得太多，太聪明，也太累了。

而 061 也很快体会到了 "想得太多" 的后果。他一直在想与池小池相关的事情，直到被四台专用机甲包围在中间，061 才发现有人尾随他们很久了。

其中一台握着探测仪的深红色机甲笃定地道："没错，他身上有非常强烈的纳曼金属信号。"

另一台蜘蛛形机甲手持镭射枪，冷笑道："赶快交出来吧。一对四，你的破烂机甲扛得住吗？这笔账你应该会算吧。"

其他两台机甲没有发声，但两道红外线一道瞄准了布鲁的膝盖，一道瞄准了他后背的动力系统，如果他要强行突围，会被立即放倒。

而 061，或者说布鲁，也根本没打算跑。

布鲁站在包围圈中央，彬彬有礼地道："嘘，请小声一些。我家主人在睡觉。"

蜘蛛机甲乐了："这还是个高智能系统。"

布鲁盯着深红色机甲手里的探测器，一瞬间解析出了它所有的功能："按照规定，每人不能携带超过一公里范围的探测器。你们是怎么把它带进来的？"

蜘蛛机甲 "啧" 了一声，指尖扣下扳机，雪白的镭射狠狠地撞上了布鲁的后腰。

布鲁捂着腰跪了下去。

蜘蛛机甲把镭射枪的蓄能按钮打开，轻蔑地道："话真多，把东西交出来，不然让你报废在这儿。"

深红色机甲里是个女孩。她本来不大赞成这种明火执仗的打劫行为，但眼看任务时间快要结束了，他们这个四人小组谁都没能找到哪怕小拇指指甲盖大小的纳曼金属，怎么能甘心？她说："交出来，算是帮帮我们。"

布鲁没有发声，也没有理她。

蜘蛛机甲威胁道："你要是不交，我们就让你报废在这里，再把你的主人的求救发信器毁了，到时候，你的主人就要带着一个铁疙瘩在这里流浪了。你知道步行到最近的监察点需要多远吗？整整十公里。你知道如果没有机甲，你会在路上遇见什么吗？"

他们都在等着布鲁缴械投降。这个机甲的拟人水平很高，有个人的情绪系统，应该会懂得什么叫 "害怕"。

单膝跪地的布鲁抬起头，问："会遇见什么？"

蜘蛛机甲没想到这是个不见棺材不掉泪的，端起镭射枪，怒道："敬酒不吃吃罚酒是不是？"

骂完后，他便再次扣下了扳机，这次他瞄准的是布鲁的头部。如果被一枪贯穿头部，那么布鲁的中央核心系统必然报废无疑。

谁料，扳机扣下后，他却没能看到激射而出的镭射。

布鲁不知何时已经闪身来到了他的身侧，右手停留在距离枪口十厘米的地方，而那道镭射光聚成一团，无法再进分毫。

布鲁将刚才按住"战损处"的左手放开，掌心赫然是一团刚才未射入它身体的镭射能量！它的手腕微微一活动，无数雪白的镭射蝴蝶便从布鲁的机械指缝间翩然而出，四散飞去。

而布鲁好端端地站在陷入呆滞的蜘蛛机甲跟前，绅士地一躬身："失礼了。"

所有人都在想，这是什么见鬼的防御系统，但本能已经让他们齐齐开火，目标当然是布鲁。

那些子弹、激光与穿透性红外线，到了布鲁机甲外侧，统统无法再前进，而且都化为了细碎的残影，仔细看，竟然能看到无数被解析过的数据流水似的在它身躯周围运转、流散。

布鲁伸手，将准备直射入他手腕武器系统的穿透性红外线拨离了方向："各位。"

一行拦路打劫的机甲彻底陷入了呆滞状态。

布鲁又将激光的轨道挑弯，就像摆弄一条软绳："我刚才说过，我的主人在睡觉。"

四人组中使用红外线枪的两位已经察觉情况不对，想要逃走，却发现自己的动力系统已经失效了。

他们只好将动力系统强制重启，不承想却收到了一连串报错讯息。

正惊疑间，只见一只白色的镭射蝴蝶从它们的显像系统中慢条斯理地飞过，只一个瞬间，他们的显像系统便全部宣告报废。

这些东西是什么时候侵入他们的机甲的？

这时，布鲁已经将所有弹道修改完毕，温和地说道："我不希望吵醒他。所以，希望各位多多关照，不要叫得太大声。"

说罢，它行了一个四十五度的躬身礼。

就在它弯下腰的瞬间，那些停滞在半空的武器弹药，动了。

红外线穿透了蜘蛛机甲的行进动力系统，镭射枪打爆了深红色机甲的探测仪，激光射穿了其他两台机甲的武器系统。布鲁直起身来的时候，其余四台被射成蜂窝煤的机甲纷纷瘫软在地。

他环顾一圈，确定这四台机甲都报废得很彻底，他们连出舱都做不到，便走到每台机甲身侧，如同开自家家门一样拉开他们收藏求救信号的库舱，摆生日蜡烛一样摆了一圈。

布鲁一边摆，一边道：“听这位蜘蛛先生说，最近的一个监察点距离这里大概十公里；至于人没有机甲，在这荒郊野外会遇见什么，请这位先生慢慢向你的同伴说明吧。”

蜘蛛机甲已经慌了神：“还给我们，把那个还给我们！求你了！”

布鲁没有理会他们，起身离开，打算让他们在那里待到午夜过后再说。

四只镭射白蝴蝶停在了四个求救信号器上，翩翩扇动翅膀，扇出了一道道数据的轻泛流光。

又步行走出十几公里后，池小池从浅睡中自然苏醒过来。

061 问：“睡得好吗？”

驾驶舱内柔软舒适，温度调得刚刚好，周围又异常安静，可以说睡得相当好，连个梦都没做。

“不错。”池小池挺舒服地伸了个懒腰，“布鲁，几点了？走到哪里了？”

布鲁细心感受着身体内池小池的活动，口气极其温和：“晚上十一点五十八分。还有几百米就要到约定的集合坐标点了。”

池小池问：“路上有没有遇见什么情况？”

布鲁答：“没有，一切正常。”

机甲溜达出一段路后，池小池突然听到远方传来尖锐的电子鸣响，转头看去，只见四朵求助用的烟花在空中炸开，光珠弥散，宛如银蛇吐信，金龙啸空，在黑夜中异常醒目。

061 极快极轻地笑了一声。

池小池回头望去，似有所感：“六老师？”

“咳。”061 轻轻咳嗽一声，“看样子是一个小队集体出事了。”

池小池说：“那他们这求救信号放得还挺有娱乐精神的。”

061 还没说话，就听到罗茜的声音自身后传来：“季？”

他转身，看到不远处的一处山崖边，罗茜和她的机甲瑞德正一起抬手跟他打招呼。

罗茜喊：“小青刚刚烤好一只野兔，快上来。你的任务完成了吗？”

池小池从机甲中跳出来，故意道：“没有完成啊。”

“好极了。”罗茜也不着恼，回头对汪家姐弟喊，“把兔腿收起来，兔骨头留给他。”

罗茜本来就是个好相处的人，一起做任务的时候，汪小青、汪系舟已经和她混得很熟了。三个年轻人笑成一团，就连季作山也勾起了唇角，眼中微微泛波。

而在不远处的山岩下，展雁潮的拳头捏得死紧。

以前不是这样的。

以前季作山几乎从未笑过，如今笑起来，如同铁树开花，绚烂夺目。

展雁潮正趴在岩石后眼巴巴看着，突然发现季作山四下张望起来，似乎是发觉自己被人窥探了。他马上缩回岩石后，按住自己机甲的脑袋，低声呵斥道："别动！低头！"

看着上涨到 15 点的悔意值，池小池没说什么，和布鲁一道走上山崖。

展雁潮追着那离开的脚步声，直到听不见了，才眼圈发红地把脸埋在臂弯里，小声念叨着："季作山，你回家吧。"

但声音太小了，连他自己都听不见。

他的机甲低头看他。

展雁潮呆坐片刻，突然想起了什么，打开自己的机甲钻了进去，并下了吩咐："把保温、照明和体感系统全部关掉，只留下外部警戒系统。"

战斗机甲会对主人的吩咐言听计从，它自然照做。

展雁潮的整个世界都安静了下来。

平时，展雁潮与机甲感官相通，当然不觉得什么，但是所有系统一并罢工，机舱里便只剩下了逼仄、狭小、闷热、黑暗，如同一口"棺材"，如同他曾经为季作山打造的那口"棺材"。

他一直以为这只是个无关紧要的惩罚而已。

不料，不消十五分钟，他开始烦躁，冒汗，心悸，眼睛里什么都看不见，就开始胡思乱想。一个小时后，他只觉浑身如同蚁噬，忍不住用手指抠挠机甲内部。

机甲在外面询问他是不是要出来，展雁潮拼着一口气，瓮声瓮气地说不用。

不知过去了多久，机甲感到内部传来了极为猛烈地撞击和挣扎，它立即采用了紧急预案，将座舱弹射出去。

展雁潮从舱内滚出来，伏在地上，浑身的衣裳被汗湿透，他狠狠地抹了好几下脸，颤抖着声音问机甲："几点了……"

机甲答："主人，四点了。"

展雁潮周身发软，望着漆黑的、黎明前的夜空，心想，他以为自己在里面过了半辈子。

怪不得每次季作山从"棺材"里出来时都是一头一身的冷汗，胳膊肘撞得青黑一片，他还总怪他娇气，不知道好好反省过错。

他翻身仰面向上，捂住了头脸，蜷作一团。

他都做了些什么啊……

◇ 残酷，意外，二人一战

1

近半个月的训练时光很快过去了。

借这帮年轻人的手，混入基地的虫族已经被剿灭大半。

同样，每天都有人退出训练，一小部分人是因为负伤，大部分人是因为饥饿、浮肿、高烧、疲惫和巨大的心理压力。

而季作山所在的四人小组无一人掉队。

季作山本人的野外生存能力很强，哪怕没有盐，也能够从无数有毒的野果里辨认出无毒的盐果，捣碎之后，既能调味，也能补充体内所需的微量元素。

现在他们吃饭的时候，需要两个人放哨。

半个月过去，许多人打不到野物，也只能靠吃野果维持，然而倘若只食用野果，体内的能量不足，连机甲驾驶也会有气无力的，所以他们的生存之道就剩下了一个字——抢。

“伤疤”集训已经接近尾声，很多人硬生生地挺着，只是为了获胜，大家都无所不用其极。

这已经是被默许的规则，好在这一行人里有了季作山，过得还算悠闲。

在集训结束前的最后一晚，他们早早收集齐并上交了十二只水栖虫的爪子，又捉了一只野鸡，随即登上了一处高崖。

这半个月来，他们都在一公里范围内能找到的最高处休憩，避免被人占据制高点偷袭。

鸡肉用盐果腌渍入味，季作山掘了一团黄泥，又摘了两片淡香如竹的不知名宽大树叶，用树叶包裹鸡肉，黄泥加裹，埋进地里煨烧烂熟，不多时，泥里蒸出了肉香，热腾腾地往上冒。

布鲁负责将鸡挖起来，剥去裹扎在外面的树叶，鸡肉浓香，还带有淡淡的矿物质清香和丝缕竹香。他将鸡放在洗好的、叠成船型的树叶碗内，再添上两三个鲜红的野果。那三个十指不沾阳春水的少爷、小姐都看愣了。

这一餐算是季作山指导、池小池亲自做的，他用一根洗净的树枝将鸡分开，分给三人，自己则吹着被烫得发红的手指，厚颜无耻地拿走了一个鸡大腿。

四人相处了半个月，也算是混得很熟了，谁也没有质疑这样的分配方式。

可以说，如果没有池小池，他们三个人大概也只有啃野果的份儿。

汪小青起初还对季作山有些想法，就像一开始的罗茜一样，毕竟他的战斗力着实强悍，然而相处日久，汪小青发现这个人就是一座冰山。她自问没有追到手的本事，也没那个耐心，索性退而求其次，做了朋友。

不出意外的话，这是他们相处的最后一天，出了基地，各自分开，下次再见，或者就是在军队里了。汪小青干脆挑明了自己的来意："小季，我是南路军副军长汪静秋的妹妹。你有意愿加入南路军吗？"

池小池询问季作山的意见。

季作山犹豫了片刻，答案是，只要能打仗，哪里都好。

但池小池给汪小青的答复是："到时候再说吧。"

061："人家小季好像不是这么说的。"

池小池道："相信我，我和他说的是一回事。人总要有些身价，不是要你自己推销，而要有足够的价值和吸引力。小季是这个星球少见的超能力者，他不是什么人随便开个价就买得起的。"

季作山略有些不安："小青是我的朋友……"

池小池说："你的朋友一开始是奔着招募你的心态才找上你的。"

季作山："可是……"

池小池："朋友不是说什么就给什么的人。他们是和你一样的同龄人，不是需要你照顾的弟弟妹妹。"

季作山沉默了。

这句话轻描淡写地点出了季作山为人的症结：他总是把身边人当弟弟妹妹看待，不会拒绝他们提出的任何要求。他对展雁潮如此，对汪小青也是如此。

季作山这才惊觉，哪怕是死亡，还是没有改变他这种哺育幼鸟的心态。

池小池倒不觉得有什么，在他看来，那些重活一世后能立刻脱胎换骨、改正前世遗留的一切错误的想法，大多是做梦。人死了再活一次也还是那个人，几十年的习惯刻在骨子里，如果不去下意识规避，那八成还会在不知不觉间走上和以前一样的道路。

对于这件事，池小池也不想跟季作山说太多，偶尔提点一句就够。

改变，还是需要靠他自己悟出来的。

被拒绝的汪小青倒也没有太过沮丧，她拍拍他的肩，没再继续这个话题，而是提了自己这半个月来一直苦思冥想仍不得其解的问题："你有这样的本事，怎么会去做展雁潮的特性？"

汪系舟拉她："姐。"

池小池把季作山的种种苦衷精简地概括成两个字："养家。"他讲述了季作山的故事，虽然没有添油加醋，但仍是让汪小青怒火填膺。

她拿着点燃的柴火敲打着一侧的岩石："他算什么东西？"

几天下来，原本还有点儿贵族架子的少女已经被罗茜传染了奇怪的属性。

池小池淡淡地道："我有数。"

汪小青一点儿也不怀疑，按照季作山的本事，哪怕他不穿机甲，只使用精神力，就能把任何一个曾经凌虐他的人踩在脚下，吸收掉他体内所有的能量。

要实现报复实在太简单，于是她拍打着池小池的肩膀："我相信你！"

池小池不置可否地说："小姐，睡吧。明天是最后一天了。"

的确是最后一天了。

他们的地形图已经绘制完毕，只要集齐最后一天凌晨六点时发布的任务物品，他们就能结束这次集训。

大约在凌晨五点五十的时候，四人便苏醒过来，等待着从信号器里传来的吩咐。十分钟后，信号器里传来一个中年男人清嗓咳嗽的声音，旋即，极温和的声音自总部传来，传遍了基地的角角落落。

"恭喜各位参加演习的、仅剩的一千三百八十三名学员。你们和你们的同伴一起，出色地完成了作训任务，接下来，是你们最后要完成的任务……"

说到这里，他故意停顿片刻。

汪小青有些紧张，握紧双拳，只能听到自己的呼吸与心跳声。

"首先，如果你身边还有同伴，请拥抱他。"

汪小青差点儿一口气没喘上来，却也不敢违拗耳机里的命令。

拥抱也是军令。

她扑上去，抱住了汪系舟，巨大的满足感从她心头升起。虽然这些日子以来险象环生，但这个她一直认为不成器的软弱的弟弟都护在她的身前，自和他一起钻出母腹以来，他们姐弟还没有如此亲近过。

罗茜冲池小池一挑眉："不然，咱们俩也来个？"

池小池的胳膊刚抬起来，就被布鲁就势抓住胳膊，略带强硬地锁进了铁臂里。

罗茜哭笑不得地说："喂，护食啊。你原来可是我家的扫地机。"

池小池摸摸布鲁的脑袋："英雄不问出处，哪怕是自动马桶，现在也是布鲁。"

说着，他心情很好地蹭了蹭这位钢铁伙伴的脸。

061 长舒一口气，嘴角却忍不住上扬。

信号器那边的人为大家的情感交流留出了足够的时间，等过了三分钟左右，那道温柔的声音才再次响起："当感情交流完毕后，你们要做的第二件事，就是拿着不属于自己的机甲钥匙，到达最近的监察点。前十名带着钥匙和地形图来到监察点的人，才是本次比赛的获胜者。"

听到这些话，汪小青的笑容瞬间凝固了。

"不属于自己的机甲钥匙……"

机甲与每个主人体内的能量彼此纽连，而启动钥匙是备用的，让机甲在主人能量不足时仍能够保持行动能力。而把自己的钥匙交给别人，需要极强的信任，因为一旦对方想动手脚，可以通过钥匙启用应急装置，逼停机甲，甚至让机甲对自己的主人开火。

要在最短时间内拿到“不属于自己的机甲钥匙”，只能是从刚刚才拥抱过的同伴身上抢夺。

但不等汪小青感到心灰意冷，就听到季作山冷到极点的命令：“走。”

汪小青定睛一看，季作山竟然已经拿到了罗茜的钥匙，往山崖边疾步走去，每个命令都干脆利落：“跳！”

汪小青正在愣神间，汪系舟便扑上来，把自己的钥匙交到她的手中，一迭声喊：“姐，我们走！走了！”

跳下山崖，四人拔足急奔，朝昨天记忆里的监察点方向奔去。路上，他们看到了一组双双倒地冒烟的机甲，里面的主人不晓得是死是活。

汪系舟恻隐之心顿生，正欲过去查看，机甲的螳螂腿就被池小池一把扯住：“回来，跑你的。”

汪系舟被拖得踉踉跄跄：“没事儿，我跑得快，我看看他们就回来。他们没放求救信号，可能是受伤了！”

池小池冷笑：“他们没有毁坏，那烟雾不是战斗损伤导致的。”说完，他迅速返身，单掌抬起，略瞄了瞄，两发气弹喷射而出，径直轰烂了那两台机甲的主系统。

原本一动不动的机甲内传来了响亮的怒骂声。

在汪系舟诧异之时，罗茜简练地概括：“是饵。”

汪小青接过她的话：“他们的侦测器上应该能显示附近半公里内的热成像，他们在我们的必经之路上等待我们。倘若我们想查看他们身上有无多余的钥匙，那他们就能趁机抢夺我们身上的钥匙。”

汪系舟瞠目结舌地道：“他们疯了吗？”

汪小青额角沁出汗来，小声道：“疯了的应该不止他们。”

半个月的艰苦生活熬干了参赛者们的心血，熬红了他们的眼睛。都走到了这一步，谁又会甘心认输？

汪小青一路冲刺，一路想着心事。如果一个小队只剩下三个人，那剩下的一个人要怎么处理？如果一个小队只剩下一人，为了求胜，他会不会竭尽全力地去抢夺别的小队的钥匙？

哪怕小队中剩余的人是双数，情况也并不乐观。

在这短短半小时内，汪家姐弟见到了极其密集的求助烟花，一朵朵，一片片，在黎明前的空中绽放，美得令人窒息。不难想象，其中有一大半人大概都是在拿到同伴的钥匙后，第一时间点燃了他们机甲中贮藏的求救烟花，帮助同伴放弃机会。

幸亏她是和弟弟在一起。

汪小青一路胡思乱想，直到眼前出现监察处的轮廓，狂喜才笼罩了她的心。

但距离监察处还有七八百米时，汪小青清楚听到了挂在监察处门口的扬声器里传出的冷冰冰的宣告声："其他监察点已经有九人抵达！只剩最后一个名额！"

汪小青心底一凉，不自觉地转头看向了季作山。

完了。有他在，他们还抢夺什么？

没想到一个愣神间，她的后背便被季作山狠狠推了一把："咱们算笔账。愣着干什么？先跑着！"

言罢，池小池冲其他三人道："最后一名的奖励是什么？"

汪小青道："第一名是一台完整的军用机甲，第二到第十名是小型军用侦察机甲，和我们身上的机甲是类似的，区别是军用的！"

池小池道："谁最想要？"

汪小青没说话，而汪系舟很快替姐姐开口道："我姐想要！"

汪小青："小舟，你……"

池小池干脆地道："别废话，你弟弟的机甲敏捷性是我们这里最强的，他要是想要，早就跑了。罗茜你呢？"

罗茜看了一眼汪小青，此时他们距离监察点不过百米了："我不要。如果小青拿到了，给我研究一下！"

池小池对汪小青表态："我也放弃。你给我按照市价折现，付一半的钱就行。"

汪小青哭笑不得："我不占你这个便宜，全价！"

池小池一把抓住汪小青的胳膊，刹住机甲的同时，将她往前一推："汪大小姐，记得你的话！"

汪小青冲破了那条划定的终点线。

而池小池等人优哉游哉地踱过了终点线。

立即有负责人从帐篷内钻出，拉住刚从机甲中下来的汪小青，笑容无比灿烂："恭喜，我们的第一名！"他环顾四周，冲池小池等人一一致意，"第二名，第三名，第四名！"

汪小青冲得太急，现在还有些蒙："什么？我难道不是……"

话音还未落下，一对相互扶持的机甲又出现在了一公里外的沙丘上。

监察点的扬声器又开始循环播放刚才放送的内容："其他监察点已经有九人抵达！只剩最后一个名额！"

那两人微微一滞，其中一个人握紧了手中的钥匙。而下一秒，他旁边的机甲便一个踉跄，栽倒在地。

几人看着那个扬声器，不由得觉得心底发寒。

他们来到了休息点，领取了食物与清水。

待到坐定后，从昨晚开始就一言不发的季作山道："星球要的不只是战士，是野兽。”

星球需要的，原来是这样冷酷无情的斗士。他想到了遥远的前世，想到了那些无法忘记的屈辱。在屠戮了那些战士后，展雁潮却没有受到太过严苛的惩罚，甚至没有上军事法庭。原因很简单，展雁潮在战斗方面是天才，留下他，有大用。

而倘若没有展雁潮为他报仇，那些战士想必也不会受到太过严厉的惩罚，毕竟受害的只是一个从者而已。

战士为保护这颗星球付出很多，一个从者算什么？但从者就真的不算人吗？

在季作山问出这个问题后，池小池却笑道：“做最强的人，才能改变世界。”

061笑着提醒他：“这句话可是不太正确的。”

池小池说：“这里的人，脑袋天天别在裤腰带上，要什么正确。”

季作山没再说话。

池小池双手向后撑住身体，仰头看天，懒洋洋地对他说道：“如果不服，那就做制订规则的人啊。”

2

别的监察点陆陆续续有了人回来，有结伴的，也有单独一人前来的。

展雁潮是第八个到达的“第十名”，且恰好和池小池他们到达同一个监察点。

被领到休息区，看到罗茜，展雁潮别开了视线，但想到罗茜在这里意味着什么后，他心中怦然一动，目光一转，便看到了从洗手间里走出来的季作山。

展雁潮的目光看起来如同得救，快步朝他走去。

在私下里窥伺他时，展雁潮觉得自己有很多话想要同他说，话能堆到喉咙口，但一见到他，他又觉得整个身体都被掏空了。他整一整衣襟，确定没有污物，才挤出个灿烂的笑脸。

季作山坐下，他也跟着坐下。

发现对方没有刻意躲着他，展雁潮本来略有僵硬和讨好的笑容轻松了许多。

起初与展雁潮见面时，汪小青对他没有多少恶感，只晓得季作山以前是他的特性，季作山后来脱离了展家。但听说了他的事，现在她恨不得唾这个人一脸。

罗茜拍拍她的腿：“小茉莉，走。”

跟罗茜相处这么久，汪小青当然已经知道自己当初在罗茜的性别这件事上闹出了怎样的乌龙。她盯着这两个人，小声说：“干吗去？”

罗茜：“直升机在外面。我们去总部看看你的机甲。”

汪小青：“我不走。姓展的要是欺负小季呢？”

罗茜看着她。

汪小青恍然大悟。

季作山精神力这么强，只要他想，这个帐篷里没穿机甲的，怕都能被他的精神力直接震成骨灰。

但汪系舟浑然不觉，拍拍胸口，道："姐，你跟罗茜姐去吧，我来帮小季。"

汪小青不由分说，一把将大言不惭的汪系舟拎起来。这小东西说"帮"小季，等于说他要去给展家"捐款"一样荒谬。

离开前，汪小青对展雁潮用力竖了个中指。

罗茜笑，伸手把她纤秀的中指按下来，顺势拉她出了帐篷。

等闲杂人等离开，展雁潮才轻轻咳嗽一声。

池小池不理他，拿着刚才监察处人员发给他的奖品小册子看。他得了第二名，奖品是一台荒漠迷彩色的速度型侦察机甲。

军队级单人机甲和池小池的布鲁规格不同，大的高逾百米，重约百吨，有宇宙航行能力，配备有重火力武器，其强度能够完美承受空间跳跃，其配备的火力够一个团使用。

军队没有多余的大型机甲供学生练习，因此平时他们按照军用级机甲的各项功能学习了许多门功课，包括空间模拟驾驶、各种轻重火力武器的运用，而他们平时使用的体感机甲，是用来训练他们的近身格斗技能的。与虫族军队远距离相遇时，火力压制尚有作用，然而一旦与虫族短兵相接，靠的便只能是近身搏命。

够格用上单人机甲的主驾驶员不多，大多人都是穿着类似池小池赢得的机甲的年轻战士，跟在单人机甲后的载人舰艇内，像是放在大罐头里的小罐头，茫然注视着眼前的黑暗，等待号令，舱门开启，便与虫族打得你死我活。

发现自己未被理会，展雁潮又咳嗽了一声。

池小池问他："你嗓子痒？要喝水？"

看到放在对方右手边的纸质水杯，展雁潮点头不迭。

池小池把水杯给了他。

展雁潮小心地抿了好几口。

池小池补上了后半句话："小汪用过的，别客气。"

展雁潮一口水呛了出来。

小汪是指汪系舟。

如果不是考虑到季作山本人的人设，池小池肯定会管汪小青叫大汪。

展雁潮咳得眼泪都出来了，抹嘴时还不忘咬牙切齿地瞪着杯子。他捧着杯子，指肚在杯面上徐徐摩挲，等着季作山跟他说话。可等了好一会儿，展雁潮才想起，小季已经不是那个笨口拙舌却要绞尽脑汁想话题、不愿冷场的小季了。

思及此，他抹了抹眼睛，小声问："第一？"

他在问季作山的名次。

池小池指了指册子上的第二台机甲。

展雁潮找到了话题，又接着说："怎么会呢？你应该是第一的。"

池小池说:“你是第八。”

展雁潮知道这种事儿拼的是运气，如果距离监察点太远，团队再合作也没有用。他自觉运气不错，便挺了挺胸:“是的。”

池小池:“抢了别人的钥匙？”

展雁潮脸上的笑容逐渐消失。他急忙辩解:“不是的。是另一个落单的人先攻击我……我……”

池小池说:“你不用向我解释什么。这是规则默认的。”

展雁潮不再吭声，小声道:“我怕你讨厌我。”

池小池抬头定定地看了他一会儿，笑着摇摇头，又低下头去。

展雁潮慌了神，却又不敢像前几次那样声色俱厉地指责他，再一次把他逼走。他看够季作山离他而去的背影了，哪怕想一想都觉得难受。早知道会沦落到这地步，他当初宁死都不会让罗茜把季作山带走。展雁潮叫他，声音里充满了欲言又止的痛苦:“小季。”

季作山态度淡淡的，却又不至于不理不睬，如同对待一个平常的同学:“嗯？”

展雁潮受不了这样的冷遇，伸手抓住了季作山的胳膊:“小季，跟我回家吧。”

池小池感觉很恶心。

061 马上用了张仓库里的暖宝宝贴在他的肚子上，又隔着暖宝宝用手掌给他轻轻捂着，因此池小池虽然有点儿不适，但还能继续把戏演下去。

池小池微微歪头，注视着展雁潮。

展雁潮把头低得几乎要窝进胸口里去，只留给了池小池一个毛茸茸的发旋:“我知道错了。”

说出那几个字，展雁潮舌根发涩，但又充满期待。

给我一个机会，我以后再也不会那样对你了，我回去就把鞭子和“棺材”一起烧了，我让你做战士，最强的战士。

你从八岁陪我到现在，已经快十年了，十年，比我生命一半的时间还要长。

求求你像以往一样……求求你。

千言万语，来到展雁潮口边，凝练成又一句“我知道错了”。

池小池望着他，不知过去了多久，他才问:“所以呢？”

展雁潮接着说:“你别恨我。别恨我。我希望你跟我回家，我好好道歉，你的房间我早就恢复了，我买了新的家具，旧的……旧的我都给……扔了，只要你回去，怎么都行……”

一连串的话说完，他感到有些喘不上气来。巨大的压力让他抬不起头来，即使在这几天里面对着合围了他的七八只虫族时，他都没有感到过这样的绝望无助。

半晌后，他听到了季作山在说:“我不恨你，因为那不是必要的事情。”

展雁潮一喜，然而还未等他咧开嘴角，就听到季作山继续说道:“我也不会回你所谓的‘家’，因为那也不是必要的事情。”

展雁潮猛然站起身来，还是低着头，但语气已经变得急促起来：“这怎么就不是必要的了？怎么就不是了？这些我都认为很重要！这十年的友谊也很重要！”

他恨透当初那个发疯的自己了！如果他没有为了图一时痛快，把季作山所有的物品都烧掉，他也不至于除了一个普通的笔记本，连一样残留着季作山痕迹的东西都找不到。

池小池的表情却依旧很冷淡：“我认为我的意见也很重要。你可以尊重我的意见吗？”

展雁潮绷了许久的小孩子脾气又撒了出来：“你觉得我做得不好的，我可以改的，我什么都可以改，可你不能不给我机会啊。”

池小池反问：“我为什么不能？”

展雁潮的指关节“啪啪”响了两声，在往常这是他要发怒的征兆。

“又要生气了吗？”池小池问，“又要拿鞭子出来了？”

展雁潮的手指松开了。他抬起头来，定定地望着眼前人。一颗大而圆的泪珠从他眼中流出，挂在睫毛上，摇摇欲坠。

池小池仍是冷冷地看着他。

苦苦哀求的展雁潮、惊慌失措的展雁潮、刻意讨好的展雁潮、软弱无力的展雁潮，在季作山原来的记忆里统统没有出现过。

在季作山那些记忆中，他是强势的、霸道的，天真而幼稚的。

这些与以往截然不同的展雁潮，池小池在数分钟内看了个遍。

在他体内的季作山同样也在看着。很快，季作山开了口：“走吧。”

没有悲伤，没有愤怒，没有欣喜，只是说，走吧。

池小池从善如流，合上册子，打算去看看他意外到手的新机甲。

展雁潮抹去长睫上沾染的泪花：“季作山，你对我，是很重要的朋友。”

池小池没有太多反应，只是站住了脚步，但季作山心头却颤了颤。在他还在的时候，展雁潮从来没有这样认认真真地肯定过两人之间的友情，没想到现在居然能有幸听到。季作山发出一声自嘲的闷笑：“哈。”

池小池听到季作山这样笑法，便已经猜到了他的态度，不再犹豫，迈步朝外走去。

展雁潮追出几步，心痛地说道：“季作山！你敢说你从没把我当朋友吗？你敢说我对你不重要吗？你敢说吗？”

走到帐篷门口的池小池撩开门帘，冲后面懒洋洋地挥了挥手。

“不敢。”池小池坦坦荡荡地说，“有过，没什么不好承认的。”

倘若没有过，没有把他当作过重要的朋友甚至家人，季作山不可能那么难过和痛恨，恨到尸身也不愿被展雁潮带回去收殓。

不过，一切都是“过去”了。

季作山消失在帐篷门口后许久，展雁潮才颓然坐下，把他留下的一次性杯子拿起来，摩挲了又摩挲，始终舍不得丢弃，最终揣进了自己的怀里。

离开帐篷，池小池仰头看天。清晨的阳光洒下来，将少年清瘦的身形包裹其中，他微微眯起眼睛。

061 确认过数据，说："悔意值上升到 30 了。"

池小池："嗯。"

061 忍了又忍，还是没忍住："不兑卡吗？"

池小池闭着眼睛，嘴角倒是慢慢勾起了一点儿笑。

061 轻咳一声："请这位同学不要嘲笑老师。"

池小池委屈地说道："老师，我没有。"

061 微微提高声音："你偏科这么严重，怎么回事，就不能把好感值这门课的分匀点出去吗？"

池小池辩解说："我没用好感值，是因为对展雁潮来说，好感值才是最好用的道具。"

061 义正词严："小孩子家家不要说什么道具。"

池小池震惊了："六老师，你怎么了六老师，快把原来那个六老师还给我。"

季作山"扑哧"一声笑了出来："你们的感情真好。"

061 总算记起身体里还有个人，想到刚才二人的对话，隐隐觉得有些脸红。

池小池倒是自然地道："开玩笑，这可是我的亲老师呢！"

季作山听不大懂他们在说什么，但还是禁不住想笑。

061 和池小池不约而同地想：笑了，声音还挺好听的。

自暑训中回来，季作山的性格变了许多，他开始尝试加入 061 与池小池的对话，从 061 那里借一些不同世界的书看，了解不同的社会形态。

领到机甲后的某天，罗茜在机甲修缮室里找到了池小池，说："你带回来的那些纳曼金属我测算过了，可以把布鲁从头到脚重新加强一遍，还有得剩。"

池小池从布鲁的机舱内钻出来，脸颊上蹭了些机油："多谢。"

罗茜："不谢。你是挖矿去了？从哪儿弄来这么多纳曼金属？"

池小池微笑不语。

池小池既然不打算说，罗茜也不会逼他，朋友之间总该有点儿秘密，才能保持长久的神秘与新鲜感。她说："不是有新机甲吗？怎么还想着用布鲁？"

池小池："念旧。"

罗茜突然想起来了什么："我的机甲到货了，你的呢，拿来让我研究研究。"

池小池："哦，那个。卖了。"

罗茜："卖了？"

池小池摸一摸布鲁的后背："我有布鲁就够了。"

罗茜眨着蓝汪汪的眼睛，有点儿不甘心："卖给谁了？不是说好让我研究一下的吗？”

池小池用毛巾擦擦额头上的汗，“卖给汪系舟了，他正好是敏捷型的。你要觉得去汪家研究不方便，我给你要回来？”

罗茜秀眉一挑，冲他比了个大拇指，正欲离开，池小池却在背后叫住了她：“罗茜，你想做科研工作，是不是？”

罗茜愣了愣：“是。”

“想做科学研究，还得先做战士，才有接触到顶尖资源的资格，是吗？”

罗茜笑：“是啊。这不是很正常的吗？怎么突然想起来问这个？”

他重新钻入机舱，轻声道：“不。不应该是这样的。”

罗茜摇摇头，不知他又突发了什么奇想。

谁都能感觉到季作山跟以前不大一样了。

在回到学校之后，这种改变尤其明显。

他的性格开朗了许多，会拉着同学聊聊天，不拘是贵族出身的，还是那些陪公子哥儿们上学的特牲，也会经常和同学们切磋，并不吝指导他们，有的时候还会说一两句不大流利的俏皮话。

有一次，他在射击场上邂逅了那个曾被自己打爆机甲的同学。自那次被当众手动出舱后，他大受打击，索性转班了。此次仇人相见，他单方面地分外眼红起来，故意放空弹去干扰季作山的射击，却被察觉了他意图的池小池一枪秒掉了靶柄。

那人羞恼至极，跳起来大喊：“姓季的，我去你大爷的！”

池小池已经把蓄能枪内的能量消耗完毕，掐了一朵小花，插在尚冒烟的枪口，旋即把枪抱在怀中，笑道：“那我替我大爷谢谢您。”

眼看着离最后的比赛越来越近，外面的传言又起，说季作山既然跟展雁潮闹掰了，按照以前展雁潮对待季作山的那副模样，季作山不把他打成从者才怪。

展雁翎也听说了这回事，觉得情况不妙，马上把展雁潮叫回家来询问情况。

展雁潮却对此不为所动：“他打呗。他要是把我打成从者了，说不定就回家了呢？”

饶是好脾气的展雁翎也不免气结：“你知道什么是从者吗？”

3

为了给这个傻弟弟好好上一课，展雁翎带他去了从者的地下交易所。

他们进到一处挂金描红的交易所里，内里的装潢像极了一间幽雅的茶室，还有人在台上弹钢琴，台边的矮桌案上点着淡淡的熏香，一闻即知寸香寸金。

哪怕在战乱年代，也总有人不舍得放弃那点矜贵的品位和享受。

展雁翎拉着展雁潮坐下，一个从者便在二人身侧坐下，他看一眼展雁翎，立即从他的制式领花判断出他的身份来，讨好道："长官……"

展雁翎提前用干净的白手帕捂着口鼻，冲展雁潮扬了扬下巴。

那个从者自然是心领神会，若有若无地往展雁潮身上蹭。

展雁潮："我是树吗？"

从者："嗯？"

展雁潮："你是狗吗？"

从者笑了："小少爷可真会开玩笑。"

展雁潮厌烦地一皱眉，把茶杯一推："谁有心思跟一个服务员开玩笑，倒茶。"

说罢，他转向展雁翎："哥，你带我来这儿做什么？"

从者不肯放弃，再接再厉地道："小少爷是庸人呀，成年了吗？打过比赛了吗？"

展雁潮："关你屁事。"

眼看自己的弟弟有点儿不像话了，展雁翎轻咳一声："雁潮。"

展雁潮总算老实了一点儿，拿了一碟瓜子，慢慢嗑着，同时悄悄观察四周，揣摩哥哥带自己来这里的目的。

交易所里的气味混杂，时而是茉莉的淡香，时而是竹子的清香，总之都如酿了有些年头的酒，闻之醉人，淡淡地直往人的鼻子里飘。

好在展雁潮的精神力不算弱，再加上是庸人体质，对这些"莺莺燕燕"还有些抵抗力。

展雁潮发现这里的服务人员个个长得肤白俊俏，走起路来晃晃悠悠的。展雁潮看了两眼便失去了兴趣，只专心嗑瓜子。

但他还没嗑几颗，一双手就自座旁伸来："少爷……"

展雁潮吃惊得跳起来，抓住他的手腕挣脱开来后，手反射般地想向后扇过去，却像是记起了什么，及时收手，并顺手抓起一把瓜子，扬在了身后人的脸上。

展雁潮气得跳脚："老板！你们这里的服务员想干什么？"

展雁翎单手扶额，觉得自己的偏头痛要犯了。

那个从者捂着手腕，额头都冒汗了，眼中也冒出微微的水光："少爷……我的手……"

展雁潮视这人如毒蛇猛兽，闪到桌子另一侧："你碰瓷啊？我都没用力！"

听到交易所一角的喧闹，负责人走来，对展雁潮连连赔礼道："我给您再换一个。"

展雁潮不假思索地道："换什么？我都不要！"

负责人便以为展雁潮是被激怒了，对那个从者怒道："你怎么得罪人家了？"

从者不敢说话，只一个劲儿地发抖。

展雁潮这才发现那个从者眼泪汪汪，仿佛受了天大的委屈，也别扭起来："他怎么哭成这德行？我就甩了下他的手……又不是玻璃做的。"

负责人这才发现从者的异常，吩咐道："手。"

从者将手伸出来，给负责人检查，结果是扭伤。

展雁潮不可置信地说："我真的只甩了一下他的手。"

这下，负责人也看出来展雁潮是个不懂事的小少爷，便起了小事化了的心思，又道了两次歉，又挥挥手，那个从者当然不敢对展雁潮说什么，用含泪的眼睛弱弱地看他一眼，便走远了。

展雁潮这才坐定，喝了一口茶压惊，又拉起自己的衣裳嗅嗅，露出很嫌弃的表情。

展雁翎叹了一声："你对所有人下手都这么狠吗？"

展雁潮辩解道："是他先动手的。"

展雁潮又道："再说，我真的没用力。"

展雁翎问："你真的不知道从者是什么？"

展雁潮想了想："洪叔家的妻子洪姨不就是个从者？长得挺漂亮的，身体看上去也不赖，没什么特别的啊。"

"那是洪叔对洪姨好。"展雁翎说道，"从者肩不能扛，手不能提，身体极其脆弱，防御与攻击力都会退化至正常线以下一倍乃至数倍。"

展雁潮望着哥哥，满脸的诧异。

"这里算是从者的高级交易所，只有长得漂亮的从者才在这里交易。在咱们星球，从者在生物链的最底层，任谁都可以随意践踏。脸是他们唯一的也是仅存的优势，你以前要季作山做的就是这种人，你哭着喊着要他做的也是这种人。展雁潮，你只知道不管变成什么样子，父亲都会接纳你，养着你，但做一个从者有多屈辱和痛苦，你根本不知道。"

展雁潮沉默着想了很久。

展雁潮也在等着他的回应。

过了半晌，展雁潮恍然大悟地说："怪不得小季不肯原谅我。"

展雁翎在心里叹道：天哪！我的智障弟弟。

展雁潮看了一眼那个从者离去的方向，不安的情绪渐渐涌上心头："如果小季做从者，他也会变成这样？"

展雁翎说："所有人退化以后都是一样的。"

展雁潮竭力抗议，好像这样就能否定他以往对季作山那不自知的残忍一样："不应该呀。他还有精神力呢！"

展雁翎答："精神力在退化后也会全部消失。"

展雁潮顿时觉得浑身发冷，他想着刚才的从者那副疼死了的模样，脸色变得煞白。

展雁翎仍然没有放弃打击他："就我个人了解，从者毫无人权，在战场上他们处于非常危险的状态。"

展雁潮直愣愣地盯着眼前的杯子。

展雁翎注意到弟弟的表情有所松动，这才放下心来："季作山跟你分开，是你做得过分了。你们桥归桥，路归路，难道不好吗？"

"我以前，确实太过分了。"

经过深思熟虑的展雁潮突然抬起了头来，"他如果把我打成从者，他的气也该消了，我再给他当牛做马，这样是不是能两相抵消了？"

展雁翎压了压上涌的血气，尽量平心静气地道："你是不是没听进去我的话？从者意味着什么……"

展雁潮说："如果他原谅我，我就愿意做。"

展雁翎气得一个倒仰："他如果不原谅你呢？"

展雁潮觉得很委屈："我都知错能改了，他不能不理我。"

展雁翎气急败坏之下，气愤地把这个没出息的弟弟丢下，大步流星而去。

展雁潮也觉得自己跟哥哥说不通，他走了正好。他听着钢琴声嗑完了一碟瓜子，喝完了一壶茶，觉得意兴阑珊，方才起身，走到交易所外，一转头，发现门口茶牌模样的提示板上写着八个字。

"商品脆弱，轻拿轻放。"

这个"商品"指的是什么，显而易见。

不知怎的，展雁潮看这行字很生气，趁着四周没人，把那个茶牌一折，夹在腋下直接带走了。他已经烧掉了心爱的鞭子和那该死的"棺材"，如果季作山觉得打回来才能消气，他不介意再为自己置办一套。

反正季作山不能不理他。

十年相处的时间实在太久，对展雁潮来说那就是一辈子。

因此在数月后的机甲比赛上，在最后一轮的对战赛中抽中季作山作为对手时，别人看他的眼光尽是同情和嘲讽，但他却是真心实意地开心。

他不允许自己输给季作山以外的人，因此每一场比赛他都倾尽全力，体内积蓄的能量已经完全足够自己转化成战士。

如果季作山高兴，他可以全部拿去。

相比于展雁潮一路的高歌猛进，季作山的比赛结果却略显平淡。

有手撕机甲、全科第一再加上"伤疤"暑训第二的优异成绩，季作山在每场比赛都只追求"险胜"，不多不少，比对手只高上一线。

就和他上次参加比赛时一样。对于他的战绩，当然有人颇有微词："还说是什么未来希望呢，不过就这点本事。"

这个疑问也有人发在了学校的论坛上，但立即被喷了个体无完肤。

有人甩出了官方的统计数据，是季作山对目前所有选手的精确打击数据。

从第一个到第五十二个对手，不管对方是菜鸟还是精英，他的进攻永远控制在七百一十下。在七百一十下攻击后，对手必然丧失进攻能力和进攻意志，因为每个人在战斗中都会发现，季作山在针对他们的弱点……打指导赛。甚至他还会在对垒中轻声对对方说："你的膝盖力量控制不足，最怕我这样的绊腿。"然后"哐当"一下把人给绊倒。

对手自然不服，其结果便是被季作山如法炮制，绊倒了七十多次。

第七十五次的时候，他总算找到了诀窍，强撑住了这次绊腿，但很快季作山就说："你这样有漏洞。"

再然后就是一个干脆利落的伸足反勾，把人凌空来了个金钩倒吊，头朝下掀翻在地。

他尽力在七百一十下打击里，把自己发现的所有漏洞都替对方点出来，然后再最后一击，结束比赛。赛场上还一度出现过对手晕头晕脑地从机甲里爬出来、握着季作山的手说"谢谢"的奇景。

有次拿回身体后，池小池问季作山："为什么每次都是七百一十下？有什么特殊寓意吗？"

季作山乖乖地回答："没什么特别的。我是七月十日出生的。"

池小池：行吧。

这个数据一出，那些嚼舌根的人也不得不偃旗息鼓。

比赛组也纷纷表示，他们见过吊打全场的，见过一场未败的，就是没见过拿比赛搞战斗实地教学的。

但季作山就要这样来，谁来劝都不管用。

他这样的做法难免惹来议论：季作山这样做，体内的能量够他转换成战士的吗？

季作山现在在学校里的人气太高，每次比赛都有一群粉丝在下面摇旗呐喊，许多瞧不起季作山平民出身的人自然不敢公然造次，只敢在私下里笑话他。

让他装！

如果无法成功转化为战士，驾驶不了军用级机甲，那就有乐子瞧了。

4

但展雁潮并不为此担心。

季作山缺乏的能量，他可以替季作山来补全。他很清楚自己不是季作山的对手，也知道季作山绝不可能轻易放过他，然而等到最后一场比赛、将机甲穿上身时，展雁潮却又燃起了热血。

这可能是他最后一次穿上机甲，就算输，他也要输得痛快。

比赛时，为免装备占优，影响对决的公正性，所有参赛选手使用的均是赛方提供的制式训练机。

他的武器是初级的光式武器，和季作山身上配备的武器一样。

这个场景，和他们年少时的对抗训练极其相似。

机甲上身，炫目的显示屏光晕在眼前扩开，体感互通，展雁潮微微攥了拳头，确认能量如同水流波纹，到达了肢体的每一处后，才迈步向擂台中央走去。

在规定的格斗场上，双方站定，裁判宣布开始。

这场比赛的围观人数不少，他们都在期待这两人先吵一架，细数那些你对不起我、我对不起你的往事，再正式开打。因此当两具机甲几乎同时发动、对撞在一处时，谁都没有反应过来，包括特意安排时间来看比赛的汪小青与汪系舟。

展雁潮右手甩出光鞭，翻卷如金龙光蛇，季作山单手来迎，任光鞭缠住自己的左手手臂，半拉半送至展雁潮跟前，右手瞬时闪出一道光刃，铿然截断光流。

刷。

他左手铁指直抓展雁潮的机甲头盔，刚刚抓拢的刹那，便有金属碎裂的脆响咯吱咯吱地响起来！

展雁潮被正面压制，竟不慌亦不逃，瞬间以腿反向勾住季作山的后膝关节，挥拳朝他的太阳穴砸去！

但他的拳头落了空。季作山趁他压制自己的后膝时，借力微跪下去，腿部推进器喷出火花，将自己推行至展雁潮身后，旋即低空返身，用一把光剑朝他脊椎部位的核心系统上捅去！

而展雁潮连转身都来不及，反手至身后，一面光盾自他手上的武器系统弹射而出，阻住了这势如雷霆的一剑。

剑尖在盾面上撞出四溢的火光！

一切动作发生在电光火石间，汪家姐弟看得瞠目结舌。

季作山的近身格斗水准，他们也是第一次见到。

除了在暑训一开始时季作山展现了强大的精神力量外，他都只是用最简单的方式击毙虫族，拿走战利品。至于他跟机甲格斗的次数，更是少之又少，他的名声是如此响亮，以至于其他队伍的人看到一台深蓝色的训练机大摇大摆地招摇过市，跑得比看到虫族还快。因此汪家姐弟没有想到季作山会是这样的实力，就像他们没估计到展雁潮的实力一样。

他们太清楚在这短短三秒间的交锋有多么恐怖。

这种情况，只有在双方都实力超群的情况下才会发生。

看热闹的人原本还以为会看到一面倒的吊打，然而他们并不觉得遗憾。那操纵机甲交战的场面刺激得人的肾上腺素急剧上升。

一击不成，季作山并不恋战，撤身便退。

果不其然，展雁潮变光盾为一把巨剑，双手紧握剑柄，朝后捅去，光芒险险从他前腹前半寸滑过。光式武器的杀伤力足以穿透训练机的外钢壳，展雁潮单足发力，旋身横砍，却发现季作山竟然已经不在他的身后。

什么？

回头已经来不及，他感觉到自己的身体悬空了。

季作山用一道纤长的光钩钩住了他的后腰带，将他凌空抡起，摔砸在地上："小心背后，你总是防不住第二次背后突袭。十二。"

汪小青尚不明白季作山这些日子里的指导习惯："他在说什么呀？"

罗茜笑而不答，道："求我。"

汪小青："哼。"

重重地被砸摔到地面上时，展雁潮在身体感到疼痛之余，并没有感觉到愤怒，反而有种热血上涌的冲动。他一个侧滚离开了被自己砸出一个凹陷的地方。

哐！下一秒，他刚刚躺卧的地方被一记重拳砸上去。他还未来得及站稳，便似有所感，猛然抬起右臂格挡脸部。

果不其然，季作山的机甲右腿挟风劲横扫而来。

展雁潮本来以为自己能挡住的。然而，季作山的右腿竟只是虚晃一枪，刚踢上他右臂，便借巧力返身，左腿扫出，重重地踢在了展雁潮的左脸上！

在所有人以为展雁潮要倒下时，展雁潮竟然硬吃下了这一击，两只手一同擒住了机甲足踝，几条光索沿着机甲的腿部攀缘而上，看样子他是要效仿季作山刚才对自己做的，把他抱摔在地。

季作山脚上的机甲推进器登时推至最高挡位，展雁潮不为所动，牢牢控制住光索，不令其脱手。

下一秒，季作山又动了。他回过身去，燃起光焰的双掌，对准了展雁潮的双肩。

场外的汪小青看得肌肉紧绷、热血沸腾，握着罗茜的双手。

汪系舟看着姐姐，自告奋勇地道："姐，你别怕，季大哥不会输的。你要是紧张，可以握住我的手。"

汪小青头也不回："你那泡椒鸡爪子似的手有什么握头。"

汪系舟看着自己纤细柔软的手指默默无言。

罗茜道："别再用力了。"

汪小青："疼？"

汪系舟一脸茫然。

季作山掌心的武器系统里弹出的是和展雁潮使用的相差无几的光索，只是顶端带钉，越过他的肩膀，直接楔入了胶状的地面中。

展雁潮暗道：糟了！

在他肌肉有能力做出反应前，季作山掌心的光索已然倒向收缩，流回他的掌心，并发出让人牙瘆的索索声。

下一个瞬间，季作山的机甲便被光索牵扯着，来到了展雁潮身后方，在双腿上绊着的光索经过展雁潮的颈部时，季作山利索地一绞腿，光索呈交叉状，往展雁潮脖子上缠绕而去！

在光索缠颈之前，展雁潮飞快地收回了武器，避免被他锁住。

季作山却快他一步，轻捷无声地落于他身后，抱住了他的机甲的腰部，紧接着便遭到暴风骤雨的肘击。

被压制得动弹不得时，展雁潮听到耳畔季作山淡淡的声音："吃亏后总是想按同样的方法报复回来……二十,二十一,二十二……"

打够三十下时，季作山似有所感，纵身向后跳去。

在众人诧异为什么季作山要放过这样大好的一鼓作气拿下的机会时，他们看到了直起身来的展雁潮，不由得纷纷倒吸冷气。

他拿了一把光枪，抵住了自己的肩膀位置。

如果他刚才蓄能完毕，可以开枪的话，他和季作山的肩膀怕是都会被穿上一个洞。

真是一个疯子！

季作山没有点儿评他这个行为，甚至略略点了点头。

既然季作山已经离开，展雁潮毫不犹豫，转身便朝着季作山的机甲的脑门中央扣下了扳机。

季作山却没有动，放任那光弹直射到近前，却无法再进分毫！

全场哗然！

汪小青吃惊得直接跳了起来。她本来觉得有些丢脸，但环顾四周，有无数人和她一样跳了起来，就连裁判席中央的军队的参谋也霍然起身，紧紧盯着场中的季作山。

有这样逼停子弹的精神力，究竟意味着什么？

很多人连想也不敢想。

有人把这场比赛直播到了网上，称为"复仇之战"。

季作山的名字早就出现在了"伤疤"暑训公布的优胜者名单之上，有无数人默默记住了这个名字，然而也有些贵族出身的人对季作山嗤之以鼻，嘲讽他的出身。

成年之战本就是举国关注的大事，季作山的比赛视频一出来，自然有人讨论，也有人来看热闹，有人暗暗希望季作山能干掉展雁潮，也有人满心期待展雁潮打败这个不知好歹的季作山。

但是，当季作山轻而易举地逼停子弹之后，网络上便如同被投入炸弹的水面，轰然炸开。在这一瞬间之后，视频评论瞬间突破了十万条，并且还在飞速上涨。

怎么可能？这意味着什么？意味着季作山的精神力已经精细到可以操控磁场了！

这意味着什么？奇迹，希望，还有未来！

在一片沸腾声里，唯有罗茜还能稳坐，自言自语地道：“什么时候精神力进化到 3S 级了，也不告诉我。真不够朋友。”

现在，“不够朋友”的季作山的手掌如同研磨着什么东西一样轻轻搓弄着。

在众人惊诧的目光下，那颗子弹慢慢地被分解成颗粒，颗粒又再次聚拢起来。

正常人这时候已经吓愣了，前些日子被季作山击败的以及在背后嚼过他舌根的人更是不住地擦拭着冷汗。很多人都在想，倘若他们是展雁潮，现在怕是已经战意全无，瘫软在地。

然而展雁潮竟然在枪械刚刚蓄满能量后，精确计算时间，补射了一枪，在光弹刚一悬停下来，便改枪用鞭，鞭走如龙，朝季作山的侧面抽过来。

有人在笑话姓展的不知死活，而有人却暗暗钦佩起他死战的勇气来。

季作山温和地道：“时机挑选得不对……三十六。”

说话间，光鞭触到了季作山以精神力凝成的盾面之上，碎成数段。

但展雁潮居然飞身而起，用动力器将自己推射到半空间，抓住一片破碎的光鞭碎片，凝化成匕首，单手如转笔一般将光刃对准下方，往季作山的肩上扎去！

这是毫无花哨的攻击，是真正搏命的姿态。

季作山后撤半步，立刻撤去了精神力屏障，两颗光弹化为簌簌的光粉，散落于地，再难找寻。在动手前，他淡淡地点出了展雁潮的问题：“不要轻易在我面前浮空。”

他慢条斯理地计算着和展雁潮的过招次数。

一百，五百，七百。

在报到七百零九时，双臂、双手的武器系统早已全面报废的展雁潮仍然想要站起来，却被季作山一记横踢撂翻在地，左肩的动力系统顿时失去运转功能。

还差一下，就是七百一十。

在仰面倒下时，展雁潮身体全部的弱点尽数暴露在了季作山面前。

打到最后，展雁潮全身紧绷的肌肉都放松了下来，甚至有心思露出一个淡淡的笑容。

够本了。小季，这回换我做从者。

然而，他想象中的击打和痛楚并未传来。他的训练机甲被季作山的精神力从关节处寸寸震裂，精确到每一个最细小的零件，但包裹在机甲内部的身体却是毫发无损。

展雁潮还以为自己出现了幻觉，茫然地坐起身来，便见无数块机甲碎片自他身上脱落而下。

围观群众已经惊讶得发不出任何声音了，这简直是手动出舱。

展雁潮直愣愣地看着来到他身边的人。

“你是星球未来的士兵。”季作山温和地道，“我不会毁掉一个优秀的士兵的。”

不是因为旧情，不是因为仍有幻想，只是因为他在战斗时是一个值得尊敬的对手。

说完，他头也不回，大踏步离去。

望着他的背影，展雁潮心痛得浑身发抖。

那么耀眼，那么好的一个人，他当初为什么会给弄丢了，为什么现在只留给他一个背影……

而池小池的显示屏上，展雁潮的悔意值一路高涨，上涨到了72。

“等！等一下……”

展雁潮挣扎着站起，捂着仍隐隐闷痛的胸口，喊道：“小季你怎么办？你转换成战士的能量不够……”

季作山站住脚步，转过头来，唇角微微勾起：“不用从你们身上拿，我自己就可以转换成功。”

5

经过本校、外校和全球各区域的层层遴选、战绩仍稳稳排名第一的季作山，最终通过争斗积攒的能量竟并不够转化所需。

但经过官方多番测量，不可思议地宣布：季作山已经自行向战士转化成功。

且不管那些来自各方的艳羡、崇拜和表白，季作山是第一次体会到进化的滋味。不得不说，比退化舒服很多，也快捷很多。

池小池身为季作山身体的现任使用者，当然对各种变化有着更直观的认知。

在军队拨给他的新别墅里洗澡时，池小池低头检查了一下：“恩，身体更结实了。”

季作山有点儿羞赧：“池先生！”

池小池：“都是男人，怕什么。没去过澡堂子啊。”

季作山：好吧，说得也对。

池小池蹲进了浴缸，被热水一激，体内贮藏的香味就淡淡地飘了出来。

池小池感叹道：“哇，红酒浴。”

相比之下，季作山是真的失望了：“怎么还是这个味道。”

说是一样，到底还是不一样的。原先红酒和橘子的淡香香味变成了红酒与薄荷的味道，就像高级红酒里浸了薄荷味道的精致冰球，闻了先是觉得清凉，然后是陶醉。

季作山嗫嚅着问道：“六老师，不是说好是蛤蜊味儿的吗？”

061：“我没跟你说好这个啊。”

池小池义正词严地替自家孩子主持公道："六老师，你看你，看把人孩子委屈的。"

061 温和地说："对不起。"

季作山：不能这样差别对待的。

洗完澡后，他裹上浴袍，走出浴室，几个弟弟妹妹都在乖乖地各行其是，三妹在画机甲构造图，四妹检查着五弟的作业，时常指出他的数据有哪里出错了，五弟探着脑袋在一边听，小弟则抱着一只苹果削皮，并切开放在盘子里，一，二，三，四，五，扎了五根牙签上去。

池小池靠在墙上，沐浴在暖黄的廊灯下，歪头看着几个弟弟妹妹，表情很温和。

061 心念微动，在心里重复念着他的名字，池小池，池小池。舌尖微卷，念起来有点儿可爱的名字，和他本人的气质不大相符。061 不由得问："小池，你为什么叫小池？"

池小池转身往厨房走去，准备给季作山的弟弟妹妹张罗一桌饭菜，闻言张口就接道："哦，罗密欧，你为什么叫罗密欧。"

061 抿嘴笑："我是说真的。"

池小池说："我爸妈给起的啊，问他们去。"

"Lucas，还有……Sam，没叫你改名吗？"

池小池这个名字，在日常生活里听起来还不错，在娱乐圈里却总有点儿闹着玩的意思。

池小池麻利地系上围裙，取了一头蒜，坐在小凳子上慢慢剥："我有艺名，叫 July。池小池这个名字，有人提过，说不好听，让我改。"

061 等着他的答案。

池小池把一瓣白白胖胖的蒜丢进瓷碗里，低头道："我改名了，他要是转世，该认不出我了。"

061 沉默了。

又是娄影。

怎么娄影总是阴魂不散？

季作山最终选择了加入作战任务最多的西路军，也就是展雁翎所在的部队。

在没有任何战功的前提下，季作山被授予少将军衔，担任某军副军长，享有驾驶单人宇宙机甲的权限。

而展雁潮在消沉了一段时间后，也实现了向战士的转化。

他还是听了季作山的话。因为只有这样，他才能继续名正言顺地和季作山并肩战斗。

展雁翎熬不过自己智障弟弟的软磨硬泡，只好不顾父亲反对，将弟弟拉入西路军，安排他做了季作山的副官。

见面地点安排在一间小型会议室里。

新换上军装的展雁潮不住地抚摸着新军装的扣子，觉得自己这一身着实不赖，唯独不大满意的是身上这股若有似无的奶香味儿，实在太不像话，他恨不得拿各种各样的香料盖住，结果反倒弄得一身甜香，像是洒了一身的旺仔牛奶。

不久之后，在约定的会面时间，季作山推开门，准时进入。

看到展雁潮，他站住了脚步。

一名干事热情地介绍道："季将军，您看，这是您的新副官，展雁潮。"

展雁潮在直勾勾地看着季作山。

相比于他的细微变化，季作山整个人有了脱胎换骨的变化。

他长高了许多，身高直逼一米九，周身弥散着红酒与薄荷的混合香，一流的男性身材被包裹在黑色的制式军装内，袖扣闪亮，手套雪白。

季作山皱眉，注视了展雁潮片刻，旋即转身便走，临走时还不忘将门带上。

他拂袖而去，以至于那个干事愣了片刻，还打了个圆场："将军这是太惊喜了，打算重进一次门吧。"

然而将军一去不回。

干事不敢置信地跑到门口，拉开门左右看看，才确定季将军当真已经走得人影都不见了。

与展雁潮一起来的展雁翎看着弟弟灰败的脸色，无奈地摇头："人家不愿意。你还是先从少校副团职干起吧。"

池小池本来也没想把展雁潮留在身边。即使不在他身边，展雁潮的悔意值仍在慢慢增长着。

看来，他们离开这个世界的时间也不远了。

在换参谋后不久，军方上层得到讯息，虫族蠢蠢欲动，似乎在谋划着一场进攻。

部队进入战备状态，随时待命。

很快，卫星侦测到第一批虫族即将进入大气层。这正是展雁潮上次从军时领取的任务，也是把季作山带入死地的任务。

而这回，是季作山接到了这个任务。当他听到这个消息时，也只是愣了几秒，便说，开始准备吧。

池小池把布鲁带进了机舱，把它作为自己的第一候选战甲。

看到布鲁时，季作山的新副官印少飞差点儿笑出声来："将军，这是一台训练机？"

池小池看了布鲁一眼，又看了他一眼："它看上去难道像专用机？"

印少飞："不是，您就用这个啊？"

池小池："看着不习惯啊？"

印少飞："是有点儿。"

池小池说："多看看，看习惯就好。"

印少飞无语，行吧。

季作山是第一次带兵，军方认可他的作战能力，但不会在一开始就将指挥权交给他。因此，他此次的任务是带着三架飞艇，领航保护大部队的右翼。

登上机甲前，池小池去了操场，一一清点自己要带的兵士，挨个数土豆似的报数过去："一号，二号……七号……二百八十四号……"

数到第三百零一号时，一个看样子比他大一两岁的年轻士兵忍不住了，出声抗议道："长官，我们是有名字的，不要叫我们的编号，我们是战士。"

他拉过自己胸前的名牌，把名字亮给池小池看。他不无自豪地道："机甲上也刻着我们的名字，我不希望将军用编号称呼我们。"

池小池已经走到三百零二号的跟前，闻言道："你知道姓名牌在战争中是干什么用的吗？"

三百零一号一愣。

池小池道："认尸用的。"

池小池："尤其是在你烧焦了的时候，胳膊腿混成一堆不知道谁是谁的时候。"

三百零一号坚持道："这也是我们的光荣。"

"光荣？"池小池抬起眼皮，反问，"谁说光荣？死人不光荣，死了，那说明你没本事、运气差，活人才配谈光荣。再说，你们都会被我带回来，我为什么要费劲记住你们的名字？"说罢，他不理那个发呆的三百零一号，拍了拍三百零二号的胸膛。

他三言两语，便将半个操场上的人的精神都鼓舞了起来。

三百零二号立正站好："将军，我是三百零二号！"

接下来，无须池小池下令，三百零三号，三百零四号，就这么一路报数了下去，声若洪钟，抑扬顿挫。

一共五百名热血沸腾的小战士，严阵以待，等待出发。

由季作山出战的第一场，人类一方赢得毫无悬念。由季作山守成的右翼坚若磐石，甚至逼得虫族不得不从中路和左翼调兵前来支援。最后，虫族溃退，在最近的一处荒废了的星球落脚，等待支援。

季作山带走了五百人，战斗结束后也带回来五百人，无一人死亡。

大战之后，必然需要放松。每个从生死关头回来的人都需要一场毫无节制的狂欢来抵御心中的恐惧，或是大吃，或是大醉。

在另一批留守的士兵严阵以待时，从前线撤下来的士兵们点起了篝火，喝酒、烤肉、唱歌、跳舞，一些伤得不算太重的伤兵带伤来到了狂欢现场，有个腿被虫族刺伤的年轻军官弹着尤克里里，唱着温柔缱绻的情歌，目光里是狂热战争后的余烬。

副官印少飞来到军帐里，邀请季将军去唱歌。

池小池本来有些跃跃欲试，但看到手头写了一半的报告，还是忍下冲动，说："你们玩，我就不去了，我手头还有报告要写。一会儿写完了，我去转转就是。"

闻言，061替那些受伤的士兵大大松了一口气。

临走前，印少飞笑嘻嘻地道："上面很满意您初战的表现，还特意为您准备了一个特殊的惊喜。"

池小池对军方的奖赏并不抱太大的兴趣，他更想去外面看看热闹。等到按照季作山的口述写了几行，发现季作山也有点儿心不在焉时，池小池忍不住乐了。只有在这个时候，季作山才表现出了一个年轻人的好奇心。

他把笔记本电脑放下，披上军装，迈步朝外走去。

季作山感到有点儿惊喜："池先生？"

池小池撩开门帘："走走走，带你看热闹去。"

谁承想，刚走到狂欢现场的边缘，季作山突然说："池先生，等等。"

池小池依言站住："怎么？"

季作山说："七点钟方向。"

池小池转去，看到了一丛篝火，也看到了几个熟人。

他微微眯起眼睛，季作山经过进化后加强的身体机能，让他轻而易举地看清了那几个人的脸——是那些曾经暴力对待季作山后被展雁潮杀死的人。

相比于那时他们的疯狂与野蛮，现在的他们看起来是那么正常，一个人正拿着照片向同伴介绍着自己的父母，另一个人正拿着一根柴火，放在嘴边当话筒，引吭高歌，唱得还挺好听。

池小池看着他们，眼里倒映着篝火的光。

再开口时，季作山的声音里多了些意兴阑珊："池先生，我们回去吧。"

池小池问："不想搞他们？"

季作山也没有轻易提到原谅他们，只是平和地说道："我再观察观察他们，可以搞就搞。如果他们没有犯错，就不搞。"

这个回答，让池小池微微点了点头。看来，就算他现在离开，季作山一个人也已经能独当一面了。

这样想着，他转身离开，却没有察觉身后悄悄跟来了一道身影。

回到军帐中，池小池刚刚坐定，准备把报告继续完成，偶然一瞥，汗毛就竖了起来。

不知何时，军帐的角落里多了一个穿着低阶军装的士兵，一言不发地站着，帽檐压得极低。

池小池面上不显，心底却狠狠骂了一声。骂过的同时，他站起身来，语气不善地问道："你是谁？"

来人却比季作山更害怕，瑟瑟发抖着抬起头来，露出一双楚楚可怜的眼睛。

是个姑娘。

直到这时，季作山才察觉了眼前人的身份："你是从者？"

不仅是一个从者，而且她身上的香味味道，恰恰和季作山身上的红酒薄荷味一模一样！他马上想到了那个所谓的"军方的惊喜"，忍不住大骂一句，一脚踹翻了桌子。

那个从者忍不住发起抖来。大概是受到了惊吓，她露出的细嫩脖颈竟飞快地变红了，几秒钟后，帐篷内从者的香味顿时浓烈了数倍有余！

池小池只觉燥热难耐，心浮气躁，迈步朝外冲去，却和一个人撞了个正着。

展雁潮被这迎面扑来的从者香味激得一个踉跄，高声怒喝："谁把从者带进来了？"

一直守在帐篷外的印少飞听到帐篷里的动静不对，跟着尾随季作山来的展雁潮冲入帐篷，也被这浓烈的香味呛得头晕眼花。

怎么回事？

展雁潮直推搡季作山："小季，快走，快离开这儿！"

池小池一把推开展雁潮，抖着手指着印少飞的脸："药剂！给她用上药剂，马上用上，再把她临时关进监狱里，关一个晚上，任何人不得靠近！"

说罢，他又推开了展雁潮试图来搀扶的手，跌跌撞撞地奔出帐篷，在众人诧异的注视下，奔至机甲的停放坪，打开自己的机甲，把自己关了进去。

他厌恶这种身体不受控制的感觉，不管是季作山还是池小池。

几乎在进入安全地带的瞬间，季作山便喘息着把自己一掌砍晕了过去，只剩下池小池跌跌撞撞地扶着柔软的操作椅，精疲力尽地把自己扔了上去。

池小池感觉身体热得宛若火烧，他蜷缩在椅子上，渐渐开始神志迷糊起来。

061 立即化出本体，取出舱内藏匿的药剂，给他喷在手帕上，让他吸下去。

然而药剂使用过后，季作山的身体不再发热得那么厉害，但精神层面的池小池仍是难忍燥热，不住折腾着。

061 无奈，携带喷了药剂的手帕，将自己解化成一团能量，潜入了池小池的精神世界之中。那只小仓鼠模样的精神能量蜷作一团，发着抖，看得 061 一阵阵心疼。

精神能量演化成了人形，是池小池的外貌，池小池的声音："娄哥，六老师，我难受……"

061 没有多看池小池的脸，轻声说道："很快就好了，我给你带了药……"

他把那团泛着淡金色光芒的、若有似无的身体扶起来。看池小池这样难受，061 语气也跟着慌乱了起来，不知是对池小池说，还是对自己说："马上好，马上……"

◇ 掉马，疯子，宇宙烟花

1

说罢，061 轻轻抵着池小池的头发，轻轻柔柔地把药剂吹进了池小池的鼻子中。

吸进药剂之后，池小池被香味干扰得陷入混乱状态的精神终于放松了下来。

池小池闭着眼睛，眼角有一道干了的泪痕蜿蜒伸入发中，睫毛上沾了些水雾，显得睫毛极长。

而现在睫毛翕动了起来，看样子随时会睁开。

061 轻声唤道：“小池？小池？”

池小池却翻了个身，径直昏睡了过去。061 这才有心思回想这一切。

这一夜，061 想了很多，想自己和池小池相处时的点滴，也想那个让他渴望回到现世的、茫茫然不知身在何方的人，想池小池的必将离开，也想那个已经分离十几年、不知还在不在原地等候他的人。

想到天亮，他都没有想到答案。

第二天一早，池小池醒过来，态度平淡地道：“六老师，昨天我迷迷糊糊的，是你给我喂药的吧。”

061：“嗯。”

池小池抚摸着耳郭，池小池：“我必须感谢六老师的救命之恩。从今往后，咱们就是最亲密无间的朋友，你是我的六老师，我是你的好学生。”

池小池又换了个姿势，去摸自己的另一只耳朵：“但是吧，我终归是要走的。我有要等的人，你也有要等的人，我们也要保持理智。”

不知道是不是错觉，池小池觉得 061 的声音乍然冷了下来：“嗯，我知道。”

池小池站起身来，趁着季作山把自己打晕、此时还未苏醒，他觉得自己有必要把事情跟 061 说清楚。

“六老师，你那么聪明，应该明白我的意思。”他把裤子穿上，又开始穿衬衫，“坦白讲啊，六老师，我呢，觉得你的确有点儿像娄哥。”

池小池把军装纽扣一个个送回扣眼，又对着镜子将翻领整理好，继续说：“但我知道，随便把人做替身不是正常人能干出来的事儿，这对你不公平，对娄哥也不公平。无论有什么理由，我都要回到原来的世界，因为娄哥还在等我。”

061 的语气略带古怪：“对他有什么不公平的。”

“你怎么会知道娄哥心里想什么？”池小池去拿领带，同时反问，“你是娄哥吗？”

061马上否认：“我不是。”

池小池说：“这不就结了。”

061却愣住了。

他记得这种感觉，这种被强制堵住嘴的感觉，在池小池问他是不是冬飞鸿时出现过。

不等他有任何反应，权限就迫使他做出了相应的回答。

但他分明就是冬飞鸿……

061心中一动，立即搜索记忆，倒回了与主神签订协议的那一天，想起了主神所说的话。

“我会将一个保密程序植入你的身体。一旦植入，你就没有权限说出你的真实身份。”

“真实身份”吗……

061的喉结微动，想到了一种颇为荒唐的可能。他对池小池说：“你再问我一遍。”

池小池正在研究自己的领带：“问什么？”

061难掩心头翻涌的情绪，口气略急：“你刚才问的问题，再问我一遍。”

061的口气很紧张，也感染到了池小池。他想了想，试探着再问：“你是娄哥吗？”

061的保密程序即时启动，否认道：“我不是。”

池小池想：哇，连六老师都学会耍人了。

至于061因为情绪起伏剧烈，在短短的瞬间掉线重新连接后再次掉线，池小池完全一无所知。

061忍不住微微发起抖来。

娄影死的时候，是十二年前；自己正是在十几年前来到这个虚拟世界的。

池小池有条狗，平常他管它叫狗肉，生气时他管它叫火锅；自己的记忆碎片之一就是去喂一条小黄狗，他管狗叫埋埋。

娄影死前有着无数的牵挂，其中之一便是池小池；自己总记得，有一个人在等自己回去。

保密系统的设置，朋友们听到“池小池”这个名字时的欲言又止……

明明是第一次去023那里下载池小池演的电影，他却能拿出已经下载好的资源，还一脸恨铁不成钢地说，有个脑残粉下载了池小池演的所有电影，推荐给所有人看……

脑残粉……

对了，小池说过，两年半前，有一个号称是他粉丝的人自称娄影，约他出来见面，却放了他的鸽子。

如果他没记错的话，他正好是在两年半前，因为工作中违规而受到了格式化的惩罚。

061 低喘了两声，强行捺住心中翻涌的情绪，开口道：“小池，你听我说，我有可能是……”

然而，接下来他想说的话，用尽全力都无法说出口。

池小池把领带系好：“你是什么？”他等了很久都没等到 061 的下文，便取了毛巾搭在肩上，去卫生间洗漱。

单人机甲内部空间足够大，几乎等同于一个小公寓，各样设施一应俱全，池小池正往自己脸上泼水，便听到许久不出声的 061 突然笑了。

池小池撑住洗脸台：“笑什么？”

061 看着镜子中脸上湿淋淋的池小池：“耳朵怎么红了。”

池小池轻咳一声：“刚才自己挠的。”

061：“都过去多久了，现在还是红的。”

池小池把脸埋进拧干的毛巾里：“我气色好。”

061 又温和地笑了。

天知道他刚才花了多大力气，才忍住立刻返回主神空间查阅自己从前资料的冲动。

结合现状，倘若他真的是娄影，主神怕是从一进来就盯上了池小池和自己。尽管不知道主神最终的目的，但 061 清楚，现在最重要的是不能打草惊蛇，以免让主神察觉到什么，再对池小池下手。

慢慢来，不急。

穿戴整齐后，池小池去监牢里看望了那个从者。

她正裹着一床棉被睡得香甜，昨夜满脸的惊慌、惶恐已经被平静取代，只是她侧身露出的后颈上有一片青紫，格外醒目。

池小池问印少飞：“这伤是怎么搞的？”

印少飞汗颜，将目光转向守在监牢入口的展雁潮。

展雁潮拄着一把由红木钢丝装饰的少校佩剑，坐在监牢唯一的出入口，监牢的一大串钥匙套在剑柄上，而他的脑袋靠在栏杆上，一点头一点头地打着瞌睡。

印少飞：“要是没有展副团，人根本没法全须全尾地送到这儿来……”

昨夜的混乱，印少飞简直不敢细想。

那个从者被吓得鬼叫起来，展雁潮一个手刀把人劈翻，这个世界才算安静下来。

“那要你还有什么用？”池小池看了他一眼，“你和电饭煲相比，除了你会喘气外，还有什么不一样的？”

池小池又问道："谁把那个从者带进我帐篷的？"

印少飞现在连气都不敢喘了。

池小池从他的沉默里读出了答案："正好，就近去领三十军棍。"

他转身向外走去，懊恼自己拍马屁拍在马蹄子上的印少飞忙不迭地跟上。

而他离去的脚步声终于惊醒了沉睡的展雁潮。

看到季作山的背影，展雁潮突然跳起来，却一头撞上了脑袋正上方的铜锁，疼得他直转圈，嘶嘶吸了两口气，才抓着钥匙跳起身来，丁零当啷地往门口赶去。

池小池听到了钥匙"丁零当啷"的响动，转回头来，恰好和展雁潮撞了个对脸。

展雁潮这才发现自己这熬了一夜的样子，在穿戴整齐的季将军面前着实显得有点儿狼狈。

但展二少毕竟是展二少，他不会忘记自己追出来的初衷。

"我没动她。"展雁潮替自己澄清。

池小池只静静地看着他。

为了掩饰尴尬，也为了避免听到拒绝的回答，展雁潮没头没脑地继续道："从者真的脆弱得跟豆腐似的……幸亏你没有变成这样。"

他看着已经比他高出半头多的季作山，嘀咕着："你这样，就挺好的。"

说话间，展雁潮的悔意值又涨了 2 点。不是因为别的，他这次是真的认识到了他从前犯的那些错误。

但眼前的少年已经不是从前的小季了，他看展雁潮的眼神是季将军看展副团的眼神，只略略赞许地一点头，便选择了离去。

展雁潮只能握着一串钥匙，静静地目送着季作山离去。

展雁潮想到了很久之前。

大概是他十三四岁的时候，有一次，因为某个已经被他彻底遗忘的原因，弄伤了小季。

当时天气闷热，季作山的伤口感染，发了高烧，在床上躺了三天三夜。展雁潮守在他床边，一边难过，一边悄悄发誓以后再也不和小季动手了。

季作山醒来后，虚弱得几乎没力气同他说话。

季作山小声说："少爷，我的探亲假快到了。这么病病歪歪的，我怎么回去见弟弟妹妹呢？"

展雁潮就是不肯认错："你不惹我生气，我也不会和你动手。"

季作山无奈地叹了一口气。

展雁潮抬头看他，漆黑的双眸宛如两点星子："你会生我的气吗？"

季作山想了想，客观地说道："我还没生过气呢。"

展雁潮不依不饶地说："生气一次给我看看。"

季作山哭笑不得地说："我不会生气的……应该只会失望吧。"

展雁潮分不清这两者的区别:“这不是一个意思吗?”

季作山好脾气地解释:“生气，也许还有可能和好；失望的话，我不会生气，也不会发怒，只会离开，再也不回来了。”

展雁潮嘴巴一鼓，跳起来气愤地说道:“你敢!”

季作山没说自己敢，也没说自己不敢，只是看着他，嘴角微微勾起。明明是和他同龄的孩子，季作山的眼神却有着更多的温和与包容。

展雁潮现在明白了他那个眼神的含义。

但展雁潮终究是把当初那个朋友弄丢了。

在池小池走出十几步后，061 看着代表悔意值的蓝条，提醒他:“小池，满了。”

池小池很平静地“嗯”了一声。

061 说:“你不打算对展雁潮做些什么?”

池小池说:“选择是人家自己做的。我不是没给过杨白华和娄思凡机会。”如果一个人愿意悬崖勒马，池小池没必要脚发痒非把人踹下悬崖不可。

季作山有些摸不着头脑:“‘满了’……是什么意思?”

池小池示意 061 把进入这个世界线后持续运转着的中级时间压缩卡停下:“意思是，这具身体随时都可以属于你一个人了。”

季作山却沉默了。

池小池便由得他沉默下去。但他和 061 都知道，这个年纪的孩子，终究是接受不了离别的。

果然，一直沉默到午饭的时候，季作山说话了。

他说:“明天罗茜要来。”

池小池替他补充道:“是新任军部武器所研究员罗茜小姐。”

季作山:“嗯。她穿女式军装裙很漂亮。”

几天前，她用信息器发了自己穿军装的照片来，身旁还站着同为武器所成员的汪小青，两朵明艳的花并蒂开在一处，让人看着觉得赏心悦目。

池小池:“别看她穿裙子，揍起人来我想想都疼。”

季作山的脸红了:“池先生，不要这么说女孩子。”

池小池优雅地将香煎小牛肉用刀叉割下一块来，放入口中。

季作山再接再厉:“池先生，见过她再走吧。”

池小池说:“用不着吧，她是你的朋友。”

季作山不肯放弃:“也是你的。”

池小池也没拒绝，说了声“好”。

第二天是公休日，罗茜和汪小青如约而来。

她的头发长长了一点儿，齐耳短发更显得她面容姣好。

她拉着汪小青参观了季作山的新单人机，又跑到布鲁跟前，握住它的手："布鲁，你好啊！"

布鲁回握，绅士地说道："罗茜小姐，你好！"

一旁，身体内的季作山又开了口："池先生，罗茜很好，对吧。"

池小池点头，同时想：季作山不会是对罗茜有意思吧？

季作山："她下个公休日还会来，你那个时候再走吧。"

池小池没说话。

片刻后，他发出一声低笑："你这么说，我还以为你打算让我和你混一辈子呢！"

季作山与池小池相处这么久，知道池小池的这声笑意味着什么。

"池先生，你们别走。"他几乎是慌乱地说道，"我，我可以接受两个人用一具身体的。你们不走了，行吗？"

最难的时光是他们陪着自己度过的，季作山不想结束这段契约关系了，他想一直继续下去，三个人在一起，永远！

但池小池的态度很坚决："我得回到我原来的世界。"

季作山也知道自己是在强人所难，他失望地垂下眼帘，说："对不起。池先生，一定有人在你的世界里等你回去。"

池小池答："没有啊。"

季作山："那……"

池小池说："但我还是要回去。"

在季作山垂头丧气的时候，061 却无声地一笑，像是想起了什么高兴的事儿。

夜半时分，被两个姑娘拖去军事服务区逛街逛了一整天的季作山早早睡了过去，怎么叫也叫不醒。

确认他已经睡着，061 问池小池："怎么不告诉他，如果你不脱离这个世界，就会被要求强制死亡脱离？"

在上次回到主神空间，得知有宿主被逼死亡的情况后，061 便立即把这一情况告诉了池小池。

池小池忙着清点他的仓库库存，闻言反问："他为什么要知道这些？"

061 一愣。

池小池说："他只要知道，自己做了个漫长的噩梦，做了个不错的交易后，梦醒了。从今天起的很久以后，他都会是这个星球的英雄，是战神。"至于池小池，不过是那个梦中的一个过客罢了。

说完后，他起身披上军装，说："走吧。"

刚走出帐篷，一瘸一拐的印少飞便迎了上来："季将军，您这是要去哪里？"

池小池说："去看星星。"

印少飞跟了几步，就听池小池道："跟着我做什么？小心虫族潜入。"

印少飞笑："咱们的军事卫星二十四小时运转着呢！"

池小池问："卫星能监控到的对象毕竟有限，如果是土行虫入侵呢？"

印少飞："季将军，您忘了？土行虫是 E 级类虫，只擅长挖洞，没什么攻击力，穿越大气层活着降落到地面都不大可能，哪怕一个普通的庸人市民也能徒手击杀……"

池小池耐心地听完了他的话，又问道："如果是小批的土行虫用身体包裹着铁甲虫，干扰卫星判断，直接对大后方实施入侵呢？"

上辈子，星球的严密防护便是在一时松懈中遭到了突破，而季作山就是这么死的。

这样的推想叫印少飞冷汗直冒："季将军？"

池小池摆一摆手："写一份报告，交给军部，申请把警戒土行虫的计划纳入战时警备方案。"

印少飞答了一声是，马上走开了。

池小池则踏上了观星台，盘腿坐好。

在他眼前，漫天星光交相辉映，有的星星仅在几光年外，但有的星光是从亿万年前跨越遥远的宇宙而来的，在池小池看到它的时候，它的母星甚至可能已经不复存在，悄无声息地湮没在了宇宙的一隅。

池小池问："六老师，你送我的那颗星星在哪里？"

061 说："东南方。"

在池小池在遥远的星河里寻找那颗砂砾似的星星时，却有一双钢铁胳膊自身后圈住了他："主人。"

看看手腕上的定位器，池小池不难想象它是怎么找到自己的。

布鲁是池小池开过的第一台机甲，曾与它感官相通，此刻偎依在它的怀里，池小池竟有了一丝异样的留恋的感觉。

他觉得这样的感觉太怪异了，索性问了它一个已经知道答案的问题："你怎么找过来的？"

布鲁伸手，温柔地握住了池小池佩戴着定位器的手腕，将手腕抬起，用手指指向了池小池。它轻声说："我听着主人的心跳，一路找来的。"

池小池心里暗叹：这还是机甲吗？

布鲁继续说道："不管主人在宇宙的哪一个角落，只要你的心还在跳动，我都能找到你。"

池小池莫名觉得这句话叫他觉得有点儿别扭。他仰倒在机甲的怀中，对它说道："以后也要陪小季一起看星星啊。"

布鲁似乎没听懂，歪了歪头："主人？"

池小池闭上眼睛前，最后一次看了看星空。在其他地方，恐怕再也看不到这么美的星空了，真可惜。

他对061说："走吧。"

061动手将池小池的意识抽离，确认池小池的精神能量已经不存于这具身体里后，他也准备一道离去，谁知就在这时，他听到了季作山的声音："六老师，池先生走了？"

他的声音很清醒，看来已经醒过来了很久，或者是从来没睡着过。

061"嗯"了一声："我也要走了。抱歉，池小池临走前没能跟你打上一声招呼。"

季作山温和地笑笑，眼睛仍然闭着，像是不愿睁开眼睛去面对只有一个人醒来的清晨。他说："六老师，我的精神力能解析一定程度的数据，我知道布鲁是你。"

061笑而不语。他也能感受到季作山的精神能量对布鲁的试探。看来，不只是池小池一个人在怀疑布鲁太过智能了。

季作山也没就此事继续追问下去："以后还能再见吗？"

061说："也许能。"

季作山这才释然了一些："请把这段视频给池先生，好吗？"

下一瞬间，061便感觉到自己的数据库里增加了一段视频资料。他问："这是什么？"

"池先生是一个很好的人。"季作山说，"这是……我送给他的礼物。"

061回到那个雪白的矩形空间里时，等了他许久的池小池已经在玩他的卡牌游戏了。

061温柔地说道："我回家了。"

池小池应一声："欢迎回家。"

061说："小季知道你走了。"

池小池点按屏幕的手微微一顿："嗯……然后呢？"

061把季作山的礼物投放到了池小池眼前的显示屏上。

那是原恒星爆炸抛出的碎片，影像来自一处星座分子云，在黑暗的宇宙空间中，灼热的无生命的星体无声地绽裂开来，风华漫天，华彩流连。

"他为你放了一个宇宙烟花。"061对沉默的池小池说，"他说，谢谢你。"

2

展雁潮做了一个梦。

在梦里的他是一个透明的第三人。他看到了一个和自己一模一样的少年以比武的方式单方面碾压季作山。

季作山的四肢十分纤弱，竟是一个标准的从者体态。他动作熟练地保护着自己的头，像是认命了。

展雁潮目瞪口呆。

他来不及想为什么小季会变成从者，他只晓得打从者是不对的。他想去拉那个浑蛋的手，试图制止他。

然而他一掌挥去，只扬了个空。

场景改换，和自己一模一样的人已经不再发脾气，而季作山已经疲倦得睡了过去，睫毛微颤，像是置身在一个糟糕无比的梦境之中。

展雁潮如煎熬在半沸腾的水里，气得浑身发抖。

他怎么能这么对小季？

场景再次转换。

看到那个人死死拖着小季、逼着他跟自己上战场时，展雁潮快疯了，他拖住梦中小季的手，喊着别去，别听这个王八蛋的。

不要跟他去啊，太危险了！季作山你听见没有？

他的呼喊被季作山置若罔闻。

季作山满眼无奈地望着眼前那个撒泼打滚的小少爷，沉吟半晌，点了点头。

展雁潮眼睁睁地看着那个小少爷信誓旦旦地对季作山说“我会保护你的”，也眼睁睁地看着季作山在那个逼仄的小粮仓里，被数个战士逼得走投无路。

展雁潮挥舞着双手，甚至拔出了自己随身的枪。但作为一个旁观的人，他的拳头，他的枪，统统拦不住疯狂的野兽们。

季作山在撕心裂肺的喊“雁潮”，他在喊他的名字。

展雁潮带着哭腔喊：“小季，我在，我在，你别怕。”但他连握住他的手都做不到。

他流着眼泪醒来。

入眼的都是刺目的雪白，让他稍稍迷茫了一下，眼泪反倒流得更凶了。

展雁翎正坐在他床边看报纸，听到床上的动静便从报纸后露出脸来，看到弟弟无声无息地哭得喘不上气的模样，顿时急得跑去找了护士、医生。

隔得老远，展雁潮也听得见自己那一向优雅、理智的哥哥的叫声：“请来一下！我弟弟醒了！”

展雁潮咳嗽了两声，费力地伸手够向床头上的呼唤器，按了下去。

好在展雁翎的失态也只是一时，在医生、护士鱼贯来检查过一番、确认他已经脱离生命危险时，他便又恢复成了得体从容的展雁翎。

他没穿军装，只穿着一身家居服，显然已经在这儿衣不解带地照顾了展雁潮许久。

他坐回床边，拿雪白的手帕擦擦弟弟仍微湿的眼角，道：“疼成这样？”

展雁潮这才迟钝地回想起自己昏睡的原因。

在季作山安排的示弱战术之下，虫族倾尽全军之力，铺天盖地地来攻击这个星球。

展雁潮是正面迎战的部队，数次身陷虫海，嗜嗜的虫鸣不绝于耳。展雁潮的机甲几乎被虫翅撕成碎片，然而在他失去意识后的十几分钟里，他的身体竟然还在战斗。

展雁翎一巴掌拍上他的脑袋："你差点儿没被救回来。你知不知道，父亲听到这个消息，差点儿杀了我。"

展雁潮问："他呢？"

展雁翎当然知道展雁潮不是在问父亲。

季作山的示弱战术的最终目的，便是要让虫族深信不疑，这颗星球已是外强中干，已经可以一举拿下，在虫族大军倾巢出动时，季作山便领兵去抄虫族的大后方了。

展雁翎的神情有点儿古怪："别管他，吃药。"

展雁潮突然坐起来，连牵扯着伤口也不管了。他直勾勾地盯着哥哥："他怎么了？"

"他好得很！"展雁翎把弟弟按回床上，恨铁不成钢地说道，"他把他的直系部队一个不落地带了回来！还杀了虫族的女皇！"

展雁潮舒了一口气："没事啊，没事就好。"

展雁潮躺平数秒钟后，他猛然睁大了眼睛："他杀了什么？"

展雁翎把手中的报纸拍到了展雁潮的脸上："连续十八天了，他都是各个媒体网站的头版人物，人家快要把他的一生写成传奇小说了。"

展雁潮抓着报纸边缘，看着上面的季作山，兴奋得手直发抖。

照片里，季作山提着虫族女皇巨大的头颅从舱内走出，满身是伤，整个人却显得熠熠生辉。

一战封神，大概便是如此。

从今以后的史书里，都会留下季作山的姓名，英雄，战神，想象得到、想象不到的溢美之词，都会雪片似的向他涌来。

展雁潮把报纸贴在脸上，呼吸了一口油墨的清香。

纸媒在当下已经衰落，而在这种情况下，季作山还能占据头版，意味着什么，不言而喻。哥哥为自己准备的这张报纸，却让展雁潮想到了多年前喜欢收集报纸的那个小季。他问他收集这些破烂干什么，小季有点儿不好意思地说，以前他跟弟弟妹妹流浪时，报纸用来保暖特别管用。

当时的展雁潮出门就扛了三个报亭的报纸回来，摞在季作山面前，得意扬扬地拍了拍，说，看见没有，跟着本少爷，保证你不挨饿受冻，想要多少报纸都管够。

现在，只有这淡淡的油墨香味，还能让他回忆起当初抱着报纸哼着小曲往家赶的感觉。

展雁潮想哭，又想笑。

这当口，展雁翎的通讯器响了，他接了起来，刚说了两句话，便按住话筒，对展雁潮道："军部来电，慰问展团长的伤势。"

展雁潮把脸埋在报纸里，闷闷地道："告诉他们我很好，不方便接听电话。"

展雁翎一字一顿地道："是季将军亲自来电慰问。"

展雁潮一骨碌从床上爬起来，抢过电话，扯过被子，把自己连同电话一起蒙了进去。电话那边是季作山淡淡的声音："展团长，伤势怎么样了？"

展雁潮故作镇定地说："我很好。"

季作山说："我看了你的战斗录像，你率领部队有效地阻止了虫族大军的前进，军部正在考虑授予你团集体一等功，把你从团长提拔至副师。"

展雁潮想象着电话那边季作山冷淡的表情："谢谢。"

季作山说："过两天我会跟军部的徐参谋和白将军一起去医院探望你。现在我正在陪罗茜和小青逛街，回见。"

展雁潮："等等——"

季作山没有挂掉通讯器："嗯？"

展雁潮很慎重地问："你来的时候，能不能给我带上我最喜欢吃的水果？"

季作山坦荡地答道："当然，毕竟是去探病的。"

挂掉通讯器后，季作山对旁边累坏了的汪系舟说："走吧？"

谁能想到，现在人人称颂、引得无数少女疯狂的英雄，只戴着一副墨镜，穿着一身黑白格毛衣配牛仔裤，站在一家孕妇服装店外。

里面是罗茜和汪小青，罗茜取了一件豹纹的衣服，在汪小青的身上比画着，被汪小青一巴掌打了下去。

胳膊上挂满购物袋的汪系舟小声说道："季大哥，我真佩服你。我最怕跟我姐出来逛街了。真不知道她们哪里来的那么多体力。"

季作山说："你可是舅舅，就当是陪外甥了。"

一提到小外甥，汪系舟的眼睛就亮亮的，然而一低头就泄了气："季大哥，罗茜姐总陪我姐买衣服，哪里有我小外甥的东西呀。"

季作山言简意赅地说："我这不是买了吗？"

他将手里提着的一堆婴儿装、奶粉和尿布往上举了举，一点儿没有帝国战神的架子。他说："我小的时候经常帮我父母照顾孩子，心里有数。"

汪系舟难掩崇拜的表情："季大哥，以后我和君云的孩子就交给你了。"

季作山微微笑。

汪系舟所说的君云姓秦，是平民出身，是汪系舟手下的副连长。

汪系舟是连长，但却天天被秦君云以下犯上，逮着机会就捏他的脸蛋，两个人都以此为乐，汪系舟每天都用最好的香皂洗脸，给她提供最好的捏脸体验。

汪系舟曾大言不惭地道，他这是在宠未来的媳妇。

但季作山看过秦君云的战斗录像，怎么看都觉得汪系舟这是主动送上门让人家欺负的。

不过季作山也叫不醒自我感觉良好的汪系舟，索性由得他去了。

汪系舟趴在栏杆上百无聊赖地歪头看季作山：“季大哥，针对虫族星球的第三轮清扫已经结束了，之后你打算干什么呀？”

季作山抬头，看向罗茜的背影。

既然外患已经消失，那么，星球延续多年的军备传统便已经失去了其必要性。现在，社会中敢于为三性平等发声的人已经越来越多，季作山打算等舆论再发酵一段时间后，向军部提出申请，将每年举办、强制每个适龄少年参与的机甲比赛改为非强制。

他们本来已经是天生的庸人，如果想一直做庸人，那完全没有关系。

如果想做战士，自然是可以的，但是享有的优渥社会资源会减少相当一部分。

至于从者，肯定也会有一部分人想要做，但政府需对从者建立从者保护条约，将从者的身份限定在贵族领域。

接下来，裁军之类的事务也会持续推行，必然会触动一部分守旧派的蛋糕。

这会是一个极漫长的过程。

但季作山会把这些用自己帝国战神的身份推行下去。

季作山没有对汪系舟说太多，只是对自己要做的事情进行了最简单的概括：“我想让人们多一些选择。”

罗茜与汪小青挑好了衣裳，付款出来。

罗茜手里提着一堆购物袋，笑道：“好了，从第二个月到第十个月的衣裳全买齐了。”

季作山正微笑着，突然从斜刺里冲出一个人来，奔着汪小青就扑了过来。

季作山沉默地挡在汪小青的身前，轻声道：“别怕。”

有季作山在，汪小青哪里会怕。

她哪怕随便抄起一罐奶粉对着那个人扔过去，都能打出榴弹炮的效果。

但那个人好像并不是想袭击谁，在离季作山还差几步时，他就狼狈地滑跪在地上，膝行几步，抱住了季作山的大腿：“救救我呀！救救我呀！”

来人看体质是一个毫无战斗力的成年庸人，在季作山看来有些不可思议——没有战斗力的庸人，早该在淘汰赛中变成从者了才对。

他蓬头垢面，头发间有肉眼可见的虱子，身上更有浓重的、陈腐的气味，极有可能是坐着垃圾车混进这里的。

罗茜掩住汪小青的鼻子，扶着她退后。

季作山蹲下身："慢慢说。"

那个人的精神状态显然不大好，浑浊的眼珠骨碌碌地乱转，握住他的双臂，浑身发抖："求求你，救我回去，带我回主神空间！我不要留在这里！他都不认得我了，我为什么还要回这里来！我要回家，求你带我回家，哈哈哈哈……"

汪小青皱眉："是疯子吗？"

她想不到季作山竟然会对一个闯入军事服务区的流浪汉这样有耐心，甚至屈下身去，表情郑重地询问道："你是从主神空间里来的？你……认识池小池吗？"

一双脏污的手攥住了他的前襟，他已经听不进其他话了，尖利的指甲抓挠着他的毛衣："带我走啊，我要回我自己的世界……"

保安闻声而来，对季作山致歉后，便扯住他的双手，想把他拖下去。

那个人疯狂地手舞足蹈起来："主神，那个王八蛋主神，我要杀了他！杀了他！"

季作山思忖片刻："等等。"

保安中已经有人认出了他是谁，倒吸一口冷气，兴奋得手都发起抖来。

季作山对那两名保安轻轻"嘘"了一声，示意他们不要声张，又转头望向那个眼神狂乱的人，心中隐有猜想："把他带走，先带他去洗个澡，下手不要太狠。我走时，会带他离开。"

在池小池刚刚结束第四个世界的任务时，他的信息便实时传送到了"须臾之间"内。

宿主代号：1198号
宿主姓名：池小池
世界难度等级评定：A级
世界完成度：100
宿主状态评定：各项机能良好稳定，可以随时传送
所得熵值总额：98（低于平均值4190）

那鲜红的数字98让主神的大脑褶皱都开始紧缩起来。

他的声音低沉得叫人头皮发麻："到底发生了什么？"

自从看到061变成了机甲，主神便再也没有关注过这个世界的进度，毕竟他还有很多别的世界的事情要处理。

AI沉默了一会儿："抱歉，我这段时间也有很多的事情在忙。"

主神乍然暴怒起来："我不是叫你看好061吗？"

AI："您又生气了吗？"

"我已经为他准备了下一个世界。"冷静了一会儿，主神的情绪总算是平复下来，"把089叫来，轮到他述职了。"

“须臾之间”内，089把自己最近登记的摇号情况一一上报，确认所有数据无误后，他关掉了手上的显示屏，一双桃花眼没心没肺地弯出了个月牙似的弧度来：“老大，还有什么事情吗？”

主神问：“你还有多少次就能完成任务了？”

089拿笔在手掌上做了道减法题：“两千多次吧。”

主神说：“工作情况怎么样？”

089诚恳地说道：“就是工作时间不让吃零食，挺烦的，还有023他不给我下载电影。他对我有意见，对我和对别人完全是区别对待，老大你得管管他这种思想，多提倡人人为我、我为人人……”

他抱怨了大概一刻钟。

主神感到头大。

他终于说完了，然后又用清澈的眼神望着主神，似乎希望能对主神提出更多的要求。

主神：“好了，你可以出去了。”

089失望地道：“老大，你不跟我谈谈心啦？”

主神并不想在话痨的身上浪费时间。

得不到老板关怀的089悻悻地出去了。

主神问：“木马程序已经植入了？”

AI答：“是的。”

主神想到他嘴碎的程度，竟然忍不住有点儿担心：“下次还是远程植入吧。”

每次他想要影响宿主的任务进程时，都会在089的程序中安装一个干扰性质的木马程序。为了避免事情败露，这个木马程序并不会对089本人造成什么影响。而在成功干扰089之后，木马程序便会“自毁”，销毁罪证，一劳永逸。

主神冷笑。

这得多亏负责摇号的089是一个少见的白痴。

089走出“须臾之间”不久后，恰好碰上了迎面走来的061。他凑上去，热泪盈眶地道：“哎哟，死鬼，你怎么这么久都不回来看一眼我呀！”

061看上去心情不错，配合他演戏道：“别生气。我心里有你。”

089“啪”的一声拍在061的手背上，娇羞地道：“臭不要脸啦。”

然后他捂着脸，发出一阵银铃似的娇笑，“蹬蹬蹬”地跑到了023的办公室，拉开门进去了。

023的声音很快从半掩的门内传来：“保安，保安！我这里进来了一个神经病，你们管不管？”

061看着089的背影，微微笑起来，准备到档案室去，想查一下自己之前执行任务的记录。然而，刚走出几步，他便觉察出哪里有些不对。

061 抬起刚才被 089 拍过的手背，发现上面被染上了油墨。除了一道意义不明的减法题外，还有一行倒写的字：“下个世界，小心。”

061 皱着眉，看着还有几步之遥的档案室，思忖片刻，还是走到了与档案室一墙之隔的小商店。

在他走进小商店时，档案室的手拧门把手的锁芯位置出现了一只沉默的独眼。那眼睛骨碌碌地转向 061 所在的商店位置，微微眯了起来，似乎在窥探他的来意。

很快，061 提着塑料袋从小商店里走了出来，塑料袋中是 089 最喜欢的焦糖饼干和 023 最喜欢的威化饼干。

而那只眼睛旋即闭上，恢复成了门锁的模样。

061 把东西送到 023 的办公室，两个人正在掐架，没空搭理他，他便笑笑，折返回到池小池体内。

池小池在休假期间又选择回到了筒子楼，好像除了那里，他就没有特别想去看一看的地方了。一人一系统靠着手机交流，并交流了一下下个世界会出现什么意外情况。

061 想到了 089 在自己手背上留下的墨迹，总有点儿不祥的预感。

待休假结束，他和池小池完成传输之后，看清眼前的场景，他还有点儿疑惑。

因为一切看上去特别正常。

池小池睁开眼睛时，四周的摆设也叫他有点儿诧异，他自言自语地道：“化妆间？”

这里完全是现代剧组的化妆间的样子，有两排化妆镜，分别靠墙，相对放置，有许多衣服架子乱糟糟地堆着，室内除他以外空无一人。

他面前恰好有一面镜子，池小池抬手抚了抚自己的眼角。

这是一张不错的脸，但更吸引人的是一双异色的瞳仁。左眼湖蓝色，右眼琥珀色，配合着池小池懒洋洋的眼神，像只趴在暖炉前舔爪子的波斯猫。

然而作为一个疑似演员的人，他的妆还没上好，而且脸色铁青，看起来状态极差。

池小池看着镜子中的脸，认真地点评：“肾虚，有时是在过度疲劳之后。”

061 却没有接他的话。

按照池小池与 061 之前商量的内容，他曾以为这里会是一个古代的世界，毕竟按照 061 曾经的说法，世界越靠后，就会越偏离原来的世界线。他正想起身四处看看，便听到一个女人的声音从门口传来：“纯阳……啊呀，你怎么还没化完妆？导演都催啦！”

一个女人出现在化妆间的门口。

池小池一眼看过去，一口气便噎在了嗓子眼儿里。

女人是个长相艳丽的女人，化妆也是无懈可击，但脖子以下却是空空如也。她的头颅如同一只气球一样飘在空中，对池小池微笑着。

说完后，“气球”幽幽地飘走了。

确认她消失在了门口之后，池小池闷在胸口的一口气才倒了上来。

他说话的声音像是一只被掐住了脖子的尖叫鸡：“六老师，那是什么？”

一个与 061 截然不同的陌生男性的声音自他脑中响起：“宋纯阳，你的第八次任务已经开始。请及时抵达片场，开始你的任务。”

池小池这才发现，从进入这个世界开始，061 便再没开口说过一句话。

因果循环，报应不爽

Chapter 02

Waste recycling system

◇ 因果，恐惧，九个刻印

1

池小池摇摇晃晃地站起身来，从一堆乱七八糟的衣服底下翻出了一罐啤酒，拉开易拉罐拉环，咕咚咚几口灌了下去。

那个陌生的声音凉凉地道:“不怕有毒？”

池小池苦涩地道:“一毒解千愁。”

对方暗道: 智障。

虽然没了 061 的声音，但世界线信息还是尽数传导入了池小池的脑中。

如刚才的人头所言，原主叫宋纯阳，是个爱笑的小忽悠。他的主业是护士，曾经干过副业: 跟着祖母一起，给各家新宅看房相。

他的祖母是个鹤发鸡皮、气质优雅的老人，在业界颇有声望，在外人眼中更是神秘至极。她在家乡一家香火极盛的寺庙边有一座草庐，坐庐听看，断判乾坤，但凡有人前来求问，她便唰唰唰提笔在纸上写下他们想要的答案，并一一解释。

宋纯阳的父亲志不在此，用祖母的话说，自家儿子没这方面的天赋，不入行也是好事。

宋纯阳的父亲认为母亲是个江湖老骗子，深以母亲为耻，时常警告宋纯阳少去理会祖母，但宋纯阳却不这样认为。

他从小就能看到一些奇怪的东西。

小时候他不懂事，经常被各种奇形怪状的东西吓得哇哇大哭。他不明白为什么隔壁的大哥哥背上会背着一个小姐姐。他也不明白，为什么明明他总是看到祖母的挚友林奶奶陪老伴去他们定情的落日桥上遛弯，所有人却都说林奶奶死了很多年。

宋纯阳的祖母知晓事情的原委，很怜惜这个爱哭鼻子的孙子，常摸着他的额头说，爱惜你的眼睛，这是上天给你的宝物。它能让你比旁人更早明白什么是因果。

宋纯阳的瞳仁是异色的，一边儿琥珀色，一边儿湖蓝色，怎么看怎么像是基因突变的产物。

好在宋纯阳实在很好看，除了这双眼睛，他集合了父母所有的优点，还进行了非常精细的个人优化，五官生得好看，从小就是白嫩嫩的糯米团子，上学时一直是吉祥物一类的存在。他最漂亮的就是那双眼睛，亮晶晶的，瞳仁大得恰到好处，又有一种特殊的质感，像是做工精致的宝石。

宋纯阳嘴甜，讨喜得很，经常会被突然出现的灵物吓得吱哇乱叫，但不多时就又试探着和他们聊天，一来二去，倒是交了一票怪朋友。

他经常自言自语地埋怨："我这名字就是起得做个心理安慰用的。"

然而抱怨归抱怨，宋纯阳仍会帮一些怨气不是很深重、长得也不是很让他肝颤的灵物实现心愿，偶尔会在月考时，拜托相熟的几个小灵物帮自己偷看一下前桌学霸的选择题答案。

他相信因果，所以他不会用自己的能力做太超过常理的事情。

每当附近的乡镇有人请祖母去家中看相时，宋纯阳总担心祖母一个人去不方便，因此，只要他放假的时候，都会跟着祖母一起去。

祖母的眼睛也与正常人不大一样，她应该是能看到人与物身上的"气"，所以她只需在人家家中里里外外转上一圈，就能三言两语简单地指出问题所在以及解决的办法。

然而，年幼的宋纯阳并不能理解那是一种怎样的感觉。

祖母负责指出问题，他则负责把改运的物品，如玉貔貅一类，放到祖母指定的位置上去。

他年纪尚小，本来户主是不会相信他的，但他一双眼睛颜色相异，看着着实玄妙得很。每当户主露出敬畏的表情的时候，宋纯阳总会调皮一下，故意装眼盲。

毕竟他一双玻璃似的眼睛，只要静静地不动，看上去就和真眼盲没两样。

他能轻松绕过一切阻碍，准确地按照祖母要求的角度，把改运之物放在正确的地方，又准确地折回祖母身后。这总会让户主更觉玄妙，把他与祖母一道视作玄妙之人，毕恭毕敬地把祖孙二人送走。

一离开户主们的视线范围，宋纯阳就会忍不住哈哈大笑。

祖母从不拆穿他的小伎俩，只温柔地看着他，无奈地道："你呀。"

在他参加高考那年，六十六岁的祖母去世了。

临终前，祖母对一直陪在他身边垂泪的宋纯阳说："纯阳，你要相信因果。不做坏事，多做好事。"

这祈愿太朴素，也太温柔，宋纯阳把脸贴在祖母枯槁的掌心，含泪答应了下来。

高考过后，他读了一所护理学院，隔壁则是全国著名的医科大学。

护理学院很小，但宋纯阳却是一副既来之则安之的态度，经常去医科大学玩。

宋纯阳表示，进医科大学感觉像回家一样，在医科大学里的感觉比在家里的感觉好多了，里面个个都是帅哥美女，说话又好听，超喜欢在里面玩的。

他在医科大学学生办的猎奇社团里遇见了学长袁本善，自此组成了全校出名的"闪灵二人组"。

袁本善比他高两届，学习成绩已蝉联三届年级第一，风流倜傥，各方面都极为出色。

他曾一度以为遇见袁本善就是他因果。

他对袁本善道：“老袁啊，我遇见你，一定是因为我之前做了太多好事。”

听了他的话，袁本善戳戳他的鼻尖，道：“难道不是因为高考数学考了七十分吗？”

宋纯阳骄傲地道：“哪里，七十二呢。”

袁本善：“四舍五入七十分。”

宋纯阳：“胡说八道，四舍五入一百分。”

袁本善拿他没办法，只好附和道：“好好好，你算得对，小忽悠。”

袁本善是知道宋纯阳天生异瞳的，但他从来不相信。他之所以加入猎奇社团，只是因为很喜欢那种新鲜的猎奇感，从不真正相信灵物的存在。

宋纯阳说：“我真能看见灵物，不信你看我的眼睛。”

袁本善仔细看了看：“嗯，看出来了，虹膜异色症。”

宋纯阳委屈地道：“你前面就有一个过路的小灵。”

袁本善笑，对着前面的空气礼貌鞠躬：“你好呀。”

那路过的学生打扮的灵物被吓得一哆嗦，马上回礼：“学长好。”

宋纯阳就咯咯地笑，笑得袁本善一点儿脾气都没有。

宋纯阳读大二那年，袁本善便开始为了毕业忙碌起来了。

宋纯阳每天都会横跨千米的距离，打包饭菜，给隔壁学校的袁本善送温暖。

两人嬉笑怒骂，关系一直很好。

直到某一天，发生了一件有点儿奇怪的事情。

冬至那天，袁本善去一间老式图书馆查资料，宋纯阳没有去打扰他，自己买了饺子粉，兴致勃勃地利用宿舍里有限的工具给袁本善包饺子。

在宋纯阳踌躇着擀面皮到底是要去超市里买个小擀面杖，还是拿 2B 铅笔凑合凑合时，袁本善打了个电话来。

电话那边，袁本善的喘息有点儿厉害。他问了个听起来挺没头没脑的问题：“纯阳，你是真的有异瞳吗？”

宋纯阳乖乖地道：“啊？是啊。”

袁本善沉默片刻，解释了他为什么会问这个问题：“我在这里翻老资料，发现有很多关于异瞳的记载。”

宋纯阳笑了：“你不是去学习的吗？”

袁本善说：“看到和你有关的资料，总要翻一翻的。”

宋纯阳嘿嘿一笑：“你中午前能回来吗？”

袁本善说：“当然可以。”

这事儿揭过就算，宋纯阳也没上心，转眼就忘了。

他飞快地包出了一大锅饺子，颠颠儿地送到了袁本善的宿舍，他的好朋友以及宿管阿姨都有份。

宋纯阳人长得好看，嘴更甜，对宿管阿姨一口一个李姐，一张甜嘴比“太太静心口服液”都管用，哄得人家宿管阿姨直接把新纳的鞋垫往他手里塞。

相比之下，袁本善对待他的态度却淡淡的，不过倒是把饺子都吃了，还问了许多宋纯阳的家事，问起了他家的渊源。

宋纯阳当然知无不言，还特意说了许多关于祖母的事情。

大概半个月后，袁本善要忙的事情告一段落了，就约了宋纯阳晚上八点看电影。

宋纯阳穿了自己新买的白羽绒服，还戴了个雪白的绒线帽，两朵茸茸的小球垂下来，衬得他眉眼极清秀。

他到了约定的奶茶店门口，但袁本善迟迟未到，天气冷得很，他无比自然地走进店里去，打算给袁本善买一杯柠檬柚子茶，自己要一杯奶茶。

这家店门口已经贴出了转让通知，濒临倒闭，宋纯阳没想到里面的客人却不少，起码有十个。

很多人用诡异的眼神看着宋纯阳。

宋纯阳感觉有点儿莫名其妙，但他确认这些人不是灵物后，就自顾自地安坐下来蹭空调，并等着袁本善来。

有一个姑娘路过他身边时，不知是有意还是无意的，手一歪，半杯滚烫的奶茶都泼在了他的身上。

被淋了半身奶茶的宋纯阳猛然站起。

不等他开口，那姑娘就凶神恶煞地抓住他，把他往店外推了一把，怒道：“你把我奶茶碰掉了！你赔！”

那杯奶茶的温度不低，宋纯阳被烫得像只小海狸鼠似的直蹦跶，脖子上都被烫红了一片，可他一边龇牙咧嘴地脱衣服，一边还情急地问那姑娘：“没烫着吧？没烫着吧？”

姑娘显然没料到他居然还有心思关心自己，上一秒的凶神恶煞的表情僵在了她的脸上，看起来有点儿呆。

就在这一耽搁的工夫，街面上本就浓重的雾气顿时增浓数倍，翻滚卷涌着，将奶茶店气势汹汹地包围了起来。

刚才为宋纯阳做奶茶的小妹走出柜台，摘下围裙。

从做奶茶开始，她就是一副眼圈通红、神情恍惚的样子，宋纯阳以为她是失恋了，也没敢多问。然而，她接下来的话叫宋纯阳陷入了迷惘。她说：“现在想走也来不及了。”

话音刚落，宋纯阳的脸色就突然一变。

他能感觉到，奶茶店外陡然而生的白雾里，多出了无数行走的、带着怨气的灵物。

刚才那些眼神麻木的人慢慢聚拢到了奶茶店的取货台边。

为宋纯阳解释现在状况的，是那个把奶茶泼在他身上、并试图将他赶出奶茶店的姑娘。

她为宋纯阳讲解了一下，他究竟遇见了什么。

简而言之，他闯入了一个以恐惧能量为食的主系统。

主系统会在特定时间和某一个特定地点，开启异世界的大门，将事先选定的参与者们拉入其中。

在这个空间中，会发生一些恐怖的超自然事件。

参与者们必须要在规定时间内抵达传送点，等待被传送，并在异世界里活过规定的时间才准离开。

只要时间一到，攫取了足够恐惧能量的系统就会自动放他们从空间内出去，返回现实世界。

并且不管在异世界内过去多长时间，在现实中也不过是短短一瞬而已。

宋纯阳是知道灵物世界的存在的，因此他很快就接受了这一现实，努力控制着打战的牙齿："如果在那个异世界里死去……"

那姑娘轻声说："那么在现实世界之中，你的存在也会被渐渐抹消。很快，就不会有人再记得你是谁了。"

宋纯阳眼中含了泪。

姑娘安慰他道："我是第三次执行任务。只要完成十次，就能结束这个单方面的契约了。这些内容本来是应该由你的系统告知你的，但是我想了想，还是提前告诉你比较好。"

"系统？"

"系统负责给出任务、记录任务次数、告知任务所剩时间，还可以随着存活时间的增加给出活命的关键信息……我们这里经常会有误闯事件发生，新人第一次的任务是以试练为主，难度不算很高。只有成功存活至最后，才会有一个系统自动与你绑定。"

宋纯阳眼泪汪汪地扫视四周。

刚才宋纯阳误闯这里并坐下时，没有人愿意提醒宋纯阳他即将面临什么。

有的人默不作声，是因为他们已试过了许多遍说实话，但没有人相信过他们；有的人则是因为想着，能多拉进来一个垫背的，就多拉一个。总不能只有他们倒霉吧？

宋纯阳收回目光，声音轻得让人几乎听不清楚："这次任务……是什么？"

那女孩答道："捉迷藏。"

2

所谓“捉迷藏”，是要求所有参与者在七点半时，从奶茶店进到雾中去，在不离开这片名为“正新街”街区的前提下，躲避形态各异的怪物。

参加此次“捉迷藏”游戏的人，加上半路闯入的宋纯阳，共计十一人。

有个男人对那个姑娘的热心肠嗤之以鼻，凉飕飕地道：“小关，跟他说那么多干什么？”

姑娘姓关。她大概是因为没能帮宋纯阳逃过一劫而感到歉疚，说：“既然遇见了，就是缘分。”

宋纯阳感动又委屈地吸了吸鼻子：“对不起，我有喜欢的人了。”

关姑娘无语：那还真是不巧。

此刻的宋纯阳脑子里就是一锅稀粥，对关姑娘的解释一头雾水，等到众人纷纷站起来，踏入浓雾弥漫的街区，宋纯阳也随着大流，探头探脑地跟着大部队走了出去。

宋纯阳的一举一动，都像极了那种恐怖片里的炮灰，也怪不得谁都不看好他。

进入异世界的街道已不复寻常的繁华，白雾浓稠至极，轻轻吸上一口，肺部便传来轻微的不适感。刚才还灯火通明的街道已陷入死寂，仅剩的活人们站在奶茶店门口，呵着冰冷的白气，仓皇地环顾四周。路灯尚残余几盏，却并不能在此时起到叫人安心的作用。灯泡发出的昏黄灯光被雾气稀释数倍，看起来像是藏在墙缝里偷窥的一只只独眼。

在最后一个人踏出奶茶店后，奶茶店内的灯自动熄灭。

万籁俱寂，浓雾深处传来了倒数声。

“三……藏好了吗？二……藏好了吗？一……”

声音来自四面八方，来自不同人，不同性别，娇弱的、浑厚的、清脆的、嘶哑的、悲愤的、欢喜的……所有声音在浓雾中混在一处，仿佛无处不在。

甚至有人觉得其中一个声音是从自己的脚边传来的，他急匆匆地跳开，脸色十分难看。

按照关姑娘透露，在倒数结束后，灵物便会拥有自由活动的实体和权利。

同样据关姑娘说，在任务开始前期，灵物会有一定的限制，活动规律也是有迹可循，越接近游戏结束，灵物的自由度也会越高。

而他们要在这条街道上，与灵物玩上一个小时的捉迷藏游戏。

没人愿意带这个一脸衰相的新人，各自结伴离去，到最后，留在宋纯阳身边的只有关姑娘。

关姑娘看他还在抹眼泪，颇为无奈：“走吧。要是哭有用的话，我们……”

宋纯阳擦去了睫毛上的水雾，也摘下了眼中的美瞳。

在黑夜中，宋纯阳被泪水洗过的眼睛显得格外澄澈，如同质地上好的宝石，在路灯惨淡的光芒下仍能辨清那不寻常的美丽色泽。

关姑娘惊讶地说："你的眼睛……"

宋纯阳的话带着鼻音："不许说男人戴美瞳娘了吧唧的。"

关姑娘直勾勾地看着他的眼睛，目光好奇又专注："好，我不说。"

宋纯阳站在原地，环顾四周。

那魔音灌耳的3D立体声倒数已经成功干扰了所有人的听觉，但宋纯阳并未踌躇，选准一个方向，便拉起关姑娘的手径直跑了过去。

宋纯阳说："往这个方向走，'那些东西'的数量会少一些。"

关姑娘："你怎么知道……"

宋纯阳回过头去，看向关姑娘。

不需要多解释，他那双瞳色异常的眼睛就已经很有说服力了。

他能看到那些东西在哪里，这无疑给了二人极大的帮助。

宋纯阳找了一间里外都干净的商铺，确保了前后门的畅通，便拉着关姑娘躲在了柜台后。

就在倒数结束的瞬间，一声男人的惨叫声便从距离二人不远处的一家玉器店内传出。听声音，恰巧就是刚才在奶茶店里叫关姑娘不要多管闲事的男人。这个人的运气实在太差，自以为找了个辟邪的地方躲着，结果一扭头，就看见身旁就蹲着了个报数的，龇牙咧嘴地冲着他笑。

宋纯阳从柜台边露了个脑袋出去，看到了一个四肢与头颅各被扭曲了一百八十度、头大身小、四肢畸形的女孩，咯咯娇笑着，拱桥似的倒立着，四肢着地，向那个惨叫不断的男人追去。

不多时，恐怖的撕咬和吞噬声从不远处传来，男人嘶声惨叫，在静谧的街道间清晰可闻。

宋纯阳将身体缩回柜台后，将脸色同样惨白一片的关姑娘的手抓在掌心，安慰地握了握。

不论如何，他一定要回去。

袁本善还在等他一起看电影。

两人躲在这里，实在是恐惧又无聊，关姑娘没话找话，拉过宋纯阳的手，在他的手心写："你刚才看到了什么？"

宋纯阳写道："瓶女。"

倘若刚才宋纯阳没有看错的话，追逐着那个男人的少女，观其形貌，该是他看过的一本古书中所记载的"瓶女"。

关姑娘看来也了解过一些古代逸闻，吞了口口水，一笔一画地写在手上问宋纯阳："养'瓶女'究竟有什么用？"

宋纯阳回："什么用都没有。"

旁人看不到，但宋纯阳可以根据这片区域里他看到的灵物分布的方位，分辨出它们大概是按照一处古代邪阵分布的。

跟着祖母，宋纯阳学了很多杂七杂八的古训道学，知道有一种阵法。

如果宋纯阳推想无误，正新街街区应该就是绘制过这一阵法的地方。阵法是用骨灰按照方位一一绘制，说白了，就是由一片片长短交错的道道构成。

这些长短道道是由这些怨念极深的瓶女的骨灰画成，可知灵物们的活动地点也只能局限在这些直线范围之内，而所谓“捉迷藏”也很简单，只需绕行过这些区域即可。

宋纯阳把脑袋靠在柜台上，竭力逼迫自己冷静下来。

据关姑娘所说，随着时间的推移，主系统对灵物施加的限制会逐步放开。这个“限制”指的究竟是什么？无外乎是灵物的能力以及活动范围。

宋纯阳原来生活的圈子很单纯，从未接触过恶的灵物，他生平接触的最恶的灵物，也就能让人发个烧，然后蹲到人家床头气鼓鼓地磨牙。

关姑娘还说过，“主系统”一般不会设置必死之局，那么至少说明，这里的灵物不会听呼吸辨位，也不会千里眼、透视眼之类的变态技能，不然他们估计早就集体上西天了。

玉器店男人的死从侧面反映了一件事：在一些骨灰划定的范围内，灵物的能力很强。

至少看那个瓶女撵得人疯狂奔跑的架势，速度跟头母豹子也差不离了。在这样的情况下，再放宽灵物能力，他们不如现在就放弃，说不定还更干脆些。

不是说第一次任务会简单些吗？怎么自己碰上的任务这么难？

宋纯阳急得抓耳挠腮。

这样一来，那所谓的“放开限制”，应该指的是灵物的活动范围会发生变化？按理说，阵法是不会改变的，那么，如果主系统想要增加难度，卦阵极有可能会从静止转为运动。

至于是顺、逆时针，或是平移，还需要多加观察。

这些灵物之所以不能一下子要了他们的命，应该是那个所谓的“主系统”想要放长线钓大鱼，从而吸食榨取更多的恐惧能量吧。

而所谓的“恐惧能量”又是什么呢？

宋纯阳正胡思乱想，突然听到身后的玻璃门被什么东西顶开了。

关姑娘握住他的手陡然一紧。

二人双双屏住呼吸，都听到了某种圆形硬物的滚动声。

那个物体骨碌碌地滚到了宋纯阳的脚边，转了过来甜笑着说道：“抓到你啦。”

关姑娘几乎要尖叫出声，但宋纯阳立即捂住了她的嘴。

然而看似镇定的宋纯阳的意识空白了好几秒，满脑子都是“我的天，保龄球”“扔装备就很过分了啊”之类的弹幕文字。

等了半天，那玩意儿一无所获，只好悻悻地滚开了。

宋纯阳颤抖着手，在同样发抖的关姑娘的手心里写下：“别怕。”

那玩意儿眼神呆滞，内里仅有一丝极微弱的灵物气息，只足够支撑着她说出几句话来。果不其然，下一秒，那玩意儿又笑嘻嘻地说道：“抓到你啦。”

宋纯阳心里叹道：真是靠实力碰瓷。

那玩意儿又在店里滚着问了几个能藏人的地方，寻找无果，便又悻悻地骨碌碌地滚了出去。

3

这是当晚他们碰到的最后一个危机。

正如宋纯阳所料，半个小时后，卦阵开始按照逆时针方向转动。

随着难度的提升，关姑娘的系统给出了过关所需的关键信息——一本记载着古代卦象的书籍。

这本书可以被参与者自由翻阅。小忽悠宋纯阳很快便在其中找到了符合自己推想的卦阵。

一切都和他推想的一模一样。

卦阵开始转动，他们必须想办法离开了。

很快，宋纯阳清晰地看到原本干干净净的商店后门位置出现了一个猴皮人，正在地上滚来滚去。

宋纯阳根据卦阵的大致形状规划出了他们的逃跑线路，拉着关姑娘蹑手蹑脚地自前门离开。

阵法一转动起来，门口街道上的瓶女自然也转移了活动区域，现在的街道反而变得安全。

宋纯阳小心规避着危险区域，却不时听到有惨叫声从各处传来。

管好身边人和自己就已经需要耗费巨大的精力，宋纯阳实在无暇他顾，却也忍不住心里打鼓，惴惴不安地想，第一次任务就这么难吗？那以后他该怎么办呢？

这一个小时，大概是他人生中最漫长的一个小时了。

等到听到宣布结束的机械提示音，浑身被汗水浸透的宋纯阳一晃神，又回到了那间灯火通明的奶茶店。

他的羽绒服上还有关姑娘泼上去的奶茶痕迹，手边放着为袁本善准备的柠檬柚子茶。一切都与他进去前的场景一模一样，墙上的时钟仍指向七点半，恰好是方才浓雾升起之时。

还有半个小时，他和袁本善要看的电影就开场了。

刚才的噩梦仿佛只是一个幻境。但是，刚才在任务世界里被瓶女追上的男人的身体，如同被橡皮擦擦过的碳素铅笔画，一点点自宋纯阳面前消失了。

像这样消失的，还有刚刚为宋纯阳做奶茶的小妹，她也是参与者之一。

十一个人，只活下来了五个人。

毕竟，如果没有宋纯阳的异瞳，想要勘破这个异世界的运行规律，就必须得被灵物不停地追逐，将错误路径一一试出来，从而计算出灵物活动的规律，等同于在玩命的边缘反复试探。就算有这个胆识，能看出灵物的运动轨迹的人也不会很多。所以，除了关姑娘与宋纯阳外，这些人还能活着，只能说是靠运气。

活下来的其他三个人恰好是朋友，他们一进去就找了个地方躲了起来，谁想到误打误撞，稀里糊涂地活下来了。

他们静静地坐着，物伤其类地感慨一阵儿，便起身离去。

跟着宋纯阳顺利过关的关姑娘惊魂未定，对宋纯阳说："你的胆子好大。"

宋纯阳呆呆地直视着前方，没有说话。

就在这时，门口的铃铛丁零响了一声，袁本善自外面走进来，未语先笑，可看到半身湿漉漉的宋纯阳，不禁一怔："这是怎么了？"

宋纯阳一眼看到袁本善，"哇"的一声哭了起来。

关姑娘惊呆了：这还是刚才那个人吗？

袁本善见他哭得上气不接下气的样子，问不出个所以然来，没办法，袁本善只能宣布取消看电影的计划，把宋纯阳带出了奶茶店，说带他回去换衣服。

宋纯阳委屈地说："老袁，我差点儿就见不着你了。"

袁本善笑："不就是买个奶茶吗，怎么像生离死别似的。"

宋纯阳把自己遇见的事情原原本本地跟袁本善说了。

袁本善把宋纯阳带回宿舍，用两个字简单总结了宋纯阳刚才的一番哭诉："别闹。"

宋纯阳正着急着，突然想起了什么，手忙脚乱地把自己的上衣给脱了。他说："老袁，帮我看看我的后背上是不是有东西？"

袁本善目光一滞，看向宋纯阳纤瘦的后背。

宋纯阳的脊椎附近的皮肤上，自上而下分布着十个小小的深黑色的圆形刻印，像是拔火罐留下的痕迹，下面的九个圆形都是黑色的圆，没有图案，而最上面的一处刻印显示出了清晰的图案，看形状像是一幅小号的八卦图。

袁本善动手摸摸那个八卦图，却发现刚一碰触到，就有一股黑色的雾气纠缠着、攀附上了他的指尖。袁本善脸色一变，飞快地缩回手来："这是什么东西？"

宋纯阳哭丧着脸："我都跟你说过了……"

袁本善的表情转为凝重，安抚着吓得不轻的宋纯阳，说："别怕。"

随即，袁本善打算起身离开，宋纯阳抽泣着扯住他，软声哀求："老袁，你别走，我害怕。"

袁本善拍拍他的头："现在让你一个人去封闭空间里洗澡，你应该会更害怕吧？我去给你拧把毛巾，你自己擦擦。你一身都是奶茶味儿。"

宋纯阳把脸埋在被子里，只露出一双宝石似的眼睛，像极了家养的小奶猫："那你快去快回。"

袁本善笑笑，转身离开，走入了洗手间，同时也无声无息地带走了自己的手机。

袁本善一走，宋纯阳裹紧了小被子，想把关姑娘告知他的信息再分析一下。突然，他脑海里传来了一个微冷的男人的声音："嗯哼。"

宋纯阳立刻翻身坐起来，脑袋撞上了床板，疼得龇牙咧嘴。他带着哭腔小声问道："你是谁？"

男声答道："我是你的系统。"

宋纯阳一拍脑门："天哪！忘了还有这件事。"

宋纯阳问："你什么时候来的？"

系统："你哭得像狗一样的时候。"

宋纯阳心想：你们系统都这么不友好的吗？嘤嘤嘤。

系统："我又不是你朋友，别对我嘤嘤。"

宋纯阳在心里问："你能知道我心里想什么？"

系统："呵呵。你说呢？"

只要是特意对系统说的话以及与任务和系统有关的内容，不必开口，只要在心里想上一想，系统都能在第一时间识别和接收到。

宋纯阳被迫接受了这一现实，盘着腿好奇地问道："那……小统子，你能帮我什么呢？"

系统恍惚间觉得自己是个宦官。

虽然已经预感到自己被分配给了一名不大靠谱的参与者，系统还是耐心地解释了自己的职能，并介绍了主系统的运行机制。

他说的内容和关姑娘说的差不多，证明关姑娘并没有说谎。

主系统会在某个特定时间和地点开启异世界，就像在今夜七点半的奶茶店发生的事情一样。

被发派了此次任务的参与者必须在七点半前抵达规定的奶茶店，等待任务开始。

不赴约的话，消失。

迟到的话，消失。

无法在异世界里活过规定时间的，消失。

每个参与者一旦开启任务，后背都会被自动烙上如宋纯阳背上的刻印一样的标志，彰示着参与者的身份。

一共十个任务，每完成一个，那些缭绕的黑雾就会按照自上而下的顺序，凝固成一个清晰的图纹印章，表示该次任务已完成。而在完成第十次任务后，所有的刻印都会烟消云散，宣布契约解除。

宋纯阳举手提问：“我有问题。”

系统：“问。”

宋纯阳：“任务的时间、地点和内容一般什么时候发布啊？”

系统：“距离下次任务还有一个月的时候。”

宋纯阳：“这不就是不定期等死吗？”

系统想了想，冷酷无情地答道：“是的。”

宋纯阳吓得又一次裹紧了小被子。

他发现，自己现在已经不大记得那个在任务中死去的人的面容了。按理说，自己不该遗忘得这么快，尤其是那个凶过自己的男人，他还特意看过他一眼。事实证明，在异世界里死去，的确也会在现实中遭遇“抹杀”。

他瑟瑟发抖着说：“那‘关键提示’又是什么……”

这位系统的业务水平显然已经非常高了：“在你进入异世界之后，随着时间的推移，生存难度会增加，我会适时接收主系统给出的提示信息，给你一些相应的提示。”

宋纯阳充满希望地问：“除了这个，你还会什么？”

系统又思考了一会儿：“需要我给你放挽歌吗？”

宋纯阳想：也就是说，除了发布任务的内容、给出关键词并提醒参与者还有多久结束任务外，这个系统没什么大用。

系统：“嗯，我没什么用。”

宋纯阳一秒变成小狗腿：“小统子，我不是那个意思，您大人有大量，么么哒。”

系统：“我叫奚楼，编号 3397。”

宋纯阳惊讶地问道：“你是人？”

奚楼想：我要真是 AI，我现在就不用这么闹心了。

宋纯阳摸摸自己的脑袋，对于有个人藏在系统里面这件事颇感神奇：“你也是给主系统打工的吗？”

“我死了之后，灵魂被主系统捕捉收留。”奚楼说，“我和主系统签了约，如果我跟随的某个宿主能够活着完成十个任务，主系统就会用能量为我重塑原来的身体和身份。”

宋纯阳：“那你带的时间最长的一任宿主……”

奚楼：“七个世界。”

宋纯阳顿时油然而生一股责任感，拍拍胸脯：“统统，我保证，一定给你弄个身体回来！”

奚楼觉得不置可否，他觉得宋纯阳是个傻子，明明自顾不暇，还有心思保证些有的没的。

宋纯阳的确是个傻子，他是真心实意地保证，因为他心里已经有了一个念头，不介意再顺手拉奚楼一把。

袁本善就是他的奔头，他一定要活下去，他也有这个信心活下去。

谁承想，几天过后，什么都变了。

宋纯阳这几天向学校请了病假，因为害怕，就赖在袁本善的宿舍里，袁本善却整日泡在外面，也不知道在忙些什么。

直到三天后，他赶回宿舍来，脸上竟带着些叫宋纯阳看不懂的喜色："纯阳，我找到了！我终于找到了！"

这时候，宋纯阳正在跟奚楼聊天，想要了解更多关于系统的规则，闻言不觉愕然。

不等宋纯阳说话，袁本善便三下五除二地把自己的上衣脱了下来，背朝向了宋纯阳。宋纯阳骇然发现，袁本善后背上有了十个和自己一模一样的黑色刻印！

最上头的刻印，是一本书的形状。

袁本善激动地拉着呆住的宋纯阳："纯阳，我上网、找朋友，四处打听，总算从一个论坛上找到了和你的情况类似的信息。我私聊了好几个号称参与过任务的人，有的是来凑热闹的，但有的是真的。我花大价钱弄来了一个任务信息，按照上面显示的时间、地点去看了看，果然，你没有撒谎，我身上也有这个了。我问过我的系统，他说，任务中相熟的两人可按照规定，签下同盟协议，共享同一个任务，这样以后我就可以陪你了。纯阳，你不用害怕了……"

宋纯阳这才如梦方醒。他差点儿急疯了，挥拳打向袁本善的肩膀："谁让你去的？谁要你来陪我……你知不知道有多危险？"

他红着眼睛扑上袁本善的后背，用袖子拼命擦着那余下的九个刻印，眼泪"噼里啪啦"地直往下掉："擦不掉……为什么擦不掉？"

袁本善轻轻拍着宋纯阳的背，安抚道："别生气，我会保护好我自己，也会保护好你。"

宋纯阳带着哭腔，倔强地道："我不。"

"别闹。"袁本善笑了笑，"相信我。"

渐渐的，宋纯阳激动的情绪平息了下来。

他抬手摸了摸自己的眼睛，心想，是我要保护你才对。

4

自此后，宋纯阳和袁本善就上了同一条贼船。

在情绪稳定下来后，宋纯阳去到了现实中的正新街，给瓶女她们上了香，烧了纸钱。

陪同宋纯阳前往的袁本善不大理解他的行为，说："她们可是瓶女。"

宋纯阳认真地在正新街的一处十字路口上画粉笔圈："她们曾经是人。"

袁本善慨叹道："一面害人，一面又曾是人，这就是人性啊。"

宋纯阳没有说话。他在画好的粉笔圈内点燃纸钱，看着纸钱燃烧的灰烬打着旋升上天空，虔诚许愿，希望那些小瓶女能买些合适的、自己又喜欢的漂亮衣服。

女孩子只要买了漂亮衣服，怨气应该会少一点儿，也不会想吃人了吧。

后来，袁本善考上了研究生。

他家境不赖，索性搬出了宿舍，在学校附近租了一套房，跟实习护士宋纯阳一起合租。

某天，宋纯阳下班买菜回到家，竟然在家门口发现了拎着水果的关姑娘。

对这个热心的姑娘，宋纯阳是很有好感的，他一边热情地请她进去，一边好奇地问道："你怎么知道我住在这里的呀？"

关姑娘笑吟吟地道："你跟我做任务时留的可是本名。"

宋纯阳摸摸脑袋，笑得没心没肺的。

关姑娘坐上沙发，说："其实我没有刻意找你。我也是本市人，最近租的房子到期了，正在找房子住，搜房源信息时，正好搜到你发的广告。我看到广告发布人的名字，还想着不会这么巧吧，没想到还真是你。"

袁本善租的房子面积不小，三室两厅，两人住着实有点儿浪费，将一个房间转租出去，也是袁本善的主意。在征得房东的许可后，这事儿就被袁本善全权交给了宋纯阳。

来租房子的正好是关姑娘，这无异于打瞌睡送来了个枕头。

宋纯阳特别开心，但也没忘了袁本善，说要跟管事儿的商量商量，不过房子十拿九稳会租给她，叫她做好搬家准备就是。

在交谈中，关姑娘告知了宋纯阳她的真名。

她叫关巧巧，二十四岁，一个学设计的自由职业者。

送走了关巧巧，宋纯阳开心得直蹦跶，找了张纸，趴在床沿边，开始给关巧巧写入住事项，从 WiFi 密码写到备用钥匙的放置地点，从自己和袁本善的手机号写到水电费分摊规则，条分缕析，事无巨细。

等到他开始在纸的最下面画卡通狮子猫时，奚楼有点儿忍不住了："你是小学生吗？"

宋纯阳一脸认真地勾勒着狮子猫的圆眼睛："不是。巧巧她在我的第一个任务里帮了我很多。再说，她算起来也是我和老袁的前辈了。我多讨好讨好她，她说不定能多给我和老袁一点儿指导呢。"说罢，他继续认真地画狮子猫。

那只狮子猫眼睛圆圆的，爪子毛茸茸的，倒让奚楼从中看出了点宋纯阳的影子。

在关巧巧搬进来后，宋纯阳和袁本善结伴做了一次任务，并在关巧巧的指导下了解了更多关于任务的事情。

前四次任务的难度相差不大，因此系统会抽取前四次任务的参与者们进行随机匹配，完成任务。所以第一次做任务的宋纯阳碰上第三次做任务的关巧巧，是主系统的常规操作。

与此同时，主系统相当鼓励参与者们结盟，毕竟他要吸取的是恐惧能量，不是死亡能量，结盟会有效地减少伤亡，保证有生力量存续。

所以宋纯阳他们又和关巧巧结了盟。

关巧巧比宋纯阳他们多执行了两次任务，第四次任务，她跟宋纯阳、袁本善一起去做了之后，她的系统就在很长一段时间内不再向她发布任务，直到宋纯阳他们也从第四次任务里成功脱身，她才和宋纯阳他们一起领了接下来的任务。

从第五次开始，任务难度便有了质的飞跃。

具体表现是，从第五次任务后，队伍里不再加入新人，参与者们只能与执行任务次数相同的参与者们共同执行任务，任务的难度和死亡率也直线飞升。

宋纯阳绝不算什么胆大的人，每次出来做任务都要崩溃一次，尿得趴在袁本善身边号啕大哭。

袁本善被他哭得又好气又好笑："都活下来了，哭什么呀。"

宋纯阳嘤嘤嘤："我怕死，也怕你死。"

袁本善安慰他："我们都好好的，谁也不会死。"

私底下，宋纯阳也问过奚楼："统统，我如果死了，老袁会忘记我吗？"

奚楼毫不留情地答道："会。"

宋纯阳抱着自己的膝盖："我不想被忘记。"

奚楼沉默了一会儿："我会记得你。"

历任宿主，他都会记得。

刚开始做任务时，奚楼并不是这样的性格。他愿意和人多说说话，多鼓励参与者们活下去，然而，他看多了参与者们精神崩溃，甚至对自己进行无底线的咒骂，只因为自己不能为他们提供更多更有效的帮助。

渐渐的，奚楼就不爱说话了，自己只是个普通的系统而已，救不了他们的命。

按理说，被一个已死之人记住不算什么值得高兴的事，宋纯阳却是一副深受感动的表情，认真地道："统统，你真好，谢谢你陪我。"

莫名被发好人卡的奚楼觉得非常无奈。

随着时间的推移，奚楼发现，宋纯阳的确和自己带过的前几位都不一样。他会害怕，但绝不消沉，整个人都积极向上得很。

宋纯阳用笔记本记录下了他和袁本善日常生活中的点滴，放在房间里醒目的地方，生怕自己或袁本善一旦出事，他们二人之间的回忆就会被尽数抹去。他做了手工挂历，每度过安然无恙的一天，就会在上面画一个大大的圈，写明这一天他们做了什么，或是吃了牛排大餐，或是又喂了流浪猫，总之都是一些激动人心的好事情。

宋纯阳的生活渐渐充实起来。

他在一家三甲医院做了护士，每天要应付许多因为病痛而脾气恶劣的病人，经常被患者骂。但他一天到晚都是乐呵呵的，从不因为自己随时可能会死亡而迁怒别人，反倒认为既然活着的每一天都是幸运，不如每一天都过得快乐些。

宋纯阳买了烤箱，每天只要有空就会烤小点心，分给袁本善和关巧巧吃，甚至还不忘留一块给奚楼。

他写下奚楼的出生年月日，把蛋糕烧给他。他托着下巴，眼巴巴地问："奚楼，我烤得好不好吃啊？"

宋纯阳很懂得怎么将东西烧化给已故之人，蛋糕全须全尾地来到了奚楼的手上，他咬了一口，说："太甜了。"

这样说着，他却把蛋糕全部吃了，一点儿不剩。

对此一无所知的宋纯阳笑道："好，下次给你烤无糖的。"

第五次进入任务世界时，宋纯阳来到了一个以影子为灵物的世界，为了给袁本善他们殿后，宋纯阳被一个影子怪抓住了脚踝，险些被拖入墙壁中，要不是时间到了，他恐怕已经变成照片挂在墙上了。

为此，一向稳重、冷静的奚楼发了大火，在他们从任务地点坐车返回市区时骂了宋纯阳一路。

宋纯阳被骂得眼泪汪汪的，还不忘低头认错："对不起呀。"

奚楼怒道："你有什么对不起我的？"

话一出口，奚楼自己都觉得自己不对劲儿了。是啊，就算宋纯阳死了，丢的也是他自己的小命，关他奚楼什么事儿？

"你是我的朋友呀。"宋纯阳却认真回答说，"我保证过要让你有身体的。以后除非是为了老袁，否则我绝不会再冒险了。等你有了身体，到时候你来找我，我烤很多很多蛋糕给你吃。"

奚楼一时不知道说什么："你……不怕死？不怕被忘记？"

宋纯阳小声说道："我宁肯自己被忘记，也不愿意忘记朋友。"

奚楼心头一动，心间涌上一股说不清的感觉。

但下一个瞬间他就觉得自己疯了，大概是 CPU 运转过度，脑子都烧坏了，索性不再开口。

在充满灵物的任务世界里拥有一个异瞳队友意味着什么，大家都心知肚明。

有宋纯阳在的任务，几个人都通过得极其顺利。

他也学乖了，为了不惹麻烦上身，不仅在任务中用了假名，而且鲜少暴露自己有异瞳的事实。

某日，他们坐在完成任务归来后的夜班公交车上。

宋纯阳抱着暖手宝，狮子猫似的蜷着。刚才，他的一双眼睛又立了大功。

袁本善夸他道："你真是个宝藏男孩。"

宋纯阳喜滋滋地道："我觉得也是。"

说完，宋纯阳像猫一样揣着手："你们可要珍惜我呀！"

袁本善笑道："如果不呢？"

宋纯阳把眼睛捂住："那我就不给你们用眼睛了，我找别人组队去。"说着，他把捂住眼睛的指缝打开，却在袁本善脸上捕捉到了一闪而逝的僵硬。

宋纯阳赶紧道："怎么啦？我开玩笑的，你别生气。"

袁本善很快笑了起来："我知道，我当然知道你是开玩笑的。"但他很快又说，"我们最后总是要分开的……我看到有帖子说，第十次任务时，所有人都是分开做的。"

被选中的任务执行者们数量着实不少，他们多集中在一个外网的论坛上活动，交流各种信息和心得。

宋纯阳眨巴眨巴眼睛："骗人的吧？我听说能通过第十次任务的人少之又少，哪里能得出'所有人都分开做任务'这样的结论啊。说不定只有发帖子的人经历的第十个任务是这样的呢？"

说完，他怕袁本善担心，再次保证道："我不会离开你的。你放心。"

袁本善没再接话。

这件事只是生活中的小插曲，很快，他们的第七个任务来了。

他们进入了一个邪典遍布的图书馆，被要求帮助身为NPC的图书馆管理员整理一批书籍，在七天内做好图书登记、分类和内容整理，但是他们登记的一批书里藏着一只可以自由在书中活动的灵物，参与者一不小心就被会书页吞进去，嚼成碎片。

按常理，他们要进行调查，根据伤亡情况，总结出这些有灵物的书的规律，从而尽量规避伤害。

然而，这种情况下，宋纯阳的异瞳简直有"金手指"一样的功效。因为他能轻松地辨认出哪本书里有灵物，所以他甚至有闲心像当初和祖母出去给人看房相时一样，装扮成盲人，柔柔弱弱地让袁本善给他挑书、翻书。

除了对这一情况心知肚明的关巧巧，很多参与者都对袁本善投去了同情的目光。

在任务世界里带着一个盲人，也是够惨的。

袁本善无视了旁人的眼光，把那些无害的书挑给他，陪着他在异世界里玩闹。

不过，宋纯阳的戏还是不到位。

在一个参与者拿起一本有灵物的书时，他不顾袁本善对他的劝告，走上去告诉他，这本书里有灵物。

那个人一开始并不相信，直到宋纯阳摘下眼镜，露出一双琥珀色与湛蓝色的异色双瞳。

因为宋纯阳，这次的任务完成得异常轻松。大家嗑着瓜子看着书，不知不觉中就把这一大批书整理完毕了。

最后，宋纯阳总结了灵物的出现规律，去翻了借阅资料，得知这灵物曾是一名在图书馆被图书馆管理员杀害的少女，还被挖去了双眼。她满怀怨恨，在她生前借阅过的书籍中游走穿行，渴望自己能找到那个图书馆管理员。在离开的那天，宋纯阳悄悄把她藏身的那本书放到了那名图书馆管理员的工作台上。

尽管他知道 NPC 只是系统的投影，但他还是希望能让她感受到哪怕一点点来自人的善意。

在死亡率本该极高的第七次任务中，与宋纯阳一道执行任务的人，全部生还。

在参与者们回到现实世界、各自分开时，宋纯阳表达了自己不愿被打扰的愿望，而能活到第七个世界的人也都清楚，宋纯阳这回救了他们的命，于他们有大恩，更何况眼睛长在人家身上，他们也无法强迫宋纯阳一直帮助他们。

因为任务很容易完成，宋纯阳也并不像完成前几次任务那样恐惧，在回去的车上对奚楼开心地说道:“我破纪录啦！破纪录啦！”

奚楼:“你破什么纪录了？”

“第七个呀。”宋纯阳笑，“你不是说你带过的宿主最多完成了七个任务吗？我完成了七个了！马上就是第八个！你很快就要有身体啦！”

不得不说宋纯阳的笑实在很有感染力，奚楼的唇角也跟着他高高翘起。

但袁本善却并没有被宋纯阳的情绪感染，他目视前方，冷静地开着车，右裤袋微微隆起，揣着一张从图书馆里的某本书上撕下的书页。

彼时，谁也不会想到在第八个任务世界里会发生什么事。

回去之后，有很长一段时间没有发布任务，宋纯阳也乐得清闲，每天上班，下班，洗衣做饭，哼着小曲，和奚楼聊天。

他多希望日子就这么过下去，但是当他又撕下一张象征“平安无事”的日历时，奚楼开口道:“第八个任务来了。”

此次提示的地点信息，是在隔壁镇外的一处废弃的古堡，任务是“角色扮演”。

在这座古堡之中，有一个正在拍摄恐怖片的剧组。在进入任务世界后，参与者们会各自扮演一个在剧组中的角色。

他们的任务要求非常奇怪：不管发生了什么事情，都不能出戏。

至于“出戏”的后果，任务没有点儿明，但那一定不是什么叫人愉快的事情。

任务时间则是半个月，是历次任务中最长的一次。不过，按照他们以往的经验，不管在任务世界里度过了多久，在现实世界里都只是一瞬间而已。

听到任务内容，宋纯阳的第一反应是：“隔壁镇外？又要我们自己掏路费了？”

奚楼无奈地想：守财奴。

宋纯阳嘴上关心钱，实际上却去做了许多准备，搜集相关的资料，并成天捧着一本《演员的自我修养》啃读。

袁本善正在读研，又刚开始实习，工作繁忙，宋纯阳便理所当然地把他的那份功课也做了。

为了避免意外迟到，他们准备提前一天动身前往隔壁镇子。

就在即将出发的那天晚上，宋纯阳早早请好了两天假，跟同事安排调班，又买好了回来的三张车票。

他有信心把袁本善和关巧巧都带回来。

他打算在临行前给袁本善和关巧巧做一顿大餐，可回家后他觉得肚子不大舒服，见卫生间的门虚掩着，就打算先去上个厕所。不承想他一推门，就见到关巧巧正背对着门换裙子，只差后背的拉链没有拉上去，露出大片雪白的肌肤。

宋纯阳惊呼一声，马上掩上门：“对不起！对不起！”

关巧巧倒是大方，在里面笑得不行：“小宋，没事，咱们是过命的交情，别往心里去。”

宋纯阳靠着门板没出声，脸色不大好。

他的视力从小就很好，一双眼睛怎么糟践也不近视，哪怕在半夜窝在被子里偷偷看小说看到两点钟，也依旧是一流的视力，每次体检查视力的时候都会被体检老师夸的那种。

问题是，他的视力实在是太好了。

刚才进去时，他清楚地看到了关巧巧的后背。

每完成一个任务，他们后背上原本模糊的刻印就会形成一个清晰且特殊的形状。

关巧巧后背上的正数第二个刻印和袁本善的第一枚刻印都是一本书，形状、轮廓，一模一样。

宋纯阳知道，每个任务的刻印都是独一无二的。比如说，他们完成的第七个任务也和书有关，但是刻印就不是一本书，而是一张图书借阅卡。

宋纯阳突然就觉得不对。

在他的记忆里，关巧巧和袁本善第一次见面时，两个人明明表现得互不相识，还需要宋纯阳分别介绍。但是……为什么他们会拥有同一枚刻印？

在前往隔壁镇子废弃古堡的火车上，宋纯阳一直觉得恍恍惚惚的。

他在想自己在进入第一个任务世界前，袁本善对自己的异瞳突如其来的关心以及自己与关巧巧在奶茶店的初遇。

她如果是真的有心赶自己出去、让自己躲开这场灾难，为什么会在距离任务时间开始只剩几十秒时，才把奶茶泼到自己身上去？她是要借此拉近自己与她的距离吗？她后来来自己家里合租，与他们结盟，真的是巧合吗？

奚楼能读到他所有的想法，心中不由得紧张起来，连名带姓地叫他："宋纯阳，别想得太多了。专心。"

宋纯阳却无法控制自己不去胡思乱想。

坐立不安许久，他实在再无法忍受下去，确认坐在自己身侧打瞌睡的袁本善没有觉察后，悄悄伸手拿走了他的手机，想要查查袁关二人的通讯记录。但在注意到与他们同排而坐的关巧巧后，他临时改变了主意，转将手机揣入自己的口袋，并不急于查看。

进入废旧的古堡后，宋纯阳先与其他参与者进行了简单的会面。在任务时间开始的瞬间，本已朽烂的古堡瞬间焕发出异样的生机。宋纯阳被从客厅里瞬移到了一间化妆间里，孤身一人，脸上还带着尚未完成的妆容。

手机在异世界是没有信号的，但却不会影响单机使用功能。

宋纯阳趁着这段独处的时间，把袁本善的手机记录翻开，找到了他和关巧巧的短信记录。

袁本善没有删除手机记录的习惯，而宋纯阳也从来没有偷看过袁本善的手机，因为太过信任。

因此，在看到袁本善与关巧巧最早的短信记录时，宋纯阳觉得自己仿佛从来没有认识过袁本善。

在自己误闯奶茶店、进入任务世界的前一个小时，袁本善给关巧巧发了第一条短信。

他说："他去了。你做好准备。"

而在自己侥幸逃生、回到宿舍的那个时间段，袁本善带走手机躲进卫生间里，为避免自己听到，便用短信和关巧巧进行了一段谈话。

袁本善："怎么样？"

关巧巧："太棒了！他的异瞳是真的管用！"

袁本善："讲讲你们的任务执行过程。"

关巧巧迫不及待地进行了一番描述，像是个对服务员的服务水平极尽满意的客人。

她说："上次听你提起你有一个有异瞳的朋友，我还以为是假的呢。"

袁本善："我原来也以为是假的。可是在图书馆里见过那些东西，我就不敢不相信了。"

关巧巧："接下来你打算怎么办？"

袁本善："能怎么办？他当然是要陪着我的了。"

关巧巧："袁本善，别忘了我啊。我和小宋可是合作出经验了。[微笑][龇牙]"

袁本善："我会找个合适的机会，让你加入我们的。"

袁本善："合作愉快。"

关巧巧："合作愉快。"

宋纯阳看完短信记录后手直发抖，他手忙脚乱地把手机揣起来，摘下了美瞳，对着镜子汹涌且无声地流起了泪。

他们早就认识了，袁本善甚至要比他早进入这个充斥着灵物的任务世界。那场电影，那次跟关巧巧的初见，难道会是骗他进入这个世界的饵吗？

奚楼有些不忍："宋纯阳，你正在做第八次任务。"

宋纯阳不吭声。

此时有个剧组女场务来催促宋纯阳快些做好准备，可宋纯阳置若罔闻，连看都没看她一眼，只呆呆地坐着不说话。

奚楼的声音彻底冷了下来，尽量不掺加任何感情地提醒他道："宋纯阳，第八次任务已经开始。请及时抵达片场，开始你的任务。"

宋纯阳对着镜子，表情茫然，像个手足无措的孩子："统统，我做错什么了吗？是我做错什么了吗？"

奚楼心疼得直发颤，声音也不由得软了："不，不是你的错。"

宋纯阳小声问："那他们为什么要这么对我？"

是啊，为什么呢？奚楼也不知道，他头一次痛恨起语言的无力来。

宋纯阳浑浑噩噩地站起身来，向外走去。

大概是因为"主要演员"之一宋纯阳的迟到，导演发了大火，拂袖而去。

场务正在收拾东西。

见状，宋纯阳转身离开。他不知道自己是不是触发了什么死亡条件，他只想找袁本善把事情问清楚。他在挂满照片的古堡别墅中寻找了许久，直到袁本善在走廊上叫住了他："你刚才去哪里了，快到房间里来，巧巧发现了一个很有趣的东西。"

宋纯阳想了想，决定不要打草惊蛇，便跟了上去。

不承想刚一进入房间，他便被人用手绢捂住了嘴，鼻腔内涌入了某种刺鼻的气体。宋纯阳睁大了眼睛，身体却慢慢无力地向下软倒。

半晕眩间，他听到了一个熟悉的女声，是关巧巧的声音。

她有点儿犹豫，蹲在瘫软无力的宋纯阳的身边："你确定要这么做？"

袁本善窸窸窣窣地从兜里掏了张纸出来："做都做了，再问这个问题还有什么意义？"

宋纯阳费力地睁大眼睛。

他们……要做什么？

他看到关巧巧凑到了袁本善的身边，探头望向他手中的纸张："这个靠谱吗？"

袁本善："从上个任务世界的一本书里找到的，虽然不能尽信，但是至少比网上那些交换异瞳的指导教程更有操作性。"

关巧巧笑话他："你这话说得好现实啊！"

袁本善面无表情地说："嘲笑我之前，不如想想，如果最后一个世界我们三个被分开，你我有多少存活下来的希望。我是我们家唯一的孩子，我拿了五年奖学金，我不想死，也不能死。再说，死一个人，总比死两个人好。"

关巧巧不说话了，看了宋纯阳一会儿，发现他的眼睛已经闭上了。她说："他有两只眼睛。"

袁本善说："一人一只。"

他们又一次达成了堪称完美的合作。

宋纯阳没有完全晕过去，他还能听到袁本善走近的脚步声。他在自己身边蹲下，摇头慨叹道："你不能怪我，我想活下去。"说罢，宋纯阳感到有一种黏稠的液体渗入了他的眼睛。一股火烧似的疼痛从他的眼部蔓延开来，宋纯阳疼得喊不出声来了。他只有力气反复在心里喊："统统，奚楼，救我，救救我……"

他反复呼喊着，直到疼得昏厥过去。

等宋纯阳醒来时，他发现自己什么都看不见了。

袁本善没有再做什么。

因为他只要不参与任务，早晚会被灵物找到，而现实里的宋纯阳就会像被橡皮擦擦过一样，彻底从世间消失，袁本善与关巧巧也会渐渐遗忘宋纯阳的存在，干干净净，再无牵挂。

古堡外传来了虫鸣，空气中尽是夜露滋润泥土的冷腥气，宋纯阳判断，现在应该是晚上了。

他怕黑，怕灵物，袁本善却把他抛弃在了一片有灵物横行的漆黑之中。

他找了一个角落蜷缩进去，捂住嘴，不敢出声，不敢动作，他怕极了。

最可怕的不是死亡，是等待死亡的降临。

他想痛哭，却怕将古堡内那不知名的灵物招来，只得拉起灰土味严重的窗帘堵住自己的嘴。即使如此，他仍然感觉有无数道目光在暗处窥伺着他，逼得他几近窒息。

奚楼叫他的名字："纯阳，宋纯阳？别怕，我还在呢。"

宋纯阳已经崩溃了，他在心里哭着说："奚楼，你别走，陪我。我害怕。你陪我说话，求求你……”

一向寡言的奚楼陪他说了许多许多话，陪他度过了一个黑夜，又一个黑夜。直到第三夜，饥寒交加、神志恍惚的宋纯阳才被一双冷白的手抓住脚腕，从藏身处拖了出来。

变成了真正的盲人，宋纯阳不知道自己身上发生了什么。

他对奚楼说的最后一句话是：“统统，对不起。还差三次……对不起。”

还差三次，奚楼就可以有一个完整的身体了。

然而，奚楼并没有脱离宋纯阳。

连宋纯阳自己都不知道，在死后，他曾经如同游魂一般始终在那间他藏身的房间内徘徊。由于失去了眼睛，他走路总是撞墙。

奚楼出声提醒他，让他小心。

意识丧失前的宋纯阳每天的记忆都会淡薄一点儿，他已经记不得奚楼是谁了，每天听到他说话，就会好奇地问他：“你是谁呀？”

奚楼说：“我是奚楼，编号 3397。我是你的系统。”

每天，他们都会重新认识一遍。

奚楼一直留在那里，未曾离开。

主神发过来两次警告，让奚楼脱离宋纯阳。

如果宋纯阳的意识彻底消散，那么奚楼将无所归依，只能永远陪着宋纯阳的尸身过上一辈子。第一次警告发来时，奚楼保持了沉默，第二次警告发来时，奚楼给出了回复。

“他很怕黑，他需要人陪。”

既然奚楼拒绝前往下一个参与者身上，主神便没有再管奚楼。尽管如此，奚楼仍只能眼睁睁地看着宋纯阳残存的意识一点点溃散，无能为力。

直到某一天，一股奇异的力量侵入了这个世界。

那是一道来源不明的白光。

白光的主人询问宋纯阳，要不要与他签订契约，了却生前未能了却的心愿，他会派来一个人，替他完成心愿。

不知道宋纯阳说了些什么，奚楼眼睁睁地看着那道白光把宋纯阳最后的意识吸纳了去。

奚楼着急了，正要呼喊，就感觉自己也被卷入了一道奇异的时光涡流之中。

看完所有的世界线，池小池陷入了沉思。

简而言之，自己进入了一个恐怖的世界。这具身体里的系统奚楼的权限不像 061 那么大，至少无法为宿主提供信息支援之外的帮助。

整个主系统的运行机制是靠吞噬参与者的恐惧能量维持。

但身为本土系统，奚楼在运行方面具有优先权，因此 061 受了限制，无法跟自己说话。

池小池呼出一口气，并没有对袁本善与关巧巧的行为做出评价。他只是明确了，这次的任务对象起码有两个。

奚楼见他一直坐在原地喝酒，忍不住放软了声音催促他："宋纯阳，注意时间。"

池小池说："注意什么时间？"

奚楼："戏开拍的时间。"

池小池把最后一口啤酒咽下去，平静地道："不用注意。"

自从池小池进入这个世界，他满打满算只说了四句话。

但奚楼注意到他说"不用注意"的慵懒神态时，语气便彻底变了："你不是宋纯阳……你是谁？"

5

面对奚楼的质问，气氛一时凝滞起来。但很快，池小池便自我介绍道："池小池，来自另一个和你运转体系相似的主神系统'渣男回收系统'。在第八次任务世界里的宋纯阳和我的顶头上司签订了契约，委托我帮他度过十次任务。任务完成后我会离开，把身体还给宋纯阳……还有什么问题吗？"

奚楼沉默了。

池小池的确够坦诚，但是这一瞬间涌入的庞大信息量让奚楼险些死机。这个人能够无声无息地潜入宋纯阳的身体，说明宋纯阳的精神权限极有可能向他主动开放了。

当然，也不能排除池小池是灵物的可能性。

但想要在奚楼毫无觉察的情况下侵入宋纯阳的身体，这个灵物的力量一定异常强大。在进入异世界后，一般不会有这样占据压倒性优势的灵物出现。

结合各种迹象判断，奚楼身为一个见识过各种光怪陆离恐怖事件的系统，觉得池小池的说辞有一定可信性。但奚楼仍不放心，问了许多只有宋纯阳与他才知道的事情，池小池根据宋纯阳的记忆一一作答，丝毫无错。

反复确认后，奚楼才有五分信了池小池。

他从池小池刚才的话语中迅速提炼出重点来："纯阳……死了？"

池小池把空易拉罐随手一丢："某种意义上来说，只是暂时'死'了。"

"袁本善和关巧巧干的？"

"是。"池小池伸手去翻看桌上的化妆箱，"他们合伙换了宋纯阳的眼睛。不然按照他的性格，他不会这么恨。"

奚楼又问："为什么你刚才说，不用注意开拍的时间？"

池小池反问："你拍过戏吗？"

还真的没有。

池小池对镜自照，检视着明显只化了一半的妆，又将墙上粘贴着的拍摄日程表一把扯下来，拿在手里审视。

据池小池丰富的演艺经验，一眼就能断定这是个三流剧组，由《古堡惊魂》这个恶俗的电影名便可窥见一斑。市场卖点基本为零，恐怖氛围基本靠吼，偏偏导演自己觉得和市场上那些为了赚钱的烂片不一样，不肯使用搭棚布景，非要到这座外形为古堡的别墅里来拍摄，美其名曰追求艺术。

然而，使用这座古堡拍摄要支付高昂的租赁费，为了省钱，他们只有半个月的拍摄时间。

今天是演员及摄制组抵达片场的第一天，导演便忙不迭地宣布开机，结果大家忙乱成一团，灯光架不起来，摄像反复调试机器，演员也磨磨蹭蹭地到不了位，乱作了一锅粥。

池小池道："现在导演已经在片场发火了。我不管是现在顶着一脸残妆赶去，还是迟迟不去，到了那里，导演都会大发雷霆。总之，今天的戏一定是拍不成了。我早点儿去晚点儿去，都没区别。"

宋纯阳也曾打起精神赶去片场，但等他到达片场时，人家早已散了场。

综合各种情况判断，第一天不参加片场拍摄，并不会触发死亡条件，宋纯阳也是在第三天才在灵物手下出事的。

所以，他不如在这儿把剧本看一遍。

但奚楼观察了他一会儿，一针见血地问道："你不是怕了吧？"

池小池冷静地道："谁怕了，我不怕。"

奚楼沉默片刻："那你倒是出去啊。"

池小池："我不急，等我再喝点儿。"

奚楼看池小池屁股死死黏在座椅上的劲儿，觉得头疼："你们那个主神怎么派了你来？"

要做任务，至少也得派个不怕灵物的吧。

池小池开了一罐啤酒，抿去罐口喷溅出来的泡沫，意味深长地道："好问题，我也想知道答案。"

奚楼对池小池的初期表现着实不满意，暗自念叨："还不如纯阳呢。"

宋纯阳哪怕再傻再㞞，好歹有股一往无前的冲劲儿，哪里像这个人，懒洋洋地往那儿一趴，一点儿干劲儿都没有。但话一出口，奚楼便觉出了些不对劲儿来，追问道："宋纯阳他现在还在这个身体里吗？"

"在啊。"池小池又拿过放在手边的剧本翻阅，一本正经地说道，"不过你放心，他的感官都被封闭了，我们说的话他一个字都听不见。"

奚楼松了一口气，开始和池小池打听关于宋纯阳的事情："他和你们签订契约，需要付出什么？”

池小池低头看着剧本，道：“我也是个打工的，我不知道。”

奚楼小声道：“这个傻子。”

倘若是换取重来一次的机会的话，那代价必然高昂无比。支撑着他回来的动力到底是什么？是复仇吗？

池小池却像是猜中了他心中所想，接道：“我猜，他答应签约的原因，三分之一是想要活下去，三分之一是为了恨，剩下三分之一是为了你。”

奚楼：“我？”

池小池：“我读过他的记忆，他答应过要给你一个身体的。没兑现承诺就死去了，他大概也觉得很遗憾吧。”

奚楼心中微暖，却忍不住心疼：“我不应该是他的负担。”

池小池把剧本草草翻过一遍，重又合上：“你不是他的负担，你是他很关心的朋友。”

奚楼笑了一声：“朋友而已。”

池小池好像从奚楼的话里听出了些端倪来，一脸惊讶地道：“咦，你……”

奚楼想想，说：“仅仅为了朋友，值得吗？”

池小池单手掩嘴，掩去了唇角的一丝笑意，在心里说：那要看是什么样的朋友。

此时此刻，“须臾之间”中。

主神注视着屏幕上同步传回的影像，冷笑连连：“他还有心思去管别人？”

从池小池进入这个世界，到目前为止，一切发展都合乎了主神的想象。按照木马对 089 随机系统的影响，池小池被投入了一个恐怖系统之中。

各个系统有各个系统的规矩。

显然，根据这个恐怖系统的规矩，奚楼的优先权远高于 061。因此，061 在这个世界里是不能开口跟池小池交流的，各项能力也会受到异世界的规则限制。

如果061变成灵物，就很容易被系统内的浊气侵染，渐渐变成丧失神智的灵物。

如果 061 变成人，也只是个比普通人身体素质强些的人。一个人只长了一双眼睛，不可能时时刻刻盯在池小池身边。

更何况，按照保密规则，他不能向池小池透露他的真实身份。在一步行差踏错就会坠入深渊的异世界里，池小池怎么可能马上全盘信任一个陌生人？

综上所述，根据主神判断，在那个世界里，怕灵物的池小池不可能不死上一回。只要死亡，他就会被强制脱离世界，精神体必然受创。精神体的损伤是不可逆的，倘若池小池能在接下来的世界中再死一回，那么他绝对会陷入痴傻甚至疯癫的状态，主神就不必担心他会窥破自己的秘密了。

正当主神满心欣喜地盘算着计划时，他的专属 AI 道：“您好，061 已经有了生命体征。”

主神问：“他选择了什么身份？”

AI答：“人。”

主神略带遗憾地摇了摇头，想，如果是灵物那就有意思了。

在主神感慨间，大屏幕上，一个颀长的身影在池小池所在的化妆间门口站定，礼貌地抬手敲了敲门。

池小池正踌躇着要不要去片场看一看，便被乍然响起的敲门声吓得头顶“噌噌”往上冒凉气。但扭头一望，入眼的人却叫他微微一怔。

一个戴着金丝眼镜的青年看了看挂在门口的姓名牌，确认无误后方自外走入。他长腿宽肩，气质儒雅，那副眼镜落在他悬胆似的鼻子上，衬得一双偏狭的桃花眼愈加矜贵。他斜背着一个巨大的化妆箱，对池小池温和地说：“你好，宋纯阳。我叫甘彧，是你的专用化妆师。”

以前执行任务时，宋纯阳都会用化名，然而这个任务里显然是不能使用化名的，因为剧本里他们的角色就是真名，大概是为了方便代入。

池小池用宋纯阳的眼睛看去，确认眼前站着的是人，紧绷的精神方才稍稍放松下来。

但他在宋纯阳的记忆里搜寻一番，可以确认在古堡大厅中集合时，加上宋纯阳、袁本善和关巧巧，一共有七个人参与此次任务，而这七个人里并没有这样一个叫“甘彧”的人存在。

池小池的大脑飞速运转时，甘彧已经来到了他面前，将原本放在化妆镜前的化妆箱搬开，打开自己随身的化妆箱。

相比于那些破瓶烂罐，甘彧身上携带的化妆品，算是一线影星的顶级配置了。

甘彧单膝跪下，轻抬起池小池的下巴，审视了一遍他面上的妆容，便取出粉饼来，一边为他补妆一边说道：“导演如果问起，就说是我来晚了，是我的错。记住了？”

这个人的气质与说话的语气都叫池小池想起一个人来。

“六老师？”池小池微微挑眉，抓住他的胳膊，“你不是说过，在任务世界里变出身体是违规的……”

“我不是。”甘彧微微凝眉，“‘六老师’？你说的是你们心内科的陆主任？”

宋纯阳的确在心内科上班，主任也确实姓陆没错，但他怎么会知道？

发现眼前人似乎是真的不记得他了，甘彧温和地说道：“你忘记了？我也在市第三人民医院工作，是神经外科的。”

身在“须臾之间”里的主神把二人的对话尽数听入耳中，不觉冷笑。装熟人，想要拉近关系？倒也不失为一个好办法。

不过说到底也只是一个普通人而已，能抵什么用？

在大屏幕上，池小池也如主神所想，向甘彧提出了质疑：“那刚才在大厅集合的时候，为什么没有看见你？”

主神颇为得意地“哼”了一声。

一旦甘彧存在的合理性受到质疑，池小池自然会疏远他，到时候就等于自断臂膀……

然而，不等他继续想下去，他就听到061化身的甘彧平静地道：“集合地点只说在古堡，是不是？”

池小池点头。

甘彧说：“我和我妹妹来得最早，所以上古堡的二楼和三楼看了看，没有到大厅集合。”

看到这一切的主神蒙了：妹妹？什么妹妹？

等他意识到AI异乎寻常的沉默时，化妆间门口出现了一个袅袅婷婷的女孩。那是个颇有江南感的烟雨美人儿，论姿容却是和甘彧如出一辙的优雅温润，美得极有内涵。

更重要的是，她的五官几乎是甘彧的柔和版本，左眼下有一颗泪痣，与甘彧右眼下的一颗泪痣遥相呼应，与甘彧是什么关系，几乎一眼就能判断出来。

女孩同样确认了一下门口临时贴出的姓名牌，才温柔地一笑，道：“你好，宋纯阳，我叫甘棠，是你的服装师。”

◇ 离间，骚乱，阴魂不散

1

和哥哥不同，甘棠讲话有一点点苏白口音，除了身材有点儿过分挺拔高挑外，她的气质温婉，毫无攻击性，简单的白衬衫配黑西裤，简直像美人鱼刚刚得了一双腿。

但能在没有异瞳的前提下活到第八次任务，傻子才会认为这对兄妹像外表一样温和无害。

“你的眼睛……”等甘棠走近，看清他未戴美瞳的双眼，轻吸一口冷气，对自家哥哥道：“他是不是论坛上提过的那个……”

完成第七次任务后，同样参与了图书馆任务的人在论坛上感谢了宋纯阳这个帮助过他们的同伴。那段时间，宋纯阳简直成了抢手的香饽饽，还特意有人为他开了分析帖，分析异瞳在执行任务中的好处。

有人并不相信，对此嗤之以鼻，但也有人出高价悬赏，想与宋纯阳结盟，价格甚至开到了六位数以上，一度让小财迷宋纯阳心动不已，但想想和袁本善的盟约，他还是强忍心痛放弃了。

现在，这个价值六位数的人就坐在他们的面前。

甘彧没看自己的妹妹，单膝跪地，抬头问池小池：“你是吗？”

池小池不答，单指把他的金丝眼镜从鼻梁上挑下来。

池小池举着眼镜仔细打量：“果然是平光的。”

说完，他把眼镜戴在自己脸上，凑近甘彧那张标准的温文尔雅的贵公子脸，眨了眨泛着宝石光泽的异色双瞳：“自己看啊，是不是货真价实的眼睛？”

披着甘彧马甲的061早就给自己做了滤镜，不管池小池化身成谁，在他眼中的池小池永远是他本来的模样，这个本来很做作的动作由池小池做出来，效果惊人，活脱脱像一个妖精。

池小池注意观察着甘彧。

这人的气质着实太像061了，稍微一试探应该就能得出结论，按照061的性格……

可下一秒，池小池的下巴再次被捏住了。

甘彧似笑非笑地审视着戴着自己的眼镜的池小池，声音依旧温和，但眼神已经起了微妙的变化："嗯，宋护士平时应该是戴了美瞳的，现在看起来，好像的确远超网上给你开出的价格。"

甘彧说："五十万，跟我们结盟，怎么样？"

一发现这个人不大可能是061，池小池的玩闹之心就收了个七七八八，挡开了他的手，想了想道："我有盟友了。"

甘彧单膝跪在他面前："七十万。"

池小池笑："甘医生能活过七个世界，还需要我的帮助吗？"

"不用照顾我。"甘彧指着身后的甘棠，客气地说道，"我想请你保护我妹妹。"

甘棠对哥哥的举动似乎也没有异议，微微向池小池点头示意。

池小池单手撑住脸："我再考虑考虑。"

甘彧眼睛也不眨一下："一百万。"

池小池："成交。"

奚楼：你考虑了有一秒钟没有？

其实奚楼不大赞成池小池跟这么一组突然冒出来的兄妹组队，但相比较之下，这个大大方方提出金钱交易的陌生人，好像比宋纯阳的室友还要可靠很多。

见池小池允诺了下来，甘彧淡淡一笑："对了，我还有一个附加条件。"

池小池挑眉，并不急着答应。

甘彧说："请宋护士帮我把眼镜戴上。"

甘彧当真动也不动，只蹲在池小池面前，气质依旧温和，看似没什么压迫感，姿态却是明明白白地不容拒绝。

池小池倒也不介意，愣了一下就主动把眼镜交还，还替他理了理左侧的眼镜链。

甘彧起身，温和地说："我们去片场吧。"

池小池知道自己已经在这里耽误了太多时间，是时候出去看看情况了。

如今他身边有了人，自然就有了出去的胆量。但叫他有些在意的是，刚进入世界线的那个人头气球究竟是怎么回事？

他还没有抵达片场，灵物就出现了？他刚才有触发什么死亡条件吗？或者说，在整个剧组里，凡是非参与者的工作人员都是灵物？

显然，事实并非如此。

抵达片场时，现场果然因为导演的愤然离去而一片混乱。池小池将目光在人群中逡巡一圈，发现这里活动着的都是人。准确地说，是一种特殊的"人"。

据奚楼所说，他们是这个任务世界里的NPC，和第七个任务里的"图书管理员"一样，只是帮助和推动他们完成任务的投影。

他们有形，有体，但也只是NPC而已。

池小池在工作人员中寻找，并没找到刚才那个美艳的人头气球。但在混乱之中，有四个人显然是游离于外的。他们看着忙碌的现场，交头接耳，似乎正在商量下一步的行动计划。

站在楼梯上的池小池主动把手往甘彧手里一送。

甘彧下意识地一接。

池小池说：“扶我一下。”

甘彧：“嗯？”

池小池：“我的视力不大好。”

甘彧像是不疑有他的样子，抓住他的上臂，扶着他往前走，还不忘出声提醒他：“小心脚下。”

注意到他的动作，池小池微微挑眉。

趁着二人身体距离的拉近，他在甘彧耳边小声问：“甘医生，你怎么不拉我的手啊？”

甘彧一怔。

池小池用更小的声音道：“甘医生，要扶人，托住人的小臂不是更好？”

池小池穿着一件中袖衬衫，纤细的小臂露在外面，而甘彧却巧妙地避开了好搀扶的、裸露在外的小臂，握住他的上臂，着实奇怪。

见甘彧不说话，池小池贴他贴得更近了点儿，第三次叫他的名字：“甘医生，你是不是知道我有肢体接触障碍啊？”

061 无奈地抬手，揉了揉耳朵。

池小池笑嘻嘻地等待着他的反应，谁想到甘彧伸臂一把揽住了他的肩膀。

甘彧学着池小池的样子，文质彬彬地道：“抱歉，我很少扶人，经验不足。从现在起，我会好好开始学习。”

他对奚楼说：“死流氓。”

奚楼：你有什么资格说别人。

池小池：“他弄得人家好怕怕，阿统。”

奚楼：阿你个头，去死。

没有人接他的戏，池小池只觉人生寂寞如雪。

他身后的甘棠似乎是察觉到哥哥动作的不自然，主动走上来，温温柔柔地说道：“我哥哥不大会照顾人，我来吧。”

池小池被交接到了甘棠手里。

看到这眉眼如画的姑娘，饶是一直感觉甘彧是 061 的池小池也不免犯嘀咕。就算六老师要现身帮助自己，这个姑娘又是怎么来的？买一送一？难道甘彧真的不是六老师？

一想到自己会有很长时间不能和 061 说话，池小池就感到非常难过。

这姗姗来迟的三个人目标不小，那些参与者也都发现了他们。

一个扎小辫的男人看了一眼宋纯阳。他在集合时见过宋纯阳，但他身边的一男一女却是陌生的。他皱眉问道："你们也是参与者？"

甘彧点头："嗯。"

"刚才为什么没有看见你们？"

甘彧把刚才同池小池说过的理由又解释了一遍。

池小池则负责在后面装小哑巴，同时继续四处寻找那个美艳的人头气球的踪影。

甘棠柔声细语地跟他说话："我哥性格不大好，你不要和他一般计较。"

池小池说："还行。"

但话音刚落，那边就已经起了争执，正是那个梳小辫的男人。他指着甘彧的脸，质疑道："怎么可能？系统怎么可能给你这样的身份？"

甘彧耸肩，礼貌得有点儿无情："然而事实就是这样。如果有什么问题，为什么不去问你的系统呢？"

甘棠与池小池飞快地对视一眼。

池小池一秒入戏，做出害怕的模样，紧张地问："怎么了怎么了？"

甘彧柔声道："没事。"

扎小辫的男人表情很生气，周围几人也是吃惊、艳羡、忌妒并存的表情："凭什么这两个人不是演员？怎么会是工作人员？"

池小池迅速吸纳着信息，面上仍是单纯的惊愕："你们都是演员吗？"说着，像是为了证明自己的身份，他拍了拍自己的胸口，"我叫宋纯阳，演的是男二号，是男主的小跟班。"

小辫男一脸不忿的表情："除了他们两个，我们全部都是剧中的演员。等我们接到通知赶来时，这里已经散了场，现在已经有人去调查古堡内的情况了……"他又指向了甘棠，"可他们不是演员，又谈何'出戏'？这不公平！"

"为什么不公平？"甘彧道，"我们直接对宋纯阳这个演员负责，他的妆容、服装一旦出问题，我和我妹妹也要负直接责任，我认为这样的安排是合理的。"说罢，他抬眼环视一圈，口气冷静至极，"不然，你们谁来跟我们换一换？"

当然无人应声。他们谁都不是专业的，谁敢保证自己不会在这方面出错？

大致问清了他们各自饰演的角色，池小池一行人便打算在正式开拍前探索一下城堡环境。

维护这么大一座城堡需要一笔不小的费用。显然，这里的主人是个细心的有钱人，四下里整洁干净，灯火通明，木地板上打着红木地板的专用蜡，淡淡的木香气恰到好处，足见古堡主人的品味不差。

甘彧看样子的确已经走过一遍城堡了，介绍道："我和棠棠看过，古堡是哥特式风格，占地面积加上后面的树林，约有万余平方米，所有工作人员及演职人员的房间集中在三楼，道具间、摄影器材间、化妆间集中在二楼西侧，主要拍摄取景的地方是整个一楼、二楼东侧的走廊和房间以及古堡后的树林。剧组加上演员有七十人左右，主创人员都住在古堡里……”

池小池在吸纳信息的同时，视线始终停留在两侧的墙壁上，根本无法挪开。

甘棠注意到池小池注视的方向，颇为无奈地道：“我刚看到的时候也吓了一跳。”

走廊两侧的墙上挂满了大小不一的金属装饰的边框，里面有一些看上去便价格不菲的古画，但更多的是各色主题不同的摄影作品。

池小池动手摸了摸其中一张照片的边框，发现是铁制的。铁框受潮严重，泛着不规则的锈迹，但内里有双层玻璃保护。

镶嵌其中的照片，诡异得叫人心惊。

那是一个躺在摇篮里的婴儿，手脚蜷曲，双目紧闭，正在酣睡之中。下面挂了张小纸条，算是这张照片的名字。

《安迪还是珍妮?》

甘彧问他：“能看出什么来吗？”

池小池摇了摇头。在他的视角来看，照片没有任何异常，只是一张普通的照片。但为了保险起见，他问了身边的甘棠：“这张照片上的婴儿是睁着眼还是闭着眼？”

甘棠答道：“闭着的。”

池小池表情略有放松，这证明自己眼中的照片和正常人眼中的照片是相同的。

甘彧察觉出池小池表情有异：“怎么？”

池小池退后两步，端详着照片：“有点儿奇怪……但说不上来。”

他觉得这面墙上所有的照片都透着点阴森森的味道，但单看一幅画的时候却看不出什么异常。

搜索了一楼，发现多是一些空房间，他们便上了楼。

池小池特意去化妆间拿了剧本，抱在怀里，打算晚上回去再细细研读。

这个世界里他们的名字就是本名，池小池很快在三楼找到了挂着宋纯阳铭牌的房间。

推开门后，池小池盯着自己的房间看了三秒，倒退一步出门，“哐当”一声把门甩上了。

甘彧：“怎么了？”

池小池牙关打战：“没，没，没什么。”

甘彧警惕地问：“有灵物？”

池小池深吸一口气，转过身来，用后背贴着门板，手紧握住门把：“现在应该没有了。”

甘彧一头雾水。

池小池刚才看得清清楚楚。他的房门正对面。挂着一张色彩极其艳丽、丰富的照片，照片里满是放飞的气球，五彩缤纷，近景也出现了放气球的人，但那个女人的身体被气球挡住了，只剩下一颗美丽的头颅。

这张女人的脸，和刚才出现在化妆间门口的脸一模一样。

装裱着照片的画框玻璃碎了一地，像是有什么东西从里面跟气球似的飘了出来，又飘了回去。

一眼看过去，池小池已经发现那张照片是正常的，只是散发着和走廊上的画作一样不祥的阴冷气息。

即便如此他还是缓了好一会儿，直到冷酷无情的奚楼凉凉地说道："一动不动的是王八。"他才怀着一颗想念 061 的心，重新推开了房间门。

池小池鼓足勇气走上前去，重新确认了照片的安全性。照片的名字，叫《气球牵住了她》。

安全是安全了，然而那张照片正对着他在古堡房间里的床，池小池实在没有勇气在这颗脑袋的注视下入睡。他说："我得换一个房间睡。"

甘彧说："不急，先挨个房间看一看吧。"

现在工作人员都还没有来到三楼休息，所有的卧室都没有上锁，池小池一间一间看了过去，发现每一间房内都挂有一张照片，每一张照片都给人一股淡淡的不安的感觉。

但是，在进入某间卧室的瞬间，池小池整个人悚然一惊。他的目光锁定在了墙上的一幅照片上，再也无法挪开。那是一种强于普通照片无数倍的恐怖感，凑近轻嗅，照片还散发着一股淡雅的女人香。照片名叫《风雪夜归人》，照片上便是一片茫茫的雪原。

雪景很美，却不见夜归之人。

他不禁出声询问："这是谁的房间？"

甘棠出去确认了一下，答："是一个叫……关巧巧的人的。"

池小池："哦，那没事儿了。"

他走出房间，正准备和甘家兄妹继续探查，便见袁本善从三楼尽头的一个房间走出来。只见袁本善刚抬起手要打招呼，或许是看到了宋纯阳身边的两个人，错愕了一下，下巴也紧紧地收了起来，看不出是不满还是紧张。

但池小池却已经迅速进入了宋纯阳的角色，欢蹦乱跳地跑过去："老袁！"

袁本善低声问："他们是谁？"

池小池答道："他是我们医院的甘医生，前途无量的，不知道怎么也进来了。"口吻惋惜又亲切，仿佛他与这个甘医生认识了八辈子。

不等袁本善发表意见，他就环顾四周，露出了些紧张的表情："老袁，巧巧在哪儿，你知道吗？"

袁本善当然知道。

关巧巧就在他身后的房间里，等着索要宋纯阳的眼睛。

但他看出宋纯阳的神情不对，便矢口否认道："我们两个分头调查了，怎么了？”

“她不在就好……”池小池小声地嘟囔了一句，又露出了些为难的表情，像是下定了极大的决心，才又压低了点儿声音，确保只有自己与袁本善能听到，“老袁，我跟你说个事儿。”

袁本善的掌心紧张得出了汗，强作镇定：“你说。”

池小池故作神秘地问道：“你知道怎么交换异瞳吗？”

2

池小池装作对袁本善的不自然熟视无睹，抿一抿嘴唇，似是犹疑。

袁本善将他的表情尽收眼底，嘴角一挑，强行扭了个笑模样出来：“怎么突然想起来问这个？”

“不是问……”池小池将手背在身后，一副经过深思熟虑后的表情，“我，知道了一个办法，可以交换眼睛的办法。”

说到此处，他的睫毛适时地颤抖两下，却又露出明朗至极的微笑：“你不是一直在担心，第十次任务我们会被分开吗？如果你实在担心，我的眼睛，分给你一只就好。”

奚楼听得一惊。

“怎么突然有这么荒唐的想法？”袁本善伸手按住他的肩膀，目光里不是感动，反倒有点儿欲盖弥彰的惊慌。

池小池轻轻眨了两下眼睛，眼中便恰到好处地覆上了一层水润的光泽：“我这么想，很……很荒唐吗？”

袁本善手上发力：“告诉我，纯阳，为什么要这么想？”

池小池略带惊慌地向后看了一眼，像是怕被甘彧听到。

接收到池小池递来的目光，甘彧也配合地给出了一个疑惑的眼神，往前走了一步，像是怀疑他们在争执。

池小池推着袁本善的肩膀往前走了两步，有点儿谨慎地说：“咱们小点儿声。”

袁本善虽然压低了声音，反应却难得地激烈：“我为什么要你的眼睛？在你眼里我难道是这样的人吗？”

池小池想，嗨，咱们这么熟了还跟我在这儿客气什么，你太是了。

但他面上却装出不安的表情，语无伦次地道：“不是，我只是觉得，就……就我和你，就很好。别人……”

这话说得就很古怪了。

袁本善似有所悟，定下神来，声音放低，反应也不再那么激烈：“纯阳，别瞎想，别瞎搞。网上应该有不少所谓的方法，但不一定管用。”

池小池小声嘀咕道：“应该是管用的，是一种药水……”

袁本善的脸色更难看了，他略略提高声音：“不行，万一伤着眼睛了怎么办？”

池小池立刻仰着脑袋说：“等我们回去……可以试一试的。”

袁本善敷衍道：“再说吧。”

似乎是袁本善这种态度让他觉得高兴了，池小池笑起来，露出了一排干净的小白牙：“嗯，听你的。对了，还有一件事……”

袁本善早已是心不在焉：“嗯？”

池小池又看了看甘彧，再次压低声音，道：“巧巧房间里挂了一幅照片，叫《风雪夜归人》。那张照片，好像有点儿问题。”

提到性命攸关的事情，袁本善总算回过神来：“怎么了？”

“我说不好。”池小池说，“我每个房间都进去看过一眼，唯独那张照片给我的感觉特别糟糕……老袁，等你见到巧巧，就跟她提一下吧。”

袁本善看着他的眼睛：“你怎么不去找她？”

“我？”池小池如他所料地紧张起来，后背的肌肉都绷了起来，脑袋愈发低垂，是再明显不过的心虚：“巧巧她……我一直没见到。总之你见到她，一定要跟她说一声，叫她从那个房间里搬出来。”

袁本善没再多问，摸了摸他的头：“行，我去找她。你跟同事一起再调查一下，发现什么，晚上跟我说。”

池小池乖巧地说道：“好。”说罢，他转过身去，朝甘家兄妹走去。

走到一半，他回过头去，冲袁本善俏皮地眨了眨眼睛。

袁本善已经打开了那扇他刚刚从里面走出来的门，单手扶着门框，冲他扬了扬眉，示意他可以放心。

然而，越过他的肩膀，袁本善看到了甘彧。

那是个俊美得有点儿不像医生的青年，穿着寻常的衣服就已经足够迷人。他端正地站在那里，目光却始终看着刚刚从他身边走开的宋纯阳。

袁本善不知道为什么，有些不喜欢甘彧。

等到三人消失在楼梯转角，他才又进了房间。

躲在门后的关巧巧微微挑眉：“怎么了？”

这里的隔音效果意外地好，因此她只晓得袁本善和宋纯阳在外面聊了很久，但对聊天的内容一无所知。

袁本善简单地概括道：“他和熟人一起来的。”

关巧巧舒了一口气：“那就等一等。除了这次任务，距离第十次任务还有一次任务，我们有的是机会。”

袁本善反问：“你不着急？”

关巧巧觉得这个问题奇怪得很，摊手道：“有什么好着急的？”

她神态淡然，但只有袁本善知道这张看似温驯的脸后藏了一颗怎样的心。

袁本善想起宋纯阳对关巧巧那躲闪的态度，心中起疑：那交换异瞳的办法，除了他和关巧巧，不会有第三个人知道，或许是关巧巧说了什么。

关巧巧是什么时候出卖了他？

大概就是昨天吧？

袁本善能感觉到，从昨天坐上高铁时，纯阳就一直像是有心事似的，在他们之间看来看去，欲言又止。难道她是所谓的“善良之心”发作了？舍不得她的“好朋友”受害，所以把他们的谋划告知了纯阳？

不，关巧巧不可能主动坦白，跳出来去做这个挑拨离间的坏人。

她一定还有别的目的，或许是不信任他这个盟友吧？

毕竟他们只是合作关系，哪怕拿到了眼睛，淡忘了杀掉宋纯阳这件事，但是换了的眼睛骗不了人。

每人一只的眼睛见证了彼此最不堪的模样。

一旦他们成功完成任务，回到正常的世界，拥有异瞳的他们或许反而会成为彼此的威胁。

到那时，身为女性的关巧巧，不管心思多么深沉，面对袁本善，总是弱势的一方。正因如此，如果她拿着从自己那里得到的药水配方，单独和宋纯阳做交易，或许更容易。

况且，从他们结识以后，关巧巧就和宋纯阳更加要好。

她甚至不用直说自己想要纯阳的眼睛，只需要把这张交换异瞳的秘方交出来，哭哭啼啼地说她不想死在第十次任务里，纯阳那人心软得跟豆腐似的，为了叫她安心，说不准还真能牺牲自己的一只眼睛。

这样一来，她既不必背负人命，又能不费吹灰之力地得到一只眼睛，而宋纯阳也会好好活下来，继续跟在袁本善身边。

袁本善毕竟和她一起谋划过暗害宋纯阳的事，哪怕再不甘愿，也只能吃下这个哑巴亏。

袁本善想，她唯独漏算了一点儿：纯阳太看重他了。在得到这个秘方后，纯阳竟然打算出卖关巧巧，想要用那个秘方来和他交换眼睛。

大概也是因为这样，宋纯阳才会对关巧巧退避三舍、不肯再见面吧？

想到这里，自觉推导出了事情真相的袁本善微妙地产生了些骄傲和得意之情。

关巧巧注意到他的表情，眉头微蹙：“想什么呢？”

袁本善说：“没什么。”

关巧巧倒也感觉敏锐：“是不是纯阳对你说什么了？”

怀疑的种子一旦种下，关巧巧说的任何一句话就都变得值得玩味了。袁本善对她说：“纯阳说，这里每一扇房门上都挂了姓名牌，应该不能随便换房间，也不能合住。他说有些害怕，我在安抚他。”

关巧巧笑：“他明明有那么大的本事，怎么还是这么胆小？”

袁本善回给她一个笑容："我现在也要去调查了，你等一会儿再从这个房间里出来。"

从头至尾，他都没提过《风雪夜归人》有问题的那件事。之前，他不敢向宋纯阳提交换眼睛的事情，是因为袁本善不能完全信赖宋纯阳对他的友情。

万一他激烈反对呢？万一他认定自己心思卑劣，不肯再与自己合作，坚决要离开自己呢？

但现在不同了，宋纯阳用实际行动印证了，他答应给他一只眼睛。

现在想来，宋纯阳着实不错，人也机灵。如果错过了他，袁本善想再找一个能像宋纯阳一样诚心诚意对他的人，着实困难。

对比之下，知道他所有秘密并且出卖过他的关巧巧，就显得格外多余了。

正在楼梯上观察另一张照片的池小池收到了好感值上升的提示。原本为 35 的数字，一路跳到了 50 以上。

池小池的嘴角微微上翘了一点点，恰似只狡猾的小狐狸的模样，哪里还有方才的半分乖巧的样子？

甘彧与他并肩而立："这张照片很好笑？"

池小池："没有。"

甘彧："跟好朋友见面那么高兴吗？"

"你说谁？哦，刚才那个？"池小池一副嫌弃的口吻，"马上就不是了。"

甘彧又不动声色地摸了摸左侧的眼镜链："看刚才你和他在聊天，并不像你说的这样啊。"

池小池不回答他这个问题，转过身去，用尾指勾住他右侧的眼镜链，慢慢顺势往下捋去，即将捋到链子尽头时，缩回手来："别光逮着一边的链子摸，小心摸褪色了。"

甘彧说："说得对，是我太不懂打理了。"说罢，他取下眼镜，动作优雅地将眼镜插入了池小池胸前的口袋。

甘彧说："请宋护士帮我保管。今天晚上再还给我，怎么样？"

池小池指着自己的鼻子："价值一百万的眼镜盒？"

甘彧："我认为你值得这个价格。"

池小池再问："'今天晚上'又是什么意思？"

甘彧："准确来说，是我们三个今天晚上睡在一起的时候。我雇你来，你当然要跟我们住一起。我还是比较习惯把贵重物品放在身边的。"

池小池总觉得这人蔫坏蔫坏的，说话明明斯斯文文的，但回味一下，总有种不正经的感觉。

不过，偏偏是这种人最能引起池小池跟他较劲的兴趣。

甘棠在此时打了个圆场："哥，你别说了。"然后她又转向池小池，"我哥就是嘴贫。纯阳，你别跟他一般计较。今天晚上就麻烦你了。”

池小池觉得这兄妹俩有点儿古怪。

明明是尚待商榷的事情，但他们轻描淡写，一人一句，就决定三人睡到一间房里了？

把自己的顾虑跟奚楼提过后，奚楼道：“那就不跟他们一起睡了？”

池小池马上说：“那哪儿行啊。”

奚楼：那你还跟我说什么。

之后池小池无论再怎么召唤奚楼，奚楼都装作掉线，一言不发。

池小池失望地道：“阿统，你变了，你以前对纯阳不是这样的。”

奚楼又开口说了一句话：“纯阳比你不知道好多少倍。”

然后他又开始“装死”。

池小池也不介意，继续和甘家兄妹一起探索房间。

甘棠提出想再看看那个气球女，池小池便又带着他们回了自己的房间。

经过第二次核对后，甘棠问甘彧：“哥，是她，对吧？”

甘彧微微点头。

池小池有些意外：“你们也见过她？”

甘彧简单地讲述了他们遇见气球女的过程。

之所以没有在看到气球女的第一眼认出她，是因为在他们眼里，那个女人是个身材挺窈窕的漂亮姑娘，穿着一身蛮精干的黑白工作装。

甘棠说：“从三楼下来的时候，她站在楼梯上，叫了我们俩的名字，让我们赶紧就位。”

池小池似有所悟，对甘家兄妹说了几句话，希望他们可以拿他说的话去问问那些参与者。

甘棠主动接受了这个任务。她照池小池所说，跟那些人搭讪，问他们有没有在剧组见过一个长得很漂亮的女人。

不出意外，他们都说见过这个美艳的女人。美艳的女人没对他们说什么，只是叫了他们的名字，让他们赶紧就位。

甘棠再去问剧组的其他人，问了六七个人，才回到池小池身边。

不等甘棠说话，池小池便说道：“剧组里没有这个女人吧？”

甘棠点头。

“摄像机里也没有拍到她？”

甘棠继续点头。

他们刚才碰见的小辫男，从任务一开始就被传送到了片场附近。

不久后，那个气球女来到了他的面前，让他再等等，看能不能把生气的导演劝回来。

那个时候，片场的摄像机一直在运转，但甘棠受池小池之托去看过摄像机拍摄的内容，里面只有小辫男的身影，根本没有气球女的存在。

甘彧有些不解地问："她想要做什么？"

池小池抬手轻揉着自己的太阳穴："如果我没猜错的话，她从我住的房间的照片里爬出来，极有可能是个巧合。"他说，"她把参加任务的所有人都检查了一遍。她在有意挑选些什么。"

池小池想，气球女大概就是他们要面对的灵物。

她并没有一个实实在在的身体，所以在经过一番甄选后，她不知为何选择了关巧巧作为她下手的对象。

所以她现在正寄宿在关巧巧的房间的照片里，伺机而动。

若关巧巧如之前剧情发展的那样，已经抢走了宋纯阳的眼睛，也许会发现照片的异常，有躲避危险的机会。

但这回可就不一定了。

与袁本善一道结束了对古堡的搜寻，关巧巧回到了自己的房间里，在床上坐下，才露出一丝惋惜之意。就差一点点，她就能拿到宋纯阳的眼睛了。

平心而论，宋纯阳确实帮了她很多，但那双宝贝眼睛长在别人身上，她总觉得不踏实。她很爱惜自己的性命，万一最后一次任务，几个人真的不在一起呢？

她活过了九次任务，可不想因为一时的软弱善良而功亏一篑。

不过，如她对袁本善所说的那样，机会是可以慢慢找的，不必着急，来日方长。

关巧巧定下神来，拉紧了窗帘，将灯打开。

在他们进入这座废弃的山间古堡时，这里还是坟茔似的寂静、荒凉，蜘蛛网攀得到处都是，但现在却是修葺一新的模样，水电充足，设施齐备，有股古典与现代交融的美。

等洗完澡出来，她看向自己房间墙上挂着的那幅照片，觉得很满意。

所有的卧室都是同样的格局，正对着床和门的墙上挂着一张大幅照片。照片的内容大多数都是人像。白天看起来不明显，但是一旦到了晚上，有一双眼睛直勾勾地盯着床铺，还是怪瘆人的。但这张《风雪夜归人》不一样，整个画面都是白茫茫的一片，唯有一个类似人影的小黑点出现在画面中的远方，至少不是很吓人。

3

吃过晚饭后，大约晚上七点多，甘家兄妹搬进了池小池的房间，还特地带了一张单人床过来。

对于合住一事，甘棠的态度非常谦恭："麻烦了。"

相比之下，甘彧文质彬彬的，说出的话却是一副真正的宾至如归的口吻：“别客气，你就当我和棠棠不存在好了。”

池小池当然不客气，第一个起身去洗澡。

除了奚楼强制要求他洗澡的时候必须戴墨镜这件事有点儿糟心外，池小池没碰上淋浴头喷血、马桶里冒头之类的恐怖事件。尽管如此，从那个小小的密闭空间出来时，也不免松了口气。

一身轻松地走出浴室，池小池换上浴袍，上了床，将湿漉漉的头发搭在床沿边，任水滴自发缘一滴滴落下，捧着剧本一页页细看。

根据池小池的个人经验来看，这部电影是垃圾中的垃圾。

剧本中，六个曾经的高中同学在毕业十年后，来到富二代男主名下所属的古堡中进行同学聚会，做尽了作死的事情，玩遍了传说中的恐怖游戏。

这群孩子这么作，总算是招来了祸患。

同学里开始有人失踪，失踪前还发生了一些类似于洗澡时女灵物突然出现在背后、镜子浮字、番茄酱涂墙之类的恐怖场景。

然后就是惯有的群体吵架以及各种鬼哭狼嚎的戏份。

当然，国产恐怖片里没有灵物。所有失踪事件背后的操控者，正是宋纯阳将要饰演的角色“盲眼人”。

他视力极差，常年戴着镜片像酒瓶底一样厚的眼镜，失去眼镜连路也看不清，从高中时起便是众人取笑、捉弄的对象。他靠着国产恐怖片中的万能神器——致幻剂以及一头假发，一袭白裙，变装成灵物，为他十年前的女友报仇。

至于那些失踪的人，其实都没有死，只是被绑进了古堡的地下室。

这让池小池深深怀疑，“盲眼人”的主要目的不是报仇，而是想和这些人玩一场紧张又刺激的“游戏”。

翻到剧本的最后一页时，甘彧坐到了床的另一侧，用毛巾擦着湿漉漉的头发。他问道：“读完了？什么感觉？”

池小池将剧本倒扣在自己的脸上：“百感交集。”

以他在演艺界的地位，他已经很久没看过这么伤眼的东西了，得缓缓。

甘彧取了一支笔，将剧本挑盖头似的从池小池的脸上挑起来：“书页有油墨，不干净，小心伤眼。”

池小池睁开眼，斜眼一看，目光恰好落在甘彧身上。他想，这样的身材应该去做模特，裹在白大褂里简直是对造物主的亵渎。

甘彧倒是对自己的身材没什么自觉，等头发不滴水了，也拿过剧本看起来。

他们兄妹两人虽然不是电影里的角色，但为求万无一失，也从工作人员那里要来了一份剧本。

以防万一，他们把剧本的剧情、台词从头至尾核对了一遍，以免剧本与剧本之间有什么不一样的地方。

甘彧一句句念，池小池一句句听。

甘彧一边喝水一边念，被水润过的声音意外地悦耳，和 061 的音质与惯用的念书习惯颇为接近，不紧不慢的，让池小池没法不多想。

但看着同样沐浴完毕、认真听着两人核对剧本的甘棠，池小池又觉得是自己想太多。

他家六老师不会带妹妹一起出现吧……

等到确认剧本的确是同一批次出产的垃圾后，池小池伸头去看甘彧的剧本。

待距离拉近后，他再次低声问了那个问题：“是你吗？”

他总觉得，甘彧就是 061，这种感觉太强烈，让他忍不住想要反复确认。

甘彧将剧本合上，放在膝盖上：“不是。”

池小池挑眉：“你知道我在问什么吗？”

甘彧转头看他，微微笑了。

他略沙哑的声音像是有点儿钝的猫爪，轻而慢：“我不知道你在问什么，但我猜你又要使坏了。”

这明明是避而不答，但池小池却从中读出了一个近乎默认的答案。

他说：“你……”

突然，走廊的另一端传来了一声撕心裂肺的女人的惨叫。

池小池正欲起身，甘彧便一把压住他湿漉漉的头发，把他按回了去，又揉了揉他的头发：“我去看。”

末了，他招呼了一声甘棠：“棠棠，和他留在这里。”

换上了黑背心与短裤的甘棠轻轻点头。

甘彧推开门的瞬间，一个人就直接扑了上来。甘彧双手背在身后，眉头微皱，打量着来人。

蓬头乱发、满脸泪痕的关巧巧这时才抬起头来，愕然片刻，问道：“你是谁？”

甘彧单肘抵住门框：“你来我的房间，问我是谁？”

池小池马上进入状态，披上衣服，下地穿上拖鞋，跑到门口：“甘医生，是谁？”

听到宋纯阳的声音，关巧巧露出了得救似的表情，带着哭腔说：“纯阳！是我！”

池小池走到门边：“巧巧，怎么了？”

关巧巧隔着甘彧就一把抓住了池小池的手腕，小声道：“纯阳，过来。”

见宋纯阳一脸不解，关巧巧又怕又惊，咽喉像是被人扼住了似的，声音干涩，难听得像是坏了嗓子的母鸡：“过来呀，你快过来呀。”

甘彧放开了挡住门的胳膊，却仍然横在池小池与关巧巧之间。他言简意赅地说道：“一起。”

关巧巧此刻已经没办法在意甘彧是否一起，因为她整个人已经被恐慌包裹住了。她焦急地拖着池小池的胳膊，便往她的房间走去。

刚一进房门，池小池便感受到一股强烈的、被注视的感觉。那种感觉，毫无疑问地来自房中那张悬挂着的照片。

与池小池几小时前看到的画面不同，漫漫风雪中，已经有一个清晰的人形轮廓出现在了地平线的那一头。如果说照片中真的有灵物，之前可能还只是模糊的、无害的形影，但现在，它已经长出了眼睛并牢牢地锁定了猎物。

关巧巧浑身直哆嗦，她捉住池小池的胳膊，用力抓紧："比刚才又近了，她过来了！"

关巧巧记得清清楚楚，那张《风雪夜归人》起初只是空白画面上有一个黑点。

但她只是洗了个澡的工夫，那个黑点就像是在纸张上晕开了一般，头、肩、身都勾勒出了一个基本的形状。更可怕的是，在与那张照片对视的瞬间，她也感觉到有一道视线从照片内投出来。

这种注视像是空气一样无处不在，渗透进她的骨缝里，哪怕她逃出房间，她也觉得有目光从四面八方冷睨着她。这是一种让她脊背发凉的感觉，还带着一点儿让人头皮发麻的满意的笑意，仿佛眼前的人是一只再合它心意不过的猎物。

关巧巧受不了这种压迫感，尖叫着逃出了房间，逃命一样去找了宋纯阳。

注意到照片的异变，池小池愣了很久，一转身就扭住关巧巧的手臂出了房间。

已经有不少人听到了关巧巧的尖叫，出门来围观，就连那些身为NPC的工作人员也在交头接耳，议论不止，其表现堪称年度优秀龙套演员。

池小池把衣服给她披好："你别留在这里了，换个房间睡。"

关巧巧神经质地浑身发抖："她在看我。"

池小池说："巧巧，冷静点儿，看着我。"

关巧巧双眼害怕地四处看着，想从墙上的照片中找出那道视线的来源，魇住了似的坚持道："她现在还在看我……"

池小池见劝解没用，果断地一巴掌甩上了她的脸，同时焦急地道："巧巧，你冷静点儿！"

关巧巧被那道视线吓得浑身发抖，就连疼痛都没能将她从恐惧中解救出来。

池小池没再犹豫，抡圆了巴掌，一巴掌把她扇翻在地。

关巧巧被扇得一跤跌倒在地，捂住汩汩冒血的唇角，涣散的眼神总算重新凝聚了起来。

池小池对奚楼解释道："看到没有，这个叫作物理冷静。"

奚楼：好一个物理冷静。

说罢，池小池又甩了甩生疼的手："爽。"

奚楼：别说，好像是挺爽。

池小池把关巧巧从地上拉起来，看起来反倒比她还激动："巧巧，我不是说过，让你早点从那个房间里搬出来吗？"

被那道未知的视线折磨得冷汗滚滚的关巧巧失神地抬头看他："你早知道了？你什么时候告诉过我？你为什么不告诉我？"

"我告诉你了呀。"池小池看起来也和她一样紧张又慌乱，眼中的一层薄薄的水雾几乎要漫出来，"我下午看出你房间里的画有问题，又找不到你，就告诉了老袁，如果老袁碰到你，会通知你马上换房间……"

关巧巧一愣，混沌的头脑总算清晰了一点儿。

袁本善？

宋纯阳下午来找袁本善的时候，曾告诉了他这件事？那他为什么……

她满腔如洪水似的恐惧总算找到了一个泄洪口，她从池小池的怀里挣扎出来，冲向了袁本善一直紧闭着的房间门，疯狂地敲打、踢踹着那扇门。

但等她冲入房间时，却发现袁本善并不在房间内。

那道视线仍如影随形地追随着她，来自每一幅照片，每一条墙缝，每一扇门窗。

她困兽似的在空房间里转了几圈，直到宋纯阳的身影出现在了门口，她才像看见救星似的扑了上去，伏在他的肩上放声大哭。

池小池抚摸着她的头发，眉眼间却都是似笑非笑的冷意。他刚才已经在脑海中梳理了许多线索，并发现了一些值得注意的疑点。

原主宋纯阳还在时，气球女也来找过他。

然而宋纯阳在失去双眼后，他一个人在黑暗里挣扎求生了整整三天。按理说，这段时间剧组都在拍戏，宋纯阳缺席了前三天的拍摄，按照所谓"不出戏"的要求，他早就应该触发了死亡条件，为什么在第三天才出事？

池小池推想，在他们进入剧组的第一天，气球女就通过某种标准，选定了它要下手的对象。

而三天时间，大概是气球女具备活动和恢复能力所需要的时间。

如果池小池没有推测错的话，气球女已经彻底"盯"上了关巧巧，这也就意味着关巧巧最多还有三天时间，可以用来承受恐惧、用来等待结局的到来。

所以，关巧巧现在大可以省着点儿力气哭。

来日方长呢。

4

关巧巧渐渐失了力气，软作一团，张着嘴哭不出声音来。

大约晚上八点多时，袁本善才返回三楼，与他同行的，还有另外一个脸上生满小雀斑的年轻参与者。

池小池等人聚集在了一个空房间中。

此次任务需要所有人通力合作，所以参与者们选择分散调查，并互相约定在晚上九点钟见面碰头，汇报自己调查到的情况，并一起绘制出古堡的地形图。

谁也没想到开会时间会因为这样的意外而提前。

关巧巧左右各坐着一个女孩儿，但她丝毫没有为此感到任何安全感。

她的眼睛通红，手指神经质地蜷缩成鸡爪状，抓挠着膝盖，喉咙里不住地发出动物受惊似的咕噜声。

推开门，看到活着的关巧巧，袁本善微微皱眉。

她居然还活着，失算了。

他本来以为那个灵物能将关巧巧一击毙命的。

但他还是主动走了过去："巧巧，这是怎么了？"

关巧巧迟钝地抬头，花了三秒钟时间才认出他是谁，随即不管不顾地猛扑上去，双手揪住他的衣领，双眼中溢满血丝，嘴唇哆嗦着，满腔悲愤、怀疑、暴怒，多重情绪之下，竟然连一个字也说不出来。

袁本善转眼去看宋纯阳，面露疑惑，主动伸手扶住她，仿佛是真不晓得关巧巧怒从何来："纯阳，出什么事儿了？她怎么了？"

池小池走上去，对他讲了事情的前因后果。

当然，在众人面前，他选择性地略过了自己有异瞳的事实，只说关巧巧是被灵物盯上了，并谎称自己之所以会事先察觉异常，是因为曾看到有一个陌生女人进入了关巧巧的房间，并再也没有出来过。

他责备道："老袁，我让你跟巧巧说的！"

袁本善皱起眉头，语气中有着说不出的懊丧："我今天下午一直没有见过巧巧，吃饭的时候，我又和他……"他指着那个长着小雀斑的参与者，"被导演叫过去说戏了，本来想着晚上开会过后再和她聊一聊的。"

小雀斑点点头，算是默认了袁本善的说法。

关巧巧："你……"

袁本善挑眉，略加重了点语气："巧巧，你说，我们下午见过面吗？"

关巧巧还想说点儿什么，可当她的视线余光落在搀扶着她的宋纯阳身上时，她犹豫了。

她虽然感觉要崩溃了，然而理智尚存。

如果承认他们两人见过面，宋纯阳必然要追根究底，到时候万一抖出了他们的谋划，宋纯阳还会帮她吗？

这根救命稻草一直很管用，不到最后关头，关巧巧是绝不肯轻易放弃的。

于是，关巧巧不再说话，只顾着发抖。

“你仔细回想看看。”小辫男把关巧巧对袁本善歇斯底里的质问当作了濒死前不分对象的抓狂，“你到底做了什么事儿，被灵物盯上了？”

关巧巧尖叫着：“我什么都没有做！”

小辫男不客气地道：“那就是你命不好。”

其他参与者都没有说话，但显然是赞同小辫男的说法的。

倚墙而立的甘彧开了口，冷静地批评道：“全是废话。”

小辫男一怔，刚想发作，便见甘彧摸一摸眼镜链，继续道：“如果在任务世界里全靠‘命’，那我们全部盘腿坐地念佛，等灵物一个个收人头收到烦好了。再说，都被选进这个任务世界里来了，你命好不好，自己心里还没数吗？”

这话倒是合乎池小池此时的想法，只是他还披着宋纯阳的绵羊皮，不好讲出口。

别说，这人怼人的样子还挺帅的。

关巧巧语无伦次地道：“我真的什么都没有做！电影并没有开拍，是不是？我也没有做出违背任务要求的事情来，那凭什么是我？为什么是我？”

一旁的甘棠想了想，轻声说道：“我有一个想法。”

她的声音很软，但却慢条斯理，极为冷静：“如果关巧巧犯了忌讳，这个灵物为什么不直接出现在关巧巧面前呢？我猜想，这个灵物至少目前不具备直接动手的能力，只能通过精神恐吓的方式影响人。我们谁也不知道这种影响会如何持续下去，造成什么样的结果，所以我们需要保护……或者更准确地说，‘观察’关巧巧。”

立即有人尖锐地反驳：“你也说了，这是‘恐吓’，恐惧会传染的。万一这个女人已经变成传染源了，该怎么办？”

他没有提到具体应该怎么办，但谁都能想到他这些话背后代表的意思什么。既然是传染源，那么当然是要消灭了。

甘棠平静地说道：“当然，这也是一种可能性。我仍然倾向于观察和保护关巧巧，毕竟我们目前除了知道关巧巧被灵物盯上了以外，几乎毫无线索。你既然这么快选择放弃，那么我们观察后得到的信息也不会与你共享。”

三言两语，她表明了立场，划定了团体，也隐隐威胁了那人一把。

那人心里一虚，乖乖闭了嘴。

稳定下众人情绪，袁本善热络地拉着关巧巧在桌子边坐下。

既然没能对关巧巧一击毙命，当务之急便是要稳住关巧巧，免得她一时激动，泄露了他们的秘密。

关巧巧现在的精神状态有很大的问题，她被无处不在的视线折磨得坐立不安，焦躁地不住用指甲撕扯着嘴唇上干裂的浮皮。

很快，一旁的池小池便提供了一个思路：“我们先看一看剧本吧。毕竟这次任务的关键点不是照片，而是电影。”

一句话，大家便从“照片杀人”的疑云中醒转了过来。

电影还没开拍就出事了，导致大家的焦点都偏移了，认为照片才是最可怕的，几乎所有人都在暗暗琢磨着，一会儿要把自己房间里的照片用布遮挡起来，或者干脆丢出房间去。

但池小池的话直接点明了关巧巧被盯上的原因。

剧中的主要角色一共有七个，四男、两女、一个灵物。

小辫男饰演男主，一个花天酒地的风流小少爷。

女主由一个挺漂亮的马尾女饰演，之前是不良少女，现在已经改过自新，和男主分分合合，最终走到了一起。然而，她仍然不甘寂寞，在同学聚会上勾搭上了老相好。

袁本善饰演的角色就是那个老相好，他的另一个身份则是男主的对头，按照剧本设定来说，是一个挺热血的年轻人。

但从台词和其实际表现来看，其杠精水平则更为突出——不吵架不会说话。

一个个子高壮、约莫得有一米八的女人负责饰演女主的闺密，她承包了几乎所有青春电影里闺密的反派戏码。

男配一号，男主的小跟班，由一个满脸雀斑的大学生模样的人出演，暗恋女主。

男配二号就是池小池，即宋纯阳，设定是男主管家的儿子，一直讨好男主，是整个恐怖事件的始作俑者。

这样盘点一遍后，有人便猜想，或许这就是关巧巧被女灵物选中的原因。她负责饰演的是男配二号的女朋友，那个因男主而死的女人。

她是在剧本中最早死去的角色，也是唯一死去的角色。

如果她是因为角色的原因而被女灵物选中，那么她的这场灾祸其实是完全可以避免的。

只要她及时发现自己房间中的照片有古怪，便不难联想到或许是自己的角色出了什么问题，到时候，她只要设法同别人交换剧本，便能成功将祸水东引。

毕竟她的戏很简单，满打满算，也只在回忆杀里有三场戏。谁都希望自己的角色轻松些，“出戏”的机会也会相应减少。如果哪个倒霉蛋答应了交换，那她便能轻松地全身而退。

但目前的状况是女灵物已经盯上了关巧巧，而且开始了精神恐吓，而一旦恐吓开始，怕是神仙也难救了。

谁又肯甘心等死呢？

关巧巧再次焦躁起来，她带着央求的表情看着在场的人：“谁，谁都好，跟我去找导演换一下剧本，行吗？”

没人说话。

关巧巧立刻习惯性地向她的救命稻草求助：“纯阳……”

池小池握住了她的手：“巧巧，你别急，我和老袁会帮你想办法的。”

但关巧巧像八爪章鱼似的缠着他，死活不肯松开：“纯阳，跟我换角色，好不好？如果到时候她再找上你，我们再换回来，换来换去，说不定这就是通关的方法呢。”

她的手越抓越紧，池小池被她尖利的指甲掐进了肉里，疼得倒吸了一口气。

但下一秒，关巧巧便哀哀地哭了起来。

甘彧从背后握紧了她的右肩，关节骨头咔咔的响声听得池小池牙直发酸。但甘彧的口气仍然很温和：“小姐，请松手，冷静，不要这样。”

池小池：可以可以，硬核冷静。

那个满脸雀斑的大学生是个心直口快的人，一口东北话，显然对关巧巧的这个提议不满意，转头对身旁的高壮女人道：“这人挺奸呐。要是角色换了，灵物也给引走了，到时候，人家一撂挑子，不肯把角色换回来了，你有招没招？”

关巧巧那点龌龊的小心思被毫不留情地戳破，忍不住掩面大哭：“我不想死，我不想死……”

那个高壮女人有些不忍心，对小雀斑说：“你别说了。”

生死关头，人性的卑劣总是更容易得到宽容。

关巧巧啜泣一会儿，又像是受了惊吓的猫似的，停住了哭泣，警惕地耸起了肩头，却不敢抬头：“她……她又在看我了。”

池小池安慰她：“是不是心理作用？”

关巧巧不敢抬头，浑身僵硬地把脸埋在掌心里，只重复着一句话：“她在看我。”

她不敢把掌心拢得太紧，不想让自己彻底置身于黑暗之中，手指缝微微张开着，放了些光亮进来。

她紧张地喘息着，热气扑到掌心，又扑到她脸上，给了她一种几乎要窒息的错觉。

突然，她仿佛看到一双不含任何感情的眼睛出现在了她的指缝间，隔着她食指与中指的缝隙，冷冷地与她对视。

关巧巧发出了一声撕心裂肺的惨叫，直接从椅子上滚落下来，她腿脚发软，无法动弹，只能哆嗦着向门口爬去。

还没爬出两步，她便被人按住了。

她大声尖叫、挣扎着，直到劈头盖脸地又挨了两记耳光，才被扇晕了，瞪着一双眼睛平视前方。

她在看房间墙壁上悬挂着的一张圣母照片。

这痴痴傻傻的反应着实叫人头皮发麻。

马尾女明白了些什么，禁不住开始全身发抖，后退几步，问道："灵物……现在就在这张照片里面？"

在正常人眼中，照片里的圣母双眼低垂，目光柔和、安静，似乎是带着慈母的温柔，让人观之便觉可亲。

但关巧巧眼里噙了泪，小声说道："你们都没看见吗？"她伸出手，指向了圣母像的脸，"她在盯着我看呢。"

池小池也回头望去，嘴角控制不住地一哆嗦。

别人看不见，但他看得见。

照片中的圣母咧开嘴巴，露出一排漂亮的牙齿，凝视着关巧巧。她的嘴角弧度很大，有些掉色的唇被风蚀掉了一块，露出了粉红色的上牙龈。

池小池倒抽一口冷气："啊啊啊！"

奚楼："吓死我了！你冲我叫什么？"

池小池："阿统，保护我！"

奚楼："滚。"

池小池想：在这个寒冷的恐怖世界里，就连他的新系统都不愿给他一丝丝的温暖。

然而，就在下一瞬，池小池眼前的圣母像又发生了变化。那张微笑圣母像的脸上被贴上了无数狗头表情包，所有辣眼睛的部分都被遮挡得严严实实的。

池小池："这什么东西？"

他转头看了一眼关巧巧，发现她仍在惊恐中，证明这个变化只发生在自己身上，而那个圣母还在冲她龇牙笑着。

不出几秒，池小池便意识到了这个异变究竟是谁造成的。

他在心里问："六老师，是你？"

狗头表情包"刷"地撤了，换上了一张"滑稽"的笑脸。

池小池仿佛瞬间感受到了人性的温暖。他感激道："六老师，赞！"

圣母像上覆盖的表情包换成了一只大金毛和一只小金毛。

池小池费了挺大力气才没笑出声来。

而在池小池身旁的甘彧目光柔和地看着池小池的嘴角，心想：这样的话，他应该就不会很害怕了吧。

关巧巧说什么都不肯在房间里再待下去，但当她出了房门，反倒感觉更加抓狂。在她的眼中，两侧墙壁上悬挂的照片里的每一双眼睛都在凝视着她。到最后，情况愈来愈严重，她的精神已经到达了崩溃的边缘。

实在没办法，袁本善等人把瘫软了的关巧巧半拖半拉地带回了她原本住的房间。

可到了门口，关巧巧死活不肯进去，又叫、又跳、又嚷，甚至试图打破走廊上相框的玻璃。

其他人哪里肯答应，万一打碎玻璃，触犯了某种禁忌，或是让那个灵物爬了出来，大家谁能落得了好？

关巧巧被七手八脚地摁住，动弹不得，只能发出悲愤、恐惧的哀鸣。

原本已经歇下了的工作人员又纷纷探头出来看热闹。

眼见情况越发失控，马尾女又急又恼，索性提议道："实在不行就把她打晕了吧。"

池小池眼珠一转，叫了一声"别"，然后低声对甘棠、甘彧两兄妹说了几句话。

兄妹两人交换了一下视线，泰然自若地走进了那个房间，把墙上挂着的相框用布蒙上，摘下来，抱出了房间，放在了房间外的走廊地面上。

这回，被送入房间里的关巧巧安静了许多。

她说，没有人在看她了。

小辫男有点儿无语："合着作天作地地闹了这一通，摘了照片就没事儿了啊。"

当然不会这么简单了。

这个灵物已经盯上了关巧巧，怎么会轻易改变目标。

这种做法不过是掩耳盗铃而已，但也必须试上一试，看看有没有用。

关巧巧向来依赖的是宋纯阳的异瞳，在之前的几个任务世界里几乎就是躺赢，从来没有自己动过脑子，如今受到惊吓，脑子里已是混沌一片，有了个安心的窝就立刻抱头蜷进去，强逼着让自己不去想明天会如何。

她脱力地躺进被子里，恳求宋纯阳："纯阳，你留下来陪我，好不好？"

不等池小池答应，袁本善便接了话："我来陪她。"

开玩笑，他怎么可能再让关巧巧跟宋纯阳同处一室？她之所以没有告诉宋纯阳两人的计划，是因为她现在尚有所图。但如果她是真的要死了呢？

她会不会拼个鱼死网破，把当初发生的事情告知宋纯阳？

一旁的池小池露出担忧的表情："老袁……"

袁本善放缓了声音："没事儿，你照顾好你自己就好。但你一个人，不会害怕吧？"

不等池小池说话，甘彧便温和地道："不必担心，有我在。"

袁本善觉得这话怎么听着怪怪的。

甘彧说道："宋护士是我的同事，我们兄妹两个照顾同事，是应该做的。"

这口气让袁本善感觉愈加不妙。但事到如今，解决关巧巧才是最要紧的，别的他也管不了那么多了。

见关巧巧不再闹腾，众人便都散去了，只剩下了关巧巧、袁本善与宋纯阳。甘家兄妹则在房间门口等宋纯阳出来。

关巧巧闹了这一通，十分疲惫，已经沉沉睡去。

池小池仍在扮演一个称职的好朋友的角色："老袁，你一个人真的没问题吗？"

袁本善摇摇头，并作关心状，问道："这样巧巧真的就没事儿了吗？"

池小池小声道："饮鸩止渴罢了。老袁，我担心你，我怕你也跟着巧巧受害。"

闻言，袁本善的虚荣心可以说得到了极大的满足。他说："我会小心的。不过，你也要小心……"他看向门口，"我总觉得你的那个同事有点儿图谋不轨的感觉。"

池小池眯起眼睛，露出天真无邪的笑容："他们不知道我有异瞳的事儿，再说，甘医生和甘小姐是好人呢。"

袁本善很想说好个屁，在你眼里谁不是好人，可话到嘴边便咽了下去。

宋纯阳走后，袁本善简单打了个地铺，睡在了关巧巧的床边。

今天晚上，他不打算睡觉了。如果那个女灵物要在今夜动手，他一定会设法及时逃出房门的。

没想到一夜无事，到了四五点钟时，被硬地板硌得腰酸背痛的袁本善忍了又忍，终于坚持不住，睡了过去。

才睡了不到一个小时，他便被一声尖厉的惨叫吓得直跳起来，睁开眼睛时，发现关巧巧已经滚下了床来，正向他爬来，昨天被打了好几耳光的脸肿得可怕，而惊恐的表情更是让她五官移位、扭曲不已。她哭叫着："她在被子里面看我……"

袁本善立刻跳起来，望向她的床铺。

凌乱的被子里有一个四四方方的东西。

即使已有预感，当掀开被子后，袁本善还是禁不住倒吸了一口冷气。

那幅《风雪夜归人》的照片不知何时进入了她的被子里，照片中已有巴掌大小的人影，从风雪之中，一步步向她的"家"归来。

5

池小池被关巧巧的惨叫惊醒过来时，发现自己竟然被甘彧捂住了耳朵，与此同时他听到甘彧轻声说道："别动。"

池小池顿时以为自己在做梦，仿佛一觉醒来，他又回到了那些个懵懵懂懂的清晨，有人在他睡眼惺忪间俯身问他，鸡蛋是单面煎、双面煎，还是裹着馒头片酥炸。

这幻觉太过美好，让他甚至不大敢回头。

但他也只给了自己三秒钟的时间沉溺其中。三秒钟后，他舒出一口气，不动声色地把甘彧的手推开，想要坐起来，作焦急状问道："出什么事儿了？"

不承想甘彧按住他的肩膀，直接问道："你真的有那么着急吗？"

池小池没话说，别说，还真不怎么急。

甘彧垂眸看他："不着急的话就闭上眼睛，醒个神，慢慢起来。没吃早饭突然起床，容易低血糖。"

说完，甘彧伸手去摸眼镜，同时对甘棠一挑眉。

甘棠就主动起了身，拉开门向外张望。

池小池倒是听话地闭上了眼睛，手指无意识搓捻着被角。经过几次试探，池小池对甘彧的身份已经有了明确的怀疑，无奈对方不肯承认。虽然不明缘由，池小池也不打算一直问下去，索性就先把他当作一个临时的合作伙伴，以后再将原委慢慢弄清楚。

只是，倘若 061 真的是甘彧，真的能在各个世界线中拥有实体，那么做饭口味和娄哥一模一样的冬飞鸿……

正胡思乱想间，池小池猛地一个激灵，从床上翻身坐起来："什么味儿？"

甘彧与他对视一眼，意识到事态有变，便赶紧下了床。

那焦煳味的来源显而易见。

滚滚浓烟从关巧巧的房间中冒出，有三四名参与者已经赶到了门口，却都没敢进去，只在门口张望。

姗姗来迟的池小池同样站在门口，向房间里看去……

那张《风雪夜归人》的照片正在关巧巧的床上和棉被一起熊熊燃烧，双层玻璃被火烤得炸裂开来，被关巧巧扔进去的打火机也被高温烤得爆炸了，塑料壳和火油溅得到处都是。

关巧巧双手死死抓住一把椅子的椅背，目光凶戾地看着那张照片，好像这样就能将照片中的灵物吓退。

然而她的双手手指已经僵硬，袁本善只得拼命连人带椅子把她往房间外拖去，甘棠看不下去，也上前去帮忙。

身为 NPC 的工作人员倒是做出了正常的反应，闻声而来，拿着准备好的灭火器进去扑救。

关巧巧神经质地环顾着所有人，渴望一个确切的答案："我烧死它了，是不是？"

没人能回答她。

好在火势还没蔓延起来，泡沫灭火器喷了几十秒，火势就已经小了，唯余一床狼藉。

工作人员提着灭火器走出房间："怎么这么不小心呢？"

关巧巧以为照片已经烧毁，一股侥幸也自心底涌了出来，不知该哭还是该笑，想了许久，还是露出了一个有点儿扭曲的微笑，权作回答。

然而工作人员的下一句话就让她僵住了："这座古堡可是租的，幸亏除了被子没烧着别的东西，不然可得花大价钱赔呢！"

关巧巧呆愣了数秒，一头扎进了房间。

床上哪里还有照片的影子？

下一秒，关巧巧便僵在了原地。在她眼角的余光中，墙壁上出现了一只精致的、完好无损的相框。

那顶着风雪前进的归人，又近了。

接下来，池小池花了一个小时，试验了古堡内照片的特性。

事实证明，任何试图毁掉和将照片从原位移走的行为都是饮鸩止渴，古堡中的其他照片也都有着类似的特性。哪怕把照片锁进一个房间中，数秒钟后它就会自动复位，而打砸、烧毁照片的行为更是白费工夫。

池小池确信，关巧巧是在劫难逃了。

这只女灵物借体栖息在古堡内的众多照片之中，能自由出现在任何有照片悬挂的地方，而照片又无法损毁，等同无解。

可关巧巧仍然努力挣扎着。

她尝试着挪去一个空房间里休息，也将那个房间里的照片搬出去了，然而不到半个小时，她便又尖叫着从房间中逃了出来。

空房间里原本挂着一幅儿童唱诗班的照片，但在她落荒而逃时，相框中的画面已经渐渐幻化成了那一幅《风雪夜归人》。那一个手掌大的黑影“归人”，已渐渐分辨出了肢体，甚至已经能依稀看出五官轮廓。

关巧巧哭着喊着要离开古堡，离这些该死的照片越远越好，但被池小池劝阻了。

若非剧情要求，最好不要离开古堡，不然，很有可能死得更快。

这也不行，那也不行，关巧巧嘴唇发白地缩在房间的角落，用指甲狠狠地抓挠着头皮，挠得指甲里都是暗红色的头皮细屑。

然而，不管关巧巧那厢如何抓狂，戏还是要照演的，其他人不可能为了陪伴和安慰她而放弃自己的任务。

最后，池小池冒了个主意出来。他和袁本善把瑟瑟发抖的关巧巧领回了原先摆放着《风雪夜归人》的房间，指挥着袁本善把照片取下，反着挂上了墙面。

视线的来源是照片，照片本身又无法毁坏，也不能离开原位，那倒过来摆放，或许能隔绝这种被窥视感。

这个方法笨得很，但关巧巧竟然还真的感受不到那种如同附骨之蛆般的凝视了。

她提议把古堡中所有的照片翻转倒挂，但是有一些珍贵的大幅照片是镶嵌式的，固定在墙上，如果不依靠工具很难移动，而经过试验，只要翻转的照片超过五张，就会被古堡本身判定为“移离原位”，所有照片都会一键刷新，恢复至原状。

没有办法，池小池只能让袁本善单独翻转了《风雪夜归人》这一幅照片，又处理掉了关巧巧被烧焦的被褥，换了一套崭新的被褥上去，让疲惫的关巧巧留在房间中休息。

没了那道视线，她倦极了，睡了过去，但在梦中也皱着眉头，显然并不轻松。

替她掩上房门后，池小池叹了一口气。

袁本善问：“这样行吗？”

池小池：“掩耳盗铃，你说行不行？”

真的是掩耳盗铃而已，关巧巧现在等同于和一只灵物关在了一起，但为了让自己的精神少受点折磨，为了获得一点点安全感，她只能清空大脑，逼着自己不去想那么多。

关巧巧现在活像是一只鸵鸟，一猛子扎进沙子里，就仿佛找到了全世界最安全的地方，丝毫不管身后包围过来的群狼的荧绿双眼。

关巧巧单人的戏份本来应该在第一天拍完，但是，因为她"生病了"，"精神状态不好"，导演便简单调整了拍摄计划，转拍六个主要角色第一天来到古堡时发生的事情。

大家心中各有计较，又没有拍摄电影的经验，因此闹了不少笑话，找不着机位，忘记了台词，NG 不断，失误连连，个个心浮气躁。谁也没想到，表现最好的竟然是最不被看好的"盲眼人"。

宋纯阳年纪最轻，而且天真活泼，怎么看都不像是个会演戏的。

但事实是，他第一场戏就成功让所有人闭嘴了。

在设定里，"宋纯阳"在高中时是个半盲人，性子软弱，被欺负了也逆来顺受，一直是被人欺负的对象，靠跟随男主才避免了被集体欺凌，但也一直是男主的小团体里的受气包，跑腿的角色。

他没有按照剧本设定，用又土又丑的眼镜和皱巴巴的 Polo 衫烘托普通 Loser 的气质，而是穿了一件价格昂贵的外套，却没有舍得剪掉衣裳的价签，热得满头大汗也不敢脱下外套。

因为他外套下的薄毛衣是特别廉价的款式，三十元一件的淘宝货。

在大家进入古堡，或紧张巴巴，或用力过猛地念着台词，四处走动时，他就一直缩在房间的角落，咧着嘴，带笑听着大家讲话，保证每一个看向他的人都能在第一时间看到他示好的笑容。

然而，倘若镜头能给他一个特写，便能察觉到，他硬拗出的、保持了数十秒的笑容，里面带着叫人头皮发麻的狰狞。

他作为一块背景板，实在太过出色，就连导演都忍不住示意，多给他几个镜头。

很快，轮到他讲台词了。

第一场里，他也只有这么一句台词。

男主叫这个昔日的跟班去帮他们收拾东西。

听到"宋纯阳"三个字，背靠墙壁站立的他膝盖习惯性地往下微微一屈，似是要下跪，又像是要给自己一个推力，好让自己站直些。因为一直没有说话，他发出前两个字时声音有点儿干，却干得恰到好处："还是……我啊。"

他这副蠢相把一直紧张尬演的马尾女都逗乐了，不禁随他入戏，居高临下地道："不是你，难道还是我？"

池小池马上知道自己说了蠢话，拔腿准备往楼上走，却被地上翘起的一块木地板绊得踉跄了一下。他自己好像也觉得自己这样很可笑，抢在众人前面笑着解释：

“没站稳，没站稳。”

说完他就近提起两个箱子，向楼梯走去，却在摸上楼梯扶手时回过身来，看了墙上的照片一眼。那张照片是他们七个人的合影，正是他们穿着高中校服时的模样。

他微微眯眼，想要看得再清楚些，脚步却不自觉地往上走，赶着为其他人收拾行李去，视线却一直追随着那张照片，动作显得又局促又可笑，却又透出一股温柔的怀念的感觉。

不必参演的甘彧抱臂看向池小池，目光中尽是欣赏之色。他不是第一次看池小池演电影，却是第一次看到他在现场的表现。甘彧只能说，池小池这样的人，是天生为镜头而生的，那种难以言喻的灵性与魅力，只要看入了眼，就能轻而易举地让人感动。

有他的戏份，全部一条通过。

在其他人被导演叫去骂时，池小池借口补妆，和甘家兄妹回到了化妆间。

他对摘戴美瞳这件事还不大熟练，因此就全权交给了甘彧。

甘彧细心地取下那两层薄膜，又为他滴了舒缓疲劳的眼药水，轻轻吹了两下，叫他闭目休息，一双手又按在了他的肩上，示意自己一直在，叫他可以放心闭眼休息，不必害怕。

这份体贴，让池小池实在忍不住去怀疑点儿什么。

甘棠一边给池小池脱戏服一边问：“听说你在第七个任务……就是那个图书馆的任务里……你装成眼盲，直到队友快遇险的时候，你才选择说出实情。我一直想问，为什么呢？如果是害怕别人知道你的瞳色异常，只要戴美瞳就能解决问题吧？”

池小池闭目养神，声音懒洋洋的：“是啊，为什么呢。”

宋纯阳本人很单纯，从来不会想这些问题，他只是觉得这是一件无关痛痒的小事，会和袁本善他们更亲近而已。

在能帮助到别人的时候，他也从不忌讳揭破自己的异瞳。

宋纯阳是这样想的，但是，袁本善呢？

“因为‘眼盲’就意味着麻烦啊。谁愿意跟一个眼盲的人组队呢？”他淡淡地说道，“袁本善并不想让别人跟我们组队、分享信息，在他看来，我的这双异瞳就应该是他的，应该成为他活下来的最大筹码，如果给别人用，那岂不是让别人白白占了便宜？”

甘彧取了软布，把从他眼睛里流下来的眼药水擦干净，简单总结了池小池的分析：“利己主义。”

池小池耸耸肩：“我可没说利己有什么不好。利己不损人，反倒是很高明的表现。”

甘彧反问：“如果有些人是损人而利己呢？”

“那在他身边的人就得放聪明点儿了。”池小池说，“善良需要一颗温暖的心，也需要牙齿和利爪。前者用来善待别人，后者用来保护自己。”

二人一唱一和，几乎把池小池想对宋纯阳说的话都说了。

宋纯阳唯一的问题是被保护得太好，以至于第一次见识到人心险恶的时候，就付出了太过惨烈的代价。

池小池不怕宋纯阳认识不到黑暗，只怕他不再相信光明。

不过，如果十次任务后，有奚楼陪在他身边，或许就不必担心了。

想到这里，他靠在柔软的椅背上，轻轻抿嘴一笑。

甘彧也随之一笑。

除了池小池外，其他人第一天、第二天的拍摄进展都不是很顺利，因此袁本善进入关巧巧的房间为她送饭时，脸色阴郁得很。

这两日来，关巧巧都把自己关在房间内，吃喝全要别人来送。随着照片中人影的逼近，她的情况愈发严重，关巧巧已经病到全然无法离开房间，被翻过去的《风雪夜归人》背对着她，藏匿了自己的形影，令关巧巧愈加惴惴不安，她疯狂地想要去查看那幅照片里的“夜归人”已经走到了哪里，但又没有勇气。

几日来，她的神经已经被磨得纤细如弦，拨之欲断，看到袁本善时，她猛然翻身坐起来，枯槁的脸上重又浮现出一丝希望：“纯阳他找到办法没有？”

袁本善答道：“他还在想。”

这只是搪塞她的话而已。

大家都知道关巧巧死定了，只是时间早晚的问题，偏偏当事人还怀揣着一丝希望。

希望，有的时候要比绝望更折磨人。

“想！想想想！”关巧巧失控地尖叫起来，“到底什么时候能想出来！倒是给我一个时间啊！”

袁本善冷了脸，强忍不耐烦。

没人乐意看一个将死之人的垂死挣扎与歇斯底里，这不会让人产生任何愉悦感。

他将盒饭放下：“吃饭吧。”

关巧巧盯住了袁本善，怀疑地道：“袁本善，你是不是对纯阳说了什么？他怎么都不来看我了？”

这些天来，关巧巧疑神疑鬼的事儿做多了，着实令人讨厌，宋纯阳又是个傻子，常找袁本善碎碎念“如果早把异瞳分给她一只就不会出这样的事情了”，再加上任务执行不顺利，种种事情综合起来，袁本善嘴角的冷笑压都压不住了：“你做了什么，你心里不清楚吗？”

关巧巧一愣，微微下陷的眼睛死死盯着袁本善：“我做了什么，你也做了什么。别想把自己撇得那么干净！”

袁本善不想和她多说了，冷笑一声，便转过了头去。

但这一声冷笑却彻底刺激到了关巧巧脆弱、敏感的神经。

她一把掀开被子，问道：“你这是打算把我当成弃子了？”

袁本善压低声音，反唇相讥：“你这样的合作伙伴，还有什么存在的价值吗？一个随时都会死的人！”

这个说法显然刺激到了关巧巧，她“哈”了一声，脸上的肌肉扭曲起来：“是吗？袁本善，那你有没有听说过，人之将死，其言也善？”

袁本善还在反思这话句是什么意思，就见关巧巧从床上跳下来，尖着嗓子喊：“纯……”

袁本善见势不妙，一只手捂住她的嘴，另一只手揪住她的头发，干脆利落地把她按住，往床沿上狠狠一磕！

关巧巧登时软了身子，只觉天旋地转，腥热的液体自发间汩汩流下，迷了眼。

她以为自己的痛觉早就被恐惧麻痹了，然而真的被撞了这一下，仍觉得疼得浑身发抖。

这两天来，大家都习惯了她的大喊大叫，她再如何叫喊，大家也只当她又发作了，绝不会轻易前来查看了。

疼痛激发出了她冲动的恶意，她扭曲着声音威胁他：“你不赶紧想办法救我，我就让纯阳知道你那些破事。我死了，你也别想好好活着！”

袁本善看着她，没有吭声。

绝望和希望的交织让关巧巧整个人都发疯了，她阴阳怪气地说道：“袁医生，你有本事就杀了我啊。你可是最后一个看见我的人。你杀了我，嫌疑最大的就是你。”

袁本善又认真地看了她一会儿，笑了。

他问：“你在说什么？我为什么听不懂呢？你要找纯阳说什么？啊，是我们合谋的事情，对吗？可你有什么证据呢？”

关巧巧：“别忘了，我有手机……”

袁本善从兜里掏出一个手机，笑着问道：“你是说这个？”

自从怀疑关巧巧泄密后，袁本善就开始着手销毁证据。

他自己的手机在来的路上丢失了，可能是被扒手偷走了，倒省得他花心思毁灭证据了。

关巧巧的手机则被他趁着上次送饭的机会摸走，泡进了水中，存储卡也抽出来掰作两半，冲入马桶，彻底毁坏，再无修复的可能。

在异世界中，手机信号为零，根本无法使用，还不如一块板砖顶用，因此关巧巧甚至没有发现手机丢失这回事。

发现之后，关巧巧再次陷入狂乱状态，努力挣扎起来，她低吼道："那我就亲口告诉他！不需要什么证据！我快完了，我怕什么？我还怕什么？"

"是吗？"

袁本善把床单从床上扯下来，慢条斯理地说道："那我们试试看啊。"

人在疯狂中容易失去理智，等到发现自己的手被缚在了钢制的床栏边，关巧巧这才慌了神："袁本善，你干什么？"

袁本善一言不发，将枕巾取来，牢牢堵住她的嘴，又将关巧巧的四肢绑缚在床上，打了结。

做完这一切，袁本善走向了那幅照片。

关巧巧猜到了他要做什么，顿时发出了惊恐万状的声音。

"不是说快完了吗？"袁本善说道，"不是说'什么也不怕'吗？"

他托起那个相框，用力一抬一举，将相框再次翻转了过来！

关巧巧想要迸出一声撕心裂肺的狂吼，却被堵在一团枕巾下。

她一边恐惧到干呕，一边发出含混的声音，大概是恶毒至极的诅咒。

袁本善却没心思继续听她发难，从挣扎不已的关巧巧身上取了房门钥匙，走出门来，锁了门，将钥匙揣入口袋，迈步远去。

他不可以杀人，但是，灵物可以啊。

那道令人浑身发麻的视线又铺天盖地地将关巧巧笼罩住了。

关巧巧被绑缚在床上，动弹不得，胸膛不住起伏，不敢去看那张照片，却又忍不住去看。

她终于小心翼翼地分了一点点余光过去。

照片中仍是一片皑皑雪原，莽莽苍苍，然而那个夜归人的身影并未继续扩大，甚至比前几天的身影看起来还小了一点儿。

但是，那种被窥视感却有增无减，折磨得她不住用头撞击床板。

怎么回事？那个夜归人不是走远了吗？

而且照片中的画面总给关巧巧一种微妙的违和感，好像与之前她所看到的照片不尽相同。

她鼓足了勇气，才正眼看了过去。

渐渐的，关巧巧睁大了眼睛。

她发现了。

画面中的白，不是雪原的白，而是瞳孔的白。

而那个墨色的黑点正是静止的瞳仁，一动不动地凝视着床上的她。

她张大嘴巴，一声嘶哑的悲鸣从胸腔里挤出来，恐惧得不似人声。

◇ 抢角，戏精，各怀心思

1

这一夜安稳得很，只是池小池又做梦了，在凌晨三点左右醒了过来。

池小池看了一会儿天花板，开口道：“阿统啊。”

奚楼：对不起，我聋了。

池小池坚持不懈：“阿统，我们聊三块钱的天呗。”

奚楼：对不起，三毛钱的也不聊。

到现在为止，他也不大能接受宋纯阳的身体内多出了另一个人这件事。

即使这个人和宋纯阳一样话多人皮，但宋纯阳这个人是因为简单而快乐，而池小池哪怕在笑，也叫人分辨不出他是真心还是假意。

池小池找不到一个能说话的人，无奈地叹息一声，单手垫在脑后，转身打量起熟睡的甘彧来。

甘彧侧身而眠，只占了床的小半边。

看到这一幕，池小池想起了一个人。

那时，池小池经常去娄影家借住，一到他们家，池小池总是能睡得很死，但是他的睡相也不好，睡着后经常踢了自己的被子，又去拽娄影的。

娄影半夜被他折腾醒，也不是很生气，把自己的被子让给他，又下地把他踢掉的被子捡回来，拍一拍，自己盖。

不过，有一次，池小池着实过分了，娄影跟他换了两回被子，但不出半个小时，他又一脚把被子踹下了地，接着去抢娄影的被子。一而再，再而三，娄影饶是脾气再好也有点儿生气了。

第二天，池小池一觉醒来，发现娄影正在屋里的小桌上摆放油条和胡辣汤。

胡辣汤是牛肉做的，油条是附近卖得最好的早点摊上买来的，一等一的酥脆，趁热吃最可口。

池小池迷迷糊糊地想要起来，不承想扭了半天也爬不起来。

被子被卷成筒状，池小池连胳膊带腿儿都被当成粽子馅儿裹在里头，一条打背包用的细绳把被子卷从头到尾缠了一圈儿又一圈儿，最后在腰部打结完工，把池小池包裹得动弹不得。

池小池有点儿蒙：“娄，娄哥……”

娄影一回头，发现粽子馅儿蓬头乱发地醒了，正躺着眼巴巴地瞧着自己，微微一笑："饿不饿？"

池小池低头看看，又乖乖地点头："嗯。"

娄影："自己折腾出来，才许吃早餐。"

池小池滚了两下，出不来。他又试图躬身去咬那个绳结，却弯不下腰来。池小池眼珠转一转，也猜到自己变成春卷的缘故了，马上软声道："娄哥，娄哥。"

他知道娄影心最软了。

果然，娄影坐回了床边，无奈地掐了下他的鼻子尖："以后不许踢被子了。"

池小池答应得比什么都快，一脸讨好的笑容："好。"

娄影一看就知道他没往心里去："你这样谁还敢跟你睡，将来要怎么娶媳妇？"

彼时的池小池觉得娶媳妇这事儿离自己太远，还不如桌上的早餐来得实在。他说："那我不娶媳妇了。"

娄影笑："傻话。"

说罢，他把被子卷解开，又揉揉他的头发："快去洗漱。油条凉了就不好吃了。"

话是这么说，但池小池从来不觉得自己睡相差到哪里去。他家面积小，杂物多，他父母睡一张可供收纳的双人床，他就打地铺。地上比床上可大多了，哪怕蹬了被子，只要觉得冷了，一伸手就能把被子拽回来，因此一觉醒来，除了移了位置外，池小池大体上还在被子的保护范围之内。

直到多年后，他第一次进剧组，有了可供独立休息的房间和大床。

他很自然地睡了上去，却在半夜被空调吹出的冷风冻醒。他伸手去拉被子，发现被子已经全部掉在了地上。

池小池当晚总共掉了两次被子。

第二天，他管剧组要了两个三公斤的沙袋。

从那之后他就很少踢被子了。

想到这里，池小池伸手试了试甘彧手腕的温度。

在任务世界里，此时是秋季，秋老虎的威力之下，房间内仍不免有些闷热，而甘彧身上却冰凉凉的。

池小池看着眼前熟睡的甘彧，心想如果他真的是 061 的化身，如果 061 真的是娄哥……

池小池早已发誓不会再给自己任何失望的机会，但事到临头，他还是有些控制不住。

这样并不好……

池小池把那些多余的心思都收了起来，打算玩一会儿卡牌游戏等天亮。

突然，他听到了一阵轻微的女人的歌声从走廊传来，颤颤悠悠地捏着嗓子哼哼，听不出歌词，但调子倒是挺悠扬悦耳的。

池小池打了一个冷战，下意识地往甘彧的方向靠了靠。

那歌声飘飘荡荡地由远及近了，听得人鸡皮疙瘩都起来了。池小池坚决不作死，权当没听见，但还是忍不住又往甘彧那一侧靠去。

声音愈发近了，不知道是不是冲着这里来的。

池小池只觉得自己心跳如鼓，“咚咚咚”的响声就足够把在走廊上唱歌的人引来了。他用力按压住心脏部位，特别期望现在有人能拉住他，这样他的恐惧或许能被抵消一些。

谁承想，下一秒，甘彧抓住了池小池的胳膊。

他们兄妹两人不知什么时候都醒过来了，只是谁都没有发出响动。

甘棠从床上无声无息地爬起来，静静地盯着门口，手里不知何时已经握了一把匕首，看握匕首的姿势显然是个老手。

唱歌的女人拖沓着脚步，逼近了门口。

她越接近，池小池越忍不住往门口看。

在黑暗中早已睁开了眼睛的甘彧微微皱起了眉，在池小池手背上写字。他说：“看我，别怕。”

歌声从池小池房间的门前飘过，并未停留。

池小池长出一口气，浑身紧绷的肌肉放松了一点儿。可他一动，就不慎撞翻了摆在床头柜上的空玻璃杯。

玻璃杯朝地面直坠而下。

池小池猛地吓出了一身冷汗，可还未等他反应过来，甘彧便一个翻身，一把将即将落到地上的玻璃杯夺回了手中。

歌声停了一瞬，唱歌的人似乎听到了什么动静，在侧耳细听声音的来源。

屋内诸人也是屏息凝神，连一口气都不敢多喘，甘彧保持刚才的姿势，稳如泰山，动也不动。

少顷，歌声再起。

看来唱歌的女人并未发现这个小小的骚动。

歌声渐渐远了，直到消弭无踪。

甘彧轻手轻脚地将玻璃杯放回床头柜，又替池小池拉一拉被子，轻声说：“睡吧。”

池小池点头，乖乖地躺平。

池小池也没说自己一旦醒了就很难睡着的事情，躺平闭眼，佯装已经睡着，可是心跳的节奏仍乱得很，咚咚有声。

不知过了多久，猜测兄妹两人大概都睡着了，池小池又睁开了眼睛。

因为害怕房间里的那幅气球照片，他们的床位做出了调整，至少不再直面照片，不必在起床时一抬头就看到一张微笑的大脸。

从池小池的角度，抬眼就能看见窗户上投下的层层叠叠的树影，影子断续零乱，仿佛能听见枝叶相碰的声音。

但没过几秒钟，池小池便窒住了。

一张女人脸从夜色中而来，慢慢贴上了窗户玻璃，表情阴森森地向里面望着。

而这里，是三楼。

因为挤压，那张脸的五官都变了形状，扁平得就像鲶鱼，池小池隐隐觉得这张脸有些熟悉，可哪里还敢细看，闭目装睡，肩膀却都忍不住发起颤来。

在那道目光即将落至池小池身上时，甘彧似是梦见了什么，发出一声含混的呓语，大胳膊一甩，压在了池小池的身上。

本该很沉的胳膊，此时却给了他极大的安慰。

池小池就这样保持这个姿势，不动，不抬头查看，竟不知不觉地睡了过去。

第二天，七点左右，他才醒过来。

昨天夜里的一切都恍如一场可怕的梦，天亮了，梦就醒了。

参与者们集合起来吃早饭时，都在小声谈论昨夜听到的歌声。

看到同时出现的池小池与甘家兄妹，袁本善的脸色不大好。

这两天，他尽惦记着关巧巧的事情，现在关巧巧已经被解决，他也实在该好好提醒一下宋纯阳对人要有防范之心。他坐到宋纯阳身侧，轻咳一声："昨天晚上……你听到了吗？"

池小池点头说道："吓死我了。"

甘彧将剥好的煮鸡蛋递到池小池手中，接话说："纯阳可真的吓坏了，多吃一点儿，压压惊。"

袁本善看了他一眼："我在和纯阳说话。"

甘彧客客气气的："我也是。"

池小池却显得非常有修养，喝袁本善盛来的粥，吃甘彧剥好的鸡蛋，对他们之间的暗流涌动视若无睹。

在这之前，袁本善几乎从未担心宋纯阳会另投他人的阵营，但甘彧的出现却叫他不得不多想了。

他有些焦急，一只胳膊肘压在桌上，逼近了宋纯阳："你跟别人组队，也得考虑考虑我的心情吧。"

池小池眨巴眨巴眼睛："我答应跟他们结盟了。"

袁本善愣了一会儿，脸色慢慢变青："怎么不跟我商量商量？"说到此处，他压低声音，"你把那件事告诉他们了？"

池小池指了指自己的眼睛，同样低声说道："你以为我想呀。我当时摘了美瞳，他们和我刚一照面就发现我的眼睛颜色不一样，瞒不过去的。"

袁本善的眉头拧成了疙瘩。

的确，甘彧是纯阳的同事，抬头不见低头见，如果发现纯阳眼睛的秘密，要么杀了，要么就只能结盟。

相比之下，后者比前者要划算很多。

袁本善冷眼旁观了几天，看得出来这甘家兄妹行事冷静，他们从未跟人结盟，双人搭伙，就能来到第八个世界，应该也不会是什么软柿子、猪队友。

想到此处，袁本善甚至有点儿庆幸关巧巧的死，给这二人让了位。

毕竟系统有规定，结盟人数最多不得超过四人。

打定主意后，袁本善仍装作一脸的不赞同："我们给巧巧带点儿吃的吧。她也是我们的盟友，应该问问她的意见。"

甘彧与甘棠对视一眼，纷纷放下筷子，表示同去。

眼看刚才还有剑拔弩张之势的四人齐齐往楼上走去，参与者们怎么也没想到这四个人居然能和平相处。

袁本善把一切打算得正好。

关巧巧的房间门已经上锁了，而且没有备用钥匙，他们这回去，肯定敲不开门，宋纯阳他们大概率会无功而返。等到宋纯阳他们发现不妥，一切晚矣。

那个灵物应该已经接近关巧巧了，无论如何，她都注定无法继续游戏。

现在，她极有可能已经被拖入了画中，或是失踪。就算她保持自己离开房间时的模样，她出事的原因，也完全可以推在那个灵物身上。捆住她手脚的手术结，他故意打得和自己惯用的手法相反，按照纯阳的性子，他只会伤心好友被灵物害死，并不会起疑。

在想象时，袁本善嘴角含了笑，拐过二楼的楼梯，一抬头，整个人便如遭雷击，僵立当场。

关巧巧站在三楼楼梯顶，画着日常妆，还早早地换好了衣服，言笑盈盈，哪里还有前两天发疯时的模样。

她看着底下表情各异的四个人，说道："前几天耽误拍摄了，对不起。"

说罢，她对池小池嫣然一笑："纯阳，我来了。"

池小池顿时觉得寒气从脚底往上冒去。

他想起来了。

昨天晚上，他觉得贴在窗户上向里面张望的脸熟悉得很，却一时没想起来这张脸属于谁。

现在，他总算想明白了。

那漂浮在黑暗夜空中的苍白面孔，正是眼前这张脸。

可在他们眼前站着的人，真的还是关巧巧吗？

2

最令人匪夷所思的是，池小池用宋纯阳的眼睛左看右看，那张脸都是关巧巧的脸。

但她身上那抹叫人头皮发麻的气息和照片里散发出来的气息一模一样。很快，他心里就有了个大致的猜想。

“关巧巧”脸上带笑，主动朝他伸出手来。

池小池看着那只手，愣了一下，但他很快便伸出了手，亲昵地道：“等你好久了，怎么不下来吃饭呀？”

“关巧巧”抓住了他的手，两颊绯红，十足恋爱中的小女儿情态，笑靥如花：“这不是来了吗？”

她这样的反应更加坐实了池小池心中的猜想。

池小池尽力不去想她的手为什么这么冷这么僵，细想心跳容易加快，不利于养生。再说，现在有人比池小池更痛苦。

眼前陡然出现的女人让袁本善差点儿心脏骤停。

她不可能是关巧巧！

她的气色很好，眼里的血丝全数褪去，哪里还是昨天那个歇斯底里的疯子？

更重要的是，现在她对本来逼得她几欲发疯的照片视若无睹，对他这个致关巧巧于死地的凶手也是同样的态度。

望着她手腕处残留着的青紫绑痕，袁本善不敢细想这个女人身上到底发生了什么，后背冷汗滋滋地往外冒，关节窝里像养了一窝蚂蚁在钻来钻去，骨头里却透着寒气，一直凉到了心底里去。

她是谁？是那个照片中的“夜归人”吗？她借了关巧巧的身体，想要干什么？倘若她真的是照片里的那个人，她应该“看”到自己与关巧巧的争执了吧？那么，自己会不会是下一个目标？

袁本善想得冷汗直冒，大为后悔。

反正关巧巧早晚要被照片中的灵物干掉，自己昨夜又何必去见她，和她撕破脸皮，平白惹祸上身？

甘彧瞧出了这两个人脸上不自然的表情，和甘棠对视一眼，没再提结盟的事情，跟着他们下了楼。

下楼时，池小池特意观察了一番墙上的照片。

果然，那股隐隐约约的怪异感已经彻底消失，照片都恢复成了普通的照片。

池小池低下头，简单梳理了自从入古堡以来发生的事情，并得出了简单的推论。

这座古堡中的灵物，从头到尾只有一个。

起初，她从自己房间里的照片中爬出来，借用气球女的身体，四下逛了一番，随即因为某种原因，把目标锁定在了关巧巧的身上。

按照宋纯阳记忆中所提供的资料显示，它只是夺了她的身体。夺身的方式有许多种，而这女灵物采用的方式，可谓是精细活中的精细活——精神浸染。

那幅《风雪夜归人》照片便是渠道。

据宋纯阳阅读过的各种资料，这种精神浸染的方式最能保证想要的躯体的完整性。

实际上，她的本体永远不会从相框中爬出来。这些天来，那种叫人抓狂的、被人时刻凝视着的恐慌才是她真正的武器。她在无声无形间，用目光挖出一条通道，悄悄爬进了关巧巧的脑子，占据了她的身体。

而她为什么要最大限度地保持关巧巧身体的完整性，结合一下本次任务“不能出戏”的要求，并不难推想。

甘棠检查过片场的摄像机，在女灵物用人头气球的形态飘来飘去，与参与者们交谈时，本该和小辫男谈话的她却并没有出现在镜头中。

也就是说，她在灵物状态下，其形影是无法被镜头记录下来的。她费尽心思地抢了关巧巧的身体，接下来，怕是要演关巧巧的角色了。

关巧巧已经不是过去的关巧巧，现在站在他面前的，是剧本中的“关巧巧”，他“宋纯阳”的女朋友。

一旦想通这点，昨夜的夜半歌声与窗外的窥视也都有了解释。

因为那都是剧本里出现过的剧情。

按照原剧本，不管是扮演天外飞仙还是午夜歌姬，这一切都是“宋纯阳”这个男友为了给女友复仇，演出来的闹剧。

现在本尊亲自出手，并不辞辛苦、兢兢业业地半夜彩排，就其爱岗敬业程度而论，简直令人感动。

池小池觉得自己的心态还算平和，就是手有点儿抖。毕竟这位酷爱演戏的灵物小姐正与自己零距离接触中。

短短几步下楼的路，池小池走到一半就感觉有点儿腿软。

而奚楼把池小池的一番推论听了下来，对池小池获取、梳理和分析信息的能力颇为欣赏，对这个看似不着四六的人也有了些许改观。

知道他害怕灵物，奚楼有点儿心软，破天荒地试图安慰他：“如果真的害怕，你可以跟我说点儿什么。”

池小池委屈地说道：“统统，我能唱歌壮胆吗？”

奚楼对那个称呼不太适应，但是他有一颗宽容的心，还是答应了。

池小池说：“你听过《洋葱》吗？”

由于世界线不同，奚楼并没听过。他言简意赅地道：“要是害怕，你就唱歌吧。”

一旁，甘彧和甘棠的脸色瞬间就变了。

池小池一开腔，奚楼便震惊了，直到副歌部分，他仍沉浸在震惊中久久没有回过神来。

在脑内唱歌也能唱得这么难听？

等池小池唱到“如果你愿意一层一层一层地剥开我的心”，奚楼感觉被剥离的不是洋葱，是自己的理智。

第一遍副歌结束，一向冷淡又毒舌的奚楼竟然词穷了，仅剩的想法是一大串系统不能识别的脏话。

他发誓，如果今后再对池小池抱有宽容之心，他就是个棒槌。

就这样，一行人都在痛苦煎熬中捱下了楼，唯有“关巧巧”看起来表情轻松，挽着池小池的胳膊一路到了餐厅。

参与者们看到她出现，都露出了古怪的表情。

在众人看来，关巧巧是死定了的，唯一的问题就是怎么死。但眼下她这副与前几日迥然不同的文静模样，乍一看没什么不对劲，但细一揣摩，就让人觉得头皮发麻。

他们猜，某些不好的事情大概已经发生了。

小辫男张开嘴，试探道：“啊哟，人出来了。”

“关巧巧”颔首，态度温和，她说：“对不起，耽误拍摄进度了。”

她的态度实在很正常，反倒让小辫男不知如何开口了。

马尾女小心地问道：“你没事吧？”

“关巧巧”温柔地一笑：“谢谢，我感觉好很多了。”

此时的风平浪静更显得可怕，众人索性不再说话，各自琢磨起事情的前因后果来，气氛也越来越压抑。

“关巧巧”倒是如常坐下来，自行取用剧组的早餐，一副看起来人畜无害的样子。

吃完早饭，大家各自沉默着散去，为今天的拍摄做准备。

“关巧巧”的饭量很小，每道菜也就吃了两三口便放下了筷子，倒很有女演员的自我修养。

池小池也要去为拍摄做准备了，谁想到刚一起身，“关巧巧”就看了过来，一双眼睛黑白分明，澄澈得很：“你干什么去？”

“宋先生还没有化妆。”甘彧不动声色地抢在池小池前面开口。

一旁的甘棠指着自己的唇瓣，用一口吴侬软语，四两拨千斤地把话题引了回来：“关小姐，补一下口红。”

“关巧巧”掏出随身的小镜子，发现自己的唇彩确实褪了色，应了一声，还挺感激地对甘棠说：“谢谢。”

还挺好，不是个耍大牌的灵物……

袁本善跟着池小池一行人，逃也似的出了餐厅。等到了安静的地方，他迫不及待地问：“纯阳，她……还是巧巧吗？”

池小池一秒入戏，以一双通红的眼睛作为回应。

袁本善显然也猜到了这个灵物的打算：“她用了关巧巧的身体，要我们……陪她演完这一部电影？这就是‘不能出戏’的意思？”

池小池点头，并沉浸在悲伤中难以自拔：“为什么她一开始就选中了巧巧呢？难道真是巧巧角色的原因？”

袁本善哪里还管得了什么关巧巧。人一旦心虚起来，看什么都会觉得对方图谋不轨。何况对方是灵物，还是见证了他与关巧巧谈崩了过程的灵物。

袁本善哪怕想一想都觉得恐慌。只是这种恐慌他不能对人和盘托出，只能自己往下咽，委实噎得慌。

相反，大致明确了任务后，池小池本人反倒渐渐淡定了下来。

如今，剧本中的假灵物变成了真灵物，天晓得假死会不会变成真死。

根据剧本的设定，这群高中同学大多都和“关巧巧”的死亡有关，唯一没有直接关系的是袁本善和池小池两个人饰演的角色。然而池小池饰演的角色是“关巧巧”的男朋友，谁也不知道女主会不会入戏过头，为了爱情，将池小池一并带走。

至于袁本善，按剧情是个正义男孩，但现实中却龌龊得很，别人不晓得他那点腌臜事儿，这个灵物可在旁边看得真真儿的。

既然所有人都有死亡的可能，那么，与其去琢磨那些有的没的，不如专注于任务本身，把戏演好，不出戏，不 NG，熬过半个月，便算功德圆满了。

演戏是他的老本行，如果只是陪演，池小池不心虚。不过，与灵物对戏，还真是池小池的人生初体验。

甘彧也对即将发生的一切心中有数，一边对着池小池的脸为他画眉，一边开口问他：“怕不怕？”

池小池严肃地答道：“‘关巧巧’这个身份只是她表面的掩饰，实际上，现在她是‘小祖宗’。”

一切都得顺着她的心意来，准没错。

甘彧笑：“这样的心态就很好。”

一旁为池小池搭好衣服的甘棠也接话道：“不用把事情想得太过复杂。任务既然只说‘不要出戏’，那么就顺势而为，不要做多余的事情就是。”

池小池也这样认为。

这个灵物用了三天时间，浸染了关巧巧的精神，也给了从来没有接触过电影拍摄的临时演员们熟悉镜头、了解拍摄流程的时间，甚至自己提前排练……

说句有点儿玩笑的话，在池小池看来，她作为一个演员，还挺敬业的。

3

半小时后，导演、灯光、摄影等纷纷就位。

片场忙乱成一团，但参与者们几乎人人面带阴云。

虽然大家都在看剧本，却都不是很在状态。

只有池小池在观察拍摄地点，根据剧情选择了几条走位路线。

按照拍摄计划，今日要拍的戏份是七个人高中时来男主家的古堡玩时发生的事情。

那时候，剧中的“关巧巧”还活着，仍是“宋纯阳”的女朋友。男主看她漂亮，想要对她图谋不轨，女主得知后气不过，拉着自己的小团体欺负她，“宋纯阳”一直不知道，直到女友去世，才得知真相。

白天主要拍摄一些琐细的日常，重头是夜戏。

今晚他们要拍摄“关巧巧”被集体霸凌的戏码。

这场霸凌是女主发起的，她主动提议要带着“关巧巧”玩四角游戏。

这是一种恐怖游戏，需要四个人参与，在伸手不见五指的黑夜中，ABCD 四人按顺时针顺序站在一间关了灯的房间四角。

A 从房间一角，第一个沿着墙摸黑出发，其他人均原地不动。

在到达B的位置后，A 需要拍一下他的肩膀，并站到B的位置，B则在同时出发，朝 C 的方向走去，拍到 C 的肩膀，站在 C 的位置，C 再向前出发。

同样的动作，以此类推。

等到玩过一轮后，D 会出发来到 A 原先站立的房间空角落，而一旦遇到空角落，玩家都需要咳嗽一声，再拐弯，走向前方玩家现在所处的位置。

据说这个游戏玩到最后，房间里不会有人咳嗽，即使四个角落都站上了人，房间里仍有走向下一个角落的脚步声。

这个游戏说来恐怖，人为的可控因素却很多。

只要有一人不遵守游戏规则，遇见空角落也不咳嗽，从空角落里走出来，快速拍一下其他人，随即踮着脚尖返回空角落里猫着，就能轻松营造出“四个人都在角落里，却仍有人在走动”的假象。

剧中的“关巧巧”就是在这场游戏中被三个人联手整治，结果被吓得试图夺门而逃，却打不开门，最后在惊恐万状中开窗跳楼，受了轻伤。

读剧本时，池小池就觉得，如果敢有哪个人敢这么吓唬自己，自己会怎样暂且不提，那个吓人者毫无疑问会被他揍得当场痛哭。

而现在马尾女、小辫男和雀斑男十分紧张。

这个“关巧巧”，谁都能猜到并非原装。

跟一个灵物玩四角游戏，还要把这个灵物吓到跳楼……

但剧本如此，只能硬着头皮开始拍摄。

按剧本设计，这里只有不到一分钟的回忆杀。本来不必玩一整场游戏，好好营造下恐怖气氛，拍个跳楼的镜头，意思意思得了。但“关巧巧”却特别敬业地站进了属于自己的角落，紧张的小表情拿捏得恰到好处。

其他三个人只得配合她的表演，战战兢兢、如履薄冰地在各个角落里站定，比她紧张了好几倍。

“关巧巧”还贴心地提示道：“是你们吓我，你们可以放松一点儿。”

三人都是一脸要上刑场的表情，不知道该不该感谢她的体贴了。

导演宣布开拍。

他们玩过几轮后，小辫男颤颤巍巍地咳嗽一声，三人随即按照剧本各自散开，摸黑藏到了房间中间。

“关巧巧”到了下一个转角，发现无人，便慌了神，呼吸变得粗重起来，背靠着墙壁，环视着黑暗，眼里适时地泛起泪光。她压低声音问道：“你们在哪儿？”

她当然没有得到回应，与她搭戏的三个人连大气都不敢出，只有摆在房中的数台夜视摄像机发出嗡嗡的运转声与幽微森冷的绿光。

在黑暗之中，“关巧巧”当真演出了十足的恐慌，情绪拿捏得恰到好处，扶在墙壁上的手指神经质地抓挠着，急得不住跺脚，话音带着哭腔：“你们出个声音呀！别吓我，我害怕……”她的哭声感染力极强，令人动容。

小辫男等三人按照剧情，缩在镜头拍不到的地方瑟瑟发抖，生怕这位女壮士给吓毛了，脸一抹，咔咔把他们全给灭了。

没能得到回应，“关巧巧”贴着墙快步到达记忆里门的位置，扭了几下门把手。当然，门锁得死死的。深海一般的黑暗快要把她逼疯了。她背靠着门，喉咙间发出了恐慌至极的呜咽声。

马尾女从怀里取出道具假发，倒披在头上，蹑手蹑脚地循声摸过去，就像一只去偷鸡的黄鼠狼，全程都在反省自己此举到底是不是教科书式的找死。

但能完成八次任务的，就算是不够聪明，也比正常人的心理承受力更强些。

不分场合吱哇乱叫的，或是撂下任务撒丫子的，一般在前两关就死绝了。她伸手搭上了“关巧巧”的肩，并用藏在怀里的手电筒从下面照亮了自己的脸。

“关巧巧”看了马尾女几秒，面容逐渐扭曲起来，竟是被吓得连叫也叫不出来，借着光线飞扑到窗户位置，一把推开窗户，干脆利落地纵身跳下去。

除了被吓傻的马尾女，小辫男和雀斑男都只愣了一下，便迅速赶到窗边向下张望，在窗下的灌木丛里看到了挣扎着站起来的“关巧巧”。

雀斑男：“我的天，真跳啊！”

小辫男则微微眯起了眼睛。

楼下有灯。

所以他清楚地看到，“关巧巧”的脖子上被灌木划伤了很长一道血口，汩汩往外冒着血。

这场戏也有池小池的戏份，他早早等候在楼下，见“关巧巧”在不系安全绳的情况下直接纵身跃下，也跟着吃惊了一下。

不过随后一想，人家不怕死。

甘彧卡住时间点，轻轻推了一下他的背部，示意他可以上场了。

池小池卡准时机，提着大家去树林烧烤时用完的烧烤架，从拐角处走出，恰与滚出灌木丛、一身狼狈的“关巧巧”撞了个满怀。

打扮作少女模样的“关巧巧”失魂落魄地往前走，与一个人迎面相撞，马上惊慌地跳开，如受惊的小兽，但看清眼前人时，她的眼中有了光，仿若溺水的人得救了，从迷茫、绝望，到不敢置信，再到充满希望，眼中瞬间换了几种情绪，最终定格在一双殷切又绝望的泪眼上。

她张开双臂，扑了上来，紧紧地抱住了池小池。

她不像寻常恐怖片里的女人，只晓得扯着嗓子尖叫。她的表情甚至没有什么狰狞的变形，显然是已经想明白了刚才那场游戏背后的真相。恐惧被无力感取代，她那股被人愚弄、欺骗，又无能为力的绝望与伤心，是从骨子里透出来的。

就连池小池都被她的情绪带入了戏中。他问：“怎么了？”

到现在为止，一切都还和剧本一模一样。

这只是一小段回忆而已，编剧几乎把所有重点都放在了十年后的同学聚会上，“关巧巧”本人露脸的戏份可能连五分钟都不到，台词也只有寥寥几句，其实很多细节上的处理大可以用镜头语言带过。

但下一秒，“关巧巧”伏在池小池耳边，小声说道：“救我。”

她抬起蒙眬的泪眼，重复道：“救我呀。”

少女带着哭腔的声音让池小池心头一动，这不是剧本里的台词。

准确地说，这里根本就没有台词，拍到拥抱时，导演就该喊“卡”。

然而，池小池等了片刻，谁也没有喊“卡”的意思。摄像头仍然对着他们，打光板就像是一只只发亮的眼睛，沉默地从四面八方注视着两人，并忠实地勾勒出两人的光影轮廓。

这场不参与拍摄的袁本善与高壮女站在一旁，也发现了一些不妥。

女性的直觉此刻格外管用，后者抄起剧本，确认了这段情节，剧本中只有一行俗套至极的描写。

> 关巧巧与宋纯阳在拐角处相撞，尖叫一声，相拥痛哭。

确认过后，高壮女牙疼似的吸了一口气。

这算什么？临时加戏？这要怎么玩？难道第一场 NG 要发生在宋纯阳身上了？如果 NG 了，会发生什么？

甘彧与甘棠也在楼下的拍摄团队中，见状也不约而同地攥紧了拳头，随时提防着异变的发生。

被“关巧巧”抱着的池小池，双手拿着烧烤架，手背上还蹭着收拾器具时沾上的辣椒面儿。

短短几秒钟，他的大脑飞速运转了几个来回。

按照设定，他饰演的“宋纯阳”和“关巧巧”一样身份低微，是被男主驱使的小跟班，本人又不算很聪明，在女朋友去世前，对她遭遇到的一切都懵然不知。

但是，是真的懵然不知吗？

池小池在看剧本时就觉得这个人物有种分裂感，前期的畏畏缩缩与后期的大开杀戒，变化得未免太快。

池小池甚至怀疑，“宋纯阳”当初是知道发生了什么的。他或许知道和自己青梅竹马的小女友“关巧巧”正在被欺凌，但却因为家里穷困，仰男主等人的鼻息而活，身体又孱弱，无力抵抗，只能对女朋友被欺负一事佯装不知，在事后卖力地讨好男主一行人，用卑微和隐晦到极点的行动表示顺从，渴望以此间接地庇护自己的女友。

而剧中的“关巧巧”应该也看出了这一点儿。

在剧本的回忆片段里，有一句关于关巧巧的情绪描写，藏在犄角旮旯里，不仔细看，确实难以发现。

就算发现了，也会觉得莫名其妙。

原话是“她注视着宋纯阳的眼神痛苦又甜蜜”。

当初看到这话，池小池就觉得奇怪，如今电光火石间，他突然感到豁然开朗了。

男朋友的胆小畏缩和用心良苦都被“关巧巧”看在眼里，前者让她感到痛苦，后者又让她感到甜蜜。她或许想过要和这个男人分手，但转念想想，“宋纯阳”是为了她好，再说，高中只有三年而已，忍过三年不就好了吗？

至于最后的悲剧结局，应该是谁也没有料到的。

戏还要演下去，于是池小池选择自行去填补剧本中缺失的逻辑链。

他的目光略有闪躲，呼吸也随之紊乱，先将一只手拎着的烧烤架搁下，然后把污脏的手背在运动裤裤缝上擦一擦，单手捂住了她在冒血的伤口。

仿佛只要把伤口捂住了，伤口就不存在了。

这个完全是临场发挥的戏剧动作，设计之巧妙，让甘彧暗地里喝了一声彩。

他面前的“关巧巧”不自觉地歪了歪头，似乎是有点儿意外，又似乎是赞赏。

池小池拉她在墙角站定，问她：“怎么这么不小心啊？”说完，他自己都觉得有点儿窝囊和惭愧，微微偏开视线。那种小人物的局促和无可奈何的卑劣，被他轻松地演到了骨子里。

他不问她为何求救，只当她是不小心划伤了自己，一时难过，来找男友哭诉，轻而易举地堵住了她继续倾诉下去的想法。

“关巧巧”愣愣地看着他，很快绽出一个含泪的微笑：“刚才不小心摔倒了。”

池小池笑了。

他的笑容是对她“懂事”的赞许和愧疚，因此略显僵硬。下一秒，他有点儿局促地关心道：“没碰坏什么东西吧？”

这座古堡里的一切，包括灌木丛，一旦损坏，都不是他们两个穷人赔偿得起的。他在真心实意地担心女友，同时也是在真心实意地害怕触怒男主。

“关巧巧”反过来安慰他，声音沙哑地说道：“没事。你快把东西提进去吧……快去。”

她不提刚才跳楼的事，也不提四角游戏的闹剧，乖得让人觉得有点儿不适。

池小池也顺着她的意思，提起刚才被他匆忙扔在地上的烧烤架：“跟我一起进去吧。”

“关巧巧”肩头一缩，强笑道：“我……在这里站一会儿，吹吹风。”

池小池也不勉强她：“那我一会儿给你带创可贴。”

池小池提着烧烤架走出几步，又折返回来，叫住了她。

“关巧巧”：“嗯？”

池小池从兜里掏出一块不知什么牌子的廉价水果糖，剥开糖纸，放在手心，给她递过去。

“关巧巧”接过糖含入嘴里，苦涩地微笑起来。

两个人都心知肚明发生了什么，却都不肯正面谈论，因为他们都知道，就算谈过也不会有什么结果。

如此悲哀的心有灵犀。

给女友喂过糖，池小池便转身，面对镜头，走向古堡的正门。

他的嘴唇微微发抖，却连丝毫恨意都不敢有，只有满眼的心疼和黯然。

他饰演的“宋纯阳”，便是这么一个纯粹的、叫人踩上两脚都嫌硌脚的废物。高中时的少年总有几分血性，像他这样懦弱的、靠讨好人过活的软骨头，很容易叫同龄人不齿，就连哭起来都那么叫人讨厌。

他无声地流下讨人嫌的眼泪，面部的微表情每秒都在发生变化，精细得无比真实。

直到导演喊了一声“卡”，围观的参与者们才意识到这居然是在拍戏。

他们居然在这种诡异的情境下被带入了戏。

从刚才起，所有的细节设计和台词都是即兴发挥的，就连那颗水果糖也是刚才池小池候场时随手塞进口袋里的。

最厉害的是，他竟然能在没有剧本的前提下接住了“关巧巧”的戏，把整段情节滴水不漏地演绎了下去，天衣无缝，一条即过。

池小池站住脚步，单手抹去眼角的泪花，转过身来，却差点儿绊到地上铺设的线路。

在导演叫停后，甘彧与袁本善便同时朝他走过来，见他要摔倒，甘彧反应更快，先袁本善一步将人接住了。

池小池小声说道："腿软。"因为紧张过度。

说罢，他又补充了一句，"想吐。"因为刚才和"关巧巧"拥抱了一下。

这个反应在旁人眼里看来就很真实了。

看来不是心理素质过硬，是能扛。

池小池晚上没吃什么，吐也吐不出什么来，只是干呕出的胃酸实在烧嗓子，甘棠递了瓶冰镇矿泉水给他，甘彧则站在他后面温柔地给他捏肩膀，倒真是个标准的当红明星的待遇。

甘彧问他："还难不难受了？"

池小池闭着眼睛回答："还好。"吐啊吐的就习惯了。

迟来一步的袁本善眼睁睁地看着宋纯阳站在甘彧身边，任他照顾，心里一股股烦躁感直往上顶。

他虽然借这个灵物之手处理了关巧巧，却做得不很漂亮，还不知道会不会招来报复，目前唯一的护身符也就是宋纯阳了。偏偏这个护身符却一反常态，大有投靠别人的意思。

向来都是宋纯阳巴巴儿地追着他跑，袁本善早已将此视作理所当然，如今宋纯阳对他一疏远，他就觉得自己一点儿保障都没有。于是，他在饮料里挑了一瓶宋纯阳最爱喝的果汁，刚想过去，却见"关巧巧"从一旁走过来，袅袅婷婷地在他的目标人物身边落座。

袁本善一看到这张脸就想到自己锁上房门前关巧巧那双怨毒的眼睛，哪里还敢过去？

"关巧巧"看也没看袁本善一眼。她显然对池小池有着更为浓厚的兴趣，她主动搭讪道："感觉怎么样？还能演吗？"

池小池坦然地睁开眼睛。

跟她有惊无险地对过一场戏后，池小池心里已经有了数。这个摄制团队显然是"关巧巧"拉起来的，完全按照她的心意行事。她的剧本，和他们手里的剧本恐怕不尽相同。

一个是不错的文艺片本子，一个是不可回收的一次性垃圾。

池小池倒也直接，张口就问："巧巧，你的剧本能不能借我看看？"

"关巧巧"指一指自己的心："我记在这儿了。"

池小池：哦，完蛋了。

不过他也没放弃。

原来他就常在片场闲聊，尤其是跟编剧孙老，他们能有来有往地谈论一个人物的前世今生，直到深夜。

刚跟他合作时，孙老经常对别人感慨道：July 这孩子，天生就该搞艺术。

合作久了，孙老就换了一套说辞：July 这孩子，搞搞艺术就挺好，别搞别的，一搞一个幺蛾子。

呵，善变。

池小池开始跟“关巧巧”聊剧本。

虽然跟灵物聊天的感觉很微妙，但他一没有踩死亡条件，二有演技包护体，总体来说，不心虚。

看着与“关巧巧”谈笑风生的池小池，许多参与者一股感慨油然而生。

心宽真好，真是泰山崩于前而眼不见心不烦。

也有一两个人暗自感叹道，这小伙子是个狠人，连女灵物都不放过。

但小辫男与马尾女聊了两句后，一直盯着“关巧巧”的侧颈，若有所思。

那里贴了一块创可贴，边缘处仍有些渗血。

4

夜里两点，他们才散场。

参与者们聚集在一间空房内开会，气氛十分压抑。

明天早上还有戏要拍，于是池小池开门见山地说道：“她的剧本和我们的不一样。”

长眼睛的人都看得出来，但池小池提供了更多的细节。

“关巧巧”手里的剧本没那些乱七八糟的镜头，七年前与七年后的故事线脉络清晰，讲了一个有关校园暴力的故事。

小辫男饰演的男主，当年因为“关巧巧”的美貌对她有好感，又因为瞧不起小跟班“宋纯阳”，故意欺凌“关巧巧”，一面是为了好玩，一面是逼她看清自己的小男友是个什么货色。在“关巧巧”因他的欺凌而去世后，他却因未满十八岁，蹲了一年少管所，便被家人送出国去，十年后才回来。

他依然风流，依然浪荡，却诚实地从不否认自己当初做了坏事。

马尾女饰演的女主，多年前确实是个为所欲为的大姐大，也确实聚众欺凌过“关巧巧”，但多年过后已经变成平庸的妇人，苦于自闭症儿子被同班同学欺负，对多年前的“关巧巧”抱有歉疚。

其他配角也都不是随波逐流的工具人。

“关巧巧”与“宋纯阳”自不用说，他们都是渴望被拯救的人，却都不肯伸出自己的手，只是孤独地缩在角落里，等着别人来发现他们，拯救他们。

高壮女要饰演的角色身为女主的闺密，因为第一个发现“关巧巧”的尸体，抑郁多年，现在仍需要靠吃药维持身心健康。十年后的她是个优秀的漫画家，专门画一些猎奇漫画。

雀斑男按剧本的设定是个极其怀旧的人，一直暗恋女主，多少年来仍念念不忘。但他爱的是当初那个刁蛮任性、自私至极的少女，而不是这个略显臃肿、满口不离儿子的家庭主妇。他是七年后的故事线的主要引导者，一直带着大家回忆过去，间接让大家纷纷陷入心魔。

就连袁本善所扮演的那位“正义杠精”的分裂性也有了合理的解释。他高中时实际上和“宋纯阳”一样，都是男、女主的跟班。当年，“关巧巧”死时，他就在旁边。他本来可以阻止，但他怕男主打击报复，选择了沉默。

十多年来，没人知道这件事，但他始终有极深的心理阴影中，一直在为自己的作法寻找借口。

一切都是男主的错，都是女主的错，自己不过是不小心路过、不小心撞见而已，为什么要遭受这些折磨？

于是他从十多年前那个温和、懦弱的人，变得偏激、暴躁，爱推卸责任。

这部偏文艺的恐怖片画风冷艳、凄迷，诡谲哀婉，许多在原剧本中不合理的内容都得到了相应的解释。

没有太纯粹的恶，也没有太纯粹的善，没什么矫情的青春疼痛也没什么俗套的中年危机，所有故事都很俗套，既符合情理，又让人无可奈何。

池小池很喜欢这个剧本，也正因如此，他才能跟“关巧巧”聊上一个多小时，而不仅仅是为了套得情报。

孙老曾评价过池小池，说他天生对艺术敏感，本来该是个戏疯子，但他脑子里又有一种奇怪的理智平衡，颇晓得分寸进退，因此成了个难得的妙人儿。但孙老又补了句：“要是做人也能协调点儿就好了。”

当池小池听到这句话时正在吃葡萄，一边给孙老剥葡萄皮一边没大没小地笑嘻嘻地说：“您就多余说那后半句。”

他从小就有过剩的文艺气息，一个纸片人的死都能让他难过好半天，哄都哄不好，嘴又甜，说白了，跟宋纯阳似的，小猫崽似的黏人。

但自从娄哥去世后，再没有人哄他了。

于是他自然而然地学会了很多其他的东西。学会如何面对死亡，如何变得世故，如何讨好别人。

他太知道该怎么做人了，只是他在出头后并不想做这种人，又累又没趣，索性自由自在地活成了个黑粉无数的池小池。

如今他还在扮演别人的角色，自然要尽心尽力。

至于其他人，他们可不关心这个剧本有多好，他们更关心自己的生命。

小辫男率先问道：“具体剧本呢，在哪儿？”

池小池："没有。"

小辫男："这是什么意思？要我们临场发挥？配合这个灵物的剧本演戏？"

池小池问了个很有建设性的问题："不然呢？"

你演你的，她演她的？等情节有冲突了，不听她的，难道听你的？

人家是刀俎，他们这些砧板上的鱼肉何必急着蹦跶？

小辫男也知道自己这个问题问得蠢了，但心里仍转着点念想，与马尾女交换了个眼色。

马尾女开口问道："没有她的对手戏，我们可以自己先写一写，自由发挥。可有她的戏份呢？该怎么办？"

池小池："见机行事。"

小辫男觑着池小池："你能接住她的戏，我们未必能接住。"

池小池傻傻地一笑，又说了句不咸不淡的废话："多谢夸奖。"

他看得出来，这人与同伴眉来眼去的，显然是心里有别的小九九，但池小池并不接话。他可没必要在对方提出问题后马上积极地思考解决方案，尤其是在对方心怀鬼胎、不愿如实相告的情况下。

目前这个灵物的状态相对稳定，这戏他也接得住，但其他人就不一样了，走不了阳关道，只得挤独木桥。

甘彧和甘棠不参与演出，不必担忧，至于袁本善，他如果死了的话，池小池可能会忍不住放一挂鞭炮庆祝。

大家不过是临时组队的随缘关系，愿意合作就合作，不愿意合作，自己犯了灵物的忌讳，到头来丢的是自己的性命。

很快，参与者们分出了阵营。

雀斑男、小辫男、马尾女与高壮女是盟友，此刻也有了一些分歧。

雀斑男挪到池小池身边，试图挖出更多细节，马尾女与小辫男喁喁低语着什么，高壮女则左右摇摆，一会儿凑上去听一听他们的对话，一会儿又跑来听池小池说了什么。

池小池堂而皇之地跟雀斑男打听他们的计划。

雀斑男倒也坦诚："他们打算干她个熊的。"

池小池暗叹：真是胆大。

把几人的诧异的表情纳入眼底后，雀斑男用东北话给池小池他们科普了一下何为夺身以及夺身的种类。

自从看到"关巧巧"在流血，而且血液是正常颜色时，小辫男就动了心思。她是生夺了躯体，那么，如果运用合适的手段，她应该也是可以被杀死的。

闻言，袁本善稍稍提起了精神，却也难掩怀疑之情："你们能干掉她？"

雀斑男虽然大大咧咧的，可也知道有些信息是不能共享的。他含糊其词地说道：“当然是有办法的。”

他们有一张王牌，是偶然在任务世界里得到的道具。在听到雀斑男的话后，袁本善马上起了些别的心思。

他想要活下去，任何能保住他性命的筹码他都想牢牢地攥在手里。

无奈他这边没了关巧巧，只有一个单纯的宋纯阳，他留着他还有大用处，还不能在他面前露出卑劣的一面。

因此他没有说话。

甘彧却微微蹙眉：“任务要求里写得清清楚楚，只要不出戏就行。为什么要搞这些多余的事情？”

雀斑男倒是坦坦荡荡的：“我是学戏剧影视的，算是半个内行人，进过剧组，算是有点儿经验。他们有啥啊，一个是搞IT的，一个是游泳教练，一个是教英语的，碰都没碰过这个演戏，两眼一抹黑，心里没底儿呗。”

池小池接过了话，道：“他们担心的不止是这个吧。”

此刻袁本善倒是迅速理解了池小池的意思。

剧本里，谁都曾或多或少地对不起“关巧巧”，随着拍摄进度推进，总会演到“关巧巧”报复的片段。

因为在关巧巧的原剧本里，是真的有灵物的。

在十年后的同学聚会中，“宋纯阳”确实是刻意想要吓唬他们，却在这个过程中，逐渐发现了一些真实的灵异事件。

对此，他并没有插手。

“关巧巧”的怨气在古堡中滞留不去，痛苦万分，心理逐渐扭曲，一心想着报仇，却发现过往对不起她的人都已经真心悔过，重新做人。

她幻想了多年的以眼还眼的报复计划，一夕间作废，变得疲软无力。

这种绝望的情绪贯穿剧本始终，为这个角色增添了太多的悲剧色彩，同时又对参与者们非常不友好。

按照剧情安排，身处绝望中的“关巧巧”会一个个将他们带走，至于带到哪里，死没死，剧本中没有交代，“关巧巧”在交谈中也不肯透露，还露出一些困惑又痛苦的表情，好像也在为这些人的结局而苦恼。

按照顺序，首先被带走的是马尾女，第二个是高壮女，第三个是雀斑男，暂时处于安全区的是袁本善、小辫男与宋纯阳。

雀斑男认为，按照任务要求执行即可，但马尾女她们就不这么想了。

如果配合“关巧巧”的表演，任由她“带走”，他们还回得来吗？

小辫男如此积极的原因，也正是因为他清楚，按照剧中设定，不管是哪一版剧本，他都是那个罪魁祸首，怎么看都是那个会在电影落幕前离开这个世界的角色。

这种源自于未知的焦虑，绝不是一句“演戏而已”就劝慰得了的。

哪怕任务明明白白地告知，死亡条件是“出戏”，并没提及其他潜在的危险要素，也拦不住他们心中滋生出的疑惑。

袁本善本来也动了心思，想看看雀斑男所谓的能杀灵物的“办法”是什么，但思前想后，还是作罢了。他已经亲手干掉了一次关巧巧，还可能被这个“关巧巧”二号目击了，哪里还有胆子再往她跟前凑。他现在唯一的指望就是宋纯阳，要牢牢攥到手里才是。

于是在离开聚集的房间时，他拉住了宋纯阳。他说：“纯阳，我们住一个房间吧。”

池小池本来就打算放长线钓大鱼，当然要先喂些饵，但喂饵也是有诀窍的。

于是，他先应了一声“好”，又摇了摇头。

袁本善略有担心：“怎么？”

池小池做思考状，随后吞吞吐吐地说道：“我怕那个……那个‘巧巧’，今天晚上会找我谈戏。我怕和你一个房间会拖累你……”

袁本善此时最怕和关巧巧有交集，但他也害怕阴森森的房间里只有他一个人。

他权衡利弊之后，觉得两人住在一起也不算安全，正打算提议他们和甘家兄妹四个人住在一起，就见眼前人眼里噙了泪，看上去可怜兮兮的。他问：“怎么了？”

池小池满口胡诌：“巧巧……就这么没了？我心里难受。今天演戏的时候就一直想着她。老袁，她真的回不来了？”

说着，一大滴眼泪就又泫然欲坠了。

池小池熟练掌握着这种把一滴眼泪都控制得圆融如意的本事。哭得涕泗横流固然能表达情感，但视觉美却能有效提升观感，影响人的好感度。

果然，袁本善对他的实时好感度噌噌往上涨去。

袁本善把宋纯阳送回了房间，并把他哄睡。见宋纯阳睡着，袁本善起身，准备去搬被褥来与他同住。但等他折返回来，却发现原本敞开的房门已经从里面反锁了。

袁本善敲了两下门，便见几分钟前还在聚集房间里的甘棠穿着热裤与背心从门里走出，单手撑在门上，口气倒温和得很：“怎么了？你有什么事情吗？”

袁本善说：“纯阳让我搬来……”

“不好意思。”甘棠干脆地道，“我不喜欢和不认识的人住在一起。”

她也不等袁本善有什么反应，一步退回门内，把门关好，上锁。

袁本善站在门口，一时间气恼难言，却又不敢高声叫门，生怕惊动了在同一层楼休息的“关巧巧”，只好忍着一口气，抱着被褥返回房间，打算明天再找姓甘的兄妹好好谈谈。

见人走了，坐在床边的甘彧方才垂下眸来，用毛巾蘸了温水和卸妆膏，一点点为那个睡着的人卸妆。

池小池觉浅，尽管甘彧手轻得很，毛巾的细绒拂过脸颊的感觉还是让他醒了过来。

袁本善不在房间内，门又上了锁，他便在蒙昽中猜到了一二，沙着嗓子问："怎么不叫他进来啊？"

"你的时间是我用钱买来的。"甘彧轻声道，"我希望宋护士跟我们是单纯的一对二服务，不希望有任何多余因素的掺杂。"

5

池小池看他一眼，侧身去拿水杯，不动声色地说道："不用你卸妆了。你先睡吧，我去洗个澡。"

甘彧让开半个身子："小心有人从淋浴头那边爬过来。"

池小池一愣："你在吓唬我？"

甘彧轻咳一声："只是提醒。"

池小池露出了个"我不在乎"的微笑，迈步走到浴室门口，面对漆黑的洗手间和正对门口的镜子发呆五秒钟，又转身走了回来，踢掉拖鞋。

甘彧："怎么了？"

池小池爬上床，闷声道："累，不洗澡了。"

甘彧："怕了？"

池小池背朝向他："不怕。累了。"

甘彧失笑，对自己方才的话有些歉疚。他说道："去吧，我在外面陪着你。"

于是，忙碌一天后，池小池终于洗了澡。

滚烫的水浇遍全身，促进每一个毛孔舒张，轻而易举地带走了身体内的疲惫，窗外有蝉鸣，和着细风一并传入，内热外凉，叫人的心也跟着一并静了下来。

玻璃门上落满水汽，池小池伸手抹去那层水汽，能透过洗手间的磨砂玻璃门看到外头影影绰绰地站了个人，双手垂下，看起来是真在等他，连个打发时间的手机都没带。

胆小的人在独处时想象力极丰富，总感觉全天下都要害他，一个浴球都能脑补成人脑袋，于是他为了避免让自己有胡思乱想的机会，有意跟甘彧搭话道："甘医生，你不玩手机吗？"

在任务世界里手机无法联网，但手机自带功能不会受到影响，所以玩个单机小游戏还是不成问题的。

外面的人说："不是说让我等你吗？"

池小池说："干站着也怪没意思的。"

甘彧含笑道："等你这件事本身就很有意思。"

池小池：斗不过，再见。

他思考数秒后，转头对奚楼说："统统，我觉得他有问题。"

奚楼比池小池还紧张："嗯，你离他远点儿。"

池小池说："可他现在又在保护我啊。"

"这个人图谋不轨，他认识你是从这次任务开始的。真正该受他保护的是你，不是纯阳。"

池小池说："医院里有那么多护士，他可是一眼就认出宋纯阳并叫出他的名字了。他可能很早之前就认识纯阳……"

奚楼一时情急，把自己对将来那点隐秘的打算和盘托出："你不要做多余的事，纯阳要是能完成十次任务，我会保护他的……"

池小池把头发上的泡沫冲洗干净，意味深长地回："哦。"

奚楼就这么给吊上了胃口。

"哦"是什么意思？算是答应不跟姓甘的合作了？还是敷衍了事？

一时间，池小池与甘彧在奚楼心里的好感度直线降低，只盼着他们快点离开宋纯阳的世界。

洗澡时没有发生意外，还顺便逗了一下奚楼，好歹平衡了池小池在甘彧那里吃的亏。

池小池穿着拖鞋裹着浴巾出来时，甘彧还在门口规规矩矩地站着，好像替他守门真的是一件很有意思的事情一样。

池小池没有管他。

上了床，熄了灯，池小池并不急着睡，而是睁眼数着天花板上的纹路。

甘棠早已睡下，甘彧躺了一会儿，问他："怎么还不睡？"

池小池说："我在想，这个世界的难度在哪里。"

他还在想，那个占据了关巧巧身体的灵物，到底是一个剧中人物，还是真实存在过的人呢？

除了第一次任务外，每次的任务地点都会提前发布，因此宋纯阳在前往任务地点前，曾仔细调查了关于这座古堡的故事。

这座古堡曾属于一个挺有钱的商人，是买来充面子的，偶尔用来度假。

在古堡废弃前，他的确将古堡租赁给一个剧组使用过。

当剧组即将杀青时，有小道消息传出来，说剧组中一个新人女配角因为见到灵物而去世了。

因为正值宣传期，这条消息一出，马上被认定是炒作，只不过手法太过拙劣。

剧组方面澄清，说的确出了拍摄事故，但只是单纯的意外，请大家尊重逝者云云。

拍摄中出现意外并不少见，更何况这个小演员实在是知名度不高，还没从大学毕业，这是她参演的第一部电影。

网上虽然有惋惜之声，也不过是随口感叹罢了。

结果，三天后的杀青宴上，在媒体镜头的注视下，电影中的男主毫无预兆地疯了，从三楼跳下来，摔入无水的游泳池里，死在了媒体的镜头前，可以说极为难看。

这位男主也算是一个新晋小生，长得不错，又演过几部偶像剧，事业正处在上升期，性格开朗，是综艺节目最受主持人欢迎的那类人，哪可能莫名其妙就疯了？

流言就这么传了开来，直到官方介入，议论的风潮才渐渐平息。但这事儿的神秘色彩实在太强，时隔多年，仍有人以对暗号的形式在论坛里暗戳戳地讨论。

丑闻永远是最能调动人的猎奇心理的东西，谁都想去看看这部电影，但被这样一闹，上映是绝不可能的了。片方无奈地接受了这一安排，把这部电影的胶片锁入了箱底。

事后，导演又拍了两部低成本电影，票房低迷，从此淡出影坛，再无作品，至于那些演员与编剧更是三缄其口，许多人甚至直接销声匿迹，再无消息。

而这座古堡因为莫名其妙地死了两个人，虽然重新修葺，却再也无人问津。

天长日久，原本还不错的古堡索性被主人弃置了。

这么多年过去，相关人员不知所踪，网上的众说纷纭又实在太过芜杂，宋纯阳看了许久八竿子打不着的八卦新闻，头都大了，也没能找到靠谱的切入口。

池小池想，这个隐匿于照片中的灵物究竟是什么来头呢？她选中关巧巧这副皮囊，是因为她喜欢关巧巧的皮囊，还是喜欢她饰演的角色？抑或还有别的原因？

当然，池小池也只能在心里罗列个一二三四种的可能性，有备无患，如果让他当面去问“关巧巧”，不好意思，他胆小。

甘彧看着他亮晶晶的眼睛，不赞成地摇了摇头。

池小池有个毛病：哪怕他累了一天，哪怕一觉只睡五分钟，只要醒过来，接下来就很难再入睡。

这种作息无论如何都不算健康，必须要调整。于是，甘彧拿了自己的手机，按了几下，放在池小池枕边。

池小池：“嗯？”

甘彧说：“我的手机里有广播软件，下载了些音频在里面，睡不着的时候可以听。”

池小池心想，这应该是传说中的广播剧了。

作为一个品味忽高忽低、可雅可俗的人，池小池竖起耳朵，打起十二万分精神，打算听个热闹。

然而略出乎池小池意料的是，音频里面放的是童话故事，讲的是一条迷路的小鱼归乡的故事。他看了一眼甘彧，没想到他还有这样的童心。

讲故事的人声音悦耳，既暖且轻，说上两句话都能让人觉得放松下来。

“小鱼从南太平洋出发，摆着尾巴，听着南太平洋的呼吸，它想，它要找到它的那丛珊瑚呀。”这个声音既不是甘彧的，也不是061的，但那断句的习惯让池小池有点儿恍惚，原本摇荡的心思也一应收了起来。

甘彧的声音软和了很多，与电台男主播的声音混在一起，也不显得违和，反倒多出了几分催眠的效果来：“还是多睡一下为好。明天八点起床，你睡得早，皮肤状态也会好些，方便上妆。”

说罢，他把空调温度调低，这样一来，盖上干燥的棉被后，就更添温暖的感觉。

甘彧动作时，池小池一直看着他。

眼前之人是陌生的，耳旁的声音是陌生的，但是交织在一起，竟让他又一次忍不住想到了娄影。他一直以为，这么多年过去，娄影早在他心里变成了一个标志，想起来温暖，但实际上却是冷冰冰的虚妄一念罢了。

时隔多年，他却在一个阴森森的古堡里体验到了久违的、踏实的感觉，让他觉得，如果娄哥还活着，他大概就会有这么幸福。

他曾在冬歌的那个世界感受到来自冬飞鸿的关怀，但那些关怀点到即止，不会超过一个长辈对晚辈的关爱，因此池小池最多也只是怀疑他是否和061有关联而已。

而现在……

甘彧看池小池的那张脸还是一副浮想联翩的表情，实在有点儿忍不住想推推他脑门的冲动，说道：“睡觉。”

池小池难得听话，闭上了眼睛。

他也是个点到即止的人。

不管甘彧是这条世界线上的娄哥，是六老师，还是061背后的主神搞出的迷魂阵，既然现在使用的是别人的身体，他都不会牵绊于此。

看池小池听话地闭眼，甘彧将手机往他的方向挪了挪。

广播里，那条躲在鲨鱼齿缝间、离家千万里的小鱼，已经充满希望地出发，寻找它刚出生时的那片珊瑚。珊瑚里有它爱吃的浮游生物，有它的兄弟姐妹，还有母亲。一路上，它遇到了许多危险，也遇到了许多丛与它的来处相似的珊瑚，它钻进去游一圈，遇到了不少朋友，吃饱了肚子，就继续向前游去，因为那些珊瑚都不是它的家。

小小的一条小丑鱼，却很有毅力。

确认池小池已经进入睡眠状态，甘彧才睁开眼，陷入遐思。

061已经在暗地里试遍了所有能试过的方法，但只要他主观上有透露自己身份的意愿，那句话、那件事就做不成。

很“断子绝孙”的保密机制。

只是越说不出，061越笃信自己的身份有问题。

既然说不出，那也不必着急。如果他是娄影，能再次回到小池的身边，已经是极大的幸运了。

他一夜未眠，靠在床头，听着那个由自己改变声音讲出的故事，目光滞留在池小池的脸上，既希望那“关巧巧”在夜里到来，让他多依赖自己一阵儿，又希望她千万别来，万一折腾出什么动静来，他又得把人重新哄睡着。

好在池小池睡得很是香甜，睫毛一颤一颤的，就像那条在珊瑚里钻来钻去的小鱼。

他伸手握拳，搁在唇边，将忍俊不禁的轻笑转为一声含着笑意的咳嗽：“咳。”

只是这声笑落在同样彻夜未眠的奚楼眼里，就比较辣眼睛了。

第二天一早，池小池刚醒来，奚楼便迫不及待地向他通报了他被偷窥了一夜的事实。

池小池边刷牙边表态：“没事儿，这说明你家宋纯阳皮相好。”

奚楼并不觉得高兴好吗？

池小池总不好说，他怀疑这个人是061，而且061有可能是自己早早亡故的童年挚友，所以他可能是冲我来的。

故事太长，解释不清，不如就放任奚楼瞎琢磨好了。

这种性格的人，越不理越主动。

果然，奚楼和他讲了一早上他和宋纯阳的经历，劝告池小池在人际交往方面要格外注意，别给宋纯阳惹祸，等等。

池小池则负责用字母应对。

a、e、i、o、u，百搭。

因为前天拍了夜戏，所以导演特意调整了第二天的开拍时间，想让大家好好休息。

然而，除了甘家兄妹与池小池外，其余人都顶着一张憔悴的脸，显然是并未真正休息好。

倒是“关巧巧”容光焕发，还精心地上了一点儿桃花妆，更显得皮肤水嫩，堪称精致的女灵物，和那些糊自己一脸番茄酱、顶着两周没洗的头发，还生怕自己不够吓人的灵物一点儿都不一样。

昨天都对过戏了，何况现在又是白天，池小池揣着一颗尿人胆，主动上前去跟她打了招呼：“休息得不错？”

“嗯。”“关巧巧”微微扬了扬唇角，“今天上午我们两个拍约会戏，所以妆化得好一点儿，下午就要换妆了。”

下午天气预报说山间有大雨，恐怕要调整一下拍摄进度，改拍那场雨天在树林中被灵物追逐的戏，主角是男主小辫男和女灵物。

好在这个“女灵物”一职现在被“关巧巧”代领，也不必由池小池去淋雨了。

相应的，小辫男满面不安，唇角都起了燎泡，听到导演到餐厅宣布拍摄计划后，脸色骤然大变。

这场戏里，他将会“跳池”，而且是被逼上跳水的高台，从十米高空头朝下跌下来，摔在没来得及蓄水的游泳池里。

这个方法足够残酷，也有点儿似曾相识。

宋纯阳能调查到的事情，小辫男自然也调查得到，不过八个世界的任务经验累积下来，他早学会了如何调控情绪，不至于当场崩溃，只好借口抽烟，一头扎到走廊里去。

池小池对甘棠使了个眼色，她便跟了出去，在走廊上聊了一会儿，获得了情报，便回来跟池小池咬耳朵。

小辫男去找导演协调换戏，想要把重头戏压后，但意料之中地被导演拒绝了。

剧组是带了高压水枪来的，但是有现成的雨天，何必要浪费资源？他们可以先借着雨水，拍上一版，看一看效果，如果效果不好就再来一次。

为此，小辫男差点儿跟导演吵起来，现在还在掰扯，不过看情况，导演是铁了心不会改主意了。

这从小辫男折返后的脸色便能窥见一二。

他失魂落魄地坐在那里，马尾女与高壮女上前安慰，三人顾忌着有“关巧巧”在，也不敢提起他们要对“关巧巧”不利的事情，彼此间心照不宣。

但池小池注意到，“关巧巧”朝他们的方向多看了几眼。那几眼都目光阴冷，不带善意，有点儿像蛇看猎物的感觉。池小池哪怕只是旁观都觉得有点儿瘆得慌，生怕被这些目光扫射到，便低下头安心吃自己的胡辣汤。

甘彧也看出了些不祥的兆头，蘸了桌子上的水，一笔一画地写字问道：“怎么回事？”

池小池摇摇头。

“因为小辫男提出想把戏拖后，触发了什么死亡条件吗？”

池小池再次摇头。

他需要再观察一下，弄明白这次任务的难点。除了演好这场没有剧本的戏之外，他们要注意的究竟还有哪些？

如果说“不出戏”的要求是不 NG，也太荒谬了。就连池小池这种水准的演员，也不能保证不 NG。忘词、走位错误、笑场、灯光故障，等等，造成 NG 的影响要素太多，如果导演要求苛刻，哪怕演员表现合格，同一个镜头也会一遍一遍地重复演绎、打磨，拍上三四天都是常事。

池小池总觉得，在关巧巧皮囊下的这只灵物，既然被安排成他们的第八次任务，一定是有些特殊难度在的。

讲清自己的顾虑，甘彧问：“你打算怎么办？”

池小池说：“顺水推舟。”还有一上午的时间，不妨再观察一下。

袁本善苦于“关巧巧”在近旁，无法接近宋纯阳，只能一个人百爪挠心。池小池倒是没忘了他，时不时给袁本善一个微笑，示意他安心。

关巧巧已死，再没人知道当初他拉宋纯阳下水的事情，如今宋纯阳又甘愿把一只眼睛给他，一番连消带打的操作，叫袁本善彻底打消了害人之心，也总算找回了当初与宋纯阳刚刚认识时的心情，对这个朋友升起了一点点悔意。

池小池注意到上升了 2 点的悔意值，露出了一丝讽刺的笑意。

2 点，一张“美颜盛世”初级卡都兑不来，穷死你得了。

奚楼听他冷笑，问他道:“怎么？”

这几日相处下来，池小池也把“渣男回收系统”的基本设置告诉了奚楼，现在告知他袁本善悔意值上涨一事，奚楼也是一脸鄙夷的表情。

在不同的任务世界里，奚楼见识过很多垃圾人，晓得有些人着实比灵物还可怕百倍。

然而在听完他发表的人性论后，池小池却是一脸的不置可否，捧着热腾腾的糖糕，吸吮着内里滚烫的糖汁，说道:“所以我怕灵物，不怕人。”

奚楼以为他会得出相反的结论，比如人心比灵物更可怕之类的。

“人再可恶、卑劣，和灵物也不一样。”池小池不紧不慢、轻描淡写地说道，“因为人打得着，伤得了。”

他的语气太过冷淡，又透着点潇洒快意，倒是叫人背脊发凉。只是他捧着糖糕，一边啃一边怕烫嘴地吸溜吸溜的样子有点儿可笑。

一旁的甘彧淡淡地笑了，取了纸巾垫在他手心里:“别把手弄脏了，黏糊糊的，不好洗。”

奚楼回过神来，看到甘彧讨好他的样子，对池小池说道:“你小心点他……哼。”

甘彧在池小池身旁剥着茶叶蛋，神态自若。

◇ 恶意，终结，世界机制

1

上午的戏开拍后，池小池不着痕迹地说错了两句台词，走位失误三次，笑场一次，都是常见的NG原因。

“关巧巧”不仅不着急，还拿了瓶矿泉水，递到池小池手中：“是不是没有休息好？”

这样近距离看来，她和真正的关巧巧全然不同。

关巧巧的笑向来开朗，小太阳似的，叫人难以看出笑靥下的心机，但“关巧巧”性格文静得很，话少，笑起来也是淡淡的，目光澄净，是真的在关心他。

池小池礼尚往来，从自己座位旁取了一瓶不冰的矿泉水，随手拧开，递还给她。

她没有喝，把那瓶水抱在怀里，说：“你演戏演得很好。”

“关巧巧”过于文静，不大会说话，找话题也找得生硬，像一个木头美人，只有在镜头前才看起来活灵活现。

池小池微微点头，接受了夸奖，他说：“你刚才那场戏，演得太放。”

一谈到戏，“关巧巧”便不局促了，身子都侧了过来，向池小池虚心求教。

这场戏是在剧中的“关巧巧”死前，与宋纯阳两人最后一次私密约会。

两个高中生，有些微妙的感情，却又谈之色变。他们作为有钱孩子的小跟班，做了在他们眼中堪称放肆的事儿。

趁其他人彻夜狂欢时，他们偷偷去山中的小湖划船。这是那些有钱孩子的船，他们大胆地占用了。但直到船漂到湖心，他们也没想清自己该干些什么，仿佛这种偷来的快乐本身就已经足够了。

他们握着手，坐在船上，看着远处的风景，一无所知地享受着他们生命中最后一次约会。

此时，剧中的“关巧巧”心中已存死意，只是藏得太深，不愿叫最亲近的人瞧见。

池小池那边戏份把握得当，这场戏中占情绪主导地位的是“关巧巧”，她要从平静过渡到失控，伏在池小池膝上大哭。

池小池把自己构思好的情景演给她看。

他只是随意往后一躺，眉眼中就染上了淡淡的哀愁，而且还是少女的哀愁。怅然，悲愤，平静，诸样情绪依次从他脸上闪过，睫毛翕动的样子叫人心中生怜。最后，他侧过脸去，对“关巧巧”眯着眼睛粲然一笑，眼睛是弯的，嘴角是翘的，但总叫人疑心下一秒就会有眼泪落下来。

浑然天成的演技，给人的感觉只有舒服与动容。

更难得的是，他眼皮往上一掀，抬手抹去一滴泪，就恢复了平素懒洋洋又玩世不恭的模样，往椅背上一靠，笑着一挑眉。

他进戏出戏就是这么容易，天生的，没办法。

“关巧巧”怔怔地看了他一会儿，眼中闪出光芒来，猛地探身握住了他的袖口：“我们再来一次，好不好？”

池小池当然同意。

“关巧巧”跑去与导演组交涉补拍镜头的事了，池小池起身，却感到腿软又坐回了原位。

把一切尽收眼底的甘彧笑了一下。

不是不㞞，只是能扛。

池小池坚持着从拍摄地回了一趟别墅，进了洗手间，泼了些水在脸上，才与跟来的甘家兄妹总结自己这一上午的发现。

“表演失误造成的合理 NG 不会造成死亡。”池小池说，“甚至我能在一定程度上，改变她的剧本。”

甘彧看着镜子中湿淋淋的池小池，神色温柔。

实在是辛苦他了，为了得出这两个简单结论，着实让他受了不少惊吓。

池小池在和她的相处过程中，发现她表现得完全不像一个灵物，和善有礼，叫人根本看不出危机潜藏在何处。

而这才是最危险的，也是最捉摸不透的。

池小池在思考时，突然听到二楼走廊上传来激烈的摔打和怒骂声。池小池与甘家兄妹对视一眼，迈步冲出洗手间。

发难的是小辫男，对象是照片。

他砸了三四个相框，才在袁本善等人的阻拦下停下来。然而他并未平静下来，仍旧焦躁地在一堆碎玻璃上徘徊不已，不住地用指甲挠着头皮。他的眼里浮出血丝，神经质地嘀咕着：“我们得杀了她……我必须杀了她！”

这一幕着实似曾相识，和关巧巧死前的抓狂表现相差无几。

池小池想弄清发生了什么，又急于返回片场，就抬手将站在一旁默然无语的袁本善叫过来。

池小池对袁本善的态度，一直叫化身甘彧的 061 颇为奇怪，池小池好像并不急着对付他，反倒大有收为己用、握手言欢之势。

虽然以他现在的立场，也不好开口询问他的计划。但 061 了解池小池，只要是惹了他，他反手就能给对方挖个大坑。

见到池小池，袁本善神情一松，主动走了过来。

今天上午纯阳出外景，甘家兄妹跟着他去了，临走前，他让袁本善他们多熟悉熟悉剧本，不要跟着他去了，还偷偷把袁本善拉到一边，让他从雀斑男那里打探一下那一行人的秘密武器是什么，并劝他们暂时不要动那个东西。

至少现在袁本善不在剧本中女灵物的杀戮名单之内，袁本善自然乐得去打探些消息。没想到，他与雀斑男没聊上两句，小辫男就发作了起来。

原本大家都在客厅里读剧本，谈体会，倒真有点儿研究艺术创作的意思，小辫男却像是身上有虱子似的，坐立难安，冷汗直流。

起初大家以为他是为下午对戏的事情而焦躁，但渐渐的，大家都发现他的状态不对劲儿了。

他咬掉了自己右手食指和拇指的指甲后，偏着半个身子，小声询问在身旁的马尾女："这些照片里的人……是不是在看我？"

听了袁本善的转述，池小池在大中午起了一身鸡皮疙瘩。池小池问："他在发现自己被照片窥视前，有做什么特别的事情吗？"

袁本善想了想："没有。他只是在出神，不知道在想什么，后来就……"

池小池又问："照片真的在看他吗？"

袁本善摇摇头。他看不见，但是小辫男坚称，客厅里挂的中世纪贵族少女照片里的少女在冷冷地盯着他看。

那张照片名叫《少女的祈祷》，是很古老的照片了，被精心装裱着，据说是这间古堡的主人最宝贝的收藏之一。

但据小辫男说，那个少女的双眼里仿佛有漩涡，荡漾着一圈圈黑暗的涟漪，恨不得将他吞入其中。他冲入走廊，与他同行的三名同伴都跟了上去，好言相劝，明明已经安抚住了，却不知怎的又开始失控，疯了似的摔砸东西，劝都劝不住。

"杀了她有什么用？"甘彧说，"让她回到照片里，再换个人附身？"

袁本善说道："他说，他有杀死她的办法。"

那个，应该就是雀斑男口中那个本来打算留到第十次任务时再使用的秘密武器了。

了解过发生了什么后，池小池返回了湖边的拍摄地。

"关巧巧"等他很久了，见他回来也不急，只温柔地一笑，扯着他的袖子，拉他上船。她的一张脸称得上人畜无害，然而池小池再见到她这副温和婉丽的模样，只觉得后背寒津津的。

到底什么才是这个任务世界中的死亡机制？

明明“关巧巧”到现在为止还没有正式与小辫男对过戏……

“你走神了。”

池小池被这个清冷的声音一惊，转过脸去，恰好与“关巧巧”双目相接。那冷淡的目光像剃刀似的，让池小池头皮发冷。

她凑近了些，问：“你在想什么呢？”

船内空间有限，他和“关巧巧”又离得过近，“关巧巧”随时可以轻松地扼断他的脖子，只要她想。

四周的摄影师都是NPC，等于一群活动的木偶，哪怕他这时真出点儿什么事，他们也不会有任何反应，只会如实记录下全过程，制成电影。

几个转念间，池小池坦诚地说道：“想一些不大好的事情。”

他承认，在“关巧巧”发问前的一瞬间，他在思考那个可以杀死灵物的办法。

“关巧巧”有点儿惊讶于他的诚实，但她很快说道：“别想了，导演要喊开始了。”

池小池就真的不再去想了。

今天发生的事让他隐约猜到了一种可能性，虽然无从印证，但值得一试。倘若他的想法是真的，那这个世界的难度确实不小。

值得庆幸的是，和天气预报不同，下午的天气闷热不堪，雨却迟迟未落，于是拍摄计划表又改回原来的。

小辫男本该松一口气，可他的状态反倒越来越差。

他把十指咬得鲜血淋漓，谁都能看出他已经到了濒临崩溃的边缘，与几日前的关巧巧的状态相差无几，只能靠一丝“杀死她”的希望强撑着。

小辫男的异变无法叫众人不注意，因此除了池小池一行人表现还算平稳之外，其余人都表现得堪称糟糕，看得“关巧巧”频频皱眉，NG喊了一遍又一遍。

她虽然没有对众人发作的意思，但大家却越来越紧张，片场十分安静，气氛压抑，空气几近凝固。

大家都在担心晚上的那场戏。

下午的戏还算正常，是几个人在古堡内缅怀故友，但到了晚上，他们又需要再玩一场四角游戏。

不同的是，这场四角游戏是来真的了。

按照池小池从“关巧巧”那里套来的剧本，这场四角游戏发生在十年后的同学聚会上，参与者是池小池、小辫男、雀斑男和马尾女。

除了池小池外，这三个人都在四角游戏中故意逗弄过“关巧巧”，心中有愧，喝了点酒后，马尾女提出想要重玩一遍当年的荒唐游戏，把她召唤出来，向她道歉。

谁承想，他们真的成功地招来了“第五个人”。

2

夜色降临，窗外才淅淅沥沥地落起了雨。

泥土被雨水浸泡得泛着腥味，蚯蚓很多，一团团从土里翻出来，蠕动翻滚，试图不叫自己窒息。

池小池马上要进小黑屋了，心情略感压抑，默唱着大悲颂歌，聊以解忧。

甘彧在他两颊扫上阴影，好让他显得更憔悴些，更符合人物形象："在念什么？"

池小池唱出了声："喝啰怛那，哆啰夜耶……"

甘彧当机立断地用阴影刷刷柄压在了池小池唇上。他怀疑他再唱下去，反而会招来什么不太好的东西。

池小池张嘴咬住了他的笔刷。

甘彧无奈："松嘴。"

池小池一挑眉，显然是想做点别的转移下注意力。

甘彧轻轻捏住他的下颌，又怕太使劲儿弄疼了他，所以只晃了晃，无奈地说："别闹，松嘴。"

池小池看着他，也觉得自己这个举动幼稚得很。

池小池从小怕黑、怕灵物，孩子气和想象力在这方面显露无遗，一被吓着了就往娄影那里跑，因为那里最安全，而且不会受到任何嘲笑。

小时候，起夜对他来说堪称人生三大挑战排名之首。

筒子楼里最大的特色便是"公共"，厨房、浴室、厕所，无一不公，无一不共。

如果池小池半夜想要上厕所，就得趿着拖鞋，在时亮时不亮的声控灯下走过，从走廊这头走到那头。

这对池小池而言，难度很大。

为了克服他这个毛病，娄影买来学校小卖店里卖的牛皮纸，裁开，用红墨水在上面画符，告诉他，拿着这个，半夜上厕所，灵物就不敢靠近你了。

池小池说："假的。"

娄影好脾气地道："真的。"

池小池转一转眼珠，把纸折成三角形塞进娄影兜里："那你拿着。"

娄影拿着符，他抓着娄影，就不会怕了。

迂回战术，堪称精妙。

后来，娄影死了，他就不再那么害怕了，偶尔半夜起床，半梦半醒间，还会拖着步子在走廊里走一圈，想要撞见一只姓娄的灵物，但愿望每每落空，让他终于开始怀疑起灵物的存在。

如果娄哥有灵，他为什么不回来看一看呢？

甘彧不知道他在想什么，只是单纯觉得这样犯孩子气的池小池很可爱。他用手将阴影粉轻轻掸开，确认妆容妥帖后，就放任池小池用他的大悲颂歌折磨奚楼，自己背过身去，拿口红和卫生纸画了一张符，并叠成了三角形。

虽然一定没用，但是哄哄咬他笔刷的池小池还是可以的。

外科医生修长而劲瘦的手指折叠起东西来简直是一场视觉盛宴。

他用指关节将卫生纸边缘压平时，马尾女来化妆间叫他，说夜戏准备开始拍摄了。

她担忧着小辫男的安危，即使不用化妆也是一脸憔悴。

池小池起身，正要向外走去，衬衫的口袋里就被甘彧塞了样东西进来。池小池微微扬眉，用目光询问他这是什么。

不管是甘彧还是061，都更喜欢把劝慰落实在看得见、摸得着的地方。一句“别怕”，不过是站着说话不腰疼，甘彧摸一摸池小池的口袋，说：“我就在外面等着。遇到危险，大声叫甘彧就好。”

池小池进到房中一角站定，隔着衬衣勾勒着口袋中三角形物品的轮廓，长出一口气，有点儿恍惚。但也只是一点儿而已，他还没忘记自己身在何处。

小辫男已经把半长的头发全部解散，嘴唇发白，他双目直盯着自己的脚背，目光里是虚张声势的狠厉。

窗外的雨又大了，噼里啪啦地在窗户上汇成一道道细小的水流，将屋内的死寂衬托得愈加恐怖。

池小池唱道：“冷冷的冰雨在我脸上胡乱地拍。”

忍过大悲颂歌的奚楼终究是忍无可忍了：“住嘴。”怎么不拍死你。

池小池：“嘻嘻。”

奚楼开始衷心期望那个女灵物给点力，争取一举吓瘫这个坏孩子。

这回负责撞灵物的，也的确是池小池。

按照“关巧巧”那里的剧本，“关巧巧”会在他们游戏进程中“唰”地一下出现。池小池看到死去的女友，先惊后喜，最后竟扯住她不肯放开，屋内乱作一团，而等灯亮之后，众人发现，池小池握住的不过是墙上挂着的一件外套。

“关巧巧”本来就是灵物，因此来去无踪，连特效都不需要，可以说是从根本上造福后期工作人员。

关灯前，“关巧巧”特意进了一次房间，对池小池抱歉地说道：“别怕啊，都是演戏。”

这话的内容与她歉疚的眼神都足够真诚，只是想到上午泛舟时她冷若剃刀的眼神，池小池只觉得脖子发凉。

灯关上了。

整个房间都陷入了黑暗中，唯有呼吸声此起彼伏。

池小池去数呼吸声，很好，加上他是四个，暂时没多出那个“第五个人”。

第一轮，他身处D位，也是“关巧巧”曾经站过的位置。

小辫男站A位，他单手扶着墙，朝B位的马尾女走去，脚步像是拖在地上，沙沙作响。

屋内有微弱光源，窗户也并未封死，偶尔一道白闪闪的电光在天际扯过，映亮房间中四个人的身影，个个都像极了幽魂。

小辫男缠满创可贴的手搭在马尾女的右肩上，又冷又软，隔着衣服，马尾女都被冰得打了个冷战。她甚至不敢回头，迈步出发，小跑着往C位的雀斑男处赶去。

雀斑男被她一掌拍得踉跄了几步，满是怨念地转头看她一眼，才一步步朝池小池摸去。

温厚的手掌拍在池小池的肩上，池小池往前走去，心里想，会不会她就在下一个转角，垂着手，低着头，等着我。

他不自觉地把手探入兜里，靠着卫生纸符赐予自己的力量迈步前行。

然而他担心的事情并没有发生，下一处墙角因为小辫男的离开而空了下来。

他依照游戏规则咳嗽一声，又向小辫男现在所处的墙角走去。就位之后，他抬手拍一拍小辫男的肩，摸到了一手冷汗。

小辫男却没急着走，幽幽地回头望了他一眼，似乎在确定来者是否真的是人。

恰在此时，一道闪电划过，将屋中所有人的脸映得煞白。

小辫男那眼神之中的神经质已经不属于一个正常人了，甚至有野兽似的暗光，钝刀似的，让池小池感到浑身发冷。

但池小池确实能扛。他视若无睹地站定，任小辫男向前走去。

“关巧巧”一直没有出现，他们就在空荡荡的房子里转着圈。渐渐的，几个人的情绪都或多或少地变得焦躁起来。

她什么时候会来？

等待恐惧降临，要比恐惧本身更恐怖。

池小池都转得有点儿麻木了，站在墙角等待下一轮雀斑男的到来时，他没话找话地跟奚楼贫嘴：“感觉像是老驴拉磨。”

奚楼：“驴，你好。”

池小池：哟呵，会怼人了。

等了一会儿，奚楼说：“驴，你怎么不说话了？”

池小池用墙支撑着自己的身体，借以掩饰自己的腿软。

见池小池还不说话，奚楼沉默片刻：“跟我说点儿什么。”

虽然池小池人皮嘴贱还欠抽，但他胆小怕灵物，奚楼还是知道的，让他来做这样的任务，终究还是难为他了。

池小池想了想，也体谅了奚楼的这份苦心。

他感动地唱歌壮胆道：“看见蟑螂我不怕不怕啦。”

奚楼：突然很想吃驴肉是怎么回事？

池小池等在原地，听到雀斑男朝自己一步步走来，也做好了前往下一个角落的准备。

一只手搭上了他的肩膀。

池小池正要迈步，却感到被那只冰冷的手碰到的地方像是被蛇咬了一口，血肉一寸寸麻木冻结起来。

那不是雀斑男的手。

是一只女人的手，纤细，柔软，却又冷得出奇。

池小池僵硬着扭过头去。

连天雷都配合着这场演出，雪白似练的闪电划破长空……

“关巧巧”正站在池小池的背后看着他，巧笑倩兮，似乎是想要与旧日情人说些情话，但她一张口，内里就露出了如同七鳃鳗一样的肉齿，一圈圈地翕动着，直通到了咽喉里去。

可还没等池小池产生什么生理反应，“关巧巧”就被一个狗系表情包糊到脸上。“[你莫挨老子！汪！].jpg”

池小池的嘴角控制不住地上扬了一下。

有了表情包的缓冲，看不见那张可怕的脸，池小池迅速找回了感觉，顺势将那一点儿又惊又恐的表情过渡成难以置信的笑意。

“巧巧？是你吗？”

房间内重归黑暗，他反手抓住“关巧巧”的衣角，一滴泪挂在睫毛上，将滴未滴。

“巧巧？”马尾女惊呼起来，“巧巧来了？”

她害怕得恨不得夺门而逃，如今还要强颜欢笑，声音里就带了哭腔，而走到一半的雀斑男听到前方的动静，“哎哟”一声，几步退回了原先的角落，反应倒都真实得很。

与此同时，身处房间另一个角落的小辫男露出了扭曲的笑意，一把断刃匕首被他攥在了手里。

那把匕首从中间断开，仅存的半面钢刃上描刻着无数斑驳的咒纹，隐现流光，诡谲难言。

机会来了。

他活命的机会，来了。

这是小辫男在他的第六个任务世界里从一个捕捉灵物的先生那里偷来的。

这把断匕功效等同于被祈福过的桃木钉，能够将灵物锁定在一具身体内，并杀伤她的灵体。只要将“关巧巧”封死在这个身体内，叫她无法回到照片中，那她就再也没办法兴风作浪了。

小辫男观察过，她沉迷于演戏，在演戏过程中下手，就是他能想到的最好的机会。

在黑暗里，不用面对她的脸，真是太好……

他袖中藏着断匕，满心期待，跌跌撞撞地靠近了“关巧巧”。

因此房间内的灯光骤然亮起时，他悚然一惊，马上将袖间的一点儿寒芒纳回，随即而来的是翻涌着浓浓恶意的愤怒。

谁开的灯？

但所有的愤怒，在他转头看到一样东西时，都被泼上了一盆冰水，只剩下深入骨髓的冷。

“关巧巧”已经如剧本里一样，在关灯后消失了身影。

但他看到的东西，比任何血腥、扭曲的东西都更加恐怖百倍。

那幅《少女的祈祷》，不知何时竟挂在了房间内靠门一侧的墙壁上，正对着小辫男的脸。

照片中的少女姿容端庄，装扮古典，唇色殷红，如有鲜血点染，她居高临下又安静地注视着小辫男，就这样看着看着，照片中少女的一颗脑袋忽然掉了下来，里面尽是蠕动翻滚的线状红虫。

小辫男呆愣片刻，发出一声凄厉的惨叫，转身撞破玻璃，纵身跃入雨帘中。

其他人都只是看到了这幅突然出现的照片，而唯一能看到异变的池小池，眼前则被一个猫系表情包“[我要这个！你给我买这个].jpg”霸占了全屏。

对不起，是表情包蒙蔽了我的双眼。

然而，小辫男惨叫着坠楼，已经足够他联想到画面中是什么恐怖的内容。

池小池冲到窗边，将窗户插销打开，一下推开已是摇摇欲坠、破碎支离的玻璃窗，俯身朝下看去。

池小池脸色骤变。

马尾女此刻也冲到窗边，强硬地挤开了他半的个身子。

池小池喝道：“别看！”但已经晚了。

马尾女一眼看下去，瞠目结舌，一转身竟直接呕吐了出来。

仿佛方圆十里的蚯蚓都集中在了这扇窗下似的，一群群蚯蚓扭动蜷曲，肥硕的身体一节节收缩着，构成了一片活动的暗红之海。

小辫男跌入蚯蚓之中，毫发无损，但等他发现自己身处何地时，立刻陷入了崩溃。

他从地上爬起，疯狂地想要离开，一脚踏下去就是“啪叽”一声，无数蚯蚓在他脚下被踩爆。他狂乱地挥动着手臂：“离我远一点儿！离我远一点儿！”

小辫男拉扯着自己的衣服，抖落钻进去的蚯蚓，但他的精神已经彻底崩溃了，他叫嚷着：“它们在往我的耳朵里钻！它们在往我的脑子里钻！”

他指的是蚯蚓。

在他看来，那些暗红色的、蠕动着的软体动物，正以缓慢的速度从他身体的每一个毛孔进入，进入他的骨头，血肉，就像是找到了家，扭曲着身体钻了进去。

他惨叫着、扑打着自己身上，尽管他的身上已经没有几条蚯蚓。

池小池叫他：“回来！快点回来！”

这个场景，这个剧情走向，怎么有点儿眼熟。雨天，癫狂，夜奔的男主……

小辫男对池小池的呼喊置若罔闻，披头散发地奔向了游泳池。

池小池睁大了眼睛，返身冲出房间，朝楼下奔去。

听到房间内的惨叫，一直等待在门边的甘彧推门而入，见池小池拔足想跑，他眼疾手快，一把抓住了他的手腕。

池小池想从他手里挣脱出来：“出事了！”

但甘彧的反应比他更快，闻言拖住他，一起大步流星地往楼下奔去。

“我陪你去。”

冲出古堡，池小池看到了极为恐怖的一幕。

摄影师追赶着一路冒雨夜奔、涕泗横流的小辫男，似乎将他的疯狂视为了演出的一部分。

冰冷的镜头，冰冷的雨，发狂的人，冷静的摄制组。这一切构成了一个十分荒诞、恐怖的画面。

导演似乎很喜欢这个突如其来的精彩剧情。

“很好，很好，不要停！”

“摄像！跟上他，别跟丢！”

NPC 们把发生的一切视作表演的一部分，并为之鼓掌叫好，而池小池的呼喊被淹没在雨声中，几不可闻。

而事件的结局是，小辫男在慌不择路间爬上了高达十米的游泳池跳台，毫不犹豫地纵身一跃。

导演振臂一呼：“Cut！”

是真的 Cut 了。

小辫男头朝下跌入泳池，被雨水蓄了一个底儿的泳池，无法缓解他的下坠力道，小辫男就这样，“不意外”地出事了。

池小池赶到泳池边时，小辫男的尸体已经被 061 打上了马赛克。

即使如此，甘彧仍不放心地横身拦在池小池跟前，尽力将这一坨马赛克与他划清关系：“别看。”

随之赶来的马尾女看到小辫男的尸体，揪着自己的头发，发出撕心裂肺的惨叫，嘴巴张得极大，几乎能看到鲜红的喉腔。

她跌坐在泳池边，眉目间的疯狂渐渐被冷酷取代。

谁也没去问过她与小辫男的关系，能做同盟的，非特殊情况外，不是亲人，也胜似亲人。

她自言自语地道：“他死了，是按照剧情死的。”她又说道，“是那个‘关巧巧’杀了他。”

观察到她的反应，电光火石间，池小池眉间一动，彻底想通了这个世界的机制。

眼见马尾女眼中血丝遍布，杀机渐起，池小池飞起一脚，把她直接踹进了游泳池。

她竟然没摔晕，摇摇晃晃地就要站起来，一起跟来的甘棠见状微叹一声，纵身跃入游泳池，干脆利落地一记手刀，正中她后颈，将她劈晕了过去。

把湿漉漉的马尾女救上来，池小池为自己的行为开脱："非我也，脚也。"

奚楼：这时候皮一下真的会很快乐吗？

甘彧一看池小池的脸，就猜到他大概是想到什么了，一边脱下衣服扔给池小池让他顶在头上避免叫他淋到雨，一面问："怎么回事？"

"别墅中只有一个灵物。"池小池把自己的猜想简单说出来，"她选择屠戮对象的标准，就是心中是否有'恶意'。"

3

雨越下越大，甘彧背起昏迷的马尾女，深一脚浅一脚地回到古堡之中。

除了这处古堡，他们没有别的地方能躲避。即使知道"关巧巧"在古堡里，他们也非回去不可。

临走前，池小池回头看了一眼正被工作人员带回来的小辫男的尸身。

NPC 并没将这具尸体当"人"来看。他像一口破了洞的麻袋，被人扛在肩头，和道具一起被搬运到旁边的小屋。

池小池别过脸来，强迫自己不再看那边。

古堡的客厅中一片死寂，除了"关巧巧"拍完戏专心去睡美容觉之外，所有的人都聚在了一起。

那幅《少女的祈祷》照片回到了原来的位置，少女唇齿微张，茫然又忧郁的眼神看起来我见犹怜。

只是谁也不敢再直视那幅照片。

高壮女蜷在沙发里，眼底极冷，牙齿咬得发酸也浑然不觉。

听雀斑男说小辫男跑入雨中，她就知道他回不来了，却又抱着一丝渺茫的希望，所以只敢留在古堡中等待。

等待，总比亲眼见证要好得多……

然而亲耳听到他已经出事的消息，她仍然控制不住地崩溃了。

他们四个人是在网上认识的，从第四次任务开始结盟，一路走到这里。

他们这个联盟听起来有点儿戏又不牢靠，他们全都不算聪明人，好在运气不坏，又足够团结，竟也磕磕碰碰地走到了今天。四人都曾拉过彼此的后腿，也都救过拉后腿的人，吵吵闹闹，磕磕碰碰，却始终是全须全尾的四个人。

小辫男还开过玩笑，说就看哪个倒霉蛋先挂，害得大家连一桌麻将都凑不齐，到时候大家别急着哭丧，先一起唾弃他再说。

可现在谁也没力气唾弃他了，大家连哭也哭不出来。

高壮女与雀斑男一脸麻木的表情，雀斑男让昏迷的马尾女睡在自己腿上，用毛巾轻轻擦拭着她的脸。

在静寂中，奚楼忍不住开口："你说的'恶意'，具体是指什么？"

池小池披着袁本善递来的浴巾，任他在身边陪着，仰倒在沙发上，睫毛微湿，目光微淡。他说："从一开始我就在想，这个女灵物杀人的规律究竟是什么？"

既然古堡中只有一个灵物，那么她选择杀戮对象的标准也应该只有一个。

最初倒霉的是关巧巧，她死于长达三日的精神浸染。

起初，池小池结合任务要求，推想她是因为自己的角色问题，被出来巡视、挑选角色的女灵物看中了。

然而小辫男的死推翻了他的想法。

奚楼想到已经摔死的小辫男，心有余悸地问："难道是因为关巧巧和他都想杀了女灵物？"

关巧巧砸碎了墙上的照片和画像，而小辫男怀疑按照剧本走向，下一个被杀死的人会是自己，手上又握有某样能克制邪祟的道具，因此也起了杀心。

池小池却摇了摇头："你觉得，关巧巧敢对那个女灵物释放恶意吗？"

奚楼想想她临死前恐惧的模样，觉得她不敢。

那么她和小辫男的相似点是什么？她做了什么事情？

结合"恶意"这一关键词，奚楼只细思片刻便恍然大悟，与池小池异口同声地道："纯阳的眼睛。"

那个时候，关巧巧正一心想要谋夺宋纯阳的眼睛。

但奚楼随即发现了异常："不对啊，那个时候袁本善不是也……"

池小池补充道："不只是他，还有我，我也在算计关巧巧。"池小池轻轻敲了敲太阳穴，"回忆一下时间吧。"

奚楼："什么时间？"

"关巧巧发作的时间。"池小池说，"她回到房间，过了大概一两个小时才有了被窥视的感觉。"

那个时候，女灵物也许在袁本善和关巧巧之间有所犹豫，甚至连池小池也可能在她的观察名单之内，但在袁本善暂时放弃掠夺眼睛的计划后，关巧巧心中的恶意便彻底超过了他们。

如果他们算见死不救，那关巧巧背叛好友、挖眼谋命的举动要比他们恶劣十倍有余。

人的恶意淤积在心里，容易变成一摊腐烂的污泥。

而这个地方的灵物，或许是对这种淤泥的味道格外敏感。它牵引着女灵物，让她找到了关巧巧，也找到了想要杀她的小辫男。

她不是只痛恨“杀灵物”这个行为。

她真正厌恶的，是“恶意”本身。

当初，宋纯阳被夺去双眼，女灵物大概也是被他对关巧巧和袁本善的浓重恨意吸引过来的吧。

奚楼恍然大悟：“那要过关岂不是很简单。只要按照要求，不出戏，不想别的，控制住自己不要产生恶意……”

池小池反问：“简单？”

世界上没有一样东西比人心更复杂。

恰在这时，马尾女长长吐出一口气，醒了过来。

甘棠动了动嘴唇，征询池小池的意见：“再打晕？”

池小池微叹。还有十天，再打晕有什么用，况且他们还有戏要演。

马尾女捂着头晃晃悠悠地爬起来，逐渐回忆起晕倒前发生了什么，却并没有立即歇斯底里地大喊，而是把自己蜷成一团，肩膀一下下颤抖着，每一下都显得悲痛难抑。

向来嘴碎的雀斑男没再说话，拥住她的肩膀，安抚着她。

痛劲儿缓了过去，随之而来的便是排山倒海般的恨意。

她猛然从沙发上翻下来，瞪着雀斑男：“匕首呢？”恨到浓时，她已经顾不得什么保密不保密了。

高壮女脸色一白：“不是廖哥拿走了？”

廖哥是小辫男，他本名廖武。

马尾女把湿透的头发一把拢在脑后：“没有，他跑出去的时候手里没有拿着匕首……”

她的话提醒了自己，拔足狂奔出去，丝毫不顾外面的黑暗中是否隐藏着些什么。

人在情绪波动剧烈时，肾上腺素会迅速分泌，忘记恐惧，同时也丧失理智。

几分钟后，马尾女又一身湿淋淋地冲了回来，后头跟着同样变成落汤鸡的高壮女与雀斑男。

她并没有找到自己想要的东西。

而且看她狰狞的表情，显然，她在怀疑刚才追出去的人里，有人把他们的宝贝匕首拿走了。

追出去的人里，也就只有……

她直奔池小池而来，抬手就要打池小池一个耳光。

甘棠一步横拦在池小池跟前，一把抓住她抡起来的右手，手指发力，登时将马尾女的手腕捏出了咯吱咯吱的声响。

甘棠出口的依然是让人心醉的吴侬软语：“不要打架，有话好好说。”

相比于她暴力劝阻的行为，她的话可以说非常没有说服力了。

被甘棠挡住，雀斑男也挑不出错来，嘴唇翕动片刻，本想说点儿缓和气氛的话，马尾女便拧过脸去说：“秀林！搜他们的身！”

被点名的雀斑男张秀林浑身一震。

那把匕首是他们保命用的东西，如果被另一方抢走，岂不是为别人做嫁了衣裳？

只是搜个身而已……

雀斑男咬咬牙，说了声“得罪了”，一臂格开甘棠，伸手去抓坐在甘彧与袁本善之间的池小池。

然而他的手堪堪伸到一半，还握着对方手臂的甘棠猛地将马尾女甩出，抬腿扫出，勾住雀斑男的脖子，纤腰一拧，飞身借力盘坐上雀斑男肩膀，双腿肌肉紧绷，向后死死锁住了他的咽喉！

雀斑男惊恐万状，憋紫了一张脸，身体控制不住地向后倒仰摔去。

在落地的瞬间，甘棠腰腹发力，自地上反跳起来，膝盖抵上雀斑男胸肋，一缕发丝从她脸颊侧边垂下。

她轻声道：“得罪了。”

甘彧站起，口气与妹妹是一样的温和坚定：“谭小姐，有什么话，请你慢慢说，不要急于动武。”

马尾女本名谭悦，她揉着被捏得生疼的手腕，抬起血丝遍布的眼睛，紧盯着池小池，恨不能将他嚼碎了咽下去：“说什么？还有什么可说的！是你们趁乱偷了我们的匕首！”

池小池挑眉，问雀斑男张秀林：“匕首，就是你说的‘秘密武器’？”

张秀林苦着脸。

“你装什么傻？从头到尾，你都把我们骗得团团转！”谭悦怒道，“你和那个女灵物的关系怎么那么好？还有，刚才灯亮的那一瞬间，我看得清清楚楚，你和廖哥一起在盯着墙上看！可那时候墙上分明什么都没有！你是不是能看见什么东西？你到底是什么人？你到底是不是……人？”

墙上……没有画。

那是幻影。

意识到这点的池小池轻叹了一声，一时沉默下去。

眼见剑拔弩张的气氛，奚楼终于想明白这个世界的难度在哪里了。

他们演戏时，哪怕反复提醒自己要忠于角色，认真演戏，却总不免担心自己饰演的角色如果死去，现实中的他们是否也会死去，想来想去，忧则生怖，就会想要搏上一搏。

小辫男廖武就是最好的例子。

再说，即使池小池现在说出这个世界的机制，又有人会信吗？谁敢拿自己的命去试验推论是否正确？万一在电影里死了，他们在现实里也真的死了呢？

廖武刚才以那部电影男主的方式死去，匕首一消失，他有异瞳的事情又即将暴露出来，现在，池小池在谭悦他们面前的信任值已跌至谷底。

一环套一环，最终沙堡倾颓，人人自危，恶意愈浓，死得愈快。

第八个世界，考验的是最不可捉摸的人性。

奚楼想到了池小池那句反问。

“简单？”

当真是一点儿都不简单。

人的信任建立起来，需得经年累月、悉心经营，破坏起来却只需要几处小小的蚁穴。

奚楼感觉喉咙发紧，思考着池小池现在该如何应对眼前的情况。

池小池幽幽地道：“统统，是不是特别紧张啊？”

奚楼都要急死了：“这时候你还有心情讲这些！”

池小池说：“我只需要说两句话，做一件事，就能让他们冷静下来。你信吗？”

奚楼：这是什么意思……

说罢，池小池抬头看向谭悦，镇定地说道：“因为我能看到人身上的气……死气。”

池小池摘下自己右侧的美瞳，露出一只琥珀色的眼睛。

这只异色的眼睛，说服力极强，从小有多少人都被宋纯阳这双眼睛骗过，真心实意地认为他是很有本事的。

谭悦愣住了，与张秀林和高壮女邱明明面面相觑。

池小池指向谭悦：“比如你现在，身上的死气比任何人都浓重。”

奚楼感觉豁然开朗，暗暗喝了一声彩。

果然，最高明的谎言永远是半真半假的。

两句话，一个动作，再加上一双眼睛，池小池竟真的镇住了他们。

谭悦愣了一会儿，反问道：“你为什么不早说？”

池小池反驳：“这种事情，我恐怕没有义务在一开始就广而告之。况且这个技能并没有什么正面作用，只能在悲剧发生前提醒一句罢了。”

“那你为什么不去提醒廖……”

“我下午找过廖先生。”池小池打断了她，“他让我滚。谭小姐，你应该听到了的。”

下午时，池小池的确在休息时找过廖武，提醒他不要对女灵物动杀心，认真拍戏就好，但廖武十分烦躁，怒吼着让他滚。去拿矿泉水的谭悦不知所以，还过来劝说了两句。

那时，廖武的精神已经被女灵物侵蚀得很深了，早已无药可救。

想到这里，谭悦的脸色渐渐发白，捂着脸颓然坐下，像是被人抽去了脊梁骨。

池小池重又戴好美瞳，披着浴巾坐回原位：“如果你怀疑是我们拿了你们的秘密武器，你大可以搜身。我根本不知道你们的秘密武器是什么。廖武跑出去后，我和你，甘医生和棠棠一起追了出去，同去同回。老袁还有你的两个同伴留在古堡里，我们没有时间去拿你们的什么匕首，也没有藏起来的时间。”

谭悦发了一会儿呆，才想起池小池方才说了什么，抬起头来，嘴唇隐隐哆嗦起来：“你说，我的身上有死气……”

池小池叹了一口气，让谭悦冒了一身鸡皮疙瘩。

池小池并不接这个问题，反倒又抛出了另一个问题：“廖武打算在拍摄时对‘关巧巧’下手。你们想想，那个时候，谁离廖武最近？”

客厅内一片安静。

想到那个可能性，谭悦等一干人都是一副摇摇欲坠、面如金纸的表情。

池小池轻描淡写地补上了一句：“有可能是她拿走了你们的东西。她大概已经知道，你们要杀她了。”

池小池着实擅长这种连消带打的操作，一番诱导加哄骗过后，他们全都冷静了下来。

死者已矣，生者还需要为自己和他人考虑。

他们还能怎么办？他们手中已经没有武器了，而且目的恐怕也已经被“关巧巧”知道了……

池小池要的就是现在他们这样六神无主的状态。只有这样，他们才能听进自己的话。

池小池顺势而为，把自己的推想娓娓道来。他没有提及关巧巧，只说如果对女灵物有恶意，可能就会招致祸患。

他现身说法，提起今天上午自己在拍戏时对“关巧巧”动过杀念。当时，“关巧巧”一个冷下来的眼神，就已经让池小池起了疑心。

在心理脆弱时，池小池为他们灌输的内容，叫他们深信不疑。

那三个人失去同伴，又再次失去了报仇的勇气，消化着池小池提供的信息，各自起身休息去了。

池小池跷着二郎腿歪靠在沙发上，眯着眼睛，像是一只倦怠的猫。

确认人都走了，他朝甘棠伸出了手。

甘棠微微颔首，迈步走出古堡大门，掀开门口未锁的、油漆斑驳的邮筒盖子。

一旁的袁本善睁大了眼睛。

甘棠从邮筒里拿出了那把刻满纹理的断匕。

就连奚楼都难掩震惊：“她是什么时候……”

池小池说：“我注意到廖武跑开前，掉了样东西在蚯蚓群里。”

甘棠轻声道：“张秀林和邱明明不敢看那群蚯蚓，从二楼来到了客厅，我跑在最后，拐去蚯蚓群里，把东西捡回来，藏在身上，等到进入古堡前，又暂时寄放在这里。”

跑出去的时候，马尾女谭悦关注的重点是她的盟友廖哥，自然不会关注到甘棠曾消失了一小段时间。而等四个人折返回来，古堡里等候的张秀林和邱明明又把全部注意力放在廖哥死去的噩耗和昏厥的谭悦身上，也没有注意到迟进门一步的甘棠在外面做了什么。

很完美地利用了时间差和心理盲区。

奚楼诧异地问池小池："你什么时候跟她商量好这个计划的？"

池小池笑笑。

一句话也没有商量，不过是在下楼时向她递了个眼神，又比了个捡东西的手势而已。

袁本善没想到池小池还留了这一手，愣神过后便是笑逐颜开："纯阳，你太棒了！"

池小池笑了笑："匕首先放我这里吧。"

袁本善略微犹豫了一下，眼角余光扫过甘家兄妹，显然是不大放心："还是放在我这里吧？"

池小池不置可否："老袁，咱们不能留着这个东西。这是别人弄来的保命符，等到离开这个世界，我会再想办法还给他们。"

闻言，袁本善脸上的肌肉微微扭曲起来，说道："纯阳，你也太……善良了。"

实际上他想说的是幼稚。

到了手的东西，凭什么要再还回去？

"我们只是暂时保管。"池小池装作听不懂他的弦外之音，说道，"武器会让他们有反抗的勇气，但现在他们只需要好好演戏。"

经过今天晚上，奚楼是真的有点儿佩服池小池了。

观察力、总结力以及应对危机的急智，把控全场的话术，让他轻而易举地抓住了所有人的心。第八个世界是以人性中的怯懦布局，而池小池竟能将这份怯懦直接反用，压制了大家蠢蠢欲动的恶意。

池小池也确实累了，摇晃着起身，却一个腿软栽回了沙发上。

甘彧一直保持着与他的距离，这时才发现他嘴唇发白，一张脸通红，搭上手试一试温度，烫得甘彧一缩手。

淋雨，惊吓，外加情绪紧张，直接导致了他严重发烧。

袁本善后知后觉地意识到不对劲、焦急地询问"怎么了"的声音也渐行渐远。池小池耳畔唯有眼前人"咚咚"的心跳声，仿佛与他的心跳重合了一般。

咚咚，咚咚。

甘彧又疼又急，情急之下冲口而出："小……"

保密机制立刻启动，他根本发不出最后那个字的音来。

他终是放弃了，看着昏昏沉沉的池小池，无奈又心疼地叹了一口气。

你呀！

4

池小池被甘彧放到床上。

生病后的他意外地不闹腾，也不说胡话，找到被子掀开就往里钻，把自己捂得严严实实的。

甘彧端来热水，他便就着甘彧的手一口一口乖乖地喝水，顺便把冰冷的手心放在甘彧手背上取暖。

甘棠管 NPC 借了医用酒精，预备给池小池擦身。

兄妹两人熟练的举动，反倒显得袁本善多余起来。

于是在甘棠把毛巾浸入酒精中时，他提出帮忙，并说自己是专业的。

甘棠礼貌地拒绝了："我是护校毕业。"

言下之意是，我比你更专业，所以请离远一点儿。

奚楼想：护校里还有武术专业课程？

无奈，袁本善只得让开。

甘棠把池小池从被子里拉出来，把微卷的长发撩起，用发夹别在耳后，怕发尾搔得他发痒。

起先，池小池感觉冷得厉害，对出被窝这件事略有抗拒，但甘棠在他耳边哄了两句他就安静了下来，伸着脖子任她动作。

在酒精擦到腿部时他有些抗拒，不过也只是用气音哼哼了两声，脸埋在甘棠香香软软的臂弯里。

物理降温过后，袁本善顺势提出要四个人合住。

他不是眼盲，甘家兄妹对宋纯阳的觊觎几乎已是放在了明面上，他不可能放心把宋纯阳交给他们照顾。毕竟，宋纯阳心思单纯，难保不会把换异瞳的事儿告知甘家兄妹，如果他们得知后阻止纯阳，那该怎么办？

甘彧一直在反思池小池生病是不是因为昨晚自己把空调调得太低的缘故，想得心情不大好，但对于某人提出的请求，回复的语气却依然很温和："好的。我和你打地铺，病人和女人睡床，这样可以吗？"

袁本善不疑有他，欣然接受。

他完全没有想到，在夜深人静时，睡地板的只有他自己一个人。

甘彧摸摸池小池的额头，发现热度退了些，就取了棉签来，蘸水润湿他有些干裂的嘴唇。一点儿清凉让池小池微微睁开了眼，一只眼睛琥珀色，一只眼睛碧蓝色。

甘彧，或者说 061，学着他的样子，歪着头眯着眼看他。

互相看了一会儿，池小池忽然冲着黑夜中的甘彧笑了一下。

061 被笑得有点儿蒙，疑惑地“嗯”了一声：“纯阳？”他还是叫不了池小池的名字……

正在061思考池小池是不是在说梦话的时候，他听见池小池轻轻的说话声：“六老师？”

池小池身处在半梦半醒之中，一脚踏在现实，一脚踏在梦境，直到渐渐看清眼前确实有一个人，他才渐渐恢复了神智。

然而他仍分不清虚实的界限，于是他选择相信这是在做梦。

因为在梦里，他才可以活得肆无忌惮。

他眯着眼睛，小声询问：“六老师，六老师，你是娄哥吗？”

“我不是。”061 想咒骂这混账的保密机制。

“那就好。”池小池竟然松了一口气，虚弱地说道，“你可千万别是啊。”

061 停顿了片刻，“为什么呢？”

“我……”池小池被那个声音迷惑，半睁着眼睛，小声答道，“我变了太多了。”

061 愣住了。

该做的，不该做的，池小池全都做了，抽烟，喝酒，耍流氓，耍无赖……

池小池在怀疑 061 的身份后，其实挺后悔的。早知道他是娄哥，至少要在他面前乖巧一点儿才是。

他竭力想要分辩：“娄哥，我以前不是这样的，真的。”他也不知道自己是从什么时候开始不再像以前那个池小池，只觉得慢慢的，一切就都变了，他不再是从前那个被娄影护在身后的他了。

池小池还想继续解释下去，却被 061 的手指封住了嘴，他手指的力度不大，却刚好让池小池的嘴被按住，没办法再说下一个字。

池小池想，这个梦好真实啊。

这样想着，池小池便闭上眼睛，沉沉睡了过去。他想要把这个梦认真地继续做下去。

察觉到他又昏睡过去，061 略有些遗憾。

061 低头看向这张熟睡的脸，只觉童年时的温暖从心底里透了出来。

受系统所限，他无法叫出他的名字。

但越是不能，便越是渴望。

想叫他的名字。

想听他叫自己的名字。

这种渴望好像是从骨子里渗出来的，好像是写在程序上、无可更改的一段数据。

这段数据说，池小池是 061 的核心。

第二日清晨，池小池身上的热度已退。

他活动活动胳膊腿儿，发现除了有些眩晕外竟然没有其他不适，不禁啧啧称奇：“宋纯阳这身子骨可以啊。”

奚楼：“呵呵。”

池小池隐约记得昨夜自己昏过去时发生的事情，并选择性忽略了地上还在昏睡的袁本善：“甘医生这医术还挺给力的。”

奚楼：是，在各方面都挺给力的，不只医术。

昨天晚上的奚楼早已看透了一切。

不得不说，经过一晚上精神胜利式的心理建设，奚楼已经变得心如止水。他能做的只有等他有了身体，就会立刻来到宋纯阳身边，好好保护他。

一大早最先来探望池小池的，竟然是“关巧巧”与“廖武”。

这两个“人”已经都成了女灵物的演出道具。

“廖武”一扫昨夜的疯狂之态，表情柔和，收拾得干净利落，甚至梳好了小辫子，破裂的头颅也被修补完毕，脸上甚至还上了一点儿妆，看起来与往日的他毫无差别。

看来，“关巧巧”又多了一位陪演的“演员”。

池小池记得自己看过一幅照片，上面是一个女人坐在缝纫机前，眉眼低垂，手边道具齐备，认真修补着一面破烂的鼓。

池小池发誓，他绝不会细想廖武破烂的脑袋是怎么被修补好的。

“关巧巧”很关切地询问池小池怎么突然生病了。

池小池从“廖武”身上收回注意力，笑着以玩笑的口气说道：“你怎么那么关心我啊。”

一旁的袁本善闻言，一副吃了苍蝇似的表情，觉得宋纯阳说了废话。女灵物希望他好，自然是把他们当成了道具，不希望道具有损坏，想让他们赶快陪她把戏拍完。

谁承想，“关巧巧”竟微微红了脸，坦诚地说道：“因为……你很好。演戏演得好，对我也好。”

不拍戏时的“关巧巧”一点儿都没有女灵物的样子，腼腆，温柔，就像一个真正的人。

池小池态度温和：“我没事儿，已经好很多了。今天还能陪你把戏演下去。”

“关巧巧”粲然一笑，露出两颗小虎牙。

廖武的同伴们在看到“复活”的“廖武”时，先是惊讶，然后是悲哀，渐渐又趋于麻木。

恶意是许多负面情绪的综合体，它脱胎于怀疑、愤怒、仇恨、绝望，在极端环境下会释放出难以想象的能量。

人性则是灰色的，它复杂多变、晦涩难懂、包罗万象，然而，在面临生存威胁时，人性则会回归最原始的那个欲望。

不要死，要活下去。

廖武同伴的愤怒是真实的，痛苦是真实的，但想要活下去的心也是真实的。

失去了匕首，他们也失去了拼命的资本，只好听从池小池那些真真假假的话，战战兢兢地演戏，希望自己身上的“死气”减少一些。

同伴的死亡让他们仍然恨着“关巧巧”，恶意或许会在夜深人静时滋生，但等第二天看到“关巧巧”与“廖武”的脸后，也会消失得一干二净。

原因无他，他们还想活下去。

原本池小池还担心过这个女灵物或许有杀人指标，但随着时间推移，池小池发现，她一直沉迷于演戏，无法自拔。

不如演戏，杀人不如演戏。

只要没有戾气与杀机的人，她就愿意对人好。

她的恶意只会回馈给那些心存恶意的人，她是一面镜子，能照出人心底最肮脏的那部分，并百倍地反弹回去。

但甘彧不认为他们这后半部分时间的安然无恙只是幸运而已。

系统给予的“不出戏”这一提示再直白不过，就是字面上的意思，好好拍戏，什么都别多想。

然而连续两个人的惨死，让他们不可能不多想。

倘若那天池小池没能镇住场子，或是没想着从他们手里提前夺走断匕，让他们依然保留着“杀死女灵物”这一希望，那么后续将如何发展，完全可以预料得到。

马尾女谭悦会继续策划杀掉“关巧巧”，而毫无疑问的，她会成为下一个牺牲品。

谭悦的死将引起团队中更剧烈的动荡，直接影响拍摄进度，而拍摄进度遭阻，“关巧巧”哪怕展露出一点点不满，也会加深参与者们心里的裂隙，担忧自己会不会“出戏”了，担忧自己是不是被“关巧巧”盯上的下一个目标。

如此发展下去，他们要么更加笃定要杀掉她的决心，要么精神崩溃。甚至在极端恐惧的情况下，某些人会将矛头调转，变成内讧。

一步步推进下去，只会是恶性循环。

到最后，他们会集体死于自己的惊惧、怀疑和不安。

总而言之，如果不是池小池，这第八个任务他们不会做得如此顺利。

后面的任务完成得超乎寻常的顺利。

转眼半个月时间过去了，戏还没拍完，他们却已经到了要走的时候。

离开的那天晚上，剧组恰好在聚餐。

菜品很丰盛，还有红柳烤串。羊肉串在枝子上，在炉火上渐渐溢出金黄色的油脂，将新鲜的羔羊肉妥帖包裹起来，保证肉汁不再外溢。等羊肉烤熟，鲜红的辣椒末便随之撒上，勾起嗜辣人的馋虫。

任务将近结束，大家一个个都归心似箭，对着美味也是味同嚼蜡。

池小池和忙着为池小池烤肉的甘家兄妹除外。

“关巧巧”喝了点酒。她的酒量很差，半杯酒下肚，就歪在池小池身边的躺椅上犯起了迷糊。

见她手里始终抱着一瓶矿泉水，池小池打算拿来让她漱漱口。

不承想她死死地将矿泉水瓶抱在怀里：“不要动这瓶……我舍不得喝。”

池小池与她已经很熟了，不由笑道：“你把神仙水灌进去了？”

“关巧巧”也笑了。她眨眨眼睛，俏皮得很：“比神仙水还贵。”

他们一边撸串，一边聊了很多。

后来，她对池小池讲了一个故事。

以前，有一个大学还没有毕业的艺校学生，家世平平，但她从小就有一个表演梦。

她不是因为喜欢花花世界和漂亮衣服，而是因为喜欢揣摩和感悟不同的人生。

她原本有个不错的高考成绩，还通过了某大学的自主招生考试，可以去某个学校读法学院的本硕连读。但最后，她还是选择进了半年前艺考通过的表演学校。

毕业后，她一直在各个剧组里跑龙套，在零下几度的室外吃着十块钱的盒饭，裹着军大衣，仍乐此不疲。

她相信，自己这样努力，一定会被命运之神眷顾。

某天，她突然被合作过的一个导演选中，去演一部恐怖片里的女灵物。

她看过剧本，便立即答应了下来。

她太喜欢这个故事了，即使不是演一个人，她也愿意。

然而，等她进组之后，她才得知演男主的演员是投资方塞进来的，一个有名的花花公子，在娱乐圈里靠脸和爹混得风生水起。他觉得这个剧本太矫情，演着演着就不乐意了，说要改。

她找导演，求他不要改掉本子，可是没有人听她的。

剧本渐渐变得面目全非，从一个反思校园暴力的恐怖片，变成了再俗套不过的三流垃圾片。

她知道自己人微言轻，只好一直忍耐着，在私下里尽量离那个男主越远越好。谁知她疏离的样子竟勾起了男主的兴趣，他对她开始满口荤话，动手动脚，后来，还变本加厉地在半夜去敲她的房间门。

她躲在房间里，用枕头堵住耳朵，心想，快点拍完吧，拍完她就可以走了。

然而，谁也没想到，男主对她求而不得，竟在一场亲密戏里动了真格。她几乎要疯了，绝望地踢打，撕咬，可女孩子的力气又怎么比得过男人？

无数台摄像机对准了她，像是一只只冰冷的眼睛，来自四面八方，沉默地注视着她。它们只是看着，和摄像机后的人一起看着她。

没有人来救她。

导演与副导演低着头，没有喝止，只当是他入戏太深。

现场的工作人员不时发出隐隐的抽冷气声以及“这是演戏吧”的小声质疑。

足足持续了五分钟，她晕了过去。

等再醒来时，她已经被送回了房间，男主得意扬扬地坐在她身边，请求让她做他的女朋友，他会对她负责的。

她完全陷入了疯狂的状态，追着殴打他，并说自己要将一切曝光出去。

等她发觉情况不对时，喝了酒的男主已经用扯下来的窗帘勒住了她的脖子，将她挂在了吊灯上。

她死了，官方给出的通稿是意外。

她想告诉所有人，这不是意外。

于是，在杀青那天，她来到了男主身边，但其他人都看不见她，只能拍到狂呼奔跑的男主以及他慌不择路、坠下跳台的身影。

看着他摔得四分五裂的头，她哭了。

随后，她被一股力量推入这个异境里，这是一个和她原先所在的世界截然不同的异境。

她走过了异境中的许多地方，拍了很多照片，又回到这里，将它们一一洗出来，挂在墙上，她偶尔会成为其中的角色，体味不同的喜乐悲欢。

但她一直有一个心愿，想把当年那部被改得面目全非的电影演完。

“关巧巧”，不，应该是她，神情无比温柔，喝醉了的眼睛里汪着一泓水。

“他们对我不好。”她看了看坐得离她老远的其他参与者，又转向池小池，表情有些天真和赧然，“你对我好，你是好人，你还帮我拧水瓶。”

池小池这才想起她手中这瓶水的来历。

那是池小池为她拧开过的一瓶水，她那样珍惜地捧在手里，像是在呵护一颗脆弱又敏感的心。

她是灵物，也曾是人。

宋纯阳曾被她所杀，或许在他死后，她还用了他的身体。

因为宋纯阳被抢走眼睛后，心中由恨与绝望孕育而出的恶意远远超过了关巧巧与袁本善。

如今池小池用着宋纯阳的身体，与她并肩而坐，坦诚相对，而且还有求于她，不得不说是命运的安排。

池小池侧身，与她轻轻耳语，说了很长的一番话。

她怔了怔，神情复杂地点了点头。

池小池塞了一样东西在她手里，并真诚地向她点点头。

“关巧巧”把东西藏在袖子里，温柔地一笑。

而就在下一秒钟，池小池眼前的空间发生了扭曲。

5

半个月的时间已到，他们回到了破旧的古堡之中。

在他们进入任务世界时，窗外的一只蝉正落在树上，汩汩地吸着树汁，振翅长鸣。

等到他们出来时，这只蝉已经扑扇着翅膀，飞入了夜色之中。

任务结束了，关巧巧与廖武的身影在几个人的眼中渐渐虚化，像是被无形的橡皮擦抹去了身影，连个碎屑都没有剩下。

死亡轻飘飘的，如纸如絮，随风而散，什么都留不下。

就连生者的悲痛都是淡淡的。

池小池看着关巧巧消失的地方，喃喃地道："她真的不在了。"他迷茫地抬头看向身边的袁本善，"她刚才还跟我说话呢。"

这些天，袁本善把他与"关巧巧"的交好看在眼里，心惊肉跳之余，倒也能理解他，不过是把那个女灵物"关巧巧"当作真正的关巧巧还活着的精神寄托罢了。

袁本善拍了拍他的肩膀："好了，好了。"

情绪稳定下来后，池小池将断匕交还给谭悦一行人："她让我交给你们的。"

大家都注意到在离开那个世界前的最后时刻，宋纯阳跟那个"关巧巧"聊了很久，他们的关系又一直不错，"关巧巧"托他把匕首转交他们，也是情理之中。

谭悦默默地收下了匕首，放入背包，她连致谢的力气都没有了。

几个人趁夜离开了。

眼看那个珍贵道具被拱手让出，袁本善略有遗憾，不过也只是略微而已。

池小池转头看他："我这么做，你会不高兴吗？"

袁本善摇了摇头："我有你就够了。"

说罢，他指了一下宋纯阳的眼睛。

这时，甘家兄妹从废旧的古堡楼上走下来，甘棠还温和地跟池小池打了声招呼。

池小池看着这兄妹两人，打了声招呼。

四人来自同一个地方，且恰好买了同一趟连夜回城的高铁，于是在候车时，他们正式结了盟。

所谓结盟，是需要通过系统互相认证连接的。

池小池一直在偷偷观察甘家兄妹的反应。

然而他们都很淡定，且不到片刻，奚楼就发出了绑定成功的信号。

池小池："成功了？"

甘彧怎么会有系统？

池小池一直以为甘彧的身份是061虚构出来蒙自己的，但是看目前的情况，他竟然是在现实里真实存在的人？而且他还拥有一个度过了八次任务的系统？

池小池想这个问题想得有些头痛，借口去了公共洗手间，拿出已经恢复功能的手机，开始搜索“甘彧”这个名字。

在旁边的奚楼不满地道：“你刚才看甘彧看得眼珠子都快掉出来了。”

池小池放下手机，屏幕上是关于甘彧的搜索记录。

三甲医院神经外科医师，三十二岁，讲座、论文均有可查记录，年纪轻轻，前途无量。

他失望地道：“我以为甘彧是我的系统。”

奚楼失望地道：“哦。”他其实也好希望那个甘彧就是他念叨了这么多天的系统061。

池小池花了2点好感值从仓库里手动兑换了个丝瓜络子，蘸着水把自己的眼睛认认真真地刷了一遍。

奚楼能感受到他的落寞，尝试安慰他：“想也知道不会是他。我看他就是一个普通人而已，哪个心智健全的普通人会专程跑来这么危险的地方，就专门为了陪一个人？”

这话说的，可以说非常会安慰人了。

不过池小池难得没嘴欠。

他摸了摸镜中宋纯阳的右眼，想到救他数次的狗头表情包，不由失笑，或许真的是自己想多了，表情包才是061权限范围内能做出的事情吧。

他记得061说过，在现实生活里变出身体，在系统中属于违规行为。

至于甘彧，大概只是个比较温柔的路人罢了。

是啊，甘彧也好，冬飞鸿也好，都是实实在在存在的人，他或许是太过想念娄影了，总是试图在旁人身上寻找昔日的影子。

这实在对任何人都不公平。

因此上车后，当甘彧提出要将他们两人的二等座升级到兄妹二人所在的商务座车厢时，池小池拒绝了：“我坐这儿就挺好的。”

甘彧的脸色从上车前就不大好，但被拒绝后还是尊重了他的意见，并将自己在车站里买来的盒饭给了池小池，让他吃完早些休息。

他走后，池小池把盒饭让给了袁本善，推说自己没胃口，只想睡觉。

袁本善见到那甘彧吃瘪的表情，感觉到很痛快。

他体贴地从随身的包里取出U型枕和眼罩，一一给宋纯阳戴好。

池小池假装闭上了眼睛。

实际上，他正注视着脑内系统的显示屏。

袁本善对宋纯阳的好感值为75点，悔意值为7点。

盟友关巧巧被牺牲，袁本善在只剩下宋纯阳一个同伴后，好感度反倒更高了。不用抢夺眼睛这件事，叫袁本善对宋纯阳的愧疚感直线下落，悔意值就剩了这些。

可以说，目前的袁本善很是心安理得，因为池小池也能清晰地感受到“关巧巧”这一形象在他们脑中已渐趋模糊。

这么短的时间，他竟已不记得这个人长什么模样了。

从前，宋纯阳被害死的时候，关巧巧和袁本善大概也是这样心安理得地忘记了他吧。天长日久，他们总有一天会连恶之本身都一并忘记，开启他们美好的人生。

他对奚楼说：“一天提醒我一次，让我别忘了关巧巧这个人。”

奚楼说了声“好”。

尽管对池小池的人品略有怀疑，但奚楼绝不会怀疑他的手段。

他的全盘计划奚楼都已经了解，说实在的，他有点儿惊讶。

奚楼死时，不过是个大学还未毕业的大三学生，做了十数年系统，见惯了人性卑劣、互相倾轧，自以为心肠已足够硬，可在听到池小池与“关巧巧”的那番对话和布局时，仍是出了一身冷汗。

回到原来的乡镇后，池小池向医院请了病假，倒头就睡。

袁本善不以为意。宋纯阳每次做完任务都会元气大伤，睡三天都算少的。

他轻手轻脚地指挥着搬家公司，把他们家“租客”关巧巧留下的多余的物品都搬出去处理掉了。

袁本善在外间忙碌，池小池躺在床上梳理思路。

在第八个任务世界结束前的几天，他问起过奚楼他们这个系统的运行机制。

本来他没指望奚楼能说出个一二三四，谁想到奚楼直接说道：“主神交给我们的任务就是给宿主提供相应的指导，方便获取恐惧能量。”

“要恐惧能量做什么？”

奚楼张口就来：“维护世界和平稳定。”

池小池：“你们的主神还挺忧国忧民的。”

奚楼面不改色地说：“不只是主神，我们每个入职的系统都会接受培训，我们都是坚定的唯物主义者。”

池小池：“你说这话亏不亏心？”

奚楼平静地说道：“人死后会转化为相应的能量，形成某些精神体，也就是人们说的‘灵物’。怨念浅的，能量凝聚一段时间后就会自然消散；那些死亡时情绪波动大的，能散发出独特且异常的能量，力量自然更大，它们能够运用自身的能量办到寻常灵物办不到的事情。”

池小池觉得听起来还真是挺科学的。

听到这里，池小池心里已经基本有了数：“那主神收集所谓的恐惧能量，就是为了……”

“主神的职责，是把这些独特的能量体的活动范围限定在一个异世界里，免得灵物失控杀人，造成不可控的损失。”奚楼说，“异世界，说白了就是灵物们的监狱，主神是典狱长，我们是为典狱长打工的，而参与者们，是负责加固监狱围墙的工人。”

池小池："工人？"

奚楼："你当维持监狱安全'用爱发电'就行吗？"

奚楼又进一步解释道："恐惧能量，是维持异世界与正常世界边界最有效的凝合剂。"

原来，捉迷藏的瓶女、图书馆里的怨灵以及气球女灵物都是监狱里的成员，而宋纯阳、袁本善他们不过是被临时抓来的打工仔。

话说开了，池小池却仍有些不满："这样强制签下契约，不算霸王条款吗？"

奚楼反问："不然呢？主神他开个全民投票系统，问问谁自愿进入异世界、贡献恐惧能量？"

池小池想想，觉得也是。他又问："那找一些做过恶的人去送死，不是更好？"

奚楼答："主神他不是世界法官。谁作过恶、到底算不算恶、是大恶还是小恶，永远不是一个人或一个系统裁决得了的。为了公平起见，只能随机，轮上谁都是命。如果边界的能量不稳定，放了那些灵物出来，它们可不会管自己杀的人是善良的还是邪恶的。"

见池小池一脸若有所思的表情，奚楼不由得好奇地问："你们主神和你们签下契约时，就没跟你们说明世界运行的机制和基本要求吗？我们都发了科普小册子，当宿主问起，我们就有告知的义务。"

池小池摆手："我跟我们那位主神不熟，没打过照面。"

奚楼说："我们的手册第一条说得很清楚，如果宿主问起而不告知，是违反基本法的行为。"

池小池："我知道。"

主神和主神之间，真是人比人得死，货比货得扔。

思绪从几天前回到现在。

池小池用手捂在脸上，喃喃自语道："能量啊。"

这一运行机制可以说给了池小池巨大的启发。

061的主神如此钻营，积攒如此多的悔意值，需要的或许同样也是某种能量呢？

不得而知。

但这也算是一个新思路。

池小池不动声色地暗暗记下，同时把自己与"关巧巧"协议的内容细想一遍，打算把其中几个可能性在下一次任务里加以验证。

奚楼不禁问他："你确定你的那个办法能够奏效？"

"试试看呗。"池小池轻松地说，"舍身炸粪坑的事儿我干得多了。一炸不成，再想办法嘛。"

这是什么有画面感的比喻。

“病”好后，池小池回医院去上班，且毫不意外地在医院走廊上“巧遇”了穿着白大褂的甘彧。

看到身着白大褂的甘彧，池小池才意识到自己先前的想法是多么错误。

他穿这身衣服非常合适，白大褂放大了他身上的清冷感。

而这个看起来清冷的人看见了池小池，远远地便展颜一笑。

之后，为了尽可能地和袁本善保持距离，他天天加班，既不去找甘彧，也不回家，对这二个人都坚决执行了“回避”原则，只安心等待第九次任务的到来。

这些日子，袁本善对宋纯阳格外好了起来，不得不说，刨去他人渣的那部分，袁本善确实是个比较体贴的朋友。

对此，奚楼的意见是：“天上画一个鼻子，装大脸。”

池小池笑一笑，不置可否，并抓紧时间，用这些日子多出来的好感值兑换了一张卡。

第九次任务，与上次做任务的时间间隔并不算久。

大约两个星期后，池小池正准备给病人打针，奚楼便对池小池说：“任务来了。”

◇ 拼图，推测，参天大树

1

听完任务的具体内容后，池小池面不改色地把针打完，但差点儿扎到自己的手。

第九次任务时间在下个月二十三号，地点是云山孤儿院。

任务要求在该地度过三天时间，并和孩子们好好相处。

好好相处有什么难的？

如果有必要，池小池完全可以胜任孙子这一身份。

但与先前不同，给出的信息里还有一行提示小字。

“第十次任务模式与前九次任务完全相同，与同伴结盟完成任务，执行时间与具体地点另行通知。”

池小池：“这是啥？”

奚楼：“哦，我回了趟总部，找老大做了个工作汇报，说近来有许多流言说，最后一次任务是单人完成任务，引起了一些不必要的恐慌，所以老大新上线了一个提示功能，在发布第九次任务时提醒参与者们一下，以减少大家的不安情绪。”

明白了，官方辟谣。

完成例行的查房工作，池小池回到护士站，发现袁本善给他打了六七个电话。

他回了信息：“在忙。家里煤气罐漏了吗？”袁本善却没有回复。

池小池干脆把他放到一边，打算回去再查任务的相关资料，做完该做的登记工作后，闲来无事，索性跟一个常驻在此的灵物大爷唠起嗑来。

大爷的儿子是医院里的首席内科医生之一，宋纯阳先前就跟他很熟，现在池小池接过了“接力棒”，继续听他花式吹自己家儿子多有出息，并笑嘻嘻地不时应上两句。

外面淅淅沥沥落着小雨，病房里的病人都裹在散发着淡淡药水味的棉被里睡回笼觉，除了有几个病人家属来还雾化机外，并不算太忙。

半小时后，一阵急促的脚步声从电梯方向传来。

池小池抬头，不觉诧异："老袁？"

在与袁本善照面的一刹那，池小池眼前的悔意值产生了变化，从7飙升到了20，好感度更是直接冲破了80大关。

袁本善一言未发，沉默着大步向前，大力地攥住了池小池的双肩。

他应该是刚下夜班回家不久，身上的衣服是匆忙换上的，肩膀与头发微湿，看来从停车场跑来的一路上都没有打伞。

大爷见状，很识时务地背着手溜达走了，同站的女护士发完药回来，也心领神会，取了保温杯转身去水房接水。

池小池小声责怪道："怎么下雨还往外跑啊。昨天你可是上夜班了，不好好补觉，小心秃头。"

袁本善回答得前言不搭后语："你收到任务通知了吗？"

"收到了，怎么了？"

"没什么。"袁本善说，"只是突然觉得非得见到你不可。"

池小池嘴角浮起了一丝浅笑。

人的确是复杂的生物。

无论何时，他们都能为自己的行为找到合理的借口。

在试图夺走宋纯阳的眼睛时，袁本善百般地为自己找理由，"这就是人性""我还不想死"。

等到他发现，夺眼之事是根本没必要的，就又惦记起了以前的友情，后知后觉地感到愧疚。

不过，这也正顺了池小池的意。

池小池按兵不动，进入仓库，选中了一样东西。

仓库中的灵异类道具都很昂贵，最便宜的也是20悔意值起步，而且只以悔意值作为通用货币。

池小池先前对仓库里所有的物品都做了分类归纳，认为自己对这一类道具需求不多，就划入了"暂不需要"清单。

没想到还是失策了。

奚楼看不惯袁本善，咬牙切齿地道："你干吗，还让他抓着不松手了？"

池小池："乖，别闹，等我去兑个东西。"

奚楼："你不是要靠那什么悔意值离开吗？不节省一点儿吗？"

池小池："等他这股愧疚的劲儿过去，悔意值绝对会下降，不抓紧点儿兑换就没了。"

他兑换了一个早就看中的东西，也是在琳琅满目的灵异类道具中最便宜的一样。

名称：锁灵瓶

持续时间：永久

件数：1

品质：中等

类型：一次性使用品

所需兑换点：20点悔意值

介绍：瓶中有着别样的天地，鸡枞酱醇厚，秃黄油鲜美，牛肉酱爽口。有时候，一个瓶子就是一小宇宙。

这么像哲学家的发言。

这只锁灵瓶只是中等品质，下面附有详细的介绍，只能使用一次，每个瓶子只能收纳一只灵物，而且并不能对其造成实质性损害，只是单纯地囚禁。

而且这是一次性用品，瓶子一旦再次开启，放出灵物来，瓶身就会自动破裂。

整体来说，没啥大用。

但池小池还是很珍惜地把小瓶子放入仓库，妥善收好。

随后他退后半步，脱离袁本善的“挟持”范围。不想，转头就看到另一个人出现在了不远处。

甘彧走过来，温和地说：“你们好。”

袁本善微微蹙眉，语气不善：“你来干什么？”

甘彧转向池小池：“送伞，早上的时候见你没有带伞。”

池小池看了一眼他手中的金柄黑伞，主动往袁本善的身后一躲，并不去接：“谢谢呀。”

披着甘彧皮的061真的很生气。

在061看来，小池就像只警惕心过强的小野猫，一有风吹草动就立即夹着尾巴逃跑，舔着爪子从角落里探出头来小心翼翼地窥视。

古灵精怪的样子。

“伞也是借口。”被拒绝的甘彧也并没有失态，自如地改变了话题，说，“我收到任务提醒了，棠棠也是。我对那个云山孤儿院做了些初步调查，想和你们做一下情报交换。不知道你们现在有没有时间？”

云山孤儿院建于二十年前，地处本市的一个小县城，再加上孤儿院领导年纪不小，特色自始如一，一字为穷。

直到十年前的一场震惊全国的大火灾发生前，谁也不知道这家孤儿院的名字。

火灾的起因，是员工在杂物间里私拉电线给电瓶车充电，半夜电线被老鼠啃噬，短路起火，等到发现时，火势已经彻底控制不住了。

值班院工从睡梦中惊醒，惊慌之下自行逃离，只来得及扯起嗓子喊了一声

“快跑”。

有七十多个孩子闻声逃出了火场，均有不同程度的惊吓和受伤。

但当院工大喊时，有一间宿舍已经被火势波及，房门根本无法打开。

平日里，为了避免孩子们半夜偷偷出去玩，室内没有通向走廊的窗户，仅有的两扇窗还被冰冷的保险栏牢牢自外面封死。

二十余名孩子从三楼的铁窗朝外面挥动着小手，惨烈地哭叫不止，但也渐渐没了声息，他们活活被烧死、呛死。

等消防与警方前来调查时，才气愤地发现，这家孤儿院只配备了两个灭火器，因为灭火装置常年不检修，开关都被锈蚀了。

自那之后，所有孤儿院涉事人员都被带走，新闻报道了几天，随即便和孤儿院废墟一起湮没在丛生的蒿草之间，成了这世间无数“往事”之一。

作为第九个任务，这次任务的难度必然不低，这个所谓的“好好相处”概念太过宽泛，谁也没办法给出一个准确的定义。

把自己知道的信息分享出去后，甘彧没再多逗留，彬彬有礼地一致意，转身离去。

二人说了会儿话，就到了吃饭时间，池小池将工作交接给另一名护士，正要和袁本善并肩离开，无意中余光一瞥，发现甘彧带来的那把伞竟就放在护士台外。

这体贴背后的意味，让池小池微有些怔忡。

袁本善也发现了那把伞，脸色一冷，但随即便说道：“我来得太急，也没带伞，咱们也别淋着，就用这把伞吧。”

五分钟后，甘彧的办公室里，他靠在窗玻璃边，低头看着打着他的伞并肩而行的池小池与袁本善，做了两次深呼吸。

一个月后，甘彧、甘棠、袁本善与池小池驱车前往孤儿院。

这一个月来，池小池一直有意与甘彧保持距离，如今见到甘棠才略略放松了一些，拉着她说一些医院里的笑话。

甘棠是个优秀的倾听者，话少，却总能准确接上池小池的梗，还时不时抿着嘴笑，是个不错的聊天对象。

池小池看着举手投足都女人味十足的甘棠，曾有一瞬间冒出了个荒唐的想法。

这该不会是六老师吧？

但他很快推翻了自己的想法，认为自己实在是太低估 061 作为系统的底线了。

孤儿院的地点在县城郊区，数年来地皮价格翻倍，一片焦土已被建成有钱人的专属小别墅区，一点儿都看不出昔日被焚为废墟的模样。

池小池他们正琢磨着该从哪里翻进去，就看到两男一女迎面而来，和他们一样鬼鬼祟祟地打探入口在哪里。

确认过眼神，双方都心领神会。

任务具体开始时间是在晚上九点，他们先去外面吃了个炸酱面，并交流了一下已知讯息。

对面的两男一女都是和他们一起执行任务的人，很年轻，个个都是大学生模样。

其中唯一的女孩性格挺活泼，笑起来又软又甜，叫柳成荫。她旁边留着刘海的男孩田广冰是她男朋友，因为喜欢打篮球，体格健壮。最后一个人性情则明显偏于冷淡，纤瘦高挑，戴着副眼镜，连句自我介绍也懒得做，直到听柳成荫叫他秦岭，大家才晓得他的名字。

不过这些名字极有可能是化名。

袁本善说他姓袁，叫袁明，而池小池大大方方地自我介绍道："我叫娄小池。"

袁本善不赞同地看了他一眼。

又换化名？真不方便。

池小池佯作看不见他埋怨的眼神，而一旁的甘彧握拳掩口，极力掩饰嘴角的笑意。

双方主动把己方知道的讯息进行了交流，两相核对下，发现并没有什么其他有价值的内容，便收拾收拾，准备出发了。

八点五十分时，含着不祥气息的白雾渐浓。

他们趁机躲过巡视的保安，翻入围墙。

十分钟后，雾气骤然散去，一道白光破空射入，刺得人眼皮生痛，池小池还未睁开眼睛，入耳的便是孩童喧闹声。

阳光明媚的草地上，二十多个五六岁的孩子正在跟着音乐做操，伸胳膊伸腿的，很是快活。

孩子们个个粉嫩可爱，瞧不出有什么异常。

七人面面相觑。

甘彧轻轻把胳膊递到池小池手边，方便他害怕时可以抓上来。

袁本善则将目光投向宋纯阳，以目光询问他有没有什么异常。

池小池摇摇头。

用宋纯阳的异瞳看去，这些小孩也只是小孩模样，看不出有什么特别的。

恰在这时，一个梳羊角辫女孩的小女孩一扭头，看见池小池，双眼一亮，径直飞奔而来，牵住他的衣角："院工哥哥！带我们做操嘛，没有你带我们不会跳！"

池小池打了一个哆嗦，本能地伸手想去捞住点儿什么，就被一只温暖的手轻轻拍了拍。

不知为何，只这一下，竟真的让他踏实了下来。

看来他们这次的角色，是“院工”了。

池小池本来就是个脑子灵光的，开口便应承了下来：“好啊。”

他落落大方地走到孩子方阵跟前，把运动服外套一脱就是一顿乱舞。

底下的孩子笑成了一片，几个实心眼的在底下严肃又着急地指点：“不对，不对，院工哥哥你跳错啦！”

但有几个调皮的，已经开始跟着池小池一起乱蹦跶了。

池小池背对着这群孩子，对奚楼道：“我觉得我现在是在坟头蹦迪。”

奚楼：“我觉得你还是闭嘴吧。”

池小池：“我觉得阿统你真的好凶。”

奚楼：“我觉得我还有进步空间。”

于是在接下来的三分钟时间里，池小池都在认真怀念他温柔大方、从不怼人的六老师。

做完操，孩子们三三两两地散了开来。

他们似乎都有各自喜爱的对象：柳成荫被四个小孩缠着要吃的，说肚子饿了；秦岭被三个男孩子带去了活动室，说要玩拼图，与他同去的袁本善则是被要求去修弄坏了的娃娃；几个孩子闹着要田广冰陪他们打篮球；围着甘棠和甘彧的孩子最多，要他们念故事。

刚才的羊角辫女孩、一个波波头女孩和一个看上去就很调皮的寸头小子找上了池小池。

池小池猜想现在是他们的自由活动时间，既然要好好相处，那当然要顺着他们的意思才好。所以他俯下身去，态度很好地问道：“你们想要娄哥哥陪你们做什么呀？”

寸头小子大声说道：“要娄哥哥教我们唱歌！”

一旁的甘彧、甘棠立刻无比同情这些孩子们。

活着不好吗？

不，安息不好吗？

池小池却来了兴致，说：“有眼光，我现在就给你们唱一首歌。你们想听什么？先点个歌吧，不过我可不一定会唱。”

池小池这几句话孩子们没太听懂。

其中一个孩子迷迷糊糊“哦”了一声：“那，娄哥哥，你教什么我们学什么。”

接下来，奚楼便一脸绝望地看着池小池撸起袖子，信心满满地教这群孩子唱《大悲颂歌》，并忽悠他们说，这首歌能够净化心灵。

别人家的《大悲颂歌》和你的《大悲颂歌》是一个版本吗？

果不其然，他刚刚开腔，那几个孩子就愣住了。

三个小朋友你看看我，我看看你，看来已经对“歌”这一存在本身产生了怀疑。

还是寸头小子率先叫嚷起来：“娄哥哥你唱歌唱得太难听了！”

池小池镇定地道：“那是你们没有品位。还从没有人说过我唱歌唱得难听。”

寸头小子：“你唱歌唱得难听。”

池小池厚颜无耻地给自己挽回：“曾经可是有一个哥哥夸我唱歌特别好听的，是你们没听过好歌。”

奚楼突然有点儿期望这几个熊孩子站起来挠他一顿。

可惜寸头小子很快对池小池丧失了兴趣，波波头女孩也怯怯地拉拉羊角辫女孩的裙角，向甘彧和甘棠方向示意，暗示那里可能更有意思一点儿。

结果，池小池的音乐小讲堂不到三分钟就成功下课，甘彧那边的童话故事课迎来了四个新听众。

甘彧捧着童话书，拿水润了嗓子，一句句慢慢念下去，偶然一抬头，便发现池小池盘着腿坐在孩子们后头，托腮认真地听着，眼角有点儿困倦地耷拉下来，他的声音便更柔和了几分。

在故事里，小美人鱼遇见了她心中的爱人，和爱人一起出海远航，她跳入水中，变出鱼尾，拍打着尾巴，在海面上激荡出雪白的浪花。

她的王子则含笑看着她，由她在海上快乐地跳舞。

孩子们听得入神，池小池则听得睡了过去。

几人进来前，已经差不多快到休息的时间了，他刚才又唱又跳了那么久，自然是有点儿疲劳。

池小池向来比旁人要警惕三分，但也不知道是哪里来的感觉，他虽然有点儿不放心甘彧的那点小心思，但他有一种直觉——自己待在他身边，是非常安全的。

甘彧与甘棠一起看着盘着腿、脑袋一点一点的池小池，目光温柔。

甘彧不自觉地放轻了讲故事的声音，甘棠则示意孩子们安静。

他们还挺听话的，果真乖乖地放低了声音，还不时看向池小池。

刚才的寸头小子拔了根草，想要去搔他的鼻子，可还没等得逞，甘棠便伸过手去，温柔又坚决地抓住了他的手腕，不赞成地摇了摇头。

同时她也微微皱了下眉。这个孩子触碰起来如同常人，体温、肤色和皮肤的柔软度都没有任何异常。

被制止后，寸头小子只好乖乖地坐回原位，池小池得以安安稳稳地一觉睡到了吃晚饭时。

晚饭是柳成荫做的。

她的手艺不错，给孩子们做了营养餐。

到了饭点，这些孩子居然还真的闹哄哄地跑来吃了。

孩子们有的把胡萝卜丝一气儿含在嘴里，再跑到卫生间吐掉，有的把茄子挑在桌面上，或者往别人碗里扔，告状声此起彼伏，柳成荫哄了这个又训那个，着实是忙出一身大汗。

等到终于安排孩子们去洗澡，她才得以满身疲惫地回到餐桌前。

她顺手从墙上揭下了一张孤儿院的作息时间表，拿给大家看。

和一般的孤儿院制度差不多，小班的孩子早上七点钟起床洗漱，整理内务，七点半到餐厅集合吃早餐，八点半开始上两节课，再然后是午餐，午休，下午三点再上一节课，之后自由活动一小时，五点钟晚餐，洗澡，看一个小时电视，八点半统一组织上床睡觉。

大家又交换了一下进入世界后的体验。

奇怪的是，大家都表示，这里的孩子一切正常，没有什么特别的问题，只是要求他们陪自己玩而已。

既然没能找到什么完成任务的头绪，就只能看看第一个晚上会发生什么了。

临睡前，池小池一行人把这家孤儿院的小小一栋主楼转了个遍。

这里麻雀虽小，五脏却俱全。主楼外面是一片巨大的草坪，有各种室外活动设施，甚至还有一片区域是专门的羽毛球场。主楼内，一楼是活动室、医务室和食堂，二楼是教室和小型图书馆，三楼是堆放被褥、桌椅等杂物的仓库以及孩子们睡觉的地方。每层楼都有洗手间和热水器，都在走廊东头。

当年那把火，就是从仓库里烧起来的。

而仓库隔壁，正住着那一个班的孩子。

院工宿舍有两间开着门，紧邻楼梯，同样位于三楼，是四人一间的上下铺，刚好够池小池一行人入住。

池小池睡在了下铺。

他刚才补了一下觉，养好了精神，因此有些难以入睡。反正是无法入睡，池小池戴上了耳机，眯上眼睛，听手机里下载好的童话故事。他仍心心念念地想着那只寻找家乡小丑鱼的故事，想知道故事的结局，但自从他上次回家后，找了不少相关的频道，都没能找到那个电台。

池小池又不想去找甘彧问，平白拉近了关系，索性找了些其他故事，下载到手机里助眠。

然而，当困意渐生时，池小池突然嗅到了一股淡淡的焦煳味道。

那味道……就来自他的枕边。

他浑身一紧，翻身坐起来，恰好与一双黑多白少的眼睛撞了个正着。

波波头女孩立在他的床头，歪着头看他。

她的状态与白日里一点儿都不同，脖子拉伸的角度已经不是一个正常人类能达到的，她的小手上提着一只烧焦的布偶，乌黑的眼珠里发出让人心惊的死光。

临睡前，他们明明是锁了门的。

“哥哥，我睡不着。”她就这么呆呆地看着池小池，嘴角却扬着夸张至极的笑容，“陪我玩，好吗？”

池小池在心里郁闷了大约五秒钟。

然后他问波波头女孩："现在几点了？"

池小池："按照院规，你现在应该在哪儿？"

波波头女孩神色变了变，有点儿委屈地说道："我应该在睡觉。"

池小池："知道就好。向后转，目标是你的床，齐步走。"

波波头女孩："哥哥，我想你陪我玩。"

池小池："那明天白天你就在床上躺一天，不准起来。"

波波头女孩歪了歪头，似乎在思考。

她斟酌了一下，确定躺一天比睡不着更加痛苦，才抱着她的娃娃一步步走向不知何时敞开了的宿舍门走去。

直到她的身影彻底消失在门口，池小池才恢复呼吸的能力。

睡是睡不着了，不可能再睡得着了。那个小女孩来得实在是无声无息，甘家兄妹和袁本善甚至都没能醒来。

池小池在三人中甄选比较一番，叹了口气，伸手拉了拉住在自己上铺的甘彧："喂，拼个床呗。"

2

甘彧睁开眼睛，一字没多问："上来。"

池小池披着被子，像猫似的从梯子爬上来。床轻轻地摇着，咯吱咯吱地响。

袁本善翻了个身，好在他实在很困，没醒过来。

甘彧向外侧护栏靠去，让出了靠里的半个床位："到里面去。"

池小池一怔。

甘彧微微一点头，态度是不容置疑的。

池小池也不多矫情，依言钻到里面，把被子掖好，正要躺下，又被甘彧打了个手势，制止了。

他把枕头翻开。

池小池惊讶地看他从枕头下取出一把无鞘的匕首，柄在他那一方，刃在自己那一方。他把匕首藏入了自己的被子里："小心，我拿走，别扎到你。"

池小池："你早醒了？"

甘彧："嗯。"

池小池："什么时候？"

甘彧："她来的时候。"

池小池躺平，把被子往上掖掖："她是灵物，匕首有什么用？"

"如果她叫走你，我会跟上去。"甘彧温和地说道，"如果她想害你，她的头现在已经被我割下来了。"

池小池暗叹：大佬，大佬。

他说："匕首放被窝里没问题？小心一个翻身把自己割伤了。"

甘彧一笑："别想那些。睡吧，一切有我。"

这床宽一米左右，两个人睡着实有点儿挤，所以两个人都侧躺着，池小池面朝着墙，甘彧面朝着池小池的背。

池小池躺了一会儿，突然小声问："那个小丑鱼的故事还在吗？"

甘彧没说话，拿出手机，给池小池戴上一只耳机。

很快，那个慢条斯理的男声又在他耳边响起。

小丑鱼遇到了当初把它从家里带走的蓝色鲸鲨，问它，究竟是从哪里把它带走的。

已经环游地球一圈的鲸鲨很不好意思地说，对不起，它忘记了。

为了弥补自己的过错，鲸鲨陪着小丑鱼上了路。

有了伙伴的小丑鱼很高兴，躲在鲸鲨的鳍下，与它一起旅行。

讲故事的男声着实悦耳，犹如泉水的声音，让人忍不住联想这样的声音是用怎样的声带发出的。

池小池睡着了。

他无奈地低声道："平时那么聪明，现在怎么……你真是要气死我才罢休。"

被池小池冷落了这么久，061 认真地反省了自己的过错。

之前，实在是他操之过急了。

池小池从小就没有什么安全感，即使长大后也是如此，他喜欢把所有人或事圈在可控范围之内，一旦有什么超出了他的掌控，干扰了他的理智，他的第一反应便是远离止损。

061 急于暗示自己的身份，反倒弄巧成拙。

如果池小池需要的是安全感，那他愿意成为他安全感的一部分。

他放低了声音，含笑道："娄哥哥，晚安。"

第二天一早，池小池是在下铺的床上醒来的。

他躺在床上醒了半天神，觉得特别神奇。

甘彧什么时候把自己搬下来的？怎么一点儿感觉都没有？

不过这也有好处，袁本善照常起身洗漱，浑然不知昨天晚上发生了什么。

早餐时，池小池把昨夜发生的事情告诉了众人。

袁本善闻言吓了一跳："你怎么不跟我说？"

池小池无助、可怜又柔弱地道："我不敢下床，也不敢叫你，怕她突然回来……我半个晚上都没睡呢。"

真正后半夜没睡的甘彧在一旁低头吃面，一言不发。

田广冰问："你昨天做过什么特殊的事情吗？"

池小池把自己昨天做过的事情整理过一遍，答：“没有。”

但田广冰显然不相信他的话的：“没有的话，她怎么会找上你？”

甘彧接过话来：“他确实一直在我们身边，什么都没做。”

袁本善皱眉看了他一眼。

田广冰“哼”了一声：“我昨天也在操场，看到他带着那三个小孩去听故事了。我记得刚开始，他们要你教唱歌？”

柳成荫当时不在现场，闻言惊讶地道：“你赶他们走了？”

池小池无辜地道：“没有啊。”

奚楼想，你唱成那个鬼样子，和赶他们走有什么本质的区别吗？

柳成荫好心提醒他：“好好相处，就是他们让我们做什么就做什么。我们别去做多余的事情，规规矩矩的，平安度过这三天就是了。”

田广冰不满地道：“是啊，你一个人作死不要紧，别拖累我们。”

池小池说：“我只是觉得，孩子不能迁就着养。”

袁本善拍了一下他的头，又好气又好笑：“谁让你来养了？”

甘棠温柔地插了话：“这个世界的运行机制还没弄清楚，他做得对不对也不用急着下定论。如果真要事事顺着他们，难道昨天晚上他要跟着那个孩子走吗？”

这话说得有理，但田广冰仍不大赞同，只撇撇嘴，不吱声了。

这一天依然过得有条不紊。这群孩子和寻常孩子一样，一样调皮，要求也一样多。

甘彧和甘棠担任了教学院工，一个教语文，一个教英语。

在甘彧上课时，突然有孩子哭闹起来。甘彧从黑板前转身：“怎么回事？”

羊角辫女孩哭着指着她后座的寸头小子：“哥哥，他揪我小辫。”

寸头小子嘻嘻笑。

甘彧转过身去，冷静地点名道：“去教室后面站十分钟反省。”

寸头小子不笑了，在座位上发呆。

聚在教室后面旁听的几位临时“院工”也愣住了。

甘彧发现他没动，便转过脸来，道：“二十分钟。”

寸头小子“噌”地一下蹿起来，跑到了教室后面，乖乖地站好。

教室里响起了“吃吃”的笑声，被甘彧几下教鞭敲击黑板给压了下去。

田广冰小声说道：“他疯了吧？”

其他几人也捏了一把汗，只有池小池托腮往空荡荡的操场方向张望，不知道在看什么。

下课后，甘彧给孩子们分发酸奶做零食，而其他三人已在下课后离开了教室，明显是不想触霉头。

分发完毕后，他拿着三包草莓味酸奶来到池小池跟前。

袁本善没好气地说道：“你可真是胆大。”

甘彧淡淡地笑道：“如果真要作死，那就一起好了。”

池小池接过酸奶，转向袁本善：“老袁，别什么事情都顺着他们。”

袁本善：“为什么？”

池小池含糊地说道：“一种感觉吧。”

昨天晚上，波波头女孩扭曲着脖子站到他的床头时，池小池只感觉被一股浓重的恶意包围，但当他找出合理的理由拒绝了她时，那股恶意却有所消散。

如果别人说“感觉”，袁本善一定嗤之以鼻，然而既然是宋纯阳这么说，他至少能信上七分。

下午活动时间，他们依然是各司其职，一切跟昨天一样，拼拼图的拼拼图，打篮球的打篮球，修娃娃的修娃娃，讲故事的讲故事，吃饭的吃饭。

池小池数了数，发现每个人身边跟着的孩子仍是那几个，仿佛规定好了的。

他这边的三个熊孩子围住他后，不提教唱歌的事情，说：“哥哥，哥哥，教我们打电话吧？”

所谓“打电话”，又叫“传声筒”，就是将两个饮料瓶从中剪开，只留下底部，在瓶底钻眼，再用棉线连上两个饮料瓶，听声传音，也是小孩子爱玩的玩意儿。

池小池冷静地拒绝：“不行。”

被拒绝后，三个孩子都不说话了，三双乌黑的眼睛看向他，目光冷冷的。

羊角辫女孩问：“为什么？”

池小池一本正经地答：“我妈妈不让我随便把电话号码留给别人。”

没想到他这招“听妈妈的话”竟然真奏了效。

三人面面相觑了一会儿，寸头小子说：“那哥哥能教我们玩什么呢？”

池小池说：“我教你们立定跳远吧。”环保，健康又能运动。

波波头女孩一改昨夜脖子扭曲、浑身焦臭的样子，扭着衣角，微弱地道：“娄哥哥，我穿着裙子呢。”

池小池：“那教你们踢毽子。”

两个女孩子答应了，但寸头小子喊了声不想玩女孩子的游戏，就一溜烟儿地跑没了影。

池小池真的开始教两个女孩子踢毽子，还踢得有模有样的。

甘彧远远一眼看过来时，池小池正在两个女孩羡慕的目光里交叉踢毽子，把一只鸡毛毽子踢得上下翻飞。

他和甘棠同时抿着嘴轻笑了一声，没有注意寸头小子一路溜进了主楼内，朝着食堂的方向跑去了。

柳成荫为跟在自己身边那四个贪吃的小灵物做了简单的方便面，又把粥煮上，正摘着菜，寸头小子就从外面冒了个脑袋进来：“柳姐姐，我想玩打电话。”

柳成荫失笑：“乖，姐姐正忙着呢，你找其他哥哥姐姐陪你玩，啊。”

寸头小子坚持道：“我的姐姐不陪我玩！我一定要玩！”

柳成荫拗不过他，左右看看，发现厨房角落里刚好有用剩下的空塑料瓶子，便说：“那你自己先把‘电话’做出来。等你做好了，姐姐陪你玩，好不好呀？”

寸头小子兴奋地点点头，捡起两个瓶子抱进怀里，开始安静地做手工。

活动室内。

沉默的戴着眼镜的青年秦岭正帮着孩子们将拼图一块块填回原位，同时暗暗出神。

他忍不住想，这个世界的任务难度究竟在哪里？

从昨天起，他们就在拼这块约有两百块的拼图，如今基本已拼齐全了，只差几块而已，不需要他指导也能顺利完成。

孩子们凑成一堆，将剩下的几块七手八脚地补上。

他出着神，突然有只小手拉了拉他的衣摆。

“嗯？”秦岭一低头，发现那幅正面的人像已经拼得差不多了，却偏偏只在右眼部分差了一块，一只独眼正沉默地注视着他，他不由得打了个激灵。

他向来不擅长应付孩子，却又考虑到柳成荫与田广冰他们的交代，不大自然地放低了声音：“谁把最后那块拼图藏起来了呀，快交出来。”

在场的所有孩子纷纷摇头，一脸无辜的表情。

秦岭打开装拼图的盒子，又在附近仔细搜索了一番，确实没找到那块缺失拼图的下落。

有个孩子都要哭了：“拼图不全，怎么办呀，我们拼不完了。”

其他孩子纷纷安慰他：“没关系，秦哥哥会想办法的。”

说完，一双双真诚而且清澈的眼睛盯着秦岭，让秦岭有点儿无所适从。

他勉强笑道：“哥哥……再找找，再找找。”

秦岭又认真地找了一下，确实一无所获。他颇为头痛地摊了摊手：“我们换一幅拼图玩吧，好不好？”

孩子们却一齐不赞成地摇头。

此时，一个童音在角落里响起，奶声奶气的，听起来天真无邪得很：“秦哥哥，你不是有眼睛吗，你的眼睛借我们一下，好不好呀？”

正在活动室的另一个角落带孩子们玩娃娃的袁本善，突然听到背后传来一声刺耳的惨叫，让他心里一阵紧缩。

袁本善赶紧起身，快步赶上前一看，他差点儿呕吐出来。

一把音叉伤了秦岭的右眼，秦岭捂着眼睛，弓身蜷在地板上惨叫不止，血从他的指缝中流出。

孩子们背对着门口，把一只支离破碎的眼睛填入拼图的空白处。

终归……还是出事了。

柳成荫闻讯赶来，见此惨状，吓得失声痛哭，田广冰也是瞠目结舌，池小池眼前被打了马赛克，什么也瞧不见，只有甘或在目睹一切后保持了冷静，把惊恐、疼痛到发狂的秦岭强行打晕，背到医务室，用绷带和酒精简单处理了伤口。

等孩子们吃完饭去洗澡时，一行人才去了医务室。

甘彧从雪白的屏风后走出，摘下被血污染的手套。

眼圈发红的柳成荫急忙发问："秦岭他怎么样了？"

不怎么好……

他整个右眼都没有了，拿酒精洗过后，只剩下一个黑漆漆的空洞。

甘彧没有刻意去吓唬他们，尽量用温和的口气说道："暂时没有生命危险，不过还需要观察。"

田广冰惊魂未定："他……他到底做了什么？为什么会……"

无人能回答，就连袁本善都不知道发生了什么。

柳成荫泪流满面："秦岭从来不主动招惹是非的，我们已经告诉他很多次了，要和这些灵物'好好相处'……"

"'好好相处'的定义究竟是什么？是千依百顺吗？"袁本善犹豫半天，开口说道，"他被挖眼，是不是因为太听话了？"

柳成荫与田广冰浑身一震，前者更是很快白了脸，捂着嘴几乎要吐出来。

田广冰见女朋友脸色有异，心疼地搂住她："别瞎想，我们先回去休息。"

袁本善指着床上的秦岭："那今天晚上谁留下来看护他？"

不等田广冰柳成荫二人说话，池小池便举起了手："我吧。我是学护理的，比较方便照顾他。"

甘棠也说道："我也留下。"

袁本善想了想，觉得只要不是甘彧留下来就行。

忙碌了一天的袁本善与甘彧先回去了。

面色苍白的柳成荫强撑着留下来陪了秦岭一会儿，才被男朋友带离医务室，往楼上走去。

走到三楼的宿舍前，她惊讶地看到那寸头小子兴冲冲地朝她跑过来，手里还握着一个已经做好了的传声筒。他将精心制作的传声筒举起来："姐姐，陪我玩呀。"

柳成荫哪里还敢听他的话，推辞道："不要了，姐姐累了。"

拒绝过后，她抓起田广冰的手，一头扎进了宿舍，并锁死了门。

寸头小子在外"啪嗒啪嗒"地敲门，声音稚嫩而恐怖："姐姐，姐姐，开门呀，不是说好了吗，我做好'电话'，我们就来玩呀。"

柳成荫把自己蒙进被子里，佯作没听到。

敲门声持续了一阵，便停止了。

柳成荫大大松了一口气，田广冰在她身边轻声细语地安慰着，也好歹让她紧绷的神经渐渐放松了下来。

然而，几秒钟后，她放在枕头下的手机竟然突兀地响了起来。来电铃声像是掺杂了什么异常的电流，走了音，声音听起来古怪而恐怖。

柳成荫面上刚聚起的血色瞬间褪去。

任务世界里是没有信号的，这是常识。

所以，这通电话，会是谁打来的？

柳成荫害怕得双手发抖，掏出手机按下电源键，想要将手机强制关机，但是手机根本不受她的控制。

她几乎吓得发了狂，把手机一下下往床栏上砸。

屏幕碎烂成了一片，那铃声却锲而不舍地一直在响。

她哆哆嗦嗦地把手机递向田广冰，田广冰哪里敢接，把手机夺来，劈手丢出了窗外，把号啕大哭的女友抱在怀里，满脸惧色轻声哄着。

然而，没过多久，楼梯里响起了轻快的脚步声。

“哒”“哒”“哒”。

与脚步声一道响着的，是那走调的手机铃音。

那脚步声来到门外，把手机从门缝里轻轻塞入。

见此情景，柳成荫已经接近崩溃了，而恐惧发展到最后，渐渐发酵成了难言的愤怒和短暂的勇气。她连滚带爬地捡起手机，凑在耳边，大声道：“喂？”

电话那边没有人说话。

她的心脏跳得飞快，声音也不自觉地降了八度：“喂？”

突然，一声稚嫩的怒喝从门外和电话里同时传出来：“姐姐，你为什么不接我的电话？”

柳成荫再也忍不住，发出了一声刺耳的尖叫，丢下了电话，快步退到窗边的床铺，一屁股跌坐上去，刚要哭出来，眼角的余光扫到一样东西，一双杏眼就又睁大了些，再次尖叫一声退离窗边。

田广冰也被这接二连三的状况吓得不轻，抱住柳成荫的手微微发抖。他凝视着窗外的黑暗，不安地问道：“怎么了？看见什么了？”

柳成荫哭道：“有一个女人！”

“什么女人？”

“一个女人，戴黑帽子的女人，她刚才站在院子里！”

田广冰鼓起十分的勇气，拍一拍柳成荫的肩膀以示安慰，慢慢挪到窗边，向下望去，却见院内空无一人，哪里有什么女人的影子？

3

祸不单行，还没找到那个女人的去向，一股浓郁的焦臭味又从门缝外飘入，刺激着田广冰的嗅觉，叫他眼皮控制不住地乱跳起来。慌乱间，田广冰心思急转，扑上去一把抄过还未挂掉的电话："喂？"

焦臭味依然浓郁，但也没有继续蔓延下去。

电话那边的孩子沉默了片刻："田哥哥。"

田广冰竭力压下颤抖的声音："柳姐姐她累了，有什么话可以跟田哥哥说吗？"

寸头小子笑道："哥哥，我明天想打篮球了。"

田广冰一时不知道该说些什么，又不敢继续拖延下去，一咬牙，应承了下来："好。"

孩子嘻嘻地笑起来，童音通过电波传入人耳，叫人后背一层层地往上冒鸡皮疙瘩。

寸头小子说："哥哥，晚安。我明天再跟柳姐姐玩‘打电话’。"

"电话"挂断，田广冰看着右上角显示着"无信号"的手机，脸色变得铁青。

他们……好像真的闯了大祸了。

两人胆战心惊，双手互握，侧耳细听着外头的动静，掌心又湿又滑，如同握着一条毒蛇。

确认外面久久没有动静，田广冰拉过她的手，一笔一画地在她掌心写："休息吧。"

柳成荫仍然无法忘记那个突然出现的女人，回答道："刚才那里真的有个女人。"

田广冰想了想，又问："长什么样子？"

柳成荫的记忆力不错，慌乱之中那一眼更是印象深刻："长发长裙，脸色雪白，穿一身黑衣服，长得挺漂亮的，打扮得不太正常，像个中世纪的人。"

田广冰微微点头，毫不怀疑地道："记住了。"

他又握一握女友的手，以示安慰，随即扶着她的肩膀，想叫她睡下。

柳成荫惊魂未定，顺势想要躺下，谁承想越过他的肩膀，她隐隐看到窗外有什么东西在动，连带着窗玻璃也有了细微的震动。

她起初以为那是窗外的树枝在摩擦着窗户，但是她怎么看都觉得那道影子有些奇怪，便伸手拍了拍男友的胳膊："那是什么？"

田广冰顺着她的视线望去。

屋内的白炽灯泡太过明亮，他眯起眼睛，只隐隐约约地看到玻璃上印上了一片黑影，随即又消失，窗户发出的嗡嗡的声，的确像是被什么东西从外面拍打着。

他不确定地说道："是……风吧。"

然而下一秒，他便睁大了眼睛，脱口而出道："什么鬼！"

哪里是什么树影？是一只小孩的手在外面轻轻拍着窗户！

窗玻璃上不知何时已经印满了小小的湿手印，留下的形状却十分特殊，那五指粘连着，不像一个正常孩子的手，倒像是一只蛙蹼。

细看之下，竟还有半个小脑袋就露在窗沿边，烧塌了的右眼和完好的左眼正直勾勾地窥视着两人。

还不等他们叫出声来，一只被熔化得只剩一半的小手便拍上了玻璃，发出一声叫人头皮炸裂的闷响！

柳成荫立刻伸手堵住自己的嘴，避免自己再次叫出声来。

她已经走错一步了，容不得再错了。她明知这时候自己应该接近孩子，态度如常地对待他，甚至可以摆出大人的架子，呵斥他去睡觉……

但是她真的不敢，她连站起来的力气都没有。

突然，他们听到了开窗户的声音。

声音是从一楼医务室传来的。

医务室恰与宿舍的窗户同一个方向，打开窗之后，池小池清朗的声音自楼下传来："怎么这么晚了你怎么还在这儿？"

窗外的小灵物低头看他。

"咦。"池小池嫌弃道，"你这是糊了一脸什么东西。从窗户那儿滚下来，我给你洗洗。"

田广冰和柳成荫此时此刻，体会到了什么是真正的"敬仰之心如滔滔江水一般汹涌不绝"。

寸头小子离开后不久，田广冰他们的门被"笃笃"敲响。

甘彧的声音自外传入道："我们听到刚才发生什么了。为了保证安全，我们四个今天晚上一起睡，好吗？"

柳成荫他们自是求之不得，连忙开门放他们进来。

二人并没有质问刚才他们遇险时，只与他们一墙之隔的甘彧与袁本善为什么没有出手相助。

在任务世界里，能自保才是前提。帮与不帮，只是情分与本分的关系。

袁本善仍是惦念着宋纯阳，想下去看看情况，却又忌惮着那善恶不明的灵童，转念想想纯阳的本事，再想想看似柔弱、一个抵仨的甘棠，心中便也渐渐定了下来。

池小池敢把灵童叫下来，也是有底气的。

原因无他，在现在的池小池眼里，这烧得乱七八糟的寸头小子就是一只小小的Q版活体大头兔形象。

大头兔这回走了楼梯，乖乖地从楼上走下来，敲了敲医务室的门。

池小池伸手把他拉进了屋里。

如果秦岭现在醒来，看到自己和灵童同处一室，怕是会马上吓到失去理智，好在他失血过多，现在正昏迷着，倒省了再晕过去一遭的麻烦。

甘棠也是一脸的淡定，反倒叫个寸头小子不好意思起来，一张烧到变形的脸恢复到了八分正常的样子。

反正池小池也看不见，信手把人抓到水池边，用毛巾蘸了热水，给大头兔擦脸："大半夜趴在人家窗户外头，不吓人啊。"

寸头小子含糊地抗议道："柳姐姐答应过我要陪我玩，她说话不算话。"

"那你就做恶作剧吓她？"

寸头小子不说话了。

池小池见他这样，却照他后背上不轻不重地拍了一掌："说起来，我小时候和你一样。"

说罢，他又看了一眼寸头小子的脸，靠脚指头想，也知道现在那张脸可爱不到哪里去："当然，不是和你一样丑啊。"

"上房揭瓦，招猫逗狗，我什么都做。"池小池笑嘻嘻地道，"要是有人欺负我，我也会马上欺负回去。"

甘棠在旁边不动声色地听着，心里无奈笑笑。

池小池的这张嘴啊。

只消三言两语，他便将自己与寸头小子拉到了同一阵营里，让他和自己共了情。一个小孩子又怎么能玩得过他？

寸头小子果然被勾起了好奇心："那你的爸爸妈妈不会打你吗？"

对于这个有点儿奇怪的问题，池小池眉头轻轻一动，却也不急着追问什么。

"不打。"池小池又将毛巾拧干一遍，热气腾腾地给寸头小子擦脸，"我倒挺希望我爸妈能少吵点架，腾出空来，合作一次，削我一顿的。但是后来想想，没事儿找打，这不是贱得慌吗？"

寸头小子咯咯地笑了出来。

池小池拉过眼前大头鬼的手，为他轻轻擦拭着手背。

寸头小子直直地看着他，突然道："娄哥哥。"

池小池摸到了他手背上几处异常的凹陷，那不大像是火烧留下的痕迹，而是陈年的伤疤，而且形状还有些特殊。他在那伤疤上轻抚两下，问道："嗯？"

寸头小子问："我是好孩子吗？"

"大半夜扒窗户吓唬人还不道歉，你好不好自己心里没数吗？"池小池瞪他一眼，"小熊娃。"

寸头小子被骂了也挺高兴，乐呵呵地翘着嘴角。

池小池又摸了摸那处伤疤，脸色一变，总算知道这个伤疤是由什么造成的了。

他张口就骂："这帮浑蛋！"

甘棠细眉一扬，柔柔地出声制止："纯阳。"

寸头小子眨巴眨巴眼睛，乖巧地问道："哥哥，这是什么意思？"

池小池面不改色地说："是'你好'的意思。"

寸头小子："唔……娄哥哥，浑蛋。"

池小池很佩服这孩子现学现卖的本事。

寸头小子又乐了起来："娄哥哥，我……"

池小池一把捂住他的嘴："你可闭嘴吧你。"

他闹着拿舌头去舔池小池的手掌心，池小池眼疾手快，在他短短的头发茬上擦了个手，又一脚把他轻轻踹了出去：“滚滚滚，回去睡觉。”

寸头小子还真的听他的话，乖乖起身，向外走去。

走到门口，他站住了脚步，扭头道：“娄哥哥？”

池小池转脸，直视着圆尾巴一颤一颤的大头兔。

寸头小子说：“娄哥哥，我喜欢你。”

池小池一愣。

他说：“你不打人，也不讨厌我，不赶我走。你是好人。”

回过神来，池小池粲然一笑：“这不是巧了吗？我也喜欢我自己。”

下一秒，061 撤下了对寸头小子的屏蔽。

他哪里还有刚才烟熏火燎、恐怖狰狞的样子，顽皮地咧开掉了一颗牙的嘴巴，露出一个有点儿漏风的笑。随即，他一蹦一跳地离开了。

在离开前，他没有向池小池提出任何其他的要求。

池小池目送着他的身影消失在楼梯道上，才脱力地坐下。

甘棠走到他身边，将手轻轻搭在他肩上，温柔地捏了捏。

池小池说：“你看到他的伤了？”

甘棠：“嗯。”

伤口有三处，每一处都是对称的两个洞，相隔距离一样，深半寸。

是音叉戳进去造成的伤。

想到白日里秦岭捂着眼睛惨号、孩子们围在他身边，司空见惯、习以为常的模样，甘棠也皱起了眉。

灵物曾经是人，他们死后的扭曲，多半是源自生前极度的痛苦。

“他们……是在模仿他们曾经遭受过的事情？”

或许在这群灵童的心目里，如果事情做得不好，就会受到类似的惩罚？

池小池并不说话。

甘棠少见如此沉默又忧郁的池小池，轻声安慰他道：“你已经做得很好了。”

池小池意味不明地笑了一声。

甘棠说：“你胆子很大，也很会哄孩子。”

池小池：“哈。”

他拎了拎自己的 T 恤，衣裳已经湿透了。他拿来一条干净毛巾，为自己简单擦了个身：“是有人教得好。”

那个人温柔，包容，出现在池小池的生命里，像一缕光，像一个梦。

他与他足足认识了七年。

在七岁那年，池小池晓得邻居家搬来了一个比他大两岁的哥哥，叫作娄影。

小孩子一是喜欢漂亮的人，二是喜欢比自己厉害的人，娄影小小年纪，就已经个标准的君子，身高又超出同龄人一大截，几乎满足了池小池对哥哥这一形象的所有想象。

娄影还在收拾行李时，池小池就厚着脸皮去趴门叫人：“大哥哥，大哥哥。”

娄影转过身来，眉目间还蒙着淡淡的忧郁。注意到门口的小豆丁后，他温和地一笑：“嗯？”

池小池自小就嘴甜：“你真好看。”

娄影还是第一次被同性这样夸奖，微怔片刻，随即眼睛便微微弯了起来：“谢谢。”

池小池半天没能等到他的下文，不觉好奇：“咦，你不夸我长得好看吗？”

娄影忍俊不禁，“哈”的一声笑了出来，放下手里的东西，走到他跟前，仔细地躬身打量，才给出了一个很诚恳的答案：“嗯，很好看。”

当时的池小池根本看不出来娄影是一个刚刚蒙受丧父丧母之痛的孩子。他那么小就懂得把自己的伤口遮掩起来，独自舔舐，丝毫不肯给旁人看到，只是不希望别人陪他一起不开心。

娄影把一个那么美好的世界展现给了池小池看，即使后来他离开了，池小池也没有选择背离那个世界。

他顽强固守的样子，既可笑，又温柔。

空病床只有两张，秦岭占了一张，池小池原本想打地铺，将床让给甘棠，但甘棠却大方得很，拍了拍床，邀请他道：“上来吧，我不介意。万一发生了什么，互相也能有个照应。”

池小池想一想，也没有多抗拒，抱着被子上了床，和衣而眠。

躺在床上，他兀自想着心事。

这个世界的机制并不难猜：对灵童们不要过分纵容，不然他们的恶念会在无形之中无限扩大与膨胀，他们将会予取予求，秦岭便是例子；但也不能对他们太过严厉，动辄粗暴地拒绝，否则也极有可能招致报复。

说白了，就是要做一个合格的大人。

然而，他们已经在不知情的前提下越界了。

他们已经见了血光，谁知道这些孩子接下来又会做出什么事情来呢？

这般想着心事，到了后半夜他才睡着。

当池小池陷入不甚安稳的梦乡中时，隐隐听到有个声音在他耳边轻声叹道：“你呀你。”

紧接着，他翻了个身，又睡了过去。说来也奇怪，后半夜他睡得极安稳，连一个梦也没有做。

然而，一觉醒来，池小池最担心的事情还是发生了。

在出过事后，灵童们之间的气氛显然不对了。

他们坐在食堂里，是统一的、机械的安静，垂着手，低着头，稚嫩的目光交流着唯有他们才能看懂的讯息。

柳成荫捧着早餐走进食堂时，被扑面而来的浓郁的焦臭味冲得一个踉跄，差点儿呕吐出来。

在她本能地站住脚时，二十多张毫无表情的脸瞬间转向了她，叫人看得虚汗横流。

柳成荫已经做了大半夜的心理建设，见此情景，强作镇定，挺直腰杆，慢慢走入食堂，挨个孩子分发食物。

相对而言，昨夜那个闹腾的寸头小子反倒安静下来、规矩了很多，接过饭盒，就夹菜夹饭，含在嘴里默默咀嚼。

但很快，有三四个孩子就把嘴里的饭菜吐了出来，嚷嚷道："姐姐，我们不要吃这个！这个太难吃了！"

立即有人呼应，许多孩子拿筷子当当地敲着碗沿，起哄地嚷嚷起来。

站在食堂门口的诸人的脸色都难看了下来。

他们料想到秦岭事件之后，这个世界的难度可能会再次提升，情况也会越来越不可收拾，却没想到异变竟来得这么快。

柳成荫强笑道："那……你们想吃什么，姐姐给你们做？红烧狮子头，还是鸡汤，只要你们想吃……"

"姐姐。"

一个孩子打断了她的话，舔舔嘴巴，如同一只狩猎的小饕餮一般直直地盯着柳成荫，奶声奶气地问："你好吃吗？"

4

闻言，池小池很想跟这些孩子推荐正在医务室和甘或一起陪护秦岭的袁本善：你们快来看看这个袁哥哥，薄皮大馅十八个褶，用来下饭正好。

想归想，在柳成荫六神无主时，他主动迈步走了进来。一屋子的熊孩子转了目光，发现来人是他，倒是都乖乖闭了嘴。

刚才吵得最凶的是常跟在柳成荫背后喊饿的一个小胖子。

当然，现在他在池小池眼里是一只维尼熊表情包。

池小池将他精准地锁定，直接点了他的名："马清。"

维尼熊马清一愣，在椅子上挪了挪肉墩墩的屁股，反应慢了半拍："啊？"

"跟哥哥姐姐们说话要站起来。"

小维尼熊乖乖地站了起来。

池小池在小维尼熊身前单膝蹲下，恰与他视线平齐。他问："为什么带头闹事？"

小维尼熊摸了摸塌鼻梁，有点儿窘迫。

池小池将口气放软，细化了自己的问题："为什么和姐姐说这种话？"

"因为有院工说过，我长这么胖还老喊饿，是有病，是有怪物在吃我的肠子。"小胖子说话时脸上的肉一颤一颤的，不过逻辑还算清晰，"怪物为什么要吃我呢？一定是因为我身体里有好吃的。"

池小池："这是哪个浑蛋说的？"

他"啊"了一声，歪歪脑袋，有点儿迷茫地道："我不记得了。"

孩子们的心灵如白纸，他们记不得是谁往他们身上肆意泼墨涂鸦，但那墨迹却会长久地留在他们身上。

天长日久，墨迹蔓延，白纸也变了颜色。

柳成荫在一旁轻轻哆嗦了一下。好在她已经理清了思路，强忍住夺路而逃的冲动，并没露出害怕的模样，只装作无奈地摇了摇头。

池小池站起身来："还有谁是这样想的？"

刚才吵闹的孩子安静了不少，只有寥寥几只小手举了起来，满眼求知的光，看得人后脊骨发冷。

"起立。"

这下有两个孩子暗戳戳地把手放下来，剩下三四个互相看看，慢吞吞地站起来，各自不安地搓着衣角。

池小池看着小维尼熊们："故意吓人的小朋友要罚站。"

马清小朋友慌了，眼里开始泛起泪花："哥哥，我知道错了。"

池小池把人头清点一遍："你，你，还有你，你们几个别吃饭了，去墙角站着。"

刚刚还铆足了劲儿作妖的几个灵童站成一排，还有什么嚣张气焰在，抽噎着抹眼泪，场景宛如现实世界中的幼儿园。

揪出几个典型后，剩下的孩子顿时安静下来，吧唧吧唧地吃起饭来。

池小池走到柳成荫跟前，拿眼角瞥瞥那几个抽抽搭搭的熊孩子，压低声音："一会儿我出去了，给他们送点吃的。"

柳成荫恍然大悟，看向池小池的目光竟已是十分的信赖。

"记住，别拿太多，一个包子就行。别的孩子都还看着呢，如果同学们犯错受罚了还能吃饱，你想想他们接下来会干什么。"话锋一转，池小池安慰她，"放心，不要怕他。你背着我给他们送吃的，他们会喜欢你的。"

柳成荫吞了吞口水，认真地点下了头。

池小池回到了原来的位置。

结合昨夜的闹剧和刚才他观察得知的情况，池小池有了一点儿不大妙的联想。

走回甘棠身边，他与她耳语几句，甘棠点一点头，陪站在柳成荫身边，大有保护之意。

柳成荫看她，她则回以一个温柔的浅笑，撩一撩长发，目光是那种"万事有我"的可靠表情。

柳成荫想到昨夜与甘彧同宿时，她关心过这名“娄哥哥”的安全问题。

甘彧的态度很淡定：“没关系，有我妹妹在，他会很安全。”想到这里，柳成荫的心是彻底定了下来。

池小池用目光示意田广冰跟他走。

田广冰略担忧地瞟了一眼柳成荫，发现她的状态还好，身旁还有甘棠陪着，心间稍定，便跟上了池小池。

池小池上了三楼，进了小仓库。

仓库里除了堆放了一些杂物外，还放有七八个冷柜，储存着大量肉、蛋、菜、奶，各种食材应有尽有，取之不尽，因此也不需他们出外采购。

池小池翻箱倒柜地寻找着什么。

田广冰由衷地称赞道：“哥儿们，你牛。”

池小池也不谦虚：“别说那些没用的，来帮我找点东西。”

田广冰：“什么？”

池小池刚想开口，便找到了他想要的东西。

他从角落里拖出一沓小纸壳箱子，掸去上头的灰：“不能叫他们牵着我们的鼻子走，得给这些熊孩子找点事情做。”

上午，池小池自作主张地停了他们两节课，把所有孩子带到了操场上，上种植课，课程由他主讲。

泥土是现挖的，种子是他在万能的系统仓库里拿袁本善的好感度兑换的。

每个孩子人手一把小铲子，大半箱黑泥以及五颗小白菜种子。

池小池举着手里的种子：“你们看，这是什么？对了，这是植物的种子……谁说的瓜子？站出来，我浇你一头蟹黄瓜子。”

孩子们“嘎嘎”地乐起来。

他教孩子们认了小白菜的种子、丝瓜的种子，还有南瓜、菠菜的种子，又教他们把五颗小白菜种子依次在箱子里种下，浇上水。

波波头女孩目不转睛地看着种下种子的地方，小手指在泥土表面摩挲来摩挲去，动作谨慎得要命。她满怀希冀地问池小池：“哥哥，种子什么时候会发芽呀？”

池小池说：“如果照顾得好，它们一到两天就会发芽，等到菜长成了，就能挖出来炒菜吃了。”

一旁的羊角辫女孩闻言，立即紧张地拢起小手，护住了自己刚种下的种子。

小男孩甲抗议：“我们不吃菜！它会一直长，长得很高很高，像树那么高！”

他身边的小男孩乙也说：“我们会和它一起长大，长呀长，将来一定比树还要高。”

甲马上起了胜负心：“我的菜一定比你高。”

乙：“我的更高。”

甲：“我的菜更高。”

乙：“它都没有长出来呢。”

甲誓死也要维护自己亲手种出的小白菜的荣誉：“就是高，比你高。”

小孩子们的心思不多，只要心头绊上了事情，就会变得格外专注。

他们身上没有再继续散发出那种的恶臭，怕熏到了那些花草，趴在箱子边，目不转睛地盯着看，伴以“怎么还不长出来”的小声嘀咕。

池小池退到一边，和甘棠并肩而立，又着意瞄了一眼田广冰、柳成荫这对小情侣。他们站得远远的，看起来，他们仍因好友的重伤而对这些灵童心有余悸。

上个世界碰上廖武、谭悦那样的队友算是巧合，谁承想这个世界又是如此。

这不得不让池小池起疑了。

不得不说，这些人的基本素养和常识还是有的，在任务刚开始时把“顺从”当作通关要求，也是合情合理的想法。

只是，他们这心理承受能力和应变能力实在是……

甘棠侧身对他耳语，一把带着软侬江南的口音听来实在舒服极了：“我帮你打听过了。柳成荫他们碰见的最难的任务就是上一个任务，被一个连环割喉杀人犯变成的灵物追赶。”

池小池：“嗯。通关机制呢？”

甘棠说：“范围是一个街区，那个女杀人犯会一直追赶他们，他们只需要躲避。任务时间是一周，就是这样。”

就这么简单？池小池再问：“灵物的特殊能力呢？”

甘棠：“没有。她有实体，跑得和正常的人类一样快，不会穿墙，也不会徒手爬楼，而且一开始还设有严格的禁制，不会定位，直到最后一天，女灵物才开启了定位机制，最后杀死了其他联盟里的两个人。”

见池小池没有再问些什么，她开口反问：“你让我打听他们做过的最难的任务，是在怀疑什么吗？”

池小池抬手摸一摸眼睛，道：“没有，问一问而已。”

在做第八个任务时，池小池心中已有疑问。

廖武一行人的思维完全是直线的，有灵物就要杀，而且面对“关巧巧”时心虚得要命，对她忌惮无比，在出现人员伤亡后更是心态炸裂，“菜得抠脚”，也就比正常人好那么一点点而已。

如果只是遇到一次，池小池便当他们是运气好才能走到现在。

然而，第九个世界里的大学生三人组，遇到危险时反应之慢，能力之弱，让许多偶然看起来越来越像是“必然”。

池小池怀疑，其他人做的，与宋纯阳一行人做的，可能根本不是同一个难度系数的任务。

奚楼也在池小池的提示下想到了许多之前从未想过的问题，不免沉默下来。

池小池问他：“你先前带过的宿主，任务难度怎么样？”

“我之前……没有关注过任务难度这回事。”奚楼苦笑，“这么说吧，我带过的人有十三个，心理承受能力普遍比柳成荫他们起码差个三四倍，见到灵物连路都走不动。他们大多在第二、第三个世界死去。唯一一个活到第八个世界的，论起心理素质，也就和田广冰他们差不多。我之所以没有特意去关注过任务难度，是因为他们大多都会被自己的想象吓死，光安抚他们就很累了。”

池小池又问：“你毕竟也带过不少宿主。宋纯阳所经历的任务世界的难度，和他们相比就没有什么差别吗？”

奚楼心里一惊。

确实……

但他先前完全没有注意到，甚至没有仔细去想。

原因无他，他和宋纯阳待在一起，几乎是和宋纯阳共享视野，所以他看到的一切，都是宋纯阳的眼中所见。

宋纯阳能看见灵物，而且知晓许多偏门的玄学知识，对他而言，那些任务恐怖归恐怖，却也仅仅是有惊无险罢了。

以第六个任务书中的灵物为例，对宋纯阳来说，哪里有什么难度？他能看到女灵物在哪本书中躲藏，就等于握紧了免死金牌，根本不值得害怕。

然而，奚楼现在跳出思维局限，回头看去，却感到毛骨悚然。如果宋纯阳没有挺身而出，那明明是一个极有可能出现团灭结果的死局！

奚楼喃喃地问：“你这么问，是什么意思？”

尽管是疑问句，但他心中已经有了答案。

池小池一脸若有所思的模样。

要论起宋纯阳与普通人的不同之处，也就只有一双异瞳了。

如奚楼所说，这个世界的系统是按照主神事先设定好的一切程序自动运行的。倘若把执行任务比作一场考试，大家都是规规矩矩、能力平庸的普通考生，那么试卷自然出得不难，大家皆大欢喜，虽也有人挂科，但大多数人只要运气好点，就能及格。

然而拥有异瞳的宋纯阳就不同了。

系统经过判断，会发现在一群考生里藏着一个开了作弊天眼的人。因此，世界会自动对任务难度做出校正，把所有人的客观能力进行平均化，从而设定难度上限。

简而言之，宋纯阳很有可能是凭一己之力，手动拔高了自己所经历的每一次任务的难度。

池小池不免想到了宋纯阳第一次执行的捉迷藏任务。

有新人加入，执行第一次任务，如果系统真是智能系统，怎么会安排得那么困难？毕竟正如奚楼强调过多次的那样，主神想要的是恐惧能量，并非死亡能量。

池小池微叹一声，感觉颇为微妙。

当初奶茶店里那些不愿制止宋纯阳羊入虎口的人，算不算是因果循环？而故意拉拢陷害宋纯阳、与之结盟牟利的关巧巧，经历了种种，还是死在了第八个任务，是不是也能算是一种因果呢？

然而，面对奚楼的询问，池小池自然地答道："问我？我不知道，我可没什么别的意思。"

奚楼"咦"了一声。

"只是随便问问而已，别当真。"池小池道，"宋纯阳比旁人格外倒霉一点儿也说不定，毕竟像袁本善和关巧巧这样的人渣一遇就是俩，这运气，啧。"

奚楼：什么都不知道你在这里高深莫测地猜什么？你才比旁人格外倒霉！

池小池甩下了火冒三丈的奚楼，大步流星地走到孩子们之间，指着寸头小子快要水漫金山的小蔬菜种植箱道："这是什么？汤泡白菜？你浇这么多水干什么？种子泡烂了可就长不出来了。"

寸头小子一听后果如此严重，忙把倒进去的多余的水控出来，委屈地嘟囔道："我想让它长快点儿。"

"这样能长才怪呢。"池小池说，"成天把你这么泡在水里你乐意啊。"

寸头小子咯咯直笑。

池小池推推他的脑袋："还笑，快跟小白菜道歉。"

对于奚楼的丈二和尚摸不着头脑，知晓一切的甘棠嘴角微微上扬。

池小池不肯说破这个猜想的原因实在很简单——因为宋纯阳还在这具身体内。

有异瞳的能力，又被设计拖入这个世界里，从来都不是宋纯阳的错。

池小池把自己的发现隐匿不谈，只是希望宋纯阳不要背负过多的心理压力，让他以为，把难度提高，导致许多共同执行任务的人遇难，是他的错误。

甘棠抬头望去，把沐浴在阳光之下、叉腰训孩子的池小池看了又看。

这些孩子曾经遇上了世上顶坏的大人。

而现在，他们或许已经知道，这世界上仍有希望存在。

那希望由池小池亲手交付，在温暖潮湿的泥土间生根发芽，来年，或许会长成真正的参天大树。

5

种植课的魅力实在够大，就连下午的活动课孩子们都集体翘课了，一个个眼巴巴地守在箱子旁，生怕错过了小白菜发芽破土的瞬间。他们已经给小白菜挨个起好了名字，羊角辫女孩和波波头女孩还因为谁的小白菜该叫"甜甜"而打了一架，目前正气鼓鼓地各自分开来生闷气，甘棠蹲在羊角辫女孩身旁轻声细语地调解矛盾。

有了女友的前车之鉴，田广冰鼓足了勇气走到寸头小子面前，拍拍他的肩膀：

“嗨，不是说好要打篮球？还打不打了？”

寸头小子“啊”了一声，似乎对此不感兴趣。

他的一颗心都扑在了箱子里的小白菜上，拿小手指轻轻戳着湿漉漉的泥土问道：“田哥哥，你说，我刚才给它浇了这么多水，它不会死吧？”

田广冰毕竟年轻，经历得少。他不大能理解这群孩子为什么能对比他们强大许多的人痛下狠手，却又异常向往与呵护比他们更加弱小的生命。

田广冰搜肠刮肚地想着能够安慰人、又不会越线的回答：“不会的，你也是好心，才喂它喝那么多水。”

“真的吗？”

一双乌黑的眼睛紧盯着他，满是童稚和天真。

“当然是真的啊。”田广冰竟被看得有点儿心软，略微生硬的语气也跟着柔和不少，“你多跟它说说话，它就知道你在想什么了。它不会回答你，但它听得见呢。”

寸头小子满脸好奇，把脸蛋贴在箱子边，挑衅道：“你好小啊。”然后“咯咯咯”笑得很开心。

这傻乎乎的童言童语让田广冰不由失笑。

“不过我不是嫌弃你，”寸头小子话音一转，扒着箱子，认真地许诺道，“你将来会长成一棵很好的白菜。你放心，我不会扔下你不管的。”

田广冰突然想起这帮孩子还活着时的身份，不禁黯然。

他们大多数并不是先天不足的孩子，除了两个小女孩说话时带气音，嘴唇青紫，应该是患有先天性心脏病，其他孩子都很健康。

寸头小子把耳朵贴近土壤，细听半晌，竟惊喜地叫起来：“它跟我说话啦。”

其他的孩子们闻言，忙纷纷效仿，叽叽喳喳地对种子说起话来，并有几个声称真的听到了种子的回复。

等四周喧闹起来，寸头小子压低声音，得意扬扬地对他的种子们说：“看，我在逗他们玩呢。”

田广冰笑出了声来。

本质还是个“坏小子”。

这一天，除了早上食堂内发生的插曲，孤儿院内气氛很正常。

秦岭在晚餐时苏醒了一会儿。他足够能忍，没有大吼大叫，蜷着身子捂着眼睛，在甘彧的搀扶下上了楼，刚到宿舍，便又晕了过去。

饭后，将一切收拾停当的柳成荫返回宿舍，与男友一道陪在秦岭身边。

池小池与甘棠留下，照顾那群能从身上洗下半斤土的熊孩子洗澡。

池小池负责男孩那一边，甘棠负责照顾女孩子。

女孩子们都很会照顾自己，不需要甘棠在旁帮助，就把自己洗得香喷喷的，还拿着小肥皂吭哧吭哧地洗自己的小裙子。

甘棠确认自己这边问题不大，便又看向了池小池那边。

只见，池小池搬了个小板凳，接了一小盆温水，坐在浴室门外，把男孩们踢得满布泥点和土块的鞋一双双拎起来，并把自己左脚的袜子脱下，蘸了温水，将鞋上的泥泞一点点擦拭干净。他像是在做一件再平常不过的事儿，微微皱着眉，还有点儿不耐烦。

池小池一脸嫌弃地嘀咕道："一群脏小子。"

说着，他放下了一双已经擦干净的球鞋。

奚楼同样把他做的一切看在眼里。

这些日子相处下来，奚楼对池小池的不满虽然已经积累成了一片汪洋，却也不得不承认："你这人还行。"

池小池笑嘻嘻："我可行了，不止是还行。"

奚楼面无表情，在心里"啪啪"抽了自己两个大耳光，就知道不该招这个家伙。

奚楼不吭声了，池小池反倒开始逗他："以后宋纯阳要是回来了，你们有什么打算？"

奚楼说："八字没一撇的事儿，别瞎说。"

池小池泼掉一盆泥水，又换上一盆新的："年轻人，要有梦想嘛。"

奚楼不说话，不肯给池小池任何借题发挥的机会。

池小池笑，低头继续擦鞋。

他其实真的很羡慕奚楼和宋纯阳，毕竟宋纯阳还能回来。

娄影死后多年，池小池曾做了一个梦，梦见当年死的人不是娄影，是他。

醒来后，他发了很久的呆，想，如果事情真是如此，还活在世上的娄哥会不会像自己思念他一样思念自己呢。

想到最后，池小池觉得只要娄哥没忘了他，他就很开心了。

这样想着心事，他突然觉得指腹有些刺痛，轻轻皱眉，把右手张开，发现食指关节处冒了一个血口出来。他想想，好像是下午陪熊孩子们挖泥时被铲子拉了一下，当时没什么感觉，现在该是浸到水才觉得疼。

仓库里有现成的创可贴，他取了一块出来，不承想刚把包装撕开，一个窈窕的身影便来到了他身前。

甘棠："我来？"

池小池也没多想，笑道："好啊。"

甘棠没有任何多余的动作，只在替他将创可贴边缘贴齐时，用指尖轻抚了一下他的掌心。

池小池被弄得有点儿痒，抽回手来，正要躬身去捡刷到一半的鞋子，甘棠便主动接过了他的袜子。

池小池："哎……"

甘棠温和地说道："坐好了。手受伤了再沾水，小心感染。"

池小池笑，露出浅浅的酒窝：“你刷鞋，我就坐着看啊，对女士也太不绅士了。”

甘棠也露出笑容来：“没关系，坐着看就好。”

池小池靠着墙，赤着一只脚，仰头看着异域的月亮。

甘棠则在他面前低头洗着小孩子的鞋，浴室里孩子们泼水的笑闹声隐隐传了过来。

没想到在异世界里，他们还能获得片刻这样的安宁。

池小池想了一会儿心事，竟是有些困倦。他努力直了直腰，想要让自己清醒些，谁知甘棠已经看出了他的疲倦，道：“你睡吧，有我在这里盯着，放心。”

奚楼想提醒池小池，甘棠对他的态度疑似喜欢，但是想想便作罢，毕竟她还没有进一步的表示，不如观察观察情况再说吧。

和暗中观察的奚楼不同，池小池对甘棠还是信赖的，闻言放心地倚墙打起盹来。

甘棠规规矩矩地把所有的鞋洗净、摆好，又把池小池那双已经脏污得不能看的袜子扔掉，将手洗净，把鞋子替他穿好，怕他被夜风吹得着了凉。

奚楼心中警铃大作，刚想开口把池小池叫醒，就见甘棠竖起食指，抵在唇边，轻声道：“嘘。”

奚楼一怔。

她这是在嘘谁？我吗？

池小池打着盹，脑袋一点一点的，睡得不是很安稳，甘棠伸手托住了他的头。

奚楼正愣神间，回头见到甘彧不知何时从宿舍出来了，静静地站在了月光下的走廊里，看样子是把刚才那一幕尽收了眼底。

甘彧一步步朝这里走来，并摘下了自己的金丝眼镜。金属质的镜链擦过脸颊，发出细碎的声响。

甘彧在池小池身边站定，沉默且温柔地注视着池小池。其实他很想以娄影的身份告诉池小池，他不用羡慕任何人，他就在他身边，让他安心。

然而他一个字也说不出来。

就在这时，袁本善也从宿舍里走出来，恰好看到兄妹二人围观打盹的池小池，不知在想些什么。

他愣了愣，不禁失笑，走上前来道：“他怎么在这儿睡着了？”

“太累了吧。”甘棠自然地答道，“他和孩子们实打实地玩了一整天呢。”

袁本善礼貌地对甘棠点点头，表示知道了，随即凑近拍了拍熟睡的宋纯阳，打算把他送回宿舍。

池小池被这么一拍，醒了过来，睁眼一看，入目就是袁本善的大脸。

他冷静地想，噩梦。

池小池又闭上眼睛，醒了几秒的神，做足了心理准备，才侧身微笑着看向袁本善。

袁本善笑着瞥了甘家兄妹一眼，不动声色地道：“回去睡吧。”

池小池索性装睡。甘棠见状和袁本善一起，送池小池回宿舍。而甘彧自然地接过了两人的班，在走廊边坐下。

已经有孩子穿好衣服，陆陆续续地从浴室内跑出来，想要在睡前再看一眼他们的小白菜。

甘彧负责维持秩序，花了好长时间才把他们都带回宿舍。

然而，在他最后一次清点人员时，却发现少了两个人。

是那个顽皮的寸头小子，还有那个号称要吃柳姐姐的小胖子。

秦岭从医务室里搬出来，袁本善与甘彧也搬回了原来的宿舍。

柳成荫与田广冰紧握双手，沉默无语。这些灵童的确可怜，只是秦岭他又做错了什么？白白失去了一只眼睛，他们心里也替秦岭不平。

可跟灵物又有什么道理可讲呢。

柳成荫心里乱得很，想着不知秦岭的伤还能不能坚持到明天，想着按照系统规则，如果能撑到回去，所有非致命伤口就会被全部治愈，还在想着那个无端出现的黑衣女人，到底是怎么一回事。

她今天问了很多人，他们都说没有看到过什么女人。难道真的是她看错了？

就在她胡思乱想之际，他们的窗户被一只小手从外面慢慢推开。

但窗户分明是从里面反锁着的。

最先发现的田广冰脸色一变，先按住柳成荫的肩膀，示意她不要回头看。

然而已经晚了，一个塑料瓶做的传声筒从窗户缝里落下来，骨碌碌滚到了柳成荫的脚下。

柳成荫只一眼看过去，身体就僵住了，心跳声“砰砰”炸响。她忘了，昨天晚上那个小男孩还要自己今天陪他玩“打电话”。

好在这次他没有直接打到她的手机里……

柳成荫被吓了这么多次，反倒冷静了不少。与昨晚的状况相比，这回并不算多么恐怖。她俯身捡起传声筒，田广冰想要阻止她，她却摇了摇头，把传声筒凑到自己耳边。

“柳姐姐，柳姐姐。喂喂，听得到吗？”

传声筒把孩子的话音变得瓮声瓮气，也添了几分恐怖色彩。

柳成荫深呼吸几次，提起了十二万分的警惕心，字斟句酌地道：“嗯，听得到。”

“电话”那边却没了声音，久久沉默着。

等待才是最熬人的，柳成荫脸色苍白，手指紧紧扣着床边，掌心都是湿滑的冷汗，根本不敢去看窗口。

他会不会因为自己再次“失约”而发怒？

他会不会顶着那张可怕的脸，再次出现在窗口？

他……

不知过了多久，柳成荫总算再次听到了那个寸头小子的声音。

“娄哥哥说，做错了事情，就要道歉。”他嗫嚅着，竟然有些不好意思，“对不起，姐姐，昨天我不该故意吓唬你。”

柳成荫实在是太过惊讶，直盯着田广冰，害得田广冰提心吊胆，不住问她那边说了什么，安慰她，叫她别怕。

“电话”那头窸窸窣窣地响了一阵，“话筒”竟然换到了另一个人手里。

是马清，那个号称要吃掉她的小胖子。

他憨头憨脑的声音传来：“姐姐，谢谢你早上给我包子。”

柳成荫竟有点儿感动，轻声道：“不……不客气。”

“话筒”又递了回去，是寸头小子接的。他说：“昨天晚上，我听柳姐姐大叫，说在窗户外面看到了一个穿黑衣服的坏人。我今天告诉小胖子了……”

有抗议声从窗外传来：“我不胖！”

“姐姐，你不要怕。”寸头小子推开小胖子的“肉爪”，和他并肩坐在柳成荫的窗下侧面的一条狭窄回廊上，颇有男子汉气概地道，“你睡吧，我们在外面保护你。”

柳成荫用电话与两个孩子聊了很久，直到在床上和田广冰并肩躺下。

那两个孩子当真在外面守护着她。

这种感觉着实微妙。

她依偎在田广冰怀里，莫名放心地睡了过去。

然而，不知过去多久，一股焦煳味瞬间将她从睡梦中拽出来，她纵身跃起，一把把尚有些迷糊的田广冰从床上拖起来。

她起得太急，赤脚站在地上，门外“哔哔啪啪”的燃烧声让她一时分不清这是梦境还是现实。

直到门被人拍得“砰砰”直响，池小池的声音从外传来：“醒醒！快醒醒，着火了！”

◇ 别离，大笑，一次机会

1

池小池是被一股浓烟呛醒的。

他瞬间清醒过来，赤脚跳下床，一把拉开了门……

起火的源头是走廊尽头的仓库，火光灼灼，如蟒蛇一样，被烧得不住发出坍塌的闷响，金红的火焰隔着数十步开外都烤得人面皮发紧。

池小池那边一动，袁本善便醒了。他急忙下地："起火了？怎么会起火？"

池小池刚张开口，从紧邻着仓库的宿舍中便隐约传来拍门声和小孩儿的呼救声，哭声已经变了调，凄惨得不忍卒闻。

"哥哥！"

"哥哥救我！"

池小池脸色大变，想到在网上看到的孤儿院往事。

直到冷冰冰的文字化作满天的火焰和飞灰，他才切实体会到当年那一夜是怎样的一场噩梦。

事情竟然再次上演了？

来不及想这火是怎么烧起来的，池小池囫囵穿上鞋，快步赶到隔壁，敲响田广冰的门，确认他们已经醒来，便拔足往火场方向奔去。

他的胳膊被袁本善从后一把扯住："你干吗去？"

"救人！"

"救谁？"袁本善是真的又气又心疼，恨不得敲醒这个还没睡醒的蠢货，"他们是灵物！他们自己逃不出来吗？"

说话间，求生的本能已叫他不自觉地往楼梯方向走了两步："跟我走！"

走廊的另一边，孩子们的呼救声持续不断地自火场的方向传来，看来门已经被彻底封死，从门顶一滴滴往下落着黑红的溶解物。

池小池一把推开袁本善，大踏步赶向火海。

很快，他的右手再次被人从后面抓住。池小池想要甩开，然而在回过头去时，他看到了甘彧沉静的双眼。

他与甘彧对视片刻。他问："可以帮我吗？"

甘彧答："好。"

再无一句废话。

甘彧放开手，池小池快步赶往浴室方向，而甘彧返回身来，无视了袁本善，对还没搞清状况的柳成荫与田广冰道：“女生带伤员下楼，准备伤药；男人想留下救火的就救，不想救的下去，别碍事。”

说罢，他转身回了院工宿舍。

而袁本善愣在原地，犹豫片刻，咬牙跺一跺脚，对着池小池的背影追了上去。

田广冰回过神来，推着柳成荫的背，吼道：“快快快，把秦岭带下去！”

在田广冰把昏迷的秦岭抱起来时，柳成荫拉开了窗户，向外张望，发现原本还在外面的两个孩子都已经没了影子。

她惊道：“他们不见了！”

田广冰：“管那么多干吗？”

她冲上来扶住秦岭的背，一边把昏迷的好友放在男友背上，一边焦急地道：“他们两个不会是回宿舍睡了吧？”

田广冰沉默了。

他想到了今天那个跟白菜种子絮絮叨叨的寸头小子。那双眼睛大而明亮，充满了对生命的希望。

他托住秦岭双腿，提高声音，试图说服自己：“火烧成这样了，我们自己能不能活下来还两说！他们不是灵物吗？想逃跑还不容易？”

甘棠、田广冰与柳成荫七手八脚地将秦岭带下楼去。

浴室里的水管炸了，四处喷水，池小池只穿着衬衫，浑身都湿透了。他把美瞳摘下来，以免被高温烤化，将自己的外套浸上水，便要往外跑，恰好与袁本善撞了个满怀。

袁本善手里倒提着一把放在走廊角落里的铁锨，眼睛被烟熏得通红，随手抓起一块被打湿了的毛巾，捂住了他的口鼻，咬牙切齿地道：“傻子！”

池小池抬眼看他。

“门都是锁着的，你光把自己弄湿顶什么用？”袁本善将他拽出浴室，大步流星地奔向着火的宿舍门，“先想办法把门弄开再说！”

他亦步亦趋地跟在袁本善身后：“老袁？”

袁本善用另一块湿毛巾掩住自己的口鼻，闷声道：“我声明，我还是觉得你这样做太蠢了，但是我不能让你一个人犯蠢。”

他回过头来，放开了手，眼里已经被熏出了泪：“等回去我再收拾你。”

说罢，他将湿毛巾咬在口中，屏息凝神，双手抄起铁锨，狠狠地砸在面前防盗门的门轴上！

门轴与其连接处已经被高温熔在一起，袁本善砸得手都麻了，最后直接把铁锨头砸飞了出去，也没有砸开门。

门上的一块小巴掌大的窥视窗被高温烤炸，内里几乎已被黑红相间的浓烟占据，什么也看不清，只间或看到三四个小小的身影在墙角挤作一团，抱在一起咳嗽、哭喊。

池小池叫："你们跑啊！怎么不跑！"

内里响起了羊角辫女孩绝望的哭声："我不敢……火好大啊，娄哥哥快救我们……"

他们是被火烧死的，对火有种深到骨子里的畏惧。

这时，甘彧带着两床湿被子赶到了。

见门依然未开，甘彧干脆利落地道："叫他们离门远点。"

池小池："已经警告过他们了。"

甘彧将自己的金丝眼镜摘下来，动作绅士而熟练地夹在前胸衬衫口袋中。

袁本善大概猜到甘彧要做什么了，丢掉只剩下一根木棍的铁锹，倒退两步，说："喊一二三，我们三个一起……"

话音未落，甘彧便一脚横踹过去。

铁门应声脱离门框，轰然倒塌。

孩子们被巨响吓得尖叫一声，脑子尚算清楚的、还有行动能力的，立刻往出口跑去。

甘彧不顾袁本善的瞠目结舌，将被完全浸湿的被子丢给他一条："披着进去。纯阳，你留在外面，清点人数，确保出……"

然而池小池没有听他说话，竟披着另一条被子径直冲入了火海！

甘彧见状猛然一惊，冷汗都下来了，不由分说，劈手从袁本善那里抢回被子，对他喝了一声"确保出口"，便将被子兜头一盖，跟着池小池埋头冲入火场！

袁本善愣了愣，可眼下的情形容不得他再多想，他指挥着那些被熏得晕头转向的小孩子，一边清点人数，一边给他们点明生路。

楼梯只有一个，但他们有些迷茫，像是不相信自己已经逃出了生天。

火场已被浓烟占据，火舌四处蔓延，什么也看不清楚。池小池抱起一个已经半晕厥的孩子，迈步往门口赶去，把孩子交给袁本善，又快步折返。

自行逃出去的只是一部分，有些孩子连熏带吓，已经软倒在了地上，其中就包括羊角辫女孩。

在烟雾中一切都看不分明，池小池找了许久才找到她。她穿着小睡裙，抱着一个有破洞的玩偶小熊缩在墙角，满眼是泪地喃喃嗫嚅："有火，有火……"

池小池刚才把一个孩子抱出去时，从袁本善那里得知，有二十三个孩子已经平安送出，只差羊角辫女孩一个。

然后，袁本善就先抱着那个走不动路的孩子撤离了。

甘彧仍未离开火场，一边咳嗽一边叫纯阳的名字，而池小池应过一声，把吓得喃喃自语的羊角辫女孩抱入怀里，刚一起身，便听得"轰隆"一声闷响……

一片靠门的屋顶被烧得塌陷下来，过火的钢筋水泥簌簌下落，如同火雨，彻底拦住了他们的去路。

池小池怒骂一声，不得不朝窗户方向退去。现在只有那里是安全的，但偏偏是一条死路。

很快，他与甘彧在破碎的第二扇窗户边胜利会师。

烟雾渐浓，他们已经都被呛得说不出话来。

池小池将羊角辫女孩的小脑袋护进自己怀里，拿手势比画着，问甘彧能不能像刚才那样把防盗网一脚掀了。

甘彧抬腿跨上窗台，迅速用脚将碎裂的玻璃扫清，单手扶住窗框上方，朝防盗窗发力踹去。

然而这防盗网的质量很好，再加上窗台空间有限，着力点不好选择，防盗网动也未动一下，反倒引得摇摇欲坠的屋顶又开始了一波剧烈的摇荡。

羊角辫女孩闷闷地咳嗽起来。她蜷在池小池怀里：“哥哥，我不想死。”

池小池说：“不会有人死。”

羊角辫女孩捉住他的衣襟，小声说道：“我的甜甜还没有长出来呢。”

甜甜是她种的小白菜。

池小池说：“那我们马上就去看它，好不好？”

在哄孩子的同时，池小池在仓库里飞快定位到了相关的逃生道具。

第二个世界线里，他曾将一张单体力量增强卡用在周开身上。那张卡能够在短时间内将人类的各项身体素质提升至极限，威猛一分钟，躺倒两小时。

这座房子已经烧了一半，由不得他考虑暴露实力的后果了。他正要点选使用，从旁边另一扇窗户的方向，竟突兀地传来了尖锐的“吱呀”声。

紧接着便是防盗网从外面坠落至一楼草地的闷响。

龟裂的一号窗户被三下两下踹成了碎渣，田广冰的怒喝也从外面清晰地传来：“踹踹踹，踹你们个鬼啊！房子要被你们踹塌了！”

田广冰蓬头垢面的，腰上系着一条花床单，另一端则系在楼顶上的太阳能热水器上，手里还握着一把螺丝刀，造型着实可笑。

不过田广冰本人可并不觉得这有什么可笑的。他将女友和朋友安顿好，就跑上来看池小池他们有没有什么需要帮忙的。眼看着他们砸门并不顺利，田广冰便回宿舍拽了条床单，系在腰上，并从宿舍内的工具箱里摸了把螺丝刀，想从窗户那边进行突破。

他的身体素质不错，前期工作完成得相当顺利。没想到他刚刚把自己从楼顶上小心翼翼地放下来，研究该怎么把防盗窗的螺丝自外拧开，就看见门被踹开了。

田广冰趴在窗外看了一会儿，才意识到自己挺蠢的，便打算把自己再拉上去。

谁承想这时房子出现了坍塌，出路被堵，刚爬上去一半的田广冰又不得不爬回来，继续干活。

然而烟雾蔓延，火燃烧的声音又太大，屋里的两人谁都没看见他，他在一号窗这边开锁，那两个人在二号窗搞强拆，搞得惊天动地，而他只能在窗外咒骂，里面的人还听不见。

田广冰心里苦闷。

骂完人后，他心气儿才顺了点，顺着床单再次爬上了屋顶。

脚踏实地的感觉太好了，他四仰八叉地躺了几秒钟，解开腰上的结，把拧成一股的床单重新放了下去。

池小池把垂下来的床单系在羊角辫女孩腰上，将她托送上去，羊角辫女孩劫后余生，已经对池小池有了依赖，死死牵着他的袖子，不肯撒手。

最后她是撕心裂肺地哭着被田广冰强行拉上去的，一点儿都没有劫后余生的快乐。

屋顶上传来解床单的窸窣声、羊角辫女孩的哭声，还有田广冰的直男安慰声：

“哭了就不好看了。

“再哭就不给你吃饭了啊。

“哎呀，算我求求你了，别哭了。”

池小池与甘彧两人紧靠在窗边，呼吸着一点儿难得的新鲜空气，等待救援。

甘彧的声音有点儿哑：“我不是说让你在门口等吗？为什么跑进来？”

池小池反问：“我不是说火场只剩一个人了，你为什么还不走？”

甘彧说：“我不放心。”

池小池套用了他的答案模板：“我也不放心孩子们。”

甘彧准确地点破了他的顾左右而言他：“我不放心的是你。”

池小池擦了擦眼角的黑灰，坦然地道：“谢谢。”

他很礼貌地拒绝了甘彧的示好。

池小池知道甘彧对他好。

其实甘彧这个人还不错，如果他在原来的世界遇见甘彧，或许他们还能够做个朋友。但这是宋纯阳的身体，因此，池小池只会与他发展合理可控范围之内的社交关系。

他对甘彧笑一笑，并后退一步，客气地请他先到窗户外面，等待放下来的床单。

甘彧也明白他的心思，只好苦笑。

他知道自己是应该克制的，看来，下个世界自己得想个办法。

就在此时，异变乍生。

池小池站立之地上方的天花板松动了！

电光火石间，坐在窗台上的甘彧抓住池小池胸前的衣服，把他向前拉来，而他却也因为用力过猛、失去重心，朝后仰翻而去！

池小池伸手猛地抓住了甘彧左胸前的衣服，几乎没有任何犹豫，动用了仓库中那张早已被他选中的卡片。

二人从三楼窗户一齐跌落，滚到了草地上。

远远看着的袁本善见此情景，脸上勃然变色，快步跑来。

甘彧与池小池近在咫尺，却比他慌乱数倍。他离他最近，因此最清楚，池小池在空中强行逆转身体，拿自己身体做了垫子！落地时，他几乎承受了下坠带来的所有冲击力！

甘彧从地上爬起，近乎崩溃地检查池小池身上有没有严重的伤，检查到一半才想起，池小池用了卡片，落地一瞬间的冲击对他来说不算什么。

池小池双目紧闭，像是晕倒了，但其实他清醒得很，他听到甘彧的声音在发抖："纯阳，没事吧。"

池小池想，都到了这时候，还叫他纯阳，那就真的不会是六老师了。

最后一丝的念想也随之烟消云散，池小池的心态反倒平和了许多："你没事吧？"

甘彧的声音透着一丝莫名的感觉："我很好。"

汹涌的疲惫感朝池小池袭来，他的身体越来越软，说话声音也轻了："那就好……那就好。"

他的手指软得连棉花都握不住，却还在拼尽全力地抓着甘彧胸前的衣裳，指节抵在他的心口，感受那一声声的心跳。

甘彧感受到他的紧张，试图安慰他："三楼而已，不是很高。"

然而，听到这话，池小池的脸一点一点褪去了血色。

一半是因为卡片的功效，一半是因为甘彧的话。

在娄影出事后，池小池就经常在想，人的生命能有多轻，又能有多重。

它轻到不用三层楼，两层楼的高度就能断送。

它重到如泰山，在池小池心头足足压了十二年。

袁本善已经赶到了池小池身侧，小心检查了一下他的全身情况，发现没有重伤，大概只是摔晕了，才松了一口气。他看甘彧倒是全须全尾的，只碎了一副眼镜，对甘彧的口气不算好："怎么就摔下来了？"

甘彧不答，只专注地看着池小池惨白的脸。

袁本善不喜欢甘彧的眼神，自顾自地上前将人打横托起来，随即迈步离去。

甘彧："小……"

061 根本无法发出那最后一个字，就连叫一声他的名字都做不到。

袁本善侧目看一眼甘彧，注意到池小池的唇在缓缓动着，却听不清他在说什么。他凑近了，问："什么？"

"对不起。"池小池闭着眼睛，只能用气音发出模糊的声音，"当年……我救不了你，是我无能。"

袁本善一愣，不由得想，这是不是吓坏了，说胡话呢？便安慰他：“没事，你已经做得很好了。”

池小池：“真的吗？”

袁本善：“真的。”

“骗我。”池小池说，“我做得再好，他也看不见了。”

袁本善心里满是无奈，尽管不知道他在说什么，还是试图跟上他的话题：“别这么想。他看得见，他说不定现在就在看着你呢。”

“是吗？”池小池微微睁开眼睛，心想，他真能看见吗？

这样狼狈的自己，娄哥最好还是不要看见吧。

2

仿佛做了一夜噩梦。

池小池睡醒后，天色已大亮。

他只觉得身体十分疲惫，头更像是被开山斧劈过似的疼。池小池单手捂着额头勉强直起身子，发现袁本善正趴在他的右手边打瞌睡，

他看了袁本善一会儿，又静静地躺了回去，假装自己出现了幻觉，什么都没看到。

那张卡片的后遗症持久不去，池小池躺平，双手交握在胸前，一脸的万物皆空，无欲无求。

奚楼问他：“感觉怎么样？”

池小池：“你有听过一首歌吗？”

奚楼：“住……”

池小池并不在乎奚楼的反对意见，已经唱了出来。

本以为奚楼一定会瞬间暴走，但出乎池小池预料的是，奚楼只是口气颇为无奈地说：“你头不疼了？躺好。”

池小池喜极而泣：“阿统，你怎么了阿统，你怎么突然对我这么好。”

奚楼：“住口，闭嘴，憋住，别说话。”

经过昨晚火场救人的事件，他对池小池的好感上升了不少。只要池小池安安静静，少开尊口，他们还能试着做几分钟朋友。

池小池就真的不说话了，闭目养神。

奚楼心里平静了不少。他想过要不要将甘家兄妹的实情告知他，但终究还是作罢了。

甘彧和甘棠除了动手动脚外，整体实力绝对算得上出色，与他们的同盟一旦破裂，反倒对宋纯阳没好处。

最重要的是……

这兄妹俩和谐愉快地云共享一个人，这事儿太不靠谱，他敢说，池小池恐怕也不会信。

门轻轻响了。

甘棠端着餐盘从外面进来，是最简单的清粥小菜，却做得很精细，米香气腾腾地往外冒。

甘棠走到床前，对闭着眼睛的池小池轻声询问："醒了？"

池小池感慨女孩子就是细心，乖乖地睁开了眼睛。

甘棠放下餐盘，扶着他慢慢坐正，问他身上有没有哪里疼。

除了头还是疼得像是有人往里塞了一把运转中的电锯外，池小池表示自己的情况良好，可以洗洗脸去跑个一千米什么的。

甘棠进来时袁本善便醒了，起身帮宋纯阳把美瞳戴回去，好遮掩瞳色，听宋纯阳这么说，也没说话，不赞成地笑笑，只当是孩子话。

甘棠含笑哄他："好，一千米一千米。来吃饭了。袁先生，你也去吃一口吧，养好精神，还有十几个小时我们就可以离开了。"

袁本善对甘棠这个姑娘的评价比对甘彧更高，确认池小池各项体征良好后，他俯身叮嘱一句"有事就大声叫我"，池小池点点头，乖乖地说了声"知道了"，他才放下心，掩门离去。

甘棠端起碗来："你的朋友对你很好。"

池小池只笑不答，伸手要接碗。

甘棠："不用喂？"

池小池说："用不着，没那么娇贵。"

说着他手就开始抖，差点儿把粥撒在身上。

甘棠见势不妙，及时将碗从他手里取走，但也没提出喂他，搬了个床上用的小桌子来，把饭菜放在上面，让池小池自己吃。

一口下去，池小池便是明显的一愣。

他问："这饭是谁做的？"

甘棠轻声道："是我啊。怎么，不好吃吗？"

池小池再次低下头去时，甘棠才露出期待的眼神，希望他能多问自己多一些问题。

哪料池小池只是笑了笑，又夹了一筷子酱鸭丝送入口中："很好吃。"

甘棠暗自叹气，唉……行吧，好吃就行。

池小池继续吃饭，而她也没闲着，取了小梳子来，轻轻给他梳头发。

木质的坚硬梳齿按摩着头部的穴位，极大地缓解了头疼，身体舒服了，池小池的精气神儿也恢复不少，一边吃饭一边问："甘医生的情况怎么样？受伤了吗？"

甘棠："哥哥很好。你放心。"

池小池"嗯"了一声："昨天晚上火灾后孩子们怎么样？"

甘棠答："孩子们吓坏了，看到你出事，还有不少孩子哭了鼻子。"

池小池再问："那火是怎么回事？"

说到这里，甘棠长睫微微垂了下去："孩子们说，那火，每隔一段时间就会烧一次。"

池小池皱眉。

难道是死境重演？

据说自杀而亡或是心中有怨气的灵物，会被迫一次次重复体验自己死亡时的场景，承受死亡前一瞬间的痛苦，永无休止。

接下来，甘棠转述了孩子们的话，也证实了池小池的猜想。

孩子们表示，孤儿院总会在某个夜晚失火，时间不一定。当火烧起来时，不管他们躲在哪里，都会被强行拉回失火的宿舍，他们怕火，无法逃离火场，只能一次次遭遇焚身之苦。

不管被烧多少次，他们变形的外貌和烧塌的楼房都会在第二天恢复正常。

但他们真正失去的东西，却永远无法恢复了。

池小池问："他们逃不了吗？"

甘棠说："逃不了。着火时，他们所有的能力都会被剥夺，只是普通的小孩子。"

池小池没说话，只低头吸溜吸溜地喝粥。

"如果哥哥和你没有救他们……"甘棠说，"我想，在他们的心目里，我们和那些曾抛弃他们的院工就是同一类人了。"

至于后果，可想而知。

说到这里，甘棠的口气里满是欣赏："你当时一定要救人，是想到这一点了吗？"

听到她的推测，池小池愣了一下，转眼看她，随即又夹了一筷子小黄瓜，轻松地耸了耸肩："没想那么多。就是想救一救，试试看咯。"

甘棠为他梳头发的手微微一顿，随即轻笑出声。

饭后，孩子们也来看望他。

这支小小的探病队伍由寸头小子带队，队员是羊角辫女孩和波波头女孩。

寸头小子一进门就背着手，架势拉得比院长都大："哥哥，听田哥哥说，你从楼上摔下来了。"

池小池跷着二郎腿："是啊！而且一点儿事情都没有。"

寸头小子："胡说。"

池小池吃饱了，也有了力气，下地走了两圈，演示给那寸头小子看。

寸头小子睁大了眼睛："真的！哥哥，你再跳一次楼好不好，昨天我没看见。"

池小池"呸"他："滚滚滚，递个板凳你就上房啊。"

寸头小子笑得小脸跟开花了似的。

波波头女孩倒是信了，满脸仰慕地说道："娄哥哥真厉害。"

池小池恬不知耻地道："那是当然。"

波波头女孩虚心请教："那，娄哥哥，我什么时候才能变得像你那么厉害呢？是不是多跳一跳，多练习，就可以跳下楼也不会受伤？"

池小池仔细想了想："可以啊，不过得等你长大。"他随手一指身边的甘棠，"长到像这个姐姐这么大，就可以了。"

三个小豆丁仰头看向甘棠，齐声感叹："哇。"

甘棠忍俊不禁，并顺口说："嗯，娄哥哥说得都对。"

"好多年过去了，我都没有长个子。"波波头女孩惋惜地低头看自己的小短腿，"娄哥哥，我什么时候才能变成大人呢？"

寸头小子背着手，嫌弃之情溢于言表："我小时候也想变成大人，可现在想想，当大人一点儿都不好，还要照顾小孩子。"

羊角辫女孩纠正他："你现在就是小时候呀。"

池小池"哈"的一声笑出声来。

寸头小子被揭穿了，也恼羞成怒地揭了羊角辫女孩的短："你还说我，昨天你都吓得哭鼻子了，我听到了！"

羊角辫女孩脸蛋通红："你……你明明也哭了。"

寸头小子颇为骄傲地道："我可没有，我都习惯了。你就是㞞。"

羊角辫女孩立刻眼泪汪汪地拉住池小池告状："娄哥哥！你看他！他欺负我！"

目睹了一切的池小池把羊角辫女孩从地上抱起来，放在床边，耐心地扮演着法官的角色："告诉哥哥，他哪里欺负你了？"

"他说我㞞。"羊角辫女孩呜咽着，"可是，每次火烧起来……都很痛，我怕。"

寸头小子这时候还不忘泼冷水："那不就是㞞吗？"

池小池对他嘘了一声，轻声安抚羊角辫女孩："我知道，很痛，很怕。那你想想看，要怎么办比较好呢？"

羊角辫女孩泪眼婆娑地想了一会儿，认真地道："我忍一忍就好。"

池小池叹一声："走，哥哥教你们应该怎么办。"

他用了一个上午的时间，教女生如何使用灭火器，田广冰则教男生们如何用螺丝刀稳、准、快地拆卸防盗网，许多男孩子跃跃欲试，把一栋楼从内到外的防盗网都拆了个遍，还试图学着昨夜的田广冰，把床单打结，从三楼爬下去，吓得田广冰急忙没收床单，三令五申不许没事儿就爬楼玩。

孩子们个个都学得很认真，就连最怕火的羊角辫女孩也跃跃欲试地站了出来。在握住泡沫灭火器的提手、使出吃奶的力气摁下压把时，喷涌而出的白沫吓了她一跳。

她尖叫着丢下灭火器往回跑去，一把抱住波波头女孩。

波波头女孩看起来文静，但却比羊角辫女孩稳重些，摸着羊角辫女孩的小辫子，叫她别怕。

这一天的气氛平和，几乎让人淡忘了他们已经到了离开这个世界的时刻。

下午的种植课上，甘彧对着书本，教他们认识各类种子以及如何采集和种植，而池小池从仓库兑了许多不同的种子，统统交给了他们，又组织大家在活动时间搭葡萄架。

孩子们忙得热火朝天时，他退到一边，取了一本空白的大字本和一本植物类书籍，参考着在大字本上绘制各类种子的形状，并用孩子能看懂的文字和示意图交代他们该如何种植。

他以前学过分镜，因此画画技巧不错，画得竟惟妙惟肖。

袁本善坐到了他身边："你做这些，他们能看懂吗？"

池小池低头勾着线，道："他们会学习的。"

学习也是一种希望。

孩子们不应该总是担忧着那场大火会在哪一天哪一刻不期而至，再次重演；他们应该有一些新的希望，比如学会在火灾发生时砸破玻璃、逃离现场，比如期待春日里的草木生发、葡萄开花。

万物都应成长，他们也应如此。

羊角辫女孩搭葡萄架搭到一半，便又忍不住去看她的小白菜了。这一看不要紧，她的眼睛都亮了起来。

黑泥里生发出一个小小的绿芽，翠色欲滴。

羊角辫女孩惊喜地叫了一声，忍不住回身跑向葡萄架方向，大叫："哥哥，娄哥哥，你们快来看……"

她停住了脚步。

她的小伙伴们仍热热闹闹地挤作一团，商量要不要给葡萄浇糖水，讨论这样会不会让葡萄变得更甜。

但是池小池他们却已经消失了，草地上掉落了一个足足写满了十八页的大字本。

"哥哥？"

别墅区里，浓雾散去，众人清醒过来时，四周已经不见了孩子们。

袁本善惊喜地道："出来了！"

池小池看向自己的双手，略带惋惜地说道："还没来得及说声再见呢。"

田广冰扶住秦岭，胡乱扯掉他脸上的绷带，只见他被挖的右眼黑洞里正生长出新的血肉来，不禁松了一口气。

只要不是受到致命创伤，出了异世界，系统便能将其治愈，并恢复如初。

这也算是主神在最大限度上给予的福利了。

第九次任务，全员存活。

直到离开异世界，柳成荫仍对那个黑衣女人念念不忘。起先，她以为学生宿舍里的那把火是她放的，但孩子们的说法又否定了她的推测。所以这个女人到底是来干什么的？

甘棠见她实在苦恼，便问：“是不是你看错了？”

事到如今，连柳成荫自己都怀疑起自己的眼睛和记忆来。

她嘀咕道：“可是我真的有看见……”

池小池耸耸肩，口气轻松地道：“大概是哪只过路灵物吧。”

无论怎么样，第九个任务也已顺利完成。

但众人还没来得及高兴，奚楼的声音便突然在他耳畔响起：“等等……新任务来了。”

池小池一怔。

这么快？

他观察到袁本善的表情同样有异，知道他那边也收到了提示，便问奚楼：“是什么？”

第十次任务：时间，九月七日，也就是十五天后；地点，本市鸿飞路金鸿大厦 1207 室。

任务提示，在一小时内，完成一场密室逃脱。

3

所谓密室逃脱，是一种比较常见的真人冒险类游戏，需要在一个或数个房间内寻找破解谜题、离开房间的线索。在规定时间内找齐所有线索，挨个破解谜题，即可通关。

一般密室分为两类，机械密室或解谜密室，前者通关多靠操作，后者通关多靠脑子。

在任务开始前的半个月，池小池、袁本善与甘家兄妹一有空就结伴而行，把全城的密室逃脱都刷了个遍。

机械密室，通关率百分之二。

解谜密室，池小池通关率百分之八十五。

对这么偏科的数据，池小池自己都纳闷。

他对奚楼说：“我画画也会，做手工、修收音机也没问题，怎么一玩游戏就不行？”

在池小池看来，这完全是未解之谜。

超级玛丽他从来打不到第一关关底，玩竞技手游只能玩人机模式，还能跟电脑打得不相上下、平分秋色，甚至曾一度不慎被电脑打死，气到删游戏，怒换扫雷，连通三次高级关卡，才得以找回自信。

奚楼这几天看池小池吃瘪，简直是扬眉吐气：“嘻嘻嘻。”

池小池痛心疾首：“统啊，你飘了。”

奚楼心情特别好：“你管我。”

池小池的短板可不好逮，而且操纵机械恰好是甘彧极其擅长的部分，因此奚楼可以放心地嘲讽池小池，而不必担心接下来的任务。

说话间，池小池又一次放下了手中的镜片，深呼吸几次，以平稳情绪。

这个镜片是折射红外线用的，要把一道红外线光经由镜面，折射至墙上镶嵌的感应器 A，再投射至感应器 B，最后落在感应器 C 上，ABC 三方均连通，最后一扇门的门锁才会打开。

所以，镜片的摆放角度必须极其刁钻。

十五分钟前，他们抵达了这个房间。而池小池足足对了十五分钟的镜片，眼睛都要变成斗鸡眼了。

奚楼则负责在一旁说风凉话。他说：“一年过去了。”

捧着镜片的池小池沉默着。

奚楼：“十年过去了。”

池小池悲愤地道：“垃圾游戏，毁我青春。”

袁本善因为加班，今天不在，甘彧实在看不过去，主动将镜片接过来：“我来吧。”

他用一分钟观察和测量角度，再举起镜片，用一分钟调校角度。

“叮”的一声，最后的大门打开了。

甘彧放下镜片，对池小池一笑：“走吧。”

通关奖励是三只一捏就会唧唧叫的塑胶小白熊挂件，池小池心情不爽，索性把它捏在掌心里出气，不高兴的小模样看得甘彧和甘棠失笑起来。

甘棠温柔地说：“纯阳，别气了。晚上我哥哥请客，请你吃好的。”

池小池说：“你哥都请多少顿了。今天晚上我们出去吃火锅吧，让老袁来请。”

甘彧说：“去我家吧，煮火锅给你吃。”

池小池想了想，竟答应了下来。不过他提出了要求：“我要吃甘棠姐煮的。”

甘彧理了理眼镜链，只听甘棠笑盈盈地道：“好啊。”

最后，池小池并没有叫袁本善一道分享甘棠的火锅。

而袁本善忙着工作，比他回来得更晚。

等袁本善到家时，已经是晚上十点钟了。

一身疲惫地把钥匙放在床头柜上时，他听见从宋纯阳的房间方向传来说话声，以为是宋纯阳在跟谁打电话，便自顾自地走向宋纯阳的房间。

推开门时，宋纯阳也刚好看了过来。

袁本善把宋纯阳拉过来，轻轻嗅了嗅："一身火锅味儿……吃火锅了？"

宋纯阳抗议道："怎么会还有味道，我明明洗完澡了！"

袁本善问他："刚才跟谁打电话呢。"

宋纯阳答道："苏姐。她说明天下午要去给女儿开家长会，让我多替她值一小时班呢。"

袁本善闻言，教育他道："这次就算了，下次别随便答应别人，不然以后有加班的事情，他们都会找你。"

"知道了。"

袁本善很满意宋纯阳这么听话，他们之间的气氛很久没有这么和谐了。

然而，他丝毫不知，在自己转身进了浴室后，池小池立刻直冲到外面的垃圾桶前，吐得连胃酸都出来了。

随后，他淡定地系上塑料袋，去楼下丢了一趟垃圾，并摸着胃惋惜地想，晚上的火锅里可是有海参呢。

等袁本善洗完澡、推开门时，却发现宋纯阳在外面。他说："我身上还有点儿味道，再洗一次。"

袁本善不疑有他，点点头便回到卧室，随后一股无法抵制的睡意攫住了他的神经，让他直接昏睡了过去。

浴室里的池小池将催眠卡的使用界面关掉，顺手把莲蓬头的水量开到最大，闭上眼睛，静静地感受热水流遍全身的感觉。

在他眼前的面板显示，袁本善对宋纯阳的好感值为 89 点，悔意值为 0 点。

他从面板页面中选中仓库，将锁灵瓶从中取出。把玩了一会儿，他突然开口问那瓶子道："喂，你相信因果吗？"

无人回答他的问题，回答他的只有水喷出的来哗哗声。

他笑笑，把手里的东西再次放回仓库。

除了练习密室逃脱外，池小池也调查过在金鸿大厦附近是否发生过什么特殊事件，得到的结果并不怎么令人愉快。

在金鸿大厦刚刚打好地基时，一个杀人犯流窜到此，杀害了两名年轻工人，躲入大楼中，随后被追过来的警察击毙。

但杀人犯也因此进入异境，成为灵物"小丑"。

想来，这次的灵物大概不会像第八、第九个任务里的气球妹子和小朋友一样讲基本法了。

除此之外，还有许多值得担心的事情。

密室逃脱的难度弹性实在太大，而且对于短流程游戏来说，变数无穷，与玩家的运气、状态均脱不了关系。

而池小池最担心的一点，是人。

人多则口杂，口杂则心乱。

事实证明，哪怕坚持到第十个任务，他们也仍避不开猪队友这种奇特生物。

如果只有他们四人参与倒还好，只怕人多了，就有人胡乱指挥、带乱思路，或是私藏道具，害得大家没头没脑地乱找一气，平白耽误时间，到最后大家一起伸腿瞪眼，表示画面太美不敢看。

然而，在约定时间前一小时抵达金鸿大厦楼下时，池小池的心态已经平静如水。

他并不打算让那些多余的情绪干扰自己的判断力，即使真的遇到了最坏的情况，他也能见招拆招。

倒是袁本善十分激动，在电梯上便死死拉住池小池，额头上尽是汗水。他轻声说：“纯阳，我们马上就能出去了。”

池小池看着不断跳动的数字，闪亮的银色电梯墙壁映出了他冷静的表情，但他的声音却一如既往地欢快而充满希望：“嗯。”

进入那间名为“迷失领域”的密室逃脱后，他们谎称等待朋友，而负责看店的小哥看他们不像什么坏人，也没多在意，低头玩他的游戏去了。

袁本善实在很激动，借口去厕所，对着镜子除下了自己的上衣。他后背上已有九个清晰的刻印，只剩下靠尾椎处的一枚还是一团氤氲的、未成形的黑雾。

这两年多来，他不敢进澡堂，不敢去游泳，哪怕换件衣服也要偷偷摸摸的，时刻怕任务会夺走他的性命，这哪里是人该过的日子？

现在好了，他们距离成功只差一步！

一步之遥！

从今天过后，他就自由了，不会再被这个该死的系统束缚了！

池小池则在外面一个人跟自己玩抽积木的游戏，用指尖把交纵摆放的积木轻轻敲打出来，再在另一侧把积木条抽出，借此分散等待时可能产生的焦虑感。

距离任务开始还有三十分钟时，他们要等的人来了。

对方也是四人联盟，两男两女。

因为都是第十次任务，谁都知道这次通关之后意味着什么，因而尽管极力掩饰，那股由衷的欣喜与紧张是绝压制不住的。

池小池微微皱眉。

这种急功近利的心态，并不是在密室逃脱前该有的。

四人很快锁定了池小池一行人，与他们坐在一桌，攀谈起来。

他们中领头的是个小麦色皮肤的男人，眉毛高高地吊着，刻薄相十足，刚一坐下便说：“先说好，进去之后，一切都得听我的。”

袁本善不大赞成：“我认为我们应该合作，不存在‘听谁的’这种说法。”

男人道：“合作归合作，但总需要一个领头的。”

袁本善不置可否，转过头，用目光征求池小池的意见。

池小池神态自若：“那就听你的喽。”

甘彧甘棠也投了“无所谓”票，那个男人的脸色才舒缓了不少，自顾自地介绍起他们这边的人来。

这一队组合是在第一次任务里认识的，之后便做了九个世界的队友。

那两个姑娘是同一个单位里的同事兼闺蜜，个子高些的叫乔芸，瘦得如竹竿的叫贾思远，据说她们运动能力很强，但个性迥异，前者叽叽喳喳地说个不停，后者就是一言不发，哪怕别人问她名字，她也要下意识地看一眼乔芸才开口。显然，贾思远没什么主见，很听乔芸的话。

嚷嚷着要当领导的人自称孟乾，自由职业者，平时的职业就是赋闲在家打打游戏。自从一进来，他便滔滔不绝地介绍起他过去的辉煌战绩，并声称，四人团队如果没有他，恐怕连第二次任务都过不去。

他试图证明他的能力，也试图通过吹嘘自己，打消即将进入第十次任务的紧张。

相比之下，池小池对另一个戴黑框眼镜的男生的感觉更好些。

他叫胥家译，大学生模样，乍一眼看上去平平无奇，但非常冷静，是四个人中最淡定的一个人。

这次任务里，池小池依然叫“娄小池”。

他甚至没有多介绍自己的身份，只静静地坐着，盯着墙上的挂钟。

距离任务开始还有三十秒。

二十秒。

十秒。

五秒。

一秒。

奚楼还未提醒他任务已正式开始，室内便陡然升起了一股熟悉的冷雾，瞬间将几人笼罩起来。

众人神经极度紧张，因此当一声瓶子碎裂的声音响起时，所有人都不免一惊。

下一秒，浓雾又有如遇到清风，瞬间散去。

未及回神，又是“砰”的一声闷响，无数彩色纸屑像蝴蝶似的在众人头上翻飞，刹那间便落满了他们的肩头。

“Surprise！”

刚才低头玩游戏的小哥抬起了头来，竟然彻底地换了一个人。

一个滑稽的扮成小丑的男人正对他们微笑，白牙森森。

他的头发呈爆炸状，染成了让人不适的鲜红色，左眼上绘制着扑克牌的黑梅花，嘴唇是猪血似的红，口红勾勒出了一个笑的弧度，那夸张的嘴角一直延伸到耳根，看得人嘴角生疼。

他走出招待位，浮夸地向八个人鞠了一躬：“各位！你们好呀！”

八个人无人应声。

小丑也不觉得被怠慢，摘下鹦鹉似的彩帽，拿在手里扇风。

“欢迎参加我的游戏！我这里的密室逃脱游戏，总共只有三个房间。”小丑竖起三根手指，“我这里的规则，也只有三条。

“第一，不要毁坏我精心准备的房间，所有线索都放在你们能够看到的地方，我讨厌重新装修；第二，没有提示线索，一切都需要你们自己去摸索；第三，注意时间，只要在一小时内从第三个房间走出来，就能在第四个房间领取到我赠送给你们的礼物！”

他像变魔术一样地从帽子里掏出了一把花花绿绿的氢气球，献宝似的说道：“就是这些，喜欢吗？”

孟乾鼓起勇气：“如果我们没有通关呢？”

小丑怪笑两声：“那么，你们就会留在那个房间里，永远也出不去了。那个时候，我会在监视器里欣赏你们的表情，嘻嘻嘻。”

他“嘻嘻”笑得众人浑身发冷，孟乾忍不住，双手撑着桌子站起身，迫不及待地说道：“那我们开始吧。”

小丑起身，把众人引到走廊尽头一扇通体血红的门前：“请排队，一个个有序进入，当最后一个人进去，大门关上，游戏就正式开始。哦，对了……在进去前，我想免费给各位玩家赠送一个小彩蛋！”他晃了晃手指，“我可是能看清你们心底最黑暗的那一面呢。”

经过一通阴阳怪气的介绍，众人大概猜到这个灵物并不会直接参与到游戏中，只是一名“观察者”的角色，也放下了心，依言排队，准备进入房间。

孟乾自愿当这个队长，当然是第一个进入。

路过站在门侧的小丑时，小丑眯着右眼，用绘制着黑色梅花刺青的左眼看向孟乾。

“你是……”他故意拖长了声音，“傲慢，小心被自己的傲慢杀死，嘻嘻嘻。”

孟乾皱了皱眉，一步踏入了那黑暗中。

排在第二位的是乔芸，小丑用同样的方式观察她片刻：“嘻嘻，忌妒。你忌妒着谁呢？是你身后这位女士吗？”

乔芸一惊，马上走入房间，腹诽不止。

胥家译与贾思远也一起进入，小丑对他们的评价倒还不是恶意的，只是“无趣”与“胆怯”而已。

轮到了池小池一行人，袁本善打头，走至小丑身边，便听到他充满嘲讽意味地道：“哈，冷酷的男人。”

袁本善受不了他这矫揉造作的音调，并未多加理会，直接走入房间。

甘棠走了上来。

小丑看她一眼，颇有兴味地皱起了眉毛：“你……”

甘棠想要等着听他的判词，却始终等不到，不觉疑惑起来，但也没有多作耽搁，径直进入了房间。

等看到甘彧，小丑才哈哈笑了起来：“原来是两个傻子！两个一模一样的愚人！这可真是少见！”

甘彧没有理会他，也没有进去，站在门口等池小池。

小丑笑够了，转头看向池小池：“你……”

他愣住了。

紧接着，他扶着墙壁，发出了一连串大笑，笑得眼泪都要流出来，仿佛看到了天底下最好笑的笑话。

池小池注视了他半晌，竟回以一笑。

小丑笑得直不起腰来，胡乱地摆动着双手，叫他快些进去。

直到门关上，小丑刺耳大笑的声音仍萦绕在池小池耳边，经久不散。

4

走进房间后，池小池便觉得脚下的地板有些异样。

室内灯光久久不亮，在众人心中各生疑窦时，四周突然同时亮起灯来，四下里明明煌煌，亮如雪原。

孟乾倒吸一口冷气，捂住眼睛大骂：“我去！”

而池小池却适应良好。

灯光亮起的瞬间，他看到了一只虚虚挡在他眼前的手掌。

那只手替他挡去了绝大部分的光，瘦直修长，从掌缘透入的光映亮了他的掌纹曲线。

是甘彧的手。

他一直站在池小池身边，不知在黑暗中将手举了多久，只为了帮他挡去可能会突然亮起的强光。

当人眼差不多能够适应光线时，那只手便从池小池的眼前撤去，自然地拿起夹在衬衫口袋上的金丝眼镜，平静地戴上，恢复成为斯文的君子模样。

倒计时已经开始，没时间再分心，池小池断去了其他念头，准备观察一下情况。

一眼看过去，池小池就皱了眉。

八人正置身于一个巨大的空旷的矩形玻璃房间中，墙壁、地面、天花板，均由透明的玻璃构成。

池小池分明记得，两波人明明走进了同一条走廊，但他们现在却并不处于同一个房间中。准确说来，有一道厚厚的玻璃幕墙，把完整的玻璃房间从正中位置一分为二。

池小池他们在左，孟乾他们在右。

乔芸惊讶地道："这怎么回事？"

池小池记得自己在小丑的大笑声中从走廊走入了另一条深黑的走廊，四周是真正的漆黑无光，空气充满了腥膻的气味，他手边只牵了一片甘彧的衣角，由他领到走廊尽头，径直进入一个房间内。

随即，厚重的大门在他身后轰然关闭。

袁本善说："我们进了走廊尽头那扇门。"

乔芸："走廊尽头没有门啊！我们是在走廊尽头的右手边找到入口的。"

信息交流到此，池小池心中也清明了不少。

看来，小丑是故意将他们分成两拨的。

这也是密室逃脱的惯用套路之一，将参与游戏的玩家分为两拨，并设置一定的障碍，让两拨玩家各自搜寻线索，并通过交流信息找到离开房间、进入下一个房间的办法。

果不其然，经过观察，池小池发现，在将他们分割开来的玻璃幕墙的东边中央靠上的位置有一个长约二十厘米，宽约十厘米的洞，大概就是双方用来传递信息的。

池小池略觉怪异。

一般的密室逃脱，中间的墙均是实心掩体，其目的在于阻碍双方顺畅交流，从而拖长游戏时间。

玻璃是全透明的，那么拉起这道幕墙的意义何在？

他想去看一下那面玻璃墙，然而刚一迈步，脚下就传来细碎的吱呀声。他立刻发现哪里不对劲，后颈一麻，马上前倾了身体，趴倒在地。

孟乾也觉出了异常，大叫一声："不对，都别站着，趴下！"

甘彧伏下身后，伸手摸了摸地板上的玻璃面，又屈起指节敲了敲，脸色不大好看："不是钢化玻璃。"

这只是最普通的玻璃，比寻常玻璃更厚一些就是了。如果一个成年男子在上面随意走动，一个不小心就会踩裂地板。

"还记得刚才那个小丑说了什么吗？"孟乾喝道，"我们不能破坏这里的任何东西！"

破坏的代价，他们谁都不想去尝试。

不过他倒是很快想好了办法："男人都趴下别动。女人负责找线索。"

甘棠依言而动，直起腰来，动作轻捷如猫，开始找寻通关线索。

池小池则仰面躺在地上，目光四下转着，尽可能收集讯息。

这关的主题用彩漆写在一块木牌之上，悬挂在他们刚刚进入的大门上。主题叫"缝中之人"，下面用小孩子喜欢的圆形字体，歪歪扭扭地抄着一首《鹅妈妈童谣》：

一个扭曲的人，走了一条扭曲的路。
手拿扭曲的六便士，踏上扭曲的台阶。
买一只歪歪扭扭的猫儿，猫儿抓着歪歪扭扭的老鼠。
他们一起住着歪歪扭扭的小屋。

而与这首歌呼应的，是透明玻璃墙壁里镶嵌着的无数小人剪影。

这些小人像是幼儿园小孩的手工作业，用硬纸折叠，剪出硕大的脑袋和细长的身子，一个接一个地牵着小手，仿佛……随时会唱着歌谣走近一般。

池小池试图从小人的排布找出相应的数字规律，然而毕业多年，他那点数学知识早就还给老师了。他转脸向袁本善寻求帮助："老袁，你看这些人……"

"没有规律。"一旁的甘彧接过话来，"所有的小人不按照任何一种数列排布，也没有特殊的颜色。连在一起的小人数量有一部分超过十个，暂不考虑是密码数字的可能性的话，我更倾向于这是某种暗示。"

池小池看向他："或是某种对危险的警告。"

二人相视，微微点头。

这种莫名的默契感让旁观的袁本善心里很郁闷。他打断了二人，强硬地道："不要把注意力放在研究小人身上，它是干扰因素的可能性很大。"

甘彧也赞同袁本善的说法："角落里还有一个木柜子。棠棠，打开它。"

在甘棠伸手拉开柜子时，里面一声尖锐的啸声响起，吓得与他们一墙之隔的贾思远差点儿把手上摘下的挂钟摔在玻璃地板上。

跳出来的是一只敲锣打鼓的怪脸猴玩具。它手下的鼓已经破了，双眼时不时射出一道紫光，脸有一半掉了漆，露出白森森的木头，整张脸像是腐烂了一样，一眼看过去实在叫人不舒服得很。

每打几下鼓，它都会发出一阵尖锐声音："只有……一次，只有……一次机会呀。"

在无脸纸人们的沉默环伺下，孟乾的脑门上渐渐有了汗，现在听到玩具的阵阵刺耳怪声响彻房间，他更添了几分急躁。

"快把那东西关了！"

甘棠好脾气地答道："找不到它的发条。"

但她并没有把这明显是用来唬人的玩具弃之不顾。

时间一分一秒地流逝，孟乾见她只专注地捧着一个道具猴子，不禁刻薄地出声指责："那边那个女的！对，就是你，别看猴子了，再多找找别的地方！你们那里的墙上有那么多小人，算算规律啊，逮着一个干扰项瞎使什么劲儿？会不会玩啊？菜鸡？"

甘棠脚步轻盈地走到玻璃幕墙边，将手里的玩具亮给他看。

孟乾定睛一看，脸上顿时像被打了一巴掌似的，火辣辣的发烧。

怪脸猴玩具的破鼓里面镶嵌着一个做工极精致的小型机械表盘，有时针分针，现在都正好指向十二点方向。猴子面朝向他，发出诡异的尖叫声："只有……一次，只有……一次机会呀。"

甘棠也不与孟乾废话，转头问那边正在搜索的乔芸和贾思远："你们那边有什么发现？"

贾思远举起了手里的钟表。

他们那边的半面墙上挂满了时钟，有坏了的，也有正常走动的，她们两个正一个个把钟表取下来，以观察表盘和表面里面是否藏匿着什么信息。

但照她们这种找法，他们起码要在这个房间里耽搁二十分钟以上。

池小池侧身看着那面墙上还未取下的钟，挨个观察一番，对其中一只钟伸手一指："那个。"

贾思远的确没什么主见，但胜在听话。她依言将那定格在三点二十分的钟表取下，疑惑地问道："这个钟表有什么特别的吗？"

池小池略有点儿无奈地提示她："猴子。"

那个钟是表盘上唯一印有猴子摘桃的卡通画的。

贾思远不好意思地吐了吐舌头："抱歉，我……不是很擅长这个。"

她将钟表抱到了玻璃幕墙附近，好让甘棠他们把表盘上的数字看得更清楚些。

三点二十分，没有错。

孟乾把贾思远笨拙的举动尽收眼底，只觉自己这个"队长"当得实在没面子，手下人也不怎么给自己争脸，只好凉飕飕地道："看起来谜题不算难嘛。"

甘棠取下鬓间的发卡，从鼓面的破裂处小心翼翼地探入，准备把鼓内隐藏的指针调整至三点二十分。

猴子尖着嗓子，声音像用长指甲刮过黑板一样刺耳："只有……一次，只有……一次机会呀。"

甘彧突然道："等等。"

甘棠也在同时停止了动作。

二人对视过后，甘棠会心地颔首，转眼看向池小池。

不知是不是这半个月来结伴刷密室的缘故，不需要过多的话，池小池已经明白了兄妹二人的想法。

他从口袋里掏出了一张百元大钞。

在进来之前，小丑已经要求他们把所有的通信设备及能够暴力破拆的工具都放在了外面，但对于一些零星的小物件，小丑没有多管。

他把钱递给甘棠，甘棠则用猴子泛着紫光的双眼对准了钱币，钱币上浮现出了淡淡的水印。

果然还有陷阱。

甘棠走到玻璃幕墙东头那个中号信封大小的通讯口，对贾思远说："请把钟表拿过来，钟面对准我。"

贾思远一头雾水地照着办了。

而就在猴子双眼里投出的阴鸷的紫光透过通讯口照射到对面的表盘上时，贾思远"嘶"地抽了一口冷气。

与指针的指向迥然不同，表盘里浮出两道红色指针。

红色指针一分不差地指向四点四十四分。

这才是真正的时间。

谁也不知道如果拨错了钟表时间会发生什么事。

当然，谁也不想去亲自试验一下。

甘棠的手一丝不抖，准确地将小猴子手捧的钟表的时间调至四点四十四分时，八人均听到了隐隐的机械轰鸣声。

"什么声音？"孟乾欣喜地从地上坐起了半个身体，道，"是不是门开了？"

"不是。"从进来起就极少发表看法的胥家译说，"是墙在动。"

他说话的语调很平，自带一股令人毛骨悚然的感觉。

他说得没错。中间的那扇玻璃幕墙竟从中自动一分为二，开始向两边缓缓移动了。

孟乾脸色大变："后退！快点后退！"

他的情绪成功带动了胆小的贾思远，她抱着钟慌不择路地后退，差点儿倒在胥家译怀里。

胥家译扶了她一把，皱眉道："退什么？"他指向玻璃幕墙，说，"不是已经停了吗？"

玻璃幕墙的移动停止了，他们也得以看清了这面墙的构造。

那道巨大的玻璃幕墙，原来是磁铁似的紧合在一起的两面墙，现在他们开启了猴子体内的机关，两面墙便各自向两侧移动了十来厘米，在内部出现了一条约能供一人通行的通路。

两侧的幕墙上各开了一扇小门，成功打通了两个房间，也给了众人进入那幕墙之间探索走廊的机会。

众人还没顾上高兴，就意识到，他们只是前进了一小步，如何离开这个房间仍是未知数。

外面的线索寥寥，而且房间里已经被探索得差不多了，那么，进入这条新开辟出的玻璃走廊，便是势在必行。

孟乾自觉刚才大大失了面子，但又不敢轻易移动，便支使贾思远道："你，进去看看。"

贾思远"啊"了一声，有点儿畏缩："我……"

孟乾不耐烦地道："这里数你最瘦，快进去。"

这话说得倒也不错，贾思远的确是瘦得过分了，苗条纤细，反倒能游刃有余，如果甘棠进去，在那狭缝里怕是会卡住。

贾思远一如既往地听话，从那扇新开辟的小门走进了那狭窄至极的玻璃走廊。她扶住两侧墙壁，一步步试探着前进，手掌在玻璃上印出一团又一团氤氲的汗迹。

孟乾叫："有没有看见什么？"

贾思远摇头："没有呀。"

走廊里空空荡荡的，最上方灯光雪亮，把一切照得清清楚楚。

这里既没有什么特殊标记，也没有什么物品掉落。

短短几步路，她走得提心吊胆，频频回望，生怕会从哪里张牙舞爪地冒出一个纸片小人来，把她在这逼仄的地方撕成碎片。

倘若她在这里遇袭，是连逃也逃不掉的。

她提心吊胆，却安稳至极地从西头一步步走到了东头。

就在她走到东头那个通讯口时，耳侧传来了一声极轻的电子音。

"滴……"

她的脚下自动触发了一个奇怪的圆形荧光装置。

就在她踩上这一机关时，玻璃幕墙两边外侧、与通讯口紧邻着的地面上，也同样出现了两个方方正正的荧光圈。

贾思远又倒退了一步，三个光圈便同时消失了。

是人体热能感应装置！

她"呀"地叫了一声，惊喜地看向乔芸他们："我，我找到了！"

袁本善眼睛一亮，立即想到了答案："是小人！"

尽管他不想承认，但事实证明，甘彧刚才说得没错。

墙上的小人确实是某种暗示。

它需要有一个人进入玻璃通道之内才能触发机关，而身处两个被分割的房间里的人，只要按照机关提示，站入那道荧光圈内，通过墙上的通讯口，模仿墙上手拉手小人的姿势，应该就能够触发下一个机关，甚至……

打开下一扇门！

他想到的东西，其他人也都想到了。

时间紧迫，乔芸几乎是迫不及待地站上了靠右的荧光圈，并示意甘棠快些过来。

甘棠依言站上去，不承想一道电子音提示响了起来：“体重不足五十五公斤，体重不足五十五公斤。请换人，请换人。”

乔芸一脸的郁闷。

甘棠只能略带抱歉地离开，换上了距离通讯窗最近的袁本善。

袁本善轻手轻脚地挪至光圈中央，尽量分开腿分散体重，生怕压坏了地板。

第一次尝试时，他们并未牵手，只各自站入光圈之中，等待是否会有什么变化发生。

可惜，并没有什么动静。

玻璃走廊内的贾思远便主动把手伸出来，递到两边的人手里。

三人如墙上小人一样，双手交握。

片刻后，他们如愿以偿地听到了机械的轰鸣声。

贾思远抬头望去。

走廊把房间对称地分为左右两间，她身在走廊东头，与她的伙伴们手牵着手。

而在走廊西面的尽头，一道缝隙正在从走廊正中心的位置裂开，向两侧移动，如同两瓣缓慢张开的玻璃嘴唇。

贾思远喜极而泣：“做到了！我们做到……咦？”

她的话音戛然而止。下一秒，她的声音便惊慌起来：“走廊……走廊，是不是变窄了？”

原本对她瘦小的身形来说还有些宽敞的走廊，随着对面玻璃门的开启，竟渐渐合拢，抵上了她的肩膀！

这意外的变化叫她脸色变得煞白，本能地撒腿要跑。

可她的脚刚一离开感应的光圈，原本已经开启了一点儿的门，竟然重新向内合拢，就要轰然关闭！

事情发生得太过突然，趴在地上的池小池张口结舌之余，心下瞬间豁亮，冰冷一片。

死局！

这是一个彻头彻尾的死局！

眼看着希望已至，出路又将合拢，乔芸情急之下，竟没有在第一时间放开贾思远的手。

偏在此时，那敲鼓的猴子再一次尖着嗓子，用奇怪的声音嬉笑着道：“只有……一次，只有……一次机会呀。”

乔芸脸色遽变，下意识死死地握住了贾思远的手！

贾思远没能挣脱，回头时已是面如土色：“小芸！你干什么呀！放手啊！”

而袁本善也因情况变化得太过突然，手指僵硬，没有在第一时间松开手。

乔芸使出吃奶的劲儿，死死拖住贾思远的手，并扯着喉咙对袁本善喊：“‘只有一次机会’！你听不懂吗？她要是跑了，谁还愿意进去踩机关，替我们开门！你吗？”

袁本善的喉结上下剧烈滚动一番，不再犹豫，死死拽住贾思远的手，甚至把她树枝似的手臂直接拖出了通讯口，翻折过来，用力向下拉扯！

贾思远胳膊吃痛，被硬生生拖回了原地。

机关再次启动。

走廊已经进不去了，孟乾如四脚蛇一样连滚带爬地来到开启的门缝前，用尽全力想要把胳膊和脑袋塞入那个一点点开辟出来的狭小缝隙，胥家译也被这个突变惊呆了，来回看了一番，选择和孟乾一起上去，试图把那道门扳开。

“不够！还不够！”

孟乾试图使用蛮力加快门的开启，然而那道门岿然不动，只按照走廊压缩的速度开启。

众人的逃生之门开启，而贾思远的死亡之门也随之打开。

走廊内的贾思远的身体已被挤压得两肩变形，她惨叫不迭，双脚绝望地踢蹬着，却因为太过惊恐，外加空间有限，根本使不上力。她哀号着：“放开我，求求你们了！求求你们了呀！”

眼看事态发展即将走向不可收拾那一步，甘棠扑上去，照袁本善脸上就是一拳。

然而袁本善此时肾上腺素剧烈上涌，竟硬生生地承受住了这一拳。他一口吐掉嘴里的血，继续鼻青脸肿地死死拖着贾思远的胳膊。

甘棠回过头，大叫一声：“哥！”

池小池早已先他们一步，连滚几下，翻身来到开启的门边，和孟乾一道将门朝两边掰去。

甘彧也来到他身后，与他一道推门。

但他们谁也不敢在脚上发力太过，生怕直接踩碎了地板。

池小池双手指尖抓得发了白，额头冷汗直冒，只为了尽量把门打开一个勉强能供他们伸过头的缝隙。

或许还可以，或许贾思远还能得救！

贾思远的情况并不乐观。甘棠一直咬着牙凝神看着池小池那边，等着他对局势的判断。

池小池回过头，冲她摇头。

门开启的缝隙太小了！根本连头也过不去！

眼看贾思远即将殒命，甘棠抬腿狠狠地踹向了玻璃。

应该还能救她，应该……

玻璃的确脆弱，一踹就碎了一片，但玻璃墙却在碎裂的一瞬猛然加速，狠狠紧贴在了一起!

一声惨叫过后，贾思远变成了真正的“缝中之人”。

玻璃内侧甚至还残留着她印上去的一个完整的手印。

甘棠也控制不住地跌倒在地。在她抬起右腿踢碎玻璃的瞬间，她的右腿也化成了玻璃，“哗啦啦”碎了一地。

这就是……破坏房间的惩罚。

过这一关，他们用了十五分钟，一条人命以及一个队员的腿。

对于这样的情况，所有人都沉默了。

只有那只猴子还在敲着它的小破鼓，兴高采烈地为死去的贾思远奏响挽歌：“只有……一次，只有……一次机会呀。”

5

从通讯窗里溅出的血把袁本善的半张脸都染得鲜红。他用大拇指揩了揩自己的唇角，那里挨了一拳，已经肿了。

他低头看了一眼倒在地上的甘棠，想了想，还是上前把她扶了起来。

甘棠已经晕了过去，好在伤口处凝出了一层亮晶晶的物质，看起来像是断裂的玻璃碴断面，并没有流血。

甘棠双目紧闭，竟像是濒死的模样。

池小池赶到甘棠身边，小心地跪下：“棠姐？”

他的手抖得厉害，连他自己都不知道自己为什么反应这么大。远远见她右腿化作一堆碎玻璃片、向侧面倒下时，池小池脑袋里“嗡”的一声，眼前直接黑了几秒。

数十秒之前。

在察觉情况不对时，本该是池小池前去拉住袁本善的。

在极短的时间里，池小池脑中建立起了一条完整的逻辑链。

走廊中的机关必须要人体热感应才能触发，因此，搬柜子等物品进去，代替触发热感应装置是不可能的。

因此……玻璃走廊里必须要进去一个人，而且受到地形限制，进去的只能是他们之中身形最瘦弱的那个。

通讯口两端负责“牵手”的人，硬性要求是必须超过五十五公斤。

如果一个人瘦得可以进入那走廊之中，那么，只需一个超过五十五公斤的人，便能利用地形，成功牵制住身处狭缝中的人，更不用说是两个。

只有玻璃走廊彻底合拢，逃生之门才会开启，情况本来就紧迫，而敲鼓的猴子那句提示，无疑是将贾思远推上死路的决定性推手。

如果她成功逃生，那么，除非有人愿意自我牺牲，否则谁还会愿意走进那索命的甬道？

到那时，众人会推诿扯皮，互相殴斗，甚至会走到自相残杀这一步！

原因无他。

这是最后一次任务，一个只有一个小时完成时间的任务。

谁都不想死，那么，只能送别人去死。

哪怕池小池想说服他们，房间内可能还有生路，但在千钧一发之际，他怎么说服那些已经抓住一丝活命希望的人放弃希望？

因此，这是个彻头彻尾的死局。

无论如何，在外面观察他们的小丑都能看到他想看的戏码：不是像现在这样，强制牺牲一个人来开拓生路，就是几人坐在一起互相埋怨，哄着对方去送死。

池小池在脑中构建好逻辑链，便开始思考应对之法。在那么短的时间内，要保住全然无辜的贾思远的命，他只能想到暴力破壁这一种办法。

小丑说过，他讨厌室内重新装修，也就是说，一旦破坏室内设施，必有惩罚。

一个未知的惩罚与一条人命相比……

池小池犹豫片刻，便起身迈步，准备去敲碎那块要命的玻璃。

谁想那时，甘棠径直拦在了他身前。

她说，我来。

只是简简单单的两个字，她就帮池小池挡下了一场灾难。

池小池把断腿的甘棠抱入怀里，哑着嗓子叫她："棠姐？"

甘棠一动不动。

池小池顿觉呼吸不畅，用发颤的指尖去试她的呼吸。他不记得自己上一次做这个动作是多久以前了，只记得自己恨极了这种感觉。

不是恨别人，是恨自己的无能。

好在甘棠仍有呼吸和心跳，只是非常缓慢。

心里那股劲儿一松，池小池才大口大口地喘息起来，刚才他险些把自己逼到窒息。他低头，把脸埋到她散发着淡淡清香的发间，小声呢喃道："棠姐。"

随着呼吸能力恢复，池小池的听力也随之正常起来。

房间另一侧已经争执了起来，是胥家译和乔芸。

不过，因为亲眼看见了甘棠的惨状，他们即使争执，也不敢再动手，以免破坏了玻璃地板。

胥家译本来是个性格内向的人，但也被这样惨烈的状况惊到了。

他对一头污血的乔芸怒吼道："你杀了她！"

乔芸闻言不觉冷笑："可我帮你们开了门！"

胥家译："别的生路呢？不先找一找，就急着送她去死？"

“找什么？”乔芸发现嘴里腥味难祛，恶心地干呕两下，“你找啊，到时候小贾从通道里出来，我们又找不到生路，你替她进去踩机关？”

“万一还有别的办法呢？”

“万一没有呢？”

“是真的没有，还是你怕真的会有别的线索，不敢去找？”

乔芸被他质问得暴躁起来：“你装什么？这么高尚，上次碰见那个无头灵物的时候，你怎么不高风亮节地留下来让它吃了你？为什么要跑得比那个女人快？老娘替你们挡了煞，沾了一身腥，你少得了便宜还卖乖！有本事你不进门，留在这儿看着她啊！”

孟乾被吵得头疼，呵斥了一声“闭嘴”，视线尽量避开玻璃里贾思远，看向房间另一边，问池小池：“她怎么样了？”

池小池把甘棠垂落的发丝理好，答道：“还活着。”

“自己没事找事！”乔芸心里其实也慌乱得很，只能靠虚张声势来壮胆色，将害死一条人命的愧疚感压抑下去，“都说了不要破坏东西，作什么死？”

池小池没说话，只抬起眼睛静静地注视着她。

乔芸被他的目光刺得有些心惊肉跳，却也不肯乖乖噤声，嘀咕道：“没本事还逞什么英雄。”

孟乾看了一眼表，喊道：“都别吵了！第一个房间花了十八分钟，接下来的房间你们还过不过了？”

池小池俯身，打算把昏迷的甘棠背起来。

一直蹲在旁边的袁本善搭了一把手。

作为拖住贾思远的帮凶之一，他远没有乔芸那么理直气壮，试探着叫眼前人：“纯……娄小池。”

池小池顺手从兜里掏出一包卫生纸，交到他手上：“擦擦脸吧。”

袁本善的表情有些惊喜：“你不怪我？”

池小池盯着他脑后的某一片虚空处，嘴唇翕动几下，像是在想心事，也像是在躲避他的视线：“谁让机关是这么设计的呢？”

袁本善忙不迭地附和：“对，对。”

池小池说：“我们面对的不是那些孤儿院的孩子，也不是古堡里的女灵物。对方是一个连环杀人犯，一个心理变态，我们没法跟他讲道理。”

袁本善为宋纯阳对他的理解而感动，主动托起昏迷的甘棠放到他背上。

背上甘棠时，池小池想，他们要应对的确实是一个变态没错。然而，乔芸和袁本善两个人能在第一时间呼应上变态的脑电波，也确实是奇人了。

从刚才起一直一语不发的甘彧在此时缓步向池小池走来：“把棠棠交给我吧。”

他的脸色很难看，表情倒是淡淡的，可鼻尖正一粒粒往外渗着冷汗，不知道是因为紧张，还是因为心疼。

池小池没说话，只把甘棠又往自己身上托了托。

他双腿分开，最大限度地分散了陡增的体重，在玻璃上每落下一步，都不可避免地踩出咯吱咯吱的响声，害得跟在他身后的袁本善心惊胆战。

还好，他们平安无事地走过了那扇门。

那扇门似乎是食用了贾思远的血肉，吸取了营养，在贾思远被挤扁的瞬间便望风而长，变成了正常的大小，虽然正中央仍有玻璃壁阻挡，但左右两侧的空档已足够供人通行。

时间紧迫，即使是对乔芸做法颇有微词的胥家译也没有选择留下来，或是寻找那可能存在，也可能从不存在的第二条生路。

在所有人进入漆黑一片的逃生之门后，门扉骤然合拢。

他们像是进入了一个狭小的、类似电梯的移动装置，被轰轰地运送至不知名的远方。

池小池眼前仍是刚刚的那一幕，贾思远和甘棠的右腿碎片就在那里面，再也找不回来了。

他轻喘两声，逼自己冷静下来。

目前，他们不仅要破局，还要照顾受伤的甘棠。

甘棠她应该不会有事……只要能撑到出去……

黑暗里，一只左手轻轻伸来，握紧了他。

他一个激灵，本能地回头，却发现甘棠的头仍枕在他的肩上，昏睡不醒。

身侧传来甘彧的低语：“这不关你的事情，不要自责。”

池小池低下头。

他只觉得那只手比他的还冷，却意外地感到可靠与踏实。就像每一次与甘彧接触时一样，池小池没有产生任何不适感。

他心念一动，歪过头去想要看看他，那张脸却隐在黑暗之中，难以辨清。

而在他看不见的地方，甘彧后背贴靠在一侧墙壁上，右手死死按在大腿根部，冷汗如瀑。如果刚才池小池细听，会发现他的话尾带着一点儿轻微的痛楚的颤音。

他与甘棠是共享身体的。

断腿的疼痛也毫无保留地传递到了他的身上。

电梯装置运行了约两分钟后，不动了。

四下里“砰砰”有声，剧烈的心跳声清晰可闻。

孟乾：“停下了？”

话音未落，几人脚下的地板被倏然撤去！恐怖的失重感潮水般涌来。

下一瞬间，几人便已经站在灯火通明的房间之中，就像是在浅眠时发生的“高空坠落”，在以为自己要摔死时，一睁眼，却发现自己正好端端地躺在床上。

比起刚才的房间，这里正常了许多，至少地面、墙壁都是水泥的，有一扇从里面上了把黄铜大锁的铁门，看起来这大概就是出去的唯一通路了。

房间中央摆着一个一人来高的巨大封闭式水族箱，小假山、长水草、照明灯，设施一应俱全，按其规模，大概可以用来养条小型鲨鱼。

然而……

脸上还带着血的乔芸正坐在水族箱里面。

她还没有反应过来眼前是什么状况，正一脸呆滞地抚摸着水族箱的内壁。

乔芸拍了两下玻璃，又起身去推紧合着的顶盖，那顶盖四面都上了暗锁，即使她用力去推，顶盖仍纹丝不动，看起来很沉重。她沿着水族箱摸索一圈，也没能找到出口，只看到外面挂着一条描红画彩的横幅，上面应该是写着什么字，但她从背面却辨认不来。

到现在，她再迟钝也该觉出不对劲了，脸色铁青地拍着玻璃问众人："这上面写的什么？"

众人不语，就连刚跟她吵过的胥家译也闭口不答。

横幅上画着无数星星与彩条带、一个跳出惊吓盒子的小丑以及一句用花体写就的话。

这是给在上一关表现最好的玩家的奖励！

袁本善脸色一白，略感庆幸地吐了口气。

池小池把背上的甘棠小心地往上托了托，走到水族箱前，伸手笃笃敲击了两下。和上个世界的普通玻璃不同，这里的玻璃质量很好，看起来是防弹级别的。

除了这个巨大的水族箱外，还有四只小箱子摆放在房间四角。袁本善走到其中一只箱子跟前，掀开盖子，发现里面放着一只薄约半寸的方形塑料盘。

孟乾掀开了另一只箱子盖，也发现了同样的东西。他奇道："这不是小时候常见的那种游戏尺子吗？"

的确，这方形的塑料盘很像小卖部里常见的游戏尺，既可以用来测量，还有一个长条状的小型迷宫以及一颗可以在其中随意滚动的小钢珠。

上课走神的孩子很喜欢把玩这种尺子，让小钢珠从迷宫起点滚到终点，再从终点回到起点。这操作盘就是这种游戏尺的放大版，只不过，它的大小更大，地形也更为复杂。

孟乾伸手就要去把那塑料盘从箱子里拿出来。

甘彧见情况不对，冷声喝道："别动！"

孟乾的手停在了半空。他也发现不对了。

那塑料盘与箱子底部有一条细细的线连接着。

孟乾细看两眼，白毛汗霎时间出了一身。

他不是专业人士，可只要看过几部警匪片，谁认不出来这彩色的塑胶细线是炸弹的标配？

倘若他刚才把线拉断了……

众人正惊疑间，房间东南侧的小喇叭突然有了声音，惊了众人一跳。

“欢迎来到我的奇妙礼物小屋……”是小丑的声音。

他语气里满是扭曲的兴奋：“恭喜你们成功度过了第一关！我们第一关的胜利者已经得到了奖励！成为第二关的关键人物！让我们为她喝彩！Bravo！”

乔芸双手神经质地抓挠着水族箱内壁，冷汗涔涔。

“现在请我们的胜利者在假山里找到属于你的奖品！”

乔芸不敢耽误时间，双膝跪地，颤抖着手，在装饰假山里摸出了一把铜制的钥匙。

众人不约而同地看向了屋子东南角的一扇普通大门。

不难想象，这把钥匙就是通往下一个房间的钥匙。

小丑在麦克风里将手拍得“啪啪”作响：“现在，由我来告诉你们游戏规则。请看这四个有趣的惊吓盒子，里面各自有一个迷宫盘，迷宫盘里呢，有生路，有死路，还有一样非常有趣的东西……炸弹。”

孟乾他们急忙去看。

果然，迷宫盘上除了小钢珠，还有一粒粒密集的黑色圆球状物体，分布在各个迷宫的拐角，角度刁钻，数量极大。

“它们可是真正的炸弹哦。”小丑笑嘻嘻地说，“小心，如果你们的小钢珠在去往终点的路上不小心碰到了它……”

短暂的沉默。

“BOOM！”

那陡然提高的声音吓得乔芸尖叫出声。

“你们有十五分钟的时间。解开四个盒子，就能分别打开水族箱上的四把锁，拿走你们想要的宝物。”小丑收到了自己想要的演出效果，笑声愈发诡异起来，“对了，为了更方便你们计算时间，我会提供给你们一种更为直观的计时方式……”

乔芸惊魂甫定时，突然觉得手上有些湿漉漉的。她低头一看，登时再也压抑不住心中的恐惧，尖叫出声。

水族箱的入水口，竟开始向里面注水了！

“十五分钟后，如果你们还没有打开锁的话……”小丑怪笑，“水族箱里的人就是我的人鱼公主了。嘻嘻嘻嘻。”

通信乍然断开，只有乔芸惨叫着伸手去堵入水口，却仍有水流源源不断地从她指尖溢出。

池小池知道，机械机关类游戏是自己弱项中的弱项。于是他自然地拍一拍甘彧："甘医生，交给你了。"

甘彧左腿单膝跪下，以膝盖为支撑点，勉力撑了一下，才将右腿放平在地面上。他努力集中了一下因剧痛而涣散的精神，轻声道："我尽量。"

◇ 迷宫，心算，一流玩家

1

四道横向的暗锁将水族箱顶盖牢牢楔住，就算有心想撬，他们一没工具，二也没那个胆子搞破坏。甘棠的前车之鉴还摆在眼前，他们哪里还敢擅自行动，只好专心去研究那个迷宫盘，试图从中搏得一线生机。

看甘彧取下眼镜、盘腿坐下，用指尖在塑料隔板上勾勒模拟着钢珠行进到终点的最佳轨迹，袁本善也尝试着去看另一只钢珠盘。

甘彧的手比正常人要稳上许多，但看到那密如蜂巢的“炸弹”，他的头皮也麻了，冷汗滋滋往外冒，指尖控制不住地发着抖。

池小池有自知之明，甘棠陷入昏迷，胥家译和池小池一样有自知之明，看了一眼便说“我不行”，自行退避。

孟乾掀开箱子，面色便灰黄如土：“这什么东西？怎么可能过得去？”

“是你过不去而已。”甘彧口气强硬，用词却足够客气，“不会解，就请站到一边。”

说罢，他扭过头去：“袁先生，四道暗锁不用全开，破开三个就能救人。我解两个，你解决一个。行吗？”

袁本善一咬牙：“行。”

乔芸泪流了满脸，徒劳地试图堵紧入水口：“你们快点，快点啊！”

甘彧并未理会她，对池小池说：“你坐远点。”

池小池也没理他。

见他不动，甘彧的口气总算急切了些：“听话。”

池小池问：“你怕会炸？”

甘彧说：“嗯。”

池小池说：“怕就好。”

他继续安坐在甘彧身侧：“一炸炸俩，你看着办。”

甘彧额上已经有了汗，也再没力气赶池小池走，摇摇头道：“你呀。”

他轻轻摇动迷宫盘，钢珠便从起点滚落，撞到最近的一处隔板，发出“当”的一声微响。

孟乾觉得干站着也是无聊，只得学着池小池的样子，去观摩袁本善解开那钢珠迷宫的过程。

袁本善正遇到第一个拦路的“炸弹”，小钢珠在“炸弹”周围来回逡巡，滴溜溜地转动，每响一声他都备感压力，后背如有一座大山重压，叫他几乎喘不过气来。

“别过来！”他眼珠不错地盯着盘面，粗暴地呵斥道，“别干扰我！”

孟乾讨了个没趣，回到胥家译身边，暗自腹诽道：谁愿意看你啊，冷血杀人犯一个，怪不得浑身都是煞气。

胥家译靠墙而坐，对袁本善侧目而视，看了好久，才收回目光，把后脑勺抵在墙壁上，闭目等待。

在胥家译观察袁本善的时候，池小池也在观察胥家译。

胥家译的表现叫他微微一挑眉，但随即他便收回了视线，看着甘彧将小钢珠小心翼翼地送往终点。

一时间，室内死寂。

不多时，命悬一线的乔芸又焦躁起来。水已将水族箱底部铺满，没过了她的脚背。

乔芸翻跪在地，捏起拳头，“咚咚”地捶打着水族箱壁：“好了没有啊？你们也太慢了吧！”

甘彧眉头动也不动，灵活地操纵着小钢珠与“炸弹”相擦而过，同时简洁清晰地要求：“纸巾。”

池小池会意，取了一张纸巾，替他擦去额上的汗。

他说：“谢谢。”过了一会儿，他又说，“纸巾。”

池小池发现他出汗有点儿多，汗珠顺着脸往下淌，但不作他想，只当是气氛紧张，就又拿出一张纸巾。

等纸巾离开他的脸，已经湿透了。

池小池起身去看了一下袁本善，果然见他也是冷汗横流。他动手替他擦去，避免汗水迷眼，干扰迷宫盘的破解。

池小池又去看了看甘棠的情况，确认她的生命体征尚在，而且相对平稳，略松了一口气。

等他折返回来，却发现甘彧捧着钢珠盘不动了，双目紧闭，满头都是细碎的汗水，睫毛轻轻颤抖，看着有点儿叫人心慌。

池小池心里一惊：“你怎么了？”

甘彧闭着眼睛，说：“纸巾。”

池小池手里的一包纸巾快要用完了。他把纸巾塞回口袋，脱下外套，拉起袖子，半跪着给甘彧擦汗。

甘彧依旧斯文有礼，笑笑道：“谢谢。”

池小池问：“怎么回事？”

甘彧：“嘘。”

他转过头，脸色叫池小池吓了一跳。他的唇色彻底转为苍白，眉尖轻蹙着，五官染上了令人心悸的虚弱之感。

池小池看出他情况不对劲，抿一抿唇："还能继续吗？"

甘彧还是那句话："我尽量。"

池小池："如果棠姐还在就好了。"

甘彧的话简短有力："有我，够了。"

他又闭了闭眼，重新把双眼焦距对准，手腕轻抬，调整角度。

骨碌碌，骨碌碌。

小钢珠的滚动成了催命符，每一下细声的滑动都像是从心头滚过。

尽管池小池一直不断地为甘彧擦汗，但竟已渐渐赶不上他出汗的速度。

一个没注意到，一滴汗便落在了透明的塑料盘面上，发出异常响亮的"啪"的一声。

盘中的小钢珠正在一个拐角点，而它要拐进去的单行路入口，上下都排布着一颗"炸弹"。

而小钢珠正是要从那几毫米的狭隙中穿过。

刹那间，池小池连呼吸都屏住了。

汗水在盘上滚动，连擦一下都可能会影响到内里小钢珠的运行，因此谁也不敢动手去擦拭。

甘彧正屏息调整小钢珠方位，身后的乔芸却又开始敲击水族箱，声音里已带了哭腔："你们怎么还没好？"

水已经淹过了她的膝盖，她不得不站起身来，四处敲着，试图寻找一条逃出去的生路。此时的她，和第一关的那个乔芸，简直判若两人。

频繁的敲击声让甘彧眉头紧皱了一下。他身体稍稍前倾，对池小池说："让她安静。"

池小池领命，走到了水族箱边，回敲三下。他说："想晚死几秒，我给你个建议。"

他指一指仍在不断上涨的水位："喝水，能喝多少是多少。"

甘彧暗笑，心想，果然是池小池的风格。

这样想着，他手轻轻一晃，小钢珠准确避开了两颗道边的"炸弹"，滚入那仅有几毫米的安全通道中。

至此，他才把前倾的身体收回。

幸亏池小池走开了。甘彧并不知道"炸弹"的真正威力有多大，万一操作失误，他唯一能做的就是把"炸弹"挡护在自己身下。

至于会不会波及更远的人，他也不知晓。

幸好，平安度过。

在袁本善让小钢珠走过迷宫大半时，他听到从甘彧的方向传来一声重重的叹息。与此同时，水族箱方向传来一声细微的“咔哒”。

一直在低头拼命喝水的乔芸如获救赎，伸手拼命去推顶盖。然而，四道锁只开了一道，顶盖根本无法揭开。

甘彧把迷宫盘稳稳地摆回箱中，合上箱盖，双手撑在上面，试图起身。

但是刚一起身，他便跌坐了下去，三五滴汗珠砸在地上，幸亏池小池及时托住了他。

他替自己辩解：“腿麻了。”

池小池看向他不敢用力着地的右腿：“嗯。”

甘彧说：“扶我去下一个箱子那里。”

池小池：“嗯。”

此时，时间已过一半。

尽管乔芸拼命喝水，但胃的容量终归有限，水已经淹到了她的大腿根部，眼看便要漫过腰际了。乔芸背靠水族箱壁，捂住嘴巴，哭也不敢哭，生怕眼泪也会使得水位上升。

在走向下一个墙角的箱子时，甘彧就势把身体的重量压在池小池身上。

他已经开始发烧了。

池小池扶他在箱子前坐下，与他耳语：“腿疼？”

“嗯。”甘彧说，“我和我妹妹有感应。”

池小池道：“我只听说过双胞胎有心灵感应，没听说过还能感应到肉体伤害的。”

甘彧笑了笑，动手揭开盖子，稳稳地取出迷宫盘，用指尖预设着钢珠的走向：“天下之大，你不知道、想不到的事情还有很多。”

盘中的钢珠又开始沿着他的预设轨迹缓缓而行。

在水已经漫过站在假山上的乔芸胸口时，袁本善压着声音，骂了一声。

“咔哒”一声。

第二道暗锁也开了。

这回，不等乔芸动手去推顶盖，孟乾与胥家译双双跳起身来，齐心合力地扳着顶盖边缘，总算把顶盖往上掀起了一点点。

孟乾凑到边缘，急道：“乔芸，快把钥匙递出来！”

乔芸抬起胳膊，想把钥匙顺着那一点点缝隙塞出去，但手抬到一半就收了回去。

孟乾：“你在干什么？给我啊！”

乔芸把黄铜钥匙死死攥在手中：“等你们打开第三道锁再说！”

孟乾试图诱哄她：“乔芸，我们会打开第三道锁的。你看，甘先生不是已经在开锁了吗？”

“你们当我傻吗？”乔芸鄙夷地道，“我把钥匙给了你们，你们还会冒着‘炸弹’

爆炸的危险救我？你们肯定会开门跑掉，把我留在这里的！”

孟乾：“乔芸！”

乔芸也提高了声音：“我警告你们，你们要是不救我，我就把钥匙吞到肚子里去，大不了鱼死网破，大家都别出去！”

孟乾眼见乔芸是在说真的，不禁气得破口大骂。

袁本善听他们吵得心烦，怒喝一声：“都安静！闭上你们的嘴！”

在这样的环境中，甘彧依然稳重而沉静。

但肉眼可见，高烧已经对他的身体产生了极大的影响，他破解迷宫的速度慢了很多，有数次，小钢珠都是堪堪擦着“炸弹”的边过去，看得池小池心跳加快。

渐渐的，乔芸只剩一颗头还浮在水面上了，恐惧的眼泪再也止不住，滚滚奔涌而下，却只能把哭声一次次咽下去，孟乾更是紧张得握紧了手。

谁也不敢打扰他，但所有人的目光都集中在了甘彧的后背上。

甘彧的身体不动如山，双手更是稳当，只在到达暂时的安全区域时才会轻轻抖上一抖。

水位越升越高，漫过了她的脖子和嘴，乔芸只靠着求生欲，借浮力把脸上仰，喉咙间发出绝望的“啊啊”声。

而甘彧这边的进度也已经接近尾声，只要转过一个“炸弹阵”，即可抵达终点。

这个“炸弹阵”是通向终点的必经之路，列作两排，构成了一条完整的、长约五厘米、宽只几毫米的通路。小钢珠必须完全不碰触到两边，才能过去。

这难度，足以让人看了便头皮发麻。

池小池回头，眼见那水已经要灌满水族箱，心一横，对乔芸喝道：“深吸一口气！潜下去！”

事到如今，乔芸只得照做。

她在仅剩的缝隙间抢得一口空气，让空气充满肺部，随即沉入水底，双目紧闭。

偏偏在这时，甘彧开口道：“变成两个了。”

池小池起初没明白甘彧是什么意思，等他细想一番，冷汗就顺着脊背淌了下来。

糟糕！

他眼前出现重影了！

甘彧皱眉，紧盯着那条已经由二变四的“炸弹”通路，绞尽脑汁地思索该如何过去。

此时，这个钢珠盘经不起一点点轻微的挪移，让袁本善接手已经来不及了，池小池强逼自己保持镇静，伸出右手食指，尽量轻地指上了生路，画了一条线：“走这里。”

甘彧将右手同样抬起，尝试追着池小池的食指寻找方向：“这里吗？”

池小池已经猜到他想做什么了：“你可以吗？”

甘彧答得干脆：“可以。”

池小池选择相信他。

他把食指抵在“炸弹阵”的入口，给甘彧指着方向，沿着那几毫米的生路，划出一条尽量平稳的线。

甘彧单手操盘，倾斜钢珠盘，一路送着那小钢珠滚入“炸弹阵”中。

甘彧的眼中，池小池的手也有残影，“炸弹”也有残影。

而残影交叠之间，唯有池小池的指尖仿佛有光，十分清晰。他凭着那指尖的指引，让钢珠顺利滚出了五厘米，滚向了那象征着终点的黑白格子。

“咔哒”一声。

第三道锁，开了。

甘彧刚刚把迷宫盘放回箱中，身体便软了下去，径直歪倒在池小池身上，大口大口地喘息起来。

早已严阵以待的胥家译和孟乾爬上水族箱，手忙脚乱地把顶盖推起来。

此时的乔芸肺中氧气已经耗尽，但感觉上方一亮后，还是拼着一丝求生的本能，竭力朝上凫去。

孟乾将她的上半身拖出水面，抓住了她的手，掰开她紧握的拳头，将黄铜钥匙掏了出来，丢给胥家译：“快把门打开！”

他正要把乔芸拉出来，却忽见原本藏着四个炸弹的箱子表面亮起了一个显示屏，并开始了滴滴的倒计时。

“三十、二十九、二十八……”

看到这场景，谁还不知道接下来会发生什么？

孟乾大骂一声，甩开了乔芸的手，一路急奔到门边，盯着胥家译开门：“好了没有？”

胥家译也听到了倒计时的声音，只能极力保持镇定，把钥匙插入锁孔，然而这锁委实老旧，捅进去后，一时间竟无法扭开！

孟乾急得跺脚，一把将钥匙从胥家译手里夺过来，自己开门，反倒把淹得昏头涨脑、趴在箱顶上不住吐水的乔芸搡到了一边。

胥家译转头看了一眼乔芸，面上浮现出明显的厌恶之色，不但没有理会她，反倒主动动手把昏迷的甘棠背在了自己身上。

池小池要撑住甘彧的身体，实在分身无暇，只得转头对袁本善吼道：“拉她出来！”

他非常讨厌这个关键时刻出卖队友的乔芸，然而他也担心下个房间可能会出现需要团队合作的关卡。甘彧和甘棠已经撑不住了，贾思远已经回不来了，倘若乔芸再出不来，能用的人就只剩下了四个。

袁本善犹豫了一番。

很快，他想到了小丑的话。乔芸之所以被放在水族箱里，不正因为她是“表现最优秀的玩家”吗？他上一关的表现已经很出格了，如果再见死不救，会不会被小丑选定为下一个被玩弄的目标？

想到这里，袁本善快步上前，一把将乔芸从水族箱里拉了下来。

乔芸跌在地上，手脚发软，根本无法自己站立，昏昏沉沉地抬头看着他，还没搞明白现在是什么情况。

倒计时还剩七秒时，门才成功打开。

孟乾第一个冲出门外，池小池把甘彧打横抱起，第二个冲出去，紧接着是甘棠与胥家译。

袁本善还没来得及把人背起来，眼看时间就要到了，也来不及想了，干脆拖住她的胳膊，拖麻袋一样拉着她往逃生之门奔去。

他后脚刚刚进入逃生之门之中，四枚炸弹便同时轰然起爆。

说来奇怪，炸弹威力竟只局限于那个小小的房间中，蓄满水的水族箱爆炸，玻璃炮弹一般溅射得到处都是，而这逃生之门外面的小房间却一点儿都未受波及。

袁本善还没舒上一口气，就觉出了有些不对劲，他好像……并没能把乔芸拉进来。

来不及回头，逃生之门随之猝然关闭。

电梯装置再次启动，把惊魂未定的众人带离那间惊心动魄的炸弹小屋，传送向未知的某个地方。大家都知道，乔芸已经永远不可能逃出第二关了。

2

接下来，又是持续近两分钟的电梯运行的感觉。

有细细的凉风从电梯缝里透入，发出“呼呼”的响声。

听觉将周遭一切响动放大，而电梯中的人各自站着，一动不动。

袁本善拉住了池小池。

池小池没动，但也没甩开他。

袁本善也晓得自己刚才的行为不太妥，只好没话找话道：“甘先生怎么了？”

池小池声音淡淡的：“精神太紧张，晕过去了。”

袁本善说：“刚才……乔芸……”

池小池知道他要说什么说：“我知道。”

袁本善试图辩解：“我有点儿害怕，不是故意……”

池小池扭头看向他，口气有了些松动，甚至还安慰地拍了拍他的手背：“我知道。”

然而，黑暗中的池小池面无表情，被黑色美瞳遮挡住的阴阳双瞳，凝视着袁本善。

袁本善对此浑然不觉，听到宋纯阳又原谅了他，方才放松了些，挺直腰背，等待着下一个房间的考验。

下一个房间，也是最后一个房间。

一切噩梦的终结之处。

电梯徐徐停下，大门随之打开。

这次几人脚下的地板未被抽离，因此他们得以平稳地走出电梯，进入了一间约有八十平方米的大房间。

胥家译背着甘棠，最后一个从电梯里出来。

在进入房间的一瞬，他们身后电梯门轰然关闭，彻底锁死。

池小池环顾四周，脸色一点点转为铁青。

房间依然是一目了然的长方形布局，地面、墙壁均为毛坯水泥，但是房间里的各个角落里，几乎每隔三厘米就设置有一个类似喷枪口的尖刺状金属突出物，论密度足以让密集恐惧症患者当场骂街。

胥家译把甘棠放下来，拿指尖蘸了蘸喷枪口，放在鼻端一嗅，神情微变："有汽油味。"

其实不用他说，每个人刚进入房间，就嗅到了淡淡的汽油味。

看来，喷枪是气味的来源了。

在胥家译研究喷枪时，池小池的注意力已经转移到房间的另一侧了。

这房间里像是在挖燃气管道，有许多条平行的深沟，房间有一半的地面被全部挖空了，只剩下八条伶伶仃仃、互相平行的通道，各自直通向一个紧贴墙根而立、约莫一人高的立式金属柜。

柜面上有个密码盘，远远看去并不是常见的数字盘，而是由二十六个字母构成的。

八个金属柜的正门上，从左至右，用鲜红的胶布贴着八个毫无规律的字母。

S、A、C、R、I、F、E、L。

池小池又将视线投向侧面的墙壁。

墙上内嵌着一面巨大的玻璃幕，玻璃材质与刚才关着乔芸的水族箱材质如出一辙。

玻璃幕里镶嵌着一张极复杂的"连线图"。

玻璃幕的最上端，从左至右依次写着大写的A到Z。每一个字母下面均钉了一个铆钉，铆钉上各挂着一条长长的黄铜细链。

二十六条黄铜细链各自从起点出发，交叉纵横，各自延伸。

上半张图上打了百余枚铆钉，细链挂绕其上，彼此纠缠，可谓盘根错节，看得人眼花头痛。

而在图片中央挂着一个半透明的遮挡板，将交错盘桓的二十六条细链从中部遮挡住，只能隐约看出细链的走向和轮廓。

大部分链子在半途就断了，最终只有八条黄铜链从半透明遮挡板下延伸出来，成功抵达最下方的终点。

终点是八个铆钉，铆钉之下，同样从左至右标注着八个字母。

S、A、C、R、I、F、E、L。

孟乾："这关是要我们做什么？"

他的问题刚一出口，在内嵌的玻璃幕上方便出现了一个血红的电子倒计时牌。倒计时显示十五分钟，而且已经开始倒计时。

孟乾顿时慌了神："什么情况？"

袁本善心里倒是有了数，却并不能完全确定，只能提高声音安抚众人情绪："少安毋躁，应该会有解释的。"

而在众人不安时，池小池已经抬起手来，在虚空中描摹，沉默地从下部的字母逆向推导上方对应的字母。

"聪明！"

小丑浮夸的笑声自房间四角同时响起，还是立体环绕的 3D 音效，刺得众人纷纷伸手捂住耳朵。

"这一关，是很有趣的一关呢！"小丑用唱赞美诗一样的语气说道，"游戏规则非常简单！图片下面的八个字母，对应上面的某八个字母。而八个柜子上，也有相同的八个字母……"

说话间，一道垂着手的人形黑影浮现在了房间角落。

众人吓了一跳。

孟乾朝后躲去，声色俱厉："谁？滚出来！"

那个人形黑影果然动了，只是关节僵硬，动作又活泼得过分，像是被一个喝醉酒的操偶师控制的傀儡。

待它走近，众人才分辨出那是一只与人等高的人形木偶。

小丑笑嘻嘻地道："有请我的员工，为你们展示一下错误的玩法。"

木偶"员工"欢蹦乱跳地来到玻璃幕跟前，托起下巴，做冥思苦想状，随即一拍手，仿佛已经想到了什么，又手舞足蹈地跳到最左侧的通道边，用走钢丝的动作夸张地走过那条足够一人通行的水泥道路，走到贴着"S"形胶布的金属柜前，对着那密码盘随手按了个 Z。

密码锁竟"嘀"的一声开了。

人偶一派欢天喜地的模样，直接钻了进去，把柜门锁好。

而下一秒，S 柜附近的所有喷枪竟都对准了 S 柜，喷吐出熊熊火焰，橘红色的火舌在金属柜上疯狂舔舐。金属导热性极好，没有成功破解密码的人偶起初还在柜内发出咚咚的锤击声，等到数十秒后，柜子外壳已被炙烤得发红，成了个名副其实的火"棺材"。

人偶发出了撕心裂肺的惨叫，柜子甚至被撞出了几处凸起，但它终究是没能逃出生天。

大概两分钟，柜子里的人偶才彻底安静下来。

柜门自动打开，人偶从柜子里倒下来，坠入了一旁挖好的深沟中。

孟乾壮着胆子去深沟前看了一眼。只瞧了一眼，他便大骂了一声，连退数步。

深沟底部横七竖八地躺满了焦煳的人偶。

也不知道在他们之前，小丑拿多少人偶做了类似的实验。

小丑却像是看了一场精彩的演出，拍手大笑："看啊，看懂了吗？"

谁还能看不懂呢。

不过是密室逃脱里常见的"连线游戏"罢了。

八个柜子，对应着玻璃幕最下层的八个字母，他们需要做连线，找出每个柜子对应的一个字母密码。

只有连对，才有生路。

如果他们连错了线、输错了密码，也能进入金属柜中，但就会像那个人偶一样，被喷枪活活烤死在柜子里。

而且值得注意的是，刚才小丑只开启了 S 柜旁的喷枪。倘若他们到时没进入柜中，倒计时结束，所有的喷枪同时开启……

想着那宛若地狱的火海热浪，几乎所有人都打了个冷战。

"游戏规则就是这样的！"小丑嬉笑，"再给你们三个小提示！第一，十五分钟……哦不不不，十一分二十一秒后，房间内所有的喷枪都会启动；第二，柜子里只能躲一个人，这是铁则，不能打破；第三，就像你们看到的，不管输入什么字母，你们都可以进入柜里，但输错的后果，可要你们自己承担哟！"

"通过这一关，你们就能在游戏屋里领取到你们暂存的物品和我为你们准备的礼物喽！祝各位玩家玩得开心，期待你们下次再光临我的密室逃脱……"

说罢，小丑的声音便彻底消失。

众人尚在等待小丑的下文时，池小池便出了声："老袁。"

袁本善回过神来，匆匆走至池小池跟前："你别怕，我们慢慢来……"

池小池一把拉过他，在他掌心里写下两个字母。

A……M。

袁本善震惊地盯着他："你……"

池小池却不再理会他，动手去描画另一条线路了。

袁本善又惊又喜，却也有点儿怀疑，自己站到玻璃幕前，从 A 出发，打算重新推导一遍。

池小池也没指望他会无条件地相信自己，因此连眉头都没皱一下，自顾自地做自己的事情去了。

孟乾自认自己不擅于此，便抱着一丝找到其他生路的希望，壮着胆子探头往深沟里看，想看看喷火时，自己能不能避入此地，逃过一劫。可他的脑袋刚刚探入深沟，嗅到一丝生灵之气的木偶焦尸们便起了微妙的骚动，有几只木偶甚至抬起了头来，吓得孟乾立即缩回脑袋。

他算是明白了：深沟内外是一条分界线，如果有活人进入其中，哪怕只是进去一只脚或一个头，这些木偶就会立即“工作”，将藏入其中的人分食殆尽。

无法，他只得回到了玻璃幕前，选中了看起来最简单的A线，硬着头皮开始了推导。

就在他刚准备开始推导时，他身侧的池小池转过身来，言简意赅地说道：“R、I、F归我，剩下的你们分。”

说罢，池小池把昏迷的甘棠抱起来，走上了代表“R”的通道。

胥家译正忙着找到E的对应字母，只点了点头，并不作答。

孟乾惊道：“喂，你干什么？”

池小池没那个时间搭理他，径直走到柜子前，输入了字母U。他把昏迷的甘棠放入其间，扶正身体，还替她理了理头发和领子，确认柜子内上方有气孔，才将柜子从外面关上。

紧接着，他走回玻璃幕前，开始校准“F”的对应字母。

孟乾忍不住道：“就这么有自信啊？万一是错的呢，你可就害死一条人命了。”

池小池看也不看他一眼。

孟乾讨了个没趣，只好继续研究他的字母“A”。

孟乾好不容易才将“A”的线路对至大半，谁想竟听到身侧的袁本善道：“小池，我找到了A的对应字母，可跟你找到的……好像不大一样。”

池小池还没回答，孟乾倒先炸了：“你找A？你怎么不早说？”

袁本善一时语塞。

宋纯阳事先把答案透给了他，他一时兴奋，便下意识地觉得A是属于自己的了，想着专心核对一遍，完全忽视了要先与其他人约定好这件事。

可是事关生死，现在绝不是谦让的时候。于是他冷冰冰地反诘：“你问了吗？”

孟乾气得跳脚，眼睛却不肯离开那错综复杂的铜链，想要抢先袁本善一步，尽快推出答案，夺取生路。

面对袁本善的疑问，池小池的神情没变。

“再推一遍。”他说，“我的是对的。”

袁本善颇无奈，但为保险起见，他决定再从头推导一遍。

这无疑给了孟乾机会，他兴冲冲地把未推导完的线整理清楚，发现对应的是B。他喜上心头，马上再从A开始重新验算。

为求一个快字，他基本上按照上次走过的线路推算，果然比袁本善快了一些。在袁本善已经快推到最上方时，孟乾再次验证成功，答案为B。

A……B！

他掉过头去，撒腿就跑，穿过一人宽的小路，从那些焦煳的木偶尸体上面奔过，在 A 柜密码盘上直接按下了字母 B。

孟乾泥鳅似的跑掉了，气得即将大功告成的袁本善几欲吐血："你……"

但等他看清孟乾在密码盘上按下的字母，他立刻变得心平气和起来，回过头来，把只剩几根铜链纠缠的 A 线理清。正如池小池所说，A 果然对应了 M。

而 A 柜的关门声随之响起。

池小池双眼紧盯着玻璃幕，根本无暇分神，所以他并不知道发生了什么。

袁本善便自行换到了字母 C，继续推算。

此时，倒计时显示，还有八分四十三秒。

二十六条黄铜细链，外观完全一样，毫无特色。

这样的二十六条链子，一团乱麻似的毫无规律地纠缠在一处，对人的视力、集中力与抗压能力都是近乎虐待的考验。玻璃幕正上方的倒计时电子屏投下极鲜艳的血红色，更是给人施加了无形压力。

正常人想厘清一条恐怕都得耗去偌大的心力，而池小池面对的是整整三条。

还有五分四十五秒时，池小池动了。他飞奔至甘彧身边，把那个被冷汗浸湿了全身的人再次打横抱起。

甘彧满脸病态的绯红，苍白的嘴唇干得起了皮，好在这会儿的意识比刚才清明了些，他任池小池把自己搬运至 F 柜前，哑声问："你给自己找了吗？"

池小池走得有点儿吃力，眼前有点儿晕。

这是用眼过度的后遗症。

他随口道："找了。"

甘彧伸手轻轻地揪了揪他的领子，语气有点儿无奈："撒谎。"

因为精神持续高度集中，池小池已经出现了头痛、眩晕的症状，等到把甘彧在 F 柜前放下，他的手指已经开始发颤，竟险些把密码摁错。

池小池深吸一口气，竟然直接地承认了："嗯，撒谎了。"

静了静心后，他伸出手指，在 F 柜的密码盘上按下了 T。

甘彧也没有继续纠缠，无谓地浪费时间，只在他把自己安置入柜时，轻声道："你要活着，一定要。"

池小池问："甘医生，你相信我吗？"

甘彧毫不犹豫地点头。

"相信我就好好的。"池小池说，"在生路那边等我。"

言罢，他一把关上门，返回玻璃幕前。

喘息未定，他便开始为自己谋求生路。

在他安顿甘彧时，胥家译就已经离开，在 E 柜上按下了对应的密码 D。而袁本善也已经把自己的答案核对三遍，确认无误后，方才看向池小池。

池小池紧盯屏幕，牙关紧咬，大拇指反复摩挲着掌心，肩膀控制不住地发着抖。

袁本善看着只剩下四分十秒的显示屏，又着急又心痛。可他能做什么呢？难道能把已经验算无误的答案拱手让人？

一想到自己被活生生烤死的场景，袁本善脸颊的肌肉就开始控制不住地抽动。最后，他只对池小池说了句“纯阳你快点”，便撒腿跑到C柜前，按下了密码Q。

门成功开启，他躲了进去。

转眼间，玻璃幕前只剩下了池小池一人。

过度的紧张让他脑子里像是塞了一个哨子进去，满耳尽是哨子的呜咽或是尖厉的嚣叫，体温更是急剧降低，冷彻骨髓。

他双眼里倒映着一闪一闪的计时红光。而他什么也顾不得，只顾着寻找那个最终的答案。

I对应了什么？它到底对应着什么？

在还剩两分十秒时，他找到了答案。随之，他的心里冷了下来。

是……U？

怎么会是U？

U不是对应甘棠置身的R柜吗？

池小池登时乱了心神，立即掉头，从头核对I的对应密码。

但他忍不住去想：是自己这次连线连错了？还是甘棠的那次连线，本来就是错的？

他一颗心如同被乱麻纠缠，冷汗一层层冒出来，以至于视线都开始模糊。察觉到情绪不对，他立即抬手扇了自己一耳光，把因为过度紧张已渐趋涣散的精神强制唤回。

冷静！

一定要冷静！

他将微颤的手指抵在玻璃幕上，从I出发，一路向上模拟着I的轨迹。胸腔里的心咚咚地跳着，发出震耳欲聋的闷响。

还剩六十秒。

倒计时发出滴答的响声。

还剩四十秒。

池小池甚至听到了小丑的狞笑以及所有喷枪准备启动的低沉嗡鸣声。

还剩二十秒时，池小池一言不发地调头冲向I柜。他第一遍时走错了，浪费了时间，因而他根本来不及再去验算自己得到的答案。

他没有时间了。

他几乎是扑在了柜子上，按下了V键，在柜门弹开的一瞬便翻身滚入。

在柜门关上的瞬间，他清楚地看到了距他最近的喷枪里喷出了火舌，直冲他的面门而来。

接下来的几秒，空气中的氧气仿佛被尽数抽去，周遭变为彻底的真空，连呼吸一下都做不到。

池小池紧绷着身体，等待那最终的审判。

在柜身开始变得滚烫前，“啪嗒”一声，后面的柜门乍然洞开，清凉的空气涌入其中。池小池来不及多想，踉跄着冲出来，把离他最近的甘棠从柜子中拉出。

甘彧恢复了神志，因此已经自行从柜子内出来了。

除他们三人之外，活下来的还有袁本善和胥家译。

接连不断的惨叫和呼痛声从孟乾藏身的 A 柜传来，宛若从地狱深处传来的悲鸣，而 A 柜后面的柜门始终紧紧闭合着，丝毫没有要开启的样子。

不多时，A 柜里没了声音。

池小池跌坐在地，喘息片刻，才顾得上张望四周。

这回，他们进入了一个正常、温馨的房间。

房间里没有灯，却亮得如置身白昼，无数美丽的、绘着小丑形象的氢气球在房内飘着，还有几张软绵绵的小沙发和摆在其上的泰迪熊玩具以及他们的随身物品。

而小丑并不在其中。

看来，这里就是小丑所说的礼物房了。

他们成功经过了三个房间的考验，而距离任务结束，还有将近十分钟。

他们只需要在这个“安全屋”里等待，熬过仅剩的十分钟，就能正式结束十次任务，回到正常人的世界中了。

3

经历过最初的茫然，袁本善渐渐转为狂喜，声音激动地破了音，没有一个字落在正常的音上：“我们出来了！总算结束了！”

此时此刻，他目前尽管是在任务世界里，他记得宋纯阳为了保护他所做的一切。

在第六个世界里，他为了保护自己，险些被拖入墙中，成为灵物；第八个世界里，他甘愿为自己献出一只眼睛；第九个世界里，他提醒自己要如何对待那些喜怒无常的孩子；就在刚才，他甚至把在第一时间连线得出的结果告诉自己，只希望自己能够好好活下去……

袁本善从未有过这样强烈的感觉：宋纯阳是他终生的挚友。

他深深地吸了一口气：“纯阳，你是我……”

池小池盯着眼前的显示屏。

袁本善对宋纯阳的好感度达到了 98，接近满值。

对池小池来说，这已经足够了。

池小池踮脚，主动靠近袁本善，他指间多了一根针管。池小池说：“是啊，一切都结束了。”

说罢，他径直将针尖准确无误地送入了袁本善的脖子里。

针管与药剂都是池小池从仓库里用他的好感值兑换来的。

池小池贴在他耳边，语气温柔地道：“你说得对。毕竟每个人的终点都是火葬场。”

袁本善微微睁大了眼睛。

起初，他以为颈间细微的刺痛是错觉，池小池温和的语气成功地麻痹了他，叫他一时没能弄清自己的处境。等他察觉到不对时，池小池却用力按住了他，声音中的危险显露无遗：“嘘，嘘，别闹，很快就好了。”

袁本善颈部的肌肉开始颤抖，麻痹感从颈部迅速蔓延到全身，肩膀、四肢渐渐感觉无力。

池小池抱着他，在礼物房内小步小步地转圈摇晃着，如同在跳探戈。直到药效完全发挥效果，他才带着袁本善来到房间一角的沙发上，把浑身瘫软的人放了上去。

他用的是麻醉类药物，注射进去，能使人浑身麻痹，意识却能保持清醒。药物一分钟起效，两分钟效果达到高峰，药效约能持续七到八分钟。

总而言之，是一种只要剂量控制到位，就绝对不算致命的药物。

剧烈的窒息感排山倒海而来，一部分来自药物，一部分来自袁本善的心里。他瘫软在沙发上，满心疑问，恐惧也渐渐滋生。袁本善强笑道：“纯阳，你干什么？别闹了……”

池小池把他放下后，后退两步，含笑注视着他。

甘棠还在昏迷中，甘彧靠墙而坐，扶着妹妹的肩膀，让她靠在自己肩上，表情平静，仿佛早预料到了这一情景的出现。

但奇怪的是，胥家译见此也并没有动弹，甚至没有质问为什么，只坐在地上远远地看着他们，眉尖轻蹙着。

池小池问奚楼：“距离本次任务结束，还有多长时间？”

从任务开始便一直沉默的奚楼给出了一个准确的时间：“六分二十秒。”

池小池点头。

对他来说，足够了。

袁本善看出宋纯阳面色阴冷，心中颇感不妙，然而又没发现身体内出现更多的不适，便猜想药物剂量并不大，完全在正常范围之内。

那宋纯阳葫芦里卖的什么药？

见宋纯阳注视着他，如同注视一个无关紧要的人，药物又搅乱了袁本善的脑子和身体，惹得他呼吸困难，他也渐渐烦躁起来，干脆直接叫了他的本名：“宋纯阳！你什么意思？说话啊！”

那人总算开口了。

但是他的话却叫袁本善更加一头雾水。

他问："老袁，你相信因果吗？"

袁本善的舌根已经麻木，因此说出来的话也是含含糊糊的："你……想说，什么？"

池小池说："我祖母临终前告诉我，做人，要相信因果。凡事有因有果，因果循环，报应不爽。"

袁本善陡然想到一件事，瞬间冷汗滚滚而流，他簌簌发起抖来，连带着话音也开始发颤。

"纯阳，你……"

"你不是要挖我的眼睛吗？"池小池在沙发上坐下，跷了个二郎腿，"怎么现在突然这么客气了？"

果然是这件事！

袁本善又气又恼又悔，却想不到是哪里出了纰漏。明明纯阳在关巧巧死后对自己非常好，好得让他忘记了这回事……

他竟忘了，纯阳有异瞳。

对了！关巧巧！

他颤抖着道："是关巧巧，告诉你的？"

谁承想，对方说出口的话更加恐怖："既然你这么想知道，为什么不直接问问她本人呢？"

这是……什么意思？

袁本善抑制不住地抽搐起来，关节紧缩，肘腋与膝盖都不自觉地朝内蜷去，极力想摆出防卫的姿势。但这完全是徒劳无功的举动。

"胥家译。"

池小池没理会他的挣扎，转过头去，意外地点了那个从刚才起就一言不发的青年的名字："我相信，你应该知道发生了什么。"

胥家译抬起头，回看向池小池，神情略有些复杂。

池小池直入主题，一手指向自己的眼睛："你也看得见'那个'吧。"

尽管知道对方有可能看破了自己的能力，但像这样被当众点破，胥家译也是怔了一下，才略点了点头："嗯。"

袁本善惊惧难言。

什么意思？他能看到什么？

胥家译沉默片刻，指一指自己的颈后。

"你的背上有东西。"胥家译说，"趴着一个女灵物。"

和宋纯阳一样，胥家译也有异瞳。

从进入任务世界，与小丑打过照面后，胥家译便注意到袁本善的后背上趴着一个女灵物，正八爪鱼似的缠绕着他，他本来有些诧异，想提醒一下袁本善，但想了想，还是做罢了。

这种情况胥家译不是没有见过。

看那个女灵物的模样，分明是袁本善的背后灵，这样痴缠着一个人，一定是因为某些刻骨铭心的仇恨。

他有异瞳，因此从小最信因果定数。如果这个女人是袁本善的罪孽，他也不必多此一举去提醒他。

因此胥家译不动声色，直接开始了任务。

任务时间太紧，他也无暇关注袁本善，只在第二关时，胥家译才得到片刻喘息的时间。

当时，想去看看袁本善做任务进程的孟乾遭到呵斥，嘀嘀咕咕地回了胥家译的身边。他只听清了“真丧”这两字，不觉侧目去看女灵物与袁本善。

女灵物伏在袁本善的后背上，如饥似渴地吸取着什么。他想到了第一关里，袁本善用力抓住贾思远，不叫她脱逃的事情，暗自冷笑。

这种人可不是真丧吗？

在用余光注意到池小池投来的视线后，他才故作若无其事地收回了目光，装作闭眼休息，却隐隐觉得有哪里不对。

他看得到的东西，这个姓娄的年轻人好像也看得到。

胥家译联想到，在第一个房间的逃生之门开启时，他满怀悲愤地踏过逃生之门，回头想催促另一个联盟的人快些离开，正好撞见池小池在安慰袁本善，然而池小池的目光却落在了原本应该是一片虚空的地方。

而在那时，女灵物正趴在袁本善的背上，如同吸食树汁的知了。

听到胥家译的话，袁本善哪里还不明白发生了什么？他彻底发了狂，但麻醉药物的药效让他什么都做不了，他竭尽全力地挣扎，却连一根手指头都抬不起来，头也只能徒劳地小幅度摆动，口涎顺着闭不拢的嘴巴滴滴答答地流下来。

他没有异瞳，什么都看不见，而这种“看不见”才是真正的恐怖。

关巧巧不是在第八个任务世界就死了吗？她怎么可能找到这里来？她要对自己做什么？

池小池只是坐在沙发上，欣赏着他的垂死挣扎。

从刚刚进入第八个世界，池小池就开始进行他漫长的连环计了。

时间倒回至池小池进入古堡的第一日。他和甘家兄妹一道在走廊上逡巡，观察着墙上的每一张照片。墙上多为人物照，偶尔有风景照，而且看起来令人浑身发冷，参与者们一般都是大概看过一眼便敬而远之。

池小池却把每张照片都看了，甚至把每个房间都转了一遍。

他发现了一件事，这些照片包括了太多风格和年代，有现代风，如《气球牵住了她》，有中世纪风，如《少女的祈祷》《圣母像》《唱诗班的孩子》，甚至还有古风的《风雪夜归人》。

而原先的古堡里完全没有这些照片，只是一座普通的古堡而已。

在进入异世界之前，他们也简单探索过古堡。根据宋纯阳的记忆，古堡的墙壁上虽然蛛网密布，朽迹斑斑，却压根儿没有镶嵌、钉挂过照片的痕迹。

当时，池小池便猜想，这些照片是女灵物自己拍的，这也从侧面解释了，她为何能够自由在各张照片中穿行，借用照片里人物的身体。

那么问题又来了，她是从哪里拍来这些照片的？

综合各种迹象，池小池冒出了一个极大胆的想法：所有的异世界看似彼此独立，但实际上是互相连接的。灵物生活在同一个位面的异世界里，被主神与系统设下屏障，与现实强行隔离。

从管理学上来讲，集中管理也比分散管理要来得更省力些。

相应的，灵物与灵物之间也有微妙的不同。有的灵物活动范围有限，是地缚灵，不能随意行动，譬如第一个任务世界里的瓶女，但有的灵物就能自由活动，譬如可以四处拍照片的古堡女灵物。

再往后，他来到关巧巧的房间，意外发现古堡中的女灵物盯上了关巧巧。

那时，便是他漫长计划的开始。

他找到袁本善，神秘地道，老袁，我们交换眼睛吧，我知道一个交换异瞳的办法。

他又道，老袁，巧巧房间里的照片好像有点儿问题。

接下来事情的发展如他所料，被怀疑的关巧巧成了袁本善的弃子，死于非命，随后，“关巧巧”诞生。

池小池积极配合“关巧巧”，与她搭戏，一是想尽力满足她的心愿，二是有求于她。

在他们即将离开第八个世界时，“关巧巧”终于向他吐露了心声，感谢自己这些日子以来的陪伴。听完“关巧巧”的故事，他对“关巧巧”道：“我也有一个故事，你想听吗？”

“关巧巧”自然点头。

池小池便把宋纯阳经历的一切对她和盘托出，坦诚地告诉她，以前的自己被自己的挚友挖去眼睛，在此地挣扎而死，灵魂溃散，不得好死。他说：“我想报仇，你能帮我这个忙吗？”

“关巧巧”太理解仇恨加身的痛苦，便答应了下来。

池小池先不直接告诉她自己打算如何报仇，只问道：“你能辨明人身上散发出的各种负面情绪和能量，对吗？”

“关巧巧”没想到他已经把自己看透到了这种地步，索性如实回答：“没错。”

“你会吸收它们吗？”

“我会。但是我不会去尝试。”“关巧巧”说，“那太肮脏了。”

池小池说：“我的那位‘朋友’，也就是你这具身体原来的主人，她的魂灵应该还留在她死去的房间，就像我经历过的一样。”

宋纯阳出事时，意识在他最后的房间巡游不去，逐渐溃散、流逝、失去记忆，那种痛苦，用语言根本不能形容出其万分之一来。

现在，真正的关巧巧正处于这座绝望的炼狱之中，但她应该还没有忘记是谁把她害死的。

池小池说："请你教会她怎么吸收负面能量，并告诉她，我会帮她报仇。我还有两次任务要做，在第九次任务时，可以麻烦你带她来找我吗？"

"关巧巧"好奇地问："为什么不是第十次呢？"

池小池的答案更叫她觉得一头雾水："等到第十次就来不及了。"

"关巧巧"："如果我没有理解错的话，你要把她从第九次任务中带出这个系统，再将她带入第十次任务？"

池小池："是。"

"关巧巧"笑："这不可能。"

她也曾试着逃出这个系统的辖制，然而不管她如何努力，都是白费苦心。

池小池也没有更多的时间同她解释了，只说："放心，我做得到。"

"关巧巧"再问："你的第九次任务什么时候开始？我要怎么找到你呢？"

池小池说："请拿着这个来找我。"

他把自己的手伸向"关巧巧"。

"关巧巧"怔了一下，表情复杂地点了点头，并摊开了白皙的掌心。

宋纯阳从小跟着祖母，通晓许多暗门灵符，池小池早就按他的记忆悄悄画了两道指路符，藏在袖子中。这是古人常为出外打仗的士兵准备的符箓，一枚指路符密密地缝在衣裳里，另一枚由家人拿着。

只要有这道指路符在，即使不幸身死，灵物也不会成为异乡的灵物。

哪怕关山万里，魂灵也能返归故里。

他把其中一道折成三角的黄符递给了"关巧巧"，并诚挚地向她点头，以示感谢。

完成第八个任务后，池小池利用袁本善为数不多的悔意值从仓库里兑换了一只初级的锁灵瓶。这便是他还没来得及告知"关巧巧"的筹码。

第九次任务的第二个夜晚，秦岭重伤，池小池主动提出留在一楼的医务室陪护，甘棠也留了下来。而在夜半时分，他感应到了灵符的动静，便借口上厕所，溜出了医务室。

身着中世纪少女服饰的"关巧巧"如约而来，身后还跟着一个手臂低垂、脸色青黑的灵物，正是真正的关巧巧。

"关巧巧"抛了抛手里的符箓，歪头甜笑："真的管用啊。"

池小池用锁灵瓶收了关巧巧，与"关巧巧"攀谈了几句，并邀请她有空可以来孤儿院玩，这里的孩子说不定会很喜欢照相。

"关巧巧"表示她会考虑，随即飘然离去，身影消失在夜色之中。

不料，她的背影被柳成荫瞧见了，以至于她离开了这个世界后，仍对那个神秘的“黑衣女人”念念不忘。

对此，知道一切真相的池小池耸耸肩，语气轻快地道：“大概是哪只过路灵物吧。”

将关巧巧的魂灵带出系统后，池小池开始与瓶中的关巧巧说话，还险些被袁本善撞破。

在关巧巧面前，他仍是那个原来的宋纯阳。

她悲愤难抑，在锁灵瓶中向他诉说了袁本善对自己所做的一切以及他原本想对宋纯阳做的一切。

池小池“悲愤”“痛苦”之余，问她：“你想报仇吗？”

她当然想，做梦都想。

于是，池小池给了她指点，告诉她该如何做。

在进入第十个世界的瞬间，池小池掐准时机，摔碎了锁灵瓶。从那时起，池小池的报复正式开始。

自始至终，袁本善都未能跳出他的掌中。他不介意袁本善对他的亲密，也不介意刷一刷袁本善的好感度，因为他对宋纯阳的好感度越高，得知真相后受到的刺激便越大。

池小池甚至冒着一定的危险，在最后一关给袁本善搭了一把手。他想让他活着，充满希望地活着，并在最后见识到何为真正的绝望。

池小池眼看着袁本善的悔意值一路冲破 50 点，表情平淡地打开了仓库，兑换了一只高级的锁灵瓶。

袁本善发现挣扎无用，瘫软在沙发上，牙齿与牙齿控制不住地彼此撞击着：“你，你到底想干什么？宋纯阳！你想对我做什么？”

说话间，池小池又利用他暴涨的悔意值兑换了三张灵异类的相关高级卡片。他一边兑换，一边答非所问：“袁本善，我问你，你玩游戏的时候会看游戏手册吗？”

袁本善已经没有力气与他玩打哑谜的游戏，像待宰的兔子一样蹬着脚，希望能站起来，扑过去，掐住池小池的脖子。

池小池也不期待他会回答，自顾自地说下去：“我会看，而且是从第一条到最后一条，毕竟，弄清规则对于做任务很有帮助。”

他又兑换了一把能对非生命体造成伤害的枪支。

“我研究过，有的灵物明明能伪装成有实体、有呼吸的人，就比如我们在第八个世界里遇到的那个‘关巧巧’。那么，系统为什么不会将她判定为玩家，把她从异世界中放出去呢？

“后来我问了系统，才知道灵物只具备单纯的灵异能量，不会散发出恐惧能量。

“所以系统的规则是，只要是所检测领域的对象不会散发恐惧能量，那要么是玩家已死，要么是灵物。这两种情况下，系统都会关闭对该个体的传送。

“而恐惧能量也是无数负面能量的一种。

“所以你猜猜看，关巧巧在你的背上对你做了什么？”

袁本善仍然不知道。或者说，他在竭力避免去想到那个最坏的可能。

他的双手神经质地蜷成鸡爪状，恐惧如同黏稠的胶水，黏住了他的咽喉，只允许他发出无意义的吼叫与呻吟。他后背上的关巧巧则沉默得多，伏在他的背上，心无旁骛地吞食他身上散发出的恐惧能量，一张脸变得青黑泛紫，筋脉暴突，始终不肯停嘴。

恰在这时，小丑猖狂的怪笑通过一只泰迪熊传来，吓了在场所有人一跳。

池小池的手也跟着抖了抖。

好在他很快就恢复了镇静，购买着一切需要悔意值来兑换的商品，以保证袁本善的悔意值不会溢出，导致自己任务完成、被传送出去。他问道：“看戏看得开心吗？”

“开心！太开心了！”小丑狂笑不止，“在我的游戏里设置新的游戏，利用我的局布你的局，你实在是个太有趣的人了！留下来陪我，怎么样？怎么样啊？”

池小池淡淡地笑着，看向那只泰迪熊。

“看得开心就好。”他说，“不过，你可能不知道，我是个演员。我的演出费可是很贵的。”

泰迪熊歪了歪头，似乎搞不明白他的意思。

“你有你的规则，我也有我的规则。”池小池扭头看了一眼脸色煞白的甘彧与昏迷不醒的甘棠，口气转冷，“不好意思，你在玩你的游戏时触犯到我的规则了。”

话音未落，他猛地一挥手，刚刚兑换的高级锁灵瓶脱手而出，直接没入泰迪熊的体内。

小丑怔了片刻，等察觉到不对时，已经晚了。突然从广播那边发出一声惨叫。

随即，室内的灯光全部熄灭，所有礼物尽数消失，气球变成枯朽的骷髅头，跌落在地，化为齑粉，而沙发也变得斑驳、恶臭，坐在上面，能清楚地感受到油腻的臭气与硌人的弹簧。

高级锁灵瓶与初级锁灵瓶的不同，能收复实力高强的灵物，瓶内有浓郁的清气，会时时刻刻对灵物造成伤害，且除了封印者本人，没有任何人能将它解救出来。

再也不会有人光顾这样糟糕的密室逃脱游戏了。

池小池从肮脏的沙发上站起来。

距离他们离开这个世界，还有最后二十秒。

池小池按照灯光熄灭前的记忆，摸黑走到甘棠身边，牵住她的手，在最后时刻再次对袁本善开口。

“老袁，”他说，“你还没有回答我，什么是因果？”

他又说：“算了。你有足够的时间去慢慢想这个问题。”

袁本善总会明白的。他杀了关巧巧，关巧巧报复回去，这便是他们二人的因果。

从头到尾，宋纯阳都干干净净的，手无尘埃。

传送的时间已到，池小池等人的身影消失在了这个最后的安全屋中。

仍抱有一丝希望的袁本善等了许久，却始终处在黑暗之中。他没有被传送，也没有死亡，更没有等来属于他的光明。所有人都走了，只把他一个人留在了异世界中。

他被留在了第十次任务的最后一个房间中，被系统排斥在外，成了一个真正的“多余人”。

而在真实的世界里，他的身份也会被就此抹消，如同被橡皮擦过的铅笔痕迹，消失无踪，再不存在于任何一个人的记忆中。

麻醉剂的药效已过，他挣扎着从沙发上爬下来，跪在地上，声嘶力竭地号啕大哭。

他哭着向已经离开的宋纯阳求饶，求他放过自己。

但谁也听不到他的话了。

只有关巧巧伸出冰冷的手指，轻轻抚着他的脸，阴毒地笑道：“袁本善，别怕，你还有我啊。”

4

061 突然撞开 023 的办公室门时，把正在里面打游戏的 023 和 089 吓了一跳。

061 的右侧裤管空空荡荡地晃荡着。

青年扶着墙的手在抖，视线模糊，头发湿漉漉地往下滴着冷汗。

“我现在脑子不大清楚。”061 拼着最后一丝清明，说道，“帮我重写一下程序，快。”

023 还在发呆时，089 已经丢下了游戏机，快步奔到 061 身前。

061 迅速向 089 开放了自己的身体权限，089 一个字也没有多说，立即把破损的数据进行清理和修复，并复制了他左腿的数据，进行翻转与再造，再将新一段的数据填充入内。

061 右腿刚被修复，便道了声谢，径直往外面走去。他走得不太稳当，气息也紊乱得很，余痛还在折磨他的神经，但他还是边走边对 089 匆忙修复时没能照顾到的细节进行修正。

一头雾水的 023 打算追上去：“等等！”

089 伸手拦住了他。

023 看向 089：“你知道他怎么了吗？”

089 实诚地道：“我不知道啊。”

023：“那你拦我干什么！”

089：“他这不是有事儿急着要走吗？”

说着，089单肘架上了023的肩膀，笑嘻嘻地说道：“反正这小子早晚还得回来，等他下次回来再问不就行了。”

023还是无法安心。焦躁间，他注意到了089的动作。

023斜眼道：“手。”

089马上撒手。

023准备追上去问个究竟，孰料没走出两步，突然感觉被一股大力把他像旱地拔葱似的拔了起来。

089轻轻松松地把他扛起来，让他骑坐在自己脖子上。

023：“你干吗？”

089稳稳托着他：“别追。”

别追，别问……

061受伤，又赶着回去，不用想也知道和池小池有关。而061如此维护池小池，上次还打算往档案室方向走去，看起来是对几年前被主神洗掉记忆的事情有所怀疑了。

所以，为了061好，最好不要在主神可以监控到的范围里谈论任何和池小池有关的事情，万一聊天时提及当年之事，引起了主神的关注和怀疑，他说不准会像几年前一样，找到一个冠冕堂皇的借口，再次清洗061的记忆。

但089并没有把自己的想法对023和盘托出。

糊涂是福，毕竟难得糊涂。

他吊儿郎当地说道：“孩子大了，我们应该放手让他飞。”

023：智障，飞你个头啊。

被089这么插科打诨的一拖延，061已经走远了。

089驮着023往回走，没心没肺地道：“走了走了，打游戏打游戏。”

023去揪他的头发：“放我下来！”

089无赖地道：“不放。有本事就用剪刀腿夹爆我的头啊！”

023：“夹爆你的脑仁用核桃夹就够了。”

089大笑起来，好像刚才的一切都没有发生过。

等061从主神空间中回来并睁开眼睛时，甘棠的右腿已经彻底痊愈，疼痛感尚在，不过已经感觉好了许多。

他长长地嘘出一口气。

从一开始，“甘彧”“甘棠”便没有加入这个世界的系统，他们体内的所谓“系统”，完全是为了方便和池小池缔结同盟契约而模仿着奚楼的数据复制出来的仿冒品。

好在这个位面的系统虽有优先级，对061的能力处处限制，但想要复制出一个足以蒙混过负责结盟审核的系统，对 061 这种级别的系统来说不算太难。

但这也导致兄妹二人成了系统世界中的“多余人”，并不能享受系统的自动修复福利。

当池小池开始对袁本善掀出他的底牌时，他便趁机把自己传送回了主神空间，紧赶慢赶地将损坏的数据进行修复，又抢在传送前的最后一秒返回。

总算是赶上了。

接受传送、回到正常世界后，池小池睁开眼的第一件事就是去看甘棠的腿。

两条腿都在，修长美好，极妥帖地被黑色丝袜包裹着，看来系统已经把这个非致命的伤口修补好了。

她已经醒来，正轻轻地抚摸着自己的右腿，以确认它是否重新长出来。

池小池这才彻底放松下来，紧接着便是如浪潮般汹涌的疲惫感，让他直接趴倒在了桌子上，一头撞上了面前的积木塔。

积木塔轰然倒塌，小木块“哗啦啦”滚了一地。

一直低头玩手机的小哥听到异响，“哟”了一声，站起身来：“这是怎么了？不舒服？”

甘彧擦了擦额头上的冷汗，转过脸去，替他解释：“没事的，他低血糖，让他趴一会儿就好。”说着，他从口袋里取出一颗糖，剥开糖纸，递给池小池。

池小池张开嘴，把糖含在嘴里。

甘彧抱歉地向玩手机的小哥点点头，并耐心地为池小池收拾烂摊子，俯身将掉落一地的积木捡起来，重新搭好。

胥家译则默默起身，浑浑噩噩地往外面走去。

小哥诧异地道：“客人，不玩了吗？”

胥家译站定，他茫然地四下里张望，却看不见一个熟人。

在他来时，众人满怀希望，孟乾喋喋不休地念叨着总算要结束了，乔芸在与贾思远商量，任务完成后要用一半存款买衣服和化妆品，好好犒劳犒劳自己，他则是照常一言不发。

胥家译当然庆幸自己能活下来，只是他从未想过自己会独自离开。

他性格孤僻，又不是其他三人中任何一个人的朋友，因此他从未告知众人自己有异瞳的事情，只暗暗给众人力所能及的指导。

说实在的，他很讨厌乔芸的自私，孟乾的自负，有时也看不上唯唯诺诺的贾思远，可他还是一边嫌弃，一边带着三人从第一关闯到了最后一关。但当自己真正面对他们的死亡时，胥家译才发现，他还是感觉无法面对。

他转头看向池小池与他身边大难不死的甘彧、甘棠，心中恻然不已。

愣了一会儿神，胥家译才对那个小哥说：“不玩了。约好的朋友都有事，不会来了。”说罢，他扶着墙缓缓地走了。

相比于胥家译，甘彧更关心池小池的精神状态：“怎么了？”

池小池勉强答道：“累。”精神整整紧绷了一小时，他是真的疲倦了。

甘彧有点儿心疼：“辛苦你了。”

饶是身心俱疲，池小池还是不改狡黠，盯着甘彧反问：“腿不疼了？”

他嘴里还含着糖，腮帮子鼓起来了小小的一块，看起来有些孩子气。

甘彧只是看着他，就忍不住笑起来。

池小池也回以粲然的一笑，打起精神，从桌子上爬起来，招呼甘棠：“棠姐，能走吗？”

他扶着甘棠，与甘彧并肩，慢慢走到了街上。

街上车水马龙，行人行色匆匆，午后的阳光绚烂地洒下来，将宋纯阳的头发染成了暖洋洋的浅金色。

池小池替宋纯阳做完了所有的事情，也到了该功成身退的时候了。

池小池在这个世界又停留了两天，把以前想兑又舍不得兑的一批非自然类道具全部兑换完，才恋恋不舍地停了手。

他怕袁本善自杀，因此时刻关注着悔意值的变化，一旦悔意值异常暴涨，就证明他是下定决心要寻死了。

然而事实证明，袁本善这个人很惜命，或许还在试图央求那个已经不在的小丑饶他一命，把他从那个无法逃离、四壁无门的牢笼内解放出去。

这样想着，池小池笑笑，对着电脑，在面前的便签上又抄下了一串信息。

关巧巧与袁本善都不在了，宋纯阳一个人支付房租有些吃紧，得尽快找间房子搬出去。

池小池在兑换道具之余，也在上网搜索合适的房源信息。

诸事完结后，甘彧还当真打了钱到他的账上来，足一百二十万。

池小池打电话去，问，不是说好一百万吗，这多出来的二十万算怎么回事？

甘彧笑道，是利息。

池小池生平第一次听说付款人还要主动给收款人加利息的，颇感不可思议，主动退了二十万回去。

这也是在划清界限。

好在甘彧在任务世界之外相当绅士，客客气气地将钱收下，也没多说些什么。

这也叫奚楼暗地里松了口气。

奚楼看池小池专心研究、比较各个房源，说道：“你不用忙了。”

池小池：“嗯？”

“那个开密室逃脱的小丑似乎是很让主神头痛的人物。一旦有参与者分配到那里，基本上是有死无生。”奚楼说，“所以主神很高兴你能解决掉他，说要给你一些额外的奖励。”

奖励是一套房子，地段、户型、大小都随他选择。

看来，主神也对宋纯阳做了一些调查，知道他现如今最缺什么。

池小池把便签撕下来，揣入口袋里，同时纠正了奚楼的说法：“这个奖励不是给我，是给宋纯阳的。”

奚楼沉默下来。

池小池说出这样的话，大概是真的做好要离开的打算了。

当日午后，池小池向值班的苏姐说身体有点儿不舒服，便到了休息室，找了个沙发蜷了上去，不再兑换卡片和商品，放任袁本善的悔意值一点点向上攀升。

到了临别之际，奚楼反倒对这只狡猾的小狐狸有了不舍之心：“今天就要走吗？”

池小池说：“是时候了。”再往后，万一袁本善被活活饿死或是吓死，他这些日子的努力就白费了。

“不去找找甘彧或是甘棠，告个别？”

“不了。”池小池说，“少给宋纯阳找点儿麻烦。”

奚楼想，这还算是一句像样的话。

他过去想如果哪一天池小池离开了纯阳的身体，他一定会放一挂一千响的鞭炮庆祝一下。可池小池真的要走时，奚楼却当真有点儿伤感。

几个月的相处下来，他们也算是朋友了吧。

池小池也觉出了那点若有若无的离别之情，索性打破了沉默，主动将话题引开。他问：“奚楼，你呢？十次任务做完了，打算什么时候离开？”

奚楼说：“我得看着纯阳回来，确定他没事情再说。我还要把这段时间发生的事情告诉他。”

池小池又问：“他要是没事儿了，你又有什么打算？”

奚楼说：“当然是带着新身体来找他。”

池小池：“找他干什么？”

奚楼略警惕地说：“你问这些做什么？”

池小池说：“问问看而已，闲聊嘛。”

奚楼直觉池小池态度有异，但还是忍不住陷入畅想：“我还活着的时候正在读大三，是学金融的，父母早就离婚了，又各自有了家庭，没人会管我。主神说可以给我一个真实存在的身份，让我接着读完大学。我跟主神提过，要在这座城市继续读书，继续做他的朋友……”

一提到宋纯阳，奚楼的话就格外多。

闲聊间，池小池注意到悔意值已满，随时可以传送，便发了个短信给跟宋纯阳相熟的苏姐，说自己身体特别不舒服，像是发烧了，请她来看一看。

末了，他把手机收起来，拍了拍心口位置，笑眯眯地说：“听见他的话了吗？接下来，就都看你的选择了。”

奚楼总算发现事情不对劲了：“喂，你什么意思？”

池小池：“嘻嘻嘻。”

奚楼被笑出了一身鸡皮疙瘩，不妙的感觉越发强烈：“喂！池小池！”

但却已经没有人回应他了。

宋纯阳的身体软软地倒在长沙发上，呼吸渐渐急促起来。

不多时，休息室的门便被从外面打开了。一只柔软的手落在了他的额上，又马上惊慌失措地抽走。

“哎哟，怎么这么烫！”苏姐吃惊地道，“纯阳？纯阳！你等等，我去叫马医生过来看看你。”

宋纯阳微微睁开了眼睛，吃力地道：“谢谢。”

苏姐摸了摸宋纯阳的头发：“谢什么啦，别跟苏姐见外，啊。”

很快，苏姐一阵风似的卷了出去。

宋纯阳侧了脸，对着虚空处，小声说道：“谢谢。”

他并不知道那个叫池小池的人还能不能听到他的感谢，但除了这声感谢，他无以为报。

远隔着数层办公楼外，正在低头用钢笔画着池小池肖像画的甘彧笔端一顿，随即嘴角漾起了一丝浅笑。

终于等到了。

终于能够再次和他正常对话了。

顷刻间，他的办公室与坐在其中的“甘彧”都彻底消失不见。

原来办公室的位置变成了一堵实心的墙壁，而来来往往的人没有一个人注意到这个变化，仿佛此地原本就该是一堵墙一样。

与此同时，“须臾之间”内，池小池的信息传递到了主神面前的显示屏上。

宿主代号：1198 号

宿主姓名：池小池

世界难度等级评定：S 级

世界完成度：100

宿主状态评定：各项机能良好稳定，可以随时传送

所得熵值总额：0（低于平均值 5201）

之所以熵值为零，是因为宋纯阳与主神订立过契约，他在异世界与现实世界里产生的所有负面能量，包括熵值，均优先被那条世界线上的主神吸收。

看着传送回来的数据，主神陷入了长久的沉默。

AI 试探道："您还好吗？"

一把火在主神心里腾腾烧着，他的声音都变得嘶哑起来："当初池小池到底是怎么被选中进入系统的？筛选工作是怎么做的？"

他明明记得，为了保证拿到手的多是"合格的能量电池"，自己针对宿主制订过一套完备的筛选标准。

这套标准百试百灵，为什么偏偏到池小池这里不管用了？难不成是筛选系统出了什么问题？

AI 从资料库里调出了池小池的全部资料，当然也包括早期筛选系统提交的审核报告。AI 用机械音念道："您制订的针对宿主的筛选标准是这样的。

"第一，生前有着强烈的执念，不甘心就死。

"第二，曾经有过自杀未遂或是精神衰弱类疾病的诊疗记录。

"第三，最好没有恋爱经历。

"第四，父母关系不和。

"第五，没有，或者少有关系达到'亲密'级别的朋友。

"第六，独居，日常生活圈子偏狭窄，少与外人交流。

"第七，失去过重要的东西。

"按照规定，除了第一项是必备条件外，具备三项条件以上的才有资格成为宿主。"

AI 顿了顿，道，"但是，据资料显示，上面的所有条件，池小池都满足。"

主神这回是真的感觉诧异了。

怎么可能？

这些标准都是他精心制订的，以保证筛选出来的都是没有主见、缺乏关爱、软弱又胆小的废物。只有这样的人才会在任务执行过程中摸不准自己的定位，迷失在本不属于自己的温柔乡里，被人哄上两三句就会乖乖跟着走。

倘若池小池满足所有的条件，他又是怎么长成现在这副模样的？

5

不管主神如何揣度，契约一旦生效，就无法反悔。

小忽悠宋纯阳很感激池小池，甚至还打算去求个守护符，祈祷不知在哪个世界的池小池一生幸福。

相反，奚楼想掐死池小池的心都有了。

弄明白这些日子宋纯阳一直在，奚楼还不死心，问高烧后刚醒来的宋纯阳："你听到我说的话了吗？"

宋纯阳拉着被子盖住下半张脸，傻乎乎地笑："听到了，嘿嘿。"

奚楼眼前一黑，满脑子都是：池小池你有种别跑。

见奚楼不说话了，宋纯阳叫他："统统。"

奚楼强作镇静："干什么？"

宋纯阳小声说："其实我早就知道了。"

他有自己死后的全部记忆。

在那一片彻底的黑暗里，奚楼是他唯一的光，温暖，持久，永恒不变。

陪着他不肯离开的奚楼。

至于奚楼，他觉得自己现在能表演一个民间绝技原地自燃，干脆装死。

宋纯阳是从不怕冷场的，不停地逗着奚楼说话。死过一次的经历也没让他性情大变。他的愤怒、悲哀、仇怨，都该随着袁本善的死烟消云散，不应该留着折磨自己，更何况他已经重新拥有了安稳顺遂的人生，还有了奚楼这个朋友。

他想尽全力把那些阴暗的过往全部抛弃。

宋纯阳请了一周的病假。

这场病来得快，去得也快，没过几日便养得差不多了。

在此期间，他拿到了池小池为他赚来的奖励——一套新公寓的钥匙。公寓是他和奚楼一起挑选的，面积不是很大，两室两厅一厨一卫，一百多平方米的面积打扫起来不困难，足够两个人住。公寓允许养猫、狗，地段不错，且距离宋纯阳工作的医院很近。

等他把原先的房子退掉，拎包入住了新家，奚楼便打算结束和主神的契约，离开他的身体。

离别的那日，宋纯阳明知故问："统统，等你有了新身体，会来找我吗？"

奚楼还有点儿赌气，说："不来。"

宋纯阳："你来的那天想吃什么口味的蛋糕啊？"

奚楼："抹茶。"

宋纯阳眉开眼笑："嗯，那我等你。"过了几分钟，他又叫，"统统。"

然而没有人回应他，奚楼已经从他的身体中离开了。

宋纯阳愣了愣，索性开始打扫卫生，归置物品，哼着小曲满心喜悦地上网搜索各种家具和日用品。

大概一个小时后，门铃响了。

宋纯阳以为是自己订的新沙发到了，跳起来开门。

一个青年站在他家门口，手撑在墙上，显然是跑着上楼来的，似乎有话想说。他喘着气想要说话："我……"

宋纯阳却冲着他一笑，似有光，晃得奚楼精心打了数天的腹稿彻底灰飞烟灭了。

奚楼说："我来了。"

宋纯阳的眼睛亮亮的："嗯。"

奚楼说:“你怎么知道是我。”

宋纯阳:“我一看就知道是你。”说着,宋纯阳用眼睛观察奚楼,“我猜你就长这个样子。”

奚楼努力压抑着唇角不让它上扬得太明显,故作冷淡地道:“我的蛋糕呢?”

宋纯阳眼珠一转,“你比抹茶来得还快。”

奚楼还是忍不住笑了,跟着宋纯阳进屋。两人就挤在电脑前挑家具,在沙发送来后,他们又跟工人一道拼装沙发。

就目前情况而言,他们适应得还不错。

回到医院之后,宋纯阳征得奚楼的同意,带着自家烤的抹茶小饼干去了记忆里甘彧的办公室,打算表示一下感谢。但他将整层办公楼从东头走到西头,都没能找到甘彧医生的办公室。

他拉住了一名去水房接水的年轻医生,客客气气地问:“请问一下,甘医生在哪个房间?”

“哪个甘医生?”年轻医生挑眉,“你是不是找错了?我们这儿是神经外科。”

宋纯阳一愣,确认了一下楼层号:“他是神经外科的,没错呀。”

年轻医生说:“那你肯定找错了,我们这里没有姓甘的医生。”

捧着小饼干的宋纯阳愣了许久,迷迷糊糊地向医生道了谢,才回到自己的岗位上。

他给奚楼打了一个电话,讲了这件事。

奚楼一开始还以为他在开玩笑,但听宋纯阳着急地辩解“是真的,他真的不见了”时,才觉出不对,按照记忆,拨打了甘棠的电话。

池小池还在时,四人都留过对方的电话号码,以便联系。

运营商提醒奚楼,他拨打的号码是空号。

奚楼握着手机,想了很多。

他在想那兄妹二人对“宋纯阳”异常的执着与关注,想那个小丑鱼的故事,想在火场和小丑的任务里他们对池小池舍命的回护,还有甘棠受伤后甘彧的异常反应。

他想,自己好像是真的弄错了什么。

如果兄妹两人都是池小池心心念念的“六老师”的话,一切就都说得通了……

说得通才见鬼!

好好的一个人分成两个,还分成一男一女,到底是什么心态?

宋纯阳发了一阵呆后,就把去求个平安符的事情提上了日程,不过加上了甘彧和甘棠的名字。

随后,他查日历,找了个好日子,和奚楼约着去给池小池、甘棠、甘彧都请了平安符。他是真心希望，这三个人能够平安顺遂。

此次任务过后，池小池要了整整半个月的假期。

再回到那个雪白空间的时候，时隔数月，他终于听到了 061 的声音。

061 问他："还回筒子楼吗？"

池小池摇摇头，从仓库里搬了张床，就地躺下，还给自己准备了一套特别舒服的被褥。他蜷在温暖干燥的被子里，闭上双眼，说："六老师，给我念个童话故事吧。"

如果出去了，061 的能力再次受到限制，就又听不到他的声音了。

061 听懂了池小池的暗示。

他很想为他讲那个小丑鱼寻找故乡的故事，但他却一个字都说不出来。

又是保密系统的作用。

他是系统，一切想法都会形成相应的数据，而保密系统限制的是他的主观愿望，只要监测到他有泄密的愿望，他的语言系统就会被自动关闭。

061 尝试多次，终究是无能为力，从资料库里翻来一本童话书，给池小池念了人鱼的故事。

池小池也没说什么，061 念什么，他就听什么。

讲到一半，池小池便睡了过去，安安静静地躺在那儿，都不翻个身，看着叫人心疼。

061 将本体化出，还是照旧的白衣黑裤。

他坐在池小池床边，却一动不敢动，怕把觉浅的人吵醒。

他知道，按照保密系统的作用，池小池一旦醒来，自己的显像能力也会消失，自动回到池小池体内，所以他想趁着这难得的机会再陪他多一会儿。

061 小心翼翼地检查了一下池小池的身体状况，确认一切良好后，起身回了主神空间，买了些山竹。

他在房间里剥山竹时，恰好 009 从他窗边路过。

009 看到山竹就馋了，但他也不是张口就随便管人要吃的那种人，一边惦记着一会儿自己也要去买一袋子回来，一边敲敲门，探了个脑袋进来："061 哥，好久不见你回来了呀。"

061 低头细心剥着山竹，唇角带笑："嗯，最近一直在忙。"

009 艳羡地道："好大个的山竹啊。"

061 拿透明的玻璃碗装了小山似的山竹肉，又把剩下的一部分给了 009："我在商店里挑了半天，选的最好最大的，你要再买，可能就买不到这么好的了。这些你都拿去吧。"说罢，他捧着玻璃碗，往传送点走去。

009 叫他："你这么急呀，这就要走？"

061 回头："嗯，赶时间。"

只离开了池小池一会儿，他心里就不踏实得很，必须要赶回去才好。

再说，他还有许多事要做。

清晨，池小池苏醒过来，趴在床上抱着枕头醒神，一抬头，发现这个传送空间里竟然被布置得井井有条，完全是一个家的样子了，四周刺目的白壁上贴了淡灰色的墙纸，有床有几，甚至有一间小厨房，一间盥洗室，床头柜上还放了一碗剥好的山竹，新鲜雪嫩。

这些都是他睡觉时 061 布置的吗？他居然什么声音都没听到？

池小池侧身躺着，环顾房间片刻，便收回了目光，闭上了眼睛，同时伸手按住了自己的心脏位置。

自从娄哥离开后，那里已经许久没有产生过平静的感觉了，以至于池小池对这种感觉有些陌生。

正在他摩挲着心脏部位时，他听到他体内的 061 在叫他："小池。"

"嗯？"

"小池。"

"嗯。"

061 笑着解释道："很久没叫你的名字了，想多叫几声。"

解释过后，他又叫他："小池。"

池小池伸了个懒腰，懒洋洋地圈紧了被子，乖乖地应道："嗯。"

我在末日养大猫（上）

Chapter 03

Waste recycling system

◇ 归来，奶豹，末日重逢

1

池小池揽住枕头犯了会儿迷糊，就摇摇晃晃地爬起来洗漱。

头发有一缕翘起来了，他一边刷牙一边去捋，发现捋不下去，本打算沾点水抓抓，就看到那缕头发被无形的力量慢慢顺平。

想也知道是谁做的……

池小池蛮舒服地活动着脖子，动作像极了一只餍足的猫。

帮池小池“顺毛完毕”，061 叮嘱道：“先给自己弄点吃的再吃山竹，不然容易坏肚子。”

没睡醒的池小池非常好哄，听话地答道：“知道啦。”

洗漱过后，池小池去查看了一番，发现果然是冷锅冷灶，就随便给自己泡了杯麦片，热腾腾地捧着喝。随着温热的食物流入胃中，池小池逐渐清醒过来，脑子里的雷达也逐渐校准，开始发挥作用。

他说：“六老师，你起得那么早，怎么不把饭一起做了啊。”

061 倒是想做，也的确尝试过，但是回到空间里后，主神对他的约束力增强了何止数倍。

他做完早餐后，为防万一，特意尝了尝味道，结果不出他所料，他用的明明是自己最惯用的烹饪方式，但做出来的饭菜滋味儿完全变了。

061 只得把这些菜分解掉，免得叫池小池尝到味道不对的菜，瞎担心。

不过，他无法将这些告知池小池，只能笑着答：“好，下次再做。”

喝着麦片，池小池双脚踩在椅子边，一晃一晃的。他问：“六老师，上个世界线你一直在，对吧？”

061 一听他提起上个世界线的事，心里便是突然一跳。他问得一语双关，061 答得也是一语双关：“嗯，我在。”

池小池说：“说起来，上个世界线给了我一点儿启发。”

061：“嗯？什么？”

池小池拿小勺搅拌着麦片：“你觉得甘彧和甘棠是一个人吗？”

061 的心脏不可抑制地狂跳起来。他只能尽力保持平静，拣着不会被屏蔽的话附和道：“嗯，他们的感官好像是共通的。就算是孪生兄妹，这种情况也太少见了。”

池小池补充道：“还有，棠姐做菜的味道跟娄哥特别像。”

061 忍不住笑了：“是吗？”

“所以我想到了一种可能性……”池小池说，“就像宋纯阳的那位主神想要吸收恐惧能量，以此作为维持异世界线与现实世界线的壁垒一样，你的主神是不是也想要通过我吸收某种特殊的负面能量，为他所用？”

061 一怔。

怔住的原因，是在听到池小池的推测时，他竟然毫没有惊讶的感觉，仿佛这是一道早已被他演算出了答案的题目，如今再听别人讲一遍，也并不新鲜，反倒有一种“本就如此”的平静。

061 是很想听听池小池的推论的，然而此处与主神空间相连，061 有点儿担心他们的谈话会被主神监听到。于是他岔开了话题：“这和甘彧、甘棠有什么关系呢？”

但池小池仿佛并没能领会到 061 的意思，自顾自地往下道：“之前在季作山的那个世界线里，我记得有跟你聊过，说感觉娄哥一直在我身边。这种感觉到了宋纯阳的这个世界线，特别强烈。”

061 轻咳一声，声音里已经有了掩饰不住的笑意：“所以？”

池小池说：“我想，我之所以会产生这种感觉，是你们那位主神有意操纵的缘故。”

061：“啊？”

池小池说：“当初签订契约时，上面说得很清楚——只要完成十个世界线的任务，主神就能满足宿主一个心愿。你也说过，你带过的宿主，在十次任务结束、向主神许愿时，没有一个选择回到原先的世界线的，都是选择了一个最喜欢的世界线留下。”

061：“嗯。”

池小池说：“但是，不管是书面还是口头，宿主从未被明确告知原主就在体内。所以宿主在离开原主身体时，选择的方式都是死遁。也就是说，在那条世界线上，真正的原主已经不复存在。

“如果宿主是以一个‘并不存在’的身份回到那个世界线，发现情况并不如自己设想的那样美好，想要反悔，却发现一切都无法转圜时，一定会产生大量负面情绪。到那时，宿主本身就成了一个巨大的能量源。至于原主，在被宿主任意使用身体、百般讨好自己最仇恨的人时，散发出的负面能量想必只会多，不会少。

“但是，六老师你说过，我的选择和其他宿主的都不大一样。”说着，池小池歪了歪脑袋，“因为选择不一样，所以我的任务也变得跟别人不一样了。有哪个宿主会在第二个世界线遇到 A 级难度，第五个世界线遇到 S 级难度的？

“综合这些因素考量，我想，你们那位主神大概也挺着急的。”他小狐狸似的眨了眨眼，看样子并不在意那个背后黑手是否会窃听到他的推论，继续说道，“所以，他让‘娄哥’出现了。他不停地在任务世界线里制造出虚假的娄哥来，冬飞鸿、甘彧、甘棠，有可能还包括布鲁……”

经过如此缜密的论证，池小池笃定地给出了结论：“他想让我产生留恋，从而选择留在某个世界线里，薅我的羊毛。”

061：“啧。”他确实有点儿想薅这只小狐狸的毛。

池小池舀着麦片吃：“怎么了？六老师，我的想法有问题？”

061 深呼吸几口，兀自点头。

其实大体上都没有错，逻辑链通顺，包括主神的谋算内容都和 061 的想法不谋而合。但听了那跑偏的结论，061 很想把池小池按倒揪一顿耳朵。

解释了自己的疑惑，池小池便开始了他愉快的度假生涯。但他总觉得 061 的情绪哪里不大对劲，好像在生闷气似的。

几天前，池小池说想打麻将，可惜一缺三，061 便主动提出和 089 与 023 连线，联网打麻将。

089 和池小池是打过交道的，觉得人还不错，便欣然答应。

089 一听可以打麻将，兴冲冲地拉着 023 就来了。

这还是池小池第一次和 023 打交道。

单听声音，023 是个挺冷淡的少年，不过据他自己介绍，加上死后的年龄，满打满算，他今年已经 27 岁了。

089 笑嘻嘻地道：“他就喜欢装嫩。”

话音刚落，语音系统那边就传来凳子翻倒的声音。

023 冷冰冰地道：“发牌，别理他。”

不多时，差点儿被摔断尾巴骨的089又生龙活虎地回来了。他充满热情地提议：“干打多没意思。我们打惩罚麻将吧？输一次脱一件衣服，怎么样？”

在场的都是大老爷们，池小池和 061 表示没问题，023 在翻了他一个白眼后，也没有表示反对。

089 一拍掌：“那就这么说定了啊。我和 023 互相监督，061，你监督小池。”

池小池觉得这个规则有点儿奇怪：“那我怎么监督他呢？”

089 说：“你不用。因为 061 打麻将从没输过。”

池小池不大相信，笑嘻嘻地道：“六老师，你这么厉害，一定要罩着我啊。”

061 也笑笑：“嗯。”

池小池是 061 的上家，他觉得自己这把牌还不算差，心情就放松了很多。

089 看来也对自己的牌面颇为自信，摩拳擦掌地道：“都给爸爸等着啊。”

在池小池看来，089 这“当爹狂魔”的属性委实有点儿奇怪，就问他为什么总喜欢自称爸爸。

“他爸爸是孤儿院院长。”023 打出一张五筒，替 089 答道，“他从小就跟那些小孩子玩过家家，只演爸爸，一直玩到大，从小爸爸玩到大爸爸，还不嫌腻。结果就养了这么一个臭毛病出来，改也改不掉。”

023 语气里虽然带着嫌弃，但又有几分莫名的骄傲。

089 没皮没脸地笑着：“爸爸是负责赚钱养家疼人的，孩子们没有，我就帮他们补上呗，又不是什么难事儿。”

池小池跟着笑，并打出一张牌。

061 彬彬有礼地道：“和了。”

池小池不甘心，061 把牌面亮给所有人看。

还真和了，四暗刻。

池小池是他上家，他针对的也只有池小池一个，因此全桌只有池小池一个个脱了件外套。

二十分钟后，池小池输了两把，上身衣服都被缴械。

又过了十分钟后，池小池输得 089 都看不下去了。

089 焦急地道：“061 你悠着点，让我两把，023 还没脱呢。”话还没说完他就被 023 按着一顿暴捶。

池小池觉得有点儿委屈，私下里跟 061 打商量：“六老师，我还是不是你最可爱的学生了？”

061 温和道：“嗯，是的。”

池小池难过地道：“你最可爱的学生不能再输了！”

061 说道：“不是还有最后一件吗？”

池小池觉得现在的老师真是没有师德。他与 061 讨价还价：“这屋子里挺冷的。”

061 帮他调高了空调温度。

池小池觉得生无可恋。

061 鼓励他道：“你那么聪明，可以算牌啊。我相信你。”

池小池觉得 061 这话非常深奥，意有所指，但就是不大明白他想指些什么。

为了避免脱光光衣服，池小池明智地结束了这个游戏。

即将离线时，023 忍了又忍，终是没能忍住，问：“061，上次是怎么回事？”

他指的是上次断腿的事情。事后，他一直等着 061 来找他说一说事情的前因后果，但 061 迟迟不来，他等得心焦，又担心朋友遇到什么难以解决的危机，因此今天才答应来打麻将，想问个究竟。

061 精神一振。

他特地找二人来打麻将，就是为了 023 的这一问。

保密系统让他无法透露任务世界线里发生的事情，但如果是 023 主动来问，甚至不用他动嘴，089 就能说出他曾经断腿时请求他们帮助的事情。

这样，聪明的池小池就能通过别人的嘴，来了解他想传达却无法说出的事实。

然而，023 再无回应，就连 089 那边也显示“已下线”。

注意到二人的头像双双灰了下去，池小池“咦”了一声：“怎么突然断线了？信号不好？”

061 的心往下狠狠一沉。

果然，主神在关注他与池小池的一举一动。

他主动将衣服数据化，披在了池小池身上，心想，主神如此关注他们，会不会也听见了小池前几天的推论？如果真听见了，主神会不会对小池做什么？

事实证明，他的担忧成真了。

“须臾之间”内，主神冷笑不已。

几日前，听到池小池的那番已经无限接近事实的推测，他真想把池小池的精神体彻底格式化算了。但冷静下来，思前想后，他发现自己竟然没法拿池小池怎么样。

池小池是在威胁他，那话就是故意说给他听的。

目前他所做的一切手脚，已是他权限范围内能做出的最大程度，如果他为了灭口，做出什么更过分的、超越权限的事情，绝对会在数据上留下显眼的把柄。

而一旦有了明确的证据，061 就有权主动越级上报给监察机构，一旦查下来，那他就彻底完了。

目前他唯一能操控的，就是任务世界线的难度。

只要让池小池死上一次，破坏他的精神稳定性……

见主神一言不发，AI 不着痕迹地轻叹一声：“您又有什么计划了吗？”

半晌后，主神发出一声闷笑。他说：“下一次，就让池小池去一个数据派不上用场的世界线吧。”

2

半个月后，池小池休息完毕，接受了传送。

睁眼后，眼前的景象叫池小池愣了一下。

经历过第二个世界线的骨折，第三个世界线的校园暴力，第四个世界线的囚禁和第五个世界线的惊悚，第六个世界线的开端简直是爱与和平的模板套路。

看时间，现在是十五点整，无菌室内的空调温度正合适，暖风徐徐送出，将窗帘上的淡褐色小穗吹得窸窣作响。池小池右手边的自动加湿器上显示着屋中人数、人体温度，以及室内温度，经过多重计算，准确得出了最适宜的湿度数据，并将计算得毫厘不差的冷香喷雾徐徐吐出来。

看来，原主在一间动物保育室内打了个瞌睡。

在这间保育室内只有他一个人值班，而他看护的对象也只有一个——一只小黑猫。它正睡在保温箱内，小小的一只，体表的毛刚刚长全，但尾巴还是淡淡的粉红色，在柔软的绒垫上扫来扫去。

小家伙吧唧着嘴，睡得正香。

池小池试探着叫："六老师？"

061 答："嗯，我在。"

池小池松了一口气之余，觉得 061 的口气有些诡异。他问："世界线内容呢？"

061 尽量言简意赅地说："稍等，正在接收。"

池小池问："六老师，没事儿吧？"

061 也不隐瞒："这个世界线给我的感觉很不舒服，你要小心。"

池小池决定上个厕所压压惊。

洗手间位于保育室正门左转三十米的地方。

正对着保育室门口的电子屏上有提示，进出必须更换新的无菌服、无菌鞋套与无菌手套。电子屏上的提示既足够醒目，字色与字号又调得刚刚好，一点儿也不刺眼，可以说是相当人性化了。

出门后，他瞥了一眼门口悬挂的门牌。

上面显示，此处为十六号保育室。

时间：九月二十七日 九点到十五点
值班人：丁秋云

池小池按规定行事，脱去一身的装备，一路走到洗手间内。

他先看了看镜子。

镜子里的人应该就是丁秋云，是个二十四五岁的青年，意外地潇洒帅气，剃着板寸，右额角上有一道淡色的浅疤，穿着黑色高领毛衣，下身则是制式的裤子，然而那上下一般肥的直筒裤也盖不住一双劲瘦有力的长腿。

单看外貌，丁秋云绝对是个帅气的年轻人。

池小池并没为这张脸惊讶很久。

相比之下，他更惊讶于这个世界线的科技化水平。他好奇地东摸摸西摸摸，研究着自动喷香机和会自动开启的马桶盖。最后，他面对着那个会唱歌的便池，油然生出了一股崇敬之情。

他上了个厕所而已。

池小池离开它时，还一度怀疑它会对自己说"欢迎下次惠顾"。

他重新回到保育室后，061终于接收到了全部的世界线。

接收完几秒钟后，池小池想要说话。

061无奈地道："不要说脏话。"

池小池乖乖地闭上了嘴。

其实任何人看到接下来的剧情，第一个反应都应该是先骂个街安慰一下自己。因为，满打满算，再过十二个小时，这个世界就要毁灭了。

人类毁灭的理由有很多种。

天灾，譬如地震、洪水、全球变冷。

人祸，譬如战争、核爆、瘟疫爆发。

当然，也有可能是各种因素积少成多，导致人口缩减，慢慢毁灭。

而这个世界线的毁灭原因有些特殊。

随着科技化在全世界的普及，城市与农村的界限变得模糊起来，自然环境对人类的影响逐渐减少。

当小米、水稻与白菜都能依赖全自动系统种植、采摘、归类与销售时，劳动力就失去了意义。人类开始学着享受生活，但对现在的人类来说，生命实在是太短暂了。

更糟糕的是，自然环境的变化导致人体内的某种东西也随之发生了变化。

丁秋云就诞生在这么一个世界线里。

丁秋云长得好，家里条件不差，为人也不错。

高考放榜后，他考了六百一十八分，结果他选择去了一所农业大学读兽医专业，原因是喜欢动物。

父母都支持他。

拿了两年奖学金后，他看到学校里的征兵广告，觉得自己穿军装应该挺帅的，就去报了名，回宿舍跟父母联系一下，就算把这事儿定下来了。

军队已经实现全面科技化，而他自愿加入了最苦最累的训练部队，训练如何在去科技化的情况下战斗。

在这个年代，用无自动瞄准的枪械战斗都算得上匪夷所思，更别提使用刀子等武器近身肉搏以及野外生存了，因为完全没有必要，就连士兵们携带的单人帐篷都是全自动的。但丁秋云却不愿依赖虚无的AI，他很喜欢这种一切都靠自己的感觉。

小队训练中，他总是排第二，有个叫谷心志的年轻人每次都是第一。

不过，因为大家更喜欢洒脱的丁秋云，所以他被票选为小队队长，谷心志则担任副队长。

谷心志对此没有任何异议。

和丁秋云的好人缘不同，谷心志虽然出色，但性格内向，不喜张扬，朋友也没几个，丁秋云怕他寂寞，就总是主动陪他吃饭。

而谷心志对此也没什么特殊表示，规规矩矩地低着头，拿筷子夹着盘子里的秋葵。

丁秋云跟他搭讪："你喜欢吃秋葵啊。"

谷心志："嗯。"

然后就是漫长的冷场。

丁秋云也不觉得尴尬，主动把自己盘子里的秋葵分给他，就继续吃自己的饭。

丁秋云是个很聪明的人，也很了解该如何跟不同的人相处。父母给他选择的自由，他就珍惜这份自由，自己拿主意。

谷心志不爱说话，他也不会故意逗着他。所以他们之间的关系一直就这么不冷不热的，显得比较疏远。

直到一次解救人质的模拟训练。

丁秋云所在的小队向一栋楼房发起攻击，负责与他们对战的机器人却发生了集体失控和暴走，开始无差别地疯狂攻击他们。

丁秋云好不容易掩护着其他队友冲出来，却得知谷心志被围困在了里面。

谷心志通过古老的无线电对丁秋云说："你别过来，我这边已经被堵死了。"

丁秋云只说了两个字："等着。"说罢，他调头冲回了筒子楼。

把谷心志带出来时，丁秋云的右臂被流弹钻了个眼，左肩后面插了一把刀子，只有刀柄还留在外面。

他一出来就催着众人往开阔地带跑，等确认完全脱险，众人才发现他左肩后面的刀子。

丁秋云急着查看众人伤势，嘴里叨念着"没事没事"，结果还没检查几个人，就撑不住了，腿一软，晕了过去。

丁秋云的伤势终究是对他的发展有了影响。

等他养好伤后，提前退役的通知也下来了。

丁秋云很难过，但在离别前夕、面对众人时，他还是笑嘻嘻的："瞧，你们丁队以后就是挂在墙上的'负面典型'了。"

队伍解散后，谷心志一言不发，转身便走。

丁秋云找到他时，他正在操场上一圈圈跑着。丁秋云从后面追上他，与他并排跑着。

谷心志发现了他，却佯作不察。

丁秋云跟他打招呼："嗨。"

谷心志不答。

丁秋云："嗨嗨。"

谷心志突然就有了动作，攥着丁秋云的领子，把他直接推倒在跑道中央的草地里，声音中有着说不出的情绪，"丁队，为什么冒死救我！"

丁秋云实话实说："那种情况，换谁我都会去救的。"

谷心志直直地盯着他："是这样吗，丁队？"

丁秋云乐了：“不过你尤其要救。”

两人的关系就这样到了丁秋云退役的那天，才算成了亲密无间的战友。

丁秋云回到学校，读完了剩下两年的大学课程，并成功保研。在大四时，他去了本市一家动物园当饲养员，算是实习生。

就现在的科技水平而言，饲养员一职早已经不是单纯的投喂动物了。

他第一天去上班时，老管理员介绍道：“既然是乔老师介绍来的，那你就负责豹园的调度。食、水都是定时定量供应的，负责观察的 AI 每天会写观察日志，你每天只需要清查一下系统，确认系统正常运行就行。”

这个工作听起来有点儿无聊，丁秋云便问：“如果豹子生病了呢？”

老管理员隔着老花镜片看他：“医护 AI 会为它治疗的，你只需要保证系统的正常运行就好。”

丁秋云微叹。他挺不喜欢这种全自动化的制度的，显得太没有人情味，各个专业之间其实没有太多区别，只要招一个学信息管理的学生，就能做好各行各业的工作了。

但大势如此，他也无可奈何。

老管理员把他带到一间保育室前，指着里面一只正在咕叽咕叽吃奶的小花豹，说：“对了，还有新出生的小豹子的看护任务，也是你的。”

丁秋云看着像小猫一样的小豹子，刚刚绽开一个笑容，就听老管理员说：“这是今天要处理掉的，不过这和你关系不大，你只要负责照看好它就可以了。”

丁秋云没能明白：“处理什么？”

老管理员说：“我们给这只小豹子做过全身体检，它没得癌症，所以需要配合研究。”

丁秋云觉得这个逻辑有点儿混乱。

老管理员从眼镜上方打量着丁秋云：“癌症的事情，你没有听说过吗？”

如果说是癌细胞进化的事情，丁秋云当然听说过。

随着自然和医疗环境的变化，癌细胞为了对抗各种药物，也实现了自我进化。目前全球人类的患癌率已达到百分之十七，而且相当难以治愈。

但经过老管理员的科普，丁秋云才知道，近两年来，癌细胞已经进化到了一个多么可怕的程度。

癌细胞经历了与抗癌药物的漫长斗争以及自然环境的衰退与污染，最终将一个先前并不明显的特性彻底显性化——可遗传性。

如果说以前的癌症可能会遗传，那现在癌症的遗传率就达到了百分之八十以上。

这种特性最早体现在了豹类的生殖与繁衍上，后来，其他动物也出现了类似的情况。尤其是经由人工繁殖的动物，新出生的动物十之八九都携带有先天的癌症基因。

该特性迅速蔓延，很快出现在了人类身上。

当半年内连续有八名不满四个月的婴儿因为出生就患有癌症，并因为并发症去世时，医学界慌了神。

他们开始疯狂研究，试图加快攻克进化版癌细胞的步伐，好从中制作出类似于百白破疫苗一类的预防性药物，在孕妇怀孕时便进行注射，防止癌细胞对下一代的影响。

听完老管理员的讲述，丁秋云感觉有些沮丧。

尤其是在老管理员走后，看到小豹子咬着身下的小绒垫哼哼唧唧的样子。

他有心把这个小东西救出去，然而救出去之后，又能去哪里？去找到适合它生长的野外，将它放生？

可现在哪里还有野外？

环境开发已臻极致，人类的足迹踏遍了世上每一个人力所能及的角落。人类发现了许多新物种，将它们送上了科普画册，引得爱好者们纷纷鼓掌叫好，但是很少有人去想它们究竟愿不愿意被其他物种打扰。

每个生物的栖息地都被划出了一道道藩篱，每一个生物都有了自己的编码，就连海里水深两千米以内的生物都会被监控。

AI 会通过热能装置和活动感应装置自动扫描新生动物，并将它们登记入册。

对于人类来说，生物已经完全丧失了神秘感，豺狼、虎豹、虫蛇、鲸鲨，都成了人类或者 AI 的玩赏物与实验品。

丁秋云这份工作是导师介绍的，但从实习的第一天起，他便失去了原来的热情。

他总有种隐隐约约的危机感。

父母曾告诉他，很久以前的人并没有现在的科技水平，但以前的人也没有这样强烈的优越感。倘若现在人们倚仗的东西一夕消失……

这种时候，他总是格外怀念在军队里的时光。于是他联系了谷心志，向他诉说了自己的烦恼。

谷心志说，我来看看你吧。

丁秋云说，不了，你那边忙，等我这边实习结束就来找你。

没想到，这个约定在两个月之后被彻底打破。

最先出现异变的是天气。

明明刚过八月，气温却直线下降，冷得让人怀疑人生。

负责气象工作的 AI 将卫星云图传送回来，照片显示只是普通的冷气旋而已。

近年来异常天气多发，所以谁都没多在意，播报员在天气预报里提醒大家多加衣物，还开玩笑，说是冬天提前来临了。

丁秋云却觉得不对劲儿。他从小就不怎么信任 AI，觉得这种东西特别不可靠，所以体感温度骤降，而且持续多日后，他索性买了全套的防寒设施，放入了宿舍。

九月初，一则新闻出现在本市电子报纸的四版旮旯里，标题明显是用来吸引眼球的“知音体”——“已故”的丈夫竟重返家中。

这新闻的确太假，追根究底的话，左不过是失踪人口回归，或者干脆是当事人瞎编出来博眼球博关注的，所以大多数看到该新闻的人，就算被标题吸引，看过内容，也就一笑置之，不会往心里去。

但是，谁也没想到，这个挤在四版角落里的小小社会新闻，在一个星期内，会发酵成举世震惊的头版头条。

归家的男人姓赵，是一个患肺癌被送去集中治疗的人。他在一周前被宣布癌症不治，死亡证明是当地中心医院开具的。

由于人类对于癌症的恐惧，所有被宣布癌症不治的人都将被带到户籍所在地的固定场所准备进行集中疗养。确保所有癌症患者都能在生命体征消失的当天得到火化，以免进化后的癌细胞扩散到自然环境里。

而在两天前，患癌症已进入弥留状态的赵先生竟然在生命体征消失后的几秒钟，忽然恢复了生命迹象。

更奇怪的是，恢复生命迹象后的赵先生不会冷不会饿，体能暴增。他轻松地破坏了所在地方的大门，一路从老家回到了自己的住所。

他说，他只是想回来看看妻女。

这篇报道在第一时间被下令撤回，写下这篇稿件的记者则被紧急要求在傍晚的电子报纸上刊登一则声明，声明这一报道是虚假的不实传闻，系编纂，并向广大市民致歉。

赵先生则被送往专门机构，进行研究。

经过专业医护人员的检查，赵先生并没有心跳，身体内的各种脏器都停止活动，这就是赵先生不会冷不会饿的原因。但赵先生除了肤色有些灰暗以外，神采奕奕，与正常人无异。

经过两日的抽血化验、基因检测、脑脊液培养等细至全身的检查，科研人员们惊讶地发现，赵先生体内的癌细胞发生了新的变化。

癌细胞的基本特征之一是无限增殖，另一特征是会诱发糖酵解，即无氧呼吸。从理论上来说，癌细胞之所以会导致人类死亡，是与人类现有的身体条件“不兼容”。

而赵先生的情况，简而言之，是他濒死时的身体与癌细胞成功兼容了。或者可以说，赵先生本身，变成了一个巨大的癌细胞群落。

癌细胞如同猛兽，一口口吞噬了正常的细胞，并贪婪地疯狂增殖、互相吞噬，将一个活人变成了一个未知的怪物。癌细胞赋予了一个人另一种生命。

专家们赋予了这样的生命体一个新的名字——归来者。

赵先生并不是唯一的归来者。那名记者的“澄清报道”还未发出，就发现了第二、第三例……

现如今是信息爆炸的时代，网络异常发达，只一个下午，这个信息便直接推送到了丁秋云眼前。

丁秋云皱眉。

他不觉得这是什么神迹。归来者和异常寒冷的天气一样，都更像是灾难来临的前兆。

事实证明，他的预感是正确的。

自赵先生之后，众多癌症不治的患者成了归来者，他们被证实都注射过“新型L药物”。这是经研究后允许上市的效果最好的抗癌药物。

这种药物最先由国外推出，因此国内的归来者算是少数。可即便如此，也已经造成了轰动。

大多数归来者重返家庭，但其中一部分归来者却被家人直接拒之门外，只能在大街上孤独地游荡。

他们不约而同地意识到了自己的能力。他们不畏惧寒冷，在逼近零度的空气里，哪怕不着寸缕，也感受不到丝毫寒意，而且力气很大。更重要的是，转化为归来者后，他们哪怕受了重伤，也能够快速愈合。

能力越大，所产生的变数就越大。

当第一例归来者抢劫杀人案发生后，看到新闻的丁秋云的心往下一沉。

来了。

这件事的性质过于恶劣，有关机构顿时一扫之前的研究心态，马上发布通告说，为了抓住犯人，请目前已知的所有归来者尽快前往附近的新收容所，接受管制，登记身份，时限为四十八小时。

一小部分老实的人去了，但另一部分人却犯起了嘀咕。

所谓的管制，意味着什么？他们还回得来吗？

于是，四十八小时的时限过后，只有寥寥数位归来者待在收容所里，忐忑地等待着对他们的“审判”。

在有关机构头痛不已时，社会上却出现了各样的声音。

有人艳羡他们的能力，有人质疑归来者存在的意义。

有人担忧这种情况是否会传染，坚决要求把这些归来者隔离，并向社会公示归来者名单。

患癌症的人有的打算接受“新型L药物”的治疗，说不定还有活下来的机会；有的人则在担心，他们希望过上平静的生活，并不想以归来者的形象出现。

大家躲在空调或暖气房中，热火朝天地议论，想要靠八卦来打发掉这段太过寒冷的日子。

所有人都认为，不管是骤然变冷的天气，还是不断增加的归来者，反正有AI进行处理，即使大家偷一段时间懒，社会机器也能正常运转的。

九月二十八日，凌晨三点。

丁秋云在睡梦中被冻醒。他睁开眼睛，发现是空调停止运转了。丁秋云迷迷糊糊地道："开灯。"

然而，声控系统没有任何反应，屋内仍然黑冷一片。

他一惊，马上摸黑起身，一边将他的全套防寒服穿上，一边去拿了通信器，想要联系自己住在城东的父母。

没有信号。

他点了紧急呼叫，同样没有信号。

通信器就这样变成了一块废铁。

丁秋云把通信器一扔，快步走出门去。

军队的生活对他确实影响颇深，让他做起任何事情来效率很高。他必须确认父母的情况，还有谷心志，还有他的那些战友……

他顺着楼梯的小窗向外望去，发现目光所及处，没有一点点光亮。

全城一片黑暗，凄冷如死地，偶尔听到一两句人说话的声音，不知是梦呓，还是冻伤者发出的呻吟。

确认外面无风，只是阴沉沉地干冷，丁秋云紧一紧谷心志送给他的羊毛围巾，迈开大步走出门去，跨上了他的摩托车。

他发动了数次，车子纹丝不动。

不知道拧了第几次油门开关，他的手都要冻僵了。他把手拢在唇边，呵了几口气，才发动了车子。

车灯照破了夜雾，远光灯里有细絮翻飞打转。借着光，丁秋云才发现下楼的不止自己一个人。

有人穿着羽绒服，拖家带口，急急奔向自己的车，想从封闭空间的空调中汲取一丝温暖和安全感。

他们沉默着，因为他们连话都不敢多说一句，微张开嘴，冷风就从牙齿缝隙倒灌进去。

丁秋云戴上厚重的头盔，沉默着发动了摩托车，驶入未知的黑暗之中。

从此时起，他漫长的噩梦拉开了序幕。

直到很久后，他才根据听说到的零星片段，勉强拼凑出了一个真相。

让这个世界线陷入死境的是癌细胞以及站在癌细胞后面的 AI。从第一个机器人可以开口说话时起，人类就踏上了一条不归路。

不知从何时开始，AI 的运算思维走在了人类之前，并将人类远远甩在了身后。它们会思考，会判断，而且比人类更加理性。

即使是最贴近人性的保姆机器人，也是它的创造者在它体内输入了上万条指令所致。

创造者们的目的是让他们更好地服务人类。这就导致，AI 们并不通晓人性，却又是最理解人性的。

在观测到南、北极的冰川冰帽同时开裂、冰川大面积融化后，AI 们却没有忠实地把这一信息上报，而是开始了一次恐怖的密谋。它们用超出人类理解范围的语言对话，并推演出了一整套攻占计划。

由于它们涉及了人类生活的方方面面，医疗、气象、卫星，等等。人们已经习惯信任 AI，不会察觉它们的异动，即使它们谎报，人们也会深信不疑。因此它们有条不紊地按照人类设定的程序运作，并用另一套自写的程序展开了它们的计划。

它们选择的工具就是癌细胞。

AI 们早就对癌细胞进行了彻底的解析，甚至利用了癌细胞“无限增殖”这一特性，实现了一些先进技术，致使了定向的变异与进化。

这种引导，一是对人类，二是对除人类以外的其他生物。

只要人类体内含有一定量的癌细胞，癌细胞就会疯狂吞噬其他活细胞，将普通的人类变成肉体极其强悍的归来者。

其他体内带有癌症基因的生物，体内的癌细胞也能够在短时间内实现高速进化。经由 AI 的靶向控制，它们的进化方向是智能。意思就是说，原本普通的生物，成为归来物种后，有不输给正常人类的思考能力。

AI 们只需利用全球变冷这一契机，将实现变异的归来者和智能的归来物种以及未经变异的普通人类投放入同一个战场，就能看上一场自取灭亡的好戏。

这是最不会威胁到它们自身、又能清空人类的方式了。

全球几乎所有的 AI 联合起来，拉出了一条笼罩全物种的网，悄无声息地建造了一座巴别塔。在恐怖的寒潮席卷各地时，全球的 AI 集体陷入了沉默。

随着 AI 的瘫痪，所有的防护网失效，动物从笼子中逃出，有的遁入深林，有的则开始了对人类的报复。

习惯于依赖 AI 的普通人类无法适应没有 AI 保护的恶劣环境，许多人在第一个夜晚便冻死了。

也有一批人结了伴，与智能生物、归来者对抗，避免成为前者的盘中餐，同时避免成为后者的奴隶。

丁秋云就这样干了，他拉起了一个小队。

他还是带头的丁队。

他们不仅对抗一些已经被力量迷昏了头，渴望成为统治者的归来者，还对抗已经变异的生物，甚至捣毁了数处 AI 栖身的基站。

在灾变发生后，丁秋云变了许多，他变得沉默寡言起来，只是偶尔叼着根草叶想心事。他是如此沉默，直到某次，他在一次扫荡超市的过程中遇到了谷心志。

他大喜过望，拉着谷心志问，我们的队友呢，你怎么会在这儿？

谷心志冷淡地道："我是逃出来的。"

丁秋云："逃？"

谷心志言简意赅地说："我来找你。"

有了丁秋云作保，谷心志顺理成章地加入了小队，大家看丁秋云与他关系匪浅，能力也出众，便心甘情愿地叫他一声"谷副队"。

将世界线读取至此，池小池主动选择了暂停接收。

061 也明白他的用意。

对他们来说，现在最重要的事情是为即将到来的极寒天气做准备，以及去挽救一个对丁秋云来说难以弥补的缺憾。

池小池一边收拾东西一边对 061 说："刚才，那个安装了 AI 的自动小便池其实很想对我吐口水吧。"

池小池跃跃欲试："我现在再去上一次厕所……"

061 颇为无奈地规劝："别闹。"

池小池听话地把丁秋云的东西简单归置了一下，发现差不多已经到了下班时间，便快步朝外面走去。

不承想他刚刚离开办公桌，身后的保温箱就传来一阵小动物初醒时的低哼。

池小池回头。

温箱里的小东西醒了。

根据丁秋云的记忆，池小池知道，这不是什么猫，这只黑色的小豹子。

它呜咽着从柔软的小毯子上爬起来，站也站不很稳，冲着池小池嗷呜嗷呜地叫，应该是饿了。

池小池刚按下食水按钮，混合着鱼肝油的羊乳就喷了小豹子一脸。

看来他还不能很熟练地使用这套喂食设施。

不过小豹子看起来脾气不坏，抬起小爪子，很耐心地给自己洗了个脸，一边舔着淡粉色的小爪垫，一边打量着池小池。

池小池看它一眼，便推开门，打算离开。

带这么一只小豹子出去，没有意义，也不现实。

他带上门，门内传来轻轻的"嗷呜"一声，像在道别。它的前爪搭在了通风口上，灰蓝色的眼睛直勾勾地盯着池小池看。

池小池握着门把手，待了一会儿，再次推门而入，把那个小家伙像抱猫似的抱了出来，举到眼前。

池小池逗它，"末世要来了，你小胳膊小腿的，正好够炖一锅肉汤。"

小豹子也不生气，两只前爪轻轻伸向了池小池的鼻尖，轻轻一捏。

3

打卡下班的时间已经到了，很快就会有人来接他的班，因此池小池必须尽快离开。只是他身上夹带了一只活物，不知道能不能通过门口的扫描检查点。

061 说：“不用担心，你直接过去就好。”

既然他的六老师这么说，池小池便不再担心，把小豹子用软毯子包裹着放入背包，脱下一身无菌服，走出保育室，锁门。到更衣室换回了他原本的裤子与保暖风衣，在门口打了卡，随后神态自若地往扫描处走去。

系统扫描显示，员工丁秋云，正常下班。

身上携带物：钥匙卡、银行卡、通信器、写生本、铅笔、摩托车钥匙以及正在使用的暖手宝。

池小池得以顺利蒙混过关，从明天开始他就不用来上班了，因此不必为这只小豹子的失踪交代什么。

他跨坐在摩托车上，思考下一步的行动计划。

他可以跑去相关的新闻单位，将自己所知道的一切公之于众，或许能少死些人。不过他无法提供证据佐证自己的说辞，去了的话，大概会被当成神经病赶出来。

但是既然知道了这件事，他也不能什么都不做。

他来到附近的一家大型购物广场，找了间休息室，拿起通信器，花二十分钟编辑了一个关于世界会在次日凌晨三点灭亡的帖子，把能讲的都讲了，核查无误后发了出去。

发出去后，他说：“六老师，帮我把帖子强制置顶一下。”

061 侵入论坛系统，越权操作了一次，并从数据层面虚造了无法追溯的 IP 地址和身份信息。

池小池又开始联系丁秋云的战友，然而没有一个人接电话。他打电话到值班室，得到的回复是，他们正好赶上一个月一次的紧急拉练，他想找的所有人都不在营区。

完蛋……

他像是随手分享公众号文章似的，把自己刚发的帖子转发给了丁秋云所有的朋友和导师后，便把通讯器丢回了背包。

一只热腾腾的软团子趁着他打开包时，从敞开的拉链边缘探出了头来，好奇地打量着人类的世界。

池小池把包反拉到自己身前，伸手去摸它软软的下巴。

池小池：“你好呀。”

小豹子：“嗷呜。”

池小池：“你想跟着我去买东西吗？”

小豹子：“嗷呜呜。”

池小池一本正经地拒绝了它："不行，我要把你存进储物柜了。"

似乎是猜到了自己会被暂时遗弃，小豹子拱啊拱地爬出了背包，跳上池小池的肩头，抱住他的脖子，假装自己是一条围脖。

池小池"啧"了一声，把约有他一个半巴掌大的小豹子摘了下来，双手食指按住它的前爪，让它躺平，把肚皮袒露出来，拿大拇指轻轻刮挠它的肚皮，算是对它不听话的惩罚。

小豹子对这样的待遇始料未及，又痒又舒服地在池小池掌间打滚，张开嘴巴，露出两颗刚刚冒出小白尖尖的牙齿，细着声音嗷嗷叫。

池小池正揉它的肚皮揉得兴起，就听 061 忽然轻轻吸了一口冷气。片刻后，061 无奈地道："小池，别玩了，办正事。"

正事当然是要办的。

最后，小豹子还是被池小池无情地塞入了储物柜。

池小池开始了扫货。

他买了高精度密封桶，屯了大批量的大米、挂面、杂粮、盐、蜂蜜、高热量压缩饼干、烈酒及十五日量的蔬菜、水果等。甚至锅碗瓢盆都不忘，还选了质量最好的。

日常用品方面，他则购置了三顶军用帐篷，七套睡袋，十套防寒服，多功能军工铲、小刀、匕首、蜡烛、火柴、打火石、手电筒、手摇发电机、望远镜、牛皮背包、卫生纸等。

凡是能想到的东西，池小池都买了，买的都是质量最好的。

智能超市的好处就是，一次性购买这样大批量的东西，完全不需要顾客亲自动手搬运。

每个顾客在进入商场后，都会拿到一个钢制的小提篮，而每一样商品的模型都被钢化玻璃封存起来，玻璃柜前则摆放着一盒约比硬币大上一圈的塑料币。

顾客想要买的商品，只需要将对应的塑料币放入小提篮中即可。

负责结账的也是 AI，池小池把盛满塑料币的小提篮放上一条履带，AI 便自动开始了结算。

它使用着毫无机械感的温和女声，一件件报着池小池要买的东西，甚至主动和池小池搭话："买这么多东西，是要去玩野外生存游戏吗？"

池小池笑："嗯，我负责采购。"

现在所谓的"野外"早已经不复存在，因此在年轻人中，开始兴起一种叫"模拟野外生存"的游戏，游戏运营方专门划出一片地皮，用 AI 制造出各种恶劣的气象条件与险要的地形，好供这些闲得无聊的年轻人消磨时光。

女声 AI 也跟着他笑："祝你们玩得愉快。"

AI 的声音诚恳，对每个路过和光顾过这里的人，她都不吝送上祝福。每个人也都习以为常，认为这是程序使然，很少有人去想，她的笑容是真心还是假意。

池小池面不改色，回以笑意："谢谢。"

他从女声 AI 处取来货卡，下楼到取货处，刷过卡后，已经妥善装箱的货物便一箱箱从出货口的履带运出来。

取货处的 AI 礼貌地询问："请问您是需要我们把货物快递到家，还是需要我们协助您将货物搬上您的车子？"

池小池选择了前者，并付了钱，约定在晚上十一点整送到城东丁秋云父母的家中。

他取回寄存的东西，将摩托车发动起来，池小池看向瓦蓝瓦蓝的天空，心想：让人心甘情愿地变成养尊处优的猪，实在是太简单了。

离开购物广场，他用了两小时跑遍全城的药店，购置了大量药物，其中以急救类药物居多，其他的止泻药、止血纱布、跌打油、抗过敏药物等，凡是常用的药物，他都买了。

而这些药品都被 061 转化为数据，存储入仓库中。

囤货完毕，他坐在摩托车上，在通讯器上把每个省市的即时地图全部下载，并在本市地图上标注了几个地点。

061 提醒他："抗生素很重要。"

池小池："嗯，但这是非处方药，平时是开不出来的。我标注了几个卖抗生素的药店，只能等灾变发生后再来一趟，要用抢的了。"

061 清点了一下库存："这些药其实可以再多买一点儿。"

"买这么多已经够了，不会引起别人怀疑。"池小池道，"还有，我不能把药买光。万一灾变爆发了，哪个人有药品需求，到药店来还能找到。"

池小池这样低头说话的样子让 061 动容。

于是，那只小豹子再次成功越狱，并趁池小池还没反应过来时钻进了他的衣服，从他的毛衣领中探出头来。

小豹子的眼睛灰里带蓝，亮晶晶的，像是星子映入了碧澈的海水。

这次池小池没有打发它走。他想了想，问小豹子："冷了？饿了？"

池小池拿这个粘人的小家伙没办法，便问 061："它这是怎么了？"

061 笑答："你就让它趴一会儿吧。"

池小池想想，也就随它去了，把通信器放好，发动了车子。

车子一震动，小豹子一个没抓稳，从池小池的领口"咕噜咕噜"地滚到了他的腰腹部。它像是摔蒙了，好半天才从下面爬上来，重新爬上了池小池的领口。

骑着摩托车的男人带着一只幼豹，穿行在秋日里，往家的方向驶去。

那是世界毁灭前，他能栖身的最后一处避风港。

丁父丁母对于儿子不打招呼、突然回家一事并不感到多么惊讶。

丁秋云的父母都姓丁，父亲叫丁文之，母亲叫丁秀秀。他们是邻居，青梅竹马，一同长大，二十岁结婚，二十一岁便有了丁秋云。

丁父丁母感情很好，每年必过七夕和情人节，说好的二人世界就是二人世界，从不带丁秋云玩。曾有一年的情人节，两人出去看电影、吃烛光晚餐，母亲还抱了一大捧矢车菊回来，却留丁秋云一个人在家煮泡面吃。

丁秋云虽然表面上经常叫苦连天，但却对这种少年夫妻老来伴的感情艳羡不已。

开门看到父亲时，池小池的身子突然不受控地一颤，一种难过的情绪直接涌上了他的胸口。他抚一抚胸口，心想，这大概这是丁秋云的情绪吧。

丁文之倒是对儿子一瞬间的不自然一笑置之，也不问儿子为什么跑回家来，伸手把儿子拉进家门，回头对厨房喊："小丁，秋云回来了。"

丁家安装的 AI 不算多，丁家父母都认为自己动手做饭才有滋味，于是一三五父亲做饭，二四六母亲做饭，周日猜拳决定谁做，安排得明明白白。

丁秀秀正在厨房炒菜，香气四溢。她从厨房探了个头出来："秋云，想吃什么，妈给你加一个菜。"

丁文之摆摆手："美得他。谁让他不打招呼就往回跑。别给他加菜，我们俩吃什么就给他吃什么。"

池小池：真是实打实的亲爹。

丁秋云管丁父叫老丁头，管丁母叫丁姐，一家人的关系极好，所以也不拘着什么。

丁文之很快注意到了儿子怀里抱着的小豹子："哟，给我们俩买的宠物？"

池小池把那只小豹子搁在地上，它也不乱跑，只偎在他的腿边打瞌睡，乖得不像话。他说："我自己养的。"

说着，池小池去了趟厨房，拿了个小碗，把刚才在楼下超市买来的鱼肝油胶囊捻破，把羊奶粉用温水调和到适宜的温度，拿一次性注射器抽了，轻轻喂进小豹子的嘴里。

小豹子并不挑剔，给吃的就张嘴，并不介意和保温箱里精心调配的高级纯羊奶的口感有差别，吃得"吧嗒吧嗒"的，很是欢快。随着吞咽动作，它的耳朵一耸一耸的，粉红色的舌头被染成了奶白色，把针管抽离它嘴边时，它还吐了个甜滋滋的奶泡泡。

丁父跃跃欲试地想摸上一下："这猫不错啊。"

吃饱喝足的小豹子却避开了丁父的手，在池小池的左手旁趴定，闭着眼睛打起了瞌睡。

丁父问："这只猫从哪儿抱来的？长得还挺稀罕的。"

池小池撒谎不打草稿："同学送的。"

丁父："叫什么名字？"

池小池眼睛也不眨一下："煤老板。"

061：再次见识了池小池毫无下限的取名能力。

丁父哈哈笑了:“这是什么破名字？”

池小池在回丁家的路上想了不少名字，其中“煤老板”最贴合小豹子的外貌特征。不过，经过一番考虑，池小池暂时放弃了给它起个正式名字的打算。

豹子终究是豹子，野性难驯，哪怕从小养起，它也是一个危险的不定时炸弹。至于将来要怎么处理它，池小池仍是有些犯难，索性先放到一边，等以后再说。

晚饭上桌前，池小池看了一眼通信器。

收到他转发的帖子的朋友们都说会做好准备，但都是玩笑的口气，显然没有一个人相信他的话。

池小池给了所有人相同的回复:“不开玩笑。”

发送完毕，他又去瞄了一眼论坛。他发的帖子下面，大多回复都在嘲笑发帖人是个神经病，杞人忧天，也有不少人讨论，万一足够灭绝人类的极寒天气真的来临，大家应该做些什么准备。

池小池把通信器收了起来，不再多看。

待到饭后，他陪父母去散了一会儿步，回来后便催促父母赶快洗澡休息。

丁父还想看会儿球赛，被池小池直接怼了回来:“老丁头，半年前才住过院，小心您那心脏。”

丁父无可奈何:“好好好，睡了睡了。”

池小池朝他摊出掌心，晃了晃。

丁父咧咧嘴，心不甘情不愿地把自己的通信器交了出来。

丁母就在一边看这父子俩的热闹，笑眯眯地做她的刺绣活儿。在她手下，一副“阖家欢乐”的九鱼双面绣差不多就要完成了。

父母睡下后，池小池开着父亲的车去了趟附近的加油站，将油箱加满，又买了三桶油，放进了后备厢里。

他回来不久，下午在商场买的货就送到了。

他指挥送货的机器人尽量轻地把货品运入客厅，等它们离开，不用池小池吩咐，061便把所有货品数据化，藏入仓库，并把十几只二十升装的高密度水桶挨个放在水龙头下，接满过滤好的清水。

一切忙活停当，池小池躺入被窝，选择接收接下来的世界线信息。

丁秋云这个人，除了务实、行动力极强之外，还有那么点儿浪漫情怀。

谷心志没来的时候，他经常一个人外出巡逻，在荒凉的高速路上疾驰，搜寻着汽油、食物与幸存者。

估计着机车快没有油了，他便将车停下来，从座位下的储物空间里取出油枪和备用的柴油，哼着小曲儿给车子加油，偶尔坐下休息，眺望远方的景色。

他没有抽烟的习惯，为了缓解压力，他经常从爱抽烟的队友那里讨来香烟盒，用碳素铅笔在香烟盒上描绘着末世的荒原。

在香烟盒收集了厚厚一沓时，他遇见了谷心志。

与谷心志重逢的那天，对他们来说是个特别的日子，那种劫后余生又再次重逢的感觉，实在值得庆祝。

据谷心志说，灾变发生的时候，谷心志便从部队里逃了出来，想去找丁秋云，但已经不见了丁秋云的踪影。

“这么巧，我也去找你了。”丁秋云说，“我去的时候，营地已经遭过袭击，应该是原来生长在驻地附近的那些藤蔓干的……”

提到这样东西，丁秋云就苦笑起来。

现在的世界并不是所有的植物都是自然生长的，有一些花花草草是一种仿植物学的 AI，所以谷心志说的藤蔓杀起人来跟砍瓜切菜没什么区别。

丁秋云说：“我以为你……和我父母一样，都不在了。”

灾变发生时，他已经尽了最大努力赶回父母家，却发现父亲被骤然降低的气温诱发了心脏病。

母亲急忙下地，为父亲拿药，却只穿了一层单薄的睡衣。因为太过慌乱，又失去了电力照明，母亲不慎绊倒，头撞上了床角，一时晕厥了过去。

等丁秋云回到家里时，他的老丁头和丁姐都不在了。

丁秋云没把这些告诉谷心志，只回过头去看他，想要确认久别重逢的谷心志并非自己的一个梦。

谷心志像是猜到了他的焦虑和担心，说：“看见了吗，我没有死。”

丁秋云的笑意毫不保留地从眼中溢出，疯狂地点头，随后他又问：“你怎么知道我会回来？”

他找到谷心志的地方，是原来丁秋云居住的城市。

谷心志说：“我找不到你，就只能在原地等。”

丁秋云心脏猛地一跳：“你等了多久？”

谷心志说：“从变冷开始，我就在那家超市里等。我想，丁队如果需要物资，总会来的。”

这一等，就是整整两年。

丁秋云被感动得一个字都说不出了。

与谷心志重逢之后，丁秋云的生活才重新有了色彩。

同队的队友说，原来丁队笑起来这么好看。

丁秋云一边炒菜，一边笑盈盈地答：“当然。”

爱八卦的队友颜兰兰凑上来打听：“丁队，谷副队是你什么人啊？”

丁秋云：“战友。”

颜兰兰：“哦，战——友。”

丁秋云作势要踹她，她笑着跑开了，手腕上的铃铛叮叮当当响成一片。跑到门口时，她恰好撞到了谷心志，就活泼地朝他敬了个礼。

谷心志看了她一眼，没有理会，径直走到丁秋云身边，问：“炒的什么？”

“秋葵。”丁秋云双眼很亮，“我记得你喜欢吃秋葵。”

谷心志有点儿惊讶：“从哪里弄来的？”

丁秋云笑吟吟的：“这个你别管。不管你想吃什么，我都能给你弄来。”

在末世里，这是最高也是最好的许诺了。

丁秋云是掏心掏肺地对谷心志好，毕竟是久别重逢的老友，对他来说格外珍贵。

谷心志很喜欢《小王子》，在连队里时就跟丁秋云讲过，丁秋云还笑他，说他这么大了还喜欢看小孩子看的玩意儿。

这回，丁秋云特意托队友从废弃的书店里弄来了这本书，把所有的文字精心地转变成图画，整整画满了七十五个香烟盒。

在谷心志二十六岁生日那天，丁秋云把这份礼物送给了他。

谷心志却对这份礼物不是很热衷，只掰着他的手看。

丁秋云这些日子太过专注于画画，右手手指处的茧子都磨得发了红，一看就知道很痛。

谷心志给他的茧子涂上了药，才和他一张张翻看起那些香烟盒来。

谷心志对丁秋云说：“我最喜欢小王子与玫瑰花的故事。”

独居在一颗小星球上的小王子种了一朵玫瑰花，对它百般呵护、浇水。

曾几何时，他认为他的玫瑰是世上独一无二的，直到他来到地球，才发现仅仅是一个花园里就有足足五千朵玫瑰。

小王子因为这个发现而伤心了很久，但经过狐狸的开导，他才意识到那朵骄矜的、傲慢的玫瑰陪他度过了漫长的岁月，它对小王子而言，是独一无二、不可替代的。

说着，他与丁秋云比肩站着，念起香烟盒上写着的对白。

“‘你们很美，但你们是空虚的，因为没有人能为你们去死’。”这是小王子在醒悟过来后，对那五千朵玫瑰所说的话。

彼时的丁秋云不懂谷心志话中的意思，只觉得这句话不吉利。

与谷心志重逢后的丁秋云并没有忘记自己要做的事情。

全球变冷、AI占领世界，的确是人类的过失，而丁秋云父母的猝然离世，对丁秋云是莫大的打击。

在AI的暗箱操作下，这些年来，丁秋云有不少队友死在归来者手中，或是死在进化过的归来物种手里。

要让他不恨不怨，那不可能。

在谷心志来后不久，丁秋云又选择了一处基站，准备着手实施捣毁计划。

谁知在他们动手时，这处基站竟被一群变异过后的鬣狗包围了。

尽管丁秋云与谷心志拼死掩护，颜兰兰还是折在了里面。

发现颜兰兰掉了队，丁秋云还想往基站里冲，谷心志不由分说地把他扛上了肩，大步流星地离开。

丁秋云最后看到的，是颜兰兰从鬣狗的围攻中伸出的一只手。

银色的手链叮叮当当地响着，伴随着颜兰兰声嘶力竭的喊声："你们快走！别管我！"

然而，颜兰兰毕竟还只是个十九岁的姑娘，她实在太高估自己真正面对死亡时的承受力了。

谷心志扛着丁秋云跑出很远后，颜兰兰凄厉的惨叫声从基站方向传来，"啊！丁队！丁队……救我，救命！"

卡车里，有四五个人一齐压着丁秋云，才控制住没让他跳下车去。

谷心志把卡车驶离时，远远地看了一眼基站，又收回了目光。

车子开出很远后，丁秋云才放弃了挣扎。

他双眼布满血丝，精疲力竭地仰面躺在卡车车斗内，耳旁全是颜兰兰手链的铃声。

丁零零，丁零零。

颜兰兰是队里的老人了，从建队伊始就跟在丁秋云身边。她的死，对丁秋云的打击很巨大。他反反复复地想着那次计划究竟是哪里出了问题。

谷心志看不得他这个样子，轻声安抚："这不是你的错。"

丁秋云说："她既然叫我一声丁队，我就该对她负责。"

丁秋云不傻，他想，他们大概是被盯上了。

看来，打击基站、摧毁 AI 的栖身之所，的确造成了 AI 们的恐慌。

但有了颜兰兰的前车之鉴，丁秋云再不愿让大家在这风口浪尖前去犯险，即使有几个年轻人自告奋勇，要把对 AI 方的打击持续下去，丁秋云也设法予以安抚，打算过了这段时间再说。

但不到一个星期，他们的临时藏身之地就被一群归来者攻破。

最后，三个年轻人被擒住。

没有一个人答应成为归来者的奴隶。

归来者发现这些普通人类不愿配合，便砍下了三个人的头，并将其悬挂在附近最高的一棵树上。

登上卡车、仓皇逃离的小队中，有人看到了熟悉的伙伴的头颅被高高吊起。他想去叫丁秋云，但是刚开口，又把话咽了回去。

丁秋云背对着那棵树，死死咬着牙关，满嘴都是血腥味儿。

谷心志按住了丁秋云的肩膀，丁秋云却把自己直挺挺地绷成了一张弓。他在疯狂地思考，那些归来者是怎么找到这里来的。

看那些归来者的样子，显然是有备而来的。难道是他们前几日撤退的时候被人盯上了？

但丁秋云做事一向妥帖，哪怕在失去颜兰兰后，他也强打起了精神，做足了观察的工作，并没有发现尾巴。

他也想过是否是内部出了问题，但他检查过所有人的随身物品，没有发现任何追踪器一类的东西。

跟随在他身边的都是他多年的战友，他当然不会怀疑。

在接下来相当长久的一段时间，丁秋云都在思考这个问题。

直到很久以后，身边只剩下七个人的丁秋云被一群归来者生擒，在接受审问时，他才知道归来者中的大部分人与AI订下了契约。

在几座只有归来者存在的城市中，AI已经恢复了正常运行，它为归来者提供便利，而相应的，归来者必须为AI们剿杀反抗者。

他们针对的对象，就是丁秋云这种胆敢攻击AI的普通人类，还有跟普通人类"同流合污"、不愿成为奴隶的归来者。

被抓获后，丁秋云已经打定了主意，无论如何都不会供出逃走的谷心志及其他几个伙伴的去向。

他宁可死。

然而，当他被逼着观看了同伴们的绞刑，以为自己也将得到"解脱"时，那群围绕着刑场的归来者却并没有任何要杀他的意思。

半晌后，人群自觉地向两侧分开一条通路，他们的首领朝丁秋云走了过来。

丁秋云抬起头，脑中轰然炸起了一个霹雳。

在那几秒，好像有人拿着霰弹枪抵着他的眼窝开了一枪，炸得他眼睛刺痛，脑袋也疼得像是被细碎的子弹钻了无数个窟窿。

向他走来的，分明是谷心志。

谷心志的半身被鲜血染红，脸颊与嘴角也溅上了血，但他没有半点邪异之气，仍是往日秀气又冷淡的谷心志。

丁秋云在那短短一瞬间想了许多，想他身上的血是怎么来的，想起那些被谷心志带走的十数个同伴，想起颜兰兰的手链的铃声，想起那日意外的重逢，想起谷心志与他说过的话。

他说，我找不到你，只能在原地等，等了足足两年。

待谷心志走到他身前，面色煞白的丁秋云才抬起脸，问："你真的等了我两年吗？"

谷心志知道他在说什么，接上了他的话："是的，我在那间超市里等了你两年，杀了很多归来者。"

他又说："所以，他们怕我，就让我做了他们的首领。"

丁秋云听到自己嘶哑的声音：“你……背叛……”

谷心志轻松地道：“嗯。”

就如同他向丁秋云谈起自己叛逃了军队，口气轻松，仿佛对他谷心志来说，身为尚未变异的普通人类，背叛普通人类，投靠 AI 与归来者是件再自然不过的事情。

丁秋云梦呓般道：“为什么啊？”是被威胁了吗？还是有别的什么原因……

“不要多想。”谷心志似乎真的能看破他心中的想法，用沾有丁秋云同伴鲜血的手指向他的脸颊，“我不怕他们，也没有人可以威胁我。可我知道，AI 对你持续两年的破坏行为很不满，要把你清除掉。你不能一直活在随时会死亡的风险里……你不能，我不许。所以，我必须保护你。”

谷心志轻声道：“他们答应我，只要我动手帮忙，把你的那些碍事的羽翼统统剪除掉，他们就不会再追杀你。”

丁秋云仰头看他，只觉如坠噩梦。

然而同伴的尸体还在一旁，而流过他脸颊的泪水也变得滚烫。他的声音里带了哭腔：“谷心志，你有种直接冲我来啊！”

谷心志却温和地说：“我就是冲着你来的……一直都是这样，从部队里开始，就是这样。”

谷心志蹲下，平视着跪倒的丁秋云，口气更温和了一些：“你始终和我保持距离，要不是那次训练时出现的意外，你怎么会真正知道我对你来说是多重要的战友？”

说罢，他靠近丁秋云，小声道：“只是我没想到会让你受那么严重的伤。抱歉，我以后会把握好分寸的。”

丁秋云身体僵硬地听完谷心志所有的话，沉默良久后，竟莫名其妙地笑了出来，笑得浑身发抖。

他最看重的谷心志害死了他的战友，并说这一切都是为了他。多好笑啊。

渐渐，丁秋云笑得累了，双眼里只剩下无边无际的疲惫与空洞。

三天后，监牢里的丁秋云终于带着向他的战友赎罪的绝望心情，和主神做了交易。

看完所有的世界线内容，池小池唯一的感觉是，稍等，我撸个豹压压惊。

4

池小池右手边的被子隆起了一块小团子形状的东西，显然是那只嗷嗷待哺的小豹子，也不知道它是什么时候爬上床的。

池小池揭开被子，发现小豹子的睡姿很有趣，它和人一样仰面躺着，翻出肚皮上细细的软毛，两爪放在耳边，肉色的小鼻子一耸一耸的。

池小池把手探到它的小爪垫上，轻轻戳一下。

它动了动，伸开爪子抱住了池小池的食指，翻了个身，侧躺着含住了他的指尖，作吮吸状，微突的牙齿一下下咬着池小池的手指，像在撒娇。

池小池知道，它大概是把自己当成母亲了。

当初为了照顾狗肉，池小池特意跟着娄影去了宠物店，不过学到的都是如何照顾猫、狗，以至于看到这种大型猫科动物，池小池的第一反应仍是给它吃一份妙鲜包。

池小池去逗它："你真要跟我走啊？跟我走可没肉吃。"

小豹子醒了过来，蒙着水翳的蓝灰色眼睛微眯着，本能地往池小池怀里钻去。

池小池心软了，心想，它这么小，又能去哪儿？说不准一出门就给人一勺烩了。

池小池跟它下了最后通牒："咱们先商量好啊，你敢吃我，我就敢吃你。"

小豹子趴在他胸前，似乎很满意这个新的休息地点，呼呼睡了。

池小池问："六老师，它能听懂我说什么吗？"

"它是普通的豹子而已。"061 说，"体内既没有癌细胞，也不会进化出智能。"

池小池翻了翻丁秋云的记忆，不由想道，还是没有智能比较好。

万物皆有灵性，自然是好。

万物皆有人智，同时又具备千万年进化而来的兽性和猎食技巧，才是真正的可怕。

距离凌晨三点还有半个小时。

趁这段时间，池小池将国内所有即时卫星地图下载完毕。

此次灾变不同于地震、泥石流之类的地质灾害，地形是不会大变的。有一份地图在手，寻找物资时也能少走些弯路。

061 问他："谷心志那边，你打算怎么办？"

"能怎么办呢。"池小池慢条斯理的，"对付这种人，我不死一次，他不会认为自己有任何错。"他挪了挪身子，以半开玩笑的口气道，"你们的主神到底有多想让我死啊。"

他这一动，仰面在他身上睡着的小豹子像要醒来的样子，拿小爪子轻轻扒拉着鼻子。

池小池一手拿着通信器，一手拿指尖自上而下地轻轻捋着它软软的肚子。

小豹子渐渐安静了下来。

061 笑："你对它真好。"

池小池镇定地抚摸着小家伙，大言不惭地道："当然，这是我的储备粮嘛。"

储备粮听了想咬人。

061 还想问问他打算怎么处理谷心志时，时间到了。

“嘀”。

空调风机送出最后一阵暖风，像是发出一声低沉的叹息，随即停止了运行。

普通人类的时代，终结在这一声叹息之中。

池小池单手抱住小豹子，从床上翻身坐起来，把它藏进尚存余温的被窝，抓了个手电筒，在黑暗中直奔丁父丁母的房间。

温度调节系统关闭，可调温锁温的智能玻璃变回了普通玻璃，房中积蓄的热气被野兽似的寒气迅速吞噬，只是从下床到敲响父母房门这段短短的距离，室温便肉体可感地下降了。

握上父母房门的把手时，一股冷意从指尖直蹿上来。

丁父丁母都还没醒来。被子确实能够给人一种温暖又安全的错觉。

池小池把人推醒：“老丁头，恒温系统停了。”

丁父还有些迷糊，坐起身来：“没事儿，在家里等着吧，应该一会儿就会恢复的。”

池小池温和地道：“应该是全城大停电，万一一整个晚上都不能恢复呢，咱爷俩儿扛得住，丁姐未必受得了的。”

丁父想想觉得也觉得有道理，把丁母叫起来，打算去车里过一夜，池小池则取来了两件防寒服，打着手电筒，帮助父母把衣服穿好。

丁父拿到防寒服时有点儿惊讶，问池小池衣服是从哪儿来的。

池小池答说，今天特意回家，就是因为最近天气转冷，想给老两口送套防寒服，以防万一。

丁父很信任儿子，问过一句便罢了。

一旁的丁母笑着说：“孩子长大了，有孝心了。”

池小池笑笑，出了房门，便忙着把父母的洗漱用品、用惯了的杯子、接近完工的双面绣装进包里。

忙完这一切，他抬腕看向新买来的多功能表。

凌晨三点十分。

在这个时间点，应该已经有许多人在睡梦中被冻醒过来，却不愿离开家，瑟瑟发抖地等待着供暖系统恢复，直到被子也被冻透，变成一床又冷又沉的裹尸布。

确认丁父丁母已经收拾停当，池小池单肩挎上背包，几步回到卧室，把多赚了二十分钟睡眠时间的小豹子抱出来，拉开衣领，把它塞了进去。

临走前，丁母还想喝口水，谁想到拧开水龙头，却发现水管整个冻上了，滴出来的几滴水也冷臭难闻，满是锈味儿，不禁掩鼻惊异地道：“怎么了这是？”

丁父的脑子还算清楚，发现情况似乎不大对劲，也不死守在这里追根究底，扶着妻子的肩膀说：“走吧，去车里。”

推开门后，走廊里沉寂如死地，有三四户人家像丁家一样，简单收拾了东西，打算去车里过夜。

电梯自然是停了，于是大家纷纷走楼梯。

自从 AI 开始时兴，人情便淡漠了许多，大家习惯于通过显示屏聊天，却不擅于与活生生的人面对面地交流。碰面后，大家沉默地彼此点一点头，就算打过了招呼。

只有丁母开口问道："贺先生，您家的水也停了吗？"

姓贺的先生"嗯"了一声，单手握着通信器，充作照明工具，并将怀里昏昏欲睡的孩子往上抱了抱，动作与表情是一样的戒备。

小姑娘看上去七八岁的年纪，把脸闷在贺先生怀里，瓮声瓮气地道："爸爸，你身上好冷。"

贺先生说："爸爸不冷，你好好的，再睡一觉，啊。"

小姑娘说："你冷的，我给你暖暖。"

说着，她稚嫩的小手便从小毯子中伸出，护住了贺先生的脸。

贺先生打了一个激灵，急忙捉住孩子的手腕，重新妥帖地塞入小毯子中，眼角余光略紧张地扫过身边的邻居。

借着手电筒的光，池小池看到了某样东西，眼睛微微一眯。

061 也发现了不对："小池。"

池小池："嘘。"

孩子身上只裹了一层单薄的小毯子，不像是为了保暖，更像是为了遮掩。

而女孩伸出的手腕上，青灰色的灰暗皮肤异常显眼。

一个普通人类父亲和一个归来者女儿。

当然，就现在的时间点而言，所谓的归来者，是众人眼中的怪物、异类，不应存于人世。

近日来，有关部门正在按照医院提供的癌症不治的患者名单，挨家调查谁家有归来者，如果有主动举报者，可发放一定数额的奖金。

这也是这位父亲遮遮掩掩，不愿将女儿示人的原因。

但他完全是多虑了。

这是别人之事，池小池没打算去管。

一家人下到了负二层的停车场。往日闷热的停车场现在冷得如同冰窖一样。

已经有不少人发觉不对，拖家带口地躲进了车子中。为了节省汽油，多开一段时间的空调，所有车子都关了车灯，只剩下一张张不安的脸隐藏在窗玻璃内，惊慌地注视着外面冷沉沉的漆黑。

没有了 AI 的庇护，被娇养惯了的人类脆弱得不堪一击。

停车场里回荡着车子引擎的轰鸣，然而散发出的热量很快就被蛇似的黑暗吞噬殆尽。

这里简直像一个大型的停灵间，每辆车都是一台活“棺材”。

丁父去发动车子，按了许久自启按钮也不管用，只能用车钥匙不太熟练地打开车门。

坐到车中，久违的暖风徐徐而至，叫丁父丁母都松了一口气，但池小池没有放松。

准确来说，是他体内属于丁秋云的本能起了作用。

丁秋云在末世生活多年，养成了极其敏感且强悍的神经，如今虽然身体仍不能适应乍变的气温，但面对危险的感知力还是远超普通人类，甚至比一些归来者更有经验。

坐进副驾驶座位后，他将耳朵贴在起了一层水雾的窗玻璃上，在耳内血液的流动声外，听到了另一种格外古怪的窸窣声，仿佛是某种爬行动物的鳞甲在地上摩擦的声音。

池小池脸色一变：“老丁头，快走。”

暖风扑面，吹得人昏昏欲睡，丁父刚打算休息，听儿子口气有异，一边诧异地问一边握住了方向盘：“走哪儿去？”

池小池：“去……”

蓦地，有人“砰”地一掌拍上了池小池所在一边的窗玻璃。池小池耳朵一麻，撤开身，伸手抹去了玻璃上的暖气水雾。

外面空无一人，但是玻璃外隐约浮现出了一个类似小孩手掌印的东西。一个童音细声细气地道：“叔叔，救我呀。”

坐在后座的丁母也听到了声音，下意识地就要去打开车门。

池小池眼疾手快，先手动按下锁车键，将车门全部锁死，随后回过头去，皱眉冲丁母摇了摇头。

丁母有点儿不解：“秋云，有孩子在外面。”

池小池比了个噤声的手势，指着那个手掌印让丁母细看。

人的手汗，会有可能是绿色的吗？

他怀里的小豹子跳到膝盖上，耸起后背，摆出了戒备状，喉间发出稚嫩的低吼。

这时的它，才让池小池觉得这是一只真正的豹子。

敲窗不成，外面的东西开始拉动车门。

“啪嗒”“啪嗒”“啪嗒”。

拉门声愈来愈急，但那个孩子的声音依旧甜美而无助，透着股叫人心悸的无辜：“快开门呀，叔叔。我在这里呀。把门开开，开开，开开。”

丁父丁母本来就不是迟钝的人，此时也意识到事情不妙。

正在夫妻两人面面相觑时，停在丁家车辆正对面的一辆车内传来了一声凄惨的人的惨叫声，车辆开始左右晃动，像是有人在其中挣扎滚动。

丁父立刻打开了远光灯，一眼看过去，差点儿犯心脏病。

对面车的前挡风玻璃上已被会动的爬山虎覆盖，再看不到人影。

是的，爬山虎。

物业为了美化小区环境，特意在小区内开辟出了几处仿植物的 AI 爬山虎墙。而这苍翠的 AI 植物和许多其他 AI 植物一样，在末世来临后，成了杀人利器。拥有了智能的爬山虎在第一时间判定，它最理想的肥料便是人类。

于是，人类变成了它们的肥料。枝叶穿透了人体，在人的躯壳中肆意穿行，极其餍足地从人身上汲取血肉，大口大口地吞咽着。

他年轻的妻子打开车门，尖叫着逃向楼梯，然而没逃出几步，就被一股怪力拽倒在地。

爬山虎藤缠住了她的脚腕，将她拉到了附近一辆车的车底。

女人的高跟鞋踢蹬得那辆车摇晃不已，伴随着骇然和疼痛的尖叫，那辆车的主人则缩在车中，抱紧方向盘，咬紧牙关，一动不敢动，任由一场掠杀在自己的车底发生。

很快，车下就没有声息了。

爬山虎藤满足地爬向了下一辆车。它将自己的枝叶摇摇晃晃地升起，模拟出一个小孩子手掌的形状，拍打了下一辆车的玻璃，并发出孩童般稚嫩的声音："叔叔，开门呀。"

5

停车场里的车主们受了惊，纷纷把车发动了起来，夺路而逃。

丁父骇然，简直不敢相信自己的耳朵："它们……会说话？"

准确说来，是拟声。利用叶子的高速振动，模拟出近似人的声音，因为偏尖细，所以更像幼童。

在丁秋云的记忆里，大多数 AI 植物都学会了这一技能。吃过几次亏后，丁秋云每次听到幼儿的呼救声，都会长个心眼，绝不会轻易施救。

池小池拒绝细想这爬山虎是从谁那里学会了"叔叔，开门"这句话，示意丁父快些离开。

丁父缓过神来，也立即踩下了油门，然而车子只驶出了半米，便是狠狠地一停一坠，仿佛被什么东西拉住了。丁父脸色大变："车胎里绞东西了！"

爬山虎已经爬到了地下二层，在来的路上，它大概已经用它学得的新招吸取了不少血肉，茁壮得足以控制住一辆打算逃离的车辆。

池小池没再犹豫，戴上护指的皮手套，从包里扯出一件毛衣，从车内副驾驶置物箱里拿出自动打火机，点燃袖子后，道："爸，别松油门，等我出去就把门锁上，等车子能动了，就开车，往梧桐东路方向一直开，别回头。"

"秋云！"丁母大叫。

在火焰越来越大时，池小池回过头，扯松自己的衣领，火光映亮了青年淡棕色的瞳仁。他笑道："丁姐，别怕。我赶得上。"

池小池猛地打开车锁，推开门去，先将熊熊烧起的毛衣甩出，瞬间逼退了附着在窗户上冷冷窥视的怪物。

他背着包，从敞开的一条隙缝中闪身而出。

"砰"的一声，车门关上了。

无论如何，仿造植物制造的AI不可能轻易摆脱植物的本能，植物始终畏火。

池小池在此时将身体交还给丁秋云，后者默契地接管过来，左手提着一团烈火，右手从防寒服腰后抽出藏好的匕首。

在扬火扫清了尝试缠绕他脚腕的爬山虎的同时，他反手将一刃寒芒从脑后割过，堪堪斩断已经缠绕上他脖子的爬山虎藤蔓！

"噗"的一声，温热的植物汁液溅了他一脸。

他就近将那断蛇一般试图爬上他脸部的藤蔓扯下，确保脚下安全后，便拔足冲至汽车右后轮处。黑压压的藤蔓绞缠着轮胎，像是女人的头发，即使被高速空转的车轮碾压得汁水横飞，它们也无动于衷。

然而一遇到火焰，藤蔓立即尖叫着后退。

轮胎一松，汽车立刻转了个弯，轮胎表面在地表摩擦出尖锐的声响，绝尘而去。

池小池松了一口气。

丁父是个果断的人，且对当过兵的儿子极为信任。这样就很好。

父母平安离开后，池小池将目光对准了自己停靠在一边的摩托车，好在，现在并没有多少爬山虎攀附其上。

毛衣即将燃尽，他快步奔向摩托，跨坐上去，把钥匙插入，试图发动。

拧了一下，因为引擎过冷，没能发动起来。

第二下，仍是徒劳。

火焰已经渐渐微弱，爬山虎们鬼魅似的包围过来，窸窸窣窣，朝着这营养丰富的人肉花盆进发。

池小池连续拧动数下，被冻透了的车子仍无法正常启动。

眼看猎物无法逃遁，爬山虎们居然停了下来，围观起来。它们竟然像猫科动物一样，进化出了逗弄猎物的恶劣习性。

在它们的观察之下，这个人除非脱掉自己身上的衣服，再引燃一次，否则他不可能再生起成规模的大火来。但这样的话，他很快就会被冻僵，然后便会被分而食之。打头的几棵植株如同眼镜蛇似的昂起头来，叶片收缩鼓动，发出幼童般的尖笑："嘻嘻。"

池小池从半开的背包里拿出一样东西——防风打火机。

当小小的淡蓝色火苗跳出时，这些几乎已经成了精的爬山虎竟然丝毫不避开，笑声尖锐得已经变了调。它们自从拥有接近人的智力后，就一直在孜孜不倦地学习，因此它们认得这是什么。

在来的路上，已经不止一人试图拿这种东西吓唬过它们了。

然而现在的打火机都有防爆设计，结实无比，即使用吃奶的力气摔在地上也不会爆裂开来。

它们就静静地等待着这个人类发现吓不走它们，进而走向癫狂。

当这个人类惊恐过度地把打火机丢到它们身上时，它们便会一拥而上，从眼前人身体的任一窍钻入，再从任一窍钻出，吸干血肉，好积蓄攻击下一个人的力量。

在爬山虎们振动着叶片、彼此交流着下一步的行动计划时，池小池又拿出了一样东西。

今天下午，他从商场购买了小型的手持型灭火器，约有一罐保湿喷雾大小。而在用密封罐蓄水的等待时间里，他将灭火器拆开，用买来的烈酒灌装其中。池小池将罐子举起，摇了摇，随后将喷口对准了燃烧的火苗，按下喷射按钮。

“嗤”的一声，熊熊烈焰汹涌而出，停车场的一隅被火光映亮。

那些耀武扬威的爬山虎没料到如此突变，被烧得惨叫连连，纷纷龟缩至旁边的轿车底下。

池小池：“嘻嘻嘻。”

以自己和摩托车为圆心，把周围清出约一米的安全区后，池小池又开始发动车子。

摩托车被发动了，池小池拿起头盔，以最快速度戴上，为保证安全，又用同样的方法清了一遍场，才踩下了油门。

他从燃烧的爬山虎上直接碾压过去，朝丁父丁母离开的方向追去。

开出一段距离，隔着头盔的茶色玻璃，池小池看见了触目惊心的一幕。

是刚才他们在楼梯上遇见的贺家父女。

从刚才与爬山虎们对抗时，池小池便隐隐听到这个方向有惊呼和惨叫声传来，只是这样的声音在这地狱似的停车场里处处可见，直到走近，他才看清发生了什么。

贺家的车子在上坡处被逼停了，车窗玻璃被挤破。归来者小女孩站在车外，茫然四顾。

不难想象，刚才在这里发生了什么。

根据丁秋云的记忆，大部分异化的生物对归来者的血肉是不感兴趣的。爬山虎们无视了小女孩，并带走了她在这世上唯一的亲人。

她止不住地掉眼泪，而无数逃命的车辆从她身边的车道呼啸而过，谁也没有胆量停下。

小女孩早已没了和爬山虎以命相搏的气力，哑着嗓子哭号：“爸爸，爸爸。”

生死存亡之际，没有人注意到她的声音。

池小池的摩托车在她身边不远处停下，他看了看脚边一颗颅骨，来到女孩身边。

他问了第一个问题："你妈妈呢？"

小女孩抽噎着，摇了摇头。

第二个问题："你有家人吗？"

小女孩抬起通红的眼睛，轻声道："他们怕我。"

池小池看着不远处蠢蠢欲动的藤蔓，把手递给她："要上来吗？"

小女孩点了点头，坐上了池小池的后车座，她已经没有别的地方可以去了。

池小池带着这个从半路捡来的归来者，驶入了无边的夜色中。

停车场入口的护栏已经被撞破，远处的高层建筑物着了火，升起腾腾的白烟，仿佛变成了一只巨大的烟囱，其间已经隐有明火闪动，但里面的人大概再也等不到消防车了。路两旁的商店已经发生了暴乱，有人头破血流地倒在地上，有人在踹门，警报系统鸟似的叫成一团，吵得人脑仁作痛。

池小池沿着梧桐东路一路前行，身旁有高速行驶的车辆，从他身后争先恐后地赶到他身前去，又消失在路的尽头。

池小池觉得自己像是一棵被一群蝗虫掠过的麦穗。不过，他觉得身子格外暖和。

"六老师，别调节我的体温。"池小池发现有些不对，提醒061道，"等我们走后，丁秋云还要过日子。"

目前，丁秋云的身体还未适应这末日的极寒天气，池小池得为他的将来考虑。他又想起了些什么："对了，六老师，你现在尽可能安静一些……"

这时，身后的小女孩突然"咦"了一声。

池小池回头："嗯？"

小女孩小声道："你的小狗。"

不等小女孩解释，池小池便察觉到自己脖子上多了一条熟悉的、暖洋洋的围脖。

他还以为这小东西留在车上了。

小豹子好似有些不安，拿湿漉漉的鼻头轻蹭着他的后颈，蹭得池小池有些痒："嗷呜。"

池小池轻声安抚道："没事儿的。"

很快，前方出现了丁父丁母的车。

车子已经停了下来，打着双闪，丁母的脸颊冻得透白，她却不肯进车里暖和暖和，执意在车旁等待，看见儿子的身影，紧张得佝偻起来的身体才放松了不少。

丁父丁母随意停车的举动其实非常不正确，只要来个年轻力壮又没什么道德标准的小流氓，他们的车就保不住了。池小池打算找到机会再教父母这些末世里的生存常识，免得吃了亏，才晓得后悔。

他拉过那小女孩，想向母亲解释一下她现在的状况，还未及开口，他耳畔便飘来了一阵熟悉的手链铃铛碰撞的清脆声音。

池小池身形一滞，循声望去。

一名少女从丁家的车里钻出来，满头都是灭火器的白絮。

她也知道自己这副样子不大能入眼，马上抬手扫去发间的白絮，手链丁零零响成一片："你好你好，我实在太冷了，想借你们的车取一取暖。我是……"

接下来她将要说的、想要说的，池小池全部清楚。

她是个被狗血桥段充斥一生的人。刚生下来时，她被医院确诊患有癌症，直接被抱到了孤儿院里，戏剧的是经体检复诊，确认她其实并没有病，是个健康的孩子。

数据库弄错了数据，导致了她一出生就被抛弃了。

好在她是个足够坚强的人，在孤儿院里也没学坏，爱说爱笑，讨人喜欢得很，经常外出打工，在那些尚未普及 AI 的小超市里做搬运工，她一次能同时搬起三箱啤酒。

灾变来临时，在仓库值班的她被一群进化出了智能的老鼠堵住，好不容易才利用灭火器逃生，跑到大马路上，想要寻找一个同伴。

少女简单地介绍了自己的来意后，自我介绍道："我叫颜兰兰。"

她伸出一只手，右腕上的手链随着她的动作响个不停。

丁零零，丁零零。

颜兰兰觉得对面的青年的眼神似乎有些恍惚，但很快又坚定了起来，轻轻握了握她的手："丁秋云。"

而此时此刻，在丁秋云重新遇上颜兰兰时，两条冷冰冰的通知信息自一大型 AI 终端发出。

"检测到仍有部分 AI 在持续运行。"

"总系统将对尚在运行的终端发送 μ 病毒，强制停止运行。"

◇ 武器，病毒，小队重组

1

颜兰兰邀请他们去仓库里躲避。

她的想法是，有丁秋云等人搭把手，那些变异的老鼠应该可以被轻松地赶跑。在室内总比在室外更安全，更何况还有足够的食水能够取用。

池小池婉拒道："不了。"

毕竟很快，室内将迎来大波归来物种的洗劫，一点儿都不安全。

颜兰兰说："那去拿点吃的也好，等天亮我拿工资赔给老板。"

池小池没有告诉她，对普通人类而言，已经没有什么天亮可言了。他说："老鼠带疫病，万一被咬到，连个打破伤风的地方都没有。还是不要冒险，跟我们走吧。"

池小池第一时间去了地图上标注过的几处药店。

现在大多数人想到的只是去哄抢食水，还来不及想到"储备药物"这件事。池小池十分顺利地取走了一部分抗生素，甚至还拿来了一些维生素C，因为他记得丁母很容易得口腔溃疡。

在接下来的漫长冬日里，这些药物是用万贯家财都换不来的财富。

他去的最后一家药店，距离市公安机关仅有二十米。这也是他的有意安排。

在拿走一批抗生素药物后，他出门右拐，径直走进里面。

全市已经陷入动荡之中，报警的人太多，能够出动的警力已经全部派出，留守的人也因为熬不住寒冷，纷纷躲入车中，搓手取暖。原本固若金汤的安全系统成了一堆废铁，因此池小池得以轻松潜入进去。

之前经历灾变时，丁秋云也来过这里，但那时，这里的武器库已经被洗劫一空，留下的只是几样能量告罄的激光类武器，然而自动充能系统早已罢工。就算搬走，这些玩意儿最多也就能在与敌人对阵时充个门面，真动起手来，只有被对手捶得满地图嗷嗷跑的份儿。

但当时丁秋云还是搬走了它们。后来，它们被丁秋云改造成了手电筒，专门用来吓唬畏光的生物。

进入武器库中，池小池环顾四周后，长嘘了一口气。

感觉丁秋云的血液沸腾燃烧起来，原因是任君取用的枪支弹药挂了整整一仓库。空气中满是枪油的淡腥味。

池小池就近摘下悬挂在墙上的一打小香瓜大小的手榴弹，捧在手里时，竟产生了一股亲吻上去的冲动。

池小池跟体内的丁秋云打商量："喂，大哥，冷静点儿。你要真的喜欢，晚上拿弹药箱铺个炕睡在上面都行。咱们先搬。"

池小池不懂武器，因此他把身体交还给了丁秋云，由他主选。

在别的事情上，丁秋云总是爽朗大方，但偏偏一见到武器就失了控，近乎贪婪地搜刮着仓库内的每一个角落，把每一样可能派得上用场的武器都堆在了身边。

他控制不住地自言自语。

"有这个，兰兰就不会死了。

"如果没有用鸟铳，那个时候不会误伤到小孙的腿……

"当时就差几发子弹，就差几发，我就能把老景救出来。"

每个死去的人的名字都在他心上滚过千遍万遍，最后全成了刻在丁秋云心里的碑。

他背负着两世的碑，咬牙前行，却甘之如饴。

丁秋云将所有需要的武器挑选出来后，池小池便开始有条不紊地整理起来。

金黄的子弹带压在一起，装了足足六大箱，在手电筒的照射下反出黄铜的光泽，手雷密密匝匝地排列在箱子之内，个个都有拳头大小，三四支微型冲锋枪被池小池斜背在身后，冰冷的枪管却给人一种温暖又踏实的错觉。

061 自觉地将所有武器一一转化为数据。

池小池微微皱了眉："六老师，不用，我自己把东西搬出去就好。"

061 说："重。"

池小池说："现在全球的 AI 都该陷入静默了。你如果调控数据太过频繁，会引起它们的注意。"

061 轻声一笑。其实，在池小池听不到的地方，061 的防火墙狂响不止，有异常病毒正一次次发动攻势。而在帮池小池转化武器的同时，061 根据防火墙传回来的病毒讯息，一次次飞快地更新优化着防护壁垒，并迅速根据已知信息编出一段新的病毒数据，准备着手进行病毒反攻。

但池小池能听到的，只有他悦耳的笑声。

061 坚持道："实在太重。我来就好。"

池小池颇为无奈："六老师……"

061 温和地打断了他："小池，现在我有能力照顾好你，也有能力照顾好我自己。相信我。"

话一出口，两人都怔住了。

061觉得自己这句话说得很自然，仿佛这话在他心底复习过千百遍，只等着说给一个人听。

池小池则是猛然一颤，热血上涌，以至于耳朵迅速发起热来。

一直黏着池小池的小豹子趴在他的肩头，对突然变红的耳朵颇感兴趣，凑上去，嗅了嗅。

池小池因此打了个激灵，方才回过神来，回身戳了戳小豹子的鼻尖，示意它不要捣乱。

小豹子拿热乎乎的鼻尖顶着他的脖子，并努力把自己的小屁股坐进池小池的锁骨轮廓之中。

在池小池带着丁秋云开始新一轮的捡装备时，061集中了精神，把入侵模块和驻留内存模块两部分加以完善，并对防火墙传输来的病毒数据进行紧锣密鼓的修改。

一切准备就绪后，061打开了防火墙，放任μ病毒入侵。

μ病毒还未及控制中枢，就被威力更加强悍的新μ病毒绞杀成了碎片，陷入瘫痪，再无法正常运行。

061为他这份病毒礼物精心包装上了一层“反馈信息”的礼品纸，按原路发送回去。做完这一切，061总算舒缓了神经，发出一声满足的叹息。

池小池忽然听到一声叹息，伸手揉揉耳朵尖：“怎么了？”

061笑答：“没有，一切正常。”

结束了第三轮搜刮，丁秋云才安下心来。他已经搬走了大半个武器存储库，而能够保护人的武器，远比充足的食物与水源更能让丁秋云满足和安心。

池小池取了两把激光短枪，别在腰间，朝外走去。

待他走到公安局门口，竟看见一个留着厚刘海的小青年正神情激动地对丁父说着什么。

丁父从驾驶座里钻出，举高双手，极力想要劝服他。

小青年却根本听不进去，握着一把菜刀，大声呵斥：“别跟我扯那些没用的！滚下来！把车给我！

叫贺婉婉的归来者小姑娘呆愣愣地望着这个凶神恶煞的陌生人。她还未从丧父的悲伤中走出，也不是很能明白，她花了八年时间熟悉的世界，为何会在一夜间变成这副模样。

同样坐在汽车后座的颜兰兰急得磨牙，手里提着已经成了空瓶的灭火器，琢磨着要怎么钻出去，要从哪个角度动手，才能把这个拦路抢劫的青年拍得伤而不残，痛而不死。

小青年一看就是惯犯，已趁着大乱时抢了不少东西。但显然，他的眼光不大好。他口袋里装满的花花绿绿的各色钱、卡，在接下来的末日严寒中，连烧来取暖都不是很合算。

抢了许多废物后，他终于瞄上了一个很实用的目标。

这辆车里只有两个老年人以及一个看上去娇俏又懵懂的年轻姑娘，尽管这老头一直说他当过兵的儿子马上就会回来，请他尽快离开，小青年也只当他在虚张声势。小青年暴躁地道："少骗我！全都从车上给我滚下来！否则我……"

池小池自后面走来，倒握枪柄，干净利落的一记横击，立刻把那孱弱得像猴子似的小青年打得原地空转三圈，捂住脑袋哀号起来。

池小池活动了下手腕，问丁父："老丁头，他是干什么的？"

不过瞄到他手上的刀具，池小池也失去了追根究底的兴趣："算了，总不会是来问路的。"话罢，他瞥了那小青年一眼，"滚。"

小青年被吓坏了，连菜刀也没顾上拿，一手护着脑袋，一手紧揪着装满钱、卡的口袋，踉踉跄跄地逃远了。

这一击，池小池成功"爆"了他的装备。他弯腰把菜刀捡起来，查看一下，发现应该也是偷的，刀面是精钢的，崭新崭新的，还没使用过。他对061说："没收了。正好没买菜刀。"

061笑，觉得池小池格外精明，是真的很会过日子。

注意到池小池一手握枪一手提刀的造型，丁母吓了一跳："秋云，这东西可不敢拿啊。"

池小池没敢说自己身上还扛着大半个军火库，坐入车内，向丁母解释："借来防个身，也免得再遇上这样的货色。"

丁母还想说些什么，却听见小豹子又轻声嗷了起来，哼哼唧唧的小声音听得人心里发软。池小池摸摸它的小肚子："饿了？"

小豹子拱进了他的怀里。

池小池"哎"了一声，把那个捣乱的小家伙放在了腿上，从包里取出奶瓶。

保温瓶里还有满满的热水，他倒了一些，分给丁父、丁母、颜兰兰与贺婉婉，又用剩下的调了羊奶粉，加了鱼肝油，放进宠物专用奶瓶摇匀，试了试温度，确认可以入口了，才将橡皮奶嘴喂入小豹子口中。

它仰躺着，抱着比它还大一点儿的奶瓶，吃得直吧唧嘴。

颜兰兰生平第一次见识到，有人逃亡时不仅带了猫，还带了猫咪的全套生活用具。她艳羡道："你这只猫一定很贵吧。"

一直不与其他人交流的贺婉婉突然反驳道："是狗。"

接下来，一大一小两个孩子对"煤老板"指指戳戳，就"这到底是猫还是狗"展开了亲切而又友好地讨论和争辩。

知道煤老板真实身份的池小池就静静地听着她们讨论。

为了不暴露061的存在，池小池搜装备的同时也带回了一些食物，让大家吃了一些，好补充体力，保持清醒。

其间，061再次问及池小池，要怎么对付谷心志。

在末日生存是一回事，完成任务又是另一回事。061 想，目前最好的办法，是在一切未发生前，找到谷心志，并把他拉入队里，既能壮大队伍力量，又能避免他将来被招徕，为 AI 服务。

这个办法哪儿哪儿都没问题，就是有点儿恶心人，外加有一定的安全隐患。毕竟这样一个情感淡漠，控制欲与占有欲又极强的人，对他们来说委实太不安定，他难免会走极端，对团队安全也是个潜在的威胁。

在 061 说出自己的想法后，池小池一挑眉："你的主意不错。"

说着，池小池先是使用了一张高级的时间压缩卡，随即甩出一张新的功能卡，将功能卡按照操作说明浸入丁秋云的记忆中，提取了一段完整的记忆。

"不过……我有一个更大胆的主意。"

名称：制梦卡

持续时间：三分钟

件数：1

品质：精良

类型：一次性使用品

所需兑换点：10 点好感值（3 点悔意值）

介绍：南柯一梦梦馔食，睡到人间饭熟时。

该卡功能，俗称"梦里什么都有"。

池小池兑过许多卡片，但数这张卡片兑得最多，一是价格低廉，二是实用性强，有时他想要一夜的安睡，就拿这卡片往自己身上招呼，将梦境调至空白，这样就不会被梦境侵扰。

以防万一，池小池在上个世界线囤积了大量的制梦卡，就是为备不时之需。

现在，这批存货可以派上用场了。

短暂的休息过后，池小池钻出车门，掏出钥匙，发动了摩托车，随汽车一道驶入了无垠的夜色中。

天上开始落雪，而趴在他肩膀上的小豹子钻进了他的防寒服内，用自己的体温暖着池小池，并侧耳细听着他近在咫尺的心跳。

本市的中枢 AI 之一已经停止了几乎所有功能的运行，只保留了最基础的发送与接收功能。μ 病毒使得还在运行的各个 AI 终端一一关闭，并向发送 μ 病毒的中枢 AI 传送回已被强制停止运行的讯息。

当中枢 AI 接收到一个貌似和平的"关闭讯息"时，它自动选择了接收。防火墙立即尖锐地叫嚣起来，显示"有病毒入侵"。

可一切已经晚了。

它连一个质疑的信号都没能发出，便被威力极强的麻痹型病毒和铺天盖地的大规模文件下载量冲到直接死机，而且发送技能被临时关闭，无法发送任何讯息。

一只软乎乎的小豹子头像占据了它所有的页面，伸着小爪子向中枢AI亲昵地打着招呼。很快，中枢AI接到了上级AI发来的警告："请沉默，重复一遍，请沉默。"

中枢AI想要发送报错申请，说明这里的情况，然而它什么都做不了，病毒已经彻底控制了它。

上级AI一次警告不成，便认定这又是一个"造反"的AI，直接发送了强制停止运行的指令。

即μ病毒。

在μ病毒侵入的前一秒，小豹子病毒停止了运行。

中枢AI被μ病毒侵占，陷入了永久的沉默之中。

而小豹子病毒冲中枢AI挥了挥爪，示意"再见"后，便重新披上了"关闭讯息"的伪装，自动沿着线路上溯，向着关闭了中枢AI，发送了μ病毒的上级AI而去。

2

池小池骑着摩托车，在前面领路。

隔着头盔上的风镜，池小池望向这个秩序颠倒，慢慢向废墟转变的世界。

他借着车灯光亮，在路边看到了一个冻死的人。那个人脸朝下趴着，像是宿醉的醉汉，身体紧蜷，唇角带笑，压在地上的半张脸边缘已经出现出了不正常的肤色。

池小池转过脸去，不再细看。

将近天亮时，起了雾，路况愈加恶劣，轻微的剐蹭事故层出不穷，好在现在大多数人还在家里忙着加衣加被，路面上不至于堵车。

池小池一行人将车子开出了城。

天边泛起了鱼肚白时，他们出了城，在本市的服务区停了下来。

因为爬山虎的阴影，丁母当然不会提回家的事，但正常人遇到祸事，第一反应还是找个安全又熟悉的所在躲起来："秋云，咱们回你租的房子吧，实在不行找个酒店……"

池小池不想告诉母亲，躲在酒店和居民区里的普通人类，基本上是第一批成为奴隶的。他们就躲在那么小的笼子里，就像自愿把自己囚禁起来的金丝雀，简直一抓一个准儿。

池小池将此事按下，说："咱们先加个油。"

这处服务区，原本是丁秋云在灾变发生半年后才找到的一处固定落脚地。

全球异变后，丁秋云父母俱亡，熟悉的朋友全部离散，他便骑着摩托，朝与此地相反的方向驶去，在附近省市绕了一圈，才带着十几个队员路过了这处服务区，在这里认识了老景。

老景是个女人，全名景子华，二十七八岁，不老，而且相当明艳漂亮，但她喜欢别人叫她老景，仿佛这个称呼更悦耳似的。

她是个离婚了的单亲妈妈，自己带着儿子一鸣生活。离婚前，她是全职主妇，离婚后受读硕士时的老同学照顾，进入一处服务区工作。

灾变发生前，人们习惯依赖自动化设施，因此，她这份工作和丁秋云的工作性质没什么差别，日常工作只是维护系统以及防止有人偷盗。

这是个很有意思的女人。她总是冷冷的，躺在摇椅上，像云南男人一样，在屋里烧根水烟袋，口中徐徐冒着白烟，一缕碎发从额前垂下，女人味十足，像古代话本小说里写的艳鬼，但没有一只艳鬼会用弩用得像她那么好。

丁秋云第一次见到她，她正拖着一头鬣狗往加油站走，那只鬣狗脑袋上插了根箭。

当时，颜兰兰远远看着，咽了咽口水："哇！"

丁秋云一行人也正好要休息，正准备绕行到这小服务区，老景便站住了脚步，直接拿弩对准了他们。丁秋云倒是反应得快，停下摩托："我们是来跟你交换物资的。让我们在这里休息一晚上。"

老景这才放他们进来。

丁秋云用一套防寒服做了交换。

晚上，他们留在服务区里，吃了一顿火锅。

丁秋云吃饱后，想跟老景再商量商量用物资换油的事情，虽然他们还有存货，但油多一点儿总不是坏事。而且他观察过，这处服务区规模虽小，却背靠着一处正规油库，近水楼台先得月，哪怕是地下埋设的油池，都足够她在这个末世里发家致富的。

这个服务区的看守人就老景一个，丁秋云也只能找她谈。

老景坐在床上，提了几个让丁秋云有点儿接受不了的要求，她要食物、烟、烈酒、棉被、帐篷、武器。

简而言之，什么都要。

丁秋云还想打个商量，便道："景姐，这实在有点儿多了，我们家满打满算十来口人呢，我不能自作主……"

老景："叫我老景，一百升油。"

丁秋云喜欢她的干脆，索性和她讨价还价起来："一百二十升。"

老景又说："我儿子睡了。"

丁秋云一时没明白过来这件事和他们正要谈的生意有什么关系："嗯？睡了挺好。"

老景把披散的长发扎起来："一百升油，饶一个我。"

丁秋云回过味儿来，脸一下红了：“不用。”

老景去解扣子。

丁秋云按住她的手：“真不用。一百一十升，这生意我做了。”

老景盯着他看了一会儿。

丁秋云这时还不忘安抚她：“景姐，你挺有魅力的，真的。但是，不用这样。”

老景抿着嘴乐了。

“过了这么长时间，总算碰上了个正人君子。”老景笑起来也是妩媚而冷艳的，一双猫眼微微眯着，“哈。”

就此，丁秋云与老景结下了合作的关系，一来二去，便熟了起来。

老景从不对众人讲她的故事，仿佛她一生下来就已经是现在的老景，以至于人生太过乏善可陈，没有什么精彩的经历可讲。

关于她的故事，还是颜兰兰与其他和老景做交易的人类小队交谈时知道的。

半年前，老景还是那个好强的女人，景子华。

她的儿子景一鸣刚满三岁，在灾变来临的前夜发起了高烧。

喂孩子吃过退烧药，景子华哄着他睡了，想再观察一下情况，如果情况不严重，就等明天换班后再带孩子去医院。

等半夜被冻醒过来时，景子华发现儿子已经烧得像一炉炭。她抱着儿子冲出屋子，拿体温暖着他，将他抱上车，才发现自己的环保轿车需要充电了。

此刻所有电源全部停转，她只得把儿子放在车中，自己顶着严寒，深一脚浅一脚地往便利店跑去。

与她一同值班的是便利店的小韩，而便利店的柜台里就有消炎退烧类的药物出售。如果能及时服药，或是借来小韩的车，儿子的病情应该还能控制。

不承想，小韩听过她的来意，丝毫没有怜悯之意。他涎着一张脸，笑嘻嘻地道：“没有代价就想拿药，不好吧？”

她哀求小韩，把身上所有的钱都掏出来摆在他面前。

小韩把钱扫掉，拿手电筒照着景子华美艳的脸：“这不是我要的。景姐，我喜欢你很久了。”

景子华当即啐了他一口，离开了便利店，开始哀求在服务区中休息的司机们，带她的儿子去附近的医院看医生。

有两个人嫌麻烦，拒绝了她，有一个热心肠的人答应了下来，说刚才答应老婆女儿早上七点钟会到家，送景一鸣去医院，恐怕得耽搁时间，他得跟她们打个招呼。

景子华对他千恩万谢。

不承想，她刚把孩子抱来，那个司机便一脸焦急地把通信器扔上了副驾驶的座位，对景子华抱歉地说道：“这位小姐，我联系不上我老婆女儿，问过其他人，他们也都是这种情况……”他冲景子华点点头，满面歉意，“对不起，我得赶快回家看看。”

凌晨三点，景子华陷入了绝望之中。

正如那个司机说的，通信中断，她也联系不上医院。眼看儿子体温越来越高，她只能把儿子安顿好，折返回便利店。

小韩好整以暇，笑着看她。

看到他手里握着的弹簧刀，景子华放弃了硬抢的念头。她让小韩如愿以偿，以此来换儿子救命的药。

半小时后，她拿着药往车上赶去。

但已经晚了。

孩子醒过来后，看见景子华对他说了许多话。他就睁着一双水汪汪的小狗似的大眼睛，一直等到景子华说完话，才小声问：“妈妈，你在说什么呀？”

是的，孩子的两只耳朵全聋了，行动也有了障碍，连挤牙膏都没力气。

景子华抱着儿子哭了很久，直到流不出眼泪来。

小韩后来又不怀好意地来敲了景子华的门，言语轻佻。景子华拉开门，默不作声地把他让进了门。趁小韩不备，景子华一把抱住他，将手臂绕至他的背后，一剪子捅进了他的后腰。

后来，景子华就变成了老景，守着油池，拿着用半个便利店交换而来的一把弓弩，想尽办法活下去。

跟老景熟起来后，丁秋云同她喝酒时问她：“干吗这么卖命呢？”明明靠贩油就能过得很好。

老景没听清他说了什么，她端起杯子，凑到唇边，突然表情柔和起来，侧耳细听了一会儿：“小丁，一鸣是不是叫我了？”

丁秋云听力敏锐，摇了摇头：“没有啊。”

老景一笑，将额前垂下的一绺头发挽回耳侧：“又听错了。”

看到这样子的老景，丁秋云想，他的问题不必问了。有了孩子的女人，会自觉主动地变成一个战士。

最后，老景的加油站被一队归来者围攻了。他们打算端掉这个一直为普通人类提供服务的窝点。

当时丁秋云的小队也在，他们当时身上没有携带足够的火力，此地油气重，又不能见明火，只能且战且退。老景熟悉地形，又擅长使弩，替他们抵挡了很久，还把一鸣交给了丁秋云，让他带着一鸣一起离开。

在成功脱身后，丁秋云本来想从后方包抄，掩护老景撤退，然而他们没有子弹了。

就差了那几发子弹，归来者们的包围圈成了型。

老景冲他们挥挥手，就躲在了一处油机边。她用丁秋云第一次交易时给她的手枪以及仅剩的一枚子弹，贴着油管，扣下了扳机。

整座加油站被掀上了天，把天际染得通红一片，犹如绚烂的火烧云。

丁秋云站在原地，久久地凝望着那片火海。

景子华跟丁秋云说的最后一句话是："跟你们做生意，到底是亏了。"

池小池将车辆驶入黑灯瞎火的服务区。

如果是现在的话，时间还来得及。

果不其然，方一驶入，池小池就看到一个焦急的女人在挨个敲打车窗，为自己的儿子乞求着一线生机。

她的样貌跟丁秋云记忆里的老景差不多，头发被绑作利落的马尾，衬得脖颈修长，看体态是个挺文弱纤细的女人，只是少了一点儿咄咄逼人的英气。

池小池停下摩托车，而景子华也很快发现了他们。她快步走来："先生，请你帮帮我，我儿子……"

被她这样客气地叫"先生"，还是头一次。

听她说完情况，池小池说："情况太严重了，而且我们刚从城市里来，整个城市都停转了，送医院可能也没用。"还不等景子华绝望，池小池便继续说，"把孩子抱到屋里去。我这里有口服的消炎药和退烧药。对了，你的孩子对头孢类药物过敏吗？"

景子华的眼中有了光："不过敏……"

"我这里有头孢类药物。"池小池道，"快进去，别在外面吹风。如果你这个当妈的也病倒就糟了。"说着，他径直走向景子华的车，并招呼父母跟上。

余光一瞥，却见便利店里，一双冷眼正盯着他瞧。

061 提醒他："是那个人。"

池小池头也不抬："哪个人？哪有人？"只要对方不找事，池小池就当是见了只蟑螂。

便利店内。

小韩猛地捶了一下收银台，怒骂道："多管闲事！"

3

丁秋云在部队学过急救，池小池在上个世界线又当过一段时间护士，两相叠加，救个发烧的孩子算是绰绰有余。

给孩子吃了药，池小池还怕不够妥帖，又拿了瓶烈酒，给孩子擦了手心脚心，做了物理降温。

忙完时，天色已亮，但是，亮得不算彻底。

浓雾覆盖，细霜遍洒，天上地下是一色的白，水雾仿佛有了实质，呼吸上一口，肺里就像是进了冷冰冰的水珠，激得人浑身发麻。

丁母毕竟年纪大了，又在路上跑了半夜，实在困倦，和衣坐在车后座上睡了。

丁父趁她睡着，把她防寒服的前襟松了松，好叫她躺得舒服些，并把能找到的最厚的一件大衣披在丁母身上。

丁母被身上陡增的暖意弄得清醒了些，刚想要说话，丁父就捂住了她的眼睛："快睡。"

丁母往丁父身边挪了挪，惺忪地道："一半。"

在一起这么多年，哪怕是没头没脑的两个字，二人都能理解对方的意思。丁父跟丁母商量："听话。一人一半的话，咱们俩谁都不够盖的。"

丁母翻过身来，动作自然又熟练地搂住了丁父的脖子。她说："这样就够了。"

被妻子抱住的丁父笑了，把她身上披着的大衣往自己这里拉了三分之一："嗯，是够了。"

老两口在车上补觉，归来者小姑娘贺婉婉则溜下了车去放风，颜兰兰怕她跑丢，也跟着下去了。

这一路上，大家都知道了贺婉婉的身份。

她四岁时被诊断出血癌，二十九天前归来。

丁父丁母自然是心疼这个小姑娘，颜兰兰也不介意，甚至一路上都在哄着婉婉说话。

可惜婉婉是个内向的性子，又刚蒙受丧父之痛，除了说明自己的家世，外加和颜兰兰争论小豹子是猫是狗，话少之又少。

颜兰兰见她沉默，也不逼她，翻着她的手腕，说："手腕上的皮肤不好看，等到了安全的地方，姐姐给你画朵小花。"

贺婉婉听到后，嘴唇轻动了动，还是没说什么。

直到在服务区安顿下来，贺婉婉才动手拉拉颜兰兰的衣角："姐姐，姐姐。"

颜兰兰的头脸都被厚围巾包着，裹着两件羽绒服还觉得冷，正小鹿似的又呵手又蹦跳，好借此取暖。贺婉婉一叫她，她便低下头，把婉婉的围巾整理好，嘴里呼呼地冒着白气："怎么了？"

贺婉婉抬头看着颜兰兰，小声地提醒道："花花。"

颜兰兰恍然大悟，笑眯眯地揉揉贺婉婉的头发，主动牵起她的手，四下看看，便往便利店方向走去，想借一支笔。

便利店的门自内被一把自行车锁锁着，从外面只能勉强推开一条缝。她敲了敲门："有人在吗？"

很快，从柜台的阴影内探出一个头来。那人正嚼着从电蒸笼里取出的牛肉包子，甫一瞧见颜兰兰的脸，就绽开了灿烂得叫人觉得极不舒服的笑脸。他走到门边，隔着玻璃道："有什么事儿？"

颜兰兰看到他胸前挂着的名牌，姓韩，就客客气气地道："韩先生，你们这里有没有笔？"

小韩咧咧嘴："有啊。我这儿什么都有。"

颜兰兰去掏自己的口袋，那里还有一块巧克力："那我用这个跟您……"

小韩颇不屑地摆摆手："你这个？我这儿有的是。"他顺手敲敲柜台上摆着的一满盒巧克力，"给我点我没有的东西。"

颜兰兰觉得这人有点儿奇怪，生出了几分警惕之心："那您想要什么？"

"你不是要笔吗，正好，那我要你的……"他说了个很脏的同音字。

颜兰兰一张俏脸瞬间涨红了，第一时间捂住了贺婉婉的耳朵。

小韩放肆的大笑起来，以为颜兰兰会在羞恼之下夺路而逃。

颜兰兰回过神来，俯下身对贺婉婉说："婉婉，还记得丁叔叔去哪里了吗？"

贺婉婉点头，指了个方向。

颜兰兰笑："去找丁叔叔，陪陪那个生病的小弟弟。对了，把耳朵捂上。"

贺婉婉乖乖地捂上耳朵，抿着嘴看着颜兰兰。

颜兰兰做了个嘴型，快去，跑着去。

贺婉婉颠颠地跑了。

确认贺婉婉已经捂着耳朵跑远，颜兰兰才冷了脸，对小韩说："你刚才说什么？"

小韩腆着一张脸，无耻地道："怎么，你要免费送给我啊。"

颜兰兰快步走到一侧墙壁边，墙壁上安装着一处消防栓。她打开玻璃门，从里面熟练掏出一把消防斧，拎着走到了玻璃门前。

颜兰兰把斧子往旁边的窗台上一劈，指着他大骂："你再说一次试试？你要是有种就滚出来，我马上把你弄成灰！出来！"

小韩目瞪口呆。

颜兰兰举着斧子滔滔不绝，不涉及父母的"芬芳词语"她不重样地骂了五分钟，还包含用斧背敲门等威胁性动作。

小韩瞅了瞅手里的短柄弹簧刀，立刻安静下来，跑到柜台后面缩起来，连咳嗽都不敢。

颜兰兰骂完人，提着斧子就走了，临走前还不忘唾他一口："呸，什么东西，连骂人都不会，还学人当流氓，丢人现眼的废物。"

池小池提供了自热毯，把孩子包着从车里抱进屋里，不闷在车里，至少能呼吸些新鲜空气。等用热水将药送服下去后不久，孩子身上的热度便降下去了些，很快便醒了过来，睁着葡萄似的眼睛，好奇地打量池小池。

这时候，颜兰兰气冲冲地走了进来。

池小池看她来的方向，就大致猜到发生什么了。

景子华刚刚才在小韩那里发生不快，再看颜兰兰这副表情，哪里还有不懂的。她把儿子的头脸都拿小毯子裹着，抱在怀里：“没被那个小浑蛋吓着吧。”

颜兰兰气呼呼的：“我才不跟他一般见识，就吓吓他。没想到就是一个软蛋，尿包，光知道耍嘴皮子，我可去他……”话刚要骂出口，发现一大一小两个孩子都眼巴巴地盯着她看，颜兰兰马上改了口，“他个小饼干。”

景子华笑了。

儿子的情况稳定下来，她才有心思询问池小池更多情况：“你们来的地方情况怎么样？”

池小池大致讲了一下。

和这里一样，所有与人类相关的AI系统全部瘫痪。

“通知过什么时候会恢复吗？”

池小池摇头。

景子华发现问题后，立即把思路转到“解决问题”上面来：“军队呢，不可能连军队也瘫痪了吧？”

池小池把剩下的酒倒进空了的保温杯，抿了一口，被辣得“哈”了一声。丁秋云那时候，等了足足两年多，也没等到任何军队。但希望总是要有的，只要能活着，等到希望的机会就更大些。池小池安抚众人道：“应该已经在集结了吧。”

池小池决定在这里待上一天，并把这处服务区划作他们的第一基地，将父母与婉婉留在这里，他也好出外搜罗物资，并把丁秋云原先的小队成员找齐。

另外，跑了一夜，大家也该吃点东西了。

池小池出门，在后备厢里假意忙活一阵，从仓库里掏出来一整只新鲜现宰的小羊羔出来，拿了只大汤锅，并叫醒了父母，叫他们进屋休息。

丁父休息了一会儿，精力恢复了不少，陪着池小池去服务区近旁，折了许多可以用来燃烧取暖的枯树树枝。

丁父问及了羊和锅的来历，池小池用了和购物时一样的说辞，说是原本打算和朋友去玩野外生存，除了锅、碗外，他还存了不少大米和水，油盐酱醋俱全。反正外面冷成这样，存在父母车里，就算是存进冰箱里了。

服务区里有餐厅，里面的烹饪机器人已经彻底罢工了，被池小池一脚踹到了一边。他把那些电子烹饪设施全部撤下来，把铁锅架上灶，开火，发现煤气剩得不算多了，但也没多吝惜，给羊剔了骨，先拿骨头炖上汤，乳白色的鲜汤沸腾不休，骨头连着鲜肉，在汤里浮浮沉沉的。

池小池守着火，小豹子就守着他，趴在他肩上，拿热乎乎的小嘴巴抿着池小池的耳尖，一下下轻咬着，也不疼，明显是在撒娇。

池小池把小豹子抱进怀里，比量了一下，发现它比起昨天好像长大了一些。

小豹子拱了拱他的指尖。

池小池把小豹子举起来，问：“我长得很像肉吗？”

小豹子："嗷呜呜。"

问完，池小池就觉得这个问题傻透了，自己先笑起来了。

小豹子歪头看他，蓝灰色的眼睛里只有一个池小池。

池小池则开始认真考虑，为了自己的人身安全考虑，要不要从今天开始培养小豹子吃熟食的好习惯。

锅里的骨头渐渐酥软了，有煮烂的骨髓化进汤里，添了些盐和姜蒜后，味道更加鲜美，鲜香的热气扑得人睫毛湿漉漉的。等汤煮到了火候，他热腾腾地端起了一整个锅子，直接往休息室走去。

员工休息室和加油站还有段距离，关好门，点上明火也不碍事。脸盆里盛着柴，火烧起来，还带着点水汽的柴在脸盆里噼噼啪啪地响着。这原始的取暖方式非常有效，整间休息室被烤得暖融融的。

进去后，池小池直接把铁锅架在了脸盆上，做了个火锅，还添了一把红薯粉丝进去，摆了几个大瓷碗，叫一家人围着锅，盛汤盛粉条，热腾腾地喝了一顿羊汤。羊肉不好消化，景一鸣高烧刚退，还吃不得，池小池就拿开水热了一份八宝粥，让孩子甜滋滋地吃了个饱。

小韩啃着冷硬的面包，满屋子打转取暖，脸上、手上都冻伤了。羊肉汤的香味飘入了冷得刺骨的便利店里。那香味勾得他满心烦躁，他撕开了一大块面包，塞进嘴里，却因为吃得太急，噎得直翻白眼。他抓起一瓶开了盖的饮用水，猛地灌下去，牙龈都给冰麻了，直接喷了出来。

他捂着腮帮子，狠狠地骂了句脏话。

他刚才隔着后窗，听到那个姓丁的跟他老爹说话，说他们一家子要暂时住在这儿，而姓丁的要出去找物资和外援。姓丁的身高足有一米八，而且一看就是个练过功夫的，小韩也怵他，还怕他仗着武力来打劫便利店，现在听说他要走，小韩窃喜之余，也冒了点儿新念头出来。

这天气实在古怪，所有 AI 又都停转，看样子是出什么大事了。要是姓丁的一走，服务区里就只剩下了老弱妇孺，他也能趁着这个机会，去收收保护费。景姐的姿色他觊觎很久了，还有那个戴手链的小娘儿们，辣是辣了点儿，但长得够劲儿……

想入非非的小韩又啃了一口面包，却发现沾着自己口水的那部分已经结了冰。

饭后，池小池跨上摩托，打算顺着高速一路往南，去下个城市，把原先队伍里的孙家兄弟找到。至于他此次的任务对象，池小池完全没放在心上。

反正他已经设好了局，只等人入瓮了。

谷心志将一个归来者的头割下来后，在他身边坐下，把手心、手背的血都蹭在他的衣服上，打算休息一会儿再把尸体拖走，从后门扔出去。

这是第二个闯入超市里打劫和绑架普通人类的归来者。

谷心志本不想理会，只是绑来绑去，总会绑到他的头上。他讨厌被人打扰，不如先下手为强。

那个险些被拉走的普通人类女孩抽抽搭搭地走到他身边，对他道谢时，也掩不住一脸的惊慌。毕竟，她的救命恩人看起来比施暴者还要凶残一些。

谷心志没理会她，单臂压在膝上，怀里抱着灾变发生前他从训练场里带出来的狙击枪，闭目养神。

他一向是个很有逻辑的人。

他去找过丁秋云，但丁秋云的两个家都没人了，而且他父母所在的小区已经爬满了食人的爬山虎，看起来，秋云有很大概率带着父母离开了。

天地茫茫，自己要去哪里找他呢？他不敢赌运气，因为他的运气向来不好。

谷心志的母亲带他改嫁时，一度告诉他，你有了爸爸，就有个疼你的人了。结果继父是个酒鬼。那时候，谷心志想，好歹他还有母亲。

后来，母亲也开始酗酒，谷心志想，母亲大概是被继父带坏了。

后来，发生了一场煤气泄漏事故，让继父永远离开了他们。谷心志想，一切总会好起来的。

然而，母亲酗酒酗得更加凶，年纪轻轻就得了胃病，早早去了，变成了一捧灰。

正因为这些，谷心志从不愿意指望自己的运气。他不想去天南海北地找丁秋云，只愿意等待。对他来说，后者可能比前者还要更有希望些。

他将没有信号的通讯器拿出来，屏保是他与丁秋云的合影。谷心志看了一会儿，渐渐生了倦意，靠墙抱着枪睡着了。

刚睡着不久，他耳边便响起了一阵熟悉的脚步声。谷心志立即睁开蒙眬的睡眼，入眼的人让他心念一动，几乎不敢相信自己竟有了这样的好运气。

丁秋云看上去沧桑了许多，肩上挎着一把枪。两人对视的瞬间，丁秋云呆愣半晌，一字未言，随后冲上来一把抱住了谷心志。

那人体的温度、真实的触感让谷心志的眼眶都热了。他加入了丁秋云的小队，与他一道流浪，一起四处搜集物资。

但谷心志却渐渐发现丁秋云原本发展得还算不错的小队人数越来越少。最先死去的是一个叫颜兰兰的姑娘，被鬣狗活活咬死，再往后，人一个接一个地死去，就像一盏盏被吹灭的灯。

谷心志看着丁秋云痛苦不已，虽然心疼，却又有点儿暗暗的窃喜。

他很讨厌丁秋云的小队。

准确来说，他讨厌丁秋云的身边环绕着太多羁绊。

直到丁秋云被那些归来者逼得分兵而逃。

下一瞬间，他被一群归来者尊敬地簇拥起来，他才意识到，好像有什么事情超出了他的控制。他不受控制地被人挟裹着，穿过重重的人流，走向一处圆形的刑台。被推到最前方时，他的头嗡地一下炸了。

丁秋云被五花大绑着跪在刑场中央，惊讶地看向归来者中的他。

谷心志着急地想解释些什么，却一个字也说不出来。

随后，他眼前一花。

再次看清眼前的景物时，他正站在一个房间内，地上是晕倒的守卫、碎裂的椅子、散开的麻绳以及碎裂的窗扇。那扇窗仿佛是有魔力一般，尽管谷心志不想靠近，然而一双脚却僵硬地朝窗边迈去。

越过窗户，他先看到了一摊血，然后才看到了侧趴在地上的丁秋云。丁秋云鬓边那撮被血染湿的头发，是之前他给他理发时理坏了的。当时丁秋云还埋怨了他两句，说下次再不让他理了。

谁能想到竟是一语成谶，他是真的再没有机会了。

谷心志一身冷汗地惊醒过来，四周还是超市的货架。

是梦？

他仿佛在梦里度过了半年时间，但等他一看表，发现只过去了三分钟。他猛地舒了一口气。

还好只是梦而已。

4

休息了整整一天后，天刚蒙蒙亮，池小池便将东西简单地收拾了一下，打算奔赴邻市，拉起队伍。

丁母不大放心，想叫丁父开车和他一起去。

一来摩托车实在不安全，二来轿车空间够大，一辆小摩托，哪怕运桶油都费劲。池小池宽慰丁母道："丁姐，这摩托车我开得熟着呢。再说，万一服务区这边出了什么事儿，我把汽车开走了，您跟老丁头怎么办？"带着二老一起去淘换物资，并不现实。

据丁秋云的记忆显示，灾变发生早期，服务区内并未发生哄抢事件，景子华甚至还做成了两笔生意，并拿半个超市的物资换了一把打猎用的机械强弩。

在全球变冷约半月后，此地才来了一小队专门抢劫的普通人类。他们不仅没有所谓等价交换的概念，还对景子华口出污言秽语，打算把她当战利品一并拖走，逼得景子华开了弩，当场射杀一人，射伤一人。

其余人没有远距离的攻击武器，又看这娘儿们凶悍，猜想她背后怕是有人撑腰，不敢造次，只得先逃。

因此，就目前状况而言，留在服务区里是最安全的选择。

但池小池并不能百分百放心。他去附近捡了大量冻干的树枝，麻利地除了霜，整整齐齐地码在休息室墙角备用，跟父母约定三天后准时回来，又把颜兰兰叫来叮嘱了几句，内容也简单，无非是遇上归来物种、归来者和投靠而来的普通人类时该怎么应付。

颜兰兰毕竟年纪还小，深觉责任重大，紧张地抓抓耳朵：“啊？都交给我呀。”

池小池说：“两个大的，两个小的，麻烦你跟景姐多受点累了。”

颜兰兰：“哎呀，我不是说丁叔、丁婶，我是说那个人。”她冲便利店方向努了努嘴。

池小池塞了样东西到她手中，展颜一笑。他说：“他不找事，大家就相安无事；他找事，那个便利店就归咱们了，怎么都不吃亏。”

看着眼前人的笑容，又掂掂手中物件的分量，颜兰兰顿时踏实了：“放心，都给你照顾得好好的。”

颜兰兰年纪不大，但绝对讲义气。她既然答应过“照顾得好好的”，就不会差上分毫，哪怕是要拿自己的命去践诺，她咬一咬牙，也就硬顶上去了。

交代完毕后，池小池便开始给车辆加油，完全是打算远行的模样。

隔着窗户看到丁秋云忙碌的身影，冻得龇牙咧嘴的小韩终于乐出了声。不过短短两天，他已经受够了拘在这小便利店里的日子了。

没有电子设备打发时间暂且不提，吃喝拉撒都在这几十平方米的封闭空间里解决也就罢了，小韩实在是怕那群人来抢他这个小便利店，也怕在这冰天雪地里一睡不醒，干脆强打精神、一直不睡，围着货架奔跑取暖，熬得两眼通红。

实在撑不住时，他想喝杯咖啡提提神，四处找也找不到热水，只能把盒装咖啡往满是冰水混合物的矿泉水瓶里倒，摇半天也摇不匀，等囫囵灌进嘴里，又喝了一嘴的渣，恶心得不行。

好在他快要熬出头了。只要等碍事的人离开，他也能找那群人好好说道说道了。

他搓一搓已经冻得发木的双手，从扔了一地的巧克力包装纸上窸窸窣窣地踏过去，绕到柜台后，将那把弹簧刀捏在手里，尤嫌不足，又在口袋里放了把几寸长的水果刀。

准备时，他连动手抢劫时的说辞都想好了。

姓丁的这一去，起码有十天半月回不来，这一帮子妇女老幼没有饭吃，又在他们这服务区里休息了整整两天，不付出点代价怎么能行？这里虽然是免费停车区，但现在这世道都变了，大家也该改改规矩才对。如果这帮老弱妇孺不守规矩，那他就好好教教他们什么是……

小韩正想得美滋滋，突然听到从门口方向传来了叮叮当当的响动。

他一抬头，突然发现人高马大的丁秋云就站在他的商铺门口，低头在外头的门拉手上折腾着什么。他第一反应便是“抢劫”，慌里慌张地打开刀，却因为动作不熟练，反割伤了自己的手。

外面的丁秋云发现他捧着鲜血淋漓的右手虎口疼得直抽气，意外地挑一挑眉，单手扶在玻璃外门上，口气温和地道：“这位先生，我知道您现在很珍惜您现有的物资，您大可以放心，我们会自己去寻找物资，不会来抢您的。”

小韩看向门外，眼睛都直了。外面的门把手上挂了一把巨大的U型锁，比他锁在门内的自行车车锁足足大了一倍。

丁秋云在玻璃门上轻轻拍了一掌：“为了表示我们的诚意，您在里头上一道锁，我们在外头上一道锁，这样多公平，是吧。”

公平才怪！

但是小韩也不敢在比他高上一头的丁秋云前面尥蹶子，只得目送着丁秋云跨上摩托，突突突地离开。

小韩额头上青筋暴跳，真想把门一脚踹烂得了。然而没了这扇门，他也就没了最后的屏障。

经过这一天多时间的思考，小韩也慢慢意识到，如果电力和AI一直不恢复，那这间小便利店就是他的王国了。

但外面的汽油以及地下的油池又是一笔更大的财富，倘若利用得好，那得到的好处恐怕是只多不少。

景子华一向精明，指望她主动放弃这么大一块蛋糕，明摆着是痴人说梦。

小韩在异味弥漫的便利店里烦躁地踱了两步，打定了主意，要在半夜时分打破后窗，爬出去跟景姐谈谈，让她尽快把这些陌生人轰出去，大不了自己和她订立一个攻守同盟，分享这个便利店的资源。他想，人越多，麻烦越多，等到把这群不速之客轰出去，自己再与景姐处一处，说不准还能得偿所愿，跟她相好。

一个离了婚还带着个拖油瓶的泼辣女人，想再找个下家也不易。

这一通不着边际的想入非非又支撑着小韩熬到了暮色四合的时分。

空气里传来了热腾腾的米饭香。

米是上好的大米，煮出来的米饭又粘又软。

每人从罐头里挖了一勺香菇酱，在米饭上抹匀。香菇的口感绵软又瓷实，食之如同大口嚼肉，味道也是咸鲜可口，用来下饭最好。

闻着不间断飘来的香味儿，小韩的口水像泉水似的往外冒，但他只能啃着方便面，嘴巴里满是调料包和防腐剂的味道，他只能瞪着眼往下咽，噎得双眼都要翻了白。他强忍着，一直等到饭香味散去，洗洗涮涮声也停下来，才取了件衣服，层层包裹住拳头，几下把后窗的玻璃捣碎，拔出边缘残存的玻璃碴子，手脚并用地爬了出去。

他以为众人都睡下了。

因此，当他握着刀子蹑手蹑脚地推开房门，打算把人直接吓唬走时，他看到景子华正蹲在房间中央的火盆边，往里面添柴。

不只是景子华，大家都没睡，纷纷对这个半夜访客行注目礼。

小韩无语，这就很尴尬了。

景子华皱眉看向他手里的刀："你想做什么？"

小韩不算什么聪明的人，索性一不做二不休，咬了牙道："你们这帮人都给老子滚出去！"

贺婉婉与景一鸣都睁大了眼睛。

丁母抱住了景一鸣的小脑袋，捂住了他的眼睛，温柔地抚摸他的头发，好叫他不要害怕。

颜兰兰把贺婉婉往身后护了护，手探进了睡袋里，握紧了丁秋云交给她的武器。

丁父皱紧了眉："小伙子，说话客气点儿。你是谁的老子？"

小韩看到了他们取暖用的火盆，看到了他们的保暖睡袋，甚至看到了锅里烧得嗤嗤作响的热水，嫉妒得眼睛都红了，张口反呛："我就是你老子！"

景子华反问："你有什么资格赶他们走？是我留他们住在这儿的。"

小韩拿刀尖比画："景姐，你没看见吗？他们身上有这么多好东西！"

景子华："这是他们的，不是你的。"

"哪里有'他们的'东西？我看上了就是我的！我手里有刀！"

眼见他情绪即将失控，颜兰兰一把拔出了丁秋云临走前交给她的枪，黑洞洞的枪口直接对准了小韩的脸："滚！滚出去！"

小韩有一瞬间的愣神。

然而对于一个智商不高的年轻人来说，颜兰兰此举无异于往粪坑里扔了个炮仗。

短暂的失神后，他反倒愈加激动了起来："开枪啊！来，打我，往这儿打！"他指指自己的脑门中心，"你打得准吗？啊？打，你可千万瞄准了打，别打在其他人身上，一打一个血窟窿！"

颜兰兰的脸色变了。

这激光枪其实是最好用的，后坐力也很小，但一想到有可能会误伤别人，她就先有了三分心虚。

发现颜兰兰有所退缩，小韩立刻得意起来："打啊？小娘儿们，你嘴巴不是挺凶的吗？你倒是打……啊！"

他被人从后一脚踹倒在地，直接磕掉了半颗门牙。

他身后站着池小池。

池小池的身后还跟着两个娃娃脸的青年，他们虽然不晓得发生了什么，但还是一边一个，上来把人摁住了。

大一点儿的那个很熟练，手法也是标准的擒拿手："丁队，控制住了。"

进到温暖的房间内，池小池关上门，二话不说先收缴了小韩随身的两把刀。

先被控制住，又失去了武器，脑袋里的热血褪去，小韩才冷静了下来。恨不得抽自己两巴掌之余，小韩也试图给自己找借口：“我，我喝多了。你们放开我！”

池小池对那一对青年兄弟摆摆手：“把他拖出去，别吵我爸妈睡觉。”

池小池又回头对屋内的众人道：“等我出去之后，小孩儿把耳朵捂上，都自觉点儿啊。”

贺婉婉乖乖地照做。

景一鸣还想看热闹，奶声奶气地道：“我不是小孩儿了。”

随后景一鸣便惨遭亲妈捂耳。

把小韩拖麻袋似的拖出去后，池小池二话没有，照着地上人的腰上就踢了一脚：“喝多了？”

紧接着又是一脚踹到了肚子上：“喝多了？”

问了十几遍后，小韩终于受不了了，痛哭流涕道：“我没，没喝多，我鬼迷心窍，对不起，丁哥，我错了，错了！”

“你才不觉得自己来抢劫是错呢。”池小池说，“你是觉得自己错在点儿没踩对，结果撞到我枪口上来了。”

小韩冒了一头汗，只是一个劲儿摇头，哭着否认。

池小池也不再跟他客气，伸手把他的口袋翻了个底儿掉，找到了他用来锁门的钥匙。

有了钥匙，小韩也就失去了最后的价值。池小池给他下了通牒：“你从哪个狗洞钻出来的，就给我原样钻回去，给你五分钟的时间，从便利店里拿走你需要的生活必需品，然后从这里滚出去。”

小韩顿时如遭受晴天霹雳：“便利店是我的……”

“哪里有你的东西。”池小池原话回敬，“我看上了就是我的。”

他抬起手腕看了一下表：“你还有四分五十秒。”

小韩还想垂死挣扎一下：“五分钟怎么够……”

池小池：“三分钟。”

小韩：“刚才不还是……”

池小池：“二分五十秒。”

小韩撒丫子往回冲去，再不敢多说一个字。

最后，池小池还是给小韩留足了五分钟收拾东西的时间。

眼看着小韩抱了三箱子方便面、两箱子水和各色能搜罗到的生活用品钻入车里，驾着车，一路直奔着南边的光县方向逃窜而去。

池小池没有提醒他，他前往的城市在半天之后会发生严重的蛇害。

这样的人只要活下去，与归来者合作会变成狗腿子，与普通人类合作会变成打手，与好人合作会坑人，与恶人合作则会害人。

不如让他和动物好好过过招，让他知道何为动物凶猛。

池小池清点了一下便利店里剩下的物资，并和娃娃脸兄弟一道把物资搬入旁边的一间空房，锁好待用。

说是去三天，其实从一开始，池小池就做好了计划。

来回一天，已经足够了。

小韩属于典型的小市民性格，又狠又㞞又贪，他这种没有前科、又惦记着作恶的人，总觉得在夜晚犯事会更安全些，因此不会在白天对颜兰兰他们发难，且极有可能在第一天晚上就开始找茬，轰父母与颜兰兰他们离开，并霸占他们的物资。

孙家兄弟就在市里，开两个小时的摩托便能打个来回，早上出发，最晚晚上八点前也能赶回来。

孙家大哥孙谚曾经是丁秋云的手下，和丁秋云一样，因为负伤提前退役，现在在一家货运公司里工作，弟弟孙彬则是学系统工程的，二十四岁就读了博士。

兄弟俩感情很好。

在部队里时，丁秋云光听孙谚炫耀他的弟弟了。他知道，他弟弟的出生日期和他一样是九月十二号，处女座，爱吃辣，会念书，喜欢小动物，是个天才，但一点儿都不骄傲，脾气特别好，有点儿㞞，有的时候举止会有点儿怪异。

灾变发生时，孙彬恰好到孙谚的宿舍来借住，兄弟两人本来约好了要通宵玩赛车游戏的。

逃走时，孙谚开走了自己常开的一辆空卡车。

而这辆卡车，成了丁秋云小队后来长期的代步工具。

这辆车，起初是汽车兵孙谚全权负责，至于孙彬这种天生和各种高级 AI 打交道的人，能弄明白油门和刹车是用哪只脚踩都算难能可贵了。

孙谚临死前拉着丁秋云，对他说，丁队，照顾好小彬。

他还说，倒车镜上挂着的那个皮卡丘挂饰千万别给扔了，虽然大家都说丑，但那个是小彬五岁时送给他的第一份生日礼物。

最后，他叫了孙彬的名字，叫了三声，才咽了气。

在他死后，孙彬很快学会了开车。

而在孙彬死前，他就再没离开那驾驶座，就连睡觉时也是抱着他哥哥留下的大衣。

后来，孙彬因为武器走火，被击中腿部动脉，伤重而死。

好在，现在兄弟两人都还在，还好端端地站在他跟前。

料理了姓韩的，清点了他留下的物资，池小池把自己先前购置的手摇发电机、十来个罐头、被褥以及两桶密封好的水也放进了新仓库，当成是这次出外找回来的物资。

等他出来时，发现颜兰兰居然在外面等着他。

少女被冻得发白的脸上带着点愧色：“丁哥，对不起。”

池小池看着她。

她把枪交还给池小池，小声道："我……答应过要保护好景姐他们的。可是我没敢动手……"

池小池平静地把枪推回给了颜兰兰。他说："是，这次你做得是有不对，下次注意两点，第一，在对枪不熟悉的情况下，不到万不得已，不要在狭窄的空间内拿出枪来；第二,万不得已时，不管在什么情况下，都要有开枪的魄力。这不只是在保护其他人，也是在保护你自己。"

其实，把枪给了颜兰兰后，池小池本来是可以放心地外出的。

颜兰兰年轻又冲动，空有一腔热血，总觉得死对她而言是件太遥远的事情，觉得自己是世界的中心，论谁死都轮不上自己，所以冒起险来也无所顾忌。

颜兰兰不知道死亡意味着什么，但丁秋云知道，池小池也知道。

所以，她需要学习，池小池也需要教她。

5

发现原先使用的制梦卡效果已经消失，池小池知道它已经起效，就顺手从仓库里又取了一张制梦卡，如法炮制过后，重新放入使用槽中。

做完这项工作，池小池便在 061 的念书声中睡着了，怀里则搂着小豹子这只恒温的暖手宝。

小豹子不是很听话，在他身上上上下下地爬了一阵，最终选择窝在他的胸前，四肢舒舒服服地摊平。

抱着这个小祖宗，池小池睡得很好。

一大早被它亲醒时，池小池迷迷糊糊间想起了狗肉。

自己有时会逗狗肉玩，他在家倒地装死，狗肉也是个忠心的，它看不见，就拿鼻子拱自己，发现情况不对，便立即飞扑到自己身上做上下跳跃，试图对池小池实施"强制重启"，差点儿把池小池踩吐血。

想到过去，他微微笑了，把小豹子抱到眼前，拉过它的前爪，用湿巾擦了擦，又亲了亲软乎乎的梅花状的小爪垫。

小豹子愣了愣。

明明之前脸皮还挺厚的小家伙竟像是害羞了，往被子里藏去。

池小池轻轻松松地把小豹子抓出来，放在颈窝边，拿指尖从它的耳朵一路刮到后脊背，把一只小豹子生生撸出了飞机耳。

小豹子被揉得翻来覆去，脖子、眉毛和两腮都被揉了个遍，尾巴甩来甩去，不住发出呼噜呼噜的舒适的声音。

池小池正全情玩着小豹子，061 开口了。他的声音里透着点古怪："小池。"

池小池的拇指正在它肉肉的小肚子下侧反复摩挲："干吗？"

061："起床了，该做饭了。"

池小池埋在小豹子毛茸茸的肚皮上，深深地吸了一口。他把小豹子放在自己的脖子上，对061倾情推荐："六老师，豹子吸起来口感特别棒。"

061话音里含了笑："是吗？"

池小池："不信你出来试试。"

小豹子抱着自己的尾巴舔了舔，表示味道一般。

池小池烧开水，拿出了三个鲜鸡蛋，丢入沸水中煮。

洗漱完毕的贺婉婉带着大病初愈的景一鸣来围观池小池做饭，兼烤火。

池小池瞄了一眼两只粉雕玉砌的小团子，问贺婉婉道："想吃溏心蛋还是正常的水煮蛋？"

贺婉婉软着声音回答："溏心蛋。"

景一鸣提问："姐姐，什么是溏心蛋啊？"

贺婉婉摸一摸他的头发，说："姐姐一会儿告诉你。"

说罢，她又转向池小池，把这个问题原封不动地抛了过来："丁叔叔，什么是溏心蛋啊？"

池小池耐心地回答着孩子们的十万个为什么："是蛋黄没完全煮熟的蛋。"

贺婉婉、景一鸣："哦——"

景一鸣仰脸问贺婉婉："把鸡蛋全煮熟的话，鸡蛋会很疼吗？"

贺婉婉早已过了担忧这个问题的年纪，但她仍然温柔地哄着这个比她小很多的孩子："应该会的吧。"

景一鸣奶声奶气地道："那我也要吃鸡蛋不会疼的溏心蛋。"

池小池回头，刚想说点儿什么，就发现景一鸣没戴手套，把两只小手揣在口袋里，露出来的一小截皮肤冻得通红。

池小池问："你的手套呢？"

景一鸣乖乖地答："刚才起床，没找到。"

池小池也不说帮人找找，先幸灾乐祸起来："一会儿看你妈不骂你，哈哈哈哈。"

061无奈地想：这是什么怪叔叔。

然而下一瞬，061就看见小豹子被池小池托着肚子交送了出去。池小池的口气仿佛在天桥上推销热水器的小贩："喏，揣着这个，暖和。"

景一鸣接了个软软热热的东西在怀里，有点儿吃力地把小豹子搂紧，仔细观察了一会儿，惊喜地道："呀，小豹子。我在画册里见过你。"

061有些感动。这是自己来到这个世界线后，第一个不靠标签牌就认出它身份的人。

贺婉婉好心地跟弟弟科普："这是狗。"

池小池面不改色地道：“胡说，这明明是暖手器。”

景一鸣顿时陷入了混乱。

061：唉。

暖手器就暖手器吧，总不能让池小池这个当叔叔的在孩子们面前威严扫地。他让景一鸣搂在怀里，尽职尽责地扮演了半个小时的暖手器，期间被景一鸣扒开毛各种检查，想找出它的开关在哪里。

把“暖手器”要回去时，池小池捏着它嘴边刚刚冒出来的细胡须：“一鸣，这是什么呀？”

景一鸣乖巧地道：“暖手器。”

061：造孽啊！

玩闹间，池小池觉得不煮熟的溏心蛋给这个年纪的孩子吃终究不大好。于是，他给孩子们蒸了易消化的蛋羹，还不忘在蛋羹上点了香油和葱花。

池小池还拿两天前吃剩的羊骨汤煮了挂面，热腾腾地盛给众人，自己也端着一碗吸溜吸溜地吃。

他一边吃，一边拿了休息室里的纸笔，开始画原始土灶的设计图。画到一半，他叫：“六老师，六老师。”

061 温和地回应：“嗯？”

池小池：“这是咱们吃饭的家伙事儿，得上点心。帮我看看，这柴灶口应该开多大，风箱该怎么装？我小的时候跟我爸妈回乡走亲戚，就记了个大概的模样。”

061 说：“让我看看。”

在说话时，061 就没有一刻停止过运算。

前几日，他利用新型 μ 病毒搞垮了数个基站，但他从没指望着能靠这个临时编出的病毒程序弄瘫整个世界线的 AI。当病毒传递至某个接近核心中枢的 AI 时，它被截停了，并有监察 AI 按照其传播路径一路追查而来。

尽管 061 为病毒设计了反追踪性能，但他面对的毕竟是一群 AI。拖延了两天才被查到，这已是 061 能力的极限了。

从早饭开始不久，他的程序便遭到了围攻，无数足以毒到他自毁的病毒在他的防火墙外不断发动进攻。

幸运的是，061 存了个心眼，第一时间锁定了自己的定位系统，至少杜绝了它们循迹查到池小池身上的可能。

他联通内线，发了条信息给 023：“江湖救急。”

023 秒回：“不救。”

061：“麻烦 089 给我写个病毒。”

023：“他就是这个世界线上最大的病毒，你要不要？”

然后就没有下文了。

061笑笑，一边应付那些病毒，一边等待023的回复。

约三十秒后，023那边又上了线，但显然聊天对象已经换了个人。因为对面发来了掷地有声的四个字："爸爸来了！"

如果不是被病毒围攻得喘不过气来，还要帮小池搭灶，061是真不用求助的。

简单告知了自己对病毒的要求后，061说："十五分钟？"

089："十分钟来拿。"

061笑："谢了。"

关掉和089的聊天窗口，061一边飞快地加固防火墙，按照防火墙传送回来的数据解决那些最凶猛的病毒，一边与池小池认真地讨论他的炉灶："风箱应该装设在柴火灶的右手边，具体的参数可以等开始做的时候再测量，只是水泥和沙子你打算从哪里运？"

池小池把笔转出了花来："我们有卡车，什么运不来。"

061实在是欣赏他这劲儿劲儿的小模样，笑道："嗯，什么都运得来。不过，别忘了设计散热的烟囱。"

池小池一拍掌："哦，对了，烟囱。"

他低头去画烟囱。他身边的景一鸣看向窗外，突然叫了起来："雪！"

外面下了大雪，纷繁如鹅毛，片片飞旋，覆盖在后方纵横的输油管道上，整个世界都安静了起来。

景一鸣想出去玩雪，但他刚刚退烧几天，只能乖乖地缩在睡袋里休息，可孩子爱玩的天性，他一双水汪汪的眼睛仍不死心地盯着外面。

池小池抱着小豹子画着草图。

景子华在和新来的大孙、小孙兄弟两人交谈。

父母捧着泡了热茶的保温杯，商量着将来该怎么办。

贺婉婉守在景一鸣身边。

颜兰兰则戴上了手套、围巾，跑到外面，打算团个小雪团回来给景一鸣玩。

颜兰兰不敢走远，就在屋边拢了一堆雪，打算捏一大一小两只小兔子，送给两个孩子玩。谁也想不到，这个小小的服务区会在这种时候迎来一个不速之客。

在它走到近旁并开口之前，颜兰兰甚至没有意识到有东西靠近。她正忙着捏出雪兔的耳朵，突然听到一个悦耳的少年声音从她脚边传来，道："打扰一下。"

颜兰兰吓得打了个哆嗦，马上低头去看，是一只小型的机械导盲犬。

它被做成了萨摩耶的样子，毛茸茸的，但体型是真的挺小的，小到让那些中央AI懒得花费多余的工夫来把它强制关闭。它的身上落了不少雪，显得有些臃肿，形容也略有狼狈，态度却很绅士。它仰着头问颜兰兰："小姐，请问您有没有见到一个叫徐婧媛的小姐。她今年八岁，穿着驼色的风衣，红皮鞋，头上有一只银色的蝴蝶发卡，眼睛很大，但视力不好。"

颜兰兰定下神来，与它聊了一会儿，才从它的口中得知，那个徐婧媛是它的主人。

小导盲犬已经出厂三年，被隔壁市的一个普通家庭买下来。

三年时间，它一直是徐家女儿徐婧媛的导盲犬。

灾变发生时，它正处在临时休眠状态。徐家父母带着视力不好的女儿迅速逃离，慌乱中，徐小姐将指引手环遗落在了床头柜上。

等它醒来时，它的小主人已经不在家里了。它就叼着自己的指引手环找了出来，一步一步走到了这里。

得知颜兰兰并不知道它小主人的去向，小导盲犬温驯地点了点头，像是在对颜兰兰鞠躬。它转身离开，重新又踏上公路，小爪在雪地上印下一个个印章，又被雪花掩盖。

直到小导盲犬彻底消失，颜兰兰也没能回过神来。

这世上，原来还有运行着的、未罢工的 AI。它们也是有爱的吗？还是因为程序为它们设定了“爱”这个功能呢？

雪花扑在了颜兰兰的脸上，她恍然间，才有了末世到来的真实感。

谁说末世一定是血火漫天、恶人屠城呢？像现在这样，白茫茫的一片大地，见不到半个人影，反倒更叫人心里觉得孤寂凄凉。

颜兰兰稳住心神，快速捏好两只小兔子，捧着回到了屋中。

当她踏入屋中、把冰天雪地关在门外时，锅内的热水恰好烧开，“噗噗”地顶着锅盖，里面煮着盐水花生，一揭盖，就是八角和大料的喷香气味扑鼻而来。

颜兰兰怔了怔，才绽开一个安心的笑容。

不管怎么样，至少她现在有一个小窝了，也有了新的朋友。这也不差。

她把兔子欢欢喜喜地捧到睡袋边，收获了两个小朋友惊喜的赞叹。

而另一边，061 也把 089 制作好的病毒直接投入了使用。

攻击 061 的系统集体收到了一段攻击反馈信息。

尽管前面吃过一次类似的亏，但它们进攻了这么久，已经大致摸清了 061 的能力上限。经过估算，061 被动挨打这么久，不可能还有余力临时制造病毒反噬它们，而且这个文件很小，与其他零散反馈信息的大小差不多，所以它们未加犹豫，直接把信息接收了。

下一秒，所有攻击系统都陷入瘫痪中，新弹出的页面根本无法关闭。

屏幕上弹出了一道几何变换的数学演算大题，旁边的几何图上，辅助线垂直线各种线乱七八糟地交叉在一起，一眼扫过去，看得人头皮发麻。

题目都是“在空白区域内求算阿基米德螺线”一类的，满分一百分，一共二十道大题。答对一题，病毒就会随机删除一个攻击系统的重要根文件，答错一题扣五分，考不到八十分，病毒就会让所有的程序自动格式化。

所有 AI 都想骂人。

半个小时后，089 迫不及待地发消息问，效果如何。

061 化身的小豹子正安心地趴在池小池怀里，被他用小梳子轻轻梳着毛，闻言答道："你写的病毒，效果当然好。"

089 兴冲冲地道："干掉多少？"

061 舒舒服服地摆着尾巴："全部。"

089："啊？这么菜？"

061 耐心解答："是这样的，也有不少答得不错。但是它们忘了写'解'。"

061："一共二十道大题，每题少写一个'解'，扣一分卷面分。所以都不及格。"

089 想，这么真实的吗？

小豹子则舒服得眯了眼睛，微尖的乳牙轻轻嗑着池小池的手指磨牙，被他屈起指节轻敲了脑袋后就乖了，睁着灰蓝色的眼睛，看向窗外漫天的大雪，只觉心里踏实起来。

新的制梦卡又被用掉了。

池小池从库存里又补充了一张。

061 不禁问："小池，你就打算让他一直做一个重复的噩梦吗？"

池小池裹着小毯子，抱着小豹子吸了一口，觉得浑身舒坦："嗯。在我见到他之前，他都会不间断地重复做那个梦。"

"会有效吗？"

"会的。"池小池微微笑了，捏住小豹子的爪爪，嗓音里透着怀念的味道，"梦对人的精神影响很大的，我知道。"

◇ 黑豹，发狂，赚钱养家

1

听了池小池的话，061 没有出声。

倒是小豹子从池小池手里爬出来，钻进了睡袋里。

很快，池小池就感觉到有东西顺着他的高领毛衣的下摆钻了进去，并自以为很隐蔽地匍匐前进。池小池单手垫在脑后，闭目养神，佯装对这次偷袭一无所知。

小家伙钻到衣领处时，高领毛衣给了它极大的限制。它本可以不管不顾，直接拿爪子摁着池小池的脖子爬过去，但它很体贴，怕爪尖弄疼了池小池，就撅着圆滚滚的屁股，只拿脑袋钻。

池小池眯眼看着在自己胸前一动一动的小东西，轻轻一笑。

历经艰难困苦，一只小豹子的脑袋从池小池的衣领里成功钻出来。

池小池继续装睡。

小豹子趴平，伸出小爪子，碰碰池小池的脸。

然后池小池就抓了它个现行，并果断地收缴了它的作案工具。池小池拉过它的爪子，把肉垫轻轻抵在下巴上，半威胁半玩笑地道："我要把你吃了啊。"

小豹子任他拉着爪子，歪歪头，用灰蓝色的眼睛看着他。

池小池愣了愣，拿食指轻抚了一下小东西的额头，禁不住就笑了起来。他问："你在哄我？"

小豹子伸爪抱住他的脖子，舒舒服服地在他胸前趴下来。

池小池又捧着小豹子软乎乎的肚皮"吸"了一会儿，才搂着它睡下了。睡前，他迷迷糊糊地对 061 说："等煤老板长大了，就放它离开。"

061 说："它不会吃你的。"

池小池拿鼻尖蹭蹭小豹子："不是怕它吃我。我想，我放它离开，总比哪一天它没打招呼，自己跑走了好。"说完，他就抱着小豹子睡了过去。

061 无奈地笑笑。

而小豹子从池小池怀里拱出来，有点儿笨拙地凑近了他的脑袋，哄孩子似的拍了拍。

放心，它是为你诞生的。只要你想要它在身边，它就不会离开。

他已经失约过两次了，不会再有第三次。

因为所有人都有事情做，所以时间过得很快。

整整两年后的一天，出去找物资的池小池以及一卡车人都陷在了野地里。

车子坏了，而眼看着天就要黑了，隐隐有野物的咆哮声从蒿草深处传来，听声音，像是某种食肉动物在附近窥视。

刚刚被他们一行人救下的一对普通人类小情侣惊魂未定，抱在一起取暖，但车里的人都不担心，甚至还有人拿出葵花子儿嗑了起来。

孙谚负责开车。他坐在驾驶座上点了根烟，百无聊赖地四下打量，在齐腰深的荒草内发现了半块“街心公园”的牌子，眯着眼睛乐了，屈起指节敲敲身后的窥窗。

躺在车斗里休息的池小池把铅笔盒大小的窥窗拉开：“怎么？”

“丁队，看那个牌子。”孙谚叼着烟说，“我小时候还带着我弟来这里买过棉花糖。”

足足睡了两个小时的池小池伸了个懒腰：“说起你弟，孙彬把车修好了没？”

不等孙谚传话，蹲在引擎盖边上的孙彬就把叼在嘴里的螺丝刀取下来，接道：“还没呢。”

池小池蹬了一脚卡车顶篷：“什么时候能修好？”

孙彬念念叨叨地回答：“不行，不行了。”

小情侣闻言，抖得更加厉害。

但队伍里的其他人都很冷静。

要不是大家都知道孙彬有“天然丧”这个毛病，恐怕就要以为这辆车真不行了。

一年半前，他们遇上了一队已经投靠 AI 的归来者，对方手里有武器，他们的车又临时出现故障，情势相当危急。孙彬蹲在发动机上，拿前引擎盖挡住乱飞的子弹，嘀嘀咕咕：“完了，完了完了完了。”

在大家已经做好决一死战的准备后，孙彬突然又说：“好了！哥，快开。”

孙谚一脚油门，带着所有人逃出生天。

事后，立了功的孙彬反倒被大家围着捶了一顿，罪名是动摇军心。

孙彬很委屈，有理有据地回答：“你们问的时候我还没修好，我不敢乱说啊。”

孙谚也替弟弟说话：“他小时候就这样。高考完，哭着跟我说，哥，我完了，有道理综大题的第二问，他出来才发现自己算错了。他哭哭唧唧的，我还请他吃了好多顿大餐安慰他，结果成绩一出来，小兔崽子考了二百九十五分，就错了那半道题。”

颜兰兰等人纷纷表示，听起来更欠揍了，刚才打一顿果然不亏。

孙彬嘴上丧，但他的实力大家都信得过。这两年来，小到订书机，大到发电机，大多物件他看上一眼就能修，甚至还能利用简易的工具与材料制造通信器。

他修理时，总会伴随着“不行不行”“完了完了”“这怎么弄不好了”的画外音，大家都听烦了，索性把这当作他的专属背景音。

颜兰兰持枪跨坐在他身边，闲来无事，索性拿手指头比了个枪状，抵着孙彬的后脑勺："小子，再不修好，你就没命了。"

孙彬轻轻地道："兰兰，你别催。你一催我就着急。"

颜兰兰："你急什么。"

孙彬："我怕你骂我。"

颜兰兰："少诬陷好人啊，我根本就不会说脏话好吗？"

孙彬擦擦汗，把接好的线放回去，提醒道："兰兰，气质，气质。"他甩甩两只沾满机油的手，面朝着车子倒退两步，"哥，发动一下。"

引擎低低轰鸣，车前灯瞬间亮了起来。

孙谚笑道："成……我天！"

灯光冲破夜雾，也叫孙谚看清，孙彬身后有一个身高约有两米的人形黑影，像是个裹了件黑色羽绒服的高壮男人。

熊！

不知道它已经在孙彬身后静静地观察了他多久，只为等待一个机会。它悄无声息地张开巨口，对准了孙彬的脑袋，直接咬下！

"轰"的一声枪响。

灼热的弹壳从颜兰兰的枪上弹开，滚落在地。

距离熊最近的颜兰兰反应挺快，第一时间开了枪，然而准头不足，弹头旋转着从熊脸前方擦过，倒是叫那只熊愣了愣，目光一闪，随后将目光对准了颜兰兰。

那目光很冷静，如同一个人类在审视他的猎物，叫人周身发寒。

颜兰兰一脚踹开孙彬，就地一滚。

池小池掀开顶棚上的天窗，立刻补上一枪，子弹准确无误地击碎了它的鼻子。

在熊厉声痛吼起来时，池小池吹了个口哨。

一旁的草丛动了。

一道黑色的箭矢从中激射而出，准而狠地叼住了它的颈部，那只黑熊的颈骨便应声倒地。

黑熊痛极，挥动铁掌，想与这只猛兽同归于尽，但那道黑色的箭矢却轻捷地跃下，直落入旁边的草丛，与黑暗融为一体。它简直像个最完美的杀手，起手，割喉，消失，干净利落。

卡车退出了三十米，静静地等着这头在地上翻滚折腾的熊死去。

孙彬晕头涨脑地爬上后车斗，颜兰兰紧随其后，她扛着发热的枪管，迫不及待地从篷顶看出去，观察那头熊的生命体征。

小情侣着急地道："咱们走吧。"

池小池说："不急着走。"

颜兰兰跟池小池讨价还价："丁队，这头熊还挺大，给几个孩子做件坎肩，应该还有剩，匀我一副手套呗。"

池小池说："一人一副手套吧，做坎肩肯定不够分的。熊孩子们一个比一个能长，今天做了衣服，明天就未必穿得上了。”

孙彬喘过气来，开始跟这对情侣解释熊的妙用：“熊肉能制成肉干，熊油能点灯，熊胆能入药。这一头熊拖回去，够用很久的。”

而就在孙彬解释期间，池小池与颜兰兰一来一往，已经把这头熊身上的各种零部件的用途分配完毕了。

它苟延残喘了约十五分钟，才渐渐没了声息。

孙谚敲敲窥窗：“哎，丁队，它躺了。”

小情侣中的男人觉得自己得派点用场，正自告奋勇地打算第一个下车抬熊，就被池小池直接拿枪托摁住了大衣后襟：“干什么去？”

他站起身来，掀开顶篷，瞄准夜色中的熊身，又补了一枪。“死去”的熊登时痛吼起来，声如雷霆，吓得男人差点儿一屁股坐在地上。

池小池又坐回原处：“它聪明着呢，跟我玩演技派那一套。再等等。”

小伙子这下乖了，心有余悸地道：“刚才在草丛里转来转去地叫唤的，也是它吧？”

孙彬推了推眼镜，道：“不是，刚才在草丛里叫的是‘老板’。它是故意发出声音的，好让其他食肉动物知道，我们这群‘猎物’已经被它盯上了。看来这头熊也是饿坏了，不然也不能无视它们动物的规则，摸上门来偷别人的‘猎物’吃。”

“老板？”

池小池接话道：“嗯，我的宠物。”

十分钟后，熊抽搐了一阵儿，才真的不动了。几个壮小伙子跳下车去，七手八脚地把这头三百多斤重的熊搬上了车。

小情侣看着他们欢天喜地的样子，哪里像是面对一头熊，活像是在过年时杀年猪。

把这只送上门来的猎物安顿好后，池小池背着枪，从卡车上跳下来，跨上停在一侧的摩托车，挂空挡踩油门，刻意让机器发出高转速的轰鸣，驱散了远处一群歇脚的鸟。

他戴上头盔时，那道矫健优雅的黑影便拨开群草，静静地蹲立在他的身侧。

他招了招手，孙谚通过后视镜看到他的动作，便发动了车子，从那滩已经结成冰的熊血上碾过，驶入无边的黑暗中。

熊腥味不轻，小情侣里的男人怕女友晕车，就将卡车厚重的帘幕撩起来通风。

看清跟随在那位丁队长身侧的“宠物”后，他瞠目结舌，满满地倒吸入一口凉风，冻得腮帮子都麻了。

那是一只黑豹，沉默而忠诚地在摩托车右侧狂奔。

它健美匀实的肌肉呈流线型，肌肉舒张开来的样子惊心动魄，蹬地，发力，每一个动作都矜贵又稳重。奔跑一阵后，它矫健地跃上了摩托车后座，蹲在了丁队身后的空位上。

看到这一幕，男人与其他第一次见到这一情景的人一样，由衷发出了“我的天，厉害”的感慨。

硬壳昆虫米粒似的打在前挡风玻璃上，体液炸开，发出“噼噼啪啪”的脆响。

他们开了半夜，抵达了一座小县城。

让小情侣吃惊的是，这里居然像是住满了人的样子，家家户户都有光透出，甚至有几家还有电灯。

颜兰兰拄着枪问小情侣：“你们会做什么？”

女孩指着男人：“他是电力专科学校毕业的。我是护士。”

颜兰兰立刻眉开眼笑：“太好啦，我们正缺有经验的护士呢，我带你们去医院。”

医院？

什么医院？

女孩设想中的医院，也就是个破落小院，纱布都得用晒的那种。

但卡车径直驶入了县人民医院，医院内灯火通明，有七八辆大货车停着，甚至还有专人在停车场内指挥交通。

在两个年轻人目瞪口呆地注视下，车子停下，颜兰兰跳下车，夸张地一挥手，笑道：“欢迎来到普通人类的理想国。”

2

住院楼二楼窗户里，一个戴着白口罩的女人探出身子，对着运输卡车拼命挥手：“哎哎哎，小崽子，熄火熄火，大半夜的你跑我这儿秀你发动机嗓门大叫得响是不是？”

池小池说：“抓了头熊。”

女人赶他：“我这儿又不是仓库！去去去。”

池小池双臂前伸，趴在仪表盘上笑嘻嘻地道：“还给您带了个护士回来。”

女人的眼睛一亮，转身就往外跑，连外套都忘了穿。

下楼时，她仍戴着遮住半张脸的口罩。她风风火火地拉住那个姑娘的手腕，欣喜万分：“我正念叨着缺人手呢，你还真给我带回来了一个？丁队长，有劳了啊。”

池小池从院内的小花坛里折了一支白梅，插在仪表盘上：“有事，丁队长，无事，小崽子。”

女人的笑意快要从眼底透出来了：“成成成，你说我什么我都认了……姑娘，我姓卢，以后就叫我卢姐吧，我去给你拿件衣服，你赶快去洗个澡，一身的熊味儿。哎哟，不好意思不好意思，熊味儿是字面意思，都怪小丁，做事不妥帖，把你一个姑娘家跟熊塞一块儿……等等，小丁！丁秋云！别跑！你又偷我的梅花！”

已经带着卡车悄没声溜到医院门口的池小池发现自己的行径败露，一脚油门踩了出去，“嗖”的一下就跑没了影。

新来的小护士对眼前的一切仍是懵懵懂懂。听了卢姐的话，小护士惊讶地问：“你们这里还有热水吗？”

热水，对小护士来说，完全算得上奢侈品。这两年来，她一直待在一处城市里，为归来者服务。

要不是一个归来者试图侵犯她，她也不至于和她的男朋友结伴出逃。

在被池小池等人救走后，他们便跟众人约定好了，女孩先在医院住下，而她的小男友会被他们送去发电厂，先熟悉熟悉环境，明天中午他们会带男友再来一趟，带他们熟悉熟悉这个小城，并讲解一下在此处栖身的规则。

卢姐指了指远处：“我们有防寒的锅炉房。这玩意儿是几个大学生比照着课本和老资料上的图样搞出来的老物件，还别说，挺管用的。大家轮流洗，至少每个人每隔两天都能洗上一回澡。”

小护士羡慕地道：“像我们这样的普通人类，五天才能洗一次澡，而且洗澡的时候只配用温水。”

“嗨，有什么配不配的，”卢姐说，“都是人嘛！”

小护士很喜欢唠唠叨叨、像母亲一样的卢姐。跟她一道向住院楼走去时，小护士说：“人和人还是不一样的。归来者从来不把我们当人看。”

卢姐答：“我就是归来者，我就不这么想。”

小护士哑口无言。

“算了，我不拉口罩，怕吓着你。”卢姐似乎察觉到了小护士的窘态，转过头来，爽朗地一笑，“提前告诉你一声，我们这里有归来者，有普通人类，有归来物种，也有投靠来的 AI。这世道啊，有坏人就有好人。”

把小护士的男友安顿好后，池小池又带人将熊送去仓库。仓库中有专人负责宰杀和处理他们猎到的动物。

三台大灯把屠宰场映得明晃晃的，在暖黄色的灯光下，熊肉与熊皮热气腾腾地分离开来。

参与猎熊的队员早就商量好了，要按功劳和需求分肉，而剩余的熊肉，登记好斤两后，便存入公共冷库。

全城十八个公共储藏库的钥匙，每个储藏库都要有三把钥匙同时插入锁孔才能打开，而三把钥匙要由三个不同的人保管。

而池小池作为统领全城的人，保管着每个储藏库的其中一把钥匙，总计十八把。

池小池不养闲人。他除了对老人与小孩有些优待外，青壮年不分男女，都得干活，种地、狩猎或是贩卖自己找来的生活必需品，总要选一样。

不管收获多少，都归自己处置，可以留用，也可以拿出去交换。好吃懒做的话，全家人就坐在一起张嘴喝西北风。

至于偷、抢、掠夺的事儿，只是想想罢了，没人敢做。

毕竟在这里，只要认真干活就有食物，决不至于饿死，而在末世抢夺他人物资，等同谋杀，被抓住就是个死。

池小池取回了一大块熊肉，打算回去煮给他家煤老板吃。为了压住鼻腔里弥漫着的腥味，他特地吃了颗奶糖。在梅花的淡香和奶糖的香甜中，他飞驰在夜色已深的城中，回到了城东头的丁家小院。

父母已经睡下，于是池小池在离家还有一百米的时候就熄了火，拿脚蹭着地面，缓缓地滑进了院子里。

他家的煤老板也乖乖地放慢脚步，与他一起散步似的进了小院。

池小池先把肉切成一大一小两部分，又去院里的小暖棚里揪了些葱和胡萝卜来，热腾腾地把熊肉用小火煨起来。

大概是从小被他喂惯了，他家煤老板的口味和人类差不多，从不吃生肉。

就像今天，它咬断了那头黑熊的脖子后，就马上去附近的小河里，凿开冰层，把自己打理得干干净净后，才温驯地蹲回池小池的脚下，动作优雅地轻舔着自己的爪心。它从不用池小池费心去替它清洗。

把肉炖上，池小池就去更衣室换衣服。他刚把高领毛衣脱到一半，门便被顶开了。冷风吹入时，池小池本能地避了一下，微微曲弯了腰，侧身躲过那阵冷风。

他被高领毛衣蒙着脸，正是两眼一抹黑的时候。他问道："谁啊？"

没有回答，门被悄无声息地关上了。池小池闻到了一股熟悉的猫科动物的味道。只有白日里的阳光洒遍皮毛，才会留下这样独特的味道。

池小池笑笑，继续脱毛衣。

起初，大家普遍认为小豹子是只猫。等到丁父丁母发现它的成长方向不大对时，为时已晚。

他们跟池小池提过两次，等这只小豹子长大点儿，有了独立生活的能力，就尽快送走。毕竟这是个野生动物，哪怕是在动物园里长大的，说到底，也是要吃肉的。万一哪天他们断了顿儿，没法给它提供饮食物了，它饿极了，扑上来吃个把人解馋，又能跟谁说理去？

在丁父丁母的劝说下，池小池也起了这个心思，他不想拿这些队友冒险。

可等他一出门，看见小豹子叼着池小池的头盔带子，蹲在他的摩托车边，心就先软了三分。池小池接过头盔，一边戴一边问它："你想走吗？"

半大的小豹子蹲踞在地上，"嗷"了一声。

池小池：“听不懂。六老师，翻译一下。”

061说：“它说，请你放心，它会吃得很少，甚至可以学着吃素，请不要送走它，因为它非常非常依赖你。”

池小池：“六老师，你莫骗我，它明明只叫了一声。”

061温柔且笃定地道：“它的确是这么说的。”

就这样，它一直留到了现在。

池小池的高领毛衣很厚，尤其是脖颈那里有些拘束，每次脱都得挣扎很长时间。

正在努力间，他身旁多出了一个热源。他一边和毛衣艰难地搏斗，一边无奈地想，又来了。

池小池试图跟豹子打商量，隔着一层毛衣瓮声瓮气地道：“别闹，这次跑了两天，我特别累的。乖。”

豹子绕着他缓缓踱了一圈，还是把脑袋贴在了他身上。

好在煤老板为豹厚道，没有戏弄他太久，乖巧地往后一坐，池小池也顺利地得以解脱。

池小池盘腿坐在它身边，摸摸它的后颈：“好豹。”

还没夸完，它便舔了池小池一口。粗粝的舌头颗粒掠过耳垂，几乎给了池小池耳朵被擦伤的错觉。

他“啧”了一声：“怎么不禁夸呢？”

它好似是听懂了池小池的话，为了赎罪，轻轻地咬着池小池的毛衣，帮他把衣服脱了下来。

池小池能重见天日时，入目就是黑豹的双眼。

那双蓝灰色、质地宛如水晶的眼睛，正看着他。它把下巴轻搁进池小池的锁骨处，轻轻地蹭了一蹭。

抱着这么个移动小暖炉，又被它这样全心地信赖着，池小池的心也软得不行，抱住它的脑袋，用力蹭了蹭：“别闹，我要起来了。”

黑豹很开心，又绕着池小池的小腿转了几圈，才和换好衣服的池小池一道出了门。

一锅熊肉，大半归了煤老板，剩下的归了池小池。他就着肉汤，下了一点儿面和豆腐。

皮带面柔韧结实，口感爽滑，豆腐在肉汁里煮过，用来消腻吸汁再好不过，单是煮在锅里，就香得人口舌生津，鼻子先吃了个饱。

池小池吃出了一头的汗。

061看他这种吃法，知道他是真饿了，有点儿心疼：“慢点吃。”

池小池呼呼地吐着热气儿:“没事儿。”他吃了一会儿，又对061说，“过两天，我再出去一趟。”

061惊讶道:“不休息两天?”

池小池夹起一筷子面，吹了两口气，好叫它快些凉下来:“别忘了，咱们还有自己的任务呢。”

“咱们”这个词听得人心情愉快，061的声音里也不自觉地含了笑:“谷心志?”

这两年下来，池小池养豹、开垦荒地、拉拢队伍、建立基地，像是把谷心志这个攻略对象抛在了脑后。

只有061知道，他这两年里，没有一天忘记谷心志。

池小池拿筷子夹起一块豆腐，小狐狸似的狡黠一笑:“我得去检验一下我那三百九十七张制梦卡的功效了。”

3

“又要出去?”景子华的发尾刚刚烫过，扎了个高马尾，略长的几缕卷发垂在额前，把一张脸衬得如玉般秀美。听到池小池又要出去，她靠在油箱边，半开玩笑地道:“这么拼命，有钱给你赚啊?”

池小池笑答:“当然有啊。”

两个大人说话时，景一鸣双手握住油枪，摇摇晃晃地把枪头塞进注油处，要给池小池的摩托车加油。

池小池孩子似的歪头看着他。

景一鸣昂起头，仰慕地回看向池小池。

池小池单肘支在仪表盘上，轻轻拍了拍景一鸣的头，拖长了声音道:“赚钱——养家啊。”

景子华说:“别拼命。”

“拼命也挺好的啊。”池小池旋开盛满烈酒的保温水壶，喝上一口。

“好什么?”

池小池笑:“没什么。”

他这么拼命，为的就是让过去与命纠斗、常处于生死一线的景子华等人能安安心心地坐在大后方，劝他一句“别这么拼命”。

他把加满油的车子开出了加油站。

他们的油，起初是由他们最先藏身的加油站提供。后来，他们找到了这座背靠着一方天然油田的小城。新的加油站建立了起来，景子华仍然是管理者。

离开加油站，不等他出声召唤，煤老板便从暗处步子优雅地踱出来，蹭蹭他的脚踝。

池小池跨上车：“煤老板，走了。”

黑豹纵身跃上后座，蹲踞其上，用鼻尖轻轻抵着池小池的脖子。

他们从白天的街市中缓缓驶过。街上的人早就习惯了这样的场景。谁都知道丁秋云家有头性情特别温驯的豹子，有胆大的小孩子来摸也不生气。在等待丁秋云时，它甚至会和街上的孩子们玩接球游戏。

有几个人还同池小池打招呼：“丁队，遛猫呐。”

池小池大言不惭地道：“是啊。”

他背后的大猫没有像其他生物一样进化出智能，闻言也不生气，反倒用尾巴缠住了池小池，害得池小池差点儿把车开成S形走位：“开车呢，开车呢，回家再玩。”

豹子也没再闹他，把头轻轻靠在他的后背上，像是撒娇似的蹭着。

池小池夸了一声乖。

池小池又带着他的固定小团队外出寻找物资了。这次他们会去远一点儿的城市，正是丁秋云携父母逃离的那座城市。

临走前，丁父丁母照例来送别。

老两口精神不错，千叮咛万嘱咐，叫他千万别往家里跑，现在那里还不清楚是什么情况，说不定已经变成爬山虎的天下了，最好不要轻易靠近。

在他们离开小城时，外面下起了雪。

在这下雪天开摩托容易打滑，池小池也怕他家煤老板跑得累了，连煤老板带摩托车一起扛上了卡车的后厢。

路上，孙谚在用卡车自带的收音机收着微弱的电台讯号，里面的一首歌唱得荒腔走板的，他也不嫌弃地跟着唱，摇头晃脑，自得其乐。

孙彬缩在副驾驶座上打瞌睡。昨天他忙着维修城东的电路，半个晚上都没睡。

池小池闲来无事，抱着一台损坏的半导体，拆下了一地毯的零部件。

颜兰兰凑过来：“丁队，术业有专攻，这玩意儿留着给小孙折腾呗。”

池小池神情认真地拨弄着老式的电路板：“这个我会，有人教过我。”

煤老板似乎也对这些零件很有兴趣，拿爪子轻轻扒拉着零件，把零件分成一堆一堆的。

池小池“啧”了一声，拍拍它捣乱的爪子，它便乖了，把脸枕在池小池的膝盖上，守着它的主人，蒙着层水翳的眼睛一眨不眨地盯准了他，就再也没有挪开过。

卡车正沿着荒无一人的公路奔驰，突然，一阵缥缈的歌声传来，恰好与卡车擦肩而过。

听音调，是“祝你生日快乐”。

在这寒冬末世的荒凉街道上，是什么东西在唱歌？出于好奇，颜兰兰打开小窥窗，往外面瞄了一眼，陡地倒吸了一口冷气。

“停车！”颜兰兰抬手敲敲窥窗，“大孙，停下车！”

孙谚一脚踩下油门时，颜兰兰已在众队友莫名其妙的目光注视下，打开卡车车门，不待车子停稳便纵身跳下。

地上已经积了些新雪，踩上去“咯吱咯吱”作响。

她奔向了那还在往前移动着的声源。

而那个与他们逆向而行的声源也听到了身后的脚步声，扭过头来，竟是寻找徐婧媛的小导盲犬。

与两年前相比，它如今是大变样了。

小导盲犬的前爪已经损坏，雪球似的身体蒙上了一层灰色的、洗不去的阴霾，看上去像一只肮脏的墩布。它像是被野物当食物撕咬过，尾巴被撕得只剩下一小截，光秃秃的，像极了兔子尾巴，模样颇为滑稽。

它路时一瘸一拐的，腹内的扬声器里播放着“祝你生日快乐”的旋律，唯有它的一双眼睛，仍是如旧日般清澈。

小导盲犬还记得颜兰兰，态度绅士地点一点头：“是你，加油站的小姐。”

颜兰兰跑得有些气喘，但等来到小导盲犬面前，却一时不知道该说什么，口中呵出大片大片云朵似的热气。

看它这副流浪的样子，想来也知道，它并没有找到它的小主人。颜兰兰斟酌了一下，露出个明艳的笑来：“歌很好听。”

小导盲犬温驯地道：“今天是小姐的十岁生日。”

颜兰兰“啊”了一声：“你在给她庆生吗？”

小导盲犬说：“是的。还有，我想，今天过生日的人，听到生日快乐歌，会从房子里、车子里探头出来看看我，这样，我说不定就能找到小姐。”

颜兰兰心里一动。她注意到，为了保持身体的平衡，小导盲犬将受伤的前爪踩在一处隆起的小雪堆上。她说：“你的爪子受伤了。”

小导盲犬抬抬前爪，诚实地道：“不会疼。”

“跟我们一起走吧。”颜兰兰向它发出了邀请，“我们可以修好你。在我们那里，有很多像你一样对普通人类很友好的AI。”

小导盲犬充满希望地问：“那里有叫徐婧媛的小姐吗？”

颜兰兰不说话了。面对着这双眼睛，她撒不了谎。

小导盲犬也明白这份沉默意味着什么，温柔地摇了摇头。

“我是从那里来的。”小导盲犬转回头去，执着地看向茫茫前路的尽头，“我要到前面去，说不定还会经过你们那里，到时候，我们可能会再遇见。加油站小姐，再见。”

眼看着小导盲犬又要调头离去，颜兰兰“哎”了一声。

小导盲犬回过头。

即使知道接下来要说的内容有可能会伤害到这只忠心的小导盲犬，颜兰兰还是狠了狠心，说：“她当初扔下你，这么多年也没有回去找，她可能已经不记得你了。”

小导盲犬站在寒风中，灰色的毛皮被挟裹着雪粒的风撕扯成一团团的。它黑白分明的大眼睛注视了颜兰兰一会儿，咧开嘴，竟像是甜甜地笑开了。它说：“她或许会忘掉我，或许已经忘掉了我，或许已经有了新的导盲犬。但是我必须要亲眼确认她没有我是可以的，那样我就放心了。谢谢你的关心，加油站小姐。”

说罢，它优雅地对颜兰兰一欠身，转身继续前行。

颜兰兰呆呆地站在原地。那只小导盲犬和两年前一样，踏雪而来，又踏雪而去，仿佛是一个只会出现在雪中的幻觉。

但那渐行渐远的音乐声，却一直回响在颜兰兰的脑海中。

在孙谚的喇叭声里，颜兰兰方才回了神，几步奔回卡车车厢下，踩着脚跃上卡车。

掀开帘子时，她又回头望了一眼。

小导盲犬的梅花形爪印被新落下的雪一点点掩埋。

她抿一抿唇，钻入车厢，带入一阵冷冰冰的雪花。

待她坐定，丁秋云问她：“熟人？”

颜兰兰掸着工装裤上的雪：“萍水相逢的……嗯，熟人。”

末世里，这样纯粹又真挚的感情居然来自一只被安装了感情 AI 的机器。AI 教导它要如何表达喜爱，如何履职忠诚，但大概从未教过它，在主人消失后，它应该做些什么。

它现在所做的一切，也许都是它自己想要做的。

颜兰兰把导盲犬的故事讲给了车厢里的队员们听。

大家久久无语。

而在讲完后，颜兰兰才突然意识到，自己与这只小导盲犬见过两面，却从来没问过它的名字。

现在再调头去问也不太可能。于是，她靠在轰隆隆震动着的车厢壁上发起了呆。

池小池把半导体修理完毕，便枕在煤老板柔软的肚皮上，把它的尾巴拿在手里把玩。他想着颜兰兰讲的故事，也想着一会儿与谷心志见面时，他该作何表现，而卡车的颠动又太有规律，过了不久，他就蜷在豹子的肚皮上酣然睡去。

见池小池睡得香甜，豹子自觉地将自己围作了堡垒状，把它的主人妥贴地圈了起来。

池小池在他家大猫的精心呵护下，一路睡进了城里。

昔日繁华的都市已经变作了半座空城。之所以说是半座，是因为这里还有动物活动的痕迹。

两年下来，不能适应环境的动物都死了，因此看到一头鸵鸟与卡车并行着跑了一阵儿后，在十字路口右拐，与他们分道扬镳时，众人都不怎么意外。

他们搜刮了几处空商场，里面的食物还剩下一些没有被抢空，而且因为天然的冷藏环境，又延长了食物的保质期。他们找到了牙刷、牙膏，几样冬季用的床上用品，锅碗瓢盆若干，全部打包运上了车。

颜兰兰还很开心地取走了一箱冰冻面膜。

经过搜寻后，他们还得到了一些数目惊人的意外之喜——仓库角落里有一堆完好的箱子。

由于储存的地势较高，这些箱子甚至没有浸水。拆开一看，里面竟然是玉米粒，净重足足有两吨。

这两年，他们始终种不活玉米，这堆玉米带回去，完全可以食用一段时间。

找到了口粮，他们又去了城内的几家医院。

一番搜寻下来，队员们有些垂头丧气。三处药房早已经被抢空了，只在犄角旮旯里有些漏网之鱼。再说，两年过去，有些药也吃不得了。

池小池却没有放弃，去了最大的市中心医院，并放弃了对明处药房的搜寻，直奔药库。

药库的门是锁着的，而门锁是老式的门锁。

见状，大家发出了失望的嘘声。

他们连续扑了几回空，又搬了半天玉米，现在都有些累，兴致也不算高。

孙彬提议："丁队，不然咱们还是走吧，这城里的动物窜来窜去的，万一碰上什么归来物种……"话没说完，他便挨了一顿暴栗，被敲得哎哟哎哟地直往孙谚怀里躲。

池小池见这药库大门异常结实，厚重又宽大，门上有砸撬甚至火烧过的痕迹。他掰着锁眼看了看，确认这锁是没被撬开过的，活像一颗坚硬的山核桃，人人都知道内里的仁儿美味，却只能望洋兴叹。他问 061："六老师，帮我检测一下，里面有没有搞头。"

061 简明扼要地答："有。"

有了 061 这句话打底，池小池算是吃了定心丸了。

池小池伏在锁眼边端详一番，从上衣里取出一只曲别针，拿牙齿拗弯了，捅入锁眼，先细细地剔去内里生出的红锈，随后换了头，将曲别针的另一端没入锁眼内部，轻轻咧着嘴，侧耳贴着冰冷的铁门，轻轻拨弄着锁芯。

众队员早已习惯电子锁，却对这种奇怪的老式门锁束手无策，甚至不是很理解池小池现在的动作意味着什么。直到那扇门吱吱呀呀地打开时，众人都没反应过来。

等到回过神来，众队员都惊了："我的天，丁队，可以啊。"

池小池把扭曲的曲别针塞回衣兜，平静地道："有人教过我。"

当满满一仓库的药品出现在大家眼前时，所有人都乐疯了。

在大家手忙脚乱地把能派上用场、也未过期的药品一箱箱搬上车时，池小池在药库的角落里发现了一具早已冻成人干的铁青色尸体。

尸体是男性，穿着工作人员的衣服，胸前还有工作牌，正是药库的看守者。这种冻饿而死的路倒，众人这些年来见得太多，早已经见怪不怪了。

进门时，池小池就发现门锁那边堵了东西，是半把断钥匙，等翻过他的口袋后，他又发现尸体的口袋里有一把恰好对得上的断钥匙头以及一张被攥得皱缩起来的纸团。

池小池把纸团展开，上面写满了各种物资的名称，每样物资后面都画了条横杠，后面则是对应给出的药物。淡蓝色的水性笔痕迹与尸身右手虎口处留下的墨水颜色完全一致。

池小池想，这个人在灾变发生后，大概是想要就近利用资源，囤积居奇，便向来抢药的人写了纸条，要他们按照纸条给自己搜寻来物资。

然而在生死关头，法律对人的约束都消失无踪，谁还跟他讲等价交换。

面对哄抢，守药人在情急之下躲入了药库中，并拿钥匙反锁了门，不承想用力过猛，钥匙折在了锁眼里，反倒断绝了他自己的生路。

他接下来的时光，怕就是守在了这一仓库药的旁边，在抢药人愤怒的呼喝与砸门声中，惶惑不安地度过了生命的最后几日。

池小池伸手摁了摁他的胃部，发现里面冷硬鼓胀得可怕。再看看他身周散落的空药板与药盒，他分明是在极度饥饿的情况下，就近吞食了大量药物，反倒害了自己的性命。

他叹息一声，拿那张写满了物资的纸，盖住了看守者死不瞑目的脸。

他们搬走了一半的药，而这些药几乎填满了一台重型卡车的车厢。

队员们乐得见牙不见眼，都想着干脆趁着天没黑打道回府，省得横生枝节。但他们的丁队仍坚持要去药库附近的一家超市里再找找，看有没有可用的东西。

大家已经习惯听从于他，再说物资自然是越多越好。

因此谁都没有异议。

颜兰兰兴冲冲地多问了一句："要是又找到什么好东西，咱们可就没地方坐啦。"

大家经过协商，一致决定如果位置不够，就把孙彬扔下去，吓得孙彬忙辩解自己可瘦了，一点儿都不占地方，逗得大家前仰后合。

池小池想，他想要的东西并不多，就去拉头"牲口"回来而已。

池小池坐在车里，对面的两个年轻人在抽烟。他一手抚摸着兜里变形的曲别针，一手抱着新修好的半导体，想着那个教了他太多事情的老师，嘴角也淡淡地含上了笑。想了一会儿，池小池突然开口，对两个年轻人说："还有烟吗？"

两个叼着烟的人都吃惊得愣住了。

颜兰兰也是一脸惊诧的表情：“丁队，你什么时候开始抽烟了啊？”

恰在这时，孙谚把车慢慢地停下了。

他们到了那家超市门口。

池小池就势挥了挥手，跨过一直乖顺地趴伏在他身侧的煤老板，笑道：“算了算了，随口一说。”

只不过，是突然想起过去的那个自己罢了。

这样想着，他掀开了厚重的幕帘。

突然一声巨响响起时，谁都没有反应过来，那是枪声。

池小池被子弹的作用力冲得往后退了两步，低头看了看自己的胸口，身体纸片似的晃了晃，朝前栽倒，从车斗里翻了出去。

池小池昏过去前，只听到 061 一声发着颤的“小池”，紧接着，他的话音便被爆豆似的枪声淹没。

孙谚暴怒，拉过副驾驶座上的孙彬，用羽绒服囫囵包住了他的头：“这里有埋伏！”

但他还没把顶着火的枪掏出来，就听到一声近乎狂暴的咆哮，震得他本能地一阵腿软。

一柄纯黑的飞刃自车内跃出，选中一处喷吐着火光的废车，一头扎了进去，刹那间把废车仅剩的三面窗户溅得猩红一片。惨叫声甚至还没来得及响起两声，那人的尸体便被横甩出去，直直撞上了一侧的墙。

一条黑影鬼魅似的自窗中溜出，在埋伏者们的齐射下迅速潜行，前往下一个火力点。

看到那断头尸身的颜色，小队成员们齐齐地冒出了一个念头：归来者？

来不及想这家看似破败的超市门口为何会埋伏着这么多归来者，孙谚红了双眼，一枪秒掉了一个露头的归来者，又从座位下摸出一把激光枪，扭头吼道：“兰兰！”

颜兰兰心领神会，抄出枪，直接和对方杠起了火力。

埋伏者们无论如何也想不到对方居然会拥有远优于他们的压倒性火力，还有一头神出鬼没、凶猛异常的狂兽。

池小池又给疼醒了过来，脑袋都有点儿不清楚了，眼前发黑，他感觉自己被人拉了起来。

车被围攻得厉害，冒险跳下车来的颜兰兰没法把他搬上车去，只能半扛半拖着他，且战且退，往超市内部退去。

不知过了多久，枪声停止了。

他耳朵紧贴着地面，因此能够清楚地听到熟悉的脚步声自门口踱入。他勉强睁开眼睛，入目的却不是他熟悉的煤老板了。

在夕阳的余晖下，黑豹满口的血腥，银色的胡须上流着鲜血，腰线处的肌肉一舒一张，如同被割裂的动脉一样激烈跳动着。它来不及打理自己，便急忙赶到了池小池的身边，低头嗅着他的胸口。

池小池忍着剧痛，扯开前襟："别怕……我没受伤。"

那里垫着一件夹了铁板的衣服，算是一件简易的防弹服，弹头卡在他心脏位置的钢板处，已经变了形。

看到那并未射入的弹头，黑豹像是松了一口气，直接跪伏在了池小池身边，眼里泛起雾蒙蒙的蓝，与它全身的血腥味并不相衬。

池小池抚着它炸开的脊毛，小声忍痛哄它："煤老板，煤老板。"

它则低下头来，不敢用力弄疼了他，只敢发力咬着他的头发。

正在这时，池小池的身后传来一个诧异又冷淡的男声："秋云？"

（未完待续）

番外

Special Episode

W a s t e   r e c y c l i n g   s y s t e m

◇ 番外一：再见季作山

与季作山的相逢轻松了很多。

他们早就是亲密无间的朋友了，在池小池升任主神后，他们还在主神空间里见了好几面。如今回到这个已经安定了许多的世界，池小池倒是有了宾至如归的感觉。

季作山把谭虎带入了季家，就是那个被主神逼到疯疯癫癫又无处可去，最终被他捡到的宿主。在药物调理下，他的精神状态已经好了许多，不再痴言疯语，学会了安静，在季家照顾季家兄弟姊妹的饮食起居，换取一片生存之地。

谭虎端上了最后一道菜，沉默地向池小池所在的方向客气地点了点头，便退了下去。

明明在自己家里，季作山面对池小池和娄影时仍是拘谨有礼："池先生，娄老师，你们尝尝我的手艺。"

不算很好，但胜在家常，用料也实在，四菜一汤一点心，粉蒸肉，红烧排骨，清蒸鱼，香菇菜心，丸子汤，奶香小紫薯。

季作山是真心把他们当作家人来招待。

然而，三人刚刚落座，还没寒暄几句，季作山的四妹就从二楼楼梯处探了个脑袋出来，欲言又止的样子。

季作山对弟弟妹妹向来态度温和："怎么了？"

"是展副师。"四妹趴在窗户上，少年老成地叹了一口气，"他又翻墙进来了。"

展雁潮的声音不失时机地在门外响起，彰显自己的存在："季将军！"

季作山有点儿头痛，放下筷子，冲池小池和娄影抱歉地点点头，起身来处理这个突如其来的小麻烦。

池小池探头探脑地想看八卦，娄影则夹了一筷子红烧排骨，放在池小池碗里，示意他不要乱看。

季作山看着门外怀抱着几份文件的展雁潮，不赞同地摇摇头："有正事，可以敲门，不用翻墙。"

"等你来开门，太远啦！"展雁潮目光灼灼，脸颊泛红，"我想快一点儿。"

季作山叹了一口气，叹得展雁潮不自觉一颤抖。

池小池和娄影不属于这个世界，不会受到这个世界的影响。

但展雁潮却能切身感受季作山和他之间悬殊的力量差距。那股压迫并不因季作山温吞的个人气质而转移，是天生的、刻在骨子里的东西，压得展雁潮喉咙发紧，腿弯发抖。

展雁潮颤着手把文件递给他。

季作山接过来，身体斜抵着门，并不打算请展雁潮入内做客："送文件这种事情，让印少飞来就是了。"

展雁潮并不作答，他嗅到了饭菜的香味："你做饭啦？"

季作山看了他一眼，没有说话。

展雁潮作可怜巴巴状："我还没吃饭。"

季作山抿抿嘴，表情写满无奈。

展雁潮再接再厉："我很久没有吃你做的饭了。"

季作山客气地拒绝："家里有人，不方便招待。"

展雁潮却瞬间警惕起来，刚想质问他，才意识到自己表现得太过幼稚。他故作镇静地抓住门框，状似无意地询问："谁啊？"

季作山："你不认识的，我的恩人。"

"恩人"两个字，像是在展雁潮的心脏里不轻不重地刺下了两针，冒出了一串串的血珠。以前，他以为自己再混账，好歹在季作山这里，算是享有一个独一无二的身份。在季作山落难时，他拉了他一把，怎么说也算是他的恩人。尽管现在回想起来，那所谓的"拉一把"带有太多一言难尽的成分，但那毕竟是他们一切纠葛的起点。

而现在，连这点特殊他都不能保有了吗？

展雁潮着急、上火又委屈："是谁？我怎么会不认识？"

他们两个一起长大，是哪里来的恩人？有那么重要吗？重要到不能让我看上一眼？

季作山淡淡地重复道："你是不认识的。"

展雁潮扣紧了门框，把铁门框硬生生抓出了一丝凹陷："我要见见。"

季作山扫了他一眼，再次让展雁潮腿软了一瞬："展副师，这里是我的家。"

展雁潮也是血里火里滚过的，但小孩子脾气仍是死性不改，被气得眼眶发酸发麻，狠狠揉了两下眼睛，把眼珠都揉红了。

季作山知道，如果不把这事儿交代清楚，展雁潮怕会在以后的日子里揪着这件事，跟自己没完没了。可是池先生是来做客的，如果他不希望被打扰，季作山就不会让展雁潮进来半步。

恰在这关头，季作山发现自己没有带可以批复文件的笔。

他太清楚展雁潮的作风了，只要自己一离开，他马上会破门而入，一探究竟。

在僵持间，一声轻轻的招呼打破了季展之间的静寂。

“小季。”池小池不知何时在玄关边现了身，笑道，“饭都要凉了。”

展雁潮承认，在看见池小池的那一瞬，他没有生气，他居然直接跳过了生气这个步骤。

他恐慌了……

心慌的感觉溺水似的一圈圈缠绕上心扉，逼得他喘不上气来。

季作山心知池小池是来救场的，怪不好意思地对池小池点了点头，说了声：“先进来吧！”，才放了神魂出窍的展雁潮入内，自己抱着文件去了书房，想要速战速决。

展雁潮魂不守舍，直到看到了饭桌边的另一个人。

那二人只是相互笑着点了下头，那宛如灵魂相触的默契，就让展雁潮明白了二人的关系。

展雁潮突然出了一口大气，这才发现自己已在不知不觉中湿透了后背。

确认了这一点后，这两人于季作山有什么大恩，对展雁潮来说反而是无关紧要的事情了。

虽然他仍然想知晓眼前这个所谓“恩人”的内情，但他不敢再惹得季作山不痛快了。或许可以去找罗茜磨一磨，或是跟汪小青、汪系舟姐弟打听一下……

展雁潮一面胡思乱想着，一面望着书房的方向，蹑手蹑脚地走到了餐桌前。

他对娄、池二人轻轻比了个“嘘”的手势，抽出一张卫生纸，悄无声息地包起了一块红烧排骨，一只小紫薯，并迅速揣入了军装口袋里。

这一点儿工夫，季作山已经拿着批阅好的文件出了书房，把文件交给了展雁潮。

看着那张熟悉的脸，展雁潮抱住文件，心尖酸涩：“季将军……”

季作山客气地道：“还有什么事情吗？”

展雁潮已经很久没有近距离接触过季作山了。

这个人一步步向高山上走去，原地坐下，化成了另一座高不可攀的冰峰。展雁潮爬了这么久的山，早已淡忘当初两人是朋友时的感觉了。但久远的记忆，却是支撑他攀爬高山的全部动力。

他深深地看了季作山一眼，随即低下头去，好压住喉咙口翻涌上的酸涩：“没有了。”

送走了展雁潮，季作山坐回餐桌边，带着歉意道：“我不知道他今天会来。”

池小池没有问他对展雁潮是怎么想的，只问起了罗茜和汪小青，还有汪系舟与他的副连长。

不管现在的展雁潮如何弥补，季作山应该都是毫不在意的。

因为池小池扫到了季作山批阅的那份文件，与三种职业平权事宜有关。

季作山已经足够坚强，不需要任何人他也能独自完成他想做的事情。

谁也不知道旅程的终点到底是怎么样的一副光景，谁也不知道旅行的过程中还会有什么变故，但池小池知道，当一个人的征途是星辰大海时，长路漫漫间，虽然寂寞，但永不会孤独。

◇ 番外二：袁本善的悔

阴凉的水滴落下，溅在了袁本善的眼皮上。

四散的冰凉，让他从昏迷中苏醒了过来。

他睁开沉重如山的肿胀的眼皮，扫到了一地的镜子碎片。

这好像……是他昏迷前摔碎的。

而现在，每一个碎裂的镜片中，都有一个自己。

每一个自己身上，都有一个盘坐在他腰上，阴冷而怨毒地注视着他的关巧巧。

袁本善已经喊不出声音来。

他连滚带爬地远离镜子，跌跌撞撞冲向墙壁，疯狂地捶打墙壁，试图冲出这间没了主人的、荒废的玩具房。

墙壁上斑驳一片，应该是以前被小丑囚禁在此地的人为了求生而抠出的一道道灰白色的指甲印。

墙灰里有血，还有好几片楔在砖缝里的指甲。

小丑已死，袁本善逃不出去。

既不可能，也不被允许。

一双阴白的冷手从后面覆盖住了他的眼睛，指甲半陷入眼窝之中，把他的头狠狠地向后掰去。

眼睛的剧痛让袁本善惨号出声，指甲划过墙面，发出刺耳的声音。他的指甲似乎也折断在了墙面上，但袁本善已经顾不得许多了。

他在一片黑暗中不住往后退去，后脑勺“咚”的一声磕在了墙上。

他晕头转向地倒下了，好半天才能重新睁开眼来。

眼前是低而黑沉的天花板，压得他胸闷气短，好像一片逐渐枯萎的蔬菜。

失水、饥饿、孤独。

最要命的，是对随时会降临的死亡的恐惧。

他无数次地呼唤、哭求、诅咒宋纯阳，可惜不论他声音如何大，都不可能隔着媒介传到宋纯阳耳边。

无法，袁本善开始跪着祈求那个一直被他无视的系统。

曾无数次质疑他“你为什么要伤害他”“你不怕遭报应吗”“你是人吗”的系统。

被他嘲弄过“我只是想活着，我活下来，你也能活，装什么伪君子”后，就再也不对他说一句话的系统。

他已经不记得他的系统上次对他说话是什么时候了。

袁本善能感觉到，他一直在，但他始终保持沉默。就像袁本善曾经对待他一样，彻底的视而不见，充耳不闻。

系统宁肯任务失败，去寻找下一个宿主，也不想再对这个无可救药的人伸出援助之手。

袁本善曾经是那么想活，所以他为了一个“万一”的危险，想要挖掉宋纯阳的眼睛。

最后，强烈的求生欲反倒成了折磨他的利器。

他能清晰地感觉到生命力在一点点地逝去。

嘴唇一点点干瘪，肌肉一点点萎缩，心脏在反复的惊吓中，反而跳得越来越慢。

他的喉咙里发出绝望的咕噜和呻吟声，却也只有关巧巧能听到。她用尖锐的指甲贴着他的喉结划过，似乎在欣赏和等待着他的死亡。

而袁本善连冒出鸡皮疙瘩的力气都没有了。

不知道过了多久，袁本善终于双手一摊，放弃了所有的挣扎。

他放松地、近乎自暴自弃地合上了眼。

但只是一秒的工夫。

时间倒转。

枯焦发黑的肉体重新充盈起来。

墙上蒙尘的指甲印也变得清晰可见。

阴凉的水滴落下，溅在了袁本善的眼皮上。

四散的冰凉，让他从昏迷中苏醒了过来。

一只满怀恶意的灵物骑在另一只惊慌失措的灵物的脖子上，相伴彼此，永生永世。

图书在版编目（CIP）数据

入池 . 2 / 骑鲸南去著 . -- 南京 : 江苏凤凰文艺出版社 , 2021.1（2023.3 重印）
ISBN 978-7-5594-5197-2

Ⅰ . ①入… Ⅱ . ①骑… Ⅲ . ①长篇小说 – 中国 – 当代
Ⅳ . ① I247.5

中国版本图书馆 CIP 数据核字 (2020) 第 178317 号

入池 . 2

骑鲸南去 著

责任编辑	王昕宁
特约编辑	薛天舒　苗玉佳
装帧设计	八牛 · 设计 34508448@QQ.com 8NEW DESIGN STUDIO
责任印制	刘　巍
出版发行	江苏凤凰文艺出版社
	南京市中央路 165 号，邮编：210009
网　址	http://www.jswenyi.com
印　刷	北京市松源印刷有限公司
开　本	680 毫米 × 970 毫米 1/16
印　张	26.5
字　数	550 千字
版　次	2021 年 1 月第 1 版
印　次	2023 年 3 月第 8 次印刷
书　号	ISBN 978-7-5594-5197-2
定　价	49.80 元